Isabelle Corthen verlebt eine idyllische Kindheit auf dem Land. Gemeinsam mit ihrem Freund Jon verbringt sie lange Sommertage am Seerosenteich. Ein Gönner finanziert später eine Boutique, und schließlich wird sie Chefin eines Modeimperiums – und doch fehlt ihr etwas. Als sie eines der Seerosenbilder von Monet ersteigert, macht sie sich auf die Suche nach ihrer Vergangenheit – und nach Jon.

Christian Pfannenschmidt, geboren 1953, war Journalist und Reporter für die *Abendzeitung*, München, den *Stern*, *Capital* und das *Zeit-Magazin*. Heute lebt er als Autor in Hamburg und East Hampton/USA. In der Reihe der rororo-Taschenbücher liegen bereits die Romane zur ZDF-Serie *GIRLfriends* «Fünf Sterne für Marie» (Nr. 13667), «Der Mann aus Montauk» (Nr. 22267), «Zehn Etagen bis zum Glück» (Nr. 22490) und «Hotel Elfie» (Nr. 22527) vor.

Christian Pfannenschmidt

# *Der Seerosenteich*

Roman

Rowohlt Taschenbuch Verlag

Zitat aus «Oliver Twist» von Charles Dickens nach
der Übersetzung von Carl Kolb
Umschlaggestaltung C. Günther / W. Hellmann
(Foto: Christie's Images / SuperStock)

Veröffentlicht im Rowohlt Taschenbuch
Verlag GmbH, Reinbek bei Hamburg,
Oktober 1999
Copyright © 1998 by Rowohlt Verlag GmbH,
Reinbek bei Hamburg
Alle Rechte vorbehalten
Gesamtherstellung Clausen & Bosse, Leck
Printed in Germany
ISBN 3 499 22595 6

*Für meine Mutter*

... Unruhig ist unser Herz, bis es ruht in dir.
*Augustinus*

# Prolog

*W*ir hätten im Sommer herkommen sollen», sagte er, hob einen Stein auf und warf ihn schwungvoll ins Wasser. Isabelle antwortete nicht, sondern blickte weiter auf den Teich, in dessen Mitte sich nun Ringe bildeten, sich vergrößerten und auflösten.

Noch schien die Sonne. Es war einer dieser kühlen, klaren Nachmittage, an denen man die Nähe des Winters spüren konnte. Die Seerosen waren verblüht. Ihre grünen, dicken Blätter breiteten sich fast über das ganze Wasser aus; sie bildeten einen Kontrast zu der Natur, die sich rings um das Ufer auf den Schlaf vorbereitete, zu dem Grau des Schilfs, den fast kahlen Zweigen der Trauerweiden, den matten, verblassenden Wiesen, den letzten rostigen Tönen der Bäume und Büsche. Aber auch die Zeit der Seerosenblätter war begrenzt, sie würden sich bald zusammenrollen und absterben. Und dann, nach dem Winter, würden aus den unterirdischen Wurzeln neue Triebe emporkriechen, aus dem Wasser hervordrängen und neue Blätter bilden, Knospen wachsen und erblühen lassen, in Weiß und Purpurrot, wie Kronen. Kronen des Lebens.

Isabelles Blick wanderte über die Landschaft, entlang den Knicks, folgte dem Lauf der Zäune bis zum Horizont. Es schmerzte sie, dies alles zu sehen, und doch, trotz aller Wehmut, oder vielleicht gerade deswegen, machte es sie glücklich. Ja, das war ihr Zuhause gewesen. Und wie lange hatte sie es nicht mehr gesehen.

Am liebsten hätte sie sich wie früher ins Gras geworfen, hätte zum Himmel geschaut und geträumt. Wolken betrachten, Figuren erkennen, Geschichten ausdenken. Wegfliegen, zurückkehren, angekommen sein. Aber sie war eine Frau von Mitte Vierzig, und neben ihr stand ein Mann, der sicher ein ganz anderes Bild von ihr hatte als das eines verletzlichen Mädchens in trauriger Stimmung.

«Wollen wir noch ein Stück gehen?» fragte er.

Isabelle sah ihn an. Er lächelte.

«Wollen wir?» fragte er noch einmal. «Oder soll ich Sie zurückfahren?»

Sie schüttelte den Kopf. Er verstand nicht, was sie meinte, sah sie unsicher an. Isabelle mußte lachen. Diese Art von Mißverständnissen war ihr auch noch vertraut. Dabei war sie immer die Unklare gewesen, Jon der Präzise. Sie dachte an die Umwege ihres Lebens. Wäre vielleicht alles anders gekommen, wenn sie im richtigen Moment das Richtige gesagt hätte? Wäre ihr vielleicht all das Unglück und das Leid erspart geblieben, wenn sie sich selber bewußtgemacht hätte, *rechtzeitig*, was sie wirklich wollte? Wenn sie zu Jon gegangen wäre, früh genug, und ihm ihre Liebe gestanden hätte? Ach, zu spät, zu spät. Vergangen. Nie vergessen.

Sie ging auf ihren Begleiter zu, diesen jungen Mann, der da fragend vor ihr stand, die Hände in die Taschen seiner Kordhose gesteckt, den Kragen der Wildlederjacke hochgestellt, als brauchte er Schutz vor der Kälte des Nordens und des Daseins. «Natürlich will ich noch nicht zurück», sagte sie. «Wir sind ja gerade erst angekommen!»

«Es sollte ja auch nur ein ...», er suchte nach dem richtigen Wort, «ein erster Eindruck sein. Wir können doch jederzeit wiederkommen. Jetzt, wo Sie ...» Er brach ab und schien mit einem langen Blick Eindrücke der Umgebung aufzusammeln. Täuschte sie sich, oder war er ein wenig rot geworden? Um ihm über die Verlegenheit hinwegzuhelfen, hakte sie sich kurzerhand bei ihm unter und zog ihn mit sich. «Wir gehen ein Stück den Hügel hoch. Dahinter ist ein kleiner Eichenwald. Den will ich mir auch ansehen. Früher jedenfalls», korrigierte sie sich, «*war* dort ein Eichenwald.»

Eine Windbö fegte über sie hinweg. Das Laub am Ufer des Sees wirbelte hoch. Die Blätter tanzten. Das Wasser kräuselte sich, als wollte es sich über das ungleiche Paar mokieren, das dort auf den Feldsteinen stand.

«Kommen Sie, junger Mann!»

Sie sprangen von den Steinen hinunter, überquerten die Wiese und gingen den Feldweg langsam nebeneinanderher, schweigend. Im Wipfel eines Baumes krächzte eine Krähe. Gestört von den Spaziergängern schwang sie sich auf, erst flatternd, dann gemächlich fortfliegend, wie ein schwarzes, zerrissenes Tuch im Wind.

«Vielleicht können wir auch in Luisendorf übernachten», meinte Isabelle nach einer Weile. «Gibt es eigentlich Schmidts Gasthof noch?»

«Keine Ahnung!» Er zuckte mit den Schultern. «Ich war ja selber Ewigkeiten nicht mehr hier.»

«Warum duzen wir uns eigentlich nicht?» Sie schaute ihn kurz von der Seite an. Das gleiche Profil, der schöne Kopf mit dem dichten, schwarzen Haar, das Kinn mit dem Grübchen. «Ich bin die Ältere. Ich darf das anbieten.»

Sie blieb stehen und er auch, und beide spürten auf einmal, daß dies mehr war als ein Spaziergang und eine Erinnerung an längst vergangene Tage. Sie streckte ihm die Hand entgegen.

«Isabelle», sagte sie fast ein wenig steif, «eigentlich Belle seit Jahrzehnten ... Jahrhunderten.»

Sie lachten. Er ergriff dabei wie selbstverständlich ihre Hand. «Aber du kannst auch Isa sagen.»

«Klingt kompliziert – Isabelle.» Er küßte sie flüchtig auf die Wange.

Plötzlich wurde ihr bewußt, was diese Rückkehr an den Seerosenteich, nach Luisendorf, dem Platz ihrer Kindheit, für sie bedeutete. Ihr wurde klar, was dieser Mann, dessen Lippen ihre Haut zart berührten, für sie getan hatte. Ins Leben hatte er sie zurückgeführt. Von einem Punkt aus, an dem sie geglaubt hatte, es gäbe kein Morgen mehr für sie, kein Hoffen, kein Glück. Mut hatte er ihr gemacht, sie überredet, überzeugt, mitgenommen, mitgerissen, hierhergebracht. Nach Hause. Zurück zu den Wurzeln.

Isabelle ließ seine Hand los. «Ich bin sehr glücklich, daß ich hier bin.»

«Das ist gut», entgegnete er leise. «Das ist gut.»

Sie sprachen nicht mehr, gingen weiter. Nachdem sie die Anhöhe erklommen hatten, tauchte vor ihnen das Eichenwäldchen auf, feuerrot im Licht der Sonne, wie entflammt. Es war alles wie früher. Die Zeit schien stehengeblieben zu sein. Vielleicht sieht so die Zukunft aus, dachte Isabelle. Vielleicht kann doch noch alles gut werden.

Sie ließen den Seerosenteich hinter sich und gingen dem glühenden Himmel entgegen.

*Erster Teil*

1966

## *Kapitel 1*

Johanna Kröger knotete hastig ihr Kopftuch zusammen, knöpfte auch den untersten Knopf ihrer Kittelschürze zu, stopfte die Hose in die schmutzigen Gummistiefel, nahm ihr Fahrrad, das gegen die Scheunenwand lehnte, stieg auf und raste los, die Dorfstraße hinunter. Gleich hinter Fenskes Hof bog sie links in den Feldweg ab, denn sie vermutete, daß die Kinder wieder am Hügel sein würden, am Seerosenteich.

Der frühe Mai war mild und sonnig, alles leuchtete frisch und grün, es war die große Zeit der Birken, des Flieders, des Bienenfleißes. Keine Zeit zum Sterben. Aber die Dinge kamen nun einmal, wie sie wollten, und Johanna war es recht so, denn sie interessierte sich für alles, was passierte, Gutes wie Schlimmes.

«Es gibt nix, was mich nichts angeht», pflegte sie häufig zu sagen, wenn sie die Nachbarn zum Lachen bringen und ihre Klatschsucht rechtfertigen wollte.

In Luisendorf hieß Johanna nur «die Zeitung». Darin lag ein wenig Verachtung, aber auch Gewißheit: Wenn man etwas in Erfahrung bringen wollte, brauchte man nur «die Zeitung» zu fragen; wenn man *schludern* wollte, etwas weitertratschen, gleich, ob es nun stimmen mochte oder nicht, konnte man es ohne jede Verantwortung tun.

«Ich hab's von ‹der Zeitung› her», erzählten sich die Bäuerinnen über den Gartenzaun hinweg oder im Eckladen von Bäcker Voss, der auch Kolonialwarenhändler, Poststation und Treffpunkt in einem war.

«Hör op», winkten die Männer ab, die im Gasthof Schmidt gegenüber der Backsteinkirche Lütt und Lütt tranken, «ob das ‹die Zeitung› snackt, oder in Bremen fällt 'ne Schaufel um!»

Sie taten so, als glaubten sie kein Wort. Und erzählten es doch am nächsten Tag schon weiter. Beim Klönschnack von Traktor zu Traktor; beim Mittagessen in der Küche; sonntags, feingemacht, nach dem Kirchgang; abends, müde im Bett.

Johanna Krögers altes schwarzes Fahrrad holperte über den steinigen, ein wenig abschüssigen Weg. *Do, wat du wullt*, hatte ihre Mutter ihr schon als Kind beigebracht, *de Lüt snackt doch*. Da war es doch besser, daß sie über die Leute redete als umgekehrt. War sie eben «die Zeitung». Sie sollten bloß froh sein. Luisendorf mit seinen kaum fünfhundert Einwohnern war ein langweiliges Kaff.

Ein Stück einer norddeutschen Landstraße, auf dem Weg von Husum nach Flensburg. Eine Kirche, ein Gasthof, ein Laden, eine Schule, ein paar Katen, Häuser und Bauernhöfe und Land, flaches Land, so weit man schauen konnte. Träge und wohlgeordnet floß der Alltag dahin. Rituale bestimmten den Takt der Zeit, wie das Wetter, die Tiere, die Natur. Säen und ernten, hegen und pflegen, essen und trinken. Im Frühjahr wurden alte Hölzer, Sträucher und Zweige zu Haufen, die sie hier Baken nannten, aufgetürmt und verbrannt, gegen die Wintergeister. Dann der Tanz in den Mai, *op de Deel*; das sommerliche Volksfest in der Nachbargemeinde Albershude, mit Karussell, Bratwurststand und einem gewaltigen Bierzelt; im Herbst das Erntedankfest mit all seinen schönen Bräuchen; und schließlich die Adventszeit, der Heilige Abend und die Silvesternacht.

Dazwischen lagen die langen Tage, die schon in der Nacht begannen, das Versorgen der Tiere, die Arbeit auf dem Feld, die Samstage, an denen man ein Bad nahm, und die Sonntage mit Kirchgang und Braten, mit Gartenbegehen und Butterkuchenessen. Ja, und die Hochzeiten. Die waren eigentlich das Beste. Die Hochzeiten und die Geburten in Luisendorf. Und dann war da noch der Tod. Der Tod und die Beerdigungen.

Johanna Kröger strampelte schneller. Sie wollte nicht schuld sein, wenn das arme Kind zu spät käme. Das war keine reine Freude, dieser Auftrag. Aber was sollte sie machen? Sie hatte nur kurz bei Ida reinschauen wollen und gleich gemerkt, daß etwas nicht stimmte. Daß es zu Ende ging mit Hermann. Ida hatte schon nach dem Doktor geschickt.

«Wo ist deine Tochter?» hatte Johanna gefragt, als beide in der Diele standen.

«Sie ist spielen, unterwegs, mit dem jungen Rix.»

«Es wäre besser, sie käme jetzt nach Hause, nicht?»

Ida hatte nur genickt und war dann langsam und versunken, fast als wäre sie es, die sich von dieser Welt verabschieden müßte, die steile, knarrende Holztreppe nach oben gegangen.

Ein Schwarm Spatzen flatterte aus dem Roggenfeld auf wie eine Staubwolke und versank wieder in dem Meer junger grasgrüner Sprößlinge, nachdem Johanna Kröger vorbeigefahren war.

Rechts lag jetzt in Sichtweite, nur ein paar Schritte vom Weg entfernt, geschützt von Weidensträuchern, begrenzt von Schilf und Steinen und in der Sonne funkelnd wie ein Saphir, der Teich. Er war übersät mit Seerosenblüten. Die *kleinen Nymphen* nannte man sie hier und erzählte den Kindern Geschichten dazu, von Seejungfrauen und Prinzen, von Schätzen und Schlössern und Welten unterhalb der Wasseroberfläche, auf dem Grunde der Seen und Teiche.

Johanna Kröger bremste ab. Sie stieg vom Fahrrad, schob es ein paar Schritte und versuchte, Isabelle und ihren Freund Jon irgendwo zu entdecken. Schließlich blieb sie stehen, lehnte das Rad gegen das Holzgatter der Wiese, legte die Hände trichtergleich vor ihren Mund und rief nach dem Kind.

«Isa*belle* ... Isa...»

Da tauchte ein Kopf auf, aus dem Gras. Die schwarzen Haare von Jon Rix, sein blasses, freundliches, fast mädchenhaft zartes Jungengesicht. Er drehte sich nach hinten um. Dann sah Johanna Kröger auch Isabelle, die flink aufstand und zu ihr gelaufen kam. Ein schmales dreizehnjähriges Mädchen, hoch aufgeschossen, mit einem klugen, schönen Gesicht, dessen blaue, wache, fast freche Augen jedem als erstes auffielen. Ihre schulterlangen weißblonden Haare – dick wie Pferdehaare, sagte Johanna Kröger oft zu Ida Corthen, deine Tochter hat Pferdehaare, das glückliche Kind –, ihre Haare flogen durch die Luft, während sie hereilte. Wie ein Fohlen, dachte Johanna Kröger, springt ins Feld, weiß nichts von der Welt.

Jon erhob sich und kam auch heran.

«Was ist denn?» fragte Isabelle atemlos.

«Du sollst nach Hause kommen.»

«Jetzt schon? Warum das denn?»

«Deine Mutter hat mich geschickt.»

Jon hatte die beiden erreicht. Die Kinder standen hinter dem Holzgatter, Johanna Kröger davor. Sie ließ die Lenkradstange los, balancierte den Sattel dabei so vor ihrem Bauch, daß ihr Rad nicht umfiel, und knotete das Kopftuch auf.

«Tag, Frau Krö… Frau … Kröger», sagte Jon höflich.

Er war der höflichste Junge, den sie kannte. Eine Höflichkeit, wie sie in diese rauhe Gegend und erst recht zu Kindern nicht paßte. Eine Höflichkeit, die nur Menschen mit Bildung zu eigen war, dem Pastor vielleicht, dem Bürgermeister von Albershude, den Städtern, die sich manchmal hierher verirrten; Leuten eben, die über den Luxus freier Zeit verfügten, viel Zeit, zuviel Zeit zum Nachdenken. Typisch für Menschen wie diesen Lehrer Rix, der ganz blaß um die Nase war, weil er sie so oft in die Bücher steckte. Ein seltsamer Mann, mit seinen knapp vierzig Jahren schon fast kahl, die wenigen Haare grau und im dürren Kranz vom Kopf wegspringend.

Vor einem Jahr hatte er den Posten des Dorfschullehrers angetreten, und von Anfang an war Johanna Kröger sich sicher, daß er und seine Familie ein Geheimnis hatten. Taten immer so freundlich und aufgeräumt. Aber ihr, Johanna Kröger, konnte man kein X für ein U vormachen. Irgendwann würde sie schon noch darauf kommen, was da nicht hasenrein war. Jetzt stopfte Johanna das Kopftuch in die rechte Tasche der Kittelschürze und schüttelte ein wenig den Kopf, so als müsse sie ihr kurzgeschnittenes Haar lockern und in Konkurrenz zu Isabelle treten.

«Tag», sagte sie zu Jon und sah dann Isabelle fest an. «Es ist was mit deinem Vater!»

Isabelle guckte Jon an. Er schlug die Augen nieder.

«Nu tün nich lang rum hier, Kind, sondern komm!»

Johanna Kröger umfaßte mit festem Griff die Lenkstange. «Du kannst dich hintendrauf setzen, ich bring dich nach Hause.»

Ihr war die Situation nicht geheuer. Was taten die beiden Kinder hier eigentlich die ganze Zeit über, Tag für Tag? Das ging nun schon seit längerem so, das hatte sie sehr wohl beobachtet, und bei Licht besehen waren sie eben *keine* Kinder mehr. Wenn sie eine Tochter hätte, würde sie die hier nicht stundenlang unbeaufsichtigt mit einem Klassenkameraden herumkarjuckeln lassen.

«Also dann», sagte Isabelle und sah Jon an, als wäre es eine Frage.

«Ja», er senkte erneut den Blick. «Tschüs!»

Johanna Kröger setzte sich auf ihr Fahrrad und trat sofort in die Pedale, so daß Isabelle, die ein sportliches Mädchen war, mit einem Satz auf den Gepäckträger hüpfen mußte, um mitzukommen.

Jon kletterte auf das Gatter und sah ihnen nach. Isabelle winkte und er winkte zurück. Er wußte, daß sie sich auf einen schweren Weg begeben hatte. Die beiden wurden im Gegenlicht kleiner und kleiner, er hatte das Gefühl, Isabelle würde immer zarter und zerbrechlicher und er müßte von dem Holzzaun herunterspringen, ihr nachlaufen und zur Seite stehen.

Schon als er sie zum ersten Mal gesehen hatte, war ihm klar gewesen, daß dieses Mädchen etwas Besonderes war. Jon war ein schüchterner Junge. Obwohl er aus der *Stadt* kam, wie man hier sagte, obwohl sein Vater die kleine rote Backsteinschule am Rande des Dorfes leitete und seine Mutter Bibliothekarin war, Jon sich also etwas darauf hätte einbilden können, aufgrund seines Familienstandes und der häuslichen Situation *was Besseres* zu sein, fühlte er sich den anderen Kindern oft unterlegen. Sie alle waren aus seiner Sicht eine eingeschworene Gemeinschaft, laut, derb und kraftvoll, wie ihre Spiele.

Jon fürchtete sich manchmal vor den anderen. Er war in Husum aufgewachsen, der Stadt mit den düsteren roten Häusern, dem tosenden Meer, dem wilden Himmel. Dort schon hatte er sich immer, wenn die Eltern ihrer Arbeit nachgingen, in die Stille seines Zimmers zurückgezogen, gelesen, gegrübelt, geträumt. Er war ein Einzelgänger, hatte seine eigene Welt. Das mochte auch etwas mit seiner stets prekären Gesundheit zu tun haben: Solange er sich erinnern konnte, war er nie ganz gesund gewesen. Kränklich. Immer erkältet. Ein schwaches Herz.

Und dann noch dieses Unglück: Für ihn war es ein Schock gewesen, als sein Vater entschied, daß sie nach Luisendorf ziehen würden. Aber er war alt genug, zu verstehen, daß dieser Umzug notwendig war, damit sie eine Familie bleiben konnten. Es war kein beruflicher Fortschritt für seinen Vater gewesen, im Gegenteil, sondern eine Art Flucht, ein Ausweg, der einzige, den es noch gab, um die Ehe zu retten.

Jons Mutter hatte eine Liebesaffäre mit einem anderen Mann gehabt. Mit einem «Dichter», wie der Vater in den täglichen Streitereien, die dem Umzug vorausgingen, höhnte. Erst wollte sie allein fortgehen, dann hatte sie die Beziehung zu dem Dichter beendet, aber danach hatte alles wieder von vorn angefangen.

In dieser Zeit hatte sich nicht nur das Verhältnis der Eltern untereinander, sondern auch das zu ihrem Sohn grundlegend verändert. Während die Mutter Jon auf einmal mit Geschenken und anderen Liebesbezeigungen überhäufte, gleichzeitig aber alles andere vernachlässigte, übernahm der Vater die Arbeiten zu Hause und verwendete seine Freizeit auf die strenge Erziehung des Sohnes.

Jede freie Stunde, die er mit Isabelle verbringen wollte, mußte er sich erbetteln. Die meiste Zeit verbrachte er damit, Aufgaben zu bewältigen. Einkaufen, sein Zimmer aufräumen, den Tisch decken, abtrocknen, das Fahrrad putzen. Den Rasen hinter dem Haus mähen, der eher eine Wiese war, groß und wuchernd, mit dem klappernden, scheppernden, rasselnden Handrasenmäher! Wie oft saß Jon sogar an Samstagen und Sonntagen hinter seinem Schultisch und lernte unter Aufsicht seines Vaters. Vom kleinen Platz vor der Schule, in dessen Mitte sich ein Kastanienbaum schattenspendend ausbreitete, drang das Lachen, Kreischen und Toben der Kinder, die hier auch außerhalb der Schulzeit spielen durften, in das Klassenzimmer. Jon mußte seine Hände flach auf die Tischplatte legen und englische Vokabeln aufsagen. Sein Vater stand daneben und schlug ihm mit einem dreißig Zentimeter langen Holzlineal im Takt der Silben auf den Handrücken, mal sanfter, mal stärker.

«Fa ... ther, mo-ther, bro-ther, si-s ... si-s ...»

«Nun?»

«Sis-ster.»

Das Schlimmste war, daß Jon stotterte, wenn er aufgeregt war. Sein Vater versuchte es ihm abzugewöhnen. Die Dorfkinder verspotteten Jon, was das Stottern noch verstärkte. Nur Isabelle schien es nicht zu stören. Sie machte nie eine Bemerkung darüber. Bei ihr, die ihm so freundlich, offen und unkompliziert gegenübertrat, fühlte er sich aufgehoben und sicher genug, ganz und gar frei zu sprechen.

Sie war im vergangenen Jahr, als er seinen ersten Schultag in Luisendorf hatte, ein wenig verspätet und als letzte in den Klassenraum gekommen, hatte sich kurz entschuldigt und vorgestellt und dann neben ihn gesetzt, ihm die Hand zur Begrüßung hingestreckt und ihn angestrahlt, so herzlich, daß Jon sofort spürte: Wir werden Freunde. Und so kam es dann auch.

Seither waren sie jeden Tag zusammengewesen. Sie stauten mit Feldsteinen und Kieseln Bäche, bauten damit kleine Seen und

Wasserfälle und glaubten in ihrer Phantasie, in einer exotischen, fernen Landschaft zu leben und Abenteuer zu bestehen. Sie pflückten blühenden Löwenzahn, schnitten mit Jons Fahrtenmesser die Stiele am Ende kreuzweise auf und hielten sie so lange ins Wasser, bis sie sich auf wunderbare Weise und wie von Zauberhand gelenkt aufrollten. Sie machten Fahrradwettrennen, unternahmen Ausflüge, klauten Maiskolben und durchstreiften die wogenden Kornfelder, die sich dadurch in geheimnisvolle Irrgärten verwandelten.

Im Herbst, nach der Ernte, bauten sie sich aus Strohballen Hütten, in denen sie sich versteckt hielten, bis es dunkel wurde und kalt und unheimlich. Gemeinsam mit anderen Kindern veranstalteten sie Stoppelschlachten, bei denen Isabelle so heftig mit dem herausgerissenen Wurzelwerk um sich warf, daß sie fast jedesmal als Siegerin das Feld verließ. So ein Kräftemessen war Jon nicht geheuer. Er mochte sich nicht prügeln, war kein Freund von Fußballspielen und auch nicht von winterlichen Schneeballschlachten, bei denen er grundsätzlich eingeseift wurde.

Lieber lief er mit ihr auf dem zugefrorenen Seerosenteich Schlittschuh, Runde um Runde, Drehung um Drehung, schneller und schneller, bis er glaubte, mit einem letzten Stoß abheben und fliegen zu können. Lieber lag er an trüben Tagen im Schulgebäude (in dem die Familie Rix auch wohnte) auf dem Dachboden und lauschte dem Regen, der auf die Ziegel und gegen die Fenster prasselte. Lieber saß er mit Isabelle in der Küche des Bauernhäuschens ihrer Eltern, über die Hausaufgaben gebeugt, während eine große, bauchige Kanne mit Kaffee, auf dem Kohleherd warm gehalten, in regelmäßigen Abständen ein gemütliches und beruhigendes Blubbern von sich gab. Jon war ein romantischer Junge.

Und er war in Isabelle verschossen. Aber er traute sich nicht, es ihr zu sagen. Denn er konnte sich nicht vorstellen, daß so ein kluges, schönes, mutiges Mädchen, das alle so gern mochten, seine Gefühle erwidern könnte.

Er sprang vom Gatter herunter und schlenderte langsam den Weg hinauf, der zum Dorf zurückführte. Im Vorbeigehen riß er einen Grashalm aus dem Boden, formte mit den Händen eine Höhle, legte den Halm zwischen die Seitenflächen seiner Daumen und blies kräftig hinein. Über die flache, von der Maisonne erleuchtete Landschaft tönte es laut und durchdringend, immer und immer wieder, wie der Ruf eines verirrten Tieres.

Isabelle betrat das Haus, schlüpfte aus ihren Schuhen und stellte sie unter die Eichenholzgarderobe, neben die Gummistiefel ihres Vaters, die er nun schon so lange nicht mehr angezogen hatte. Ihre Mutter hatte sie gehört und kam die Treppe herunter. Sie trug auch keine Schuhe, sondern lief auf Strumpfsocken, wie man hier sagte.

«Wo warst du nur wieder?» fragte sie ihre Tochter nervös. «Wie siehst du nur aus? Deine Hose. Hundertmal habe ich dir gesagt, daß Grasflecken nicht rausgehen ...»

Sie stand dicht vor ihrer Tochter und strich ihr die Haare aus der Stirn.

Isabelle setzte zu einer Erklärung an, aber ihre Mutter ließ sie nicht zu Wort kommen, sondern zupfte an ihr herum. «Wo ist deine Haarspange?»

Ehe Isabelle etwas antworten konnte, griff ihre Mutter zu der Messingschale, die in die Ablage der Garderobe eingelassen war, nahm ein Gummiband heraus, trat hinter ihre Tochter, raffte deren Haare mit der einen Hand zusammen, um dann mit der anderen das Band darüber zu streifen, so daß ein Pferdeschwanz entstand. «Nimm die Haare aus dem Gesicht ... wasch dir die Hände ... zieh deine Puschen an ... dann geh rauf ... dein Vater will dich sehen ... ach, Kind ... Doktor Eggers ist gleich da. Es geht Vater nicht gut.»

Sie zog ein Taschentuch heraus, doch nicht, weil sie weinen mußte. Sie reichte es Isabelle, damit sie sich den Zucker aus den

Mundwinkeln wischen konnte – Reste vom Guß der Rosinenschnekken, die Jon seiner Freundin von seinem Taschengeld spendiert hatte. Er kriegte fünf Mark jeden Monat. Isabelle bekam nichts von ihren Eltern. Ihre Mutter meinte, Taschengeld sei eine Erfindung von Städtern. Alles, was Kinder auf dem Land bräuchten, bekämen sie zu Hause. Alles eben nicht, fand Isabelle.

Sie hatte schon früh ein gutes Gefühl für den Wert des Geldes entwickelt. Das verdankte sie ihrem Großvater. Er hatte die letzten Jahre seines Lebens bis zu seinem Tod im vergangenen Herbst bei ihnen gewohnt und seiner Enkelin Aufträge erteilt, für deren Erledigung er ihr Geld zusteckte. Heimlich, denn Isabelles Mutter wollte nicht, daß ihre Tochter für ein paar Groschen die Morgenzeitung oder Zigarren holte oder einen Brief wegbrachte.

Am besten gefiel Isabelle dabei, daß sie ihrem Großvater abends vor dem Schlafengehen, während er, einen Zigarrenstummel im Mund, in der Küche noch die Todesanzeigen studierte, für fünfzig Pfennig das Bett anwärmen durfte. Dann kam er mit seinen Filzpantoffeln nach oben geschlurft, ging, während sie unter der Federdecke lag, an seinen Kleiderschrank, nahm eine Zigarrenspankiste heraus, öffnete sie, fingerte unter den Geldscheinen den Fünfziger heraus und warf ihn ihr in hohem Bogen zu. Sie fing die Münze auf, sprang aus dem Bett, gab ihm flüchtig einen Gutenachtkuß und verschwand wieder nach unten in ihr Zimmer, das neben der Stube lag.

Bald schon kam Isabelle darauf, ihrem Großvater – dem Vater ihres Vaters – vorzuschlagen, ihm auch zum Mittagsschlaf das Bett anzuwärmen, und das nicht nur im Winter, sondern auch in den Sommermonaten. Er willigte ein. Sie ließ sich von ihrem Großvater eine leere Zigarrenkiste schenken und machte daraus ihre Kasse, die sie im Nachttisch versteckte. Von Zeit zu Zeit zählte sie ihren Schatz: Er mehrte sich durch Pfandgeld für leere Bierflaschen, die sie in der Nachbarschaft sammelte, durch Aushilfen in der Bäckerei Voss, durch Botendienste, für die sich Isabelle im Dorf anbot. Niemand wußte, daß sie Erspartes besaß, außer Jon. Ihm erzählte sie alles. Auch, daß sie das Geld dafür nutzen wollte, einmal ein eigenes Geschäft zu eröffnen, ganz gleich was für eines, und daß es ihr Ziel war, einmal berühmt zu werden.

Jon war Isabelles Vertrauter. Er war für sie der wichtigste Mensch auf der Welt, sie war froh, daß er ihr Freund war, sie träumte sogar von ihm. Sie träumte, daß er sie küßte. Jon war ganz anders als alle anderen Kinder, so ruhig und klug; er redete beinahe sowenig wie ihr Großvater, aber was er sagte, war immer genau das richtige. Auf alle Fragen wußte er eine Antwort, oder wenigstens wußte er, wie man eine Antwort bekam: Jon hatte tolle Bücher, über die Welt der Tiere, die Welt des Mittelalters, über die Sagenwelt, das alte Ägypten ebenso wie über das England des vergangenen Jahrhunderts, in dem ihre größten Helden lebten, David Copperfield und Oliver Twist. Jon besaß die beiden Dickens-Romane in wundervollen illustrierten Ausgaben; gemeinsam betrachteten sie die Zeichnungen, die ihnen wie ein Abbild des wirklichen Lebens erschienen. Manchmal las er ihr daraus vor, und sie fühlten sich dann wie die Romanfiguren.

«Nun geh rauf!» befahl ihre Mutter.

Während sie in der Küche verschwand, ging Isabelle die Treppe hoch. Sie hielt sich, ganz gegen ihre sonstige Gewohnheit, zwei Stufen auf einmal hinauf- oder hinunterzustürmen, am Geländer fest, so, wie ihr Großvater es immer getan hatte. Ihr fiel plötzlich auf, wie laut die Eichenstanduhr in der Diele tickte, und sie blieb kurz stehen und drehte sich erstaunt um. Dann gab sie sich einen Ruck, nahm die letzten Stufen und öffnete die Tür zum Schlafzimmer der Eltern.

Ihr Vater lag, die Augen geschlossen, in der linken Hälfte des frisch bezogenen Ehebettes. Die andere Hälfte war abgedeckt, denn seitdem er so krank war, hatte er darauf bestanden, daß seine Frau im benachbarten Zimmer, der Großvaterkammer, wie sie den Raum nannten, schlief.

Er sah schmal aus, bleich und alt. Isabelle war immer bewußt gewesen, daß ihr Vater erheblich älter war als die Väter ihrer Freundinnen und Klassenkameradinnen, aber wie er jetzt so dalag, kam er ihr wie ein Greis vor. Er litt an Leukämie. Sie schloß leise die Tür und kam auf Samtschritten heran.

Ihr Vater öffnete die Augen: «Kind! Ich hab schon auf dich gewartet. Komm, setz dich zu mir.» Er zog seinen Arm unter der Bettdecke hervor und klopfte sanft auf den Platz neben sich.

«Papa», sagte Isabelle. «Papa!» Sie umarmte ihn.

«Sei nicht traurig.» Er schob ihren Kopf sanft von sich, umfaßte ihr Gesicht mit den Händen und schob es hoch, so daß er sie ansehen konnte. «Ich habe nicht mehr lange Zeit ...», fuhr er fort und rang nach Luft. «Ich werde sterben ...»

«Nein, Papa!»

«Doch.»

«Aber Doktor Eggers kommt gleich. Mama sagt ...»

«Wir haben uns doch nie gegenseitig etwas vorgemacht, hm?»

«Nein.»

«Ich hab dich sehr lieb, Isabelle. Und ich möchte, daß du weißt, daß ich immer bei dir sein werde, auch wenn ... wenn ...» Er schwieg eine Weile, drehte seinen Kopf zur Seite und blickte aus dem Gaubenfenster hinaus. «Ich habe ein bißchen Angst, weißt du ...», fuhr er fort, «du bist erst dreizehn, aber ich finde, du bist alt genug, daß wir darüber reden, nicht wahr?»

Isabelle wußte nicht, was sie antworten sollte.

«Vor dem, was da kommt», fuhr er fort. «Aber der liebe Gott wird mich schon aufnehmen, was?»

Seine Tochter nickte.

«Ich hab auch Angst um deine Mutter. Um dich nicht. Nein.» Er lächelte. «Du bist mine seute Deern ...»

«Papa ... ich hab dich auch so lieb ...»

«Du mußt wirklich nicht traurig sein. Ich habe ein gutes Leben gehabt, alles, was ich wollte ... viel erlebt, so eine kluge Tochter, unser schönes Zuhause ... Du mußt nun auf das alles mit aufpassen,

Isa. Du wirst das schon machen, deiner Mutter zur Seite stehen, nicht?»

«Ja.»

«Du bist was Liebes.» Er hob die Hand, um Isabelle zu streicheln, war aber zu schwach dazu. «Du bist meine Tochter, du bist was Besonderes. Vergiß das nie.»

Sie schüttelte den Kopf, ohne wirklich zu verstehen, was er meinte.

«Geh immer auf die Menschen zu, das ist das, was ich dir mit auf den Weg geben will, bleib immer schön bei der Wahrheit, dir selbst gegenüber, Kind: Ehrlichkeit und Offenheit sind nun mal das Wichtigste im Leben.»

Er schloß kurz die Augen; als er sie wieder öffnete, blickte er seine Tochter nicht mehr an, sondern starrte ins Leere. Es war, als ob er Fieber hätte. Leise murmelte er vor sich hin:

«‹Ich wanderte schon lange, da kamest du daher.

Nun gingen wir zusammen. Ich sah dich nie vorher.

Noch eine kurze Strecke – das Herz wird mir so schwer –

Du hast noch weit zu gehen. Ich kann nicht weiter mehr.›»

Er sprach jetzt so leise, daß sie ihn kaum noch verstand. «‹Un wenn min Hanne lopen kann, so gat wie beidn spazeern...›»

Isabelle kannte all die norddeutschen Gedichte, ihr Vater hatte sie oft rezitiert. Aber jetzt klangen die Zeilen plötzlich ganz anders, und ihr Vater sah so merkwürdig aus...

«‹... denn seggt de Kinner alltohop...›»

Sie stand vorsichtig auf, so, als wollte sie ihn nicht wecken, und ging rückwärts zur Tür. In diesem Augenblick trat ihre Mutter mit Doktor Eggers ins Zimmer. Der Arzt ging sofort ans Bett, stellte seine Tasche auf den Boden, öffnete sie und suchte etwas darin. Isabelles Mutter ergriff die Hand ihrer Tochter und zog sie zu sich. «Nun geh man runter», sagte sie. «Du hast ja nun mit ihm gesprochen.»

Isabelle wollte protestieren, aber ihre Mutter schob sie auf den

Flur hinaus. «Warte unten in deinem Zimmer.» Mit diesen Worten schloß sie die Tür hinter sich.

Verstört blieb Isabelle einen Moment am Treppenabsatz stehen, dann ging sie hinunter. Es war vollkommen still im Haus.

## Kapitel 2

Gretel Burmönken goß aus der Glasflasche einen kräftigen Schluck Spiritus in den Deckel der Tabaksdose, den sie für solche Zwecke in der Speisekammer aufbewahrt hatte. Dann wickelte sie die Vierländer Enten aus dem Pergamentpapier und legte sie neben den Deckel auf den Küchentisch. Dabei summte sie fröhlich vor sich hin. Aus dem Radio, das auf dem gemütlich brummenden Bosch-Kühlschrank stand, tönte ein Schlager, den Gretel über alles liebte und der kürzlich bei einem Festival, dem Grand Prix de la Chanson, den ersten Preis eingeheimst hatte: «Merci, chérie». Gretel nahm von der Fensterbank die Schachtel *Welt-Hölzer*, schüttelte sie kurz, um zu überprüfen, ob noch Streichhölzer darin waren, nahm eines heraus, entzündete es mit einem Ratschen und hielt es an den Spiritus, der sofort brannte.

«... für die Stunden mit dir, merci ...», sang Gretel gemeinsam mit Udo Jürgens und setzte sich an den Tisch. Sie nahm eine der Enten und sengte die Reste der Federn ab, indem sie das Tier über die Flamme hielt und sorgfältig drehte und wendete.

Die Küche der Trakenbergschen Villa, vierzig Quadratmeter groß, fast bis unter die Decke mit Delfter Kacheln gefliest, pieksauber, wie Gretel Burmönken ihr Reich gern beschrieb, und nach dem neuesten technischen Stand ausgestattet, befand sich im Souterrain des Hauses. Durch die vier halbhohen vergitterten Fenster, die über den Arbeitsflächen, dem Spülstein und dem Herd lagen, hatte man einen Blick über den Garten: die Rhododendronhecken, die das Grundstück einfaßten und die jetzt kurz vor der Blüte standen;

die sanft abfallende, nach englischem Vorbild rappelkurz gehaltene Rasenfläche; den Pavillon am Ende des Abhangs und darunter, anscheinend so nah, als gehörte sie noch zum Anwesen, die Elbe. Schiffe zogen vorbei, kleine Kähne, große Pötte. Sie kamen aus fernen Welten oder eben um die Ecke, sie fuhren fort, hinaus aufs Meer, und sie trugen nicht nur ihre Fracht mit sich, sondern immer auch, so fand Gretel, ein Stück Sehnsucht.

Sie seufzte. Sie mußte an den Weißrussen denken, an damals, die Zeit kurz vor dem Krieg in Hamburg, da war sie gerade mal zwanzig gewesen, und sie und er hatten auf einer Bank im Stadtpark gesessen, und als er seufzte, hatte sie ihn gefragt: «Warum seufzt du?» Da hatte er empört geantwortet: «Aber ich saufe doch nicht!», und sie hatte laut losprusten müssen und ihm das Wort «seufzen» erklärt, und dann hatte er auch gelacht. Jaja, lang, lang ist's her.

*Merci, chérie ...*

Gretel stand auf, wischte sich die Hände an ihrer Rüschenschürze ab – eine Geste, die ihr zur Gewohnheit geworden war –, und ging in die Speisekammer, in der sich Töpfe und Pfannen, Vorräte und Gewürze befanden. Sie nahm den gußeisernen Bräter heraus, das Salzglas, eine Pfeffermühle und einen Zweig von dem Thymian, der neben anderen Gartenkräutern, mit Bindfaden zum Sträußchen gebunden, an der Innenseite der Tür hing. Sie rieb die Enten mit Salz und den Thymianblättchen ein, pfefferte sie und legte sie in den Bräter. Dann goß sie eine Tasse Wasser hinzu und schaute auf die Küchenuhr, die über der Tür hing. Es war zehn Uhr morgens. Zu früh, um jetzt schon das Mittagessen aufzusetzen. Die Musiksendung war beendet. Ein Sprecher verlas Nachrichten: Zwei Starfighter waren bei einem Nato-Manöver kollidiert und in die Nordsee gestürzt, Kanzler Erhard hatte sich zum Bundeshaushalt geäußert, der CSU-Vorsitzende Franz Josef Strauß verteidigte auf einer Südafrika-Reise die Apartheidpolitik der Regierung in Pretoria.

Gretel schaltete das Radio ab. Sie wollte nichts dergleichen hören. Es war Zeit für Frau Trakenbergs Tee. Einem alltäglichen, wohlvertrauten Ritual folgend, setzte Gretel den Wasserkessel auf, stellte eine Teetasse auf das Tablett, röstete Weißbrot, butterte die Scheiben und bestrich sie mit Orangenkonfitüre. Dann gab sie Darjeeling-Blätter in die Kanne und goß das kochende Wasser hinzu. Aus einem Schränkchen nahm sie eine frische Serviette, zog sie durch den silbernen Serviettenring und legte sie neben den Frühstücksteller, das Sahnekännchen und das Kandisschälchen aus chinesischem Porzellan. Zufrieden betrachtete sie ihr Werk, sah sich kurz um – Herd ausgeschaltet, Fenster geschlossen, die Spiritusflamme verloschen –, hob das Tablett hoch und verließ die Küche.

Seit zehn Jahren arbeitete sie nun schon als Köchin bei den Trakenbergs. Fast fünfzig Jahre alt, klein, dick, mit roten Wangen und den Augen einer Fünfzehnjährigen, war sie die gute Seele des Hauses. Für Carl Trakenberg, zwei Jahre jünger als sie und ihr Schwarm, für seine Frau Charlotte und deren Tochter Vivien, für den Gärtner und die leider ständig wechselnden Putzfrauen, für die Elbvorort-Nachbarschaft und die Hamburger Gesellschaft, die bei den Trakenbergs ein und aus ging, war sie einfach «die Burmönken». Man schätzte ihren spröden norddeutschen Humor. Man bewunderte ihren Fleiß und ihre Zuverlässigkeit. Und vor allem: man liebte ihre gute Küche. Sie hatte alles stets im Griff, und alle, wie sie selbst gern sagte, «unter Wind» – sie machte keinen Unterschied zwischen Arm oder Reich, Jung oder Alt, sie machte keinen Hehl aus ihrer Meinung (und sie hatte zu allem eine Meinung!), sie bestimmte den Alltag und den Tagesablauf im Hause Trakenberg, und zwar vom Morgen bis zum Abend.

Gretel öffnete mit dem Ellenbogen die Tür zum Schlafzimmer, das sich im ersten Stock der Jahrhundertwendevilla befand. Das Ehepaar schlief seit Jahren in getrennten Räumen. Charlotte Trakenberg war bereits wach. Sie saß, den Rücken zur Tür gewandt, an ihrem Schreibsekretär und sah die Briefe durch, die ihr Mann ihr allmorgendlich dorthin legte.

«Guten Morgen! Sie sind ja schon auf.» Gretel stellte das Tablett auf die stoffbezogene Bank am Fußende des Bettes.

Charlotte Trakenberg drehte sich um. «Morgen. Ja ... danke Ihnen.»

Sie war eine hochgewachsene, schlanke Frau, deren starken Willen man ebenso an ihrem Gesicht ablesen konnte wie eine Neigung zur Schwermütigkeit. Sie hatte Schlupflider, eine große, scharfgeschnittene Nase und nach unten gezogene Mundwinkel. Ihre langen, dunkelbraunen Haare waren stets, selbst am Morgen, sorgfältig zu einem Chignon eingeschlagen. Über ihrem Seidenschlafanzug trug sie einen engen, bodenlangen Morgenrock aus roter Mohairwolle, dessen Kragen und Ärmel mit einem Besatz aus Vogelfedern versehen waren, die bei jeder Bewegung und jedem Atemzug flatterten, als wären sie lebendig und wollten aufsteigen. Charlotte Trakenberg hatte sich zu ihrer Köchin umgewandt und einen Arm über die Lehne des Stuhles gelegt. Sie sah aus wie eine adelige Dame auf einem Altmeistergemälde.

«Soll ich eingießen?» fragte Gretel.

«Lassen Sie nur.»

«Noch Wünsche? Sonst gehe ich nämlich wieder in die Küche. Die Dinge erledigen sich ja nicht von allein.»

Charlotte Trakenberg stand auf. «Danke nein. Ist Elke schon da?»

«Von der habe ich noch nichts gehört und gesehen. Wahrscheinlich wieder krank.»

«Gott, Frau Burmönken, das ist Schiffbruch auf der ganzen Linie ...» Sie goß sich Tee ein, nahm die Tasse hoch, nippte daran und stellte sie wieder zurück. Der Tee war ihr zu heiß. «Es muß doch in dieser Stadt jemanden geben ... der *putzen* will!»

«Tja», antwortete Gretel, «ich hab Ihnen ja schon gesagt: Das große Haus mit all dem Gedöns ... Sie haben ja auch so Ihre Vorstellungen ... das ist etwas für eine Haushälterin. Mit einer Putzfrau kommen wir auf Dauer nicht längs.»

«Ich muß es noch einmal mit meinem Mann besprechen.» Sie ging an ihren Platz zurück und setzte sich wieder.

«Kommt er heute mittag zum Essen?» fragte Gretel.

«Nein. Er bleibt in der Stadt.»

«Dann hab ich ja alles umsonst vorbereitet! Ente.» Gretel war verärgert.

«Na ja, Frau Burmönken, das Kind muß ja auch was haben, wenn es von der Schule kommt ... übrigens, denken Sie dran: Morgen abend haben wir eine Gesellschaft. Sechs Personen. Machen Sie mir bitte bis heute nachmittag Vorschläge. Es wäre auch schön, wenn Sie servieren könnten und sich überhaupt bereit halten würden ...»

Gretel nickte, stellte Charlotte Trakenberg die Teetasse auf den Sekretär und ging zur Tür. Sie wollte gerade das Schlafzimmer verlassen, als das Telefon auf dem Nachttisch klingelte. Mißbilligend sah Charlotte Trakenberg zu dem Apparat aus weißem Bakelit hinüber, dessen Glocke schrill läutete. «Seien Sie doch so nett ...»

Gretel ging an den Nachttisch und nahm den Hörer ab. «Haus Trakenberg?»

Charlotte Trakenberg wartete einen Moment, aber als sie bemerkte, daß es ein Anruf für die Burmönken war, wandte sie sich ab, las weiter ihre Post und trank dabei in kleinen Schlucken ihren Tee. Für eine Weile war sie versunken in den Brief einer Freundin, die ihr aus Brasilien geschrieben hatte, folgte deren Geschichten und Beschreibungen. Doch plötzlich hielt sie inne, ließ den Bogen sinken und sah erneut zur Burmönken hinüber.

Bleich und schweigend hörte die dem Anrufer zu, dann sagte sie: «Ist gut!», legte den Hörer auf die Gabel zurück und faltete die Hände vor der Brust, als würde sie beten.

«Ist was passiert?» fragte Charlotte Trakenberg.

Gretel antwortete nicht.

«Frau Burmönken! Ich rede mit Ihnen!»

Die Köchin löste sich aus ihrer Erstarrung, ging ein paar Schritte

in Richtung Tür und blieb dann in der Mitte des Raumes stehen.
«Ja», sagte sie, «ein Freund ... von mir ... der Familie ... aus meinem Heimatdorf.»

«Gott! Nun sagen Sie doch etwas!»

«Er ist gestorben.»

«Ach, Sie Arme.» Charlotte Trakenberg erhob sich und ging auf ihre Köchin zu. «Kann ich irgend etwas ...»

Gretel richtete sich auf. «Verzeihen Sie, aber ich muß Sie bitten, mir freizugeben.»

«Freigeben? Aber um Himmels willen, wann denn?»

«Sofort! Ich muß noch heute nach Luisendorf.»

«Ich verstehe, daß Sie jetzt aufgeregt sind. Aber bitte bedenken Sie, wir haben ja morgen unsere Gesellschaft. Und diese ... diese Elke ist nicht da. Ich kann unmöglich auf Sie verzichten, Frau Burmönken. Wie soll das gehen?»

Gretel blickte ihrer Arbeitgeberin streng ins Gesicht. «In all den Jahren, Frau Trakenberg, habe ich immer meine Arbeit hier vornean gestellt, war nie krank, habe nie gefehlt, auch damals nicht, als meine Cousine ins Krankenhaus kam. Diesmal geht es aber nicht anders. Das sind meine engsten und ältesten ... und ...», sie war den Tränen nahe, weinte aber nicht, «besten Freunde. Ich muß dorthin!»

Charlotte Trakenberg sah zu Boden. «Nun gut», sagte sie, «in Gottes Namen. Mein Beileid.» Sie ging schnurstracks an ihren Sekretär zurück.

Mit gesenktem Kopf verließ Gretel Burmönken den Raum.

In ihrem Souterrainzimmer angekommen, das am Ende des Küchenflures neben dem Weinkeller lag, band sie ihre Schürze ab, nahm einen Koffer vom Schrank herunter und fing an zu packen. Als sie ins Badezimmer trat und das Licht anknipste, hielt sie inne und besah sich im Spiegel. Mit den Händen zog sie die Haut ihres Gesichtes straff, so, als könnte sie die Zeit zurückdrehen und die Wunden und die Falten glätten, die sie ihr zugefügt hatte. «Ida, Ida ...», murmelte sie leise.

Ida Corthen war eine Freundin seit Jugendtagen. Gretels jüngere Schwester Ilse hatte die Klassenkameradin eines Tages mit auf den Hof der Burmönkens gebracht. Das stille, ernste Mädchen aus der Nachbarschaft gehörte bald zur Familie, sie war das siebte Kind geworden, half mit auf dem Feld, durfte bei den Burmönkens übernachten, und sie und Ilse waren unzertrennlich. Aber dann war Ilse gestorben, keine zwölf Jahre alt, und Gretel hatte sich Idas angenommen. Wie eine ältere Schwester stand sie Ida zur Seite, auch später noch, Mitte der dreißiger Jahre, als Gretel fortgegangen war und ihre erste Stelle angetreten hatte, in Hamburg in der Johnsallee, bei einer Arztfamilie, die dann nach London gezogen war und sie als Hausmädchen hatte mitnehmen wollen.

Es gab im Leben immer wieder diese Wegkreuzungen, das hatte sie gelernt, an denen man sich entscheiden mußte, in welcher Richtung man weiterging. Dort standen, unsichtbar, die guten und die bösen Geister. Ohne sich zu erkennen zu geben, lockten sie: Folge mir. Ging man in die falsche Richtung, erwartete einen das Unglück. Gretel wußte mittlerweile, daß es immer nur darauf ankam, auf sich selber zu hören. Sie konnte zwischen den guten und den bösen Geistern unterscheiden, sie hatte es immer richtig gemacht, fand sie.

Auch mit Hermann. Kurz vor dem Krieg hatten sie sich auf einem Tanzfest im Kaffeegarten des Winterhuder Fährhauses kennengelernt, ausgerechnet, unter ein paar hundert Gästen. Er war ihre große Liebe gewesen. Er lernte auf Melkmeister in Aumühle. Doch er erwiderte ihre Gefühle nicht. Sie hatten sich trotzdem immer und immer wieder getroffen, denn sie verstanden sich gut, und Gretel hatte von ihrer Mutter gelernt, daß eine Frau einen Mann nicht drängen soll, daß sie warten können muß, daß eine Sache nur gut ausgehen kann, wenn er sich müht und um sie wirbt, nicht umgekehrt. Also versteckte sie ihre wahren Gefühle. Doch bald sah sie ein, daß es keinen Zweck hatte. Kurzerhand lud sie Ida an einem Sonntag zu sich ein und verkuppelte die beiden miteinander: So konnte Hermann ihr erhalten bleiben. Er war zehn Jahre älter als

Ida, und die beiden paßten wunderbar zusammen, das hatte Gretel gut erkannt. 1943 wurde geheiratet, ein bißchen auch, weil sie fürchteten, Hermann könnte nicht zurückkommen aus Frankreich.

Aber er war zurückgekommen, das Ehepaar hatte sich ein Reetdachhäuschen in Luisendorf gepachtet, und Hermann baute sich als Melkmeister bei der Familie von Lenkwitz in Albershude eine Existenz auf. Es hingen dunkle Wolken über der Ehe, weil sie keine Kinder bekamen. Doch dann, 1953, war Isabelle geboren worden, nach zehn Jahren das späte Glück. Ida war über diese Zeit des Wartens und Verzagens ein wenig bitter geworden, Hermann aber blühte auf. Er vergötterte seine Tochter. Daß er nun so früh sterben mußte, mit Anfang Fünfzig, das war eine große Ungerechtigkeit.

Nachdenklich legte Gretel Stück für Stück der Kosmetika, die sie benötigte, in den Seifenbeutel. Daß im Leben immer die Besten zuerst sterben! dachte sie, machte das Licht aus und verließ das Bad. Sie zog ihr Kleid aus und statt dessen die weiße Bluse und das schwarze Wollkostüm an. Beides hatte sie in Erwartung der Todesnachricht aufgebügelt und bereitgehängt. Sie wunderte sich, daß sie so gefaßt war.

Hermann war in gewisser Weise auch ihr Mann gewesen. Vielleicht war sie durch die lange Zeit der Krankheit auf diesen Moment vorbereitet gewesen. Innerlich hatte sie bei ihrem letzten Besuch in Luisendorf vor sechs Wochen schon von ihm Abschied genomen. Wir sehen uns wieder, hatten sie sich als letzten Satz mit auf den Weg gegeben, und jeder hatte etwas anderes damit gemeint. Wer weiß, vielleicht ging es Hermann jetzt viel besser. Sie war froh, daß sein Leiden ein Ende hatte.

Gretel führte schnell ein Telefongespräch. Dann nahm sie ihren Regenmantel, den kleinen schwarzen Hut mit der runden Krempe, den Koffer und ihre schwarze Lederhandtasche, verließ ihr Zimmer, stellte alles vor die Souterraintür, die seitlich aus der Villa hinausführte, und ging noch einmal zu einer letzten Kontrolle in die Küche.

Das Telefon der Trakenbergs klingelte schon wieder. Normalerweise wäre Gretel rangegangen, aber nun war sie in Eile. Sie schrieb einen Zettel für Vivien, erklärte dem Kind, daß es im Kühlschrank (in dem sie die Enten verstaut hatte) noch Suppe vom Vortage gebe und daß sie sich telefonisch von unterwegs melden würde.

Rasch erledigte sie in der Küche, was zu erledigen war, und eilte dann nach oben, um sich von Charlotte Trakenberg zu verabschieden. Die Hausherrin hatte sich mittlerweile angekleidet – sie trug ein Chanelkostüm mit Hahnentrittmuster – und war in der Halle damit beschäftigt, von den Topfgeranien, die in den Fenstern links und rechts des Eingangsportals standen, welke Blüten abzuzupfen.

«Ich fahre dann jetzt», erklärte Gretel. «Ich rufe Sie morgen an, wie lange ich bleiben muß.»

«Daß Sie mir das antun müssen ...»

«Sie sollten die Enten ...»

«Dann ruft eben noch diese ... diese Elke an ...», Charlotte Trakenberg ließ die Blüten aus ihrer Hand auf die Marmorplatte des Kaminsimses rieseln, «... sagt mir, sie käme nicht mehr wieder. Sei ihr zuviel. Was mache ich bloß?»

«Ich sagte ja schon ...»

«Jaja. Gehen Sie nur. Es ist ja auch meine Sache. Wie alles.»

«Also dann.» Gretel ging zur Tür zurück, die ins Souterrain führte, und verschwand im Keller. Mit dem Bus fuhr sie zur Stadtbahnstation Blankenese, von dort zum Altonaer Bahnhof. Sie kannte die Eisenbahnverbindungen nach Albershude – Luisendorf hatte keine eigene Bahnstation – auswendig. Pünktlich zur Abfahrt stand sie auf dem Bahnsteig. Die eineinhalbstündige Fahrt verbrachte sie allein in einem Abteil der ersten Klasse, das sie sich gegönnt hatte.

Gretel blickte aus dem Fenster. Die Sonne schien freundlich und warm. Der Zug fuhr durch die Vororte von Hamburg, vorbei an Wohnsiedlungen mit properen Nachkriegshäusern, die von wohlgepflegten Gärten umrahmt waren. Danach durchzogen die Schienen, auf denen die Eisenbahn gleichförmig ratternd fuhr, einen Wald und schließlich die weite Landschaft Schleswig-Holsteins. Da waren Landstraßen, die sich in prächtig blühende Kastanienalleen verwandelt hatten. Rapsfelder, die, früh dieses Jahr, in fast unwirklichem Gelb leuchteten. Weiden, auf denen Kühe grasten. Pferdekoppeln, Seen, Dörfer. Ortschaften mit heruntergelassenen Bahnschranken und aufragenden Kirchtürmen. Schließlich Albershude, an dessen verwittertem, altem Bahnhof der Zug quietschend hielt. Gretel stieg aus.

Fritz, ein Freund und Besitzer des Gasthofs Schmidt in Luisendorf, wartete schon auf dem Bahnsteig. Ihn hatte Gretel von Hamburg aus angerufen und gebeten, sie abzuholen. Sie schüttelten sich die Hände.

«Tja», sagte Gretel, «so sieht man sich wieder.»

Fritz nahm ihr Gepäck, sie gingen schweigend durch die kühle, leere Bahnhofshalle. Vor dem Gebäude stand der neue Opel Rekord von Fritz, auf den er, das merkte sie sofort, stolz wie Bolle war.

«Schöne Kutsche, Fritz!» bemerkte sie anerkennend und klopfte auf das Dach des apfelsinenfarbenen Autos.

Fritz lud ihr Gepäck ein. «Und dann geht es dir wie Hermann», erwiderte er und schloß die Heckklappe, «und du bist doot ... un' hast von allem nix gehabt.»

«Na, noch lebst du ja!»

Fritz hatte den Wagen ganz dicht an dem Holzzaun geparkt, der seitlich des Bahnhofsgebäudes den Fußweg vom Bahnsteig trennte. Über den Zaun hinweg wuchs ein großer Fliederbusch. Seine Blüten waren so schwer, daß die Zweige weit hinuntergesunken waren und fast das Autodach berührten.

Fritz schloß die Fahrertür auf, er und Gretel sahen sich an.

«Und?» fragte sie. «Wie geht es Ida?»

«Wir machen uns im Dorf alle große Sorgen. Wir wissen nicht, ob sie das durchsteht. Du kennst sie ja, Gretel. Äußerlich ist sie ganz ruhig, aber ...» Er stieg ein, öffnete ihr von innen die Beifahrertür und ließ den Wagen an.

Gretel zog einen Zweig zu sich heran, schloß die Augen und roch daran. Flieder war immer ihr liebster Duft gewesen. Süß und altmodisch und auf eine geheimnisvolle Weise das Herz rührend. Es war ein Duft, der das ganze Leben in sich zu bergen schien: Erinnerungen an die Kindheit, die Heiterkeit des beginnenden Sommers, die flatternde Sehnsucht erster Liebe, aber auch das Wehmütige lag darin, die Vergänglichkeit von allem, der Schmerz des Abschieds.

«Kommst du?» fragte Fritz.

«Ja», antwortete Gretel, «nu mal langsam mit die alten Gäule.» Sie ließ den Zweig hochschnellen, nahm neben Fritz Platz, zog die Autotür zu und hoffte, als der Wagen sich in Bewegung setzte, daß sie auch dieses Mal wieder würde helfen können.

Plötzlich waren die Temperaturen gestürzt, ganz so, wie die Bauern es erwartet und befürchtet hatten. Die «Kalte Sophie» hatte Bodenfrost mit sich gebracht, die Nacht zu diesem fünfzehnten Mai war eisig und klar. Über das Land spannte sich ein schwarzer Himmel voller Sterne, der funkelnd am Horizont versank. Luisendorf lag ruhig da, alles schlief. Nur unter dem Reetdach des Corthenschen Hauses brannte noch Licht. Weich fiel es aus dem Stubenfenster in den Vorgarten, beschien die Hecke der Rhododendronbüsche, deren Blätter sich, als lägen sie unter gefrorenem Dampf, der Länge nach zusammengerollt hatten.

Das Licht betupfte die Kissen letzter Veilchen, die nun erfroren waren, die Akeleien, die aussahen wie erstarrte Glockenspiele, den schmalen, moosigen Weg, der zum Haus führte, das Gartentor, den Holzzaun, der von knospenden Heckenrosen überwuchert war. Alles wirkte friedlich, fast verzaubert.

Drinnen saßen sich Ida und ihre Freundin Gretel in Ohrensesseln gegenüber und redeten miteinander, seit Stunden schon. Die Tür hatten sie einen Spaltbreit offengelassen, die Dielenuhr schlug elf. Vor dem Zubettgehen hatte Isabelle ihre Mutter gebeten, auch die Tür zu ihrem Zimmer angelehnt zu lassen. Seit dem Tod ihres Vaters schlief sie unruhig, träumte viel und fürchtete sich manchmal.

Gretel nahm aus der großen englischen Tasse, die sie zwischen den Händen hielt, langsam und schlürfend einen Schluck Kamillentee und hörte ihrer Freundin zu.

«Das glaubst du doch selber nicht, Gretel», sagte Ida. «Die Lenkwitzens sind weiß Gott keine Samariter, weiß Gott nicht. Das haben wir ja nun in den letzten Jahren zur Genüge erfahren. Hermann war über zehn Jahre bei denen auf dem Hof, hat die Tiere versorgt, seine Arbeit als Melkmeister gut gemacht. Sehr gut. Kein Wort des Dankes in all der Zeit. Kein Extra, nicht mal ein Entgegenkommen wegen der Miete hier...», sie blickte sich um, als habe der Raum sich verändert, «oder eine Pachtermäßigung, als sie genau wußten, wie schlecht es uns finanziell geht. Nichts.» Sie machte eine Pause, hing ihren Gedanken nach, schüttelte den Kopf und fügte dann kurz und bestimmt hinzu: «Nein, nein.»

Ida nahm ihr Taschentuch, das sie wie immer in die Ritze des Sessels gestopft hatte, und schneuzte sich. Sie hatte ihr Kleid ausgezogen und war, um es sich gemütlicher zu machen und weil sie sich in Gegenwart ihrer Freundin wohl fühlte, in einen Hausmantel geschlüpft. Seit ein paar Tagen lag ihr Mann nun unter der Erde. Es war ein würdiges Begräbnis gewesen, auf der Friedhofsanhöhe hinter der Dorfkirche. Fast alle Nachbarn waren gekommen. Die Familie von Lenkwitz hatte sich nicht von Albershude herüberbemüht, das war allen aufgefallen. Immerhin hatten sie einen schönen Kranz geschickt: *Für unseren treuen Hermann Corthen als letzten Gruß.*

Ein Blumenmeer wogte auf dem Grab. Pastor Petersen hatte eine schöne Abschiedsrede gehalten. Anschließend hatte Ida die Trauergemeinde in den Festsaal von Schmidts Gasthof gebeten, zu Butterkuchen und Kaffee. Es war feierlich zugegangen und später, nach vielen Schnäpsen, sogar fröhlich.

Johanna Kröger, die nach alter Sitte die Totenfrau gewesen war, jene Frau, die im Ort herumging und allen von dem Todesfall berichten mußte, war am Ende so betrunken, daß Fritz sie in einem seiner Fremdenzimmer hatte übernachten lassen. In kleinem Kreis – Doktor Eggers war auch dabeigewesen – war man dann zu Ida nach Hause gegangen, hatte bis in die Nacht zusammengehockt und sich erinnert, an Hermann, an früher, an die guten Zeiten.

Tags darauf mußte Gretel zurück nach Hamburg, aber sie hatte Ida versprochen, am Wochenende wiederzukommen und ihr beim Regeln der Dinge und beim Sichten der Sachen zur Seite zu stehen. Von allen Freunden kannte sie Ida am besten und wußte, wie man ihr helfen und sie wieder ein wenig aufrichten konnte. Wie bei den meisten Frauen hatten Tod und Trauer und der Wandel von der Ehefrau zur Witwe auch bei Ida die Angst ausgelöst, in Not zu geraten, ja, sie fürchtete sogar, künftig völlig mittellos dazustehen und auch das Dach über dem Kopf zu verlieren.

Gemeinsam mit Gretel hatte sie ihre wirtschaftliche Situation überprüft und war zu dem Schluß gekommen, daß ihre Sorgen begründet waren. Hermann hatte sie mit einem Batzen Schulden zurückgelassen. Ihre Witwenrente würde nur sechzig Prozent der Rente ihres Mannes betragen – zuwenig, um davon leben und ein Kind großziehen zu können, zuwenig, um die Miete für das Haus und die Pacht für den Acker dahinter zahlen zu können. Sie würde arbeiten gehen müssen. Aber weder in Luisendorf noch in Albershude gab es etwas für eine Frau wie sie zu tun. Gretel hatte daraufhin eine gute Idee gehabt, und als sie nun zum zweiten Mal nach Hermanns Tod aus Hamburg gekommen war, hatte sie sogar eine Lösung parat.

Doch Ida winkte ab. Das war ganz und gar unmöglich. «Schon wegen des Kindes», erklärte sie. «Wir können hier nicht einfach so wegziehen ... das Dorf ist Isabelles Zuhause, sie hat hier ihre Freunde, geht hier zur Schule ... nein. Das hätte auch Hermann nicht gewollt.»

«Na, da bin ich mir nicht so sicher!» erwiderte Gretel streng.

«Und ich *könnte* das auch gar nicht.»

«Du hast schon immer Angst vor Veränderungen gehabt, Ida. Aber laß dir das von mir gesagt sein: So eine Gelegenheit bietet sich nicht so schnell noch einmal. Und was willst du auch sonst tun? Du sagst selber, daß die Lenkwitzens dir nicht helfen werden. Aber die Trakenbergs tun das.»

Ida stopfte ihr Taschentuch in die Polster zurück. «Helfen!»

«Nun gut. Ich hab dir erklärt, die suchen händeringend eine Haushälterin. Ich habe mich bei ihnen für dich verwendet. Sie trauen mir.» Sie stellte ihre Tasse schwungvoll auf die Fensterbank, stand auf und wurde auf einmal laut. «Herrje, Ida, nun sei doch nicht so störrisch.»

«Das Kind! Leise!»

Gretel ging in der Stube aufgeregt ein paar Schritte hin und her. «Und so dumm! Ist doch wahr! Die bieten dir ein anständiges Geld für die Arbeit, das ist ein schönes Haus, eine, na ja, durchaus nette Familie. Und ihr kriegt sogar noch Kost und Logis frei. Du und dein Kind. Isabelle muß sowieso ab Herbst in Albershude zur Schule gehen. Dann kann sie das auch in Hamburg tun!» Sie trat zu Ida und legte ihr den Arm um die Schultern. «Und du und ich, wir wären wieder zusammen wie früher.»

Einen Moment sahen sie sich stumm an. Gretels Herz wurde weich beim Anblick ihrer Freundin. Wie sie so dasaß, ganz schmal geworden in den letzten Tagen, ganz schwach und lebensunfroh. Sie ließ Idas Hand los und setzte sich wieder auf ihren Sessel. «Und im übrigen: Ich habe das jetzt so entschieden.» Sie schmunzelte, und sogar Ida mußte lächeln.

Eine Weile herrschte Schweigen. Gretel dachte: Gleich habe ich sie soweit. Jedes weitere Wort schadet nur. Sie sah sich um in dem vertrauten Raum, in dem sie sich immer so behütet, so zu Hause gefühlt hatte. Das altdeutsche Sofa mit seiner geschwungenen Rückenlehne und dem waldgrünen Samtpolster. Der ovale Tisch davor, auf dem eine Häkeldecke lag. Das Bild über dem Sofa, auf dem am

Rand eines Waldes vier barfüßige Wäscherinnen mit ihren Körben Steinstufen zu einem Brunnen hinabsteigen und überrascht in der nahen Lichtung einen Hirsch erblicken. Der Ebenholzschrank, im oberen Teil mit zwei Türen, in deren Kristallglas Blüten eingeschliffen waren. Die Messingstehlampe mit dem senfgelben Stoffschirm. Die dicken, an den Seiten mit Kordeln gerafften Gardinen. Die Alpenveilchentöpfe auf der Fensterbank. Das Buch mit dem Lesezeichen auf dem Beistelltisch. Der Korb mit dem Strickzeug am Boden, neben der Tür.

«Laß uns jetzt zu Bett gehen», sagte Ida, «es ist spät.»

«Das nützt dir auch nichts», entgegnete Gretel.

Ida stützte sich auf die Armlehnen des Sessels und erhob sich langsam. «Also gut. Also gut. Wir machen es. Ich werde mit nach Hamburg kommen. Ich werde mich bei deinen Trakenbergs vorstellen. Und wenn sie mich wollen, als Haushälterin ...» Den Rest des Satzes behielt sie für sich.

Gretel sprang auf, umarmte ihre Freundin und drückte sie fest an sich. «Das ist richtig so. Wirst schon sehen», flüsterte sie und ließ Ida wieder los.

Ida ging zum Ofen, der in der Ecke stand, öffnete die Klappe und sah hinein. Der Widerschein der Glut gab ihrem Gesicht etwas Leuchtendes und Optimistisches. Vom Seitengriff nahm sie den Feuerhaken, schürte kurz und geübt die restlichen Kohlen. Dann schloß sie die Klappe wieder und drehte sich zu Gretel um, die am Fenster stand und in die Nacht hinaussah.

«Weißt du», sagte Ida ernst, «ich habe mein Leben lang davon geträumt, alt zu werden mit einem Mann, alt. Richtig alt, verstehst du?»

Gretel blickte unverwandt in den Garten. «Ich weiß.»

«Ich habe davon geträumt, später einmal, wenn ich grau bin und Enkelkinder habe, mit Hermann an Sommerabenden draußen vor dem Haus auf der Bank zu sitzen. Nur wir beide. Hand in Hand. Und schweigen.»

Gretel drehte sich langsam um, beider Blicke trafen sich.

Ida hängte den Feuerhaken zurück. «Nichts zu dem Kind, vorläufig, Gretel, das mußt du mir versprechen. Sie ist im Moment ganz und gar durch den Wind. Ich will nicht, daß sie es erfährt, bevor ich mich endgültig entschieden habe, verstehst du?»

Gretel nickte. Sie trank den Rest Tee aus, nahm ihre Tasse und ging zur Tür. Ida schaltete noch schnell die Stehlampe aus, dann gingen sie die Treppe hinauf und zu Bett.

Isabelle hatte nicht geschlafen. Sie hatte in ihrem Zimmer nebenan wach gelegen und jedes Wort gehört. Auf der Beerdigung ihres Vaters hatte sie nicht geweint. Im Gegenteil. Überrascht und fasziniert hatte sie die Erwachsenen um sich herum beobachtet, Männer wie Frauen, Verwandte wie Bekannte, die wie verwandelt gewesen waren. Mit starrem Blick, schluchzend, vom Kummer geschüttelt, ergriffen Beileid aussprechend, immer und immer wieder dieselben Bewegungen, Regungen, Worte. Es war fast komisch für Isabelle gewesen, und sie vergaß darüber, daß ihr Vater sie und ihre Mutter für immer verlassen hatte. Doch jetzt, nachdem sie das Gespräch mitbekommen hatte, wurde ihr alles schmerzhaft bewußt: daß nichts im Leben so bleibt, wie es ist, und mag man es sich auch noch so sehr wünschen, und mag es auch noch so schön sein. Alles änderte sich.

Isabelle weinte.

## Kapitel 3

Im Nu verging die Zeit, der Sommer war da, der August kam und mit ihm der Abschied von Luisendorf. Ida Corthen hatte sich bei Charlotte Trakenberg vorgestellt und, nachdem man sich über das Gehalt – auf der Basis eines Stundenlohns von knapp drei Mark – geeinigt hatte, einen Anstellungsvertrag als Haushälterin bekommen. Die Sparkasse in Albershude, wo die Familie Corthen ihr Konto hatte, war Ida sehr entgegengekommen, hatte in Anbetracht ihrer künftigen Festanstellung den Kredit aufgestockt und verlängert. Damit war Ida ihrer größten Sorgen ledig.

Mit der Familie von Lenkwitz war sie sich auch schnell einig. Der Pachtvertrag wurde aufgelöst und das Mietverhältnis beendet. Ein Sohn der Familie, der in Berlin Kunst studierte, wollte das Häuschen als Sommerfrische und Atelier nutzen. Er war ein Gammler, wie «die Zeitung» überall herumerzählte, er lebte in ungeordneten Verhältnissen, malte schlimmer als Picasso und trug lange Haare, etwas, das man bis dahin in Luisendorf noch nicht gesehen hatte. Ja, es waren neue Zeiten angebrochen.

Alle waren traurig, daß Ida mit ihrer Tochter fortziehen würde, doch jedem war klar, daß es nicht anders ging. Die Gemeinschaft half, wo sie konnte. Die Viecher, die hinter dem Haus am Ende des Gartenweges, wo die Tomatensträucher standen, in einem kleinen, eingezäunten Gehege gegackert, geschnattert, gepickt, gekräht, gelegt und gebrütet hatten, die Hühner und Enten, hatte Bauer Fenske ihnen abgekauft. Bei der letzten Ernte hatten die Nachbarinnen mit angepackt. Aus Erdbeeren war Marmelade geworden, aus Johannisbeeren rotes Gelee, gelbe Kirschen schwammen im Zuckerwasser in Einweckgläsern; die schönen, dunklen Schattenmorellen waren entsaftet und in Flaschen mit orangeroten Kunststoffverschlüssen abgefüllt; grüne Bohnen ruhten, dünngehobelt und eingesalzen, unter Glasfolie in Tonkruken; kurz, Ida Corthen, die ihr Leben lang Wert auf Vorratshaltung gelegt hatte, konnte zufrieden auf die Holzkiepen schauen, in denen die Gefäße zum Transport standen, und auf den Winter warten, wie kalt und karg er in Hamburg auch immer sein würde.

Beim Papierkram hatte Fritz Ida geholfen, als Gastwirt kannte er sich da aus. «Die Zeitung» war beim Kellerentmisten und Sachensortieren zur Stelle gewesen – mehr mit klugen Ratschlägen als mit Tatkraft, wie Ida fand. Auch Jon hatte sich, wann immer er konnte, nützlich gemacht. Selbst Doktor Eggers war vorbeigekommen. Kurz, es war ein Machen und Tun und Kommen und Gehen, schlimmer als in jedem Taubenschlag, und am Ende wurde sogar ein Abschiedsfest für Ida und Isabelle gegeben. In Schmidts Gasthof erschien das halbe Dorf, und es flossen nicht nur Bier und Schnäpse, sondern auch Tränen.

Eigentlich hatte Ida am ersten August anfangen wollen, aber weil man in Hamburg, wie Gretel ihr erklärte, wohl aus Gründen des Aberglaubens eine neue Stelle nie an einem Montag beginnt und diese Usance auch der Kaufmannsfamilie Trakenberg durchaus vertraut war, hatte man sich auf den zweiten August als Vertragsbeginn geeinigt. Ida hatte sich deshalb entschieden, erst «auf den letzten Drücker», wie sie sagte, umzuziehen. Schließlich gab es eine Menge und noch mehr zu erledigen.

So kam es, daß sie an diesem ersten Montag im August schon morgens um halb fünf aufgestanden war. Um halb neun wollte Fritz Schmidt mit seinem Volkswagentransporter vorfahren, die letzten Kartons und Koffer einladen und Ida und Isabelle nach Hamburg bringen.

Nachdem sie sich gewaschen und angezogen hatte, ging Ida als erstes in die Küche und setzte den Wasserkessel auf, um Kaffee zu kochen. Dann weckte sie ihre Tochter. Anschließend schmierte sie für sich und Isabelle je eine Scheibe Honigbrot, goß den Kaffee auf und ging dann noch einmal durch das ganze Haus. Die Räume wirkten leer und abweisend. Jeder Schritt hallte. Oben im Schlafzimmer warf Ida einen Blick aus dem Fenster in den Garten. Die Wäscheleine. Der ungemähte Rasen. Die abgeernteten Beete. Der leere Hühnerstall. Der tote Acker hinter dem Garten. Es war zum Weinen.

Sie ging die Stufen hinunter, nahm eine volle Reisetasche, die in der Kammer gestanden hatte, mit. Kein Gang ohne Sinn, wer rausgeht, nimmt was mit, das hatte schon ihre Mutter jeden Tag nach jeder Mahlzeit gepredigt. «Isabelle! Wo bleibst du? Trödle nicht!»

Sie stellte die Tasche in der Diele ab, ging in die Küche zurück, goß dort in die beiden Becher, die sie zurückbehalten hatte, Kaffee und aus der Blechkanne Milch dazu. Im Stehen trank sie einen Schluck und aß ein Stück Brot. Sie hatte keinen Hunger. Sie war nervös.

«Kind!» rief sie laut durch die geöffnete Küchentür. «Du mußt deinen Kram noch einpacken. Nun mach doch!»

«Komme...»

Ida schaute aus dem Küchenfenster. Es war schon hell, aber noch diesig. Es würde ein heißer Tag werden, drückend, schwül. Sie hätte jemanden beauftragen sollen, die Blumenbeete im Vorgarten zu sprengen. Daran hatte sie nicht gedacht. Aber was ging es sie jetzt noch an? Zum hundertsten Mal öffnete sie nacheinander alle Schränke und überprüfte, ob sie noch etwas vergessen hatte. Der große Umzug hatte schon am Freitag stattgefunden. Telefon: abgestellt. Strom: abgemeldet. Alle Papiere befanden sich in Hermanns Aktentasche, die zur Abfahrt bereit in der Diele lag. Den Schlüsselbund würde sie Fritz geben, der ihn auf der Rückfahrt in Albershude auf dem Lenkwitzschen Gut abgeben würde.

Der Schlüssel, das Abschließen ihres Hauses: das war die letzte Handlung, das war wie ein Symbol. Das Alte hinter sich lassen, das Neue annehmen. Es wollen, es mögen, es lieben. Davon hatte Pastor

Petersen in seiner Predigt gestern gesprochen. Extra ihretwegen. Was war das Neue? Wie konnte man es annehmen und lieben, wenn man es nicht freiwillig gewählt hatte, sondern dazu gezwungen wurde? Gebe Gott, daß sie da nicht in ihr Unglück rannte in Hamburg und ihre Tochter mit hineinzog. Ida klopfte dreimal kurz auf die Fensterbank.

Isabelle kam gähnend herein. Noch Schlaf in den Augen, kämmte sie mit einer Drahtbürste ihre Haare. «Morgen, Mama.» Sie blieb vor ihrer Mutter stehen und drückte ihr einen Kuß auf die Wange.

Wortlos goß Ida ihr den Rest Milch in den Becher. Dann nahm sie ihr die Bürste aus der Hand, und während Isabelle den Milchkaffee trank, bürstete Ida ihrer Tochter die Haare, als striegelte sie ein Pferd.

Isabelle langte nach dem Brot, biß ab und maulte kauend: «Ich versteh gar nicht, warum wir so früh aufstehen. Onkel Fritz kommt doch erst später.» Sie legte das Brot auf den Teller zurück und sah auf ihre Uhr mit dem roten Armband, die Gretel Burmönken ihr im Januar zum Geburtstag geschenkt hatte. «In zwei Stunden!»

«Ja, was denkst du? Daß sich der Rest hier im Haus allein zusammenpackt? Und hinten im Garten liegt noch dein Ball, dein blödes Gummispringseil, dein ...» Sie knallte die Bürste auf den Herd. «Und dann mach ... trink die Milch, iß dein Brot. Ich bin kurz im Keller.» Sie ging zur Tür. «Du räumst deine Sachen in deinem Zimmer zusammen, dann holst du das Zeugs aus dem Garten, und dann stellst du alles vor die Haustür. Aber dalli. Und dann machst du dir Spangen ins Haar, so kannst du da nicht antanzen bei den Herrschaften in Hamburg, was denken die denn.» Mit diesen Worten verließ sie die Küche.

Isabelle war sauer. Immer dieses Gemeckere, seit ihr Vater tot war. In Ruhe beendete sie ihr Frühstück. Eben wollte sie die Küche verlassen – sie hörte ihre Mutter im Keller poltern (das tut sie extra, dachte Isabelle) –, als sie flüchtig aus dem Fenster sah und überrascht stehenblieb: Am Gartentor, von Morgensonne beschienen, lehnte Jon. Er mußte schon seit einer Weile dort gestanden haben. Fast regungslos, wie ein treuer Soldat, der auf seinen Befehl wartet. Wie immer in seinem weißen, kurzärmeligen Pikeehemd und den beigen Shorts aus Feinkord. Sonnengebräunt, die kurzen, schwarzen Haare mit Birkin-Haarwasser geglättet. Er sah sauber und frisch gewaschen aus. Isabelle freute sich, ihn zu sehen. Doch es tat ihr auch weh. Zum ersten Mal spürte sie diesen kleinen giftigen, nagenden Schmerz im Herzen. Was wollte er hier? Sie hatten sich doch gestern nachmittag endgültig voneinander verabschiedet. Sogar bei seinen Eltern war sie danach gewesen, um tschüs zu sagen – bei seiner stillen, fast unheimlichen Mutter, die den ganzen Tag nur las und sich um sonst nichts kümmerte, und auch bei seinem Vater, den sie sowieso auf den Tod nicht ausstehen konnte.

Isabelle lief in den Flur, riß die Haustür auf, kam heraus und rannte auf Jon zu, der griente, als er sie sah. «Was machst du denn hier so früh?» rief Isabelle im Laufen. Sie stoppte vor dem Gartentor. «Morgen.»

«Ich wußte ja nicht genau, wann ihr ... ich ... äh ...»

Ungeduldig rief Isabelles Mutter von drinnen nach ihrer Tochter. «Isa! Isa!»

Isabelle dreht sich um. Die Haustür hatte sie offengelassen. Ihre Mutter war aber nicht zu sehen. «Die ist nur am Rumschreien», sagte Isabelle genervt. «Ich hab überhaupt keine Zeit für dich, Jon.»

«Ich wollte auch nur dies hier ...», er zerrte einen Briefumschlag aus der Hosentasche, «dir geben. Aber erst aufmachen, wenn du in Hamburg bist.»

Isabelle nickte.

Ernst sah er sie an.

Sie hatte das Gefühl, daß sie etwas sagen müßte; den Wunsch, ihm zu erklären, was sie fühlte. Ihr Herz pochte plötzlich. Schnell, schnell, ehe er für immer verschwindet, ehe alles, alles hier vorbei ist.

«Ich werde das hier alles vermissen. Das Dorf, meine Freundinnen ... Barbara, Heike ... unsere Schule sogar.» Sie machte eine Pause. «Und unseren Seerosenteich natürlich. Vor allem dich, Jon. Danke!» Sie beugte sich vor und drückte ihm einen Kuß auf die Wange. Es war ihr erster Kuß. Überrascht faßte sich Jon an die Stelle, die Isabelles Lippen berührt hatten. Beide waren verlegen. Er trat einen Schritt zurück.

«Also», sagte sie schnell, «tschüs, tschüs, tschüs ... ich schreib dir.» Sie ging zum Haus zurück, drehte sich noch einmal um und winkte, ehe sie dann die Tür hinter sich schloß.

Jon ging zur Schule zurück.

Pünktlich fuhr Fritz Schmidt mit seinem Kleintransporter, auf dem in Rot der Schriftzug «Schmidts Gasthof Luisendorf» leuchtete, vor dem Corthenschen Haus vor. Nach einer halben Stunde war alles verstaut, Isabelles Mutter hatte einen Kontrollgang gemacht und schließlich das Haus abgeschlossen. Sie strich noch einmal mit der Hand über den Mauervorsprung, der die Tür umrahmte, schaute zum Giebel hoch und stieg dann zu Isabelle und Fritz ins Auto.

Zwei Stunden später waren sie schon auf den Elbbrücken, nach einer weiteren halben Stunde fuhren sie über die Elbchaussee. Isabelle streckte den Kopf aus dem Fenster der Beifahrertür, um fasziniert hinauszugucken. Schiffe, die im Zeitlupentempo durch den Fluß zu fahren schienen, kleine Parks mit gewundenen Wanderwegen, die zum Elbufer hinunterführten, Gärten, einer schöner und größer als der andere, mit Villen, die Isabelle wie Paläste vorkamen.

Kurz vor elf hatten sie das Trakenbergsche Anwesen erreicht. Gretel stand schon am Eisentor und zog, während Fritz den Wagen heranrollen ließ, erst den linken und dann den rechten Flügel auf. Sie strahlte, gab Isabelle einen Kuß durchs Fenster und winkte Ida und Fritz, während der Wagen langsam auf die Villa zufuhr.

Isabelle war sprachlos: ein dreistöckiges Haus, das in der Sonne weiß leuchtete, fast so alt wie das Jahrhundert. Mit einem prächtigen, von Säulen getragenen Portal und einem grünen Kupferdach. Mit riesigen Fenstern und Holzfensterläden. Mit Erkern auf jeder Seite, die aussahen wie Schloßtürme. Der Wagen hielt vor den Stufen, die zur Eingangstür hinaufführten. Fritz legte den Gang ein, zog die Handbremse an, schaltete den Motor aus. Gretel, die das Tor wieder zugemacht hatte, kam angelaufen. Der Kies knirschte unter ihren Füßen. Isabelle sprang aus dem Transporter, dann folgte Fritz und schließlich Ida.

Alle herzten sich, schüttelten einander die Hände, strahlten, bekundeten ihre Freude. Dreimal mußte Gretel auf Idas Wunsch kurz und kräftig über deren linke Schulter spucken. Das sollte Glück bringen. Fritz hatte währenddessen hinten am Wagen das Tau, mit dem die Plane am Transporter befestigt war, durch die Ösen gezogen und die Plane hochgeworfen. Dann entriegelte er die Heckklappe.

Gretel kam hinzu. «Na, das ist ja noch 'ne Menge Zeugs...»

«Frag mich mal!» sagte Fritz und wischte sich den Schweiß von der Stirn.

Es war mittlerweile sehr warm geworden, kein Lüftchen regte sich. In der mächtigen Rotbuche, die auf der Rasenfläche links der Auffahrt Schatten spendete, saß eine Amsel und sang. Autos brummten in regelmäßigen Abständen vorbei, gedämpft durch die Buchsbaumhecke, die das Anwesen von der Elbchaussee abschirmte. Fern im Hafen stampfte eine Ramme. Ein Schiff tutete. In der Nachbarschaft wurde mit einem Benzinmäher der Rasen gemäht. Isabelle legte den Kopf in den Nacken und sah zum Himmel hoch. Sie kniff die Augen zusammen, die Sonne blendete sie. Ein Flugzeug flog durch die Bläue. Klitzekleine Wolken sahen aus, als hätte sie jemand nur gemalt. Das also war Hamburg.

«Stehst wahrscheinlich schon seit heute morgen um acht am Tor», sagte Fritz zu Gretel und sprang auf die Ladefläche des Transporters.

«Ich bin gerade raus», behauptete Gretel, «ich hatte so ein Gefühl!»

Fritz wollte abladen, doch Gretel schlug vor, das auf später zu verschieben.

«Ich muß zurück, Deern», erklärte er, «um fünf machen wir auf, ich muß noch ein Faß Bier anstechen und so weiter.»

«Aber erst essen wir was», bestimmte Gretel und strich sich mit den Händen über ihre Schürze.

Fritz kam wieder vom Transporter runter. «Na dann. Können wir das hier so stehenlassen?»

Gretel nickte. «Die Trakenbergs sind in der Stadt. Dann laßt uns mal.»

Isabelle wollte die Stufen zur Villa hochgehen, doch Gretel, gefolgt von Ida und Fritz, ging seitlich des Gebäudes entlang und zeigte im Vorbeigehen auf ein Schild, das an der Mauer angeschraubt war. Es war aus Messing. In schwarzer Farbe zeigte ein Pfeil weg vom Portal, und darüber stand in Großbuchstaben: LIEFERANTENEINGANG. Während die Erwachsenen sich darüber offenbar keine Gedanken machten und weitergingen, blieb Isabelle einen Augenblick vor dem Schild stehen und starrte darauf. Lieferanteneingang. Das war etwas Neues für sie. Es fühlte sich nicht gut an.

«Träum nicht!» rief ihre Mutter, die stehengeblieben war und wartete. Isabelle kam zu ihr gelaufen. Kaum waren sie um die Ecke, bemerkten sie ein weiteres Gebäude, das etwas zurückgesetzt lag, kleiner als die Villa und dicht mit Efeu bewachsen. Es hatte zwei dunkelgrüne Holztore und ein Schieferdach mit Sprossenfenstergauben.

«Da werden wir wohnen», erklärte Ida ihrer Tochter, «das ist ein Kutscherhaus.»

«Ein Kutscherhaus?»

«So sagt man, ja. Früher standen da unten Kutschen, jetzt ist es eine Garage. Und oben, da, wo die Fenster sind, da ist unsere Wohnung. Sie ist klein, aber sehr schön. Du wirst schon sehen.»

In der Küche, zwei Außenstufen hinunter, durch die Kellertür hindurch und einen Gang entlang, die dritte Tür links, war es angenehm kühl. Gretel hatte den Tisch für vier Personen gedeckt. Auf gelben Stroh-Sets standen Teller, schlichte Gläser mit Rautenmuster, daneben lagen Servietten und Bestecke. Eine Milchkanne aus Bunzlauer Keramik hatte sie zur Vase umfunktioniert und einen Strauß Bartnelken, ihre Lieblingsblumen, hineingestellt.

«Wascht euch die Hände», sagte Gretel, die es gewohnt war, in der Küche das Kommando zu übernehmen, und zeigte auf den Spülstein, «Handtuch hängt da. Fritz, ein Bier?» Er nickte. «Für dich, Isa, vielleicht eine Apfelsaftschorle? Und wir was, Idalein? Kleinen Schoppen?»

«Nein. Ich bin ganz erschöpft von allem. Aber du kannst natürlich ... Ich hätte gerne einfach nur ein Selterwasser.»

Gretel öffnete den Kühlschrank, nahm je eine Flasche Saft, Wasser und Bier heraus, mischte, während die anderen sich setzten, Saft und Wasser in einer Glaskaraffe und stellte sie auf den Tisch. Dann drückte sie den Bügel der schlanken dunkelbraunen Bierflasche hoch, und mit einem Plopp sprang der Porzellanverschluß ab. Sie stellte Fritz die Flasche, aus der etwas Schaum quoll, vor die Nase. Dann deckte sie das Mittagessen ein. Auf einer Platte hatte sie noch warme, appetitlich duftende Kalbfleischfrikadellen arrangiert und mit Petersilienbüscheln dekoriert. Dazu gab es eine Schüssel mit Kartoffelsalat, der reich mit krossen Speckwürfeln, frischen Kräutern, gehobelter Salatgurke und handgerührter Mayonnaise abgeschmeckt war.

«Nu nehmt euch!» Gretel setzte sich. «Ich hab mir ja nicht die Mühe zum Gucken gemacht.»

Zuerst sprach Ida noch ein Gebet. Isabelle faltete die Hände, aber sie war mit ihren Gedanken nicht dabei. Der Abschied von Luisendorf und von Jon, die vielen neuen Eindrücke und ihre unbändige Neugierde machten sie unruhig.

«Amen.»

Mit Appetit griffen alle zu. Es schmeckte köstlich. Fritz, der wie alle Männer deftige Hausmannskost liebte, weil sie ihn an seine Kindheit erinnerte, strahlte. Er fuchtelte mit der Gabel in der Luft herum, als er sprach. «Das konnte sie schon immer am besten: Kalbfleischklopse mit Kartoffelsalat ...»

Ida ergänzte: «Und Hagebuttensuppe.»

«Und falschen Hasen! Und ihr gespickter Hecht mit Saurer-Sahne-Sauce ...»

«Die Schwarzbrottorte ...»

«Preetzer Eierkringel, bunter Stuten, der Walnußpuffer!» Fritz sprach mit vollem Mund und glänzenden Augen. «Aach, ich könnt mich da reinsetzen!»

Gretel war das Schwärmen peinlich. «Mensch, der Fritz, der war schon immer so 'n Röterbüdel!» Sie hob ihr Glas. «Ich würde gerne ...»

Fritz, keineswegs beleidigt, daß sie ihn der Übertreibung bezichtigt hatte, unterbrach sie unbeirrt: «Ich nehm noch 'nen Schlag, wenn's erlaubt ist!»

«Klar, min Jung, hau rein. Also, ich möchte, Ida, meine liebste Freundin, Isabelle, mein Kind ... Fritz, nun halt doch mal einen Moment stille! Ich möchte die beiden gerne willkommen heißen, an meinem Tisch. Hier werden wir künftig gemeinsam sitzen und essen und bereden, was zu bereden ist. Alle an einem Tisch. Und das ist gut so. Ich wünsch euch Glück und Gottes Segen und alles, alles Gute in diesem neuen Leben.»

Alle hoben nun ihre Gläser und stießen an, und jeder nickte dem anderen wortlos zu, trank einen Schluck und dachte sich seinen Teil. Isabelle aber war in diesem Moment wieder der Brief von Jon eingefallen, und sie hätte zu gern eine Minute für sich allein gehabt, um ihn endlich zu lesen und zu erfahren, was er ihr geschrieben hatte.

## Kapitel 4

Wenn Carl Trakenberg ins Nachdenken kam, dann erfüllte ihn das mit Heiterkeit: Er hatte alles, was ein Mann von sechsundvierzig Jahren haben mußte, und alles hatte in seinem Leben letztlich doch den richtigen Platz gefunden, sogar seine wunderbare Geliebte.

An diesem Morgen war er, entgegen seiner sonstigen Gewohnheit, früh aufgestanden und hatte zeitig das Haus verlassen. Es war der erste Montag im Monat, und der erste Montag im Monat war ein besonderer Tag. Normalerweise liebte Carl es, im Gegensatz zu den Gepflogenheiten seiner Kaufmannsfreunde, lange zu schlafen, den Vormittag im Morgenmantel zu verbringen, sich von der Burmönken mit einem ausgiebigen Frühstück umsorgen zu lassen, in Ruhe den Wirtschaftsteil der Zeitungen zu studieren und im Badezimmer einer seiner Leidenschaften, der Morgentoilette, zu frönen. Auch darin bildete Carl eine Ausnahme in der männlichen Welt jener Tage.

Aus seiner englischen Zeit, wie er zu sagen pflegte – er hatte als junger Mann zwei Jahre im Handelsunternehmen von Londoner Geschäftsfreunden seines Vaters gearbeitet –, aus seiner englischen Zeit stammte sein Faible für das Ritual der Naßrasur, für den verschwenderischen Gebrauch von Eau de Toilette, das ein Parfümeur aus Paris eigens für ihn komponierte, für Badeöl und Haarwasser, für Talkum und Zahnpulver. Auf die Zusammenstellung seiner Garderobe verwendete er mehr Gedanken als auf den Stand seines Bankkontos.

Carl trug nur Anzüge mit Weste, bevorzugt aus dunkelblauem

oder grauem Nadelstreifen, einreihig, nach Maß gemacht, im Sommer aus dünnem Tuch, im Winter aus Flanell. Dazu trug er tagsüber bordeauxrote, nach achtzehn Uhr, so wie er es von seinem Vater gelernt hatte, schwarze, rahmengenähte Schuhe, die er sich von einem ungarischen Meister, der in der Nähe von Hannover lebte, anfertigen ließ. Seine Hemden waren einfarbig, weiß oder hellblau, die Krawatten breit, klassisch und aus Schweizer Seide genäht.

Nur an den Wochenenden, beim Sport oder zu Hause kleidete er sich leger. Doch selbst mit einer alten weiten Kaschmirstrickjacke, in karierten Golfhosen oder in Tenniskleidung wirkte er auffällig elegant. Er war groß, kräftig, hatte Charme und Souveränität, er lachte gern und zeigte seine makellosen Zähne, seine Stimme war dunkel, sein Wesen hell. Er hatte eine, wie man über ihn sagte, «gewinnende Art», jeden, dem er begegnete, nahm er für sich ein, und das war auch ein großer Teil seines geschäftlichen Erfolges: Was immer er anfaßte, gelang ihm, was immer er wollte, erreichte er.

Er war ein Sammler. Er sammelte Menschen. Die Zahl seiner Freunde war unüberschaubar, überall auf der Welt, in jeder großen Stadt in Europa saßen welche, die nur darauf warteten, ihm einen Gefallen tun zu können, mit einem Freundschaftsdienst unter Beweis stellen zu können, wie sehr sie Carl schätzten. Er sammelte alte Meister, die er *Holländer* nannte, ohne großen Sachverstand zwar, aber mit erlesenem Geschmack. Er sammelte Dinge, kluge Sprüche, Zeitungsausschnitte, gute Gelegenheiten, Erfolge. Er sammelte, ohne es selbst zu wissen, gegen den Tod an.

«Du hast einen Vogel, Carl», sagte Charlotte, wenn er wieder etwas anschleppte. «Du bist schlimmer als Pippi Langstrumpf, wir werden aus unserem schönen Haus eine Rumpelkammer machen, wenn es so weitergeht!»

Mal präsentierte er seiner Frau ein Silberbesteck, das ihm ein Fremder auf einem Parkplatz im Hafen angedreht hatte und das sich später als unecht entpuppte. Mal brachte er eine streunende

Katze mit, die er von einem Baum gerettet und seiner Tochter geschenkt hatte und die längst wieder entlaufen war. Mal erwarb er auf einer Reise durch China antike Vasen in so großer Zahl, daß er sie nicht selbst transportieren konnte, sondern per Schiff nach Hamburg schicken lassen mußte. Einmal hatte er einer Frau zweifelhafter Herkunft, die auf der Suche nach einer Bleibe mit einem Koffer durch die Stadt geirrt war, Logis in seiner Villa angeboten. Doch da streikte Charlotte Trakenberg. Nach einer – unruhigen – Nacht mußte die Fremde, mit etwas Geld von Carl getröstet, wieder ausziehen.

«Du bist ein Verrückter!» erklärte seine Frau ihm. «Du wirst uns eines Tages noch um Kopf und Kragen bringen. Ich wundere mich, daß deine Geschäfte so gut laufen. Wirklich! Du machst mir angst!»

Zwanzig Jahre gehörte Carl nun schon das «Handelshaus Carl Trakenberg», das er von seinem Vater übernommen und ausgebaut hatte. Er handelte mit Stoffen, und er verdiente gut daran. Er importierte Brokat aus Indien, Seide aus China und Thailand, Baumwollstoffe aus Ägypten, Samt aus Frankreich, Kaschmir und Tweed aus England, er arbeitete mit den besten Webereien in Italien zusammen, war an einer Leinenfabrik in Österreich beteiligt und an einer australischen Farm, auf der Merinoschafe gezüchtet wurden. Die Farm gehörte einem alten Hamburger Freund von ihm, der ausgewandert war.

Carl hatte für diesen Vormittag seine Garderobe mit Bedacht ausgewählt. Taubengrauer Anzug, weißes Hemd aus Schweizer Batist, maisgelbe Hermès-Krawatte, eine Gelbgoldnadel mit großer, tropfenförmiger Südseeperle. Während er seinen Mercedes über den Jungfernstieg lenkte, warf er einen kurzen, zufriedenen Blick in den Rückspiegel. Mit der linken Hand lenkte er den Wagen lässig nach rechts, mit der anderen Hand strich er sich über das Briskgeglättete, glänzende Haar. Er war mit seiner Frau bei der gemeinsamen Hausbank am Ballindamm gewesen, hatte sie danach vor dem Alsterpavillon abgesetzt, wo sie mit einer Freundin verabredet war, und fuhr jetzt über den Gänsemarkt, vorbei an der Staatsoper und dem Dammtorbahnhof, hinunter zum Alsterufer. Kurz hinter dem amerikanischen Konsulat bremste er ab, setzte den Blinker und fuhr dann langsam auf einen kleinen, mit Granitsteinen gepflasterten Platz vor einem Rotklinkerhaus.

Er schaltete den Motor aus, griff hinter sich auf die Rückbank, wo sein Aktenkoffer lag, nahm ihn auf und stieg aus. Er streckte sich kurz und blickte auf die gegenüberliegende Straßenseite, das mit Büschen und Bäumen bewachsene Ufer, die Alster. Unzählige Hamburger hatten das schöne Wetter genutzt und, trotz flauen Windes, die Segel ihrer Boote gesetzt. Ein Alsterdampfer fuhr gemütlich, eine Gischtspur hinter sich herziehend, in Richtung Uhlenhorst. Eine Reihe von Schwänen zog durch das Wasser, wie Ballerinen auf einer Opernbühne. Die Silhouette der Stadt blitzte. Ein paar Möwen standen flatternd in der Luft und stießen kreischend herab, als eine alte Dame Brotkrumen ins Wasser warf. Ein Liebespärchen radelte vorbei, auf einer Bank saß ein Mann und las in einem Buch. Carl seufzte glücklich. Er liebte Hamburg, er liebte den Sommer, er liebte das Leben. Und das Leben liebte ihn.

Er drehte sich zu dem Haus um. Es war proper und gepflegt. Weinreben überwucherten die straßenzugewandte Seite. Verschnörkelte gußeiserne Gitter vor den Erdgeschoßfenstern, weiße Holzläden, rosa-weiß gestreifte Markisen, die sich schräg und schattenspendend im Obergeschoß über die Fenster neigten, gaben der Villa etwas Feminines. Über dem Rundbogen der Eingangstür aus kunstvoll geschnitztem Holz waren Buchstaben aus matter Bronze angebracht: *Modesalon Mandel*.

Carl verschloß sein Auto. Er zog den Schlüssel heraus und vergewisserte sich dann noch einmal, daß die Tür des Mercedes wirklich verschlossen war, indem er kräftig an dem Chromgriff rüttelte. Er hätte den Wagen offenlassen können. Dies war eine gute und sichere Gegend. Hinzu kam, daß sich niemand unbeobachtet der Villa hätte nähern können, denn Alma Winter, die Direktrice, stand, einem Wachhund gleich, bei jedem ungewöhnlichen Geräusch, bei jedem Schritt auf dem Platz sofort am Fenster und sah hinaus. Heute war es nicht anders. Carl winkte ihr kurz zu, als er auf den Salon zuging. Sie nickte kühl und ließ den beiseite geschobenen Store zurückgleiten.

Der Grund, warum Carl sein Auto so sorgfältig sicherte, lag in seinem Wesen begründet. Er war ein freigebiger, ja, gegenüber denen, die er mochte und liebte, sogar ein verschwenderischer Mensch. Er liebte es, Geschenke zu machen, Dinge, die ihm gehörten und an denen er hing, herzugeben, andere zu erfreuen, mit üppigen Gesten, die niemals im Verhältnis zum Anlaß standen, ja, die zumeist nicht einmal eines Anlasses bedurften. Doch wie bei vielen großzügigen Menschen verbarg sich auch bei Carl hinter dem scheinbaren Wunsch, andere zu erfreuen, vor allem die Sehnsucht zu gefallen, das Bedürfnis, im Gegenzug zum Geschenk Liebe zu erhalten. Carl war eitel. Er gierte nach Anerkennung und Lob, nie hatte er genug davon. Er war klug genug, das selbst zu durchschauen, und vor allem war er klug genug, das Instrument der Dankbarkeit zu nutzen wie ein Arzt das Skalpell.

Wenn Carl mit Freunden essen ging, war fast immer er es, der einlud. Drinks in den Clubs gingen meist auf seine Rechnung. Wenn er in einem Geschäft etwas Schönes – und Teures – sah, kaufte er es, ließ es aufs feinste verpacken und verwahrte es in seinem Kontor in einem, wie er sagte, «Geschenkeschrank». Aus dem Geschenkeschrank stammte Schmuck für seine Frau, kamen Bücher und Spielzeug für seine Tochter Vivien, eine besänftigende Überraschung für seine Sekretärin, eine im richtigen Moment plazierte noble Geste für die Burmönken.

Auf dem Klavier der kleinen Freuden und großen Gaben spielte er perfekt. Bescheiden abwinkend, die Augen – manchmal eine Spur zu auffällig – niederschlagend, die Sätze «Ich freue mich, wenn du dich freust», «Nimm es einfach und sag nichts», «Nein ... wirklich ... umgekehrt, ich habe zu danken» perlten locker aus seinem

Mund, oft geübt, oft gesagt. Eine Hand wäscht die andere: Fast unbemerkt folgte dem Geschenk eine Bitte, wie ein Schachzug dem nächsten; wie selbstverständlich äußerte er Wünsche, ordnete an, bestimmte, machte Druck, bis letztlich immer das getan wurde, was *er* wollte.

Die Angst, man könnte dieses Muster entlarven, die Furcht, seine Großzügigkeit würde falsch verstanden, die Sorge, man nehme ihm in diesem Spiel die Zügel aus der Hand, führten dazu, daß sich sein Hang zum Argwohn verstärkte. Parallel zur Noblesse entwickelte sich Mißtrauen.

Mißtrauen vor allem, um sein Geld gebracht und bestohlen zu werden. Wie viele Männer, die Schwächen nicht zeigen wollen, versteckte Carl das hinter einem Spleen: An allem, was in seinem Kontor oder in seiner Villa nicht «niet- und nagelfest» war, wie er sich auszudrücken pflegte, hatte er kleine Schilder oder selbstklebende, bedruckte Etiketten angebracht, auf denen *Gestohlen bei Carl Trakenberg* stand.

Seine Frau Charlotte hatte sich anfangs darüber geärgert und aufgeregt, doch nach einundzwanzig Jahren Ehe war sie zu der Einsicht gelangt, daß Männer groß gewordene, behaarte Knaben jenseits des Stimmbruchs und der Vernunft waren, die man nicht erziehen konnte, sondern laufenlassen mußte. Sie hatte seine Macken einfach akzeptiert. Seine Eigenarten und Angewohnheiten duldete sie. Auch, daß er eine Geliebte hatte. Denn die beiden verband eine lange Geschichte, eine Geschichte voller Schatten, zu denen durchaus auch Charlotte ihren Teil beigetragen hatte.

Carl brach von einem der Rosensträucher, die auf den Beeten vor dem Haus blühten, eine Knospe ab und betrat den Salon. Die Halle war rosafarben gestrichen. In der Mitte standen auf einem Tisch üppige Blumen in einer Kristallvase. Das auffälligste an dem Raum waren jedoch die Nischen, in denen keine Skulpturen, sondern lebensgroße, kopflose hölzerne Puppen prangten, die Salon-Mandel-Entwürfe präsentierten. Glastüren auf der linken und der rechten

Seite trennten das Entree von den Showrooms. Eine Treppe gegenüber der Eingangstür, mit Aubusson-Läufern belegt, führte nach oben ins Atelier. Die Lilienblüten in der Vase verströmten ihren giftigschweren Duft. Irgendwo ratterte eine alte fußbetriebene Nähmaschine, Mozart-Klänge rieselten kaskadengleich vom oberen Stockwerk herunter.

Carl wollte die Treppe hinaufgehen, als ihm Alma, eine dünne Frau Anfang Sechzig, in weißem Kittel und flachen Schuhen entgegenkam.

«Montag», flötete sie verschwörerisch und hob den Zeigefinger, «man wartet schon!»

«Danke, Alma.» Carl drückte sich schmunzelnd an ihr vorbei.

Im ersten Stock lief ihm eines der Mädchen über den Weg, eine Schneiderin, die ein Maßband um den Hals gelegt und eine Nadel zwischen die Zähne gesteckt hatte. Sie nickte nur und verschwand im Atelier. Carl mußte die Kordel, die, mit Messingverschlüssen an den Enden, vor die Treppe ins Dachgeschoß gespannt war, aushängen und nahm dann die letzten Stufen. Jetzt konnte er die Musik erkennen, es war die Ouvertüre zu Don Giovanni. Ein Hauch von *Madame Rochas* lag in der Luft und der Geruch von Zigaretten.

Eine Tür der vom Flur abgehenden Zimmer war weit geöffnet. Carl hörte ein Summen. Er stellte seinen Aktenkoffer ab, lehnte sich unbemerkt gegen den Türrahmen und lächelte: Da saß sie auf der Fensterbank, barfuß und nur mit einem Kimono bekleidet, die Haare mit zwei chinesischen Eßstäbchen hochgesteckt, eine Silberspitze mit brennender Zigarette zwischen den Lippen, die Beine angezogen, einen Malblock auf den Knien, und entwarf mit einem dicken Bleistift Kleider. Das war Puppe Mandel.

Carl räusperte sich.

Sie sah zur Tür hin.

«Razzledazzle?» fragte er ironisch.

«Razzledazzle!» Sie ließ mit großer Geste Stift und Papier zu

Boden sinken, legte die Zigarette in den Meißen-Aschenbecher, der neben ihr stand, kam von der Fensterbank herunter und lief mit ausgebreiteten Armen auf ihn zu. Auch er streckte die Arme aus. Sie küßten sich in der Tür.

«Du bist so früh! Ich dachte, du hättest noch bei deiner Bank zu tun?»

«Ich konnte nicht abwarten ... ich ...»

Ihr Kimono hatte sich geöffnet. Sie war darunter nackt. Mit gespielter Scham raffte sie den Stoff und hielt ihn vor der Brust zusammen.

Carl legte ihr die Rose ins Dekolleté. «Habe ich dir mitgebracht.»

Sie nahm die Rose, roch daran. Ihr Kimono öffnete sich wieder. «Aus *meinem* Garten ...» Sie strich ihm mit der Knospe über die Lippen. «Dieb. Ich werde dich verklagen müssen.» Sie ging zur Musiktruhe, die in der Ecke stand, und stellte den Ton leiser. Carl beobachtete sie dabei. Sie hatte einen festen Gang, setzte zuerst die Fersen auf, rollte dann die Füße leicht nach außen gestellt ab, wie eine Tänzerin.

Carl liebte diesen Gang. Er liebte alles an ihr. Sie war etwas älter als er, und Carl fand, sie war mit jedem Jahr, das sie sich kannten, schöner geworden. Sie hatte den feinen, blassen, empfindlichen Teint rothaariger Frauen, denen man ihre Erregung leicht ansah. Sommersprossen gaben ihrer Reife etwas Junges und Fröhliches, das durch die Lachfalten um ihre Augen noch verstärkt wurde. Am auffälligsten aber war ihre Stimme. Immer wieder waren Menschen, die sie zum erstenmal sprechen hörten, überrascht. Erstaunlich tief, rauh, ein bißchen heiser und oft sehr laut. Genau wie ihr Lachen. Wie das eines Kerls, fand Carl. Es paßte so gar nicht zu ihrem Image als Modeschöpferin, zu ihrer eleganten Erscheinung, zu ihrem Namen. Puppe: aus dem Vornamen, den ihre Eltern ihr gegeben hatten, Marieluise, war dieser Kosename geworden, den ihr Mann, der lange tot war, sich für sie ausgedacht hatte; bald nannte alle Welt sie Puppe, das hatte sie auf ihrem Weg zum Ruhm begleitet; sie selbst konnte sich kaum noch an ihren richtigen Vornamen erinnern und ertappte sich gelegentlich dabei, wie sie sogar Verträge mit «Puppe Mandel» unterschrieb.

Von Anfang an hatten die beiden viel miteinander gelacht. Erotische Anziehung war der Motor ihrer Liebe, Humor das Öl darin. Sie hatten sich kennengelernt, als Carl vor zehn Jahren zum erstenmal in ihren Salon gekommen war, um Stoffe zu verkaufen. Aus einer Geschäftsbeziehung war eine Liebesbeziehung geworden. Seither telefonierten sie täglich miteinander, sahen sich aber nur einmal im Monat. Es war ein Ritual, an dem keiner von ihnen rütteln wollte. Es war eine Situation, die keiner verändern mochte.

Die Affäre galt als offenes Geheimnis. Sie war so bekannt, daß die Leute sich nicht einmal mehr die Mühe machten, darüber zu tratschen. In der Hamburger Gesellschaft wußte man: Carl Trakenberg und seine Frau würden sich niemals scheiden lassen, Puppe Mandel wollte unabhängig bleiben und Carl niemals heiraten; Puppe und Carl, Carl und Charlotte, Puppe und Charlotte und Carl führten eine gute, diskrete und alle Seiten anscheinend niemals verletzende Ehe zu dritt.

Puppe ging zur Fensterbank zurück, um ihre Zigarette auszudrücken. «Stell dir vor, ich habe heute einen Bescheid vom Gericht erhalten ...» Sie nahm noch einen Zug, und während sie weitersprach, stieg Rauch in Wölkchen aus ihrem Mund. «Sie haben den Termin vertagt, schon wieder. Was sagst du?»

«Vor deutschen Gerichten und auf hoher See ist alles möglich!»

Sie kam zu ihm zurück. «In der anderen Sache ...» Sie blieb vor ihm stehen.

Er umfaßte ihre Taille. «Laß uns jetzt nicht über Prozesse reden.»

Puppe zwinkerte ihm zu, nahm seine Hand und zog ihn hinter sich her ins Schlafzimmer. Während er sich auszog, ging sie in das angrenzende Bad, füllte Wasser in einen Porzellanzahnbecher und stellte die Rose hinein. Danach rief sie vom Hausapparat aus, der auf dem Nachttisch stand, unten in der Schneiderei an und verlangte von Alma, nicht mehr gestört zu werden.

Die beiden verbrachten den Nachmittag hinter der verschlossenen Tür des Schlafzimmers. Anschließend nahm Carl ein Bad, das Puppe ihm eingelassen hatte. Sie goß aus einem goldgeränderten Kristallflakon jadegrünes, schwer duftendes Badeöl ins Wasser und fuhr ein paarmal mit dem Arm hindurch, bis es schäumte. Anschließend zog sie sich einen Kaftan über, holte aus der Küche zwei Gläser mit kaltem Chablis des Jahrgangs 1965 und Teller mit Canapés, die morgens vom Feinkosthändler Heimerdinger angeliefert worden waren.

Carl fühlte sich wie ein Pascha. Keine Frau in seinem Leben – und es waren nicht wenige gewesen, fand er – hatte es so gut verstanden, ihm das Gefühl zu geben, er sei etwas Besonderes. Wozu sonst waren Mann und Frau zusammen, wenn nicht dazu, einander glücklich zu machen? Puppe reichte ihm ein Glas, stellte die Teller auf das Schleiflacktischchen, auf dem zahllose Porzellanschälchen voller Modeschmuck standen, und stieß mit Carl an.

«Auf dich», sagte er.

«Unbedingt!» antwortete sie lachend.

Beide tranken hastig, in größen Schlucken. Das war schon immer so gewesen: Sie konnten auch gut miteinander trinken. Puppe liebte Drinks, Martinis aus Wassergläsern, eisgekühlte Wodkas ohne Lemon, Side Cars, Pink Ladies. Essen, gutes Essen gar, war ihr, im Gegensatz zu Carl, völlig gleichgültig. Was sie darüber wußte, hatte er ihr beigebracht. Puppe war keine Freundin von Restaurants, sie hatte keine Lust, zum Essen auszugehen, sie gewann «diesem ganzen Firlefanz», wie sie es nannte, nichts ab. Sie kochte nie, sie konnte es nicht. Sie lud selten zum Essen zu sich nach Hause ein, sondern fast nur zu Cocktails, bei denen es wild herging. Wenn es für Geschäftsfreunde oder Kunden doch einmal ein *Dinner* geben mußte, anläßlich ihrer Modenschauen im Frühjahr oder Herbst etwa, ließ sie alles anliefern und sich von Alma oder ihrer «heimatvertriebenen» Putzfrau, Frau Otto, helfen.

Puppe hielt Carl einen Teller hin. Er nahm eine Schlemmerschnitte. Die gab es auch jedesmal: Tatar von Beefsteak, kräftig gewürzt, auf gebuttertem Schwarzbrot, dekoriert mit einem dicken Klacks Beluga-Malossol-Kaviar, dem persischen, nicht dem russischen. Es schmeckte köstlich. Carl war eins mit sich und der Welt. Puppe setzte sich auf den Rand der Wanne und sah ihm zu. Sie trug ihr Haar jetzt offen. Ungebändigt fiel es auf ihre Schultern. Sie hatte keine Lust, sich zu frisieren.

«Wie geht es Vivien?» fragte sie.

«Vivien?»

«Darf ich dich daran erinnern: deine Tochter.»

Er spritzte ihr Schaum ins Gesicht. Sie lachte und hielt schützend ihre Hand über das Weinglas.

«Es geht ihr ... nun ja: gut. Denke ich. Sie war am Wochenende bei einer Freundin, die Eltern haben ein Häuschen auf dem Land. Letzte Woche bin ich immer spät nach Hause gekommen ... Sie und ich haben uns schon länger nicht gesehen. Gib mir noch etwas, bitte.»

Sie hielt ihm erneut den Teller hin. «Du bist ein lausiger Vater, Carl. Und wenn ich etwas hasse, dann sind es lausige Väter. Ich hatte selber einen.» Sie trank ihr Glas leer.

«Lausig?» fragte er fröhlich kauend. «Ich kenne kein Mädchen in dem Alter, das es so gut hat. Ein eigenes Pferd, Altflöte, Klavier ... wohnt prächtig, kriegt viel Taschengeld, wir zahlen ihr eine Nachhilfelehrerin. Na ja. Und schließlich ist Charlotte ja auch noch da. Bei mir wäre ich gerne Kind gewesen! Lausig!» Er hielt sein Weinglas höher und versank dann vollständig im Badewasser.

«Du brauchst überhaupt nicht auszuweichen.»

Carl kam wieder hoch, wie ein Walroß schnaufend, und spuckte Badewasser aus.

Puppe ließ sich nicht beirren. «Ich sage dir, warum du ein schlechter Vater bist. Weil du selbst noch so ein Kindskopf bist. Weil du keine Lust hast, Verantwortung zu übernehmen.»

«Ach komm, hör bitte auf.»

«Du machst dir die Dinge immer so, wie du sie haben willst. Eigentlich, mein lieber Freund...», sie stand auf und nahm ihm mit spitzen Fingern das Weinglas weg, «... eigentlich hättest du gar keine Familie haben dürfen. Und genaugenommen hättest du auch nicht heiraten dürfen.»

Er wurde ein wenig ärgerlich. «Was ist denn auf einmal los mit dir? Razzledazzle?»

Puppe stellte die Gläser auf das Tischchen und winkte ab. «Mein Leben ist völlig in Ordnung, da ist nichts durcheinander.»

«Mein Leben, dein Leben. Es ist doch alles gut, wie es ist! Kindskopf, keine Verantwortung übernehmen. Du redest heute Unsinn, wirklich.»

«Deine Erfolge im Beruf – die hängen nicht mit Fleiß oder Disziplin oder sonstwas zusammen. Nur mit deinem verdammten Charme. Mit deinem Glück: daß du die Firma von deinem Vater hast erben können, daß du gute Mitarbeiter hast, daß wir durch Zeiten der Hochkonjunktur, des Wirtschaftswunders gehen, die aus Leuten wie uns Millionäre machen, Carl! Nein, nein, du entziehst dich allem, was Arbeit und Ernst und Pflicht bedeutet. Sagt dir nur keiner.»

«Außer dir, Puppe.» Er stieg aus der Wanne, schnappte sich ein Frotteebadelaken, das über dem beheizten Handtuchhalter hing, und wickelte sich darin ein. Er sah aus wie ein großer charmanter Junge, der in den Regen gekommen war. Puppe ertappte sich bei dem Gedanken, daß Männer immer so aussehen sollten wie Carl jetzt. Ein Kerl, der tropfend aus der Dusche oder Badewanne kam, klitschnaß im Regen stand oder sportlich verschwitzt war, gab für sie das erotischste Bild ab, das sie sich vorstellen konnte.

«Puppe...» Er kam, ganz Büßer im Hemde, auf sie zu.

«Ich weiß ja.»

Carl ließ seinen Kopf auf die Schulter seiner Geliebten sinken.

«Daß du trotzdem ein lieber Kerl bist.»

Sie streichelte ihn und verließ wortlos das Badezimmer.

Carl trocknete sich ab und zog sich an. Stets hatte er Hemden und Wäsche in Puppes Ankleidezimmer liegen. Er hörte, wie sie ihren geliebten Mozart auflegte, und kam, nachdem er sich gekämmt und seine Krawatte geknotet hatte, zu ihr ins Wohnzimmer. Sie hatte sich eine Zigarette angezündet, dieses Mal auf einer Spitze aus handgeschnitztem Elfenbein, saß auf dem Sofa, dessen Stoff mit pastellfarbenen blühenden Nelken bedruckt war, und blätterte in der französischen Ausgabe der *Vogue*.

Sie sah auf. «Entschuldige», sagte sie, «war nicht so gemeint.»

«Ich muß dann auch», überging er ihre Bemerkung, «ich habe der Gehrmann versprochen, daß ich noch einmal hereinschaue. Unterschriften und so, du weißt.»

«Gut.» Sie stand auf. «Dann telefonieren wir morgen, ja?»

Er nickte.

Sie begleitete ihn nach unten. Alma und die Schneiderinnen und Lehrlinge waren bereits nach Hause gegangen. An Montagen war der Salon für Kunden geschlossen, nur im Atelier wurde gearbeitet, und Puppe hatte ihren sechs Mitabeiterinnen erlaubt, an Tagen wie diesem nach Gutdünken Feierabend zu machen. Es war seltsam still. Puppe küßte Carl zum Abschied, doch als er zur Tür gehen wollte, hielt sie ihn noch einmal am Ärmel fest.

«Ich habe noch ein schönes sommerliches Kleid für Charlotte», sagte sie, «aus rotem Leinen. Das müßte ihr wunderbar stehen. Warte.»

Sie ging nach nebenan in den Showroom. Nach einer Weile kam sie zurück. Das Kleid war in einer Stoffhülle mit dem Aufdruck *Salon Mandel* verpackt.

Carl nahm es und sagte dankend: «Das ist sehr lieb von dir.»

«Grüß deine Frau von mir.»

«Mach ich.»
«Gut. Dann also ...»
«Alles wieder gut?»
«Natürlich. Du kennst mich doch.» Mit Schwung öffnete sie die Eingangstür. Er drückte ihr im Hinausgehen einen Kuß auf die Wange. Eine Welle von Nachmittagshitze drang herein. Achtlos warf Puppe ihre Zigarette auf die Stufen vor dem Haus und ließ die Tür schwer hinter ihm zufallen.

Carl erledigte im Kontor, was zu erledigen war. Seine Sekretärin, Frau Gehrmann, nahm noch zwei Diktate entgegen, tippte sie und verließ dann am frühen Abend das Gebäude. Die anderen Mitarbeiter waren längst weg, Carl blieb allein zurück. Er stromerte durch die Büros, schnüffelte auf den Schreibtischen herum, entdeckte den einen oder anderen Mißstand, kritzelte mit einem dicken Stift (er benutzte nur dicke Stifte) und in schwungvoller Schrift in sein Notizbuch ein paar Bemerkungen und ging dann über die knarzende Holztreppe hinauf in die Lagerräume, die sich auf drei Stockwerke verteilten.

Das Speicherhaus mit seiner denkmalgeschützten Fassade, dem Hafenblick und dem ganz eigenen Geruch war sein ganzer Stolz. Er liebte es wie ein Vater sein Kind, wie ein Kind sein Spielzeug. Im Erdgeschoß waren die Büroräume untergebracht. Das Chefzimmer – seine zehn Mitarbeiter hatten ihm zum Firmenjubiläum ein Messingschild mit der Aufschrift «Chefzimmer» geschenkt und an seiner Tür angebracht – war rundum getäfelt. Darin stand ein häßlicher alter Schrank, von der Art, wie sie um die Jahrhundertwende viele deutsche Wohnzimmer zierten, ein dazu passender Schreibtisch und ein Armlehnstuhl. An den Wänden hingen Rahmen mit Hamburg-Fotos – die Speicherstadt um 1890, der Hafen in den zwanziger Jahren, der Rathausmarkt zur selben Zeit. Auf den Fensterbänken standen Firmenwimpel und Miniaturausgaben der Flaggen fremder Länder, die Carl Trakenberg belieferten.

Alles war tipptopp aufgeräumt. Von kreativem Chaos hielt er, zumindest im Büro, nichts. Auf seinem Schreibtisch lagen niemals irgendwelche unerledigten Vorgänge. Eine Tischlampe mit Milchglasschirm, ein Schreibtischset aus mit braunen Fäden durchzogenem schwarzem Marmor, das er von seinem Vater geerbt hatte, ein Telefonapparat: das war alles.

Jetzt ging er im obersten Stockwerk an eine der Luken, um zu überprüfen, ob die Tür tatsächlich verschlossen war. Sie war es nicht. Er schob den unteren und oberen Riegel in die Vertiefungen im Mauerwerk, legte die Kette vor und nahm sich vor, morgen den Lagermeister zu verwarnen. Dann sah er kurz auf die Uhr und stellte fest, daß es bereits acht war. Eilig verließ er den Speicher, knipste das Licht aus, ging hinunter in sein Büro und rief seine Frau an. «Ich komme jetzt nach Hause!» erklärte er.

Charlotte war schlechter Laune, das schien heute so ein Tag für schlechte Stimmungen bei den Frauen zu sein: «Schön, daß man auch mal was von dir hört. Bist du noch bei Puppe?»

«Im Büro.»

«Aber du weißt schon, daß heute unsere neue Haushälterin eingezogen ist? Es wäre nett gewesen, wenn du sie auch begrüßt hättest.»

«Das habe ich vergessen, tut mir leid, Charlotte. Aber das Haus ist nun einmal deine Domäne.»

«Ich wüßte gern, was deine *Domäne* ist. Außer, es dir gutgehen zu lassen.»

«Also, ich fahre dann jetzt los.»

«Und deine Tochter hätte ihrem Vater auch gern gute Nacht gesagt.»

«Ich beeile mich.» Carl legte den Hörer auf und blickte aus dem Fenster. Haben wir Vollmond? dachte er. Es war noch hell. Ein schöner Sommerabend. Wie gern würde er jetzt mit Puppe irgendwo draußen sitzen, einen Wein trinken und dem Sonnenuntergang zusehen.

Keine zwei Minuten später hatte er das Büro verlassen, fuhr am Fleet entlang, passierte das Zollhäuschen, lenkte seinen Mercedes am Bismarckdenkmal vorbei, über die Reeperbahn in Richtung Elbvororte. Im Glauben, die Strecke zu verkürzen, wählte Carl Umwege durch einige Seitenstraßen, die parallel zur Elbchaussee lagen. Plötzlich stotterte der Wagen.

Carl war irritiert. Das Auto glich ihm an Zuverlässigkeit, es hatte noch nie versagt. Er wechselte den Gang, gab etwas mehr Gas, doch die Geschwindigkeit ließ nach. Carl konnte gerade noch auf einen Seitenparkplatz ausweichen, dann blieb der Wagen stehen.

«Verdammt!» murmelte er. «Das gibt's doch nicht!» Er sah auf den Tachometer und die anderen Anzeigefelder auf dem Armaturenbrett. Dann entdeckte er das Problem. Der Tank war leer. Wütend schlug Carl mit beiden Händen auf das Lenkrad. Wie war das möglich? Wie konnte ihm so etwas passieren? So etwas Lächerliches. Er stieg aus. Wo war hier in der Nähe eine Tankstelle? War er nicht eben, ein paar Ecken zurück, an einer vorbeigefahren? Er öffnete den Kofferraum. Kein Reservekanister. Der stand daheim, im Kutscherhaus. So war es immer. Carl schloß den Wagen ab und machte sich zu Fuß auf den Weg.

Wind kam auf, es bewölkte sich auf einmal und wurde dunkler. Er ging schneller. Ihm fiel die Strophe des Ringelnatz-Gedichts über zwei Ameisen ein, die nach Australien auswandern wollten:

*Bei Altona auf der Chaussee,*
*Da taten ihnen die Beine weh.*

Nach einer Viertelstunde hatte er die Tankstelle, die er im Vorbeifahren aus dem Augenwinkel gesehen hatte, erreicht. Sie lag etwas zurückgesetzt zwischen alten, heruntergekommenen Wohnhäusern. Er ging auf das ellipsenförmige Flachdachgebäude mit seinen grellen Metallschildern zu. Die Tankstelle war bereits geschlossen. Er blieb eine Weile an den Zapfsäulen stehen, sah sich kurz um und überlegte, was er nun tun könne. Die einzige Möglichkeit war, zum Taxistand am Altonaer Bahnhof zu gehen, etwa eine weitere Viertelstunde entfernt. Sein Ärger wuchs. Zu allem Überfluß fing es nun auch noch heftig an zu regnen. Um nicht klatschnaß zu werden, stellte Carl sich unter den Dachvorsprung der Tankstelle.

Ein junger Mann, Carl schätzte ihn auf höchstens achtzehn Jahre, kam zigaretterauchend und sein Fahrrad schiebend hinter dem Gebäude hervor. Sie sahen sich an.

«Abend», sagte der junge Mann.

«Abend!» Carl sah nervös zum Himmel. Er wollte hier weg.

Der Junge stellte sich ebenfalls unter. «Kann ich Ihnen irgendwie helfen?»

«Helfen?»

Der Junge zeigte mit dem Daumen hinter sich. «Ich arbeite hier.»

«Oh.»

Es donnerte.

«Na ja», erklärte Carl, «ich bin mit meinem Auto liegengeblieben.» Er lächelte den Jungen an, fast etwas verlegen. «Kein Benzin, wissen Sie?»

Es blitzte. «Verstehe.» Der Regen wurde stärker. Er prasselte auf den kleinen Kopfsteinpflasterplatz vor der Tankstelle. Der Junge schnippte seine Zigarette weg, sie wurde in einem Gulli fortgespült. «Sommerregen! Find ich prima.»

«Na ja», Carl zuckte die Achseln, «wie man's nimmt.»

Der junge Mann lehnte sein Fahrrad gegen das Glasfenster der Tankstelle. «Kommen Sie!» sagte er, sprang mit einem Satz unter dem schützenden Dach hervor und flitzte um die Ecke.

Carl folgte ihm. Auf der Rückseite gab es eine Werkstattür, die der Junge hastig aufschloß. Sie gingen hinein und schüttelten sich drinnen wie zwei nasse Hunde.

«Ich habe hier ...», er ging in eine Ecke und wühlte in einem Stapel von Autoreifen und Zeitungen herum, «noch einen vollen Kanister. Der gehört meinem Chef. Aber der ist schon weg. Schlüssel für die Zapfsäule hab ich natürlich nicht, aber hier sind fünf Liter drin.» Er gab Carl den Kanister.

Carl stellte ihn ab. «Was kriegen Sie?» Er griff in die Innenseite seiner Anzugjacke, dann klopfte er mit den flachen Händen seine Hosentaschen vorn und hinten ab. «Ach ... blöd aber auch ... ich habe kein Geld dabei. Ob Sie's nun glauben oder nicht.»

«Ich glaub's!»

Carl sah den jungen Mann eine Sekunde erstaunt an. Ein netter Bengel mit einem ausdrucksstarken Gesicht. Zwischen seinen Schneidezähnen prangte eine Zahnlücke.

«Ich habe Geld in meiner Aktentasche. Die liegt in meinem Auto.»

«Wo stehen Sie denn?»

«In der ... ich weiß nicht, wie die Straße heißt. Ein paar Ecken von hier. Wenn Sie noch Zeit haben und hier warten, dann laufe ich schnell hin, fülle das Benzin ein und komme zurück, um Ihnen das Geld zu bringen.»

«Och», der junge Mann winkte ab. «Sie können es auch ein andermal bezahlen. Ich trau Ihnen schon.»

Wie nett, dachte Carl, wie nett.

«Ich kann auch eben mitkommen.»

«Sie trauen mir doch nicht.»

«Mein Chef traut mir nicht. Sagen wir mal so.»

«Na ja», Carl grinste, «ich sage immer: Abgerechnet wird am Schluß.»

Mit eingezogenen Köpfen verließen sie das Gebäude.

«Hören Sie», erklärte der Junge, während er, von Carl gefolgt, um die Tankstelle herum zu seinem Fahrrad lief, «wenn Sie sich hintendrauf setzen, geht's schneller!»

«Auf den Gepäckträger?»

«Aber ja! So was haben Sie doch früher sicher auch gemacht. Werden sich doch noch dran erinnern, wie's geht.» Er schwang sich auf sein Rad. Skeptisch setzte sich Carl seitlich hintendrauf, und der

Lehrling fuhr los. Klitschnaß erreichten sie das Auto. Der Junge übernahm sofort die Regie. Zwei Minuten später hatte er das Benzin in den Tank gefüllt. Sie setzten sich ins Auto, und Carl öffnete sein Portemonnaie.

«Wie heißen Sie?» fragte er den Jungen.

«Peter Ansaldi.»

«So – Peter Ansaldi. Dann sage ich schönen Dank!» Er gab ihm fünfzig Mark, ein Vermögen für einen Lehrling.

Der nahm den Schein und starrte ihn an wie Falschgeld. «Das ist viel zuviel!»

«Sie haben mir aber auch sehr geholfen!»

Peter besann sich. Wieselflink schob er den Fünfziger in die Brusttasche seiner nassen Jeansjacke. «Danke. Vielen Dank.»

Der Regen klatschte gegen die Autoscheiben, die innen beschlugen.

«Wo wohnen Sie?» fragte Carl.

«Hier ... nahebei.»

Carl startete den Mercedes, der sofort ansprang. «Packen Sie Ihr Fahrrad hinten in den Kofferraum, ich bringe Sie hin!»

Während der Fahrt kamen sie ins Gespräch. Peter erzählte Carl, daß er seine Lehre zum Automechaniker vor einem halben Jahr begonnen, aber jetzt schon satt habe. Sein Chef sei ein Menschenschinder und Choleriker, die Arbeit stumpf, man würde den ganzen Tag nur Autos von unten begucken, schrauben, montieren, Rost schmirgeln und tanken, abends die Kassenabrechnung machen, morgens die Brötchen und Zigaretten für den Meister holen, und im übrigen müsse man sich von schlechtgelaunten Menschen schikanieren lassen.

«Und nur Dreck!» Wie zum Beweis zeigte er Carl, der sich sehr auf die Straße konzentrieren mußte, seine rabenschwarzen Fingernägel. Er hatte ungewöhnlich schlanke Hände, sie waren voller Schwielen und Kratzer. «Man saut sich nur ein. Eklig!»

Peter gab ein paar Döntjes, wie er es nannte, über Kunden zum besten und brachte Carl zum Lachen. Bei einer Neuverfilmung von «Emil und die Detektive» könnte der glatt den Gustav mit der Hupe spielen, dachte Carl, und im selben Moment kam ihm in den Sinn, daß dies eine Bemerkung von Puppe hätte sein können. Seltsam, wie sehr Menschen, wenn sie einander liebten, im Laufe der Zeit des anderen Art zu denken, zu fühlen, zu lachen übernahmen. Vielleicht lag es auch nur an der Besonderheit, der Intensität ihrer Beziehung oder an Puppes originellem, starkem Wesen: Immer mehr, so schien es Carl, übernahm er ihre Ansichten und Gewohnheiten. Ja, so war es offenbar. Wenn man liebte, versank man in dem anderen, und wenn man wieder auftauchte, war man ihm nicht nur nähergekommen, sondern ein Stückchen ähnlicher geworden. Mit Charlotte war es ihm nie so gegangen.

Der Scheibenwischer quietschte.

«... selbständig?» fragte Peter.

«Wie bitte?»

«Ich hab gefragt, ob Sie selbständig sind, also nicht angestellt oder so.»

«Entschuldigung. Ich war mit meinen Gedanken woanders. Ja. Selbständig. Ich habe eine Firma im Hafen. Ich bin Kaufmann. Textilien.»

Peter zündete sich, nachdem er um Erlaubnis gefragt hatte, noch eine Zigarette an und plauderte dann ungebremst über sich und seine Vorstellung vom Leben. Einen solchen Mercedes wollte er später auch einmal haben. Er stammte aus einer Familie mit vier weiteren Brüdern, alle Arbeiter, seine Mutter hatte ihre Jungs allein durchbringen müssen, denn der Vater – offenbar ein Trinker – war eines Tages auf Nimmerwiedersehen verschwunden. Seinen Lehrlingslohn gab er zu Hause ab, dafür kleidete seine Mutter ihn, bekochte ihn und gab ihm ein kleines Taschengeld. Er redete kein dummes Zeug, wie Carl fand, sondern hatte klare Absichten und kluge Ansichten.

Schließlich hielten sie vor dem Mietshaus, in dem Peter Ansaldi wohnte. Das Gewitter hatte seinen Höhepunkt erreicht. Auf der Straße hatten sich kleine Seen gebildet. Mit Blaulicht raste ein Polizeiwagen vorbei, gefolgt von zwei Feuerwehrwagen.

«Tja, dann hau ich mal schnell ab, damit Sie endlich nach Hause können. Vielen Dank noch mal für das Geld!» Er hielt Carl seine Hand hin und grinste wieder.

Carl griff in seine Sakkotasche, zog eine Visitenkarte heraus und drückte sie dem überraschten Peter in die Hand. «Hier ist meine Büroadresse», erklärte er, «ich könnte einen Lehrling gebrauchen. Wenn Sie Lust haben, können Sie den Job haben. Im- und Export.»

Peter wußte nicht, was er erwidern sollte. Er starrte abwechselnd Carl und dann die Visitenkarte an, dann öffnete er ruckartig die Beifahrertür und stieg schnell aus. Kurz steckte er noch einmal seinen Kopf hinein: «Meinen Sie das ernst?»

«Aber ja! Ich meine alles ernst, was ich sage!»

«Ja dann. Danke...»

«Gleichfalls.»

«Tschüs!» Er knallte die Tür zu, nahm sein Rad aus dem Kofferraum, legte es sich über die Schulter und rannte ins Haus.

Versöhnt mit dem Tag und zufrieden darüber, was für ein liebenswerter und spontaner Mensch er war – die Geschichte würde Puppe gefallen! –, kam Carl nach Hause. Bei laufendem Motor öffnete er das Tor, fuhr hinein, schloß es wieder und hielt dann direkt vor den Garagen. Es hatte aufgehört zu regnen, doch Wolken verdunkelten den Himmel, es herrschte fast Nacht. Carl hatte keine Lust, den Mercedes in die Garage zu fahren. Er nahm nur seine Aktentasche und das Kleid für Charlotte heraus. Eben wollte er auf das Haus zugehen, als er nach ein paar Schritten stehenblieb. Er hatte das Gefühl, beobachtet zu werden, und drehte sich um. Tatsächlich: oben am Fenster des Kutscherhauses stand ein Mädchen und schaute hinaus. Die beiden sahen sich eine Weile an. Carl war ein paar Sekunden ratlos. Dann fiel es ihm wieder ein: Das mußte die Tochter der neuen Haushälterin sein. Er lächelte. Sie verzog keine Miene. Er winkte, nickte mit dem Kopf und ging davon.

Isabelle trat vom Fenster zurück und vergaß für einen Moment, daß sie todunglücklich war. Das mußte Herr Trakenberg gewesen sein. Wie er gelächelt hatte! Sie war allein in der Wohnung. Ihre Mutter war drüben bei Gretel. Überall standen noch Koffer, Taschen und Umzugskisten herum. Alles wirkte ungemütlich, fremd. Es war so anders als in Luisendorf, so abweisend, so bedrohlich. Isabelle war zum Heulen zumute. Man nannte das Heimweh, hatte ihr Gretel erklärt, das sei am Anfang immer so.

Barfuß und mit einem knöchellangen Nachthemd bekleidet, ging Isabelle durch die Wohnstube, strich über diesen und jenen Gegenstand und betrat schließlich ihr Zimmer. Dort setzte sie sich auf das Bett, das Gretel ihr bezogen hatte und das so frisch duftete. Wie zu Hause. In diesem Moment fiel ihr wieder der Brief ein, den Jon ihr heute morgen zugesteckt hatte. Sie hatte ihn in die Schublade des Nachttisches gelegt. Jetzt nahm sie ihn heraus und riß den Umschlag auf. Ein karierter Bogen, der aus einem Schulheft herausgerissen worden war, kam zum Vorschein. Sie las:

Liebe Isabelle! Was auch passiert: ich bin immer für Dich da. Vergiß mich nie.

Dein Jon

Das *Dein* war zweimal mit rotem Kugelschreiber unterstrichen. Sie faltete den Brief wieder zusammen. Als sie ihn in den Umschlag zurückstecken wollte, bemerkte sie, daß noch etwas darin lag. Vorsichtig schüttelte sie ihn, mit der Öffnung nach unten. Heraus glitt die gepreßte, getrocknete, wolkenweiße Blüte einer Seerose.

## Kapitel 5

Der erste Winter in Hamburg war für Isabelle voller Wunder und Überraschungen. Sie hatte sich in ihrem neuen Zuhause gut eingelebt. Das Stadtleben gefiel ihr sogar besser als das Leben auf dem Lande. Isabelle hatte das Gefühl, in einer Großfamilie zu wohnen. Wenn ihre Mutter zu streng mit ihr war, konnte sie sich in der warmen, gemütlichen Küche bei Gretel ausweinen. Gretel war für sie so etwas wie eine Freundin geworden.

«Nun hör mal auf, ewig Tante zu mir zu sagen. Das macht mich nur älter. Nenn mich Gretel. Wie deine Mutter. Du bist ja nun auch fast groß, nicht?» hatte Gretel zu ihr eines Nachmittags gesagt, als sie am Küchentisch saß und ihre Hausaufgaben machte, und Isabelle liebevoll einen Becher heißen Kakao und ein Stück Sandkuchen hingestellt.

Carl Trakenberg bekam Isabelle fast nie zu Gesicht. Seine Frau behandelte sie höflich, aber distanziert und ein wenig von oben herab. Manchmal sprach sie mit Isabelle wie mit einer zweiten Haushaltshilfe. «Das könntet ihr doch sehen, daß das Blumenwasser ausgewechselt werden muß. Es stinkt! Gott!»

«Aber meine Mutter ...»

«Deiner Mutter kannst du ruhig unter die Arme greifen, Kind, die hat genug zu tun, das siehst du ja. Also bitte: Blumen, die verwelkt sind, in den Müll, frisches Wasser rein. Das ist ja wohl für ein Mädchen in deinem Alter kein Problem, oder?»

«Nein.» Isabelle tat, wie ihr befohlen wurde. Im stillen haßte sie Charlotte Trakenberg. Doch sie ließ sich nichts anmerken. Das hatte ihre Mutter ihr eingebleut: «Ich möchte keinen Ärger mit den Trakenbergs, das sind nette, anständige Herrschaften, die uns nach dem Tod deines Vaters ein Dach über dem Kopf und mir Arbeit gegeben haben.»

Am besten verstand sich Isabelle mit Vivien, der Tochter des Hauses. Mit dem gleichaltrigen Mädchen hatte sie sich geradezu angefreundet. Sie besuchten zwar verschiedene Schulen – Vivien ging auf das Gymnasium, Isabelle nun auf die Realschule –, aber die Nachmittage und Abende verbrachten sie häufig gemeinsam. Für Isabelle war es wie ein Glücksrausch, als Vivien ihr zum erstenmal anbot, doch «rüberzukommen». Jeder Tag, den sie im Spielzimmer der Trakenberg-Tochter verbringen durfte, war für sie ein Abenteuer. Sie spielten Malefiz. Sie guckten Fernsehen, was Ida überhaupt nicht recht war. Besonders gern sahen sie sich die Science-fiction-Reihe «Raumpatrouille» an, weil beide für den Hauptdarsteller Dietmar Schönherr schwärmten. Außerdem erhielten sie die Erlaubnis, sich mit ausrangierten Teilen aus Charlotte Trakenbergs Garderobe zu verkleiden.

Das war etwas, was Isabelle besonders viel Spaß machte. Viviens Mutter verwahrte in einem Zeitungskorb im Kaminzimmer Zeitschriften wie die *Constanze* oder die französische *Vogue*. Die Mädchen liebten es, sich an Regentagen auf dem butterweichen Sofa zu lümmeln und in Modellustrierten zu blättern. Isabelles Vorbild wurde Twiggy. Von der «Bohnenstange» hielt Ida rein gar nichts, und einen Minirock zu tragen, verbot sie ihrer Tochter strikt. Das führte zu einer ersten kleinen Krise in der neuen Freundschaft zwischen den Mädchen. Viviens Vater brachte ihr von einer London-Reise ein paar Teile aus der Mary-Quandt-Kollektion mit. Begeistert trug sie die Sachen, genoß ihren Triumph in vollen Zügen und spielte ihre Überlegenheit gegenüber der Haushälterinnentochter aus. Isabelle war verletzt und traurig. Doch auch das verbarg sie. Statt dessen zeigte sie eine nie geahnte Hartnäckigkeit und durfte – nach langem Krakeelen und dank der gütigen Unterstützung Gretels –

ihre Haare nach Twiggy-Manier kurz schneiden. Das wiederum erlaubten die Trakenbergs ihrer Tochter nicht. Vivien und Isabelle waren wieder quitt.

Im Kampf gegen elterliche Verbote entwickelten die Mädchen eine Art von Solidarität, die durch gemeinsame Heimlichkeiten bestärkt wurde. Der erste Lidstrich im Bad von Charlotte Trakenberg: atemlos, berauschend. Das Blättern in der *Bravo* mit ihrem Aufklärungsteil: begleitet von Kichern und zarter Erregung. Die allererste Zigarette, hinten im Garten im Pavillon gepafft, eklig, schwindelerregend und wunderbar. Sie probierten aus den Kristallflakons, die auf einem Teewagen im Eßzimmer standen, klebrigen Sherry und schweren Cognac, der sie erst beschwipst machte und dann so mutig, daß sie mehr und mehr tranken. Bis sie, schließlich betrunken, die halbleeren Flaschen mit Wasser auffüllten.

Natürlich wurde ihre Tat entdeckt. Der Zustand, in dem sie sich befanden, war unübersehbar. Gretel hielt Isabelle die Stirn, während das Mädchen vor der Toilettenschüssel kniete und sich erbrach. Ida erteilte ihr Stubenarrest. Darüber hinaus sprach sie mit Charlotte, weil sie glaubte, deren Tochter habe auf ihr Kind einen schlechten Einfluß. Umgekehrt sei es wohl, fand Charlotte, «Gott, schrecklich!» Die Mütter beschlossen, den Töchtern den Umgang miteinander zu verbieten. Doch das währte nicht lange. Die Mädchen setzten sich durch.

Die Villa Trakenberg wurde für Isabelle zu einem märchenhaften Ort. Sie ging durch das Haus wie Alice durchs Wunderland. Die prächtigen hohen Räume. Die alten Meister an den Wänden, die Isabelles Phantasie in Bewegung setzten. Die antiken Möbel, die man nicht berühren durfte, aber eben *doch* berührte, und die einem dann eine Geschichte erzählten. Von der schönen, einsamen Grafentochter, die in jener Renaissance-Truhe ihren kostbarsten Schatz verwahrte: Briefe ihres heimlichen Geliebten. Von der Feuersbrunst, die in Siena eine Familie und einen Palazzo vernichtet und nur diesen einen mit Gobelinstoff bezogenen Sessel aus dem 18. Jahrhundert verschont hatte. Von der Mutter, die in dem österreichischen Bauernbett, das nun im Gästezimmer stand, sieben Kinder zur Welt gebracht hatte und dann darin gestorben war. Isabelle genoß das alles und sie schwor sich: So will ich eines Tages auch wohnen, so reich werde ich selbst auch einmal sein.

Am schönsten aber war die Weihnachtszeit im Hause Trakenberg. So etwas hatte Isabelle noch nicht erlebt! Carl Trakenberg gab dem Gärtner den Auftrag, das Portal und alle Fichten mit Lichterketten zu schmücken. Der Garten funkelte, sobald es draußen dunkel wurde, und Isabelle saß allein in ihrem Zimmer über der Garage und drückte ihr Gesicht gegen die Fensterscheibe. Charlotte Trakenberg hatte schon im November in einem Blumengeschäft Dutzende von roten und weißen Weihnachtssternen bestellt, die sie im ganzen Haus verteilen ließ, für jedes Zimmer ein Weihnachtsgesteck mit einer roten Kerze und kleinen Silbersternen, einen Adventskranz von fast drei Meter Durchmesser, der von der Decke der Halle herunterhing, reich dekoriert und nach Tanne duftend.

Überhaupt die Gerüche! Gretel legte sich ins Zeug, daß es eine Lust war. Sie backte mehrere Christstollen und Mohnstriezel, die, mit Staubzucker überpudert und mit Pergamentpapier abgedeckt, in der Speisekammer aufbewahrt wurden. Viele Bleche mit buttrigen Kringeln und Plätzchen zog sie aus dem Ofen, die Isabelle und Vivien ausstechen und anschließend mit Kuvertüre bestreichen oder mit Zuckerperlen bestreuen durften.

An den Adventssonntagen bereitete Gretel literweise Weihnachtspunsch zu, der nach Orangen und Zimt schmeckte. Den Mädchen wurde sogar erlaubt, davon zu probieren. Die Speisekammer und der Kühlschrank waren bis zum Bersten gefüllt. Gänse wurden angeliefert, geräucherte Lachsseiten, Steigen mit Äpfeln und Mandarinen, Körbe mit Nüssen und getrockneten Datteln und Feigen. Gretel bestellte für den Heiligabend Bratwürstchen, für die Feiertage Karpfen und Wildschweinbraten, auf Carls Wunsch im Hafen

Körbe mit Austern und, einer Tradition folgend, für den Silvesterabend Matjesfilets, aus denen sie einen rheinischen Heringssalat zubereitete, in so großer Menge, daß er am Neujahrstag in der Nachbarschaft verteilt werden mußte.

Sie kochte Suppen, sie brutzelte, schmorte und schmurgelte, und die Gerüche zogen so verlockend durchs Haus, daß Carl hinunter in die Küche kam und fragte: «Kriegen wir 'ne Hungersnot, Burmönken?» Statt zu antworten, stellte sie ihm einen Teller mit kaltem Rinderfilet und Schnittlauchsauce zum Probieren auf den Tisch, und er blieb den ganzen Nachmittag bei ihr in der Küche und redete mit ihr über das Leben. Isabelle, die zum Gemüseputzen angestellt worden war, stand dabei und hörte fasziniert zu.

Für Ida war es eine anstrengende Zeit. Die Trakenbergs gaben viele Abendessen und Cocktails, und das Haus mußte jeden Tag auf Hochglanz gebracht werden. Es war so viel Arbeit, daß Gretel und Isabelle ihr helfen mußten. Als schließlich das Weihnachtsfest kam, war sie so erschöpft, daß sie am liebsten ins Bett gegangen wäre. Hinzu kam, daß sie mit ihrem Kind zum erstenmal ohne Hermann feiern mußte. Das machte ihr das Herz schwer, und sie konnte ihre Trauer vor Isabelle kaum verbergen. Doch Gretel stand ihr zur Seite und machte ihr alles leichter.

Ida hatte nur einen kleinen Tannenbaum gekauft, der auf dem Sofatisch stand und mit ein paar *Gartmann*-Schokoladenkringeln, den wachsbesprenkelten Silberkugeln von Isabelles Großeltern und Kerzen geschmückt war. Auf einer mit grüner Borte eingefaßten und mit Engeln bestickten Weihnachtsdecke lagen die Geschenke für Isabelle. Jon hatte seiner Freundin eine Weihnachtskarte und ein Päckchen geschickt. Es enthielt ein Buch mit Schwarzweißfotos, das den Titel «Weil wir die Tiere lieben» trug, und einen Briefbeschwerer in Form einer gläsernen Halbkugel, in die Vergißmeinnichtblüten eingegossen waren. Isabelle und Jon schrieben sich regelmäßig und berichteten einander aus ihrem Leben. Jon ging mittlerweile auf die Oberschule in Albershude, es machte ihm Spaß zu lernen. Er litt unter dem Druck seines Vaters und darunter, daß seine Mutter alles so tatenlos mit ansah.

Nach wie vor, so schrieb Jon in seinem Weihnachtsbrief, ging er zum Seerosenteich, selbst an kalten Tagen wie diesen. Manchmal warf er Kieselsteine hinein und wünschte sich dabei etwas. Jon verriet Isabelle den einzigen, immer wiederkehrenden Wunsch: sie bald zu sehen.

Noch in der Nacht vom Heiligabend, nachdem alle Geschenke ausgepackt waren, das Essen beendet war und Ida sich gemeinsam mit Gretel auf den Weg zur Mitternachtsmesse in der St.-Michaelis-Kirche gemacht hatte, setzte sich Isabelle in ihrem Zimmer aufs Bett und schrieb ihm zurück. Von der Pracht in der Villa Trakenberg schrieb sie, von der schlichten Weihnachtsfeier im Garagenhaus, von ihrer Freundin Vivien, die manchmal so herausstellen würde, daß sie es besser habe, und von ihrem Heimweh nach Luisendorf, aber auch von den schönen und lustigen und aufregenden Dingen, die ihr in Hamburg passierten. Vor allem aber schrieb Isabelle, daß auch sie sich wünschte, ihn wiederzusehen. «Es gibt so viel, was ich dir zeigen möchte!»

Es schneite. Ununterbrochen. Die ganze Stadt war plötzlich zugedeckt mit Schnee. Es wurde kälter und kälter. Eisbrecher mußten die Fahrrinne der Elbe freilegen. Der Fluß sah danach aus wie ein Longdrink, in den der Barkeeper zuviel Eis geschüttet hatte. Allerorten gab es nur noch ein Thema: das Wetter. Die Leute sprachen von einem harten Winter. Wie immer, wenn Katastrophen über eine Region hereinbrechen, rückten die Menschen zusammen. Hamburg schien zu schrumpfen, Fremde wurden zu Freunden. Wenn das Auto nicht ansprang, wenn die Hochbahn nicht fuhr, wenn Schneeverwehungen ein Vorankommen in der Stadt unmöglich machten, wenn Wasserleitungen zufroren, der Strom ausfiel, wenn ganze Randbezirke von der Außenwelt abgeschnitten waren, dann blitzte in dem Unglück auch immer ein klitzekleiner Moment von Freude auf – daß man den Widrigkeiten des Lebens nicht ganz und gar allein gegenüberstand.

«Geteiltes Leid ist halbes Leid», sagte Gretel und half Ida dabei, die Stufen und den Weg zum Souterrain zu fegen, während der Gärtner die Auffahrt freiräumte. Dabei erinnerte sie sich an die Flutkatastrophe von 1962 und daran, wie eine Hausfrau die andere angerufen und ihr geraten hatte, in alle verfügbaren Behältnisse Trinkwasser abzufüllen, weil es bald nichts mehr geben würde.

Isabelle und Vivien tobten, dick eingemummelt, durch den Garten. Obwohl sie sich eigentlich zu alt dafür vorkamen, fuhren sie mit ihren Schlitten kreischend den Hang hinunter, bis an den Rand des Grundstücks. An späten Nachmittagen, wenn es draußen dunkel geworden war, saßen die Freundinnen durchgefroren am Küchentisch, tranken heißen Fliederbeersaft mit Honig und kicherten dabei ganz ohne Grund, während sich Ida und Gretel bei einer Tasse Kaffee ausruhten und besprachen, was am nächsten Tag zu tun sei.

So überraschend, wie der Winter hereingebrochen war, so abrupt schien er zu enden. Das Tauwetter brachte graues Licht und Matsch mit sich und Dreck ins Haus. Ida schimpfte den ganzen Tag: «Zieht euch doch die Schuhe aus, Kinder, ich bitte euch. Isa! Du machst mir den ganzen Flur schmutzig. Das putzt du aber jetzt selber weg. Ich habe genug zu tun. Wahrhaftig!»

Die Mädchen beschlossen, sich aus dem Staub zu machen. Vivien hatte die Idee, solange der Winter noch nicht ganz vorbei war, Schlittschuh laufen zu gehen. Vivien kannte einen Park ganz in der Nähe, in dem es einen kleinen See gab. Die Mädchen schnappten sich ihre Schlittschuhe und machten sich auf den Weg. Als sie den Park erreicht hatten, war dort kein Mensch. Nicht einmal Kinder. Isabelle und Vivien setzten sich auf einen umgestürzten Baumstamm am Ufer und legten die Schlittschuhe an. Auf dem Eis hatte sich eine dünne Schicht Tauwasser gebildet.

«Vielleicht hält das Eis nicht mehr», meinte Isabelle.

«Ach was!» Vivien sprang auf. «Es hat doch die letzte Woche noch so doll gefroren ... nun komm, oder bist du feige?»

Noch ehe Isabelle antworten konnte, war ihre Freundin schon auf dem Eis. Mit ihren langen schwarzen Haaren, die sie sich zum Pferdeschwanz zusammengebunden hatte, den flauschigen roten Ohrenschützern, ihrer wattierten Jacke, dem kurzen Faltenröckchen und der dicken, weißen Strumpfhose sah sie aus wie ein staksiger Storch, fand Isabelle.

Vivien legte sich sofort ins Zeug. Sie wollte Isabelle imponieren. Mit weit ausholenden Bewegungen lief sie bis zur Mitte des Sees. Dann blieb sie stehen, um zu sehen, ob die Freundin ihr zugeschaut hatte. Sie winkte mit den Armen. Isabelle folgte ihr, sehr vorsichtig, blieb jedoch dicht am Ufer stehen. Sie hatte keine Angst, aber sie wollte prüfen, ob die Eisschicht tatsächlich noch dick genug war. «Komm lieber zurück!» rief sie.

«Warum das denn?» Lachend drehte Vivien sich um und wollte weiterlaufen. In diesem Augenblick passierte es. Isabelle glaubte ihren Augen nicht zu trauen. Das Eis ächzte, es krachte, es splitterte. Im Bruchteil von Sekunden und ohne aufzuschreien, versank Vivien. Isabelle sah ein Sprudeln und Platschen, ein Stück Eis flog hoch in die Luft. Ihre Freundin streckte nur noch die Hände aus dem Wasser. Isabelle war starr vor Entsetzen. Dann tauchte Vivien wieder auf. Wild um sich schlagend, versuchte sie, sich am Eis festzuhalten. Doch die Oberfläche verwandelte sich, grausam und unaufhaltsam, in ein Meer von knisternden, zerberstenden Eisstücken, wie das Glas einer Scheibe, die zerbrach. Gellend schrie Vivien um Hilfe. Immer und immer wieder. Isabelle löste sich aus ihrer Erstarrung, griff nach einem dicken Ast, der neben dem Baumstamm lag, und ging an den Rand des Sees. «Ich helfe dir!» rief sie, so laut sie konnte, und legte sich flach auf das Eis.

Vivien war ganz ruhig geworden. Man sah nur noch ihr Gesicht.

Wie ein Karpfen schnappte sie nach Luft. Isabelle robbte langsam vorwärts, den Ast neben sich herziehend. Meter um Meter näherte sie sich Vivien. Beide ließen einander nicht mehr aus den Augen. Das Eis knirschte. Schließlich hatte Isabelle Vivien fast erreicht. Sie schob den Ast vor, so weit, bis sich dessen Ende in Griffnähe des Mädchens befand.

«Faß an», sagte sie, «faß den Ast an.»

Vivien reagierte nicht. Sie war vor Panik und Kälte wie gelähmt. Isabelle bewegte sich noch ein paar Zentimeter vor. «Bitte!» flehte sie. «Vivi, bitte!»

Endlich tastete Vivien nach dem Ast, umfaßte ihn erst mit der linken, dann mit der rechten Hand. Isabelle bewegte sich rückwärts. Sie stemmte sich gegen das Eis und spürte, wie Nässe und Kälte durch ihre Kleidung drangen. Sie zog aus Leibeskräften. Tatsächlich gelang es ihr, Vivien aus dem Wasser herauszuziehen. Beide blieben einen Augenblick auf dem Eis liegen, wie um zu verschnaufen. Vivien klammerte sich an Isabelle fest. Es dauerte fast eine Ewigkeit, bis die Mädchen, robbend, ziehend, rutschend, endlich das Ufer erreicht hatten. Isabelle rappelte sich auf, aber Vivien blieb schluchzend auf dem Boden liegen.

«Komm, du mußt jetzt sofort nach Hause. Sonst...»

«Ich kann nicht.»

«Doch. Ich helfe dir.» Isabelle kniete sich hin und hob ihre Freundin sanft hoch, legte ihr den Arm um die Schultern und stützte sie, während sie, Schritt für Schritt, durch den Park nach Hause gingen.

Als sie eine halbe Stunde später durch das Eisentor traten, waren sie am Ende ihrer Kräfte. Keine von beiden sprach, keine von beiden weinte. Sie gingen einfach weiter, quer über den Rasen, die Stufen zum Souterrain hinunter, bis sie die Küche betraten.

Charlotte Trakenberg stand in einem quittengelben Wollkleid, auf der eine Diamantbrosche in Form eines Schmetterlings funkelte, neben Gretel, die am Küchentisch saß, und diktierte ihr die

Wünsche für ein Abendessen, das am kommenden Samstag stattfinden sollte.

«Consommé ...»

Gretel kritzelte in ihrem Büchlein und wiederholte: «Consommé ...»

Die Mädchen blieben in der geöffneten Tür stehen. Die Frauen sahen auf.

«O Gott!» Charlotte stürzte auf ihre Tochter zu, die beinahe zusammenbrach und sich am Türrahmen festhielt. «O Gott. O Gott.»

Erschrocken stand Gretel auf.

Charlotte kniete vor Vivien nieder. «Himmel, Kind, was ist passiert?» Sie blickte nur kurz zu Isabelle hoch. «Mach die Tür zu, mein Gott, wir heizen doch nicht für den Garten! Nun rede schon, was ist passiert? Burmönken, das Kind zittert ja.» Sie erhob sich, schob Isabelle beiseite und führte ihre Tochter an den Tisch, wo sie sich setzten.

«Na, ich mach mal einen Tee», sagte Gretel, sah streng zu Isabelle hinüber und schüttelte nur den Kopf, während sie Wasser in den Kessel einlaufen ließ.

«Wir waren Schlittschuh laufen, ich bin eingekracht!» jammerte Vivien.

«Vivien muß sofort ins Bett!» befahl Gretel. Sie knallte den Kessel auf den Herd und schaltete auf Stufe drei.

«Wie kann denn so was passieren? Ach, meine arme Süße! Wessen Idee war denn das?»

Vivien hob den Kopf und drehte ihn langsam zur Seite. Ihr Blick glich dem eines Hundes, der etwas ausgefressen hat und Mitleid erheischen will. Aber es lag noch etwas mehr darin. Sie sah zu Isabelle hin, die blaß in der Ecke stand.

«Das hätte ich mir ja denken können!» Charlotte erhob sich wutschnaubend. «Solche Ideen kann auch nur dieses Mädchen meinem Kind in den Kopf setzen. Unverantwortlich! Das ist Schiffbruch auf der ganzen Linie!» Sie zog Vivien sanft hoch, während sie ihr die nasse Steppjacke auszog. «Das wird Konsequenzen haben.» Sie drückte ihre Tochter wieder auf den Stuhl und zog ihr schnell die Schlittschuhe von den geschwollenen Füßen, während sie unablässig weiterkeifte: «Ich schätze diesen Umgang nicht. Von Anfang an nicht. Frau Burmönken, bringen Sie den Tee bitte rauf und rufen Sie den Doktor ...»

Isabelle versuchte, etwas zu sagen.

«Du schweig still!» Charlotte zog ihr Kind hinter sich her und verließ die Küche.

Isabelle setzte sich an den Tisch. Gretel tätschelte ihr den Kopf, während sie eine Tasse aus dem Regal nahm. «Zieh deinen Anorak aus, der is ja pitschepatschenaß. Der Pullover auch ...?» Isabelle schüttelte den Kopf. «Sei froh, daß nichts weiter passiert ist, hmm?»

«Ja.»

«Ich bringe jetzt den Tee nach oben, dann mache ich dir einen Kakao.»

«Wo ist Mama?»

«Mama ist in Blankenese. Sie holt Wäsche bei der Reinigung ab. Ist dir kalt?»

Isabelle schüttelte den Kopf. Gretel goß den dampfenden Tee in die Tasse, rührte einen Löffel Honig hinein und ging dann. «Bin gleich wieder da, Mäuschen!» sagte sie im Hinausgehen.

Isabelle ließ ihren Kopf auf den Tisch sinken und fing fast an zu heulen. Ihr war schrecklich zumute. Sie mußte eine Weile so dagesessen haben, als die Tür aufging. Carl Trakenberg, der an diesem Tag früher aus dem Kontor zurückgekehrt war, betrat zusammen mit Gretel die Küche. «Was höre ich da?»

Erschrocken blickte Isabelle auf. Sie hatte Angst vor dem Hausherrn, sie kannte ihn kaum, sie war ihm bisher nur selten begegnet. Er trat zu ihr. Einem Impuls folgend, stand sie ruckartig auf, schwankte dabei aber ein wenig. Carl hatte sie erreicht und umfaßte ihren Arm mit festem Griff. Sie hatte das Gefühl, er wollte ihr weh tun. «Es ... es tut mir leid ...», erklärte sie ängstlich. «Es ist aber nicht meine Schuld!»

Carl lächelte sie an, mit seinem breiten, optimistischen, schönen Lächeln. «Ich weiß!» Er schob ihr und sich einen Stuhl hin, drückte sie sanft herunter und setzte sich ganz dicht vor sie. «Vivien hat mir alles erzählt.»

Gretel, mit vor der Brust verschränkten Armen, kam langsam hinzu.

«Was hat sie denn gesagt?» fragte Isabelle matt.

«Daß es ihre Idee war, Schlittschuh laufen zu gehen. Daß du sie gewarnt hast. Und daß du sie gerettet hast.» Er faßte sie mit den Händen an den Schultern, wie von Mann zu Mann. «Danke!»

«Na, das ist ja 'ne schöne Schtorie!» meinte Gretel.

Carls Blick fiel auf Isabelles Füße. Sie trug noch immer die Schlittschuhe.

«Na, sag mal ...» Er kniete sich vor ihr hin. «Die mußt du doch ausziehen!» Er begann ihr das Schuhband zu lösen, Öse für Öse.

Gretel kniete sich neben ihn. «Das kann ich doch! Herr Trakenberg!»

«Machen Sie den anderen Schuh, Burmönken.»

Sie knieten vor dem Mädchen, das auf sie herabsah und von einem Gefühl warmer Zufriedenheit durchflutet wurde.

«Kleine Lebensretterin», sagte Gretel, «na, so was.»

Es machte Mühe, die Schlittschuhe und Strümpfe auszuziehen, und nachdem es ihnen endlich gelungen war – Isabelle hatte dabei zweimal schmerzhaft aufgeschrien – wurde auch allen klar, warum: Die Füße waren nicht nur dick, sondern wund und blutig. Während Gretel sofort Wasser aufsetzte und eine emaillierte Schüssel aus der Speisekammer holte, hockte Carl, eine Hand auf das Knie gestützt, weiterhin vor Isabelle und sah sie bewundernd an. Sie wich seinem Blick nicht aus.

Gretel hastete mit der Schüssel heran. «Gehen Sie nun mal beiseite, Herr Trakenberg, jetzt kriegt die Lütte ein Fußbad, nicht?»

Carl stand auf. Gretel nahm behutsam erst den einen und dann den anderen Fuß ihres Schützlings und setzte ihn vorsichtig ins Wasser. «Gut so?»

«Ja.» Auf einmal spürte Isabelle den Schmerz. Doch er war nichts gegen das Gefühl der Geborgenheit. Sie lächelte Carl an.

«Paß auf», sagte er, «ich mache das wieder gut.» Er ging zur Tür. «Das werde ich dir nie vergessen, Isabelle!» Mit diesen Worten verließ er die Küche.

«Was ist denn mit dem los?» fragte Gretel und sah ihrem sonst so distanzierten Chef erstaunt nach.

In dieser Nacht schlief Isabelle tief und gut. Sie träumte, daß sie sich mit Jon am Seerosenteich verabredet hatte. Als sie dort ankam, an einem Silberglitzertag, der schöner nicht sein konnte, schwamm Jon im Wasser, umgeben von einem dichten Bett blühender Seerosen. Sie zog sich aus und ließ sich zu ihm hinunter ins Wasser gleiten. Es war viel wärmer, als sie gedacht hatte. Jon schwamm vor ihr, und sie folgte ihm. Als sie ihn erreicht hatte, hielt er inne und drehte sich um. Isabelle war überrascht. Es war nicht Jon. Es war Carl.

# Kapitel 6

Der Hausarzt befürchtete zunächst, Vivien könnte eine Lungenentzündung haben. Doch sie kam mit einer Erkältung davon, einer so schweren allerdings, daß sie zwei Wochen mit Fieber im Bett lag. Während dieser Zeit kümmerte sich Charlotte rührend um ihre Tochter. Sie saß an ihrem Bett und las ihr aus «Nesthäkchens Backfischzeit» vor, dessen Einband mit dem Bild einer heimeligen Familienidylle schon ganz abgegriffen war. Sie selbst hatte es als Kind von ihrer Mutter geschenkt bekommen, die ihr auch oft daraus vorgelesen hatte. Charlotte machte ihrer Tochter Wadenwickel und Schwitzpackungen, verabreichte ihr Hustensaft aus braunem Kandis und Rettichscheiben, den Gretel in der Bunzlauer Milchkanne angesetzt hatte, sorgte dafür, daß Ida Obst vom Markt mitbrachte und Gretel Hühnersuppe kochte. Als es Vivien besserging, durfte sie, mit einem Schal um den Hals und eingehüllt in eine Wolldecke, auf dem schönen rosengeblümten Sessel im Schlafzimmer ihrer Mutter sitzen und ihr beim Briefeschreiben zusehen. Behaglichkeit breitete sich aus, wenn es nachmittags ganz ruhig im Haus war, man nur das Kratzen des Füllfederhalters auf dem Büttenpapier hören konnte und sich draußen der Winternebel über den Garten legte.

Manchmal war Isabelle dabei. Charlotte hatte sich, wenn auch widerwillig, bei ihr entschuldigt. Isabelle war unwohl dabei, sie konnte Charlottes Abneigung förmlich spüren. Doch als Vivien sich dann bei ihr «für die Rettung» bedankte und ihr einen ihrer schönsten Winterpullover schenkte, waren sie wieder versöhnt.

Schließlich machte Carl sein Versprechen wahr. Er lud Isabelle zum Mittagessen ein, an einem Tag, an dem sie schon früh Schulschluß hatte. Ida Corthen war das nicht recht und nicht geheuer. Trotzdem staffierte sie ihre Tochter hübsch aus und gab ihr ein paar Verhaltensmaßregeln mit auf den Weg: «Rede nicht soviel. Das interessiert Herrn Trakenberg nicht, auch wenn er so tut. Laß dich nicht ausfragen. Das geht die Leute nichts an, was mit uns ist und was nicht. Sei bescheiden, warte ab, was er ißt, und bedanke dich anständig. Der Mann hat anderes zu tun, als mit Leuten wie uns essen zu gehen.»

Die Maikäferohrringe, die ihre Mutter ihr aufgeschwatzt hatte, nahm Isabelle schon auf dem Weg zur Schule ab, dafür war sie nun wirklich zu alt. Die Kopfbedeckung und den häßlichen Schal stopfte sie in ihre Tasche, als sie um zwölf vor der Schule in Altona auf Carl wartete, im Schutze des Portals, denn es war ein trüber, ungemütlicher Tag.

Carl war auf die Minute pünktlich. Sie fuhren mit seinem Mercedes in die Stadt, auf den Gänsemarkt. Isabelle war zum erstenmal hier und fasziniert. Alte Häuser mit Fassaden aus Fachwerk, Stuck und Backstein umrahmten den Platz. Menschen, grau und blau gekleidet, mit Mienen, die noch düsterer schienen als das Wetter, hetzten, rannten, schoben sich und wuselten über das Kopfsteinpflaster. Feuerwehrrote Straßenbahnen legten sich, scharf bimmelnd und in den Schienen laut kreischend, in die Kurven, polterten heran, hielten an den Haltestellen und fuhren wieder davon. Carl parkte das Auto direkt vor seinem Stammlokal, dem Restaurant Ehmke. Nachdem Isabelle ausgestiegen war, blickte sie an dem Eckgebäude hoch. Es hatte drei Stockwerke und ein Dach mit Schindeln. Vor den Fenstern der beiden oberen Etagen hingen Blumenkästen, die zu dieser Jahreszeit mit Tannenzweigen abgedeckt waren. Kelchförmige Laternen an geschwungenen schwarzen Eisenhaken beleuchteten die Fassade. In großen Buchstaben stand draußen dran, was es drinnen gab: *Austern, Hum-*

*mer, Kaviar*. Von allem hatte Isabelle schon gehört, gegessen hatte sie es noch nie.

Sie betraten das Restaurant. Alle Tische – bis auf einen am Fenster – waren besetzt. Stimmengemurmel, Besteckklappern, Klingen von Gläsern. «Zum Wohl!» sagten hanseatische Herren und tranken auf gute Geschäfte. Ein Weinkorken wehrte sich quietschend dagegen, aus der Flasche gezogen zu werden. Gemächlichen Schrittes servierten Kellner das Essen. Die Wand- und Deckentäfelungen aus dunkel gewordenem Holz, die Stores an den Fenstern und die Teppiche unter den Füßen schienen sämtliche Geräusche zu dämpfen. Bilder, Wandleuchten, ein Kachelofen und die biederen Vasen mit den ersten Tulpen dieses Jahres erinnerten Isabelle an zu Hause, an ihre alte Wohnstube in Luisendorf.

Carl und sein kleiner Gast hatten einen Augenblick am Eingang gewartet, als der Oberkellner zu ihnen kam. Jovial begrüßte er Carl und half ihm aus dem Kamelhaarmantel.

«So. Und das Fräulein Tochter ...»

Carl lachte: «Ja, genau!»

Isabelle knöpfte ihren Mantel auf, der Oberkellner half ihr heraus und reichte die Kleidungsstücke wortlos an ein herantrippelndes Buffetfräulein in schwarzem Kleid und weißer Schürze weiter. Dann geleitete er die Gäste an den Fenstertisch.

«Bin sofort da mit den Karten, Herr Trakenberg!» Er entfernte sich mit einer angedeuteten Verbeugung.

«Herr Ober!» rief ein Herr eine Spur zu laut.

«Manchmal muß man schwindeln!» erklärte Carl verschwörerisch und entfaltete die gestärkte Serviette, indem er sie an einer Spitze anfaßte, weit von sich hielt und durch die Luft schlug. Isabelle fand, es klinge wie ein Stück Bettwäsche, das, bereits trocken, noch auf der Leine im Wind flatterte. «Geht den ja nichts an, was wir miteinander zu tun haben und warum wir hier sind, was?»

Isabelle lächelte verlegen.

Nachdem der Oberkellner die Speisekarten gebracht und die Bestellung entgegengenommen hatte (Carl machte es Isabelle einfach, er fragte sie, was sie gerne aß, und wählte dann für sie aus), servierte er eine halbe Flasche Chablis (Carl trank am liebsten Chablis) und für Isabelle ein Glas Apfelsaftschorle.

Zum Essen hatte Carl für Isabelle eine Hummersuppe ausgesucht.

«Hast du schon mal Hummer gegessen?»

«Nein.»

«Aha. Dann ist Suppe ein guter Anfang.»

«Eine Hummersuppe für das Fräulein Tochter», hatte daraufhin der Oberkellner notiert. Carl hatte Isabelle angeguckt, und sie mußten lachen.

Er selbst schlürfte ein halbes Dutzend bretonischer Austern. Lächelnd hielt er ihr eine hin. «Probieren?»

Isabelle schüttelte entsetzt den Kopf.

«Da kommst du auch noch drauf!» Mit einer zweizinkigen Gabel löste er das Fleisch aus der Schale, hob sie an die Lippen, neigte den Kopf etwas zurück, schloß die Augen, öffnete den Mund und ließ die Auster hineingleiten. Isabelle hörte auf, die Suppe zu löffeln, die ihr wunderbar schmeckte, und beobachtete ihn genau.

«Ah!» sagte er genießerisch. «Herrlich. Herrlich! Nur in den Monaten mit r.» Er zählte an seinen Fingern ab. «Septem*ber*, Okto*ber*, Novem*ber*, Dezem*ber*...»

«Janu*ar*...»

«Genau!» Er butterte sich ein Stückchen Pumpernickel, aß es und spülte mit einem Schluck Wein nach. «Weißt du was? Wir bestellen noch so eine halbe Flasche. Und dann...», er nahm ihr Glas und stellte es beiseite, «läßt du das mal stehen und trinkst mit mir. Wie alt bist du? Dreizehn? Da hatte ich schon meinen ersten Schwips.»

Isabelle bekam ein Glas Wein und trank es mit so großem Genuß, daß Carl ihr nachschenken ließ. Sie fühlte sich plötzlich nicht mehr gehemmt, sondern wohl. Er erzählte ihr offen aus seinem Leben, erklärte ihr vieles, was sie bis dahin nicht gewußt hatte, er brachte sie zum Lachen und Staunen, er lobte ihren Mut und dankte ihr noch einmal, daß sie seine Tochter gerettet hatte.

Zum Hauptgang brachte der Oberkellner, assistiert von einem Küchenjungen, für Isabelle eine frisch gebratene Seezunge, die er vor ihren Augen filetierte und mit Kartoffeln, Buttersauce und einem grünen Salat in Rahm servierte. Carl aß ein Beefsteak, für das dies Restaurant gerühmt wurde, mit Bratkartoffeln und Gemüse.

Der Oberkellner fragte: «Ist alles recht so, Herr Direktor?» Er war ein Ober alter Schule, sprach seine Gäste stets mit Namen an und hatte für jeden einen Titel parat: Jeder Kaufmann – und es gab in dieser Stadt viele von ihnen – war ein Direktor, es gab den Herrn Bankdirektor, den Herrn Doktor und den Herrn Professor, den Herrn Senator, den Herrn Rat, und es verfehlte seine Wirkung niemals, obwohl man sich in Hamburg viel darauf einbildete, nichts auf Titel zu geben.

«Wunderbar! Perfekt! Wie immer!» antwortete Carl mit glänzenden Augen und fettigen Lippen und zählte Isabelle auf, wer hier schon alles gegessen hatte: «Die Bürgermeister, Ballin, Krupp...»

«Der Kaiser!» ergänzte der Oberkellner höflich.

«Ja, der Kaiser auch. Was wären wir ohne das Ehmke, was?»

«Das ist wohl wahr», sagte der Oberkellner selig und nickte, und beide ahnten nicht, daß es schon ein paar Jahre später abgerissen werden und in Vergessenheit geraten sollte.

Nachdem sie wieder unter sich waren, fragte Carl Isabelle unvermittelt: «Was willst du denn mal werden, wenn du mit der Schule fertig bist?»

«Weiß nicht.»

«Aber irgendwas muß dich doch interessieren...»

«Meine Mutter meint, ich heirate irgendwann.»

Carl lachte. «Trotzdem mußt du einen Beruf erlernen. Einen, der dir Spaß macht.» Er erzählte ihr von seinem Beruf und schlug dann vor, nachdem zum Dessert rote Grütze serviert worden war und Carl einen Mokka getrunken hatte, ihr sein Kontor zu zeigen. Keine Stunde danach waren sie dort. Isabelle lernte Frau Gehrmann kennen, die sehr nett zu ihr war, und im Treppenhaus einen freundlich grüßenden Jungen mit Zahnlücke, der Peter hieß und bei Carl Trakenberg eine Lehre zum Großhandelskaufmann machte.

Dann kam für Isabelle der schönste Augenblick des Tages. Carl betrat mit ihr das Stofflager. Ein langgestreckter, kalter Raum mit gekalkten Wänden und Zementfußboden. Durch die offene Ladeluke fiel die Wintersonne herein. Zu beiden Seiten eines langen Ganges standen Holzregale, in denen die Stoffballen lagerten. Carl drehte einen Schalter herum, und schwarzemaillierte, halbkugelige Industrielampen, die von der Decke herunterhingen, erhellten den Raum.

Langsam ging er an den Regalen vorbei. Isabelle folgte ihm. Am Ende des Raumes blieb er stehen, zog einen Ballen heraus, rollte ein paar Meter ab und warf dann mit einer kräftigen Bewegung die Bahn nachtblauen Samtes aus, als wollte er sie Isabelle zu Füßen legen. «Faß ihn mal an! Das ist der schönste, weichste, beste Samt, den es gibt.»

Isabelle ging in die Knie. Vorsichtig strich sie über die schimmernde Oberfläche. Carl beobachtete sie dabei, tat jedoch so, als würde er die Warenkartei, die auf dem schmuddeligen Pult des Lagermeisters stand, durchsehen. Auf einmal stand Isabelle wieder auf, ließ den Samt jedoch nicht los, sondern zog ihn mit sich hoch. Und ehe er sich's versah, hatte sie den Stoff um sich geschlungen, in Falten geworfen, drapiert zu einem Abendkleid. Sie ließ ihn wieder fallen, knöpfte ihren Mantel auf, schleuderte ihn in die Ecke, nahm den Samt, legte ihn sich zunächst stolagleich um die Schultern, um ihn schließlich in einen Rock zu verwandeln, der aus geschickt arrangierten Meereswellen bestand. Ein paar Schritte ging sie damit auf und ab.

Verblüfft sah Carl ihr zu. Es schien, als wäre in diesem Augenblick ein Mensch seiner Bestimmung zugeführt worden. Isabelle warf den Samt zu Boden. Ohne zu fragen und ohne ein Wort zu sagen, ging sie, während sie mit der Hand jenen Querbalken der Regale berührte, daran entlang, befingerte diesen oder jenen Ballen, befühlte liebevoll den einen oder anderen Stoff und nahm sich schließlich ein Reststück blaßblauer chinesischer Rohseide heraus. Sie legte es neben den Samt, setzte sich auf den Boden und zupfte ein wenig an beidem herum, bis es aussah wie eine Art Kleid mit rundem Ausschnitt, der mit Seide eingefaßt zu sein schien.

«Samt und Seide», sagte sie und sah zu Carl auf, «das paßt doch toll, nicht?»

Die Auswahl der Stoffe war perfekt, Material und Farben harmonierten auf wunderbare Weise. Carl nickte. «Schön, Isabelle. Ja. Sehr schön sogar.»

Brav brachte sie die Seide an ihren Platz zurück, rollte den Samt auf, und gemeinsam legten sie den Ballen zurück in das Regal. «Du bist ja eine geborene Modeschöpferin!» sagte er wie zum Spaß und strich ihr über das Haar.

«Modeschöpferin?»

«Interessierst du dich für Mode?»

Sie zuckte mit den Schultern. «Ich blättere gern in den Zeitschriften. Vivien und ich ... manchmal haben wir uns verkleidet ... Ich habe manchmal so Ideen, aber meine Mutter mag das nicht.»

«Soso.» Carl schloß die Luken und hängte die Kette ein. Isabelle zog ihren Mantel wieder an, und sie verließen den Lagerraum.

Mit Argwohn und Besorgnis beobachtete Ida die Entwicklung ihrer Tochter. Isabelle wuchs zu einer schönen jungen Frau heran. Sie war jetzt einen Kopf größer als ihre Mutter, birkenschlank, wie

Gretel sagte, und trug ihre Haare noch immer kurz. Um die Augen und den Mund hatte sie etwas leicht Spöttisches bekommen, und in der Tat war ihre Schlagfertigkeit in der Schule und im Freundeskreis bekannt und gefürchtet. Isabelle ging keiner Konfrontation aus dem Weg. Im Gegenteil. Einem Wildpferd gleich galoppierte sie auf alles zu, was sich ihr in den Weg stellte. Sie schien die Auseinandersetzung nachgerade zu suchen, stritt häufig mit ihrer Mutter, gab Widerworte, setzte ihren Willen durch. Nicht einmal zum Konfirmandenunterricht – Ida war sehr daran gelegen, daß ihre Tochter konfirmiert wurde – konnte sie Isabelle überreden. Es gab einen Riesenkrach deswegen. Schließlich mußte Ida einsehen, daß sie langsam, aber sicher machtlos wurde.

«Das Mädchen ist wieder derartig kriebitzig», jammerte sie oft ihrer Freundin Gretel vor, wenn die beiden abends in der aufgeräumten Küche der Villa saßen und eine Partie Rommé spielten. «Ich weiß nicht, wie Isa beizukommen ist!»

«Mit Stubenarrest und Ohrfeigen jedenfalls nicht!» antwortete Gretel. «Du kannst erst hinlegen, wenn du zweiundvierzig Augen hast, Ida. Betupps mich doch bitte nicht!»

«Sie macht es mir so schwer.»

«Unsinn! Das geht doch allen Eltern so, das ist doch normal, sie wird erwachsen, da kannst du dich nicht gegen stemmen.»

«Ich hätte mir das früher nicht erlaubt.»

«Du bist aber auch so was von altmodisch und miesepetrig! Deine Isabelle ist eine eische Deern. Sei doch auch mal stolz auf sie. Sei doch auch mal zufrieden. Du mußt mit der Zeit gehen. Das müssen wir alle!»

Die Freundschaft zwischen Isabelle und Vivien war schon sehr bald nach dem Unfall beim Schlittschuhlaufen zu Ende gegangen, ohne erkennbaren Grund, so schien es – die Mädchen gingen einfach getrennte Wege, hatten nicht mehr dieselben Interessen. Isabelle hatte in der Schule neue Freundinnen gefunden, mit denen sie die Nachmittage verbrachte. Sie trafen sich in Eisdielen, gingen ab und zu, wenn das Taschengeld reichte, ins Kino, hockten zu Hause in ihren Zimmern, hörten Tamla-Motown-Musik, Herman's Hermits, die Bee Gees und die Beach Boys und begannen zu schwärmen. Für Jungs, für Stars, für Modetrends. Mini, Midi, Maxi, Hot pants, Hosen mit weitem Schlag, schwarze Capes für Mädchen und Jungen, in denen die Jugendlichen aussahen wie Schwärme von Fledermäusen, die durch die Stadt flatterten; grelle Farben, buntgeblümte Stoffe, hohe Stiefel, dicke Absätze, den ganzen Flower-Power-Hippie-Look – die sechziger Jahre neigten sich dem Ende zu, die siebziger kamen, und mit ihnen kam ein neues Lebensgefühl, dem Menschen wie Ida nicht folgen konnten.

«Wie sie aussieht! Was sie für Ideen im Kopf hat! Ich komm da nicht mehr mit!»

Carl förderte Isabelles Talente, sehr zum Ärger seiner Familie. Auch Ida war zutiefst verstört. «Ich verstehe nicht, was der Trakenberg von ihr will. Warum trifft sich so ein Mann mit ihr? Der hat doch selber eine Tochter! Mir ist das nicht geheuer!»

Gretel winkte ab: «Hör auf! Der hat einen Narren an ihr gefressen. Warum auch nicht? Es macht ihm Freude, großzügig zu sein, der war schon immer so, er sieht sich gerne als Gönner, und sie hat auch was davon.»

Carl schenkte Isabelle Modebücher, ab und zu ein paar verwegene Teile aus Puppes Kollektion, Stoffreste aus seinem Lager. Er animierte sie, zu zeichnen und zu nähen. Er bildete ihren Geschmack, indem er sie in die Kunsthalle mitnahm und einmal sogar zu einer Modenschau von Puppe Mandel. Isabelle war sofort fasziniert von der Atmosphäre in dem Salon, von der Eleganz der Gäste, die entlang dem Laufsteg auf kleinen rotgepolsterten Messingstühlen saßen, Sekt tranken und jede Kreation heftig beklatschten. Als Carl Isabelle seiner Geliebten vorstellte, konnte sie den Blick nicht von Puppe abwenden. Die Haare kunstvoll eingeschlagen, große, goldgefaßte Smaragde an den Ohren, dramatisch geschminkt, trug sie einen Sari aus Seide, über den ein langer Schal aus gold- und silbersticktem Chiffon geschlungen war. Puppe musterte Isabelle interessiert, aber außer einem «Guten Tag» wechselte sie kein Wort mit ihr. Sie hatte andere Dinge im Kopf.

Doch Isabelle ging diese Begegnung nicht mehr aus dem Sinn. Zwei Tage später verkündete sie ihrer Mutter, sie wolle beruflich etwas mit Mode machen. Ihre Mutter bekam einen Wutanfall. Sie nahm Isabelle das Nähzeug, die Stoffe, die selbstgenähten Teile, die Bücher und Zeitschriften weg und verschloß alles in ihrem Schrank. Dann bat sie Carl Trakenberg um ein Gespräch und erklärte ihm, sie wolle keinesfalls, daß er ihrer Tochter solche Flausen in den Kopf setze. Isabelle würde auf eine Hauswirtschaftsschule gehen und etwas Anständiges lernen. Sie sagte das mit solchem Nachdruck, daß Carl gar nicht erst versuchte, sie vom Gegenteil zu überzeugen. Damit war das Thema für Ida erledigt.

Das Ende der Schulzeit nahte heran. Isabelle brachte ein schlechtes Zeugnis mit nach Hause. Für ihre Abschlußarbeit, in der sie – Jon hatte ihr das Thema vorgeschlagen und ihr Bücher dazu geschickt – über Seerosen schrieb, erhielt sie immerhin eine gute Note. Doch in Fächern wie Rechnen und Erdkunde schrammte sie nur mit Glück an einem «Mangelhaft» vorbei. Sie sei intelligent, aber leider faul, konstatierte der Klassenlehrer. Er konnte Isabelle weder verstehen noch ausstehen, was auf Gegenseitigkeit beruhte.

Weil sie auf keinen Fall eine Hauswirtschaftslehre machen wollte, kam es zu tagelangen Diskussionen mit ihrer Mutter. Türen wurden zugeknallt, Vorwürfe ausgetauscht. Isabelle schrie, heulte, tobte. Ida verbot, bettelte, entzog Liebe. Die Situation war völlig verfahren, nicht einmal Gretel konnte etwas erreichen. In ihrer Not schleppte Ida ihre Tochter zur Berufsberatung, doch der Mann hinter dem Schreibtisch sprach nur die Empfehlung aus, das Mädchen solle bei seiner musikalischen Begabung doch Schallplattenverkäuferin im *Alsterhaus* werden, einem alteingesessenen Hamburger Kaufhaus, dort suche man Lehrlinge.

Nach dem Gespräch mit Ida hatte Carl sich zunächst zurückgezogen, aber dann mischte er sich doch wieder ein. Nachdem ihm Gretel von den Problemen berichtet hatte, sprach er Ida kurzerhand darauf an, als sie in der Bibliothek mit einem Staubwedel aus schwarzen Hühnerfedern Bücherrücken abstaubte.

«Was soll ich machen, Herr Trakenberg, dem Kind fehlt einfach der Vater. Es braucht eine strenge Hand!» Sie war so verzweifelt, daß sie schließlich sein Angebot annahm zu vermitteln. Zum erstenmal besuchte er Ida Corthen in ihrer Wohnung. Er hatte eine Flasche Rheinhessen dabei, war charmant und freundlich, sah sich interessiert um, erkundigte sich nach diesem und jenem, und nach dem zweiten Glas hatte er eine Lösung parat. Isabelle solle eine Schneiderlehre machen. Er wisse auch schon wo, im Modesalon Mandel an der Alster. Er trug seine Argumente überzeugend vor. Gegen einen so soliden Beruf konnte selbst Ida nichts einwenden. Für die Seriosität des Salons sprach dessen Ruf. Beruhigt verabschiedete Ida ihren Gast zu später Stunde. Sie hatte eingewilligt, und er hatte ihr das Versprechen abgenommen, Isabelle am übernächsten Tag zu einem Bewerbungsgespräch zu Puppe Mandel zu schicken.

Isabelle war über diese Wendung hoch zufrieden. Für eine Weile fühlte sie sich mit ihrer Mutter versöhnt. Sie umarmten sich innig, als sie vor dem Kutscherhaus standen, wo Carl in seinem Mercedes wartete. Ida spuckte ihrer Tochter dreimal über die Schulter. Dann fuhr Isabelle mit Carl davon.

Ob es Idas Daumendrücken war, Puppes gute Laune (ihre neuen Entwürfe verkauften sich blendend) oder Carls Überredungskunst: Isabelle wurde eingestellt, obwohl sie bei dem Gespräch in Puppes Büro im ersten Stock keine besonders gute Figur abgab. Sie fühlte sich eingeschüchtert, insbesondere weil Carl und Puppe sich so gut verstanden und sich soviel zu erzählen hatten. Sie kam sich überflüssig vor, und einmal wäre sie fast pampig geworden. Doch Carl gab auch da wieder den Retter und überspielte die Situation mit einem Scherz. Isabelle erhielt einen Vertrag für eine Damenschneiderlehre, die drei Jahre dauern sollte. Sie war überglücklich.

# Kapitel 7

An ihrem ersten Arbeitstag, einem nieseligen Morgen im April, wurde Isabelle von Alma Winter in der Halle in Empfang genommen und ins Atelier gebracht. Als Meisterin war Alma auch für die drei Lehrlinge zuständig. Sie steckte Isabelle in einen weißen Kittel, ordnete mit kritischem Blick auf ihre Schuhe an, daß sie am nächsten Tag Sandalen mitzubringen habe, und machte sie mit den anderen Frauen bekannt. Die beiden Mädchen, die kurz vor dem Ende ihrer Ausbildungszeit standen, die dicke Patrizia Paslack und die stille Susanne Kramer, waren etwas älter als Isabelle und wirkten gelangweilt und unfreundlich. Vier Schneiderinnen, die Wert darauf legten, als Gesellinnen vorgestellt zu werden, als «Obergesellin» und «Untergesellin», arbeiteten ebenfalls in der Werkstatt. Sie saßen hinter ihren wüst aussehenden Arbeitstischen, weit vornübergebeugt, Brille auf der Nase, Schere in der Hand, ein Nadelkissen wie einen Armreif auf das Handgelenk gesteckt. Sie rafften Kleider, sortierten Knöpfe, suchten Fäden. Sie übertrugen zugeschnittene Stoffteile auf Papier, was sie als «Schnittmachen» bezeichneten. Mit schweren, zischenden Bügeleisen fuhren sie stramm über Falten, Kniffe und Knicke, stoisch ließen sie die Nähmaschinen rattern. Ein Kofferradio piepste leise in einer Ecke. Taft raschelte. Ein Mädchen kicherte.

«So», sagte Alma, «hier werden Sie also künftig arbeiten. Willkommen im Modesalon Mandel.» Ehe sie fortfahren konnte, dröhnte plötzlich in unvorstellbarer Lautstärke Musik durch das Haus, die Arie der Königin der Nacht aus Mozarts Zauberflöte.

Isabelle zuckte förmlich zusammen vor Schreck. Doch die anderen arbeiteten ungerührt weiter. «Tod und Verderben!» sang die Königin. «Ha-ha-ha-haha-haha-ha ...»

«Aaach», stöhnte Alma, «Abendkleider!» Sie klatschte ihre Hände zusammen, die so knochig und trocken waren, daß es mehr wie ein Klopfen klang als ein Klatschen. «Also auf!»

Niemand rührte sich. Isabelle verstand nichts.

«Susanne!»

Susanne strich über den taubengrauen Futterstoff und blickte nicht einmal auf, als sie sagte: «Die Neue kann das doch machen!»

«Auch wieder wahr. Kommen Sie, Fräulein Corthen!» Alma ging aus dem Atelier in den Flur und drehte sich mit einer Geste zu Isabelle um, die aussah, als würde sie *husch-husch* sagen. Die Schneiderinnen brachen in Gelächter aus, so laut, daß es sogar die Opernarie übertönte. Isabelle schloß die Tür hinter sich und lief Alma nach, die rasch in Richtung Treppe ging. «Was ist denn, worum geht es denn, Frau Winter?»

«Wenn sie Mozart auflegt, beginnt ihre kreative Phase!» Alma hetzte nach unten. «Wenn es nur Instrumente sind, will mal sagen Klarinettenkonzert, Klavier, dann entwirft sie.» Sie hatten die Halle erreicht. Ein überbordender, süß duftender, bunter Frühlingsstrauß war kurz vor dem Verwelken; schwarzgesprenkelte Papageientulpenblätter rieselten auf den vibrierenden Boden. «Wenn Gesang losgeht, Arien, Duette, Terzette, Chöre, all die schönen Sachen, die einem hier dann so auf die Nerven gehen, dann müssen wir ran. Dann kreiert sie. Dann braucht sie uns. Uns und Nadeln und Stoffe ...» Sie öffnete die verglaste Tür zum Showroom und sprach mit doppelter Lautstärke weiter: «... und unsere Bewunderung!»

Sie betraten den Raum. Puppe, eine Zigarette zwischen den Lippen, stand in einem schwarz-gelb bedruckten, wildgemusterten afrikanischen Gewand vor einer Schneiderpuppe und legte der gerade eine dicke Kette mit Silbermünzen um die Taille.

«Das ist zu laut, Frau Mandel. Das ist wirklich zu laut!» rief Alma, ging an die eingebauten Wandschränke aus Schleiflack, öffnete eine der Türen und drehte die Lautstärke der Musikanlage herunter.

Puppe sah erstaunt auf, als wäre sie aus einem Traum gerissen worden: «Aber ich ...»

«Ich weiß. Die Inspiration. Aber die kriegen Sie auch, wenn die Musik etwas leiser ist, glauben Sie mir.» Sie trat zu ihrer Chefin. «Was brauchen wir?»

Puppe schaute über Almas Schulter hinweg zu Isabelle, die in der Tür stehengeblieben war. «Wer ist das?» fragte sie mit ungewohnt hoher Stimme.

Später würde sich Isabelle immer an diese zweite Begegnung erinnern, mit einem Lächeln. Natürlich wußte Puppe in dem Moment, wer sie war. Natürlich war ihr klar, daß Isabelle der neue Lehrling war, ein Protegé von Carl, jünger als sie, hübscher sogar. Aber eben gerade deshalb spielte sie – geradezu lächerlich schlecht – die Verwirrte.

«Das ist Isabelle Corthen. Unsere Neue!»

Isabelle kam, von Alma herangewinkt, hinzu. Sie streckte Puppe ihre Hand hin. «Guten Tag, Frau Mandel. Sie erinnern sich nicht?»

«Erinnern?» Sie gab Alma die Zigarette. Alma ging an einen der Rauchglas-Sofatische und drückte sie in einem Kristallaschenbecher aus. «Jaja ja! Natürlich. Herzlich willkommen.» Sie schüttelte ihr die Hand, sah sie dabei kaum an und wandte sich dann wieder der Schneiderpuppe zu. «Ich bin nervös ... Kind, ich habe hier diesen Haute-Couture-Entwurf ... für die Fürstin ... sehen Sie doch, Alma: Volants! Sie darf keine Volants tragen, habe ich ihr gesagt, sie ist eine Sechsundvierziger, sie hat Hüften wie eine Kuh und mit Volants wie zwei.» Sie lächelte Isabelle an. «Hören Sie nicht hin. Razzledazzle!»

Isabelle verstand wieder nichts. Zu dritt betrachteten sie den

Entwurf. Dies war die erste Phase einer Kreation, wie Alma später erklärte. Nach einer Skizze oder einer Zeichnung der Modeschöpferin wurde an der Puppe das Kleid aus Bahnen von Nessel drapiert. Isabelle sah zu, wie Alma die Silberkette wieder abnahm und statt dessen auch in Taillenhöhe Volants mit Nadeln ansteckte.

Puppe schrie entsetzt auf. «Alma!» Mit einer heftigen Handbewegung riß sie sämtliche Volants herunter. Die Stecknadeln flogen wie Silberblitze durch den Raum. Alma mußte sich vor das Modell knien und unter Puppe Mandels Anweisungen mit einem Filzstift am Saum eine geschwungene Linie malen, an der sie anschließend mit einer Schneiderschere entlangschnitt.

«So. Na bitte!» Puppe sah nun schon ein wenig zufriedener aus. «Das hat diesen Schwung, den die Fürstin will, und macht jünger und...»

«...'nen schlanken Fuß!» konstatierte Alma trocken.

Puppe zündete sich mit einem schweren goldenen Cartier-Feuerzeug eine weitere Zigarette an. «Ich wüßte zu gern, wo meine Zigarettenspitzen geblieben sind. Wahrscheinlich alle geklaut. Ich werde Anzeige gegen Unbekannt erstatten müssen!»

Isabelle sah sie erschrocken an. Alma, die sich mit knackenden Knien wieder erhob, lächelte beruhigend: «Sie klagt gegen alle und jeden. Das hat nichts zu bedeuten.»

«Und ob das was zu bedeuten hat. Das brauche ich für meinen Kreislauf.»

Tatsächlich beschäftigte Puppe Mandel seit Jahren einen Anwalt, der gut von ihr leben konnte, denn sie führte gegen alles, was ihr gegen den Strich ging, einen Prozeß. Sie hatte die Stadt verklagt wegen zu hoher Sielgebühren, ihre Nachbarn wegen Lärmbelästigung. Sie prozessierte gegen eine frühere Mitarbeiterin, die angeblich der Konkurrenz Betriebsgeheimnisse verraten hatte, gegen zahlungsunwillige Kundinnen und schlampige Lieferanten. Gegen einen Architekten, der ihr Haus auf Sylt verbaut hatte, strengte sie ebenso einen Prozeß an wie gegen einen Verkehrspolizisten, der sie nach einer Geschwindigkeitsüberschreitung beleidigt hatte. Puppe hatte einen ausgeprägten Gerechtigkeitssinn, vor allem wenn es um ihre eigene Person ging. Die Zahl der Ordner, in denen die Prozeßdokumente untergebracht waren, schien unüberschaubar; Puppe hatte sie in Regalen in ihrem Büro untergebracht und sprach – hoch zufrieden – mit Blick auf die Akten von ihrer «Klagemauer». Sie war stadtbekannt für diese seltsame Leidenschaft, aber weil sie ein gutes Herz und vor allem Humor hatte, verzieh man ihr die Streitlust und tat sie als Marotte ab.

Als die Oper zu Ende war, schien auch das Abendkleid für die Fürstin fertig zu sein. Isabelle erhielt den Auftrag, das Schlachtfeld im Showroom zu beseitigen. Puppe rauschte ab nach oben. Doch der Weg von der Idee zur Robe war weit. Alma nahm das Nesselmodell von der Schneiderpuppe herunter und brachte es ins Atelier, wo eine der Gesellinnen den Entwurf auf Papier übertrug. Auf diese Weise entstand das Schnittmuster. Nach dem Schnittmuster wurde der sogenannte Prototyp angefertigt, zunächst aus billigerem Ersatzstoff. Dann folgte die erste Anprobe, danach kamen die Änderungen. Schließlich, nach unzähligen Veränderungen und Verbesserungen, wurde das Kleid aus dem Stoff genäht, den die Kundin ausgewählt hatte. Wie ein Juwel wurde das fertige Teil behandelt: gedämpft, gebügelt, gestreichelt, unter schützender Hülle in den Schrank gehängt und am Ende, wenn die Kundin es ein letztes Mal vor dem Abholen anprobierte, bei einem Glas Champagner und mit einer segnenden Geste Puppe Mandels freigegeben für den ersten großen Auftritt in der Hamburger Gesellschaft.

Isabelle lernte bei dieser Gelegenheit – es waren mittlerweile zwei Monate vergangen – auch die Fürstin kennen. Sie glaubte bis dahin, zumal sie gehört hatte, die Kundin käme mit Chauffeur und Limousine aus dem Sachsenwald angereist, es handele sich um eine Frau von Adel, eine von Bismarck gar. Doch in Wahrheit hieß sie Frau Fürst, und *Fürstin* war nur ein Spitzname, den Alma ihr gegeben hatte, weil sie sich feiner gab, als sie war. Sie sei der Typ, erklärte

Alma Isabelle, der «schwer aufgerüscht» auf den Markt ging, eine korbtragende Haushälterin an ihrer Seite, mit einem brillantenschweren Ringfinger auf grüne Heringe zeigte und mit lauter Stimme um ein paar Groschen feilschte.

Tatsächlich fegte sie eines Tages herein, im pinkgrellen Puppe-Mandel-Plisseekleid und mit wogendem weißem Sommerhut, auf dem Klatschmohn und Kornblumen wucherten, fächelte sich mit einem Heft der Zeitschrift *Quick* Luft zu, warf sich auf die Chaiselongue im Showroom und scheuchte alle zusammen, gehetzt von der Sucht nach Aufmerksamkeit und Liebe. Sie war verwitwet und hatte die Brotfabrik ihres Mannes geerbt, die sie zu neuer Blüte führte. Ihre beiden Töchter hatte sie an zwei nicht studierende Studenten verloren, deren größte Taten bislang darin bestanden hatten, in einem Hamburger Verlagshaus die Fensterscheiben einzuschmeißen. Seither war die Fürstin an der Welt verzweifelt, hatte ihre Kinder enterbt und sich in die Arme ihres Geschäftsführers geflüchtet, der sie ausbeutete wie eine südafrikanische Goldmine. Alma mußte ihr, kaum daß sie sich gesetzt hatte, die Füße massieren, Isabelle ihr Mineralwasser bringen. Sie fragte nach einem Käffchen, nach einem Telefonapparat, sie ließ sich Modejournale heranschleppen und erkundigte sich nach den neuesten Trends, vor allem aber gierte sie darauf, endlich Puppe Mandel selbst zu sprechen.

Doch die ließ sich Zeit. Sie kannte ihre Pappenheimer. Wie alle, die erfolgreich einen Beruf ausüben, bei dem sie mit Menschen umgehen, verstand Puppe das Einmaleins der Eitelkeiten perfekt. Sie konnte sich entziehen, die Kundin zappeln lassen, dann über sie hereinbrechen wie eine Naturgewalt, kraftvoll, schön, mitreißend. Den Schneewittchen-Kampf «Wer ist die Stärkere?» gewann Puppe immer. Spät, sehr spät, aber eben nicht zu spät, betrat sie majestätisch den Showroom, mit ausgebreiteten Armen, und sprach mit ihrer schönen, tiefen Stimme: «Frau Fürst! Wie schön, Sie hier zu haben! Blendend sehen Sie aus, meine Liebe! Und wenn Sie jetzt erst ... Alma, die Kreation! ... sehen, was ich für Sie gezaubert habe!

Setzen Sie sich, erzählen Sie, was macht das Unternehmen? Essen die Deutschen genügend Brot? Und die Töchter? Geben Sie die Hoffnung nicht auf, ich sage immer: Ganz gleich, was passiert, man darf nie aufhören zu hoffen. So. Das ist es. Was sagen Sie nun?»

Eine ganze Parade von Paradiesvögeln flatterte in jenen Tagen in den Salon herein, es war Puppe Mandels große Zeit. Die Schlichten, Strengen mit den glatten Zügen und den kinnlangen blonden Haaren, mit «Gummibandgesichtern», wie Alma lästerte, die einander so glichen, daß man sie nicht unterscheiden konnte. Hanseatinnen, die kaum Gefühle zeigten und niemals lächelten, und wenn, dann kieselkühl. Und die nichts anderes wollten als Kostüme, die ihre Seriosität unterstrichen und so aussahen wie ihre Trägerinnen – unauffällig, glatt, kalt. Sie waren die Frauen «rund um die Alster», erklärte Alma, «und links und rechts der Elbchaussee», die «Wasserfrauen», jene humorlosen Wesen, wie auch Charlotte eines war: Frauen, die ihre Persönlichkeit der Karriere ihres Mannes geopfert hatten.

Es kamen die Fröhlichen, Lauten, die weniger der Mode als des Klatsches wegen in den Salon rauschten, die Fachmännischen, Peniblen, die auf den Pfennig achteten und alles besser wußten. Es kamen Mütter, die für ihre Töchter zum ersten Ball oder zur Hochzeit ein Kleid anfertigen lassen wollten, Männer, die ihren Geliebten Verführerisches kauften, sogar Damen der Halbwelt, die bereit waren, eine ganze Sommerkollektion zu bestellen und dafür mehr Geld hinzulegen, als eine Schneiderin im Jahr verdiente.

Da war Frau Paulsen, eine einstige Schönheit, Gattin eines Autohändlers, die, eitel bis unter die Haarwurzeln und ständig gegen ihre schwäbische Herkunft und ihr Übergewicht kämpfend, um Anerkennung in der hanseatischen Gesellschaft rang, mit glitzernden Empfängen, Kaviarfrühstücken, Cocktailparties, zu denen sie jedesmal neue Kleider orderte, die ihr auch nichts nutzten. Man ging da einfach nicht hin.

Da war die reiche Reisende, die alljährlich ihren Schrankkoffer vorbeibringen ließ, damit ihre Abendgarderobe für die nächste Weltreise aufgearbeitet und aufgebügelt wurde. In dem müffelnden Monstrum entdeckte Isabelle dann zwischen prächtigen Gewändern benutzte Nachthemden, die sie mit spitzen Fingern herausnahm und schockiert Puppe zeigte. Zur Strafe («Unsere Kundin ist Königin, Isabelle, wir mokieren uns niemals!») mußte sie die schmutzigen Teile waschen.

Isabelle lernte im Laufe ihrer Lehrzeit, daß die Welt nicht durch Fakten bestimmt wurde, nicht durch Analysen, Sachlichkeit, Umstände, sondern ausschließlich von Gefühlen, von Sympathie und Antipathie, vor allem von Eitelkeiten. Dies war eine Erkenntnis, die sie später gut gebrauchen konnte, die ihr oft weiterhalf, wenn anscheinend nichts mehr ging.

Alma gab Isabelle einen Rat mit auf den Weg: «Sie müssen sich alles mit den Augen und Ohren abgucken!» Das tat Isabelle. Ohnehin hörte sie sehr auf die Direktrice. Alma hatte sie unter ihre Fittiche genommen, denn sie hatte sehr schnell erkannt, daß Isabelle über großes Talent verfügte. Darüber hinaus war das Mädchen ein Protegé von Carl Trakenberg, für den sie – wie so viele Frauen – heimlich schwärmte. Sie sagte Isabelle eine große Karriere voraus und machte es sich zur Aufgabe, ihren Anteil daran zu haben.

Einen Teil ihrer Zuneigung zu Carl übertrug sie auf Isabelle. Sie förderte sie, direkt und auf eine Weise, die Isabelle eher als Schikane empfand. «Sitz gerade!» sagte sie ihr andauernd, wenn Isabelle hinter ihrer Nähmaschine saß und verzweifelt versuchte, einen Faden einzufädeln. «Das dauert viel zu lange!» – «Beeil dich.» – «Zeig mir deine Arbeitsproben!» Isabelle mußte Nähgarne und Zeitschriften sortieren und Messingknäufe an den Treppengeländern polieren, zur Frühstückspause Brötchen kaufen und Zigaretten und Tampons für die Gesellinnen. Morgens hatte sie die Aufgabe, Wassereimer heranzuschleppen und neben die Bügeltische zu stellen, Lappen darin einzutauchen und auszuwringen, so kräftig, daß sie nicht mehr tropften, und doch so sanft, daß sie feucht genug blieben, damit sie beim Bügeln als Auflage zum Dämpfen der Kleidungsstücke taugten. Abends kriegte sie einen runden Blockmagneten in die Hand gedrückt und den Auftrag, im gesamten Atelier, auf den Knien rutschend, die Stecknadeln einzusammeln. Doch damit nicht genug. Alma befahl ihr, jede Nadel einzeln zu entstauben. Sie mußte sie abpusten und, nach den Farben der Köpfe geordnet, in kleine, durchsichtige Plastikschalen legen.

Isabelle lernte, Pantoffeln zu besticken, Rundungen zu nähen, zu bügeln, «ja» zu sagen, sich zu disziplinieren und unterzuordnen. Sie besuchte die Berufsschule, wurde in Material- und Fachkunde und kaufmännischem Rechnen unterrichtet und hatte ein Berichtsheft zu führen, das Alma gegenlas und abzeichnete. Nach dem zweiten Lehrjahr veränderte sich die Beziehung zwischen ihnen allmählich, denn Alma wußte, daß das Ende der Lehrzeit nun nicht mehr weit war, sie schien zu spüren, daß dann Isabelles Abschied bevorstand, und sie wollte sich mit ihr gut stellen. Die beiden fingen an, sich zu unterhalten. Die Frühstückspause – ein Ritual, an dem Alma niemals zuvor jemanden hatte teilhaben lassen – verbrachten sie nun gemeinsam.

In der Küche neben dem Atelier, die nach hinten hinausging, röstete sich Alma jeden Morgen um neun auf einer Kochplatte zwei Hälften eines Brötchens, meistens so lange, bis schwarzer Rauch aufstieg. Während Isabelle ihr und sich selbst einen Becher Kaffee einschenkte, kratzte Alma das Verbrannte mit einem Messer ab, bestrich sich die Hälften mit Butter und Kräuterquark und setzte sich an den Campingtisch, der dort stand. Isabelle löffelte meist einen Joghurt oder aß einen Apfel. Sie lasen ein paar Minuten schweigend, ihr zweites Frühstück einnehmend, im *Hamburger Abendblatt* und der *Bild*, dann falteten sie die Zeitungen zusammen und begannen, sich zu unterhalten. Alma erzählte dabei oft von früher. Sie war gelernte Schneiderin, hatte aber nach dem Krieg, weil sie keine andere Arbeit fand, bei einem Kaffeeröster gearbeitet. Ihr Chef hatte die Idee entwickelt, kleine Tüten mit Kaffeebohnen in

Haushalten zu verteilen, um auf diese Weise Werbung für sich und sein Ladengeschäft zu machen. Es waren damals karge Zeiten, die Leute waren dankbar für solche Überraschungen und rannten ihm die Bude ein. Bald eröffnete er eine Filiale nach der anderen. Alma wurde seine rechte Hand, übernahm die Revision und fuhr mit ihrem VW-Käfer quer durch Norddeutschland, um die Kaffeegeschäfte zu überprüfen. Sie war erfolgreich, verdiente gut, glaubte die Welt erobern zu können. Besonders, als sie auf einer ihrer Reisen einen deutschen Kaufmann aus Südamerika kennenlernte. Er war sehr reich. Die beiden verliebten sich ineinander, sie folgte ihm, gab ihre Arbeit auf und zog nach São Paulo.

«Machen Sie das nie, Isabelle! Einem Mann zu folgen! Hals über Kopf. Aber nein, Sie sind ja ganz anders als ich. Nicht so dumm!»

Ein wundervolles Leben begann, voller Glanz und Glück. Doch die Sache ging schief. Alma kam zurück. Bei Puppe Mandel fand sie eine Anstellung als Obergesellin. Zwei Jahre später war sie Direktrice. Doch den Mann konnte sie nicht vergessen, und auch er ließ sie nicht in Ruhe. Er schrieb ihr Briefe, er schickte ihr Blumen, er bat um ein Wiedersehen. Er machte ihr telegrafisch einen Heiratsantrag. Sie kabelte zurück: Ja.

«Ich war so nervös. Sie glauben es nicht. Ich konnte mich auf nichts konzentrieren. Und dann passierte es. Ich hatte einen Unfall mit meinem Auto, kam schwerverletzt ins Krankenhaus. Und zur selben Zeit, man glaubt es kaum, passierte ihm ein ebensolches Unglück. Er fuhr über eine Landstraße, drüben, hatte den Ellenbogen so...», sie lehnte ihren Ellenbogen weit über den Campingtisch, «... aus dem Fenster gelegt. Dann kam dieser andere Wagen... Tja. Ihm wurde der Arm abgerissen.»

Sie sahen sich erst ein Jahr später wieder. Auf dem Flughafen in Frankfurt. «Ich stand oben. Er kam auf der Rolltreppe hochgefahren. Ich sah erst seinen Kopf, seine schwarzen Locken, sein gebräuntes Gesicht, dann ihn. Ein alter Mann. Er hatte nur noch einen Arm. Ich war ganz dünn geworden, so dünn, wie ich heute bin ... er blieb vor mir stehen und sagte nur: Ja, Alma. Es ist viel passiert in der Zwischenzeit, nicht wahr?»

Sie kamen niemals zusammen. Er mußte der Geschäfte wegen zurück nach Südamerika. Sie konnte ihm nicht gleich folgen. Er wurde sehr krank. Sein Sohn verhinderte, daß er ihre Briefe erhielt, am Telefon wimmelte er Alma ab. Wenig später starb er.

«Was hatten wir nicht alles für Pläne! Was hat er mir nicht alles versprochen! Ich denke so oft, daß ich eine von «denen» sein könnte – Sie wissen schon – reich, sorgenfrei ...» Sie lachte. «Abscheulich ...» In einem Zug trank sie ihren Becher leer. «Ich bin sicher, er hatte mich in seinem Testament bedacht. Aber sein Sohn ... nun ja. Muß ich halt arbeiten, bis zur Rente. Das müssen viele. Und so weit ist es ja nun nicht mehr bis dahin.» Sie stand auf. «Das einzige, was ich von ihm habe, ist dies.»

Alma hielt Isabelle ihre rechte Hand hin. Am Finger steckte ein Ring mit zwei sehr, sehr großen Perlen, einer schwarzen und einer weißen. «Sie sind ein begabtes Mädchen. Ein hübsches dazu. Man wird Ihnen zu Füßen liegen. Das Leben wird Sie verwöhnen. Aber trauen Sie dem Schicksal nicht. Niemals. Seien Sie immer auf der Hut, ruhen Sie sich nicht aus auf Ihrem Glück. Und vergessen Sie vor allem eines nie: Wem viel gegeben wird, dem wird auch viel genommen!»

## *Kapitel 8*

Jon! Obwohl Isabelle und Jon sich regelmäßig geschrieben und auch häufig miteinander telefoniert hatten, waren sie sich in all den Jahren, in denen aus den zwei Kindern erwachsene Menschen geworden waren, nur zweimal begegnet. Einmal am Anfang der Hamburger Zeit, als Ida mit ihrer Tochter, aus Anlaß von Hermanns Todestag, nach Luisendorf gefahren war. Sie hatten in Schmidts Gasthof übernachtet und waren an einem kalten, regnerischen Maitag auf den Friedhof gegangen, der, so dachte Isabelle bei sich, auf geradezu unheimliche Weise gewachsen war. Die Hecken, die die Anhöhe umschlossen, waren gewachsen, die Bäume waren gewachsen, die Zahl der Grabstellen und mit ihnen die schnurgerade gezogenen Kieswege. Ida hatte einen grauen Regenmantel an und darunter ein nachtblaues Tuchkleid. Noch immer ging sie auf Friedhöfe wie verkleidet. Sie zog sich «für gut» an, schien den Toten auch auf diese Weise Respekt zu zollen und den Lebenden zeigen zu wollen, wie ernst und wichtig sie die Pflicht der Grabpflege nahm. Gretel hatte ihr geraten, das neue Blumengeschäft an der Hauptstraße damit zu beauftragen. Aber Ida hatte eine andere Vorstellung: «Solange ich es kann, will ich das für Hermann tun.» Regelmäßig nahm sie die Strapaze auf sich, mit dem Zug von Hamburg nach Luisendorf zu fahren und nach dem rechten zu sehen. Im Winter, nach den dunklen Novembersonntagen, deckte sie das Grab mit Tannenzweigen ab und legte ein künstliches Gesteck, gekrönt von einer weiß leuchtenden Christrose, darauf. Im Frühjahr wurden die Zweige entfernt, die Erde mit einer kleinen Harke, an deren anderem Ende sich eine Schaufel befand, aufgelockert, die braunen Blätter der Efeueinfassung herausgezupft und Stiefmütterchen gepflanzt, gelbe und violette, mit großen Blüten, wie Schmetterlinge, die jeden Moment davonflattern konnten. Danach kam die Zeit der Vergißmeinnicht, später die der Geranien, die lange blühten, fast bis zum Ende des Oktobers.

«Hier will ich später auch liegen, Kind!» erklärte Ida ihrer Tochter und bückte sich mit durchgedrückten Knien, um eine der Friedhofsvasen aus Plastik, die hinter dem Grabstein lagen, hochzunehmen und mit der Spitze in die Erde zu bohren. Sie steckte den Strauß Lilien, den sie mitgebracht hatte, hinein. Isabelle mußte aus dem Brunnen an der Kirchhofmauer mit einem Eimer, der dort immer über dem Schwengel der Handpumpe hing, Wasser holen. Dann zog Ida aus ihrer Reisetasche eine Scheuerbürste und ein Stück Kernseife. Während ihre Tochter das Wasser in einem Rinnsal über den Stein laufen ließ, putzte Ida die Inschrift frei von dem grünspakigen Bewuchs. *Hermann Corthen, unvergessen...*

Isabelle haßte diese Prozedur. Sie mochte keine Friedhöfe, sie mochte nicht am Grab ihres Vaters stehen, wollte nicht an seinen Tod erinnert werden und glaubte auch nicht daran, daß er irgendwo weiterlebte, im Himmel, wie ihre Mutter behauptete. Als sie am Nachmittag dieses Tages – die Eltern Rix hatten sie und ihre Mutter zu Kaffee und Kuchen eingeladen – mit Jon den so heiß ersehnten Spaziergang zum Seerosenteich machte, sprachen sie darüber. Doch Jon war nicht ihrer Meinung. «Natürlich gibt es einen Gott.»

Ein bißchen ärgerte sich Isabelle über Jons Ansichten, über seine romantischen Vorstellungen. Sie, die nun in der Stadt lebte, fühlte sich ihm überlegen. Das war etwas, was ihr früher nie bewußt geworden war. Wie weich Jon war, wie träumerisch. Sie hielt ihn für einen ziemlich naiven Landjungen, der Bücher verschlang, Gedichte rezitieren konnte, für die Natur schwärmte, aber ansonsten nicht viel darüber wußte, was in der Welt geschah. Isabelle hatte das Gefühl, sich nun wirklich von ihm entfernt zu haben. Doch sie zeigte es ihm nicht.

Das zweite Mal, daß sie sich wiedersahen, war kurz nach Jons achtzehntem Geburtstag. Er hatte mit Bravour sein Abitur bestanden und feierte diese beiden Anlässe mit einer Fete in der Dorfschule. Isabelle durfte kommen. Gretel hatte bei Ida ein gutes Wort eingelegt und Fritz beauftragt, Isabelle vom Bahnhof abzuholen, bei sich im Gasthof übernachten zu lassen und am nächsten Morgen, einem Sonntag, wieder in die Bahn zu setzen.

Isabelle war außer sich, daß es immer noch Diskussionen darüber gab, was sie durfte und was nicht. Die anderen beiden Lehrlinge im Modesalon, Patrizia und Susanne, nur ein Jahr älter als Isabelle, machten schon seit langem, was sie wollten, mußten abends natürlich nicht zu einer bestimmten Uhrzeit zu Hause sein und durften sogar Freunde mitbringen.

«Du bist noch nicht volljährig», hatte ihre Mutter entgegnet, «wenn du einundzwanzig bist, kannst du machen, was du willst. Aber solange du die Füße noch unter meinen Tisch streckst...» Den Rest hatte sich Isabelle nicht mehr anhören wollen und hatte wütend die Tür zu ihrem Zimmer hinter sich zugeknallt.

Ein prunkvoller Oktobertag. Die Natur hatte alles, was sie bieten konnte, noch einmal voller Lust ausgebreitet. Licht, Wärme, leuchtende Farben, den Gesang der Vögel, den Duft von Blumen, Wald und Wiese. Jon stand allein auf dem Bahnsteig, als der Zug einlief. Fritz Schmidt war in seinem Auto geblieben und wartete mit laufendem Motor vor dem Bahnhof.

Es war ein aufregender Moment. Jon sah toll aus. Fast eins neunzig groß, trug er die Haare jetzt annähernd schulterlang. Sein Gesicht war schmal und markant. Das Grübchen im Kinn, so schien es Isabelle, als sie ausstieg und auf ihn zuging, war ausgeprägter geworden, ebenso wie das Leuchten seiner Augen. Er hatte breite Schultern bekommen, muskulöse Arme, seine Haut war von der Sonne gebräunt. Man sah, daß er Sport trieb. Er trug Jeans, ein schrilles Paisleymusterhemd mit langem spitzem Kragen, dessen Ärmel er hochgekrempelt hatte. Mit einer Hand hielt er eine lederne Motorradjacke lässig über der Schulter.

Sie umarmten sich kurz, wie alte Freunde.

«Gut siehst du aus!» sagte sie.

«Das sagst du!»

Sie knuffte ihn gegen seinen flachen Bauch. «Fußball? Hast du doch früher gehaßt!»

Er nickte und zählte stolz auf. «Schwimmen, Handball, Volleyball, ich bin in Albershude in der Mannschaft ... gib her», er nahm ihr die geblümte Leinenreisetasche ab, die Puppe Mandel ausrangiert und ihr zum Geburtstag geschenkt hatte, «... du hast dich auch ganz schön verändert!»

Isabelle legte mit Schwung ihren Arm um seine Schultern und lachte. Sie hatte ihren geliebten Spenzer aus rotem Lackleder angezogen, einen engen schwarzen Rippenpullover, der ihren Bauchnabel freigab, eine schwarze Schlaghose und Lacksandalen. Zu Hause hatte sie sich genau überlegt, was sie anziehen sollte, ein halbes dutzendmal ihre Klamotten aufs Bett geworfen und wieder weggehängt, bis sie sich entschieden hatte. Sie sah blendend aus, vielleicht ein wenig zu bunt, zu laut, zu auffällig für so ein abgeschiedenes Fleckchen Erde, wie Luisendorf es war. «Ich hab's einfach so aus dem Schrank genommen, ich wußte nicht, was ich anziehen sollte», erklärte sie lässig.

«Mir gefällt es», sagte Jon, ohne sie anzusehen.

Herzlich begrüßte sie Fritz, der Isabelle sprachlos und bewundernd anschaute und auf der Fahrt zum Gasthof ständig davon sprach, was für eine «große Deern» sie geworden sei. Am Nachmittag desselben Tages besuchte sie Jon zu Hause. Sie wollte bei den Vorbereitungen mit anpacken, aber er war bereits fertig. Seine Mutter hatte ihm nicht geholfen, sondern saß, wie immer, in der Küche, *Anna Karenina* vor der Nase. Sie tranken mit ihr eine Tasse Kaffee und aßen Isabelles geliebte Rosinenschnecken, die Jon extra von Bäcker Voss geholt hatte.

«Good old times, hä?» sagte er und goß allen Kaffee in die Tassen.

Hanna Rix wirkte seltsam auf Isabelle. Ihre einst hochtoupierten Haare sahen aus wie zusammengefallen und lagen glatt am Kopf. Sie trug nicht mehr wie damals knallige Farben, sondern ein weites Kleid, dessen Blau so blaß und stumpf war wie ihre Haut. Sie lächelte nicht, sie sprach kaum etwas, doch sie hörte zu wie aus einer fernen Welt. Fast die ganze Zeit während des Besuchs sah sie Isabelle an, als wollte sie sich jeden ihrer Züge und jede ihrer Gesten einprägen, eine Erinnerung an sie mitnehmen wie auf eine große Reise. Zum Abschied strich sie der Freundin ihres Sohnes sanft über die Wangen, umfaßte ihre Hand und hielt sie lange fest.

Irritiert verließ Isabelle die Küche und ging mit Jon durch das Schulgebäude, wo in einem der Klassenräume sein Vater, auch über ein Buch gebeugt, seinen Studien nachging. Richard Rix war alt geworden. Statt der Haare, die immer so unbezähmbar wild auf dem Hinterkopf gewachsen waren, krisselten sich jetzt nur noch ein paar dünne Strähnen auf dem fast kahlen Schädel.

Isabelle hatte noch immer einen Höllenrespekt vor ihrem Klassenlehrer aus Kindertagen. Doch er begrüßte sie so freundschaftlich und fast überschwenglich, daß sie ihre Scheu schnell ablegte. An ein paar Äußerungen, die zwischen Vater und Sohn kurz und knapp gewechselt wurden, merkte sie, daß es noch immer Spannungen zwischen ihnen gab, obwohl ihr Jon kürzlich geschrieben hatte, er verstehe sich mit seinem Vater jetzt besser. Er tue ihm leid, stand in seinem Brief. Sein Vater sei unglücklich, denn nun, da sein Sohn seine eigenen Wege gehen werde, bleibe ihm nicht mehr viel im Leben.

Das Verhältnis zu seiner Frau war nie mehr in Ordnung gekommen, mehr noch, es hatte sich von Jahr zu Jahr verschlimmert. Sie sprachen nicht mehr miteinander. Richard Rix widmete sich nur noch dem Unterricht und seinem Hobby, dem Sammeln und Erforschen von Schmetterlingen. Stolz zeigte er Isabelle im Lagerraum der Schule seine Sammlung, aufgespießt und sorgfältig beschriftet in gläsernen Schaukästen.

Als Isabelle sich verabschiedete und die Schule verließ, um sich für die Party umzuziehen, war sie ein wenig deprimiert. Auf dem Weg zu Schmidts Gasthof ging sie an vertrauten Häusern und Plätzen vorbei, und ihre traurige Stimmung verstärkte sich. Schon von weitem erkannte sie «die Zeitung», die ihr auf dem Rad entgegenkam, eine Milchkanne am Lenker baumelnd. Sie hatte sich überhaupt nicht verändert, weder im Aussehen noch in ihrer Art.

«Ich dachte doch schon von ferne: Ist sie's oder ist sie's nicht? Laß dich anschauen. Gut siehst du aus, Isa, Kind, groß geworden, eine Dame, nicht wahr, und so modernig angezogen! Na ja. Großstadt, sag ich immer.»

«Tag, Frau Kröger!»

«Was machst du denn hier? Bei uns? Bist doch jetzt was Besseres, was?» Sie lachte auf. «Ich hab gehört, du arbeitest in einem schnieken Modesalon!»

«Ja. Im zweiten Lehrjahr. Ich bin ...», sie drehte sich kurz nach hinten um und zeigte zum Ende der Dorfstraße, «wegen Jon hier. Er feiert sein Abitur und seinen Geburtstag nach.»

«Jaja. Das hab ich ja schon immer gesagt: daß aus euch noch mal was wird, was?» Sie zwickte Isabelle in die Wange, versuchte sie noch ein bißchen auszuhorchen, trug ihr einen Gruß an Ida auf und fuhr schließlich weiter. Einen Augenblick blieb Isabelle noch auf dem Gehsteig stehen und überlegte sich, ob sie alte Erinnerungen auffrischen und die anderen Plätze ihrer Kindheit aufsuchen sollte: Bäcker Voss, bei dem sie früher jeden Tag gewesen war; Fenskes Hof, auf dem sie Kirschen geklaut hatten; den Friedhof. Sie entschied sich dagegen.

Auch an ihr Elternhaus dachte Isabelle. «Die Zeitung» hatte ihr von dem Lenkwitz-Sohn, der dort nun seit Jahren wohnte, tolle Geschichten erzählt: Das einst so schöne Corthen-Häuschen sei völlig verwahrlost, und hinten im Garten, so hörte man, wüchsen Hasch und andere Drogenpflanzen. Auf einmal packte Isabelle die Wehmut. Die Gartentür, die immer schief in den Angeln gehangen hatte. Der schmale Weg zur Haustür, links und rechts davon Rabatten mit Kissen duftender Sommerblumen. Die Küche mit ihrem Kaffeegeruch. Der Wäscheplatz, auf dem ihre Mutter immer gestanden hatte, einen Weidenkorb zu Füßen, den Beutel mit den Wäscheklammern vor dem Bauch, und weiße Laken, die heftig im Wind flatterten. Isabelle entschloß sich, nicht noch einmal dorthin zu gehen. Die Furcht, daß die Wiederbegegnung mit den Erinnerungen ihr weh tun würde, war größer als die Neugierde. Ohne Umweg lief sie zurück in die um diese Zeit leere Schankstube von Fritz Schmidt, der hinter dem Tresen stand und ein Faß anstach, trank ein Glas Limonade, wechselte ein paar Worte mit ihm und ging dann auf ihr Zimmer, um sich umzuziehen.

Die Party fand am Abend im Keller der Dorfschule statt. Schon draußen auf dem Platz vor der Schule hörte man den Lärm. Es waren fast fünfzig junge Leute dort, die meisten kannte Isabelle nicht. Jon hatte kistenweise Bier und Cola und Orangensaft angeschleppt, dazu gab es Rum und Wodka, Chips, Erdnüsse und Salzstangen. Er hatte seinen Dual-Plattenspieler heruntergebracht, mit einem Kumpel gewaltige Boxen aufgestellt, farbige Glühbirnen in die Kellerlampen gedreht und alte Matratzen auf dem Boden ausgebreitet. Es wurde gequalmt und getrunken, was das Zeug hielt, geredet, gelacht, getanzt, geknutscht. Später machten Joints die Runde. Zu Beginn des Abends dröhnte *Philly Sound* durch die Kellerräume. Dann legte Jons Freund, der den Discjockey gab, die Stones auf, Procol Harum, Roxy Music und Santana mit *Black Magic Woman*. Isabelle frischte alte Bekanntschaften auf, lernte neue Leute kennen, Jungs vor allem, die sich darum rissen, mit ihr zu tanzen.

Jon beobachtete sie fortwährend, obwohl er so tat, als wäre er mit sich und seinen Kumpels beschäftigt. Dann passierte etwas Überraschendes für Isabelle. Sie stand atemlos gegen eine Wand gelehnt, hatte eine Pause eingelegt und trank hastig aus einem Glas Cuba Libre, den Jons bester Freund und früherer Klassenkamerad ihr gemixt hatte. Aus den Lautsprechern brandete Beifall auf, ein Pfeifkonzert von begeisterten Zuhörern, das sofort abschwoll, als ein Klavier zu spielen begann. In diesem Augenblick drängelte sich Jon durch das Gewühl, kam auf Isabelle zu und zog sie wortlos mit sich unter die Tanzenden. Diese waren, eben noch stampfend, Arme werfend, Haare schüttelnd, nun zu Paaren verschmolzen, und auch Jon legte seine Arme um Isabelles Hüften und begann mit ihr zu tanzen.

Sanft sangen Simon & Garfunkel von Freundschaft, die einer Brücke über einem reißenden Fluß gleicht:

*When you're weary, feeling small,*
*When tears are in your eyes, I will dry them all;*
*I'm on your side. When times get rough*
*And friends just can't be found,*
*Like a bridge over troubled water ...*

Isabelle schlang die Arme um Jons Hals, schmiegte ihre Wange an sein Gesicht. Er roch nach Vanille und nach Pfefferminze. Sein Haar war weich und kitzelte an ihrem Hals. Der Griff seiner Hände war fest, bestimmend und doch einfühlsam. Mit den Fingern fuhr er langsam an ihrem Rückgrat hoch, den Druck verstärkend, bis er an ihrem Hals angelangt war, und dann drehte er ihren Kopf so, daß sie seinen Lippen ganz nah kam. Sie sahen sich an, blieben stehen.

*I will lay me down.*
*Like a bridge over troubled water ...*

Isabelle war wie von einem Zauber gebannt. Sie konnte den Blick nicht von ihm lassen. Seine Augen waren wie ruhige, tiefe Seen, in denen sie versinken wollte. Sie wünschte, er würde sie küssen.

«Komm», flüsterte er ihr ins Ohr.

Wieder zog er sie hinter sich her, Hand in Hand gingen sie aus dem Raum, den Kellergang zwischen knutschenden Pärchen entlang, über die Steinstufen hinauf in den Flur und dann hinaus, auf den Platz vor der Dorfschule, unter die Kastanie, die noch gewaltiger als früher wirkte. Ohne ein Wort zu sagen, schob Jon Isabelle gegen den Baumstamm und küßte sie. Er küßte ihre Lippen, die sich langsam öffneten, er küßte ihre Wangen, ihre Stirn, ihre Nasenspitze, und sie mußte lachen.

Wind kam auf. Die Kastanie blähte sich, ihre Blätter raschelten. Leidenschaftlich erwiderte Isabelle Jons Küsse und Umarmungen.

Es war eine rabenschwarze Nacht. Eine Bö fegte über den Platz. Die Lampe, die das Schulportal erleuchtete, quietschte im Wind. Aus dem Keller stampften gedämpfte Rhythmen. In der Ferne fuhr ein Zug vorbei. Einen langen Moment konnte man sein immer leiser werdendes eintöniges Rattern verfolgen. Ein Hund bellte nervös. Isabelle und Jon merkten von alledem nichts. Atemlos glitten ihre Hände über den Körper des anderen, suchten die Haut, die Wärme, das Weiche, die Härte.

Plötzlich fiel die Eingangstür ins Schloß. Sie hielten inne, Jon drehte sich um. Seine Mutter, die ein Nachthemd und Hausschuhe trug und sich nur einen Mantel über die Schultern gelegt hatte, blieb sekundenlang oberhalb der Stufen stehen, als müsse sie sich erst orientieren. Dann eilte sie herunter, auf ihren Sohn und seine Freundin zu. Der Wind wehte jetzt stärker, ein Grollen rollte über ihre Köpfe hinweg. Der Mantel, das Nachthemd, die Haare: Hanna Rix schien davonfliegen zu wollen. Sie lief grußlos an den beiden vorbei. Man konnte in der Dunkelheit nicht ausmachen, ob sie sie nicht gesehen hatte oder nicht hatte sehen wollen. Wie ein Geist schwebte sie davon.

«Gott, habe ich mich erschrocken», sagte Isabelle. «Wo will sie denn hin?»

«Das macht sie jeden Abend. Sie verschwindet, sie taucht nach einer Stunde wieder auf, sie macht einen Spaziergang, was weiß ich.»

«Aber es wird gleich regnen!»

«Ach, laß sie nur», sagte Jon nur und strich mit den Händen geübt sein Haar nach hinten. «Man kann mit ihr nicht reden. Sie macht, was sie will.»

Auf einmal verwandelte sich der Wind in einen Sturm. Eine Zeitung wurde knisternd und knatternd hochgewirbelt und heruntergedrückt, tanzte in der Luft und flatterte über den Platz, bis sie sich in einem Fahrradständer verfing. Daumennagelgroße Wassertropfen klatschten zu Boden, vereinzelt zunächst, dann brach der Regen in die Nacht hinein, trommelnd, schüttend, peitschend. Es blitzte. Jon riß seinen giftgrünen V-Pullover über den Kopf, zog ihn aus und hielt ihn schützend über Isabelle, während sie in das Gebäude zurückrannten. Atemlos und lachend standen sie im Flur. Jons Oberkörper glänzte von der Nässe.

«Ich weiß, was wir jetzt machen!» sagte er leise.

«Ich auch!» Sie gab ihm seinen Pullover zurück. «Danke. Wir gehen wieder runter. Deine Leutchen werden uns schon vermissen – zumindest dich.»

Er schüttelte den Kopf und stieg die Treppe hinauf. Sie folgte ihm auf den Dachboden. Jon schaltete das Licht nicht ein. Sie tasteten sich im Dunkeln vorwärts, bis sie auf einem alten Sofa landeten, das Jons Eltern vor Jahren dort abgestellt hatten. Ein paar Minuten später waren sie nackt und hatten Sex miteinander. Schmerzhaft, überwältigend, alles vergessend. Für Isabelle war es das erste Mal. Es hatte in der Schule und auch während ihrer bisherigen Lehrzeit ein paar Jungen gegeben, mit denen sie sich angefreundet hatte – auf ihre Art. Man verabredete sich nach der Schule, der Berufsschule, der Arbeit, traf sich am Wochenende nachmittags oder an frühen Abenden, zu Hause oder an der Elbe, ging in Cliquen zusammen ins Kino, hielt Händchen und knutschte. Ihr Herz – oder gar ihren Verstand – hatte Isabelle dabei nie verloren. Bisher war sie unbeschwert gewesen, flatterhaft und leicht wie ein Schmetterling, der von Blüte zu Blüte fliegt.

Als sie jetzt in Jons Armbeuge lag, seinen Pulsschlag hörte, spürte sie etwas Neues, Unbekanntes, sie vollkommen Erfüllendes: Sie war verliebt. Das Gefühl war süß, schwer, es pochte vom Herzen hoch bis zum Hals, kribbelte, kitzelte, brachte sie zum Lachen, machte sie betrunken und sofort wieder nüchtern, wehmütig, fast ein wenig traurig. Sie seufzte. Jon sagte nichts, sondern streichelte sie, zog sie noch etwas fester an sich. Der Regen prasselte gleichförmig auf das Dach. Zwischendurch donnerte es immer wieder. Blitze schleuderten blaues Licht durch die Lukenfenster, ließen Balken, Kisten, Schränke, all das tote Gerümpel aufleben, als wären es Gestalten aus Grimms Märchen, Hexen, Zauberer, Geister, Gespenster. Isabelle bekam eine Gänsehaut.

«Du frierst ja!» sagte er. «Wir ziehen uns an. Es ist viel zu kalt für dich.»

«Nein», flüsterte sie, «laß uns noch einen Augenblick so liegenbleiben.» Sie küßte seinen Hals. «Es erinnerte mich an früher, als wir hier oben gelegen haben ...»

«Aber angezogen!» unterbrach er Isabelle. Sie lachten.

«Und uns Geschichten erzählt haben.»

«Ich habe so davon geträumt, Isabelle, die ganzen Jahre über. So sehr!»

«Hast du eine Freundin?»

«Bist du verrückt? Glaubst du, ich würde dann hier mit dir ...?»

«Na ja. Spießer!»

«Hast du denn einen Freund?»

Sie erhob sich. «Nein. Keinen richtigen. Also, ich meine ...» Sie setzte sich auf den Rand des Sofas und suchte ihre Kleidungsstücke zusammen.

Jon stand auch auf und half ihr. «Hast du die getrocknete Seerose noch, die ich dir geschenkt habe, als du damals von hier weggezogen bist?»

«Natürlich. In meinem Poesiealbum!» Sie hatte sich fix wieder angezogen. «Aber wo *das* ist, weiß der Himmel.»

Isabelle traute sich nicht, den drängenden Jon mit in das Pensionszimmer in Schmidts Gasthof zu nehmen. So verbrachten sie die Nacht, vielmehr den schmalen Rest, der noch davon blieb, getrennt. Isabelle schlief sehr lange und bekam von Fritz Schmidt ein köstliches spätes Frühstück in der Schankstube serviert. Gegen Mittag holte Jon sie zu einem ausgedehnten Spaziergang ab. Noch in der Nacht hatte sich das Unwetter verzogen. Es war ein leuchtender Bilderbuch-Herbsttag, und als sie auf den Steinen am Ufer des Seerosenteichs saßen, über die Vergangenheit und auch über die Zukunft sprachen, packte Isabelle eine unerklärliche Traurigkeit. Jon erzählte ihr, daß er nach Kiel gehen und dort Romanistik und Sport studieren wolle. Sein Vater hatte ihm eingeredet, Lehrer sei auch für ihn der richtige Beruf.

«Ich dachte, du wolltest Schriftsteller werden?»

«Wann hab ich das denn gesagt?»

«Das hast du mir geschrieben ... vor drei Jahren oder so.»

«Schriftsteller! Das ist doch kein Beruf ...»

«Du hast immer sehr schöne Briefe geschrieben, Jon.»

«... jedenfalls nicht für mich.»

«Ich habe sie alle aufgehoben. Jeden einzelnen.»

Er nahm sie in den Arm. Sie saßen schweigend da, betrachteten den Teich. Von einer dicht am Ufer stehenden Rotbuche fiel ein Blatt herunter, wiegend, trudelnd, wiegend, bis es federleicht auf das Wasser sank.

Isabelle sagte: «Ich habe manchmal Heimweh, weißt du. Nach alldem hier.»

«Ich denke, du bist so glücklich in deinem Hamburg.»

«Wenn ich nächstes Jahr mit der Lehre fertig bin ... Ich weiß nicht, was ich dann tun soll.»

«Wirst du denn nicht dort bleiben? In deinem ... deinem ... Mode...» Er suchte nach dem passenden Wort.

«Ich glaube, die Mandel kann mich nicht ausstehen. Mit der Direktrice, der Alma Winter, verstehe ich mich ganz gut, die Mädels da: na ja. Patrizia hat jetzt ihre Lehre zu Ende gebracht, wir mögen uns. Aber alles in allem ... ach ...» Sie machte sich los, fast ein wenig zu heftig. «Ich kann nichts, ich habe eine schlechte Schulbildung, ich bin nichts, ich werde nichts. Damenschneiderin, Untergesellin, Obergesellin, Direktrice: tolle Aussichten. Ich habe meine eigenen Ideen. Das ist nichts für mich!» Sie kickte einen Kiesel in den Seerosenteich. «Mist!»

«Du kannst so viel. Du fängst schließlich gerade erst an. Wir sind jung. Es geht doch erst los!»

Sie ließ den Kopf sinken. «Und dann meine Mutter. Sie versteht mich nicht, ich verstehe sie nicht. Sie ist so voller Ängste. Sie versucht ständig, ihre Ängste auf mich abzuladen. Sie traut sich nichts zu, mir nichts zu, sie traut keinem, ich glaube, sie traut nicht mal dem Leben. Ihre ewige Rennerei in die Kirche, das Beten und das Reden über Gott, im Grunde liebt sie das Leben überhaupt nicht. Sie hofft auf eine andere, eine bessere Welt. Idiotisch.»

Isabelle fuhr sich durch die Haare. «Mit meinem Vater war das alles anders. Er hat an mich, wie soll ich sagen, irgendwie geglaubt. Ich habe das noch niemandem gesagt: Ich vermisse meinen Vater so, Jon. Ich vermisse ihn so, das ist mir erst jetzt richtig klargeworden, wo ich älter bin, erwachsen ... mir fallen ständig Sachen ein, die ich ihn fragen will.»

«Frag mich einfach», sagte er.

Sie guckte ihn erstaunt an. Er lächelte und stupste sie mit dem Zeigefinger an die Nasenspitze. «Ich versteh das ja. Es wäre wahrscheinlich so, wenn ich meine Mutter nicht mehr hätte ...»

«Nein, das verstehst du nicht. Das kannst du auch gar nicht. Es ist etwas, worüber man nicht reden kann, in Wahrheit. Es ist ein andauernder Schmerz, man kämpft dagegen an, man verdrängt es. Ich hätte ihn so gerne noch und es wird niemals geschehen. Niemals. Wenn ich Vivien sehe, ich hasse sie direkt deswegen, zusammen mit ihrem Vater im Garten, auf der Terrasse, vor unserem Garagenhaus, wenn ich aus dem Fenster schaue ... ich glaube, er ist noch nicht mal so ein besonders doller Vater, weißt du? Aber wenn sie nebeneinander stehen und sie ihn so ansieht ... Es tut mir weh. An manchen Tagen brauche ich bloß irgendwo in der Stadt einen Vater mit seiner Tochter an der Hand zu sehen und könnte anfangen zu heulen. Es ist schrecklich.»

Wortlos nahm Jon sie wieder in den Arm.

«Dabei bin ich doch eigentlich keine Heulsuse.»

«Jetzt bin ich ja da. Wenn du willst, dann ...»

Sie unterbrach ihn, legte ihre Finger auf seinen Mund. «Ach, laß uns darüber bloß nicht reden. Dann kriege ich nämlich auch einen Heulkrampf, wenn ich daran denke, daß ich mich nachher in den Zug setze und abdampfe, du hierbleibst, und du und ich ...»

Am Nachmittag desselben Tages kam der Abschied. Es war ein Abschied, der einem Gläschen von Gretels selbstgemachtem Kräuterlikör glich, den sie bevorzugt bei Unwohlsein verabreichte – bitter und süß und berauschend, und viel zuwenig und viel zu schnell vorbei.

Nach langen Gesprächen waren Jon und Isabelle übereingekommen, vorläufig keine Zukunftspläne zu schmieden. Im stillen jedoch hatte Jon sich vorgenommen, seinen sicheren Studienplatz in Kiel aufzugeben und zu versuchen, an die Hamburger Universität zu kommen, um künftig in Isabelles Nähe zu sein. Doch weil er nicht darüber sprach und weil es ziemlich unwahrscheinlich war, daß sein Plan so ohne weiteres gelingen würde, blieb die Zukunft ungewiß.

Der Zug lief ein, und Fritz Schmidt, der sofort mitgekriegt hatte, was sich zwischen den beiden abspielte, verabschiedete sich knapp, gab Isabelle gute Wünsche mit auf den Weg und Grüße an ihre Mutter und Gretel Burmönken und ging. Der Bahnhofsvorsteher kam aus seinem Kabuff geschlurft und winkte dem Zugführer jovial zu. Eine alte Frau in Tracht mit einem Korb unter dem Arm, aus dem ein Strauß goldbrauner Astern herausguckte, ging mit kleinen wackligen Schritten am schnaufenden, langsam ausrollenden Zug entlang. Nachdem er gehalten hatte, brauchte sie noch eine Weile, um zu entscheiden, in welchen Wagen sie einsteigen sollte.

«Luisendorf, Luisendorf», rief der Bahnhofsvorsteher müde, «Reisende in Richtung Hamburg-Altona bitte einsteigen. Der Zug ist abfahrbereit.»

Isabelle umarmte Jon heftig. «Jetzt haben wir ja was gemacht.»

«Ja.»

Der Zugführer ging an ihnen vorbei, den Blick stur auf die Waggonräder gerichtet, als drohten sie abzufallen. «Muß Liebe schön sein!» sagte er. «Nun man rin in'n Zug, sonst is er weg!»

Sie küßten sich, dann öffnete Jon die Wagentür, und Isabelle stieg ein. Er reichte ihr die Reisetasche hoch und knallte mit einem dumpfen Schlag die Tür zu.

Sie öffnete das Fenster. «Hör zu, Jon, komm doch nächste Woche nach Hamburg, ja? Ich rede mit meiner Mutter, du kannst bestimmt bei uns wohnen für zwei Nächte, wie wäre das, hm?»

Er strahlte und hob zum Zeichen seines Einverständnisses den Daumen. Der Bahnhofsvorsteher ging nach vorne zur Lokomotive, hob die Kelle, steckte sich seine Trillerpfeife in den Mund und ließ einen Pfiff ertönen, der durch Mark und Bein ging. Ruckartig setzte sich der Zug in Bewegung, Isabelle wäre beinahe hingefallen.

Jon ging neben dem Waggon her. «Es war schön», sagte er laut.

Sie lächelte.

Der Zug fuhr schneller.

Jon lief mit. «Ich liebe dich!»

Isabelle antwortete nicht. Sie winkte. Er winkte auch, blieb stehen, während der Zug schneller und schneller wurde und aus dem Bahnhof hinausdampfte. «Schon immer!» sagte er zu sich. Der Bahnhofsvorsteher, der ihn gerade passierte, kurz seine Mütze abgenommen und sich den Schweiß von der Stirn gewischt hatte, sah den jungen Mann erstaunt an.

# Kapitel 9

«Morgen kommt der Fotograf!» erklärte Puppe Mandel ihren Mitarbeiterinnen, die um sie herum im Atelier standen. «Ich hätte ganz gerne, daß sich zwei von Ihnen für die Aufnahmen zur Verfügung stellen.»

Die Schneiderinnen und Lehrlinge kicherten. Alma schüttelte den Kopf.

«Man kann Dinge auch falsch verstehen wollen!» lästerte Puppe. «Hat jemand meine *Muratti Cabinett* gesehen?»

Alma zauberte das Päckchen aus der Tasche ihres Kittels und gab es ihrer Chefin. Sie nahm eine vergoldete Zigarettenspitze heraus und ein Streichholzbriefchen. Puppe zog eine Augenbraue hoch.

«Ich schleppe Ihnen doch alles nach!» Alma gab Puppe, die hektisch die Zigarette in die Spitze drückte, Feuer.

Die Modeschöpferin inhalierte tief, legte den Kopf leicht in den Nacken und blies, beobachtet von ihren Mitarbeiterinnen, Ringe in die Luft. «Also?»

Alma klatschte knapp in die Hände. «Bitte, meine Damen! Wir wissen, es ist Ihr kostbarer Samstagnachmittag, aber ...»

«Aber andererseits erleben Sie so mal was anderes, als immer nur in der Werkstatt zu hocken!» ergänzte Puppe Mandel kühl.

Zweimal im Jahr, immer wenn ihre neue Kollektion fertig war, ließ sie die Teile fotografieren. Die Aufnahmen verschickte sie an gute Kundinnen, zusammen mit freundlichen Anschreiben und Einladungen zu den Modenschauen an die Redaktionen von Modezeitschriften und Hamburger Zeitungen, und sie ließ sie vergrößern, rahmen und in den Showrooms aufhängen. Diese Art von Werbung ging auf eine Idee von Carl zurück und kam sehr gut an. In den vergangenen Jahren hatte ein alter Bekannter von ihr, ein Porträtfotograf, diese Aufgabe übernommen, doch er sei inzwischen zu alt, fand Puppe, um ihren Geschmack und ihre Ideen *modern* umzusetzen, wie sie sagte.

Auf der Suche nach jemand anderem war von Alma der Vorschlag gekommen, es mit ihrem Neffen zu versuchen. Remo Winter – der Sohn ihres Bruders – hatte in seiner Geburtsstadt Zürich eine Fotografenausbildung gemacht und arbeitete nun als Assistent bei einem bekannten Münchner Modefotografen. Er war jung, kreativ und, wie Alma ihrer Chefin erzählt hatte, «von brennendem Ehrgeiz besessen».

«Na», hatte Puppe erwidert. «Das kann er ja nicht von Ihnen haben!»

Nach einem Vorstellungsgespräch im Salon hatte sie dann zugestimmt, daß Almas Neffe ihre Kollektion – überwiegend Kostüme und Mäntel aus Wolle und Tweed sowie Kleider und Hosenanzüge nach dem letzten Modeschrei in geprägtem Gold- und Silberstoff – fotografieren durfte. Zwei Mannequins waren engagiert worden, nun brauchte er noch zwei Assistentinnen, die als Anziehhilfen fungieren sollten. Im Gegensatz zu seinem Vorgänger wollte er nicht in Puppe Mandels Räumen fotografieren, sondern Außenaufnahmen machen, im Hafen, was Puppe originell fand.

Alma wurde streng, als die Mitarbeiterinnen sich weiter zierten. «Zwei müssen es machen, und wenn Sie es selbst nicht entscheiden wollen, dann entscheide ich es eben, nicht wahr, Frau Mandel? Sie, Patrizia...»

«Aber...»

«... und Sie, Isabelle.» Mit diesen Worten rauschten Alma und Puppe ab.

Patrizia kriegte auf Knopfdruck schlechte Laune. «Verdammter Mist!»

«Also bitte!» schimpfte eine der Gesellinnen und vergrub sich hinter sechs Metern Crêpe de Chine, die sie auf Webfehler untersuchte.

«Ich will Samstag mit Freunden an die Ostsee fahren», erklärte Patrizia und setzte sich wieder an ihren Arbeitstisch. Sie wickelte einen *Mars*-Riegel aus und biß herzhaft hinein. «Und ich hab auch keine Lust, mich immer so ausbeuten zu lassen.»

«Kümmern Sie sich lieber um die Abnäher an diesem Spitzenkleid hier!» befahl die Obergesellin und warf es Patrizia vor die Nase. «Und essen Sie nicht soviel Süßes, Sie werden von Tag zu Tag dicker!»

«Das geht Sie ja wohl gar nichts an!»

«Jedenfalls will ich hier so was nicht hören, Sie sind immer noch Lehrling. Lehrjahre sind keine Herrenjahre!» ergänzte die Obergesellin und verließ ebenfalls den Raum. Susanne schaltete das Radio ein. Patrizia hatte aufgehört zu kauen. Sie und Isabelle sahen sich an.

«Mir paßt es auch nicht», maulte Isabelle und zuckte mit den Schultern, «aber was willst du machen!» Sie schnappte sich die Eimer, die neben den Nähmaschinen standen, um sie mit Wasser zu füllen. Während sie in der Küche den Hahn aufdrehte, dachte sie an Jon. In zwei Tagen wollte er kommen. Sie freute sich schon so auf ihn. Und er sich auf sie. Das ganze Wochenende war verplant. Isabelle wollte ihm ihr Hamburg zeigen, Kneipen besuchen, mit ihm tanzen gehen, in eine der vielen neuen Diskotheken. Sie hatte ihm von der *Schramme* vorgeschwärmt, dem *Nach Acht* und *Onkel Pö*, sie wollte mit ihm nach St. Pauli und auf die Reeperbahn gehen (wo sie selbst erst einmal gewesen war), eine Elbdampferfahrt hatte sie geplant und vor allem hatte sie – ausgerechnet Samstag nachmittag – ein Treffen mit Vivien arrangiert, die sie lange nicht mehr getroffen hatte und der sie Jon vorstellen wollte, nicht zuletzt, um ein bißchen mit ihm anzugeben.

Nach langem Theater und nachdem sie Gretel eingeschaltet

hatte, war sogar Isabelles Mutter damit einverstanden gewesen, daß für Jon ein Gästebett in der Wäschekammer neben dem Wohnzimmer aufgestellt wurde und er bei ihnen übernachten durfte. Und nun dies!

Doch zu dem ersehnten Treffen kam es ohnehin nicht, und der Grund dafür war weit tragischer als Isabelles Ärger im Salon. Am Freitag nachmittag war Jon, nachdem er in Albershude einiges erledigt hatte, nach Hause gekommen. Sein Vater war den Tag über wegen eines Vortrags nach Kiel gefahren. Jon hatte nur schnell seine Sachen schnappen und sich dann in den Zug nach Hamburg setzen wollen, der um vierzehn Uhr zwanzig fuhr. In seinem Zimmer steckte er das als Geschenk verpackte Taschenbuch *Franny und Zooey* von Salinger, eine seiner Lieblingsgeschichten, ein und ging mit seiner Reisetasche in die Küche, um sich von seiner Mutter zu verabschieden. Doch sie war nicht da. Er schaute im Wohnzimmer nach, auch dort war sie nicht. Das war an sich nichts Ungewöhnliches, denn seine Mutter hatte es sich in den letzten Jahren zur Gewohnheit gemacht, lange im Bett zu liegen, manchmal bis zum frühen Nachmittag. Jon sah auf die Uhr. Es war eins. Er ging den Flur entlang und blieb vor der Schlafzimmertür stehen. Einen Moment lang überlegte er, ob einfach so gehen, ihr nur einen Zettel hinlegen sollte. Doch da es das erste Mal war, daß er nach Hamburg fuhr, und weil er erst Sonntag abend wiederkommen wollte und seine Mutter immer großen Wert darauf legte, daß man auf Wiedersehen sagte, klopfte er zaghaft an die Tür. Oft lag sie um diese Zeit wach im Bett und las.

«Mutter?»

Keine Antwort. Er klopfte abermals, jetzt etwas lauter. Erneut keine Reaktion. Leise drückte Jon die Klinke herunter und öffnete die Tür einen Spaltbreit. Seine Mutter lag im Bett, die Augen geschlossen. Die Vorhänge waren weit aufgezogen, die Fenster geöffnet, ein frischer, seidiger Herbstwind wehte herein, Sonnenlicht durchflutete das Zimmer. Jon ging auf Zehenspitzen hinein. Seine Mutter mußte bereits aufgewesen sein. Er trat an ihr Bett.

«Mutter?» sagte er etwas lauter. Er wollte sie so sanft wie möglich wecken und strich zweimal kurz über das Fußende der Bettdecke. «Ich werde jetzt gleich ...» Er hielt inne. Auf dem Nachttisch stand eine Karaffe, nur noch halb gefüllt mit Wasser, ein Glas, leer. Daneben lagen zwei geöffnete Tablettenröhrchen und ein Brief. Jon wußte sofort, was los war. Er beugte sich über sie, faßte sie an den Schultern, rief, stammelte, rüttelte, schüttelte sie, fiel auf die Knie.

«O Gott ... Gott ... was ... was hast du getan? ...»

Instinktiv tastete er mit den Fingern über ihr Handgelenk, konnte aber keinen Puls mehr fühlen. Er legte sein Ohr an ihren Mund, um festzustellen ob sie noch atmete. Er glaubte, einen schwachen, sehr schwachen Hauch zu spüren. Sie war noch nicht tot. Sie schlief nur. Er sprang auf, nahm den Brief hoch, der zugeklebt war und auf dem sein Name stand, warf ihn auf den Nachttisch zurück. Dann rannte er zum Fenster, sah hinaus, schloß es, setzte sich auf einen der Stühle, die gegenüber dem Ehebett seiner Eltern standen, und starrte verzweifelt zu seiner Mutter hinüber, die bleich und schön wie ein Engel dalag.

Er wußte in seiner Panik nicht, was er tun sollte. Das Wichtigste fiel ihm in diesem Augenblick nicht ein. Er war wie in Stricken gefangen, die jemand um seine Seele und sein Herz gelegt hatte. Er raufte sich die Haare, Schweißperlen traten auf seine Stirn. Hätte man ihn gefragt, wie sein Name sei und wo er sich gerade befinde, er hätte keine Antwort gewußt.

Ein paar Minuten später hatte er sich aus seinem Schock gelöst und Dr. Eggers angerufen. Der Arzt war sofort da. Er bestellte einen Krankenwagen, der Hanna Rix in die Klinik von Albershude brachte. Doch es war bereits zu spät, man konnte ihr nicht mehr helfen. Sie hatte ihrem Leben ein Ende gesetzt. In dem Brief, den sie ihrem Sohn hinterlassen hatte, gab sie nur eine kurze Erklärung dafür ab. Sie sei zu müde gewesen, um weiterleben zu können, es habe für sie keine Freude mehr gegeben, und ihr Sohn, ihr einziges Glück, sei nun alt genug, den Weg allein weiterzugehen. Sie vermachte ihm ein kleines Vermögen, das sie heimlich, sogar ohne das Wissen ihres Mannes, auf einer Bank für ihn angelegt hatte. Schließlich bat sie um Verzeihung für ihre Entscheidung. Aber Jon konnte ihr nicht verzeihen. Er blieb verzweifelt und sprachlos zurück. Das Schlimmste war, daß er seinem Vater, als der aus Kiel zurückkehrte, die Nachricht vom Tode der Mutter überbringen mußte.

Richard Rix war ebenso fassungslos wie Jon, und beide konnten einander nicht helfen. Sein Vater rannte aus der Dorfschule hinaus, in den Garten hinter dem Gebäude, setzte sich in die Laube und heulte die ganze Nacht über, untröstlich, wie Jon später erzählte, «wie ein Wolf».

Isabelle, die von dem Schicksalsschlag nichts wußte, wunderte sich zunächst, als Jon zur verabredeten Zeit nicht kam. Dann wurde sie sauer, weil sie nichts von ihm hörte. Schließlich rief sie, wutentbrannt im Wohnungsflur stehend, bei ihm zu Hause an. Doch keiner hob ab. Jon, der zu dieser Zeit zwei Polizisten aus Albershude das Geschehen zu Protokoll geben mußte, hatte in der Aufregung und der Trauer alles um sich herum vergessen. Mitten in der Nacht, als er grübelnd in seinem Zimmer im Bett lag, fiel es ihm wieder ein. Er schreckte hoch und sah auf den Wecker. Es war zwei Uhr nachts, er konnte Isabelle nicht mehr anrufen.

Verzweifelt fiel er in die Kissen zurück und fing zum erstenmal in den letzten Stunden an zu weinen. Denn das Allerschlimmste war, daß Jon sich die Schuld am Tod seiner Mutter gab. Er warf sich vor, ihre Signale nicht richtig gedeutet, sich nicht ausreichend um sie gekümmert, vor allem aber, in jenem Moment, als sie noch lebte, nicht schnell genug reagiert zu haben. Die Schuldgefühle waren schier erdrückend, und sie führten schließlich dazu, daß Jon eine alles verändernde Entscheidung traf.

Am Samstag kam Isabelle schlecht gelaunt in die Trakenbergsche Küche. Gretel war gerade dabei, die Markteinkäufe wegzuräumen.

«Morgen, Gretel, hast du noch was von deinem Kaffee?»

Gretel legte große, rotbackige Boskop-Äpfel in eine Keramikschale, die neben der Spüle auf der Anrichte stand. Wortlos deutete sie mit dem Kopf hinter sich zum Tisch, wo noch die Kaffeekanne stand. Mit finsterem Gesicht nahm sich Isabelle einen Trinkbecher aus dem Hängeschrank, schob einen Stuhl beiseite, goß sich im Stehen Kaffee ein und setzte sich dann auf den Tisch.

«Is was?» fragte Gretel und zerknüllte die labskausfarbene Papiertüte mit der blauen Aufschrift «Eßt mehr Obst, und ihr bleibt gesund!»

«Was soll denn sein?»

Gretel drehte sich um und sah ihren Schützling an: «Na, keinen Gutenmorgenkuß, polterst hier rum, ich kenne dich doch. Und überhaupt», sie fuhr mit dem ausgestreckten Zeigefinger auf und ab, so als habe sie eine Entdeckung gemacht. «Wo ist denn dein Jon? Noch drüben? Schläft er? Oder was?»

«Ach, Gretel ...» Isabelle hüpfte vom Tisch herunter, stellte den Kaffeebecher ab, kam zu Gretel und drückte ihr einen Schmatz auf die Wange. «Das ist es ja ...», sie lächelte, «... du olle Hellseherin immer!»

«Ist nicht gekommen!»

Isabelle setzte sich auf einen Stuhl und seufzte. «Genau!»

Gretel räumte weiter die Sachen weg, während sie schimpfte. Ein Kastenweizenbrot in den weißemaillierten Brotkasten, Zwiebeln in die braunlasierte Kruke auf der Fensterbank, ein Bund Mohrrüben und ein paar Kohlrabis in die Kumme, die in der Vorratskammer stand. Den geräucherten Speck und die abgehangenen, saftigen Beefsteaks in den Kühlschrank, eine Flasche Kräuteressig ins Gewürzbord; zwei Rollen Pergamentpapier in die Schublade. «So was passiert dann immer: Fix dabei, wenn sie was versprechen, die

Herren der Schöpfung ... und wenn's nicht paßt ... pfff ... Luft raus, als wär nix gewesen. Soll ich dir ein Brötchen schmieren?»

Isabelle schüttelte den Kopf.

«Hast du ihn denn wenigstens angerufen?»

«Es nimmt keiner ab.»

«Es nimmt keiner ab?»

«Nein. Gestern hab ich's bis zehn Uhr abends probiert, heute morgen gleich ...»

«Das ist allerdings komisch.»

«Vielleicht ist ja auch was passiert, Gretel!»

«Warum ißt du nicht wenigstens ein Stück Obst? Das ist überhaupt nicht gesund und so 'ne moderne Marotte, daß ihr jungen Frauen morgens so aus dem Haus geht, das haben wir früher nicht gemacht! Iß was, sonst klappst du nachher noch zusammen.» Gretel ging auf und ab, hin und her, wickelte aus, legte weg, sortierte ein. «Dann mußt du eben hinfahren. Ich habe immer gesagt: Wenn der Prophet nicht zum Berg kommt ...»

Nun mußte Isabelle doch lachen. «Kommt der Berg zum Propheten. Ich weiß. Aber das geht heute sowieso nicht, ich muß doch nachmittags arbeiten. Ein Fotograf macht Bilder von unseren ...», sie sagte *unseren*, «... Klamotten, Patrizia und ich müssen helfen.»

«Ja, dann.»

Isabelle stand wieder auf, trank den Rest Kaffee aus, stellte den Becher in das Spülbecken, gab Gretel einen Kuß und ging zur Tür. «Grüß Mami. Ich bin gegen sechs zurück. Falls Jon auftaucht, sagt ihm das bitte.»

Gretel lächelte ihr ermutigend zu. «Wird sich schon alles aufklären. Wenn wir bis heute abend nix hören, rufe ich Fritz an, vielleicht weiß der was, ja?»

«Danke.» Isabelle winkte zärtlich und ging.

Sie machte sich auf den Weg. Mit dem Bus, der Stadtbahn, den Rest des Weges, vom Dammtorbahnhof hinunter zur Alster und bis zum Modesalon zu Fuß. Sie ging dabei über die Moorweide, eine vis-à-vis dem Bahnhofsgebäude gelegene Parkanlage. An deren Eingang, einem Kiesweg zwischen Büschen und Kastanienbäumen, hatte die Stadt nach gutem englischem Vorbild eine kleine Rednertribüne aufgestellt, mehr ein Podest aus Holz. Ein Schild wies darauf hin, daß man hier, in der *Speakers corner*, bis achtzehn Uhr abends «frank und frei» seine Meinung äußern dürfe. Ein Mann mittleren Alters mit runder Nickelbrille und schlunziger Kleidung wetterte gegen Ausbeutung und den Vietnamkrieg. Eine ältere Dame mit einem Dackel an der Leine und zwei Zimmerleute mit großen schwarzen Hüten, Stöcken und weitgeschnittenen Kordhosen, die für einen Moment ihre Wanderschaft unterbrochen hatten, spendeten Beifall. Davon angelockt, kamen einige Passanten heran. Auch Isabelle, die noch etwas Zeit hatte, blieb neugierig stehen. Während sie zuhörte, bemerkte sie, daß sie von drei jungen Männern, die auf der Moorweide Fußball gespielt hatten, beobachtet wurde. Als sie zu ihnen hinübersah, lächelte der älteste der drei sie an und machte, während er den Ball zwischen beiden Händen hielt, mit dem Kopf eine ruckartige Geste, mit der er sie ermutigen wollte, zu ihnen herüberzukommen. Irritiert ging Isabelle weiter. Die Jungen pfiffen ihr nach.

Es war etwas Seltsames passiert, seitdem sie am vergangenen Wochenende mit Jon geschlafen hatte. Auf einmal schienen die Männer von ihr Notiz zu nehmen, sie mit anderen Augen anzusehen. Hatte sie sich verändert? Sah sie anders aus? Merkte man, daß sie verliebt war? Wo immer sie in den letzten Tagen hingekommen war, hatte man ihr zugezwinkert, sie angesprochen, ihr etwas nachgerufen.

«Du hast ja Chancen!» hatte Patrizia bewundernd festgestellt, als die beiden vor ein paar Tagen Kleider zu einer Kundin brachten, die in der Nachbarschaft des Salons wohnte, und sich resigniert ein großes Stück Milchschokolade in den Mund geschoben.

Jon war schuld. Er hatte ihr den Kopf verdreht. Er hatte sie verführt. Er hatte aus ihrer Freundschaft eine Liebschaft gemacht,

Schwärmerei in Tatsachen verwandelt. Isabelle war fest davon überzeugt, Jon zu lieben. Keine Sekunde hätte sie in diesem Moment daran gezweifelt, daß es außer ihm niemanden geben könnte, daß er die Erfüllung aller Träume und Sehnsüchte sei. Doch dann öffnete sie die Tür zum Salon, betrat gedankenverloren (ihre Verärgerung über Jon war Besorgnis gewichen) die Halle – und stand Remo Winter gegenüber.

Die meisten Menschen neigen dazu, ihre schlechten Wesenszüge in erheblich günstigerem Licht zu sehen, als es die Außenwelt tut. Bei einigen geht die unkritische Haltung sich selbst gegenüber so weit, daß sie ihre Schwächen und Fehler nicht einmal wahrnehmen. Sie haben eine besondere Begabung dafür, ihre Stärken herauszustellen, ohne dabei sofort als eitel und selbstverliebt zu erscheinen. Es braucht viel Lebenserfahrung und einen besonderen Instinkt, dies Dickicht von Verstellung und Eitelkeit zu durchdringen und dahinter das wirkliche Wesen zu entlarven.

Remo war einer von diesen Menschen, denen Selbstkritik fremd ist. «Unser Flutlicht!» hatte Puppe Mandel ihn gegenüber seiner Tante tituliert, nachdem sie ihn kennengelernt und ihn, fasziniert von seiner Art und seinem Aussehen, als Fotografen engagiert hatte. Alma hatte verstanden, was sie meinte. Sobald er einen Raum betrat, hatte er die Menschen darin für sich gewonnen. Er gab sich mit ganzer Kraft dem Überrumpeln und Besiegen anderer hin; er knipste seinen Charme an, um seine Ziele zu erreichen, er strahlte Freundlichkeit und Herzlichkeit aus, er verströmte Kraft und ungeteilte Aufmerksamkeit. In Gesprächen gab er seinem Gegenüber das Gefühl, es gäbe nur ihn oder sie auf der Welt, alles, was der andere sage und tue, sei richtig und gut, ja geradezu hinreißend. Darin war er Carl Trakenberg nicht unähnlich.

Remo wirkte besonders auf Frauen. Er war ein *Womanizer*, wie er sich selbst gern bezeichnete. Äußerlich hatte er etwas von Marlon Brando in seiner Rolle als Julius Cäsar: von nicht sehr großer, aber drahtiger Statur, trug er seine dunkelblonden Haare nach Art der römischen Kaiser – kurz, gelockt und nach vorn gekämmt. Seine Augen hatten die Farbe von dunkelbraunem, schimmerndem Topas; seine Oberlippe war leicht aufgeworfen, was ihm etwas Verwegenes und Erotisches gab.

«Hallo», sagte er knapp und widmete sich seinem Fotoapparat. Isabelle streckte ihm zur Begrüßung die Hand hin, und sie machten sich miteinander bekannt. Während er in der Halle seine Ausrüstung verteilte, beobachtete sie ihn. Bei jedem Schritt schwang er ein wenig mit den Hüften, seine Bewegungen waren fließend und geschmeidig, fast wie einstudiert.

Puppe Mandel und Alma Winter kamen die Treppe herunter. Nervös redeten sie ununterbrochen aufeinander ein und gingen, eine Woge von Parfüm und Zigarettenrauch hinter sich herziehend, in den Showroom. Dort waren Patrizia, Remos Assistent und eine Visagistin bereits damit beschäftigt, die beiden Mannequins für die Aufnahmen herzurichten. Isabelle zog ihre Jacke aus, legte sie zusammen mit ihrer Tasche auf den Treppenabsatz und folgte ihren Chefinnen. Die Fotomodelle sahen aus wie Schwäne. Sie waren schlank und groß, trugen elegante Mantelkleider in Pastelltönen und bewegten sich kaum, während die Visagistin ihnen die feingeschnittenen Gesichter und die langen, schmalen Hälse mit hellem Puder abtupfte.

Remo kam herein. Mit ein, zwei Sätzen hatte er die Regie übernommen, die Aufgaben verteilt. Er warf dem einen Mannequin eine dreireihige, dicke, aber falsche Perlenkette über, ließ bei dem anderen die Schuhe auswechseln, mit denen Puppe sie gerade ausstaffiert hatte, entschied, daß Patrizia hierbleiben und die Kleider aufbügeln solle, während Isabelle ihn nach draußen begleiten und dort beim Anziehen helfen müsse.

Es war ein frischer, sonniger Oktobertag. Remo fotografierte auf einem Bootssteg an der Alster, da er sich spontan gegen Aufnahmen im Hafen entschieden hatte. Er schaffte es sehr schnell, die anfangs ruhige und fast ein wenig verkrampfte Arbeitsatmosphäre aufzulokkern, und als das Team am frühen Abend in den Salon zurückkehrte, schien es, als wären sie alle Freunde fürs Leben geworden. Sie schnatterten und gickerten, obwohl sie nach der harten Arbeit allen Grund hatten, erschöpft zu sein. Während Remo und sein Assistent die Filmhülsen beschrifteten und ihre Gerätschaften verpackten und während Alma den Mannequins beim Entkleiden half und ihnen ein Glas Sekt spendierte, wurden die Lehrlinge nach oben ins Büro von Puppe Mandel gerufen.

«Ich möchte Sie für Ihre Arbeit entlohnen. Sie können es sich aussuchen. Sie dürfen sich etwas aus der Kollektion nehmen ... oder Sie kriegen Geld. Also?»

Patrizia entschied sich sofort für ersteres. Sie liebte Kleider, besonders die noblen Kleider des Salons, die sie sich niemals hätte leisten können.

Isabelle fragte: «Wieviel gibt es denn?»

Patrizia guckte erschrocken, Puppe Mandel aber lachte über Isabelles Direktheit. «Also Geld?»

Isabelle nickte. Puppe ging an ihren Schreibtisch, zog eine Schublade auf und nahm eine kleine Stahlkassette heraus. Patrizia sah auf die Uhr. «Oh, ich glaube, ich muß los!» Sie verabschiedete sich und ging.

Isabelle und die Modeschöpferin blieben allein zurück. Puppe nahm zwei Geldscheine heraus, schrieb eine Quittung aus, gab Isabelle das Geld und ließ sie den Empfang bestätigen. Isabelle dankte und wollte ebenfalls gehen.

«Einen Moment noch ... Fräulein Corthen, Isabelle ... ich würde gern noch einmal einen Satz mit Ihnen wechseln. Haben Sie noch eine Sekunde?» Puppe zündete sich mit einem silbernen Dupont-Feuerzeug eine Zigarette an und rauchte ohne Zigarettenspitze. «Tut auch nicht weh.»

Isabelle kam zurück und blieb vor dem Schreibtisch stehen.

«Setzen Sie sich doch.»

Isabelle nahm Platz.

«Vielleicht ist Ihnen aufgefallen, daß ich mich in den Jahren, die Sie nun schon hier sind, nun, sagen wir: nicht *sehr* um Sie gekümmert habe.»

Isabelle fand, daß das eine milde Formulierung für die Gleichgültigkeit und nahezu unfreundliche Distanz war, die Puppe Mandel ihr gegenüber an den Tag gelegt hatte.

Puppe fuhr fort: «Wir beide wissen ja, wem Sie Ihren Ausbildungsplatz hier zu verdanken haben, jaja, wir wissen es. Ich habe ein besonderes Verhältnis zu Carl Trakenberg, und ich weiß, Sie haben es auch.»

Was ist denn jetzt los? dachte Isabelle.

«Ich weiß, was Sie denken: ‹Was ist denn jetzt los? Ist die Alte verrückt geworden?›» Puppe strich sich durch das Haar. Der funkelnde Smaragd am Zeigefinger ihrer Hand harmonierte wunderbar mit dem Rot ihrer Haare. «Ich mag Sie, Isabelle. Ich mochte Sie von Anfang an. Ich schätze Sie als Mitarbeiterin und als Mensch. Ich wollte Ihnen ersparen, daß es irgendwie heißen könnte, ich hätte Sie den anderen vorgezogen ...»

«Das kann man nun nicht sagen!»

Sie guckten sich an und lächelten.

«Eben», ergänzte Puppe Mandel, «ich habe Sie mit Erfolg links liegenlassen. Sie haben sich entfalten können. Alma hat mir Ihre Entwürfe gezeigt. Sie sind ein begabtes Mädchen. Und jetzt, wo Ihre Lehrzeit fast beendet ist, will ich wissen: Was werden Sie danach machen?»

«Ich habe noch nicht darüber nachgedacht.»

«Schlecht. Sie sind ehrgeizig. Ehrgeizige Menschen müssen immer wissen, was sie wollen. Wissen Sie, was Sie wollen?»

Isabelle zuckte mit den Schultern. Sie wußte es ganz genau. Aber sie wollte es nicht aussprechen. Jedenfalls nicht in diesem Augenblick. Sie kam sich vor wie bei einem Verhör.

«Bleiben Sie hier. Das ist es, was ich Ihnen gern sagen wollte. Ich meine: Jetzt sollen Sie abhauen, Ihren Samstagabend genießen oder was auch immer. Aber ...», sie drückte ihre Zigarette in einem Aschenbecher aus, «ich biete Ihnen an, weiter hier bei uns zu arbeiten, als meine Assistentin.»

Isabelle riß die Augen auf. «Ihre Assistentin?»

Puppe Mandel nickte. «Ich habe mit Carl darüber gesprochen, mit Herrn Trakenberg. Sie haben das Zeug dazu. Eines Tages könnte dies hier alles ... Ihres sein.» Sie sah sich nachdenklich um. «Ich werde das ja nicht machen, bis ich hundert bin.»

Isabelle glaubte ihren Ohren nicht zu trauen. Mit so einem Angebot hatte sie nie im Leben gerechnet.

«Ich sehe schon, ich habe Sie überrascht. Lassen Sie uns was vereinbaren: Sie legen eine wunderbare Prüfung hin, danach sehen wir weiter. Könnten Sie es sich denn grundsätzlich vorstellen?»

Isabelle strahlte. «Ja. Klar. Ja ... Ich weiß gar nicht, was ich sagen soll ... Das kommt so überraschend. Aber es wäre wunderbar!»

Puppe Mandel hielt besänftigend die Handflächen hoch. «Es hat auch seine Schattenseiten, ein solcher Salon, glauben Sie mir. Sehr viel Razzledazzle!»

«Was heißt das eigentlich? Ich habe Sie so oft dieses Wort sagen hören, und ich weiß nicht, was es bedeutet.»

«Razzledazzle? Es bedeutet Tamtam.» Sie schmunzelte. «Durcheinander. Das ganze Leben ist ein Durcheinander, wissen Sie? Sie sind noch so jung, das werden Sie erst noch erfahren.»

Hast du eine Ahnung, dachte Isabelle, und Jon fiel ihr wieder ein.

«Es ist so eine Art, nun wie soll ich sagen: Codewort. Zwischen einem Freund und mir. Wenn es schlimm kommt ... wenn ich mal traurig bin, o ja, das kommt auch vor, dann trösten wir uns mit ‹Razzledazzle›. Das ganz gewöhnliche Chaos des Lebens. In fünfzig Jahren oder so sind unsere Sorgen vergessen. Dann ist alles anders. Ein anderes Razzledazzle. Jedenfalls nicht mehr meines.» Sie erhob sich und hielt Isabelle ihre Hand hin. Isabelle stand auch auf. Sie verabschiedeten sich voneinander. Isabelle bedankte sich.

«Denken Sie drüber nach. Aber reden Sie mit niemandem darüber, ja?» Puppe Mandels tiefe Stimme hatte auf einmal etwas Weiches bekommen. Sie begleitete Isabelle zur Tür und strich ihr zum Abschied beinahe zärtlich über den Kopf.

## *Kapitel 10*

Sonntag früh läutete das Telefon. Isabelle legte sich ein Kissen auf den Kopf. Sie war noch todmüde. Es klopfte an ihrer Zimmertür. Ihre Mutter, die immer zeitig aufstand, auch an Sonntagen, weil sie pünktlich um zehn in der Kirche sein wollte, kam herein.
«Tut mir leid, Isa ... Guten Morgen, Kind.»
«Morgen, Mama.» Sie gähnte und streckte sich.
«Es ist Jon. Er möchte dich dringend sprechen.»
Isabelle sprang aus dem Bett und rannte in den Flur. Auf dem Garderobenschränkchen stand der Telefonapparat. Sie griff nach dem Hörer. «Jon? Was ist los? Wo bist du?»
Mit wenigen Worten erklärte Jon Isabelle, was geschehen war. Er wirkte sehr ernst und gefaßt, entschuldigte sich sogar dafür, daß er sich nicht eher gemeldet hatte und nicht kommen konnte.
Isabelle war so schockiert, daß sie, während sie ihm zuhörte, langsam an der Wand herunterrutschte, in die Knie ging und schließlich auf dem Fußboden saß, mit Tränen des Mitgefühls in den Augen. Als ihre Mutter vorbeikam, hielt sie schützend die Hand vor die Augen. Sie wollte nicht, daß ihre Mutter etwas mitbekam.
Ihr Angebot, sofort nach Luisendorf zu kommen, schlug Jon aus. Sie könne ohnehin nichts für ihn tun, er müsse jetzt allein sein und damit klarkommen, vieles regeln und vor allem seinem Vater zur Seite stehen. Seine Mutter, so berichtete er nüchtern, habe eine Seebestattung gewünscht, ihre Asche solle vor Husum ins Meer gestreut werden, es gäbe kein Begräbnis und keine Trauerfeier.
«Bitte versteh mich richtig, Isabelle. Ich liebe dich, aber du

kannst mir jetzt nicht helfen. Ich muß da allein durch. Wir werden uns eine Weile nicht sehen können.»

Deprimiert legte Isabelle den Hörer auf die Gabel.

«Ist was?» rief ihre Mutter aus der Küche.

Isabelle wollte ihr nichts sagen. Nicht jetzt. Sie konnte es nicht.

«Nein», log sie. «Er kann nicht kommen. Es geht ihm nicht gut.»

«Na, dann ein anderes Mal.» Ida Corthen nahm den pfeifenden Kessel vom Herd und goß das Wasser in den mit frischgemahlenem Kaffee gefüllten Filter. «Frühstück ist fertig.» Sie erschien im Flur. Isabelle rappelte sich hoch.

«Blaß bist du, Kind.» Ihre Mutter nahm den Mantel vom Haken, den Schlüsselbund vom Schränkchen, knipste ihre schwarze Lederhandtasche mit dem goldenen Schloß auf, stopfte die Schlüssel und ihr Gesangbuch hinein und drückte ihrer Tochter einen Schmatzer auf die Wange. «Ich gehe jetzt mit Gretel in die Kirche, und anschließend machen wir mit der Gemeinde einen Ausflug in die Harburger Berge. Essen ist im Kühlschrank. Wenn du dich langweilst, kannst du zu Vivien rübergehen. Die langweilt sich bestimmt auch, ihre Eltern sind ja in Thailand, auf Geschäftsreise.»

«Ich gehe seit Ewigkeiten nicht mehr zu Vivien rüber, ich habe seit ungefähr hundert Jahren nicht mehr mit ihr gesprochen!» sagte Isabelle wütend. «Warum sollte ich es heute tun?»

Ida schüttelte den Kopf. «Deine Launen immer.» Mit diesen Worten verließ sie die Wohnung. Isabelle horchte noch, bis ihre Schritte auf der Stiege verklangen, die Tür unten ins Schloß gefallen war, dann gab sie sich vollkommen ihrem Kummer hin. Sie legte ein kleines sentimentales Lied von Leonard Cohen auf, drehte die Musik auf, so laut es ging, und warf sich schluchzend aufs Bett.

Das Telefon, das wenig später erneut klingelte, überhörte sie fast. Als sie endlich den Hörer abnahm, meldete sich zu ihrer Überraschung – sie hatte gedacht, es wäre noch einmal Jon –

Remo Winter. Er war gerade aufgestanden, hatte mit seiner Tante, bei der er übernachtete, gefrühstückt und war nun in der Stimmung, wie er erklärte, etwas zu unternehmen.

«Ich dachte, wir machen da weiter, wo wir gestern abend aufgehört haben!»

«Verstehe ich nicht!»

«Na ja, es war gestern doch lustig, oder? Warum sollen wir heute nicht auch lachen?»

«Mir ist wirklich im Moment nicht zum Lachen zumute!»

«Spazierengehen?»

«Auch das nicht.»

«Geht nicht gibt's nicht», meinte Remo, den Isabelles abwehrende Reaktion herausforderte. «Ich bin in einer Stunde da.»

Ehe Isabelle etwas erwidern konnte, hatte er aufgelegt. Das war das letzte, was sie jetzt wollte. Sie würde einfach nicht aufmachen, wenn er käme, nahm sie sich vor. Andererseits: Vielleicht war es ein Wink des Schicksals, eine Ablenkung in diesem traurigen Moment. Isabelle schaute sich im Flurspiegel an und stellte fest, daß sie grauenhaft aussah. Sie ging ins Bad, duschte, nahm in ihrem Zimmer aus dem Kleiderschrank einen kurzen, grauen Minirock und ein dunkelblaues Twinset aus Wolle, zog sich an und trank in aller Eile in der Küche eine Tasse Kaffee, den ihre Mutter für sie aufgebrüht hatte. Er war nur noch lauwarm. Sie stellte die Lebensmittel zurück in den Kühlschrank, ohne etwas zu essen. Sie hatte keinen Appetit. Irgendwie fühlte sie sich schäbig, weil sie, sofort nachdem Jon ihr diese schreckliche Nachricht überbracht hatte, mit einem anderen Mann spazierengehen wollte. Sie dachte eben darüber nach, Jon noch einmal anzurufen und ihn zu fragen, ob sie nicht doch etwas für ihn tun könne, als die Klingel des kleinen Gartentors ging. Isabelle schreckte auf. Dann eilte sie in ihr Zimmer, besprühte sich mit *Diorella*, nahm ihren Wohnungsschlüssel und verließ, zwei Stufen auf einmal nehmend, das Haus. Sie rannte über die Garagenauffahrt zum Tor. Remo hatte sich mit seinem mokkabraunen Käfer Cabrio, dessen Verdeck ungeachtet der Herbsttemperaturen geöffnet war, direkt in die Einfahrt gestellt. Bei laufendem Motor saß er auf der Lehne des Fahrersitzes und grinste Isabelle an. Er war dunkel gekleidet, mit einem Rollkragenpullover, einer Wildlederjacke und einer anthrazitfarbenen Flanellhose.

«Hey.»

Sie öffnete das Eisentürchen, das sie als Kinder immer benutzt hatten, wenn sie mit dem Fahrrad zur Schule oder irgendwo anders hin gefahren waren, und trat hinaus. «Hallo», sagte sie und zog die Pforte hinter sich zu.

«Ich habe erst am großen Tor geklingelt, aber als keiner aufmachte, fiel mir ein, daß meine Tante mir erzählt hatte, ihr wohnt im Nebenhaus...» Er sprang über die Autotür auf den Gehweg und kam auf Isabelle zu. «... schön übrigens!»

«Deine Tante scheint dir ja allerhand zu erzählen.»

«Ich weiß alles über dich!» sagte er mit einem seltsamen Singsang in der Stimme und drückte ihr lässig einen Kuß auf jede Wange.

Unverschämtheit! Was dachte sich der Typ?

Dann öffnete er galant die Beifahrertür, damit Isabelle sich setzen konnte.

Er schloß die Augen und zog die Luft ein. «Diorella?» Sie nickte. «*Dein* Duft! Steht dir. Ist mir schon gestern aufgefallen.» Er ging um den Wagen herum und kletterte über die Fahrertür ins Auto.

«Geht die Tür nicht?» fragte Isabelle ironisch.

«Doch.» Er legte den Rückwärtsgang ein. «Aber warum einfach, wenn es auch kompliziert geht?»

Remo setzte den Wagen zurück, und dann fuhren sie die Elbchaussee hoch, bis sie das Falkensteiner Ufer erreichten. Auf der Fahrt erzählte Remo eine Menge über sich. Isabelle erfuhr, daß er Ende Zwanzig war, seine Eltern geschieden waren, seine Mutter in Zürich lebte, sein Vater, von Beruf Schauspieler, ständig auf Tournee war und kaum noch Kontakt zu seiner Familie hatte.

Er parkte unter einer riesigen Platane, und die beiden stiegen aus, um am Elbstrand spazierenzugehen. Remo fuhr fort, aus seinem Leben zu berichten. Davon, daß er ein Einzelgänger sei, der hinter seinem forschen Auftreten und seiner Fröhlichkeit Einsamkeit verbarg. Er sprach auch über seine Zukunftspläne: Er wolle einer der ganz Großen seiner Zunft werden, *der* deutsche Modefotograf. Über kurz oder lang würde er seinen Assistentenjob hinschmeißen, München den Rücken kehren und in Paris zu einer Wahnsinnskarriere starten. Er könne jetzt schon mehr als der Fotograf, bei dem er arbeite. Er schwärmte so anschaulich von Paris, daß Isabelle die Stadt vor sich sehen und Remos Leidenschaft mitempfinden konnte.

Schon nach ein paar Stunden fühlte sie sich ihm so nah, daß sie Remo auf seine Fragen offen antwortete, jedoch nicht offen genug, um ihm zu sagen, daß sie einen Freund habe. Sie bezeichnete Jon als *einen* Freund, nicht als *ihren* Freund, wobei sie sich des Unterschieds vollständig bewußt war. Sie fühlte sich in diesem Augenblick wie eine Verräterin, verdrängte dieses Gefühl aber sofort wieder. Remos frische, vorwärtsstrebende Art, seine Direktheit, seine Lässigkeit und Weltgewandtheit faszinierten sie. Er war ganz anders als Jon. Er gefiel ihr. Und sie wollte Remo gefallen. Sie wollte den Zauber dieses Spaziergangs nicht zerstören.

Obwohl sie das Gespräch von Jon lenken wollte («doch nicht dein Freund, oder?»), konnte sie nicht umhin, Remo von dem Anruf zu erzählen, von Hanna Rix' Selbstmord. Sie mußte einfach darüber reden. Irgendwann setzten sie sich auf eine Bank. Niemand schien am Fuße dieses Waldhanges spazierenzugehen, sie waren ganz allein. Remo hörte Isabelle zu und sah sie dabei unverwandt an. Plötzlich brach sie in Tränen aus. Sie konnte nicht anders.

Am liebsten hätte sie sich an seine Brust geworfen. Doch sie tat es nicht. Und auch er nahm weder ihre Hand, noch nahm er sie in den Arm. Er saß einfach so da, schaute sie an, sagte mild und weich ein paar tröstende Worte und ließ sie ungehemmt weinen. Dann zog er ein frisches Taschentuch aus Schweizer Batist aus der Hosentasche und reichte es ihr. Sie schneuzte sich. «Entschuldigung!»

Vor ihnen lagen der Elbstrand und der Fluß. Kein Schiff, keine Möwe, kein Geräusch. Nur der Wind, der durch die herbstlich bunten Bäume strich.

«Kommt es dir auch so vor», fragte Remo, «als wären wir beide auf einmal ganz allein auf der Welt? Nein, wirklich: Stell dir vor – nur du und ich, sonst niemand!»

Isabelle stand auf.

«Geht's besser?»

«Ja.»

Er hüpfte auf die Bank, balancierte mit ausgebreiteten Armen über das Geländer. «Du bist ein Clown», sagte Isabelle, «komm, wir gehen zurück.»

«Einer, der dich zum Lachen bringen will!»

«Ich will jetzt nicht mehr darüber reden.» Sie ging ein paar Schritte, blieb dann stehen und drehte sich nach ihm um.

Er kam zu ihr gerannt. «Die Sache ist nämlich so», erklärte er, «ich bin ziemlich durcheinander, weißt du? Ich habe mich nämlich ein bißchen verliebt.»

«Aha?»

Er hatte die Angewohnheit zu blinzeln, wenn er etwas Nettes sagte. Isabelle fand das unwiderstehlich charmant. «Ich habe dich gestern mittag gesehen, als du in den Laden reinkamst, und, na ja: Du bist die schönste und eigenwilligste Frau, der ich je begegnet bin.»

«Hör auf! Eigenwillig. Woher willst du das denn wissen? Schwätzer!»

Er beugte sich ein wenig vor und blinzelte wieder, während er weitersprach: «Ich habe beschlossen, daß wir ein Paar werden. Ich weiß, daß wir zusammengehören. Meine Tante hat mir erzählt, was für ein Talent du bist. Wir werden eine große gemeinsame Zukunft haben.»

Sie tippte ihm auf die Brust. «Hör zu, damit das gleich klar ist, von Anfang an: kein Bedarf bei mir. Ich will mich nicht binden, ich will meine Freiheit genießen, die jetzt nämlich gerade erst anfängt. Und ich will bestimmt keinen Fotografen, der heute in Hamburg ist und morgen in München und übermorgen in Paris.» Energisch wandte sie sich um und ging weiter. «Leider nein. Geht nicht mit mir.»

Während der Rückfahrt sprachen sie kaum ein Wort. Isabelle trieb in einem Strudel von Gefühlen. Sie dachte immerzu an Jon. Das durfte sie ihm nicht antun. Eigentlich. Aber: Liebte sie ihn überhaupt? Oder war er nur der gute alte Freund aus Kindertagen, mit dem sie einmal geschlafen hatte? Wie kam dieser Kerl hier neben ihr im Cabrio überhaupt dazu, sie so anzubaggern? Eigentlich eine Frechheit. Was dachte er von ihr? Junges, unverdorbenes Mäuschen, das man sich mal eben so hopplahopp greifen konnte? Andererseits fühlte sie sich von Remos Antrag geschmeichelt, und jede andere Frau, das glaubte sie fest, hätte sich keine Minute geziert. Er war sehr lustig, charmant und offen – Wesenszüge, die sie mochte. Er war ein kleiner Angeber, aber einer von der netten Sorte. Er hatte was. Sie sah ihn von der Seite an. Remo schien sich auf den Verkehr zu konzentrieren. Er sah nicht schlecht aus, wie er so dasaß, hinter dem Steuer seines Wagens, Blick geradeaus, die kleinen Locken, die, wie aus Marmor gemeißelt, seinem Kopf etwas von einer Statue gaben, im Gegensatz zu den lebendigen Zügen seines Gesichts, den Lachfalten um die Augen, den bebenden Nasenflügeln, dem geschwungenen Mund.

«Darf ich wenigstens noch mit reinkommen?» fragte er, nachdem er seinen Wagen wieder vor der Einfahrt geparkt hatte.

Sie nickte.

«Unten stehen die Wagen und oben wohnt ihr?» fragte er, als sie auf das Garagenhaus zugingen.

Isabelle nickte wieder.

«Ich interessiere mich für Autos – meinst du, ich dürfte mal ...?» Er zeigte auf die Tore.

«Von mir aus.»

Durch die Seitentür, die vom Treppenhaus in die Garage führte und niemals verschlossen war, betraten sie den großen Raum, der nach Benzin, Gummi und Feuchtigkeit roch und im Halbdunkel lag. Ein wenig Licht, das durchs Fenster fiel, legte sich über den Jaguar, den daneben parkenden Triumph und Carls Mercedes, vor dem Isabelle und Remo standen.

«Toll!» flüsterte Remo ehrfürchtig. «Allein der Geruch. Erotisch!»

Isabelle wußte in dieser Sekunde, daß sie einen Fehler gemacht hatte. Sie war gefangen. Nun gab es kein Zurück mehr. Hastig schaltete sie das Licht ein. Remo wandte den Blick nicht von den Automobilen, ging an ihnen entlang, fuhr mit den Fingern über den Lack, schwarz, ochsenblutrot, *racing green*, und blieb vor dem Fenster stehen. Jetzt erst sah er sie an. Er winkte sie zu sich.

Sie konnte es selbst nicht fassen, aber sie ging auf ihn zu! «Remo! Bitte! Das ist nicht gut! Ich will das nicht. Nicht so... ich habe einen Freund...»

«Wir können dem nicht entgehen. Wir können uns nicht gegen das Schicksal stellen, du schaffst es nicht, sosehr du auch willst...»

«Jeden Moment kann jemand kommen...»

«Deine Mutter und ihre Freundin machen einen Ausflug, hast du gesagt. Die Hausbesitzer sind auf Reisen.»

«Aber Vivien. Das ist die Tochter.» Isabelle stand jetzt direkt vor ihm.

«Glaubst du doch selber nicht, daß die hier reinkommt.»

«Ich will es nicht. Schon gar nicht hier.» Sie nahm seine Hand.

«Doch, du willst es.»

«Ich bin nicht so ein Typ, Remo!»

«Genau der Typ bist du. Du weißt es nur noch nicht.»

Isabelle schloß die Augen, näherte sich Remos Lippen, küßte ihn. Er umfaßte ihren Kopf und schob ihr Gesicht ein wenig von sich.

«Von nun an werden wir ein Paar sein. Ich werde dich nicht mehr in Ruhe lassen.»

Und Remo sollte recht behalten. Anfangs fühlte sich Isabelle dabei schrecklich. Sie hielt ihre Beziehung geheim, was die Sache nur noch schlimmer machte, sie kam sich vor wie der letzte Dreck. Aber sie konnte nicht anders, ganz so, wie Remo es vorausgesagt hatte. Sie war in seinem Bann, er hatte eine Macht über sie, die Jon nie hätte haben können.

Remo verlängerte seinen Hamburg-Aufenthalt, sie sahen sich jeden Tag, liebten sich jeden Tag, und schließlich war ihr Verhältnis so eng und so leidenschaftlich, daß Isabelle sich gezwungen sah, reinen Tisch zu machen. Zuerst wollte sie Jon anrufen. Dann überlegte sie, nach Luisendorf zu fahren, um dort mit ihm zu reden. Am Ende schrieb sie ihm einen Brief.

*Ich weiß weder ein noch aus, und ich schäme mich und fühle mich schuldig, aber ich kann nicht anders. Ich bin hin und her gerissen zwischen tausend Gefühlen, und nur wer das selber erlebt hat, wird verstehen, was ich durchmache. Ich habe Dich so gerne, Du bist mein bester Freund, mein Herz gehört Dir, aber ich kann mich von Remo nicht lösen. Besonders schlimm ist für mich, daß ich Dir das ausgerechnet jetzt antun muß, aber andererseits: Soll ich lügen? Dir die Wahrheit verschweigen? Das geht völlig gegen mein Wesen. Außerdem: Mitleid ist ein schlechter Ratgeber, sagt Gretel immer, und sie hat recht. Verzeih mir. Verzeih mir.*

Doch es war nicht nur Jon, den Isabelle mit ihrer Affäre unglücklich machte, sie brachte auch noch alle anderen Menschen um sich herum durcheinander. Remo hatte ihr, nachdem er für zwei Tage in München gewesen war und dort seinen Job an den Nagel gehängt hatte, kurzerhand seinen Plan für eine gemeinsame Zukunft unterbreitet: Auch sie sollte alles hinschmeißen und mit ihm nach Paris gehen. Die Redaktion einer Modezeitschrift hatte ihm das Angebot gemacht, dort als Fotograf zu arbeiten. Das war eine einmalige

Chance für ihn, und es stand fest, daß er es machen würde – er hatte bereits zugesagt. Doch er wollte Isabelle mitnehmen.

Die Französische Revolution war nichts gegen den Aufstand, den es gab, als Isabelle ein paar Tage darauf ihre Mutter darüber informierte. Ida wollte Remo wegen Verführung Minderjähriger verklagen, sie schimpfte, drohte, bettelte, flehte. Es nützte nichts. Isabelles Wille war wieder einmal stärker. Sie ließ sich nichts mehr sagen. Sogar mit Gretel bekam sie deswegen Krach. Wenigstens ihre Lehre solle sie zu Ende bringen und bis zur Volljährigkeit warten. Gretel arbeitete mit Verständnis und Vernunft, doch auch sie erntete nur Ablehnung. Puppe Mandel reagierte schockiert. Sie beschimpfte Isabelle als undankbar, mußte aber trotzdem die vorzeitige Kündigung des Lehrvertrags akzeptieren. Selbst Alma redete Isabelle ins Gewissen. Sie wollte sich nicht in das junge Glück einmischen und sich auch ihrem Neffen nicht in den Weg stellen, doch immerhin, so erklärte sie, kenne sie Remo länger und besser, als Isabelle es täte. Er sei überschwenglich, waghalsig, flatterhaft. Doch je mehr sich alle gegen Isabelles Wunsch stellten, mit ihm nach Paris zu gehen, desto mehr hatte Isabelle das Gefühl, genau das Richtige zu tun.

«Wovon willst du leben?» fragte ihre Mutter eines Abends in einem Ausbruch von Verzweiflung.

«Ich komme durch, wir kommen gemeinsam durch», antwortete Isabelle nur knapp und dachte dabei an ihr Sparbuch, auf dem sie heimlich im Laufe der Jahre mehr als zweitausend Mark angehäuft hatte. «Ich kann Remo beim Fotografieren assistieren. Und außerdem: Ich finde schon Arbeit.»

Schließlich mischte sich Carl Trakenberg ein. Er bestellte Isabelle nach Feierabend in sein Kontorhaus in der Speicherstadt. Sie wußte, was sie erwartete, und hatte sich für das Gespräch gewappnet. Trotz aller Dankbarkeit und Sympathie Carl Trakenberg gegenüber war sie fest entschlossen, sich nicht umstimmen zu lassen. Sie war jetzt neunzehn Jahre alt, und dies war der richtige Zeitpunkt, endlich selbst über ihr Leben zu bestimmen.

Isabelle hatte sich angezogen, als wollte sie ausgehen. Der kurze Tweedrock und die dazu passende lange Jacke standen ihr gut und gaben ihrer stürmischen Erscheinung etwas Gebändigtes, fast Biederes. Sie saß auf einem der Stühle, die im Chefsekretariat gegenüber dem Schreibtisch von Frau Gehrmann für die Besucher an der Wand aufgestellt waren. Es hatte etwas vom Wartezimmer eines Arztes, oder besser Anwalts. Kaum zwei Minuten später ging die Tür auf, und Carl trat heraus, gab seiner Sekretärin eine Unterschriftenmappe und winkte Isabelle heran. Er schüttelte ihr die Hand, zog sie dabei zu sich in sein Büro, schloß die Tür und fing sofort an zu reden, während er auf seinen Chefsessel hinter dem Schreibtisch zuging.

«Laß uns nicht lange um den heißen Brei herumreden», erklärte er und nahm Platz. «Du willst weg aus Hamburg, weg aus dem Salon, deine Lehre abbrechen. Setz dich, du mußt hier nicht rumstehen wie bestellt und nicht abgeholt.»

Es klingelte. Carl hob den Hörer ab. «Ja», sagte er knapp, «kommen Sie ruhig rein.» Eine Minute später klopfte es. Ehe Carl ja gesagt hatte, ging die Tür auf.

«Peter! Kennt ihr euch?»

Isabelle drehte sich halb um. «Nein.»

«Ja. Sie sind Isabelle Corthen.» Er stellte sich vor. «Peter Ansaldi.»

Isabelle guckte erstaunt. Sie konnte sich nicht an ihn erinnern.

«Wir sind uns mal vor ein paar Jahren, da war ich hier noch Lehrling, auf der Treppe begegnet.» Er wischte sich die rechte Hand an seinem Jackett ab und streckte sie Isabelle entgegen. «Abend!»

Sie schüttelten sich die Hände. Er trat hinter den Schreibtisch seines Chefs und legte ihm ein Schriftstück auf den Tisch, das Carl aufmerksam las.

Isabelle beobachtete den jungen Mann. Sein Blick wirkte gehetzt, Schweißperlen standen ihm auf der Stirn. Er hatte krause Haare, eine markante Nase und zwei große Schneidezähne mit einer

Lücke dazwischen. Sein billiger Sakko paßte nicht zur Hose, die Polyesterkrawatte, wildgemustert, grellfarben und breit, ließ sein Gesicht noch blasser erscheinen. Das Hemd war am Kragen mindestens zwei Nummern zu groß. Trotzdem schien es ihn einzuengen. Unablässig zog er am dicken Krawattenknoten herum und drehte dabei seinen Hals wie eine Gans, die aufgeregt auf den Futtertrog zuläuft.

Carl nickte und gab seinem Mitarbeiter das Papier zurück. «Gut. Machen wir. Schicken Sie gleich noch ein Fernschreiben raus. Und informieren Sie mich, wenn es geklappt hat.»

Peter Ansaldi ging wieder, ohne sich zu verabschieden, er war völlig in Gedanken.

«Er war bis letztes Jahr mein Lehrling», erklärte Carl, «ich habe ihn vor Jahren an einer Tankstelle aufgegabelt, jetzt ist er mein Assistent, und ich muß sagen: ein tüchtiger mit blendenden Ideen. Siehst du, und damit sind wir wieder beim Thema: Ich brauche gar nicht soviel zu sagen, das haben schon die anderen getan, nicht wahr?»

«Ja.»

«Und du willst auch bei deiner Meinung bleiben?»

Sie nickte heftig.

«Ich habe dich für intelligenter gehalten, Isabelle. Hör zu: Ich war auch schon verknallt, und ich habe mich deswegen auch schon in die unmöglichsten Situationen gestürzt, aber darum geht es nicht. Wenn du diesen ... diesen ...»

«Remo Winter.»

«Ja. Wenn du ihn liebst und mit ihm nach Paris gehen willst: prima. Deine Sache. Aber nicht jetzt. Erst machst du deine Ausbildung fertig. Dann sehen wir weiter. Merk dir das mal ruhig für dein Leben: Was man angefangen hat, das muß man zu Ende bringen.»

Isabelle war überrascht, mit welcher Bestimmtheit er ihr vortrug, was sie zu tun und zu lassen habe. Sie gab ein paar Widerworte. Doch er ließ nicht locker, und dann sprach er etwas an, was sie zum Nachdenken brachte: «Wenn du es tätest – ich meine, ich habe immer viel davon gehalten, daß sich jeder Mensch frei entfalten kann –, wenn du also deinen Dickkopf, jawohl Dickkopf! durchsetzen würdest, dann bliebe ein Haufen enttäuschter Menschen zurück. Hast du dir das gut überlegt? Deine Mutter. Unsere gute Burmönken, die ja beinahe so was wie eine ältere Freundin von dir ist, nicht wahr? Frau Mandel. Sie hat dir, soweit ich weiß, gerade vor kurzem erst angeboten, ihre rechte Hand zu werden. Dumm übrigens, so etwas auszuschlagen, besonders bei deiner Begabung für diese Branche.» Er beugte sich vor. «Und ich.» Carl sah ihr tief in die Augen und sagte eine Weile nichts. Sie konnte seinem Blick nicht standhalten und senkte den Kopf. «Seit damals, als du Vivien das Leben gerettet hast, als du mit blutenden Füßen in unserer Küche gesessen hast, ohne ein Wort zu sagen, zu weinen, zu jammern, seit damals weiß ich, wie stark du bist. Und wie gern ich dich habe. Ein bißchen wie ein Vater.»

Isabelle errötete.

«Du bist für mich auch so etwas wie eine Tochter, Isabelle, eine Tochter, wie Vivien sie nie sein konnte. Nie sein wird. Du hast keinen Vater mehr, und ich habe immer gespürt, wie sehr du in mir einen gesucht und in gewisser Weise auch gefunden hast. Wenn du jetzt nach Paris gehst, baust du dein Leben auf einem Berg enttäuschter Hoffnungen auf. Das wird nicht gutgehen, glaube es mir. Ich bin älter als du.» Er zog ein kariertes Taschentuch heraus und schneuzte sich kurz und kräftig. «Das ist eigentlich alles, was ich dazu sagen kann.»

Ein letztes Mal hob Isabelle an, zu widersprechen: «Aber ich ...»

Carl unterbrach sie: «Enttäusche meine Liebe nicht. Ich habe noch viel vor mit dir.»

*Zweiter Teil*

# Paris und die Welt

## *Kapitel 11*

Christin Laroche hetzte die Treppe hoch, immer zwei Stufen auf einmal. Vor Remo Winters Appartement blieb sie atemlos stehen, klemmte ihr Baguette unter den Arm, ging in die Knie und nahm unter der Fußmatte den Wohnungsschlüssel hervor. Sie klopfte mit dem Brot gegen die Tür, deren rostigrote Farbe dabei noch weiter abplatzte, und schloß hastig auf. Es war ein allen Freunden wohlvertrauter Brauch – selbst wenn jemand zu Hause und die Tür von innen abgeschlossen war: stets lag ein Zweitschlüssel unter der Matte.

«Belle», rief Christin laut, «c'est moi!» Mit einem Fußtritt beförderte sie die Tür krachend ins Schloß zurück. «Aufstehen! Es ist gleich zehn!»

Sie sah sich um. Ein großer, karger Raum, Deckenbalken, gekalkte Wände, schmutzige Dachfenster, durch die die Oktobersonne fiel und ihr Licht auf die jahrhundertealten Holzdielen warf. Ein Kamin, auf dessen Sims eine leere Rotweinflasche und Gläser standen, gaben dem Zimmer eine altmodische, morbide Eleganz. Er diente als Heizung, denn das Haus stammte aus einer Zeit, als man noch keine hatte, und nachträglich war nie eine eingebaut worden.

Überall lag etwas herum. Stapel von Zeitschriften. Klamotten auf einem roten Samtsofa. Eine Wolldecke, die eher einer Pferdedecke glich, auf einem einfachen, blau-weiß gestreiften Holzliegestuhl. Fotos. Modezeichnungen. Eine Wasserpfeife auf einem großen, runden, marokkanischen Messingtablett. Christin verdrehte die Augen.

«Morgen!» In einem weiten Männerschlafanzug von Remo war

Isabelle in der Tür zur Schlafkammer erschienen. Sie streckte sich und gähnte.

Christin strahlte sie an, ging auf sie zu und gab ihr links und rechts einen Kuß auf die Wange. Dann haute sie Isabelle zweimal mit dem Baguette auf den Kopf. «Aufwachen! Paris hat wirklich einen schlechten Einfluß auf dich! Ich mache Kaffee, okay? Du machst dich schnell fertig, dann frühstücken wir, und dann...»

«Bitte!» Sie versuchte Christin Einhalt zu gebieten. «Du bist ja schlimmer als jede Lawine in den Alpen. Ich bin noch todmüde, laß mich doch erst mal wach werden!» Sie ging zum Sofa, warf sich hinein, streckte alle viere von sich.

Christin legte das Brot auf den Kaminsims, nahm von einem Stuhl ein Päckchen Gauloises, zog zwei Zigaretten heraus, steckte sie sich zwischen die Lippen und zündete sie an. Dann reichte sie Isabelle eine, schob die Beine ihrer Freundin beiseite und setzte sich zu ihr. Ohne zu reden, rauchten die Frauen und hingen ihren Gedanken nach.

Über zwei Jahre wohnte Isabelle nun schon in Paris. Sie hatte damals auf Carl gehört und ihre Lehre zu Ende gebracht. Trotzdem hatte ihre Mutter ihr nicht verziehen, daß sie Remo nach Paris gefolgt war, und der ohnehin schwierige Kontakt zwischen ihnen beschränkte sich nur noch auf ein paar Grundregeln der Höflichkeit. Sie telefonierten selten; zum Geburtstag und zu Weihnachten schickten sie einander Karten mit guten Wünschen; ab und zu erhielt Isabelle ein Päckchen aus Hamburg. Sie war sicher, daß es auf die Initiative von Gretel zurückging, stets lag ein Brief von ihr dabei, in dem etwas Geld steckte.

Von Jon hatte sie nie wieder etwas gehört. Ein halbes dutzendmal hatte sie ihm geschrieben, noch während ihrer Zeit in Hamburg, doch es kam keine Antwort. Anfangs hatte sie fast täglich versucht, ihn anzurufen. Sie wollte sich mit ihm verabreden, ihn sehen, ihm alles persönlich erklären. Doch sie erreichte ihn nie. Er ließ sich von seinem Vater verleugnen. Es war offensichtlich: Daß sie sich mit einem anderen eingelassen hatte, so kurz nach jenem Wochenende in Luisendorf, daß sie ihn verlassen hatte, direkt nach dem Selbstmord seiner Mutter, das konnte und wollte er ihr nicht verzeihen. Sie mußte es, wohl oder übel, akzeptieren. Sie litt darunter, denn sie konnte Jon nicht vergessen. Er war ihr bester Freund gewesen.

Doch Paris, Mitte der Siebziger eine heitere, kraftvolle, kampflustige Stadt, nahm sie vollkommen gefangen. Remo und Isabelle wohnten in einem Appartement, das in einem Haus aus dem 16. Jahrhundert auf der Ile St-Louis lag, eine Insel inmitten der Seine, gegenüber dem Stadtteil St-Germain und durch Brücken mit ihm verbunden. Eigentlich war es keine billige Wohngegend, begehrt wegen ihrer Lage und ihres Charmes. Remo aber war es gelungen, die alte Dame, der das schiefe Haus mit seinen vier Stockwerken und den verwinkelten Stiegen gehörte, davon zu überzeugen, daß ein aufstrebender Fotograf, ein Künstler, genau der richtige Mieter für die Wohnung war, auch wenn er die Miete nicht aufbringen konnte und sie ihm einen Nachlaß gewähren mußte. Dafür fotografierte er sie, trank mit ihr einmal im Monat Pastis – Madame wohnte im selben Haus, und die Miete mußte bar bezahlt werden – und sprach mit ihr über Willy Brandt und Baghwan, die Ölkrise und die freie Liebe, über Simone de Beauvoir und die neuesten Modetrends.

Wenn Isabelle an eines der Fenster trat, konnte sie die Seine sehen und die Kirche Notre-Dame. Das war Paris für sie: eine Stadt voller Wahrzeichen, voller Wunder. Sie hatte viel Zeit, alles zu genießen. Zum erstenmal in ihrem Leben war sie richtig frei, und es fühlte sich gut an. Zu Beginn ihrer Pariser Zeit hatte sie Remo assistiert. Aber beide erkannten schnell, daß die Zusammenarbeit nicht so gut funktionierte wie das Zusammenleben. Fortan begleitete sie ihn nicht mehr bei seinen fotografischen Streifzügen durch die Stadt, bei seinen Jobs für Modemagazine, die ohnehin spärlicher ausfielen als erhofft. Aber sie blieb, was er sich von ihr versprochen hatte, als er sie in Hamburg in seinen Bann gezogen und bewegt hatte, ihm hierher zu folgen: die Geliebte, mit der er Spaß hatte, die schöne Begleiterin, mit der er angeben konnte, die Frau, vor der er auftrumpfen konnte. Sie blieb die Zuhörerin, die Umsorgerin, das Zuhause, kurz, er zog mehr Nutzen aus der Liaison als Isabelle.

Und doch war auch Isabelle zunächst zufrieden, ohne Druck und ohne Aufgaben zu leben, ohne große Verpflichtungen oder Verantwortung. Es war für sie etwas so Ungewohntes, daß sie das Gefühl hatte, ihr Leben habe erst jetzt begonnen. Sie schlief, solange sie wollte, schlenderte tagelang ziellos durch die Stadt, besuchte Museen, ging ins Kino, und noch länger als die Tage waren ihre Nächte – voller Liebe, Musik, Alkohol. Sie gewöhnte sich viele neue Dinge an. Schnell erlernte sie die Sprache, es fiel ihr leicht, denn sie hatte ein gutes Gehör. Isabelle fand es schick, sich wie Remo und seine Freunde aus dem Milieu der Mode und der Fotografie nur noch in Schwarz zu kleiden. Sie fing das Rauchen an, nicht wegen des Genusses, sondern weil sie glaubte, es gebe ihr Stil und Klasse. Unbewußt hatte sie dabei Puppe Mandel vor Augen.

Für Malt-Whisky entwickelte sie in jenen Tagen ebenso ein Faible wie für Herrenparfüms. Sie wollte nichts Süßliches mehr an sich haben, sie wollte verrucht sein wie eine Kellerbar am Montmartre, sie wollte klug und ernst und kompliziert sein wie die Gedanken von Jean-Paul Sartre. Am liebsten hätte sie eine Brille getragen, aber dafür waren ihre Augen nicht schlecht genug.

O ja, sie sah gut! Ihrer Feinsinnigkeit und ihrem Instinkt entging nicht, daß Remo zwar klasse im Bett, aber eine Null im Leben war. Ein Angeber eben. In Wahrheit war nichts so großartig, wie er es machte, er selbst am allerwenigsten. Seine Kontakte zu den Modemagazinen waren dünn gesät und versiegten ebenso schnell, wie er sie entdeckte. Hinzu kam, daß Remo keinen eigenen Fotostil entwickelt hatte. Er kopierte. Leider schlecht. Seinen Bildern fehlte es an Persönlichkeit und Kraft.

«Man muß es eben haben», hatte Christin eines Tages gesagt und bei dem Wort «es» mit den Fingern geschnippt. «Dann kommt der Erfolg von allein.»

Remo hatte *es* nicht. Er hängte sich an alles dran, an Trends, an wichtige Leute, leider auch an andere Mädchen. Immer wieder gab es Diskussionen, Streit, Tränen. Danach gelobte Remo Besserung. Doch alles blieb letztlich beim alten.

Lebensveränderungen und plötzliche Freiheit fördern die Kreativität. Bei Isabelle war es nicht anders. Sie hatte auf einmal tausend Ideen, was sie tun könnte, und am Ende des Sprudelns förderte sie eine Entscheidung zutage. Sie war wilder denn je entschlossen, Modeschöpferin zu werden. Was Carl und Puppe schon lange vorausgesagt hatten, war nun für Isabelle zum Ziel geworden. Ihr Traum aus Kindertagen sollte endlich wahr werden. Der ständige Ärger mit Remo bestärkte sie nur noch darin.

An Regentagen saß sie auf der Fensterbank mit Notre-Dame-Blick und entwarf Mode. In Geschäften und Kaufhäusern ließ Isabelle sich Kleider zeigen, vorgeblich, um etwas kaufen zu wollen, in Wahrheit aber, um zu gucken, in welche Richtung sich die Mode entwickelte, um zu sehen, wie die Teile verarbeitet waren, um zu fühlen, was für Stoffe eingesetzt wurden. Sie blätterte Journale durch, riß sich Fotos heraus und pinnte sie in der winzigen Küche an die Tapete. Ihre eigenen Sachen nähte sie schon seit langem selber. Mal war es ein kurzer schwarzer Faltenrock aus Wolle, den sie mit einer weißen Bluse im Stil eines Musketiers und mit einer Samtweste kombinierte; mal eine Hose aus anthrazitfarbener Seide von *Printemps*, die so weit war, daß sie einem Kaminrock ähnelte. Mal nähte sie sich einen Mantel mit breiten Schultern, der aussah wie für einen Mann gemacht; mal bestickte sie einfach nur eine Jeans mit bunten Steinen oder Glitzerkram.

Aber trotz ihres festen Willens, ihrer klaren Absichten gelang ihr nichts. Isabelle versuchte, sich bei einigen der großen Modehäuser zu bewerben. Remo hatte ihr hoch und heilig versprochen, daß es aufgrund seiner *Connections* überhaupt kein Problem sei, einen Termin zu kriegen. Doch auch das war nur heiße Luft, und als sie es auf eigene Faust probierte, schaffte sie es nicht einmal, an der Concierge, dem Pförtner oder der Empfangsdame vorbeizukommen – in Paris kann es kälter zugehen als irgendwo anders auf der Welt.

Immerhin brachte Remo eines Abends Christin Laroche mit nach Hause.

Bei Spaghetti mit Muscheln, bei Käse und Früchten und ein paar Flaschen billigem Chablis lernten sie sich kennen. Christin war Redakteurin bei der französischen Ausgabe der amerikanischen Modezeitschrift *Linda*, einem monatlich erscheinenden Hochglanzjournal, das in – aussichtsloser – Konkurrenz zur *Vogue* oder *Elle* stand. Isabelle fürchtete zunächst, Christin habe ein Verhältnis mit Remo. Doch darüber lachte ihre Freundin nur. Sie habe weder Lust auf Sex noch auf Liebe, beteuerte sie immer wieder, schon gar nicht mehr auf Männer. «Die machen nur Streß. Und lenken uns vom Wesentlichen ab, oder?»

Trotz ihres französischen Namens war Christin die Tochter eines Lübecker Konditors, der sich aufs Marzipanmachen verlegt hatte und damit pleite gegangen war. Sie hatte mit achtzehn Jahren als Au-pair-Mädchen in einer wohlhabenden Pariser Anwaltsfamilie begonnen und als Exfrau ebendieses Anwalts geendet. Monsieur Laroche war reumütig zu seiner ersten Gattin zurückgekehrt. Eine halb so alte Frau, eine Deutsche zudem, und eine vom Temperament Christins – das konnte er nicht ertragen, bei aller Liebe. Er verstand sein Handwerk so gut, daß er für sein Verständnis bestens aus der Sache herauskam und Christin keinen Pfennig zahlen mußte.

Ihr blieb nichts anderes übrig, als arbeiten zu gehen. Weil sie kontaktfreudig, lebenslustig und eigenwillig war, die französische Sprache perfekt beherrschte und über einen unbestechlichen und außergewöhnlich guten Geschmack verfügte, fand sie schnell eine Anstellung als Redaktionsassistentin im Moderessort der *Linda*. Bald darauf wurde sie zur Redakteurin ernannt, und viele Leute in ihrem Umkreis wetteten darauf, daß der Tag nicht mehr weit sei, an dem die Achtundzwanzigjährige zur jüngsten Chefredakteurin Frankreichs gekürt werden würde.

Christin war der Typ «Natürlich können Erdbeeren fliegen! Und wenn sie nicht fliegen können, werfen wir mit ihnen. Dann fliegen sie.»

In dieser Hinsicht war sie Remo ähnlich, und auf diese Weise hatten die beiden sich auch kennengelernt. Geht nicht gibt's nicht: das war auch ihr Wahlspruch. Sie machte das Unmögliche möglich und verschaffte deshalb auch Remo einen Auftrag bei ihrer Zeitschrift. Im Gegensatz zu Remo aber haßte Christin falsche Versprechungen und Aufschneiderei. Was sie sagte, war fundiert und galt. Christin war direkt und laut und lustig, sie war die personifizierte Lebensfreude, und vor allem hatte sie eine Eigenschaft, mit der sie jeden für sich gewann: Sie machte aus allem das Beste, sie gewann allem etwas Positives ab, sie verwandelte schlechte Nachrichten in gute und machte aus guten Jubelfeste. «Man lebt ja nur so kurz. Und ist so lange tot.»

Riesengroß war Christin, spindeldürr und hatte glatte, schwarze, schulterlange Haare, die sie meistens zu einem Pferdeschwanz zusammenband. Sie behauptete von sich, sie habe zwei verschiedenfarbene Augen. Aber außer ihr konnte das niemand feststellen. Grün waren sie, lebendig und groß, und Christin schminkte sie, als müsse sie Nofretete Konkurrenz machen. Ansonsten war sie schmucklos und schlicht, trug nur Hosen und niemals Parfüm. Sie war wie ein warmer Maisonntag auf dem Land, an dem man zum erstenmal Rhabarberkuchen gegessen hat und nun mit nackten Füßen in einem wild strudelnden Bach steht, um sich zu erfrischen.

Christin war hochaktiv, und sie war eine «Anfasserin». Ständig streichelte, küßte, herzte, drückte sie ihre Freundinnen und Freunde, sie tatschte Leute an, schlug ihnen auf die Schulter, umarmte sie, boxte ihnen in den Bauch, klopfte ihnen auf den Rücken. Sie redete mit Händen und Füßen, wie man sagt, war immer in Bewegung, und wenn sie mal ruhig dasaß (was höchst selten vorkam), dann rollte sie mit den Augen, plinkerte mit ihnen, kniff sie zu, riß sie auf, stierte, starrte, blitzte; sie zog Grimassen, kaute auf ihrer Unterlippe, fuhr sich mit der Zunge von einem Mundwinkel zum anderen, und das nicht nur, wenn ein hübscher Junge in ihre Nähe kam.

Seit damals waren Isabelle und Christin Freundinnen. Beste Freundinnen, wie Isabelle niemals eine gehabt hatte. Zwar hatte sie bisher nichts für Isabelles Karriere tun können, doch in ihrem Leben machte sie sich unentbehrlich. Sie half ihr, Bewerbungen zu schreiben, sie bemutterte sie, pflegte sie, wenn sie Schnupfen hatte oder Ärger mit Remo; sie verbrachte jede freie Minute mit ihr, und Isabelle lernte von ihr alles, was sie für ihr künftiges Leben brauchte.

Oft gingen sie schon vormittags in eines der Straßencafés in St-Germain. Beide mochten sie den Herbst in Paris, sie zogen ihn dem so oft besungenen und die Touristen lockenden Frühling entschieden vor. Wenn es morgens noch kalt war, der Nebel über den Straßen lag und sich nur langsam auflöste, wenn die müde Sonne durch die Wolken brach, den naßglänzenden Asphalt der Boulevards trocknete, wenn die Bäume in den Straßen und Parks ein letztes Mal, bevor alle Blätter gefallen waren, wie Kupfer, Gold und Bronze leuchteten, wenn das Licht weich und schmeichelnd war und die Luft klar und trocken, dann verbrachten sie geruhsame Stunden der Muße. Am liebsten ließen sie im Café *Deux Margots* die Seele baumeln. Kaum hatte einer der Kellner die Stühle zurechtgerückt und mit einem kurzen geübten Schlag der Serviette die Krümel von den Tischchen gefegt, schwirrten sie wie Spatzen heran, bestellten Milchkaffee, setzten ihre Sonnenbrille auf und beobachteten die vorbeigehenden Passanten. Bevorzugt die Männer. Sie alberten herum wie Teenager. Ihr Spiel bestand darin, Männern Noten zu geben und sich dabei kaputtzulachen.

Meist gab Christin als erste eine Bewertung ab. «'ne klare Eins!»
«Bist du verrückt? Das ist 'ne Fünf, 'ne Sechs ... der sieht doch Scheiße aus!»

«Aber der Arsch! Der ist sen-sa-tio-nell. Guck ... guck ... och, jetzt ist er weg.»

«Wo du auch immer drauf achtest.»

So vergingen die Stunden, die Tage, die Wochen, die Monate. Abgesehen davon, daß Isabelle gelegentlich Mordgelüste gegenüber Remo verspürte – wenn er mal wieder nachts nicht nach Hause kam und eine idiotische Entschuldigung vorbrachte; wenn er ihr Vorwürfe machte, daß sie kein Geld habe; wenn er betrunken Sex wollte –, führte sie ein gutes Leben. Unbeschwert wie ein lockeres, leichtes Soufflé. Doch wie man weiß, fallen Soufflés leicht zusammen.

«Was machen wir denn jetzt?» fragte Christin.

Isabelle stöhnte auf, schloß die Augen und drückte ihre Hand gegen die Stirn. «Erst mal sterbe ich. Dann können wir weitersehen.»

Christin warf sich auf ihre Freundin, die vor Schreck anfing zu schreien, kitzelte sie und rief: «Wegen deinem Kopfweh? Sterben? Kommt nicht in Frage. Ich verbiete es!»

«Hör auf, Christin, bitte, hör auf ... mir ist wirklich elend.»

Christin ließ von ihr ab, stand auf und wühlte aus ihrer engen Hosentasche einen Plastikstreifen mit Tabletten heraus. «Das ist ganz gut, daß du Kopfweh hast. Dann weißt du wenigstens, daß du den Wein nicht mehr trinken darfst.»

«Sehr witzig.»

«Hier, nimm zwei davon.» Sie drückte die Tabletten durch die Aluminiumfolie und ließ beide in Isabelles Hand kullern.

«Stark?»

Christin nickte ernst. Dann ging sie in Richtung Küche. «Ich mache uns jetzt einen guten Kaffee», sagte sie im Gehen. «Wo ist Remo überhaupt?»

Isabelle erhob sich langsam. «Ein Shooting.»

«Na so was!» rief Christin aus der Küche und drehte den Wasserhahn auf. Wie üblich gluckerte, dröhnte und quietschte die Wasserleitung, als würde sie jeden Moment das alte Gemäuer aus den Angeln heben. Isabelle griff nach einem Glas, das vor ihr auf dem Boden stand, und spülte mit dem Rest Wein, der sich noch darin befand, die Pillen hinunter. Sie ging langsam zum Kamin, um das Baguette, das Christin dort hatte liegenlassen, in die Küche zu bringen. Dabei fiel ihr Blick auf die kleine Bronzestatue, die dort, vor dem Barockspiegel, ihren Platz gefunden hatte. Ein Geschenk von Carl, zum Abschied. Sie stammte aus den zwanziger Jahren und zeigte einen klapperdürren, hohläugigen Jungen mit Knickerbockern, ausgebeulter Jacke und einer Mütze auf dem Kopf. Er hatte knöchelhohe Stiefel an, an denen die Bänder fehlten. Seine Hände tief in den Taschen vergraben, stemmte er sich gegen den Wind. Einen Moment lang hatte Isabelle das Gefühl, sie betrachte sich selbst. Carl hatte diese Plastik immer besonders geliebt. Wenn man dem Jungen über die Wange strich, so hatte Carl damals erzählt, würde das Glück bringen. Silbrig blank war die Stelle in seinem Gesicht, so oft war sie schon berührt worden.

Auch Isabelle streichelte nun, wie so oft in der letzten Zeit, über sein Gesicht. Sie nahm die Statue dabei hoch und flüsterte: «Bring mir Glück!» Versonnen hielt sie die Figur eine Weile in der Hand. Im Sockel war seitlich die Signatur des Künstlers eingeritzt. Isabelle drehte die Statue um. Auf der Unterseite klebte ein vergilbter, mit Schreibmaschine geschriebener Zettel. Als sie ihn las, mußte sie lächeln. Dort stand: *Gestohlen bei Carl Trakenberg.*

## Kapitel 12

Remo kam am Abend desselben Tages sehr spät nach Hause. Es war schon stockfinster draußen. Vorsichtig wuchtete er seine Fototasche von der Schulter und ließ sie sanft zu Boden gleiten. Er versuchte leise zu sein, denn er glaubte, Isabelle schliefe bereits. Doch er irrte sich. Sie lag auf dem Sofa und las. Auf einem Eisenhocker, den sie neben das Sofa gerückt hatte, stand eine Tischlampe aus Milchglas, die gemütliches Licht auf ihr Gesicht warf. Sie sah schön aus. Remo beugte sich zu ihr hinunter und küßte sie.

«Tut mir leid», sagte er, «es hat länger gedauert!»

«Kein Problem.»

Erstaunt blickte Remo sich um. Isabelle hatte auf Anregung von Christin gemeinsam mit ihr die Wohnung aufgeräumt. Die Zeitschriftenberge waren vom Staub befreit und standen jetzt dekorativ sortiert nebeneinander in der Ecke. Die Wäsche hing frisch gewaschen und sauber duftend auf einer Leine, die Christin im Badezimmer über der Wanne gespannt hatte. Isabelle hatte gespült, gesaugt und die Fenster geputzt. Im Kamin brannten drei sorgfältig aufgestapelte Holzscheite und verströmten knisternd wohlige Wärme und Gemütlichkeit. Auf dem Markt hatte Isabelle knuffige Bunde von Babyrosen gekauft, die nun in Wassergläsern auf dem Kaminsims und dem Tisch standen. In den Fensternischen flackerten Kerzen in alten versilberten Leuchtern.

«Was ist denn hier passiert?»

«Ich habe ein bißchen Ordnung gemacht. Christin und ich fanden ...»

«Christin, soso.»

«Was hast du nur gegen sie?» Isabelle setzte sich auf.

Remo ging zum Kamin, nahm aus dem davorstehenden Weidenkorb ein Holzscheit und legte es ins Feuer. «Wieso?»

«Du sagst das in letzter Zeit immer in so einem Ton.»

«Ach was ... es nervt mich auf Dauer eben nur, daß ... daß ...»

«Was?»

«Sie hockt immer hier rum, sie ist ständig mit dir zusammen, sie hat dich völlig unter Kontrolle.»

«Sie ist meine Freundin.»

«Aber wir sind fast nie mehr allein. So wie früher.»

Er drehte sich zu ihr um, versuchte eine freundliche Miene aufzusetzen, aber das mißlang.

«Remo, hör auf. Wir sehen uns nur noch so selten, weil du ständig unterwegs bist. Das hat doch mit Christin nichts zu tun!»

«Na ja, einer muß ja das Geld verdienen.» Er ging durch die geöffnete Tür ins Badezimmer, in dem Licht brannte, und wusch sich die Hände.

Isabelles Stolz war empfindlich getroffen. Als Remo zurückkam, starrte sie nachdenklich in das lodernde Feuer. Er spürte, daß er sie verletzt hatte, ging zu seiner Fototasche, nahm eine Flasche *Veuve Cliquot*, seinen Lieblingschampagner, heraus und hielt sie hoch. «Schau!»

«Ich trinke heute sicher nichts!»

Er setzte sich neben sie. «War nicht so gemeint.» Lächelnd hielt er ihr die Flasche vor die Nase. «Hmm?»

Sie schüttelte den Kopf, ohne Remo anzusehen.

Endlich brachte er es heraus: «Wir haben ... nämlich was zu feiern!»

Er drückte ihr den Champagner in die Hand, und sie merkte, daß er nicht kalt genug war, um getrunken zu werden. Remo ging in die Küche, sie hörte ihn die Schranktüren klappen und Gläser herausnehmen. Mit zwei Kelchen kam er zurück, federnden Schrittes. Er blieb vor ihr stehen. «Endlich habe ich den ersehnten Auftrag! Die große Sache! ... Gib ...», er nahm ihr die Flasche ab, «... nimm ...» Er gab ihr die Gläser. «Moment!» Er löste die Metallfolie und drehte dann, mit Kennermiene und perfekt wie ein Sommelier, am Draht, bis er sich löste. Dann umfaßte er den Korken und ließ ihn langsam herausgleiten, während er Isabelle unverwandt ansah.

«Der wahre Gentleman ...»

Sie unterbrach ihn: «... küßt, trinkt und öffnet Champagnerflaschen geräuschlos. Ich weiß!»

Die Flasche schäumte über, Isabelle stand auch auf und hielt ihm die Gläser hin, während er einschenkte und weitersprach. «Ich mach eine Riesenstrecke, ein Weiß-Strecke, nur die Farbe Weiß, ja? So auf Raumfahrt, ganz *spacig*. Und nun kommt das Beste: mit Titel! Das wird mein erster Titel. Jetzt geht's los, glaub mir. Laß uns darauf anstoßen!» Strahlend hielt er ihr das Glas hin. Sie stießen an und tranken. Isabelle freute sich aufrichtig für Remo. Sie wußte, wie wichtig ihm der Erfolg war und wie sehr er seit Jahren eine solche Chance herbeigesehnt hatte. Er trank das Glas in einem Zug leer, warf die Arme hoch und drehte sich mit einem Aufschrei im Kreis. Das war es, was sie an ihm immer geliebt hatte, das war ihr Remo, den sie in letzter Zeit kaum noch hatte wiederentdecken können: das fröhliche Kind, der Clown, der glückliche Mann.

«Komm!» rief er und trat an eines der Fenster.

«Was kommt denn nun?»

«Nun bezwingen wir die Götter. Wir schmeicheln ihnen.»

Er öffnete die Fensterflügel, die mit einem verschnörkelten Messingbügel zusammengehalten waren. Dann nahm er ihr das leere Glas ab, füllte beide Gläser mit Champagner und warf sie hinaus. «Für die Götter!» rief er in die Nacht hinaus, und seine Stimme hallte in der Gasse wider und vermischte sich mit dem ohrenbetäubenden Klirren. «Pour ...»

«Silence!» brüllte jemand von unten.

Glück und Glas, wie leicht bricht das! An den Ausspruch Gretels mußte Isabelle in diesem Moment denken. Doch sie sagte nur: «Die schönen Gläser! Der schöne Champagner!»

Remo grinste. «Den können wir auch aus der Flasche trinken.» Wie zum Beweis setzte er sie sich sofort an den Mund.

Isabelle glaubte eine ganz neue Seite an Remo entdeckt zu haben. «Seit wann bist du denn so abergläubisch? Wie meine Mutter.»

«Oder wie du!» Mit feuchten Lippen versuchte er sie zu küssen, aber sie wehrte ab.

Isabelle schloß die Fenster wieder. Remo ging zum Liegestuhl und setzte sich hinein. Eine Weile sagten beide nichts. Isabelle war am Fenster stehengeblieben, hatte hinausgesehen, sich dann umgedreht und Remos Blick gesucht. Aber er war mit seinen Gedanken ganz bei sich. Wie immer eigentlich.

«Remo, hör zu ...»

«Ich weiß schon genau, wie ich's machen werde. Im Studio. Die ganze Fotografiererei draußen, in den Straßen von Paris, oh là là! c'est ça Paris, hängt mir zum Halse raus. Studio. Kalt. Klar. Modern: So muß das werden.»

«Remo!»

«Ja?»

Sie kniete sich neben ihn. «Ich möchte mit dir reden. Ich möchte, daß du mir zuhörst, richtig, verstehst du?»

Er nuckelte an der Champagnerflasche. «Das klingt ja dramatisch. Was hat denn meine Belle?»

«Ich bin irgendwie ... total ... unzufrieden mit meinem Leben. Ich fühle mich einerseits ungebunden, wenn ich es mit Hamburg vergleiche, aber andererseits ... so gefangen. Abhängig von dir. Ich habe kein eigenes Geld mehr, ich lebe seit Monaten schon auf deine Kosten ...»

«Auf meine Kosten. Ich habe doch auch nichts!»

«Aber du hast wenigstens ab und zu Arbeit. Ich finde keine, und ich leide darunter. Ich habe mir alles anders vorgestellt. Die große

Welt, Abenteuer, Erfolge ... Statt dessen gammle ich hier herum, warte auf dich, wie eine Ehefrau, ich will endlich mein eigenes Leben führen. Ich bin so schrecklich passiv ...», sie ließ den Kopf auf seinen Arm sinken, «lahm. Immer haben andere für mich gemacht und getan, ich kriege nichts selber hin, ich möchte endlich Arbeit finden. Eine Arbeit, die ich beherrsche, die mir Freude macht, mir Geld bringt und endlich mein Selbstwertgefühl ... mir wieder Mut macht. Mut! Verstehst du?»

Er streichelte sie.

«Verstehst du?» wiederholte sie.

«Was willst du tun?»

«Ich werde noch einmal intensiv alles probieren. Wenn ich bis zum Jahresende, oder sagen wir: bis zum Frühling nächsten Jahres, nichts finde, dann ... gehe ich zurück.»

Sie horchte dem Klang ihrer Worte nach. Remo guckte sie erstaunt an.

«Meinst du das ernst?» fragte er.

Sie nickte.

«Mich allein lassen?»

«Ich weiß nicht.»

Remo zog sie an sich und streichelte sie. Er war einer der wenigen Männer, der trotz aller Eitelkeit und Geschäftigkeit kein Autist war. Er wußte, wann man etwas sagen, wann man schweigen, wann man etwas tun mußte, kurz, er besaß das seltene Talent, im richtigen Augenblick das Richtige zu tun. Er schwieg einfach. Er ließ die Stille zu, gab Isabelle und sich Zeit, über das Gesagte nachzudenken. Das Kaminfeuer prasselte. Als habe er dazu den Auftrag, legte der Nachbar in der Wohnung über ihnen eine Schallplatte auf: Gedämpft und sentimental sang Yves Montand *Les feuilles mortes*, das Lied vom sterbenden Herbstlaub, das Isabelle so mochte. Sie wunderte sich über sich selbst. Sie hätte glücklich sein müssen. Sie hatte sich durchgesetzt. Sie war in Paris an der Seite des Mannes, den sie vergötterte, sie lebten wie die Bohemiens. Woher nur kam diese andauernde Sehnsucht, diese immer wieder aufbrechende Traurigkeit, in der sie versank? Sie hätte heulen können. Doch Remo sprach zu ihr mit leiser Stimme, machte ihr Mut, brachte sie zum Lächeln, zum Lachen. Er sprach weiter und immer weiter, von fernen Zielen und Träumen, er lullte sie ein mit seinen Worten, bis sie müde war und, ihren Kopf zwischen die harte Holzlehne des Liegestuhls und Remos Hand gebettet, einschlief.

Als Isabelle wenige Tage darauf am frühen Abend auf einer Bank im Jardin des Tuileries saß und auf Christin wartete, erfüllte sich ihr Wunsch. Sie las in Balzacs *Verlorenen Illusionen*, die ihr Christin geschenkt hatte und die sie förmlich verschlang. Sie war so vertieft in die Geschichte von Lucien de Rubempré, dessen Aufstieg und Sturz im Paris des 19. Jahrhunderts, daß sie nicht bemerkte, wie ihre Freundin leise hinter sie trat. Der Überraschungsangriff gelang: Christin drückte ihren ausgestreckten Zeigefinger in Isabelles Taille und schrie dabei: «Es lebe die Revolution!»

Isabelle ließ vor Schreck das Buch in den roten Sand fallen. Christin umarmte sie von hinten, drückte ihr einen Schmatzer auf den Kopf und kam um die Bank herum, während sie ohne Punkt und Komma auf Isabelle einredete. Sie habe heute vormittag einen Interviewtermin im Salon von Yves Morny und dessen rechter Hand, Madame Fillettes, gehabt, die dringend eine Schneiderin suchten. Für morgen früh, zehn Uhr, sei nun für Isabelle ein Vorstellungstermin gemacht, reine Formsache, Madame Fillettes habe ihr beim Abschied zuversichtlich und vielversprechend zugeblinzelt. Christin wollte die Sache sofort in ihrer Stammbrasserie begießen, doch Isabelle lehnte ab. Wie oft hatte sie sich in den vergangenen Monaten zu früh gefreut. So gingen sie statt dessen ins Kino und sahen sich einen gerade angelaufenen deutschen Film an – Wim Wenders' «Im Lauf der Zeit» –, der Christin so langweilte, daß sie trotz des Protestes der anderen Zuschauer anfing zu rauchen, Isabelle aber zu Tränen rührte.

Am nächsten Morgen ging sie aufgeregt in den Salon von Yves Morny, der hinter der Place Vendôme lag und so atemberaubend protzig war, daß Isabelle das Gefühl hatte, ihr würde eine Audienz beim Sonnenkönig gewährt. Tatsächlich erschien aber nur Madame Fillettes, eine kleine, dicke, unermüdlich plappernde Dame. Sie trug ein Spitzenkleid im Stil der Jahrhundertwende und schien alles daranzusetzen, sich mit ihrer vierreihigen Perlenkette zu strangulieren. Im Gegensatz zu ihrem Chef, der seinen Haß auf die Deutschen geradezu kultivierte, liebte Madame Fillettes alles Deutsche. Sie war einst, so erzählte sie ohne Zurückhaltung, als wäre Isabelle längst eine alte Freundin, mit einem Herrn aus München liiert gewesen, offenbar die Liebe ihres Lebens, und sie beherrsche sogar ein wenig diese seltsame Sprache: «Du bist eine Kackwurst!»

Auf dem Weg zu den Ateliers, zu denen sie, Isabelle im Schlepptau, mit kleinen, silbrighellen Stöckelschritten eilte, gab sie noch mehr Kostproben dessen, was ihr Liebhaber ihr beigebracht hatte und wovon sie, das war Isabelle sofort klar, kaum etwas verstand: «Isch liebe disch. Abär leidär bis du doff!» Das blonde Mädchen aus «Ambour» gefiel Madame Fillettes. Atemlos im Atelier angekommen, reichte sie ihr die Hand und erklärte, sie sei engagiert.

Von nun an änderte sich Isabelles Leben. Sie mußte jeden Morgen um sechs aufstehen, um pünktlich um halb acht in den Werkstätten des Couturiers Yves Morny zu sein. Sie lagen in den alten Häuserzeilen der Rue de Rivoli, man konnte aus den Fenstern in die Tuilerien schauen. Unten befanden sich die vornehmen Passagen mit ihren Geschäften, den Cafés und Mittagsrestaurants, in denen vornehmlich reiche Touristen verkehrten. Die Ateliers lagen im fünften Stock, direkt unter den Dächern. Es waren langgestreckte, ineinander übergehende Räume, in denen zwei Dutzend Näherinnen saßen und von morgens bis abends einer eintönigen Arbeit nachgingen, die gleichwohl Handwerk, Geduld und höchste Genauigkeit verlangte. Sie alle, Isabelle eingeschlossen, taten nichts anderes, als Kleider, Kostümjacken, Röcke und Roben zu besticken.

Yves Morny war einer der Großen seines Fachs, so wie Christian Dior, Paul Poiret, Nina Ricci und Coco Chanel es gewesen waren und Karl Lagerfeld oder Yves Saint Laurent es heute noch sind. Er huldigte der Kunst des Einzigartigen, seine Modelle waren wenigen Begüterten vorbehalten; kostbaren Juwelen gleich, machten sie aus jeder Frau, die sie trug, eine Königin.

Doch in dieser Zeit war die Welt der Mode im Begriff, sich völlig zu verändern. Bis dahin hatte die Haute Couture sie bestimmt. Es gab Kleidung für jedermann, und es gab die Pariser Haute Couture – Einzelstücke, individuell entworfen und für die Kundin nach Maß angefertigt. Die schönsten Schnitte, die besten Stoffe, die Knöpfe handgedrechselt, jedes Teil zu neunzig Prozent von Hand genäht. Die Anfertigung solcher Modelle dauerte bis zu hundert Arbeitsstunden, und am Ende kosteten sie soviel wie ein Automobil.

Seit Ende der sechziger Jahre sprach man auf einmal von der Demokratisierung der Mode. Die großen Modehäuser wandten sich mehr und mehr von der Haute Couture ab. Mit ihrer ganzen Kraft widmeten sie sich künftig der Prêt-à-porter-Mode, nach wie vor von Couturiers entworfen, doch nunmehr in Fabriken und in hohen Stückzahlen gefertigt, zu bezahlbaren Preisen und in allen Größen, «fertig zum Tragen», in Boutiquen verkauft. Die Elite produzierte Masse.

Yves Morny jedoch wollte sich dieser Entwicklung nicht beugen. «Ich bin ein Künstler», hatte er in dem Interview mit Christin gesagt und seinen handtellergroßen Pinscher mit dem Samthalsband heftig gekrault, «ich bin wie Renoir, meine Roben sind wie Gemälde, Mademoiselle, glauben Sie mir, ihren Zauber finden Sie nur im Original, niemals in den Kopien. Niemals.»

So kam es, daß Isabelle in den darauffolgenden Monaten jeden Tag, sogar samstags, die Treppen zu den Ateliers erklomm, sich an ihren Arbeitstisch setzte, von der Direktrice – sie mußte unwillkürlich an Alma denken und an Puppe Mandels Salon – das unfertige

Kleid ausgehändigt bekam, als handelte es sich um die Kronjuwelen der englischen Königin, und nähte und nähte und nähte. Sie hatte nur diese einzige Aufgabe: auf alles, was sie in den Händen hielt, entlang der mit Schablonen vorgezeichneten Linien kleine weiße Perlen oder Pailletten aufzunähen. Es hätten auch rote, gelbe, grüne sein können, doch in dieser Saison hatte sich Yves Morny für die Farbe Weiß entschieden, dieser Winter sollte ein Winter der Unschuld sein.

Nach dem Oktober kam der November, nach dem November der Dezember, danach begann das neue Jahr. Die Tage waren kurz, es wurde früh dunkel, und Isabelle mußte oft schon mittags ihre Tischlampe anknipsen, um im Schein des Lichts zu arbeiten. Kein Wort sprach man tagsüber untereinander. Von draußen drang der Pariser Straßenlärm herein. Unablässig gurrten die Tauben, die vor den Fenstern auf Dachvorsprüngen oder kupfernen Regenrinnen saßen. In der Ecke eines jeden Raumes stand ein bullernder Kachelofen, der trockene, brütende Hitze verströmte oder ausfiel, besonders an Frosttagen. Mittags gab es fünfzehn Minuten Pause; den Näherinnen blieb nicht einmal genug Zeit, das Haus zu verlassen. So saßen sie einfach stumm an ihren Tischen, aßen ein Stück Baguette und tranken aus mitgebrachten Thermoskannen Kaffee oder ein Glas Mineralwasser, vom Haus in karaffenähnlichen Flaschen auf einem nicht benutzten Zuschneidetisch bereitgestellt.

Es war fast wie ein Leben aus einer anderen Epoche. Als Isabelle eines Abends müde nach Hause kam und Remo von der Eintönigkeit des Tages und ihren Beobachtungen erzählte, winkte er verständnislos ab. Er konnte sich nicht vorstellen, daß Frauen heutzutage noch bereit waren, für einen Hungerlohn von ein paar Francs solche Arbeiten zu machen. Er fand, es sei ein unfaßbarer Widerspruch – hier die armen Näherinnen und dort die Roben, die mehr kosteten, als eine von ihnen im Jahr verdiente. Im Gegensatz zu Isabelle glaubte er auch nicht an ihre Aschenputtel-Geschichten: daß bestimmt jede der Arbeiterinnen, genau wie sie, den Traum vom Ruhm hege und dies nur ein Stück des Weges nach ganz oben sei, ein besonders steiniges.

Isabelle ging ins Badezimmer und betrachtete sich im Spiegel. Sie war blaß geworden, unter ihren Augen lagen Schatten. Frische Luft und Sonne sah sie nur noch an Sonntagen. Die Zeiten, als sie mit Christin in Straßencafés und Parks herumgehangen hatte, schienen vorbei zu sein. Seufzend drehte sie den Heißwasserhahn über der Badewanne auf. Es krachte und gurgelte in den Leitungen, dann sprudelte das Wasser. Isabelle goß Badeöl hinzu, zog sich aus, stieg in die Wanne und ließ sich vollkommen von der Wärme, dem Duft und der Ruhe umschließen. Nebenan legte Remo eine Schallplatte von Serge Reggiani auf, summte zufrieden mit und sortierte seine Fotos. Die Bilder, die er von den astronautenähnlichen Kleidern gemacht hatte, waren erfolgreich veröffentlicht worden.

«Der Knoten ist geplatzt!» hatte er zu Isabelle gesagt. Und tatsächlich: Er erhielt auf einmal so viele Aufträge, daß er sogar einige ablehnen mußte. Ein Agent meldete sich bei ihm und nahm ihn unter seine Fittiche. Christin unterlag plötzlich einem Sinneswandel. «Hab mich getäuscht!» behauptete sie gegenüber ihrer Freundin. «Er hat's doch!» Sie buchte ihn für eine Modeproduktion, die in der Karibik fotografiert werden sollte und die sie als Redakteurin begleiten würde.

Remo im Glück. Es ging bergauf mit ihm, und er sah keinen Grund dafür, nun noch Bescheidenheit zu lernen. Er drehte auf. Je mehr Erfolg er hatte, desto größer wurden die Mißtöne zwischen ihm und Isabelle. Sie hatte das Gefühl, in seinen Augen immer mehr zur kleinen Maus zu werden, die piepsend neben ihm herlief.

Isabelle nahm ein wenig Schaum in ihre Hand und pustete ihn durch das Badezimmer. Regenbogenfarbene Seifenblasen stiegen auf, schwebten schwerelos durch die Luft, zerplatzten. Sie tauchte mit dem Kopf unter, wieder hoch, strich die nassen Haare zurück und besah sich ihre Hände. Sie waren voller Schwielen, am Zeigefinger hatte sie eine Blase. Es war zum Heulen. Wieder mal.

Diese Monate im Atelier Morny reichten ihr dicke. Die Zeit schien stehengeblieben zu sein. Ihre Hoffnung, daß sie eines Tages Monsieur Morny ihre Entwürfe vorlegen würde, waren unrealistisch, das mußte sie inzwischen selbst einsehen. Sie hatte den Couturier noch nicht einmal zu Gesicht bekommen. Wahrscheinlich war der Mann noch nie in seinem Leben da oben in den Werkstätten gewesen. Die quirlige Madame Fillettes hatte sie, nachdem der Arbeitsvertrag unterschrieben worden war, auch nie wiedergesehen. Das war nun aus ihrem Wunsch geworden, Arbeit zu finden und Paris zu erobern. Am liebsten hätte sie alles hingeschmissen.

Trotzdem ging sie am nächsten Tag brav wieder ins Atelier, setzte sich still an ihren Platz, öffnete die Schubladen, nahm die Kästchen mit den Perlen und Pailletten heraus und setzte ihre Arbeit vom Vortage fort. Das Kleid vom Haken und aus der Schutzhülle nehmen, es über den Tisch legen, auf dem, damit es nicht verschmutzt wurde, eine Bahn mit Filz ausgebreitet lag. Den Stoff glattstreichen, den Faden auswählen und einfädeln, die Perle mit der Nadel aufspießen und sie akkurat hinter der letzten Perle annähen. Eine nach der anderen. Stück für Stück.

Knospen entstanden so auf den Roben, weiße Blätter, weiße Blüten; auf Schultern wuchsen Blumensträuße; Zweige umrankten Brüste; über Schultern und Rücken ergossen sich Feuerwerkskaskaden, spien chinesische Drachen Feuer, flatterten Vögel, glitten Schlangen.

Stündlich kam die Direktrice vorbei und prüfte, einer Aufseherin gleich, schlechtgelaunt die *exactitude*, die Akkuratesse der Arbeit. Keine farbige Perle durfte sich zwischen den weißen verirrt haben, nicht einmal eine roséfarbene; sie mußten fest angenäht sein, jedoch nicht so fest, daß der Stoff sich verzog. Isabelle, die geglaubt hatte, während ihrer Lehre in Hamburg eine Menge gelernt zu haben, die bis dahin fand, Alma habe sie ganz schön an die Kandare genommen, mußte feststellen, daß sie sich getäuscht hatte. Alles, was sie in ihrem späteren Leben brauchte – fachliche Kenntnisse, Fingerfertigkeit, Sorgfalt und Disziplin, vor allem aber die Einsicht, daß Erfolg darauf beruht, wieder aufzustehen, wenn man hingefallen ist –, das lernte sie in jenen Tagen in einem stickigen Atelier unter den Dächern von Paris.

## Kapitel 13

«Merde, merde, merde», rief Christin, rannte durch den Regen, sprang über zwei Pfützen und erreichte schließlich den schützenden Eingang der Brasserie *La Coupole*, wo Isabelle schon unter dem Vorsprung der überdachten Glasterrasse wartete.

«Das soll Frühling sein?» Christin riß sich die Baskenmütze vom Kopf. Die Freundinnen küßten sich zur Begrüßung. «Laß uns bloß gleich reingehen. Entschuldige, daß ich zu spät bin. Redaktionsschluß.» Sie wischte sich ein paar Regentropfen aus dem Gesicht und schniefte. Dann betrat sie, Isabelle vor sich herschiebend, das Lokal.

Es war, wie immer – und besonders am Abend – bummvoll. Isabelle fand, daß die *Coupole* etwas von einer Bahnhofshalle in den zwanziger Jahren hatte. Kellner mit runden Tabletts voller Meeresfrüchte auf zerstoßenem Eis rannten durch die Gänge. Sie plazierten die Tabletts auf Etageren aus Draht, drehten das Gebilde, um dessen festen Stand zu prüfen, und rasten zurück in die Küche. Die Gäste, die an den kleinen, schlicht eingedeckten Tischen auf Holzstühlen oder roten Lederbänken saßen, beugten sich vor und langten zu. Austern, Muscheln, Krebse, Langusten und Schnecken waren in drei Etagen aufgeschichtet, dazu gab es kleingeschnittene, gebutterte Schwarzbrotscheiben. Es herrschte ein sagenhafter Lärm. Drinnen war es mindestens ebenso laut wie draußen auf dem Boulevard Montparnasse.

Die jungen Frauen waren am Pult des Maître stehengeblieben, der würdig wie ein Papst und uncharmant, wie es nur eingefleischte

Pariser sein können, in seinem dicken Buch mit den weichen Seiten herumkritzelte, Gäste an Kellner weiterreichte, als wären es lästige Kinder, Speisekarten aus einem hölzernen Fach herausriß und das Garderobenfräulein hastig heranwinkte.

«Hast du reserviert?» fragte Christin leise.

Sie waren noch nicht an der Reihe. Vor ihnen stand ein amerikanisches Paar. Eine jahrelange Ehe hatte den Mann und seine Frau zusammengeschweißt. Sie kauten im selben Takt ihr Kaugummi, sie machten die gleichen Bewegungen, sie sahen sich ähnlich. Beide waren dick und so hilflos, als hätten sie noch nie zuvor den Mittelwesten verlassen. Ihr Partner-Look erinnerte an Statisten in einem John-Wayne-Film. Sie trugen Hemden mit Fransen, Lederbänder mit türkisfarbenen, in Silber gefaßten Steinbroschen um den Hals, Jeans und Cowboystiefel.

«Ich dachte, du hättest!» antwortete Isabelle.

Ihre Freundin schüttelte den Kopf.

«Na, dann danke bestens. Wir kriegen nie einen Tisch, guck dich mal um!»

«Ich bin ja noch nicht so blöd in der Hirse, daß ich nicht eine Lösung finde!» Christin zog ihren kurzen, schwarzen, weitschwingenden Regenmantel aus, schüttelte ihn wie einen Regenschirm (die Dame hinter ihr trat pikiert einen Schritt zur Seite), und reichte ihn Isabelle. «Warte mal!» Sie knöpfte ihre Bluse um drei Knöpfe weiter auf, schob die Amerikanerin beiseite und drängelte sich an den Tresen. Isabelle folgte ihr.

«No pos-*siblä*, Mister Misjöh?» radebrechte der Amerikaner.

Der Maître bleckte seine gelben Zähne und machte eine Handbewegung, die Bedauern ausdrücken sollte. «Votre nom, Monsieur?»

Der Amerikaner verstand nicht.

«Das liebt der Franzose», sagte Christin zischend, «jetzt kann er auftrumpfen gegenüber den verhaßten Touristen, die ihn ernähren.» Sie lehnte sich auf den Tresen. Der Maître zog eine Augenbraue hoch, sagte nichts und guckte voller Empörung auf Christins

Arm. Christin lächelte ungerührt und legte ihr Dekolleté fast vollständig frei. «Hi!» sagte sie zu dem Amerikaner. «May I help you?»

Der Maître stierte in Christins Ausschnitt. Sie legte ihre Hand auf seine Hand. «Ecoutez», gurrte sie, «mon cher ...» Der Maître hörte ihr zu. Innerhalb von zwei Minuten hatte sie alles geregelt. Das amerikanische Ehepaar hatte seinen Tisch, und sie und Isabelle hatten den ihren, direkt auf der anderen Seite des Ganges. Kaum hatten die Freundinnen sich ihre Zigaretten angezündet, kam auch schon der Kellner, schleppte einen Kübel heran, in dem Wasser schwappte und Eiswürfel klirrten, und servierte ihnen, auf Kosten des nun sichtlich zufriedenen Amerikaners, eine Flasche Champagner. Sie hoben dankend die Gläser, riefen laut «cheers» und «have a good time» und «enjoy!» und hatten an diesem Abend Freunde fürs Leben gewonnen.

«Der Champagner kommt gerade recht», erklärte Christin und drückte ihre *Gauloise* aus. «Was nimmst du?»

«Nur einen Salat und einen kleinen St-Pierre.» Isabelle klappte die Speisekarte wieder zusammen.

«Warum das denn?»

«Mir ist nicht wohl irgendwie. Ich bin so kaputt. Todmüde.»

Christin nahm ihre Aktenmappe, zog den Reißverschluß auf und wühlte darin herum. Ein Manuskript kam zum Vorschein, Fotos, ein Päckchen Zigaretten, Kaugummi, eine Sonnenbrille, ein rotweißes Nickituch, ein Stift, ein angebissener Apfel. Sie breitete alles vor sich auf dem Tisch aus, als wären es Kunstwerke einer Ausstellung. «Frauen und ihre Taschen ... hier», sie donnerte ein Päckchen Tabletten auf den Tisch, «A.N.1, darauf schwöre ich.»

Isabelle nahm die Schachtel hoch und besah sie skeptisch.

«Nein wirklich, die machen munter, du denkst, es ist früher Morgen, du bist gerade erst aufgestanden und ein herrlicher Tag liegt vor dir. Zwei. Mach hin!»

Isabelle tat, was Christin verlangte, und spülte mit Champagner nach.

«So, Belle, mein Schatz, und was ißt du jetzt?»
«Ich hab wirklich nicht so 'n Hunger.»
«Geld?»
Isabelle senkte den Blick.
«Ich lade dich ein, Belle! Heute ist ein besonderer Tag.»
«Ach, laß nur, nicht schon wieder. Ist lieb. Aber ich habe wirklich nicht so großen Appetit!»

Als der Kellner kam, um die Bestellung entgegenzunehmen, orderte Christin Langusten mit Mayonnaise als Vorspeise, danach gegrillten Petersfisch, dazu einen Salat und eine Flasche Sancerre.

«So werden meine Wünsche respektiert», maulte Isabelle.

«Wieso?» Christin nahm sich ein Stück Weißbrot. «Ich habe deinen Lieblingsfisch bestellt, ganz wie du es wolltest.» Als sie sich ein Stückchen Brot abbrach und in den Mund steckte, fiel ihr ein Krümel in den Ausschnitt. Sie sah an sich herunter und bemerkte, daß sie ihre Bluse noch nicht zugeknöpft hatte. «Und du sagst nichts!» schimpfte sie. «Obwohl ... warum heute nicht mal einen auf lasziv ...» Sie nahm das Sektglas, senkte die Lider und schlürfte den Champagner. Die Herren am Nebentisch, zwei Geschäftsleute, die mehr in ihre Unterlagen vertieft gewesen waren als in ihr Essen, schauten irritiert herüber. Christin schlüpfte aus ihrem linken Schuh und fuhr ostentativ an Isabelles Bein hoch. Isabelle war das unangenehm, doch ihre Verlegenheit spornte die Freundin nur an. Sie drückte ihren Busen hoch, griff sich in die Haare, sah zu den sprachlos staunenden Franzosen hinüber, stemmte den Ellenbogen auf den Tisch, stützte das Kinn in die Hand und starrte zurück. «So sind wir Frauen eben», sagte sie auf französisch und wandte sich wieder ihrem Champagner zu.

Isabelle zündete sich die zweite Zigarette an. «Du bist unmöglich.»

«Wer hat letzten Samstag in der Disko auf der Box getanzt?»

«Ich war betrunken.»

«Reichlich oft in letzter Zeit.»

«Aber du! Warum hast du überhaupt so gute Laune, Christin?»

«Tja», sie wurde ernst, «es ist etwas passiert. Du wirst es nicht glauben und dich vielleicht auch nicht so freuen können wie ich, aber das hier alles, dies ganze Paris-Gedöns, sagst du nicht immer Gedöns?...»

«Weiß ich nicht. Kann sein. Also was nun? Rede doch endlich.»

«... lasse ich hinter mir. *Moi*, ich gehe weg aus dieser Stadt. Ich gehe...» Stumm zeigte sie zu dem Tisch des amerikanischen Ehepaars, das sich gerade vom Oberkellner Eiswürfel in den Rotwein schaufeln ließ.

Isabelle verstand nicht sofort.

«Ich gehe nach Amerika, Mensch! Blöde Kuh. Gratulier mir! Ich gehe nach – tatata! Vergeßt mich, Französinnen und Franzosen: New York! Ich werde Moderessortleiterin bei *Linda* USA. So. Nun weißt du's. Jetzt dürfen die Langusten kommen.»

Isabelle war platt. Einen Moment lang durchschoß sie ein Gefühl von Neid. Der Gedanke, was für ein Glück ihre Freundin in den letzten Jahren stets gehabt hatte, wie unbeschwert sie immer gewesen war, wie unangestrengt sie arbeitete und wie sie trotzdem eine solche Karriere hinlegte. Aber dann überwog das Gefühl von ehrlicher Freude. Sie gönnte es Christin. Sie stand auf, ging zu ihr auf die Bank, gab ihr einen Kuß, umarmte sie und flüsterte ihr «toi, toi, toi» ins Ohr. Nun waren die Männer am Nebentisch sich vollends sicher, zwei lesbische Frauen säßen neben ihnen. Der Gedanke schien ihnen zu gefallen. Sie grinsten.

Isabelle ging an ihren Platz zurück. «Und ich bleibe allein zurück.»

Christin widersprach ihr nicht, sie sagte nicht «Du hast ja noch Remo», sie sagte gar nichts, sie guckte sie nur ernst an. Zum Glück kam der Kellner mit den Langusten, und sie begannen mit ihrem Souper.

Nach dem Essen gingen sie zu Fuß in Richtung Ile St-Louis.

Christin hatte darauf bestanden, Isabelle nach Hause zu bringen. Es hatte aufgehört zu regnen. Die Nacht war frühlingsmild. Die beleuchteten Brunnen der Stadt plätscherten. Verliebte schlenderten Arm in Arm über die Boulevards. Selbst der Verkehr schien sich sanft verhalten zu wollen, um die erwachende Natur nicht zu verschrecken. Ein feiner Glanz lag über dem nächtlichen Paris, und das war nicht nur dem Abendregen zu verdanken.

«Je länger ich darüber nachdenke, desto trauriger werde ich», sagte Isabelle. «Remo ständig auf Achse – auf Erfolgskurs –, du bald drüben, ich nach wie vor auf meiner Galeere. Ich hab's mir anders vorgestellt.»

«Lernst du da was?»

«Ja, schon, aber ...»

«Na, also.»

«Am liebsten würde ich hinschmeißen.»

Christin tippte sich mit dem Zeigefinger an die Stirn. «Tock, tock, tock! Du machst das mindestens ein Jahr, haben wir gesagt. Dann gucken wir weiter.»

«Gucken wir weiter. Du bist dann längst in New York. Hast mich vergessen.»

Christin schüttelte den Kopf und nahm ihre Hand.

Isabelle seufzte: «Fällt es dir denn gar nicht schwer, einfach so wegzugehen von hier, nach all den Jahren? Ich meine: Es ist doch dein Leben hier gewesen, das alles?»

«Doch. Doch es fällt mir schwer. Einerseits. Aber andererseits: Es ist eine wunderbare Chance, verstehst du? Die Chance meines Lebens. Mir war immer alles recht, was auf mich zukam, ich habe das Beste draus gemacht, egal, wie beschissen es auch gewesen sein mochte. Aber dies nun ist objektiv eine ... ja: Sensation!»

«Und deine Freunde. Wirst du sie nicht vermissen?»

«Welche Freunde?»

Isabelle war manchmal schockiert über die Eiseskälte, zu der ihre Freundin fähig war. «Ich zum Beispiel ...»

Christin blieb stehen. Isabelle auch. «Im Herzen gibt es keine Kilometer!» flüsterte Christin, umfaßte das Gesicht ihrer Freundin und küßte sie auf den Mund. Isabelle war diese Art von Nähe manchmal unangenehm, aber sie ließ es zu. «Du mußt mir versprechen, dafür zu sorgen, daß wir uns nie aus den Augen verlieren, Belle. Ganz gleich, was noch passiert. Ich habe dich immer lieb, egal, was du vielleicht eines Tages von mir denkst.»

«Was soll das denn jetzt?»

«Bin sentimental.»

Sie gingen jetzt über die Brücke, die auf die Ile St-Louis führte. Zwei junge Männer auf Vespas knatterten vorbei. Die Laternen warfen mit ihrem Licht gespenstische Schatten auf den Boden.

«Warum hast du eigentlich keinen Freund?» wollte Isabelle wissen. «Ich habe dich das noch nie gefragt, irgendwie hat es mich auch nie richtig beschäftigt, aber ...»

«Ich will mich nicht auch noch damit belasten!» erklärte Christin und lachte jeden weiteren Gedanken zu diesem Thema weg.

Als sie endlich vor dem Haus standen, in dem Isabelle wohnte, stellte die fest, daß sie ihren Schlüssel nicht dabeihatte. Sie drückte die Klinke der Haustür herunter. Die Tür war abgeschlossen. Bei einem Nachbarn zu klingeln war, abgesehen von der späten Stunde, unmöglich. Dem Alter des Hauses entsprechend, hatte es niemals eine Klingelanlage gegeben, und die Besitzerin vertrat entschieden die Meinung, man brauche auch keine.

Christin schmunzelte. «Macht nix. Wir finden eine Lösung.»

«Remo ist in der Provence ...», jammerte Isabelle.

«Die Olle ...», Christin meinte Madame, der das Haus gehörte und die im Erdgeschoß zur Linken wohnte, «ist bestimmt noch wach.»

«Es ist halb zwei!»

«Der Besen wird jetzt erst richtig kregel, glaub mir das.»

«Wie sollen wir sie wecken?»

«Wir klopfen an die Scheibe.»

«Wie willst du denn an die Scheibe klopfen?»

Christin stellte sich mit dem Rücken zur Hauswand, faltete ihre Hände wie zum Gebet, drehte sie um, so daß eine Art Körbchen entstand, und hielt sie vor Isabelles Knie. «Bitte einsteigen!»

«Hä?»

«So haben wir es als Kinder gemacht, ich meine, *Lübecker* Kinder waren so, *Luisendorfer* natürlich nicht. Das klingt ja auch schon so vornehm, nach Schloß oder wenigstens Gestüt ...»

Isabelle setzte ihren linken Fuß in Christins Hände. «Jon und ich haben es genauso gemacht, wenn du schon davon anfängst. «*Er* konnte mich tragen. Aber ob du das kannst ...?»

Ehe sie sich's versah, hatte Christin sie hochgewuchtet. Beide mußten kichern und wären am liebsten in lautes Gebrüll ausgebrochen, aber dazu war die Angelegenheit zu wackelig. Isabelle klopfte erst zaghaft, dann kraftvoll gegen das Fenster, und tatsächlich erschien nach einer Weile Madame. Sie öffnete das Fenster und fragte, was los sei. Dann kam sie angetippelt, um die Haustür aufzumachen. In ihrem Nachthemd, mit roséfarbenen, puscheligen Pantoletten und einem verfilzten grünen Wollschal um den Hals bot sie einen einigermaßen skurrilen Anblick. «Wie Oscar Wilde, der sich nicht entscheiden kann, ob er das Gespenst von Canterbury spielen soll oder eine Transe», bemerkte Christin. Madame zeigte sich freundlich und tätschelte Isabelle sogar die Wange: «La jeunesse, la jeunesse», murmelte sie und verschwand wieder in ihrer düsteren parfümierten Wohnung.

Mit einer herzlichen Umarmung verabschiedeten sich die Freundinnen voneinander. Isabelle blieb noch in der Haustür stehen und sah Christin nach, die, über das Kopfsteinpflaster tanzend, in der Dunkelheit verschwand. Ihre Silhouette – die Baskenmütze schräg auf dem Kopf, die fliegenden Haare, der Regenmantel, die Aktenmappe unter dem Arm, die langen Beine – war das, was Isabelle sich zärtlich von ihrer Freundin einprägte und im Gedächtnis behielt. Es war einer der wenigen kostbaren Momente in Isabelles Leben, in denen sie glücklich war und das Glück so stark empfand, daß sie es festhalten wollte. Sie lebte in diesem Augenblick nicht für das Morgen, sie dachte nicht an übermorgen, sie träumte nicht von einer fernen Zukunft: Die Gegenwart spürte sie, die ganze Kraft des Jetzt. Aufheben für schlechte Zeiten, dachte Isabelle, will ich dies Bild von Christin.

Langsam ging sie die Treppe hinauf und nahm den Wohnungsschlüssel unter der Fußmatte hervor. Sie erinnerte sich an Luisendorf und daran, daß ihre Mutter, wenn sie unterwegs war, den Schlüssel des Häuschens unter einem umgedrehten Blumentopf neben der Haustür aufzubewahren pflegte. Sie wollte sichergehen, daß ihr Kind jederzeit hineinkonnte. Immer wieder hatte Ida ihre Tochter ermahnt, im Notfall daran zu denken. Etwas vor anderen verstecken, auf jede bedrohliche Situation vorbereitet sein, Verabredungen treffen, für alle Fälle: von solcher Art waren die Ängste, die Ida an Isabelle weitergegeben hatte. Ängste und Rituale.

Sie schloß auf und betrat das Appartement. Es wirkte abweisend und leer. Die Heiterkeit des Abends, der Zauber der Nacht fielen von Isabelle ab. Plötzlich fror sie, fühlte sich müde, abgearbeitet, einsam. Sie wollte auf den Arm. Sie wollte sich geborgen fühlen. Auf einmal, als sie langsam durch den Raum ging, mußte sie an Jon denken. Was er jetzt wohl machte? Wie es ihm wohl ging? Sie legte sich im Dunkeln auf das Sofa, kuschelte sich an eines der Kissen, träumte sich davon, zu ihm. Dann fielen ihr die Augen zu, und sie schlief ein.

Einige Wochen später hatte der Frühsommer von Paris Besitz ergriffen, und auf der Galeere herrschten Temperaturen, die unerträglich waren. Eine der Perlenstickerinnen war mit einem Kreislaufkollaps hinter ihrem Arbeitstisch zusammengebrochen. Isabelle versuchte sich über die Arbeitsbedingungen zu beschweren, aber es nützte nichts und führte nur dazu, daß man strenger mit ihr wurde.

Im Leben kommt immer alles auf einmal, hatte Gretel oft gesagt, und Ida hatte in diesem Zusammenhang stets behauptet, das Unglück sei ein Triumvirat: «Es kommen immer drei Dinge zusammen.» So war es auch bei Isabelle. Kaum hatte sie im Atelier Rabatz gemacht, tauchte einen Tag später Monsieur Yves Morny auf, in Begleitung Madame Fillettes', seines Pinschers und einer Duftwolke von Jasmin. Letzteres hätte beinahe dazu geführt, daß auch noch die übrigen Arbeiterinnen aus den Latschen gekippt wären. Doch was überwog, war die gespannte Aufmerksamkeit. Tatsächlich war der Couturier noch nie in diesen Räumen gewesen, und unausgesprochen lag in aller Augen die Frage: Warum war er hier? Taten ihm die Mädels leid, wollte er ihre Arbeitsbedingungen verbessern? Wollte er ihnen imponieren, sie einschüchtern, eine mögliche Fortsetzung der Studentenrevolte in seinen Räumen verhindern? Wollte er überprüfen, wie die Arbeit an seinen neuen Entwürfen vorwärtsging?

Er ließ sich von der Direktrice die Abläufe erklären, durchschritt die Räume wie ein Zeremonienmeister bei Hofe, lächelte huldvoll, befühlte seine Kleider, als wären sie seine Babys. Nach der weißen Phase hatte er nun die rote Phase. In diesem Herbst sollten Paris und die Welt erfahren, daß die Haute Couture noch nicht am Boden lag, im Gegenteil, daß das Feuer der Inspiration weitersprühte und alle Zweifel verschlang. Fließend waren die Stoffe, weich die Schnitte, üppig die Stickereien, wie gehabt, und doch ganz anders – rot die Pailletten, rot die Perlen, rot wie Blut, rot wie die Liebe.

Isabelle war unaufmerksam an diesem Tag. Sie mußte ständig an Remo denken. Ein paar Tage zuvor war sie mit ihm – zum erstenmal in ihrem Leben – in der Oper gewesen. Und das kam so: Zwei Tage zuvor lag ein Couvert auf der Fußmatte vor dem Appartement. Christin hatte es mit einem Boten geschickt. Es enthielt zwei Karten für eine Aufführung der Mozart-Oper *Così fan tutte*. Dabei lag ein handgeschriebener Brief. Christin bedauerte, daß sie sich so lange nicht mehr bei ihrer Freundin gemeldet habe, und entschuldigte sich dafür. Sie befinde sich in ständigen Vorbereitungen für ihren Umzug nach New York. Deshalb habe sie auch keine Zeit, in die Oper zu gehen. Als kleine Entschädigung für ihre Untreue füge sie die zwei Billetts bei. Belle solle mit Remo hingehen, sie habe ihm den Opernbesuch bei ihrem letzten Treffen in der Redaktion schon avisiert. *Meine kleine Belle,* schrieb sie weiter in ihrer Krickelkrakel-Schrift, *ich würde so gerne mit Dir reden. Ich habe Dir soviel zu sagen. Aber es geht nicht. Wie ich Dir schon damals, an unserem wundervollen Abend im Coupole sagte: Vergiß mich nicht und verzeih mir. Christin.*

Den letzten Satz hatte Isabelle nicht verstanden. Doch ihre Freude über diese Überraschung war groß. Sie genoß den Abend in der Oper, hatte sich so elegant ausstaffiert, daß es sogar Remo auffiel, der in letzter Zeit nur noch mit sich selbst beschäftigt gewesen war und weder ein Wort noch ein Auge für sie gehabt hatte.

Danach waren sie zu Fuß durch die Avenue de l'Opéra in Richtung Palais-Royal gegangen, wo eine einfache Bar lag, in der sie noch einen Absacker trinken wollten. Isabelle hatte von Puppe Mandels Leidenschaft für Mozart erzählt und gestanden, daß sie bei der Arie «Un' aura amorosa» in Tränen ausgebrochen sei.

Remo hatte ihr nicht zugehört. Er war mit seinen Gedanken woanders. Sie spürte das und fragte nach. Und dann gestand er es: «Ich werde auch nach New York gehen.»

«Was?»

«Christin hat mir für ihre erste Produktion einen Job angeboten, ich habe ja gesagt.»

«Und ich?» fragte Isabelle, nachdem sie in der Bar angekommen waren und vor einem *rouge* am Tresen saßen.

«Du kannst nicht mit.»

«Wer sagt das?»

«Ich.»

«Das war ja schon immer so deine Art. Der Herr bestimmt, und ich habe zu folgen.» Isabelle war außer sich vor Zorn. Sie imitierte ihn: «Ich küsse dich jetzt, ich schlafe jetzt mit dir, ich nehme dich mit nach Paris ...»

«Genau. Und jetzt sage ich: Du bleibst hier.»

«Bist du verrückt?»

Er wollte lieb wirken, aber sein Lächeln verrutschte. «Im Ernst, Isa... was willst du da drüben? Es ist alles eine verrückte Idee ... Für mich als Fotograf ist es eine Chance, ein Versuch, kann schiefgehen oder auch nicht. Ich muß mich weiterentwickeln, ich kann nicht stehenbleiben. Gerade jetzt, wo es bei mir losgeht. Ein Fotograf braucht internationale Erfahrungen, Kontakte ...»

Sie unterbrach ihn heftig. «Ein Fotograf, ein Fotograf, ein Fotograf... Denkst du auch mal an mich? An uns?»

«Was meinst du, wie lange ich darüber gegrübelt habe, wie ich es dir sagen soll. Ich fand: so ehrlich wie möglich.»

«Toll!» Sie trank ihr Glas leer und bestellte sich bei dem Barmann mit einer Handbewegung ein zweites. «Und wahrscheinlich hast du längst alles mit Christin besprochen, und ich bin die Doofe und erfahre es als letzte.»

Er antwortete nicht auf ihre Vermutung. «Es ist ohnehin schwierig, eine Genehmigung zu kriegen, da zu arbeiten, Visum und so 'n Zeug. Ich probier's halt, und wenn's klappt und alles bingobotscho ist, sehen wir, ob du nachkommst.»

«Ich bin doch keine Schachfigur in deinem Leben. Remo, ich finde das unmöglich, wie du mir deine Entscheidungen unterjubelst. Wir sind zu zweit, ich bin dir hierhergefolgt, du hast auch Verantwortung mir gegenüber. So was bespricht man. Das entscheidet man nicht einfach.»

Plötzlich schlug er mit der Faust auf den Tresen und schrie sie an: «Wie oft? Wie oft willst du mir noch sagen, du seist mir gefolgt, du seist nur meinetwegen hier? Ewig machst du mir ein schlechtes Gewissen. Ewig meckerst du herum, darauf habe ich keine Lust, wirklich nicht. Du bist aus freien Stücken hierhergekommen. Weil du es wolltest. Genauso frei kannst du dich auch entscheiden, wieder nach Hamburg zurückzugehen, oder wohin auch immer. Hast es mir ja auch schon mal angedroht: ‹Wenn ich keine Arbeit finde, gehe ich zurück.› – Gleiches Recht für alle, oder? Ich hätte dir nie einen Stein in den Weg gelegt.»

«Großzügig. Als wenn es darum ginge.»

«Also leg du mir auch keinen in den Weg.»

Wie die meisten Frauen schüchterte es auch Isabelle immer wieder ein, wenn ein Mann brüllte. Sie fühlte sich dann schuldig. Im Unrecht. Laute, aggressive Männer machten sie sprachlos. Stumm trank sie ihren Wein und dachte nach. Sie konnte nicht glauben, was ihr widerfahren war. So kurz hintereinander erfahren zu müssen, daß ihre beste Freundin und dann auch noch ihr Freund sie verlassen würden, war ein Schock für sie. Hinzu kam die Angst vor dem Alleinsein in der großen Stadt Paris. Sie war wütend und verzweifelt. Und bei alledem beschlich sie ein komisches Gefühl, daß die Geschichte irgendwie zum Himmel stank.

Sie versuchte erneut, ihn zur Rede zu stellen. Doch es war zwecklos. Nachdem sie eine Weile mit ihm weitergestritten hatte, gab sie auf. Es war nicht so, daß ihr die Argumente ausgegangen wären, daß sie ihm nicht noch mehr Vorwürfe an den Kopf hätte knallen können oder daß sie schwieg, weil sie beleidigt gewesen wäre. Nein, sie redete nicht weiter, weil sie sprachlos war, weniger durch das, was er sagte, als dadurch, wie er es sagte. Sie spürte auf einmal eine zutiefst männliche Eigenschaft in ihm: Gleichgültigkeit. Alle Tränen, alle Wut und alle Verzweiflung wären an ihm abgeprallt, hätten Remo nicht mehr berührt. Er hatte nur noch sich selbst im Kopf und sein Ziel vor Augen. Dies war die Art, wie man seine Interessen durchsetzte, Erfolge machte. Er wollte nach New York. Alles andere war ihm egal.

«Isch bin eine Kackwurst!» flötete Madame Fillettes Isabelle amüsiert ins Ohr und holte sie damit wieder in die Wirklichkeit zurück. Neben ihr standen der Modeschöpfer und seine Direktrice und sahen ihr bei der Arbeit zu. Isabelle nickte ihnen höflich zu. Monsieur Yves Morny nahm den Ärmel der weiten, langen kragenlosen Abendjacke aus dicker Seide und betrachtete ihn. Isabelle unterbrach ihre Arbeit. Madame Fillettes, die mittlerweile den Hund des Modeschöpfers in den Armen hielt, erklärte ihrem Chef fröhlich plaudernd, was sie über die Näherin aus Deutschland wußte. Er nickte nur und nahm dabei die Jacke hoch. Zufrieden drehte und wendete er sein Werk. Dann hielt er inne und runzelte die Stirn. Er gab die Jacke ohne Kommentar an die Direktrice weiter, strich sich mit dem Zeigefinger und dem Daumen der linken Hand über sein Menjoubärtchen und sah Isabelle streng an. Sie hatte das Gefühl, wieder in der Schule von Luisendorf zu sitzen und vom Lehrer Rix eine schlechte Arbeit zurückzubekommen.

Die Direktrice zog eine Augenbraue hoch. Madame Fillettes versuchte am Modeschöpfer vorbei einen Blick auf die Jacke zu erhaschen. Die beiden Stickerinnen, die vor Isabelle saßen, hörten auf zu arbeiten und guckten neugierig herüber. Monsieur Yves Morny kräuselte die Lippen. Das schien nichts Gutes zu bedeuten. Erschrocken sah Madame Fillettes Isabelle an, und ihr Blick schien zu sagen: «O Gott, chérie, wir sind beide eine Kackwurst!»

Der Modeschöpfer zog mit einer wehenden Geste der Direktrice die Jacke aus den Händen und ließ sie mit spitzen Fingern auf Isabelles Tisch fallen. Dann tippte er wortlos auf den kleinen Bogen, den der Stiel der roten Nelke auf dem Stoff zog. Isabelle wußte nicht, was er meinte, und sah ihn fragend an. Stumm tippte er erneut auf dieselbe Stelle. Isabelle beugte sich vor. Nun sah sie es: Zwischen all die roten Perlen hatte sich eine vorwitzige in Rosé geschlichen, unbemerkt von Isabelle. Charmant versuchte sie mit einem angedeuteten Lächeln und Schulterzucken zu signalisieren, daß so etwas passieren könne. Doch an seiner strengen Miene merkte sie, daß es eben nicht passieren *durfte*.

Madame Fillettes legte entsetzt eine Hand vor den Mund, so als habe sie soeben einen Mord entdeckt.

Schon zwei Stunden später erhielt Isabelle durch die Direktrice ihre Kündigung. Sie habe schlampig gearbeitet. Die Wahrheit war natürlich, daß Monsieur Yves Morny keine Deutsche in seinem Atelier dulden wollte. Widerspruch war zwecklos, das wußte Isabelle. Sie packte die wenigen Sachen, die sie im Laufe der Zeit mit auf die Galeere gebracht hatte, verabschiedete sich von den Kolleginnen, die mitleidlos weiter ihre Pailletten und Perlen aufstickten, und verließ das Atelier.

Als sie wenig später ihre Wohnung betrat – es war früh am Abend und sie war seit Monaten nicht mehr so zeitig nach Hause gekommen –, warf sie sich aufs Bett und weinte. Sie weinte, weil sie sich ungerecht behandelt fühlte. Sie weinte, weil Remo nach New York gehen und sie allein zurücklassen würde. Sie weinte, weil sie erschöpft war. Vor allem aber, weil sie das Gefühl hatte, ihr Leben nicht mehr selbst zu steuern, sondern von einem unnachgiebigen Schicksal gelenkt zu werden. Die Zukunft erschien hoffnungslos.

Die Tränen verschafften ihr Erleichterung. Sie ging ins Badezimmer, wusch sich ihr Gesicht, schluckte eine von den Tabletten, die ihr Christin vor längerer Zeit gegen schlechte Laune dagelassen hatte, und kam ins Zimmer zurück. Am Fenster blieb sie stehen und lehnte ihre Stirn gegen die Scheibe, die angenehm kühl war. Die Tablette wirkte schnell.

Warum gehe ich nicht einfach mit nach New York, selbst wenn Remo es nicht will? dachte sie. Sie würde mit Christin darüber reden, schließlich war sie ihre beste Freundin. Sie könnte bei ihr wohnen. New York war der richtige Ort für Leute, die etwas wollten vom Leben. Christin würde ihr helfen, ja! Mit Remo würde sie Schluß machen. Was sollen wir uns mit Männern belasten, sagte Christin doch immer, und sie hatte recht damit. Ja. So sollte es sein. Jetzt war Schluß mit Selbstmitleid und Niederlagen.

Unten vor dem Haus fuhr ein Taxi vor und hielt. Remo stieg aus. Isabelle schaute auf ihre Armbanduhr. Um diese Zeit kam er sonst nie. Remo ging an die Kofferraumklappe, öffnete sie und nahm seine Fototasche heraus. Die zweite hintere Autotür ging auf.

Christin! Sie ging auf Remo zu, blieb dicht vor ihm stehen. Isabelle war irritiert. Was hatte das zu bedeuten? Angeblich arbeitete er doch in diesen Tagen für die *Marie France*. Die beiden unterhielten sich. Wahrscheinlich sprachen sie über den Start in New York. Isabelle wollte das Fenster öffnen, um die beiden heraufzurufen.

Da bemerkte sie, daß ihr Freund und ihre Freundin sich nicht unterhielten, sondern stritten. Es war ein heftiger Streit, Christin wollte in das Taxi zurück, aber Remo hielt sie zurück. Dann stockte Isabelle der Atem. Remo küßte Christin. Er nahm ihren Kopf zwischen seine Hände, ganz so, wie er es damals bei Isabelle in Hamburg getan hatte, drückte seinen Mund auf ihre Lippen. Christin erwiderte den Kuß. Isabelle kam es wie eine Ewigkeit vor, bis sie sich wieder voneinander lösten und Christin zurück ins Taxi stieg. Der Wagen fuhr ab und Remo, der Oberflächliche, der Überlegene, der Männliche, blieb mitten auf der Straße stehen und winkte und winkte und winkte, bis das Taxi am Ende der schmalen Straße hinter einer Kurve verschwand.

Ich sterbe, dachte Isabelle und trat vom Fenster zurück.

Nein, antwortete eine Stimme in ihr in strengem Ton, du stirbst nicht.

«Doch», murmelte sie und fing auf einmal an zu zittern, «ich sterbe!»

Nein. Du wirst ihn töten. Du wirst sie töten. Du wirst beide töten und den Rest deines Lebens in einem französischen Frauengefängnis verbringen, aber sterben wirst du nicht.

Isabelle lief in die Küche, goß den Rest einer Flasche Malt Whisky in ein Wasserglas und trank es in einem Zug leer. Sie hörte Remos Schritte im Treppenhaus. Er pfiff fröhlich ein Chanson. Die Fußmatte wurde hochgeklappt, der Wohnungsschlüssel ins Schloß gesteckt und herumgedreht. Dann ging die Tür auf.

Isabelle verlor kein Wort über das, was sie eben gesehen hatte, als Remo fröhlich das Appartement betrat und seine Lebensgefährtin begrüßte. Isabelle ließ sich nichts anmerken. Sie war wie immer.

## Kapitel 14

Der Selbstmord seiner Mutter hatte Jons Wesen verändert. Sein Leben nahm eine völlig neue Wendung. Hatte er einst davon geträumt, Schriftsteller zu sein, und sich dann entschieden, Lehrer zu werden, wollte er nach dem Tod von Hanna Rix nichts anderes mehr als Medizin studieren. Schuldgefühle quälten ihn nach wie vor. Nie wieder wollte er in einer solchen Notsituation so hilflos dastehen. Arzt zu werden erschien ihm der einzig richtige Weg für seine Zukunft zu sein. Er bewarb sich um einen Studienplatz und erhielt ihn. In Hamburg.

Mit gemischten Gefühlen kam er in die Stadt, in die er eigentlich hatte ziehen wollen, um mit Isabelle zusammenzusein. Er hatte ihr den Brief, mit dem sie Schluß gemacht hatte, und ihre Reaktion nach dem Tod seiner Mutter noch nicht verziehen. Isabelle hatte ihm einen so tiefen Schmerz zugefügt, daß die Wunde lange nicht heilte. Er spürte keinen Haß, aber ihr Verhalten war ihm ganz und gar unverständlich.

In jenem Frühjahr, als Isabelle ihre Schneiderinnenlehre beendet hatte und nach Paris gegangen war, begann er sein Studium. Er bezog ein kleines Zimmer zur Untermiete in der Nähe der Universität. Mit ganzer Kraft warf er sich in seine Studien, denn sie lenkten ihn auf angenehme Weise ab, stillten seinen Wissenshunger und brachten ihn seinem Ziel näher. Doch Isabelle konnte er nicht vergessen. Ein wenig schämte er sich dafür, daß er auf ihre vielen Anrufe und Briefe nie reagiert hatte. Einmal fuhr er hinaus zur Elbchaussee und stand einen ganzen Abend lang vor der Villa der Trakenbergs, starrte von der gegenüberliegenden Straßenseite auf das Eisentor und hoffte ... er wußte nicht einmal genau, was. Doch nichts geschah.

Dann lernte Jon auf dem Campus Hellen kennen. Sie erinnerte ihn ein wenig an Isabelle. Sie war hübsch und blond und fröhlich, hatte Intelligenz und Herzenstiefe, liebte ebenso wie Jon die Natur, interessierte sich für Literatur, Musik und Malerei. Vor allem aber studierte sie, genau wie er, Medizin, und die beiden verbrachten fortan ihre Zeit im Hörsaal und über den Fachbüchern gemeinsam. Sie verliebten sich ineinander.

Hellen stammte aus dem kleinen friesischen Fischerdorf Dangast, wo sich einst viele Maler getummelt hatten (als sie acht Jahre alt war, hatte der Maler Franz Radziwill ihr im Schwimmbad gesagt, sie habe süße, knuddelige Beine, seither schwärmte sie für den Surrealismus) und das dann zu einem bekannten Badeort geworden war. Ihre Mutter war Holländerin, ihr Vater stammte aus dem nahe gelegenen Städtchen Varel und besaß drei Krabbenkutter, von denen er mit einem selbst auf die Nordsee hinausfuhr und fischte. Gemeinsam hatten sie sieben Kinder, Hellen war die Älteste. Da sie früh Verantwortung für ihre Geschwister hatte übernehmen und ihrer Mutter zur Seite stehen müssen, war sie ein praktisch veranlagter, pflichtbewußter und zupackender Mensch und außerdem ein Familientier. Sie liebte es, viele Menschen um sich zu haben, sie pflegte ihre Freundschaften und war hilfsbereit, wann immer man ihre Hilfe brauchte. Für Jon war es ein wunderbares Gefühl: Auf einmal hatte er, der Kümmerer, jemanden an seiner Seite, bei dem dieser Wesenszug noch ausgeprägter war als bei ihm. Doch zu Hellens handfester, erdverbundener Seite kam eine flirrende, heitere, manchmal sogar verrückte, die ihn ebenso faszinierte. Hellen wäre gern Schauspielerin geworden, so wie er Schriftsteller, und an manchen Abenden dachten sie sich kleine Stücke aus, sie spielte ihm eine Rolle vor und versuchte, ihn zum Mitmachen zu bewegen. Nicht nur zu Hause in Jons Bude, sondern auch nachts auf der Straße oder in einer der Kneipen, in denen sie bis in die Puppen herumsaßen und alberten.

Hellens Geschmack war auf unerklärliche Weise auffällig, nicht schrill, sondern eher derb, und Jon brauchte Zeit, sich daran zu gewöhnen. Sie haßte ihre glatten Haare und hatte es sich zur Gewohnheit gemacht, sie einzudrehen, wann immer die beiden vorhatten auszugehen. Stundenlang lief sie dann mit ihren Lockenwicklern in den Haaren oder einem Lockenstab in der Hand herum. Sie war keine Schlampe, pflegte aber konsequent ihren eigenen Stil. Locken wollte sie haben, Wellen, weiches, feminines Haar, das perfekt sitzen mußte, notfalls durch Einsatz mehrerer Liter Haarspray. Sie tuschte sich die Wimpern schwarz und bog sie mit einer Wimpernzange hoch. Ihren Mund schminkte sie kirschrot, ihre holländischen Apfelbacken, wie Jon die ausgeprägten, stets leicht geröteten Wangen nannte, gab sie mit Farbe eine zusätzliche Intensität. Anfangs benutzte sie zu ihren blauen Augen auch noch blauen Lidschatten, aber das redete Jon ihr aus. Hellen trug meist enge Jeans und dazu stets hochhackige Schuhe – sommers Korksandalen mit dicken Blockabsätzen und schwarzen Lackriemchen, die ihre feuerroten Fußnägel besonders gut zur Geltung brachten, winters Pumps in sämtlichen Pastellfarben. Sie liebte Fußkettchen und Armkettchen aus Silber, fein wie Engelhaar. Zu engen, kragenlosen Rippenpullovern knotete sie große Seidentücher um den Hals, Kopien berühmter Marken wie Chanel oder Hermès – das sei das Französische an ihr, erklärte sie. Ihre Parfüms mußten süß und schwer sein, Zurückhaltung legte sie auch da nicht an den Tag: «Sonst kann ich es ja gleich lassen!»

Als Hellen, die ein Jahr älter als Jon war, ihm gestand, daß sie ein Kind erwarte, war er glücklich. Sein Leben hatte für ihn eine erfreuliche Wende genommen. Er heiratete Hellen. Die Zeremonie auf dem Standesamt in Altona war schlicht. Anders wollten sie es nicht, was besonders Hellens Eltern enttäuschte, die ansonsten mit der Wahl ihrer Tochter hoch zufrieden waren. Zwei Kommilitonen – neugewonnene Freunde –, Hellens Eltern, drei ihrer Schwestern sowie Jons Vater waren die einzigen Gäste.

Hellen brach ihr Studium ab, und das Ehepaar bezog eine Altbauwohnung, die auch für eine dreiköpfige Familie ausreichend Platz bot. 1973 wurde ihr Kind geboren. Es war ein Junge. Hellen wollte ihn Boy nennen. Jon fand das albern und plädierte für Philip. Sie hatten ihren ersten – und einzigen – Streit und lösten ihn auf ihre Weise: Ihr Sohn wurde auf den Namen Philip Boy Rix getauft.

Das Geld, das Hanna Rix ihrem Sohn nach ihrem Selbstmord hinterlassen hatte, von einem Bankfilialleiter in all den Jahren geschickt angelegt, ermöglichte der Familie ein bescheidenes, doch sorgenfreies Leben. Um das Einkommen, das aus einmal jährlich ausgeschütteten Zinsen bestand, aufzubessern, fuhr Jon nebenher ab und zu Taxi oder übernahm gelegentlich in einem Krankenhaus die Nachtwache. Letzteres nützte ihm sehr für sein Studium, denn er konnte auf diese Weise praktische Erfahrungen sammeln und sich in den ruhigen Nachtstunden in seine Bücher vertiefen.

In einer dieser Nächte wurde er durch Klingeln an ein Krankenbett gerufen. Als er das Einzelzimmer betrat, blieb er überrascht in der Tür stehen. Ida Corthen, Isabelles Mutter, war es, die nach ihm gerufen hatte. Sie wußte im ersten Moment nicht, wer er war, aber als er an ihr Bett trat und sie ansprach, erkannte sie ihn. Gerührt nahm sie seine Hand und berichtete ihm, sie sei wegen einer Herzgeschichte hier, nichts Ernstes zwar, aber doch etwas, das die Ärzte zu beobachten wünschten. Sie könne nicht schlafen und brauchte eine Tablette. Jon ging in das Schwesternzimmer, holte ein Schlafmittel und ein Glas Wasser, kam zu Ida zurück und setzte sich, nachdem sie mit der Hand auf den Bettrand geklopft hatte, zu ihr.

Ida stellte das Medikament beiseite. Auf einmal war sie nicht mehr müde, sondern hellwach. Sie wollte alles über Jon wissen. Er erzählte es ihr. Dann sprach Ida über ihr Leben. Sie habe es gut getroffen bei den Trakenbergs, erklärte sie, Carl habe ihr hier im Krankenhaus das Einzelzimmer spendiert, damit sie sich in Ruhe von ihrer Erschöpfung auskurieren könne. Sie sprach von den Trakenbergs wie von ihrer eigenen Familie, plauderte darüber, wie gut die Geschäfte liefen, daß Carls Tochter Vivien sich verlobt habe und in München Jura studiere, wie gut es Gretel Burmönken gehe.

Nach und nach kam Ida auf alte Zeiten zu sprechen. Sie erinnerte sich an Luisendorf, an all die kleinen und großen Aufregungen jener Tage, und mit jedem Satz näherte sie sich, vorsichtig und zögernd, dem Thema, das ihr und Jon am meisten am Herzen lag. Die Nacht war schon fast vorüber, das Licht der Nachttischleuchte wurde blasser, während sich draußen die Schwärze auflöste, und endlich kam sie auf Isabelle zu sprechen. Kaum etwas höre sie noch von ihrer Tochter! Es sei ganz gewiß ein Fehler gewesen, damals wegzugehen, aber auf die Mutter höre ein Kind ja selten, und jeder müsse seine eigenen Fehler und Erfahrungen machen. Bitterkeit schwang in ihren Worten mit. Jon stellte ihr viele Fragen und erfuhr dabei, daß es Isabelle offenbar nicht gutging. Zwar wußte Ida nichts Genaues, aber Mütter hatten Antennen, wenn es um die Sorgen ihrer Kinder ging, und sie spürte, auch ohne daß Isabelle es ihr ausdrücklich schrieb, daß etwas nicht stimmte.

Schließlich ging die Nacht zu Ende. Die Vögel fingen an zu zwitschern. Hinter den Kronen der Bäume im Krankenhauspark stieg langsam die Sonne herauf. Die Pappeln, Buchen und Eichen bekamen Konturen, wie von Hand gefertigte Schattenrisse. Sonnenstrahlen blitzten zwischen den Zweigen auf, der Wind ließ sie blinken, als gäben sie Morsezeichen: Der Tag ist da, der Tag ist da. Morgenrot ergoß sich über die Blätter, tauchte sie in tausend Töne, eine Symphonie von Farben. Schließlich war es hell. Es versprach, ein schöner Tag zu werden.

Ida fielen vor Müdigkeit fast die Augen zu. Jon verabschiedete sich und versicherte ihr, daß er bald wieder vorbeikommen würde. Sie freute sich darauf. Sie mochte ihn. Er gehörte zum Guten in Ida Corthens Vergangenheit.

Als Jon erschöpft nach Hause kam, fand er noch eben die Kraft, mit seiner Frau ein paar Worte zu wechseln und kurz mit seinem Kind zu spielen. Dann schlief er auf dem Sofa im Wohnzimmer ein. Hellen deckte ihn mit einer Wolldecke zu, nahm Philip auf den Arm und verließ leise den Raum.

Sechs Stunden schlief Jon. Er träumte von Isabelle. Es war ein schrecklicher Traum, ein Alptraum, und er wachte schweißgebadet auf. Nachdem er sich geduscht, rasiert und angezogen hatte, setzte er sich zu Hellen in die Küche und erzählte ihr von seiner überraschenden Begegnung mit Ida Corthen. Seine Frau kannte die ganze Geschichte mit Isabelle. Sie war nicht der Typ, der auf Vergangenes eifersüchtig war, und sie tat gut daran, gelassen und interessiert zuzuhören. Denn in Jons Wesen gab es eine seltsame Mischung von Sturheit und Treue. Er konnte nicht vergessen, was Isabelle ihm angetan hatte. Aber er fühlte sich ihr auch nach wie vor verbunden. In seinem Kopf reifte, noch während er Hellen gegenübersaß, eine Tasse Tee trank und redete, eine Idee, die sich am darauffolgenden Tag noch verstärken und zu einem konkreten Plan wandeln sollte.

Den ganzen nächsten Tag verbrachte er in der Universität. Abends hetzte er ins Krankenhaus, weil er wieder Nachtdienst hatte. Sein erster Gang – nachdem er sich kurz bei der Stationsschwester gemeldet und seine Jacke in den Schrank im Schwesternzimmer gehängt hatte – führte ihn zu Ida Corthen. Sie hatte Besuch. Es war Gretel Burmönken, die ihr, weil man den «Krankenhausfraß» ja nicht essen könne, etwas Selbstgekochtes gebracht hatte und gerade gehen wollte. Es gab ein großes Hallo, als sie Jon sah; sie drückte ihn, gab ihm einen Kuß und hörte nicht auf, sich darüber zu begeistern, was für ein fabelhaft aussehender Mann er geworden sei und wie sehr sie sich freue, ihn wiederzusehen und zu erfahren, daß er auf dem Wege sei, Arzt zu werden.

Während Ida alt geworden war, schien sich Gretel überhaupt nicht verändert zu haben. Vielleicht lag es daran, daß Menschen mit fröhlichem Naturell uns durch ihre glückliche Ausstrahlung ihr Aussehen vergessen lassen, während bei Melancholikern jeder Kummer, den sie empfinden, Spuren im Gesicht hinterläßt.

Jon begleitete Gretel hinaus. Während sie den langen Krankenhausflur entlanggingen, nutzte Gretel die Gelegenheit, über Isabelle zu sprechen. Sie machte sich große Sorgen, genau wie Ida. Doch während Isabelles Mutter gewisse Dinge verdrängte, brachte Gretel sie schonungslos zum Ausdruck. Jemand müsse Isabelle ins Gewissen reden, jemand, dem sie vertraue. Das Kind – sie lächelte, Kind! – habe sich seit Wochen nicht mehr gemeldet und offenbar jeden Halt verloren, wobei ihr verdammter Stolz sie daran hindere, das gegenüber den Menschen, die sie liebte, einzugestehen. Die Botschaft war klar, und sie stieß bei Jon auf fruchtbaren Boden.

Als Gretel und er draußen vor dem Krankenhausgebäude standen, öffnete sie ihre Handtasche, nahm ihr Notizbuch und einen Bleistift in die Hand, kritzelte auf ein Blättchen Papier Isabelles Adresse in Paris, riß es heraus und gab es Jon.

Einige Tage lang schleppte Jon den Gedanken mit sich herum. Einerseits sehnte er sich danach, Isabelle wiederzusehen. Es drängte ihn, ihr zu helfen. Das Versprechen von damals kam ihm wieder in den Sinn, in seinem Brief, in dem die getrocknete Seerose lag: *Ich werde immer für Dich dasein.* Andererseits war es aus vielen Gründen eine verrückte Idee, nach Paris zu fahren. Weder finanziell noch zeitlich konnte er sich eine solche Reise leisten. Er hatte eine Frau, die ihn brauchte, und ein Kind. Er mußte studieren. Es gab eine Fülle zusätzlicher Verpflichtungen. Und außerdem: Was sollte er nach all der Zeit sagen, wenn er Isabelle gegenüberstehen würde? Hatte er überhaupt ein Recht, sich in ihr Leben einzumischen? Er entschied sich dagegen, nach Paris zu fahren. Den Zettel mit Isabelles Adresse zerknüllte er und warf ihn weg.

Am Freitag der folgenden Woche sollte Ida Corthen entlassen werden. Jon hatte erfahren, daß, abgesehen von einer Herzschwäche, nichts Schwerwiegendes festgestellt worden war. In der Nacht von Donnerstag auf Freitag mußte er wieder zum Dienst im Krankenhaus und hatte vor, sich dann von Ida zu verabschieden. Am Donnerstag morgen, es regnete in Strömen und man hatte das Gefühl, der schöne Herbst sei schon wieder vorbei, sprach ihn Hellen unvermittelt an. Warum er eigentlich nicht am übernächsten Wochenende, wenn sie mit Philip zu ihren Eltern nach Dangast fahren würde, die Gelegenheit nutze, um nach Paris zu reisen? Paris sei eine schöne Stadt, und alten Freunden müsse man helfen. Jon war perplex.

Er wußte damals noch nicht, was für eine lebenskluge Frau Hellen war – sie verstand es auf wunderbare Weise, sich in die Gefühle anderer Menschen hineinzuversetzen, besonders derer, die sie liebte. Auf diese Weise war sie ihrem Gegenüber immer einen Schritt voraus. Sie vertrat im stillen die Meinung, das Geheimnis einer langen Ehe beruhe darauf, daß man sich niemals trenne. Dies wiederum war ihrer Ansicht nach nur möglich, wenn nicht nur Liebe und Respekt die Säulen einer Partnerschaft waren, sondern auch Freiheit. Die Schatten der Vergangenheit, glaubte Hellen, müsse man nicht verscheuchen. Man müsse sich ihnen nur stellen. Isabelle, das war ihr klar, war so ein Stück Vergangenheit, mit dem jede Frau an der Seite eines Mannes leben muß. Hellen hatte beschlossen, Isabelle auf diese Weise die Hand zu reichen. Sie schickte ihr Jon. Jon war ein Helfer. Wenn es ihm gelang, Isabelle in ihrer Lebenskrise zu helfen, würde er zufrieden zurückkehren. So einfach lag die Geschichte für sie.

Und so einfach war sie auch. Schon eine Woche später machte er sich, ohne daß Isabelle etwas davon ahnte, mit seinem knatternden VW-Käfer auf den Weg von Hamburg nach Paris, aufgeregt und gleichzeitig besorgt, sie wiederzusehen.

## Kapitel 15

Carl Trakenberg, der nichts von Isabelles Sorgen und Nöten wußte oder ahnte, hatte ihr einen Brief geschrieben und, um ihr eine Freude zu machen und ihr zu zeigen, daß er inzwischen keinen Groll mehr gegen sie hegte, einen kleinen Scheck beigefügt. Seine Zeilen waren knapp, aber herzlich, und er verkniff sich darin nicht die Bemerkung, daß sie diesen finanziellen Zuschuß sicher nicht mehr benötige, weil sie mittlerweile den Olymp erklommen habe.

Isabelle konnte darüber nur bitter lachen. Das Gegenteil war der Fall. Remo war weg. Weder hatte sie ihm erzählt, daß sie ihren Job bei Monsieur Yves Morny verloren hatte, noch das Thema New York erneut berührt. Isabelle hatte einfach keine Lust mehr, mit ihm zu streiten. Reisende soll man nicht aufhalten, hatte Gretel immer gesagt, und das stimmte. Isabelle hatte ihn nicht einmal auf die Sache mit Christin angesprochen. Ihr Stolz war größer als ihre Neugierde und ihre Wut.

Ein paarmal hatte Christin auf verschiedenen Wegen – Remo und Isabelle hatten keinen Telefonanschluß – versucht, sie zu erreichen, um sich von ihr zu verabschieden, aber Isabelle hatte es geschickt verstanden, eine Begegnung zu vermeiden.

So war sie plötzlich auf sich allein gestellt. Sie schwankte zwischen zwei Gefühlen: aufgeben oder weitermachen? In Paris bleiben oder zurück nach Hamburg gehen? Sie konnte schon hören, wie sich alle die Mäuler zerrissen. Sie ahnte schon, was ihre Mutter sagen würde. Nein, diese Niederlage wollte sie nicht erleben. Und was hätte sie schon in Hamburg tun können? Mit Puppe Mandel hatte sie es sich verdorben. Carl Trakenberg, ihr Förderer, hatte seine Enttäuschung über sie auch noch nicht überwunden, das merkte man schon aus dem spöttischen Ton seines Briefes. Der würde auch nichts mehr für sie tun. Sie war eine gescheiterte kleine Schneiderin, die zu große Rosinen im Kopf gehabt hatte. Wer sollte ihr in Hamburg Arbeit geben, ihr Talent noch fördern wollen? Isabelle entschied sich, weiter in Paris ihr Glück zu versuchen.

Es war Oktober, und das Glück ließ auf sich warten. Mehr noch: Es ging Isabelle mieser und mieser. Sie fühlte sich vollkommen kaputt, sie schleppte eine Grippe mit sich herum, das Wetter war schlecht, das Geld ging zur Neige. Sie hatte einen Job in der Brasserie gefunden, die ihre Stammkneipe gewesen war. Der Wirt war ein mürrischer Choleriker, aber er half ihr. Für ein paar Francs arbeitete sie zwei Tage die Woche als Aushilfe in der Küche, spülte das schmutzige Geschirr, servierte ab und zu, wenn der alte Kellner ausfiel, an Tischen, an denen sie früher gesessen und gegessen hatte. Doch das, was sie verdiente, reichte nicht, um die Miete und ihren Lebensunterhalt zu zahlen. Mittlerweile ernährte Isabelle sich nur noch von dem, was in der Küche der Brasserie für die Angestellten abfiel. Bei Madame mußte sie zu Kreuze kriechen, um einen Aufschub zu bekommen. Seit drei Monaten war sie nun schon mit der Miete im Rückstand.

Es regnete seit Tagen. Isabelle registrierte nur noch die häßlichen Seiten der Stadt. Alles war grau, schwarz, eintönig und naß. Sie hatte keinen Regenschirm mehr, irgendwann einmal hatte sie ihn irgendwo stehenlassen. Einen neuen zu kaufen, konnte sie sich nicht leisten, also ging sie vollkommen ungeschützt durch die Stadt. Sie fühlte sich wie einer der Clochards, die Paris zu Hunderten bevölkerten, entlang der Seine, in den Parks, auf den Boulevards, unter den Brücken. Für Isabelle waren sie nun nicht mehr die pittoresken Figuren, die mit einer Rotweinflasche in der Hand, zahnlos und unrasiert, in Gruppen zusammenhockten und diskutierten und die Klischeevorstellungen von Paris anreicherten. Sie waren arme Schweine wie sie selbst.

Als sie an diesem Abend über die Brücke zur Ile St-Louis ging, blieb sie stehen und sah hinunter auf die Seine. Sie hatte den Fluß nie gemocht. Daß er in Chansons besungen wurde, fand Isabelle lächerlich und kitschig. Dieser Strom, der sich da durch Paris quälte, war weder so lebendig noch so vielseitig wie die Elbe, ja, nicht einmal schön. Die Seine war trübe, dunkel, dreckig – ein Totenfluß wie der Ganges. Isabelle hielt sich am Geländer fest. Ihr war schwindelig. Sie mußte jetzt nur über die Brüstung klettern und springen – dann wäre alles vorbei. Einen Augenblick lang dachte sie darüber nach. Wer würde über sie weinen, wer würde sie vermissen? Ihre Mutter vielleicht. Sonst niemand. Es war ein schrecklicher Gedanke, sie wischte ihn fort, wie die Regentropfen, die über ihr Gesicht liefen. Ein Peugeotfahrer, der mit eingeschalteten Scheinwerfern die nasse Brücke überquerte, verlangsamte die Fahrt und hupte heftig. Er riß Isabelle aus ihren Gedanken, sie sah zu ihm hinüber. Er winkte und forderte sie zum Einsteigen auf. Ärgerlich drehte sie sich weg und ging weiter. Der Mann setzte seine Fahrt in die andere Richtung fort.

Sie bog nach links in die Straße ein, in der sie wohnte. Kein Mensch war draußen, das Wetter war zu schlecht. Vergeblich schienen die Straßenlaternen in dieser trüben Suppe Licht verströmen zu wollen; sie sahen aus wie die Positionslampen von Kähnen auf hoher See. Selbst die Häuser wirkten dunkel. Ihre Fassaden kamen Isabelle vor wie abweisende, finstere Gestalten, die sie mit bösen Mienen des Weges verweisen wollten.

Sie fing an zu laufen. In ihrer Phantasie hatten die Häuser Arme und Hände, die nach ihr greifen wollten. Atemlos und naß bis auf die Haut erreichte sie endlich ihr Zuhause und lehnte sich gegen die Eingangstür. Das Herz schlug ihr bis zum Hals. Sie mußte husten. In der Tasche des langen Jeansmantels, den ihr Christin vergangenes Jahr geschenkt hatte, suchte sie nach einem Taschentuch.

Doch sie fand keines. Isabelle ging hinein, am Ende ihrer Kräfte. Sie machte nicht einmal Licht. Im Hausflur roch es nach geschmortem Kaninchen. Ein Kind heulte. Irgendwo lief ein Radiogerät. Langsam, Stufe für Stufe, ging Isabelle nach oben. Ihre Bronchien schmerzten. Verdammt, warum tat das so weh? Sie faßte sich an die Brust, atmete tief durch. Ruhig, Mädchen, dachte sie, ruhig. Gleich bist du in deiner Wohnung, gleich kannst du dir einen Tee kochen, dich auf dein Sofa legen, dich ausruhen ...

Eine Stimme aus dem Dunkeln, eine warme, schöne, vertraute Stimme, eine Stimme aus den glücklichen Tagen, an die sie sich kaum noch erinnern konnte, drang an ihr Ohr, wie Honig, wie Milch und Honig, wie Sonne, wie Angekommensein, wie Liebe:

«Na, kommen wir immer so spät nach Hause?»

Sie sah auf und glaubte ihren Augen nicht zu trauen. Auf dem Treppenabsatz vor ihrer Wohnungstür saß, vom spärlichen Schein aus dem Lichtschacht beleuchtet – Jon. Groß, stark, fremd, nah. Er erhob sich und reichte ihr die Hand, um sie die letzten Schritte zu sich hinaufzuziehen. Noch während er ihre Hand hielt, drehte er sich um und schaltete die Treppenbeleuchtung an. Sie spürte, daß er sie zur Begrüßung umarmen wollte, nun aber, da er sie sah, erschrocken innehielt. Sie war bleich, mit tiefen Schatten unter den Augen, die Haare fielen in nassen Strähnen herunter, sie wirkte älter, als sie war, ihre Kleidung sah vernachlässigt aus. Man sah ihr das Unglück an, das an ihr klebte, wie Leim, sie sah fürchterlich aus, und sie wußte es.

«Isabelle!» brachte Jon schließlich heraus.

Beide sprachen einen langen Moment gar nichts, sahen einander nur an, als würden sie sich gegenseitig Millimeter für Millimeter wie mit einem Tonband oder einer Filmkamera aufnehmen, als müßten sie sich alles einprägen für später einmal. In Wahrheit wußten sie nur nicht, was sie sagen sollten. Unter Isabelles Füßen bildete sich eine Regenpfütze. «Was machst du denn hier?» fragte sie.

«Ich wo... wo... wollte dich... Ich wollte dich besuchen.»
«Mich besuchen?»
«Du bist ja ganz naß!»
«Wie bist du denn hierhergekommen?»
«Mit meinem Käfer. Steht draußen.»
«Ein Käfer?»
Er nickte. «Steht direkt vor der Tür. Ich bin schon vor zwei Stunden angekommen.»
«Ich habe gar keinen gesehen. Vor zwei Stunden?»
Die Tür des gegenüberliegenden Appartements öffnete sich, und eine junge Frau im Afro-Look trat heraus. Ihr folgte ein Mann Mitte Zwanzig, der mit seinen Stiefeletten, einem engen, weißen Westenanzug, mit einem schwarzen, offenen Polyesterhemd, dessen Kragen er dekorativ über das Jackenrevers gelegt hatte, und mit seinen geölten dunklen Haaren aussah, als wollte er John Travolta Konkurrenz machen. Beide nickten Isabelle und Jon freundlich zu und schoben sich, während sie unablässig und seltsam beschämt ständig «pardon, pardon» sagten, an ihnen vorbei. Isabelle hörte, wie die Frau, während sie mit wippendem Kleidchen klackernd die Stiege hinabstöckelte, ihrem Begleiter leise erklärte, daß dies die seltsame Deutsche sei, von der man nicht wisse, wie sie sich ihren Lebensunterhalt verdiene.

Isabelle faßte sich. «Entschuldige, Jon, entschuldige.» Sie nahm den Schlüssel unter der Fußmatte hervor, schloß die Tür auf, machte Licht und bat ihn herein.

Jon erschrak, nachdem er die Tür geschlossen und sich umgesehen hatte. Der Raum war fast leer.

«Ich wohne ziemlich spartanisch.» Isabelle warf ihren nassen Jeansmantel auf das Sofa, außer ihrem Bett das einzige Möbelstück, das Remo ihr gelassen hatte. Sie ging in die Küche. «Ich fürchte, ich kann dir nicht mal was anbieten.»

Jon folgte ihr. Sie öffnete den Kühlschrank. Er war leer.

«Macht doch nichts», erklärte Jon nicht sehr überzeugend. «Ich habe unten im Auto noch ein bißchen Proviant, ich hole ihn rauf, nicht viel, etwas Obst, ein, zwei Brote und ein paar Süßigkeiten, die mir ...», er wollte sagen: «Die mir Hellen eingepackt hat», aber er traute sich nicht, in diesem Moment darüber zu reden.

«Ah», raunte Isabelle und zog aus einem Küchenregal eine Flasche Rotwein, «das haben wir wenigstens noch.» Sie lächelte Jon an, konnte nicht fassen, daß er hier war. Hier in Paris. In diesem Moment ihres Lebens. «Ach, Jon ...» Weiter kam sie nicht. Ihr wurde erneut schwindelig. Sie setzte sich auf die Fensterbank, denn sie hatte nicht einmal mehr Stühle in der Küche.

«Bin gleich wieder da.» Jon verschwand.

Eilig erhob sich Isabelle. Ich muß entsetzlich aussehen, dachte sie und raste ins Badezimmer. Rasch wusch sie sich Hände und Gesicht, rubbelte die Haare trocken und kämmte sie. Dann ging sie in ihre Schlafkammer, um sich etwas Frisches anzuziehen. Noch ehe sie fertig war, kam Jon zurück. «So ein Wetter in Paris», rief er durch die geöffnete Tür. «Ich hab's mir anders vorgestellt.»

«Ja, es kommt immer anders, als man denkt, nicht wahr?» rief Isabelle zurück. «Könntest du den Wasserkessel aufsetzen? Ich brauche unbedingt einen heißen Tee!»

«Schon gemacht.»

Während sie in ihre Jeans schlüpfte und einen dicken Pullover überzog, hörte sie Jon in der Küche poltern. Es war ein köstliches Gefühl, es war wohlvertraut, es war das Gretel-Burmönken-ich-bin-wieder-zu-Hause-Gefühl, und für eine Sekunde war Isabelle glücklich. Jon war da! Jon! Der geliebte Freund!

Sie kam ins Wohnzimmer. Er stand mitten im Raum und grinste, die Hände in den Taschen. «So», sagte sie, «jetzt kann ich dir wenigstens richtig guten Tag sagen!» Sie hatte sich vorher mit einem Rest von «Eau Sauvage» von Christian Dior eingesprüht, einem leichten, zitronig-frischen Herrenduft, den sie seit Jahren trug. Sie kam auf Jon zu, umarmte ihn und gab ihm einen Kuß auf die Wange. «Ich bin noch ganz platt!»

Ehe er etwas antworten konnte, heulte der Wasserkessel auf, und sie rannten in die Küche. Gemeinsam bereiteten sie sich von den kärglichen Resten ein Abendessen zu und stellten es auf ein Tablett. Jon arrangierte die Brote, die noch übrig waren, auf einem handbemalten provenzalischen Käseteller, legte ein Stück Salatgurke dazu, daneben die Reste einer Tafel Schokolade, die er in kleine Stücke zerbrach. Isabelle goß den Tee auf und nahm zwei Tassen aus dem Schrank. Jon öffnete die Weinflasche. Als Isabelle noch ein Glas mit Cornichons entdeckte, schraubte Jon es auf und legte die Gürkchen in eine kleine Schale.

«Nicht viel, aber besser als nix», meinte Isabelle, als beide besahen, was auf dem Tablett stand. Dann gingen sie ins Wohnzimmer zurück. Isabelle mußte niesen.

«Kalt ist es bei dir, Isa», sagte Jon, «habt ihr keine Heizung?»

Sie sah ihn an.

«Ist was?» wollte er wissen. «Hab ich was Falsches gefragt?»

Sie schüttelte den Kopf. «Isa ... hat so lange keiner mehr zu mir gesagt. So freundlich.» Sie ließ den Kopf sinken.

Er kam zu ihr, schob mit seinem Zeigefinger, den er unter ihr Kinn gelegt hatte, ihren Kopf wieder hoch und sah sie an.

«Ich lebe allein, Jon. Ich bin allein. Remo hat mich verlassen. *Wir* gibt es nicht mehr.» Sie lachte plötzlich hell auf, weil ihr bewußt wurde, trotz aller Sorgen, was für ein Glück sie hatte: Jon war da. «Und eine Heizung habe ich auch nicht.»

Er grinste. «Na, das fängt ja super an! Mein Paris-Wochenende.»

Isabelle zeigte auf den Kamin. «Das ist meine Heizung. Bloß ... ich habe kein Kaminholz mehr», sie machte eine Handbewegung wie ein Spieler, der alles verloren hat, selbst den letzten Groschen aus den Hosentaschen. «Kein Geld. Wir werden frieren müssen.» Sie ging in die Knie, um vom Tablett, das zu ihren Füßen stand, die dicke, gemütliche Kanne zu nehmen und sich und Jon von dem Tee einzugießen.

Jon kam eine Idee. «Ich sehe, du hast auch keine Bücher mehr, bis auf den Stapel auf der Fensterbank, warum nehmen wir nicht die ollen Regalbretter da?»

Wenig später, nachdem Jon mit ziemlicher Brutalität die Bretter zertreten und zerbrochen hatte, brannte im Kamin ein gemütliches Feuer. Sie saßen auf dem Sofa, hatten ihr Abendbrot verzehrt, den Tee ausgetrunken und genossen nun die vertraute, wohlige Atmosphäre, schlürften den Rotwein, und Isabelle erzählte und erzählte. Dann fragte sie Jon aus. Sie war von seiner Geschichte überraschter als er von ihrer. Sie mochte erst gar nicht glauben, daß der junge Kerl da, ihr Freund aus Kindertagen, dieser einst so schüchterne Junge, Ehemann war. Ehemann und Vater. Erstaunt war sie auch darüber, daß er nun Medizin studierte und Arzt werden wollte. «Komisch, wie unterschiedlich sich unsere Leben entwickelt haben, nicht? Bei dir so kontinuierlich nach oben, bei mir, na ja ... willst du noch etwas Wein?»

Er nickte. Sie schenkte ihm nach. Dann erklärte er ihr, wie er überhaupt darauf gekommen war, sie aufzusuchen. Er sprach über seine Krankenhausnachtdienste, über Ida Corthen und Gretel Burmönken.

Isabelle erschrak: «Ich wußte ja gar nicht, daß meine Mutter im Krankenhaus war.»

«Es geht ihr wieder gut.»

«Sie schreibt mir ja nie, außer zum Geburtstag. Und zu Weihnachten.»

«Schreibst du ihr denn?»

Isabelle senkte schuldbewußt den Kopf. Sie war keine besonders liebevolle und verantwortungsbewußte Tochter gewesen in den letzten Jahren. Sie war überhaupt nichts gewesen, nicht einmal eine gute Freundin. Plötzlich überkam sie das heulende Elend. Aber sie wollte vor Jon nicht weinen, ihnen nicht den schönen Abend und das wundervolle Wiedersehen verderben. Doch Jon spürte, wie unglücklich seine Freundin war, wie sehr sie auch das schlechte Gewissen plagte. Und die Angst vor der Zukunft. Es war der richtige Moment, dachte er, um darüber zu reden. Sie sprachen stundenlang. Ob es Erschöpfung war, Einsicht oder Jons Überzeugungskraft – am Ende sagte sie *ja*, als er sie fragte, ob sie nicht morgen mit ihm zurückfahren wolle. Er sprach aus, was sie ohnehin schon so lange dachte.

«Wirf deinen Stolz über Bord. In Hamburg freuen sich alle auf dich. Sie haben dich vermißt, Isabelle, sie lieben dich. Keiner wird dir Vorwürfe machen, alle werden sich freuen. Und dich vielleicht auch ein bißchen bewundern, daß du so lange durchgehalten hast.»

«Meinst du?»

«Aber ja!»

«Ach, Jon.» Sie kuschelte sich an ihn. Sie war ein bißchen betrunken. Sie hätte ihn gern geküßt.

Er wurde etwas gerader im Kreuz. «Isabelle», sagte er, «paß auf, damit es von Anfang keine Mißverständnisse zwischen uns gibt: Ich bin, das habe ich dir gesagt, verheiratet. Und zwar glücklich. Ich bin ein treuer Mensch.» Er kratzte sich an der Nase. «Weißt du ja.»

Sie verbrachten den Rest der Nacht wie gute Freunde – getrennt. Sie wollte ihm ihr Bett überlassen, aber er zog es vor, auf dem Sofa zu schlafen. Am nächsten Morgen organisierte er Kaffee und Croissants, und nachdem sie zusammen gefrühstückt hatten, begann Isabelle ihre Sachen zusammenzupacken. Jon unternahm in der Zwischenzeit eine kleine Rundfahrt durch Paris, er war zum erstenmal in der Stadt und voller Entdeckerfreude.

Während der Stunden, die er unterwegs war, erledigte Isabelle, was zu erledigen war. Sie suchte die Hausbesitzerin auf und erklärte ihr die Umstände, bat sie darum, ihr die noch ausstehende Miete von Deutschland aus überweisen zu dürfen. Madame willigte ein, machte ihr die Rechnung fertig und notierte, während sie in ihrem plüschigen Salon hinter dem Schreibtisch saß, die Bankverbindung auf ein Blatt Papier. Schließlich wünschte sie ihr Glück und verabschiedete sie im Treppenhaus. «La jeunesse, la jeunesse» war das letzte, was Isabelle sie zirpen hörte, während sie wieder nach oben in ihr Appartement ging.

Am Nachmittag kehrte Jon zurück. Er sprudelte förmlich über von all den Eindrücken, die er mitbrachte, und nahm sich vor, noch einmal in Ruhe wiederzukommen. Isabelle hatte mittlerweile alles, was für ihre Abreise vonnöten war, erledigt. Zunächst überlegten die beiden, ob sie die lange Strecke tatsächlich noch an diesem Sonntag zurücklegen sollten, und Isabelle überkamen für einen Moment Bedenken, ob ihre Abreise nicht etwas überstürzt sei, aber dann entschied sie sich schließlich doch dazu, den in der vergangenen Nacht besprochenen Plan in die Tat umzusetzen. Sie schleppten das Gepäck hinunter. Es ließ sich kaum in dem Käfer verstauen. Isabelle war erstaunt darüber, wieviel sie noch besaß – obwohl sie doch sicher war, arm wie eine Kirchenmaus zu sein. Ein paar Dinge, das Sofa und das Bett vor allem und Gegenstände in der Küche, ließen sie zurück. Isabelle hatte Madame zuvor um Erlaubnis gefragt, und die alte Dame, die schon Remo gegenüber so großzügig gewesen war, hoffte nun auf einen milden Ausgleich und erlaubte ihrer Mieterin, die Sachen dort zu lassen.

Dann machten sie sich auf den Weg. Sie hielten kurz an einer Telefonzelle, um Isabelles Mutter anzurufen und ihr mitzuteilen, daß sie nach Hause käme. Ida war kurz angebunden, doch das überraschte Isabelle nicht. Sie führte es auf die Überrumpelung zurück und darauf, daß Ida es nicht gewöhnt war, Ferngespräche zu führen.

Während sie danach die Stadt durchquerten, die Peripherie erreichten und schließlich die Autobahn, war Isabelle sehr schweigsam. Sie blickte aus dem Fenster. Das war also der Abschied. Sang- und klanglos. Obwohl man sich doch eigentlich niemals umdrehen sollte, tat Isabelle es doch. Hinter ihr, im kleinen, ovalen Ausschnitt des Volkswagenfensters, funkelte fern das nächtliche Paris. Isabelle schneuzte sich.

«Aber jetzt heulst du doch nicht?» fragte Jon laut, denn der Motor machte einen Höllenkrach.

«Mein Schnupfen ist schlimmer geworden!» erwiderte Isabelle.

Und während die Stadt kleiner und kleiner wurde, schrumpfte auch der Groll gegen sie, und die Traurigkeit in Isabelles Herz verwandelte sich in Vorfreude und Hoffnung. Allmählich wurde sie mutig, wie ein kleiner Junge, der eben jemandem davongelaufen ist, der ihn vermöbeln wollte, und insgeheim schmiedete sie bereits einen Plan: «Ich komme wieder, Paris, und dann werd ich's dir zeigen!»

## Kapitel 16

«Da draußen», hatte Christin Laroche einmal zu Isabelle gesagt und dabei auf den Platz vor dem Bistro gezeigt, «da draußen muß jeder von uns allein durch. Wer das nicht begreift, hat verloren.» Es war einer der wenigen bitterernsten Momente gewesen, die sie mit Christin verbracht hatte. Aber der Wein war so weich, das Kerzenlicht brannte so ruhig und in der Ecke des Bistros spielte eine Frau mit rostroten Haaren so schön das Akkordeon, daß Isabelle nicht richtig begriff, was ihre Freundin meinte, und schnell vergaß, was sie gesagt hatte.

Da draußen: Das sind die anderen, das ist der Kampf und, mit Kraft und Glück, der Sieg. Isabelle hatte nicht gewonnen. Sie hatte in Paris alles verloren. Doch ihr Leben war ihr geblieben, und mit ihm ihr Mut, ihr Wille und die Erkenntnis, daß man harte Zeiten überstehen kann und muß. Isabelle spürte, während sie neben Jon saß, der stur das Lenkrad festhielt und die Straße im Auge behielt, daß nun bessere Zeiten beginnen würden. Und sie wußte: Wenn sie mit ihm zusammen war, befand sie sich im Freundesland. Er war die Quelle, aus der sie Kraft tanken und sich an Geborgenheit laben konnte. Er war ihr Glück. Sie hatte es mit Füßen getreten, und trotzdem war er zu ihr gekommen und hatte sie erlöst. Isabelle sagte ihm, was sie dachte und empfand. Er winkte ab. «Wir wollen nicht mehr darüber reden, okay?»

Mehr als zwölf Stunden fuhren sie: über Autobahnen, die in kaltem Gelb erleuchtet waren, über düstere belgische Landstraßen, passierten Grenzen; an einer Raststätte in der Nähe von Aachen machten sie im Morgengrauen halt und schliefen zwei Stunden im Auto, am späten Montagvormittag kamen sie schließlich in Hamburg an. Isabelle hatte Fieber, doch sie ließ sich nichts anmerken. Jon war völlig erschlagen, alle Knochen taten ihm weh, doch er zeigte es nicht.

Endlich hielten sie vor dem Trakenbergschen Anwesen. Die Hecke war noch höher gewachsen als früher, von der Villa sah man nichts. Isabelle stieg aus und streckte sich. Es war sehr kalt in Hamburg. Zwar schien die Sonne, aber es wehte ein eisiger Wind. Unter ihren Füßen knirschte das gefrorene Herbstlaub. Jon ging gähnend nach vorn an den Wagen, öffnete die Kofferraumklappe und wuchtete Isabelles Gepäck heraus.

Sie nahm ihre Sachen von der Rückbank. «Du brauchst es mir nicht reinzutragen, oder willst du noch schnell auf einen Kaffee mit hineinkommen?»

Er schüttelte den Kopf. «Ich will nach Hause, nimm's mir nicht übel. Ich schreibe Mittwoch eine Klausur und habe noch nichts gelernt. Außerdem», er knallte den Kofferraumdeckel zu, «will ich meine Frau sehen. Und meinen Sohn. Verstehst du das?»

«Natürlich.» Sie umarmte ihn. «Du Lieber. Danke!»

Jon stieg ein. «Ich melde mich. Du mußt uns besuchen kommen.»

Sie nickte und winkte ihm nach, als er davondüste. Dann griff sie sich zwei der Koffer, schritt zum Eisentor, das nur angelehnt war, trat dagegen und ging hinein. Zu Hause! Sie ließ die Koffer sinken und atmete die kühle Luft tief ein. Endlich zu Hause! Warum hatte sie sich nur so lange dagegen gesperrt? Sie konnte sich selbst nicht verstehen. Sie blinzelte. Die Rotbuche, die linker Hand gestanden hatte, war gefällt worden. Auf dem Weg zum Haus lag neuer Kies. Sie blickte zum Eingang. Da sah sie ihre Mutter, die gerade aus der Tür getreten war, mit einem Wassereimer und einem Scheuerbesen. Ida trug ein geblümtes Kittelkleid und hatte um ihren noch schmaler gewordenen Kopf ein Tuch geknotet. Sie schüttete das Wasser auf die Stufen und begann, mit krummem Rücken die Steinfläche zu schrubben. Es tat Isabelle weh, ihre Mutter so schwer arbeiten zu sehen. Sie war jetzt weiß Gott keine junge Frau mehr, und noch immer schuftete sie für andere. Isabelle nahm ihre Koffer wieder hoch und ging auf die Villa zu. Ida hielt inne, richtete sich auf und drehte sich um, als sie die Schritte auf dem Kiesweg hörte. Sie sah ihre Tochter an, die unterhalb der Eingangsstufen vor ihr stehenblieb.

«Mama!»

«Na? Wieder da?» Sie setzte ihre Arbeit fort. «Ich muß das hier fertigmachen, sonst schaffe ich mein Pensum nicht», erklärte sie und begann ungerührt, Wasser aus dem Eimer auf die Stufen zu gießen. «Du kannst hier rein, die Trakenbergs sind verreist, Gretel ist in der Küche.»

«Mama!»

«Nun tritt mir nicht noch den Dreck hier rauf ... geh rein, ich komme gleich!»

Isabelle nahm ihr Gepäck und ging hinein. Ida lehnte sich gegen eine der Eingangssäulen. Tränen stiegen ihr in die Augen. Endlich war ihr Kind wieder daheim.

Gretel strich mit ihren Händen über ihre Schürze, als Isabelle die Küche betrat, und jubelte vor Freude: «Es geschehen noch Zeichen und Wunder! Daß ich das noch erleben darf! Unsere Französin!» Sie stürmte auf Isabelle zu und übersäte sie mit Küssen. «Laß dich ansehen. Dünn bist du geworden, blaß, rote Nase ... Schnupfen? Du bist mir doch nicht krank?»

Isabelle konnte nichts sagen. Sie schüttelte nur den Kopf und setzte sich an den Tisch. Auf dem Herd kochte und brutzelte es. Schäumend stieg Suppe unter dem Deckel eines Topfes auf und rann zischend auf die Herdplatte.

«Ooooh!» Gretel stürmte, immer noch begeistert von den kleinen Alltagskatastrophen, an den Herd und zog, ihre Schürze als Topflappen benutzend, die Suppe vom Feuer. «Hühnersuppe! Deutsche Hühnersuppe, hast du sicher lange nicht gehabt, was?»

Isabelle schüttelte den Kopf.

Gretel öffnete die Backofenklappe und zog, unter Zuhilfenahme eines Küchentuchs, eine Schmorpfanne heraus, in der ein knuspriger, dunkelbrauner Braten brutzelte. Sie probierte mit einem Eßlöffel den Fleischsaft, schnalzte genießerisch mit der Zunge und strahlte Isabelle an. Dann goß sie einen reellen Schuß Rotwein nach, schob die Pfanne zurück und verschloß den Backofen wieder. Nun widmete sie sich dem Birnenkompott, das in einem zweiten kleineren Topf blubberte. Sie ging in die Speisekammer, kam mit zwei Nelken und einer Zimtstange zurück und warf sie in den Topf, rührte um, probierte, gab Zucker zu und legte den Deckel auf.

Isabelle beobachtete jede ihrer Bewegungen. Die Küche war erfüllt von guten Gerüchen. Die Fensterscheiben waren vom Dampf beschlagen. Auf dem Tisch stand ein noch warmer, mit Staubzucker überpuderter Napfkuchen. In einer Porzellanschüssel auf der Anrichte lagen leuchtendgrüne, frisch geputzte und sorgfältig in mundgerechte Stücke zerrupfte Salatblätter. Gretel rührte in einer Tasse Olivenöl mit Kräuteressig, Salz und Pfeffer zu einer Vinaigrette an.

«Alles für dich, Kind», sagte sie und schmeckte die Sauce ab, «alles für dich.»

In einem Aufwallen der Gefühle sprang Isabelle von ihrem Stuhl auf, stürzte auf Gretel zu und knutschte sie ab. Gretel lachte. Dann wurde sie ernst.

«Hast uns Kummer gemacht. Vor allem deiner Mutter.»

«Ich weiß.»

«Sie ist nicht sehr gesund.»

«Ich weiß, Gretel.»

«Und du bist kein Kind mehr!»

Ehe Isabelle antworten konnte, ging die Tür auf. Ida kam herein. Sie ging an den Spülstein in der Ecke, goß den Rest Seifenlauge aus und stellte den leeren Eimer umgedreht in das Becken. Ihren Schrubber lehnte sie dagegen. Sie wusch sich die Hände, trocknete sie an einem Handtuch ab und kam zu ihrer Tochter.

«So, nun will ich dir mal anständig guten Tag sagen, Isaken.» Sie nahm ihre Tochter in den Arm und gab ihr einen Kuß auf die Wange. Dann drehte sie sich zu ihrer Freundin um. «Na, hier wird ja gemacht und getan ...» Sie lächelte Isabelle an. «Wie für 'n Staatsempfang, was?»

«Ich bin so froh, wieder hier zu sein!»

«Wasch dir die Pfoten, und dann können wir essen!» bestimmte Gretel.

«Ich muß erst noch mein Gepäck reinholen, es ist noch draußen auf der Straße.»

«Aber beeil dich ...»

Isabelle verließ die Küche. Ida setzte sich an den Tisch.

«Na, bist du jetzt froh?» fragte Gretel.

«Ja. Sehr.»

«Na, siehst du, ich hab dir das immer gesagt: Am Ende wird alles gut.»

«Bloß – was kommt nun, Gretel, was kommt nun?»

«Nun kommt erst mal 'ne schöne Suppe und dann Braten mit Salat und Gemüse und Kartoffeln, und du deckst den Tisch.»

Ida tat, wie geheißen. Die Frauen plauderten in fröhlicher Stimmung. Sie sprachen über den Herbst, der so kalt war, daß es letzte Nacht sogar schon Bodenfrost gegeben hatte, sie sprachen darüber, wie schmal und wie erwachsen Isabelle geworden war, sie sprachen über Jon, bei dem sich Ida demnächst mit einer Einladung zu Kaffee und Kuchen bedanken wollte. Als Isabelle nach einer Viertelstunde immer noch nicht zurückgekommen war, ging ihre Mutter hinaus, um nach ihr zu sehen. Sie fand sie auf dem Weg zum Haus. Isabelle lag am Rand des Rasens, ihre Sachen waren um sie herum verstreut. Sie war zusammengebrochen.

Totale Erschöpfung und eine Grippe mit einer beginnenden Lungenentzündung konstatierte der Arzt, der sofort gerufen worden war. Er verschrieb starke Medikamente und verordnete Bettruhe. Für Isabelle begann eine Zeit des Umsorgtseins und der Genesung.

Sie lag im Bett ihres ehemaligen Kinderzimmers, in dem noch immer das Pferdeposter an der Wand hing und die bunten lackierten Laubsägearbeiten, die Aschenputtel in ihrer Kutsche zeigten und ein Mädchen im Sommerkleid, das an einer Sonnenblume schnupperte, die ebenso groß war wie sie selbst. Isabelle schlief lange, traumlos und tief. Ihre Mutter machte ihr – wie zu Kinderzeiten – Schwitzpackungen und Wadenwickel, maß zweimal am Tag Fieber, brachte ihr Obst und Pfefferminztee ans Bett und verabreichte ihr Hustensaft, Tabletten und selbsteingekochten, heißen Fliederbeersaft mit Honig und Zitrone. Im Gegensatz zu früher genoß Isabelle diese Art der Krankenpflege.

Gretel wollte dabei nicht zurückstehen. Sie kochte, was immer Isabelle sich wünschte. Königsberger Klopse. Eintopf mit Fleischklößchen. Grießpudding mit Pflaumensauce. Rote Grütze. Stundenlang saß sie am Fußende und erzählte Isabelle Geschichten, die sich in den vergangenen Monaten und Jahren zugetragen hatten. Bei dieser Gelegenheit erfuhr sie, daß Vivien Trakenbergs Verlobter jener junge Mann war, den sie einmal in Carls Kontor getroffen hatte – Peter Ansaldi. Carl hatte ihn zu seinem Partner gemacht. Mit Stoffen ließ sich nicht mehr viel verdienen, seit Kunden direkt von den Fabriken aus England, Italien oder Frankreich, aus Thailand, Indien und China beliefert wurden. Carls künftiger Schwiegersohn hatte eine Tüte voller Ideen gehabt. Nun lieferte man Textilien für die Industrie – Netze, Planen, Jute, Plastik. Und auch in den Parfümhandel war Trakenberg eingestiegen. Mittlerweile liefen die Geschäfte besser denn je. Carl zog sich immer mehr aus dem Betrieb zurück. Er sei ja nie ein Fleißiger gewesen, sagte Gretel. Aber seit ihm die Freude genommen sei, in seinen Stoffen zu schwelgen, habe er überhaupt keine Lust mehr, zu arbeiten. Sie redete und schimpfte, beschwor, jammerte, lachte, gluckste, lästerte und plapperte Oberflächliches und Tiefsinniges, Heiteres und Ernstes. Zwischendurch befahl sie ihrem Schützling, das Bett zu verlassen und «ein paar Schritte für den Kreislauf» zu tun, während sie ihr Bettlaken glattstrich, das Kissen aufschüttelte und dann, nachdem sich Isabelle wieder hingelegt hatte, liebevoll die Steppdecke über sie legte und ihr mit einer warmen Wolldecke «eine Tüte baute». Das war Kindheit für Isabelle, das war das Schöne an der Krankheit: umsorgt zu sein, sich fallenlassen zu dürfen, faul herumzuliegen und trotzdem noch jeden Wunsch von den Augen abgelesen zu bekommen. Es erinnerte sie daran, wie sie früher, wenn sie mit Schnupfen, Husten und Fieber daniederlag, von ihrer Mutter ein kleines Radiogerät auf den Nachttisch gestellt bekam und vormittags den Schulfunk hören durfte. Es war wie süße Medizin. Englisch, Geschichte und Heimatkunde wurden ihr nahegebracht, auf unterhaltsame Weise lernte sie. Am schönsten von allem waren dabei die kleinen Hörspiele, die «Neues aus Waldhagen» brachten, mit Bauer Piepenbrink und den Seinen. Das war wie Luisendorf, das war wie das richtige Leben, nur daß es nicht weh tat.

Dann kam Jon vorbei. Er brachte Weintrauben mit, die sie gemeinsam aßen, und Fotos von seinem Sohn. Philip war mittlerweile vier Jahre alt, ein hübsches Kind, das mit seinen wachen grünen Augen und dem dunklen Haar sehr nach seinem Vater kam. Jon, der vor Stolz fast zu platzen schien über das Glück in seinem Leben – seinen Sohn, seine Frau, seinen Weg zum Arztberuf –, wollte Isabelle unbedingt zeigen, was er bisher gelernt hatte. Er schaute ihr prüfend in die Augen, befühlte Stirn und Hals, umfaßte ihr Handgelenk, um den Puls festzustellen. Während er dies tat und sie sich dabei unterhielten, spürte Isabelle, daß sie mehr für Jon empfand als Freundschaft. Sein Wesen, sein Aussehen, die Art, wie er sprach und sich bewegte, wie er lachte und wie er sich anfühlte, wenn sie wiederum seine Hand nahm oder ihm über das Gesicht und das Haar strich: das war so vertraut, so liebenswert, so berührend, daß sie ihn mehr begehrte als je zuvor. Es war schmerzlich, zu wissen, daß sie das Glück ihres Lebens verspielt hatte. Es tat Isabelle weh, daß er vergeben war und damit unerreichbar für sie. Jon spürte, daß sie litt, und nachdem er sie einmal am Krankenbett besucht hatte, zog er sich zurück: er müsse sich auf sein Studium konzentrieren.

Eines Abends – es ging Isabelle wieder besser, sie hatte ein wenig zugenommen – saß sie mit ihrer Mutter zusammen im Wohnzimmer. Sie hatte gebadet und ihre Haare, die inzwischen wieder so lang waren, daß sie fast bis auf die Schultern fielen, mit zwei Klammern seitlich hochgesteckt. Sie kuschelte sich in einen flauschigen Bademantel von Ida, schnappte sich eine Wolldecke, die sie sich über die Beine legte, und setzte sich in den Ohrensessel ihres Großvaters. Der Sessel, den ihre Mutter letztes Jahr mit Rosenstoff, «von Herrn Trakenberg spendiert», neu hatte beziehen lassen, stand am schönsten Platz der Wohnung – am einzigen Fenster, das nach hinten hinausging und einen weiten Blick über den Garten bot. Ida brachte ihrer Tochter einen Becher mit heißer Schokolade, setzte sich ihr gegenüber auf das Sofa und redete ein ernstes Wort mit ihr.

Isabelle hatte den Vorwürfen ihrer Mutter wenig entgegenzusetzen. Es stimmte, daß sie leichtfertig und ohne Rücksicht auf andere, einer Leidenschaft wegen, nach Paris gegangen war. Es stimmte, daß sie alle Warnungen bezüglich dieses Mannes – selbst die diskreten Hinweise seiner Tante Alma Winter, die ihn schließlich am besten kannte – in den Wind geschlagen hatte. Es stimmte, daß er sie verlassen hatte und sie nun, kläglich gescheitert, in den Schoß ihrer Familie zurückgekehrt war. Ja, sie war dumm gewesen, dumm und egoistisch. Und was die Zukunft anging, die lag im Trüben. Was sollte sie noch viel darauf antworten. Während sie ihren Blick in dem Kakaobecher versenkte und immer mehr das Gefühl hatte, sie befände sich vor einem Tribunal, sagte ihre Mutter die Worte, die Isabelle am tiefsten trafen: «Ich wäre gerne stolz auf dich gewesen. Ich habe mir immer gewünscht, daß ich, nun … wenn ich eines fernen Tages deinem Vater wiederbegegne, daß ich ihm sagen kann: Ich hab's auch ohne dich geschafft, Hermann. Es ist mir gelungen. Ich habe alles dafür getan, daß aus unserer Tochter was geworden ist. Ich habe nicht versagt. Tja. Deshalb ... aber das verstehst du sowieso nicht.»

Isabelle verstand sehr wohl. Nicht nur, daß sie ihre Mutter auf der ganzen Linie enttäuscht hatte, Ida gab auch keinen Pfifferling mehr auf die Zukunft ihrer Tochter. Zu dieser Erkenntnis kam sie, als sie am Tag darauf zum erstenmal nach ihrer Krankheit wieder draußen war, an der frischen Luft, und über das Gespräch vom Vorabend grübelte. Überraschend hatte sich der eiskalte Wind gedreht, und es war zur Mittagsstunde warm geworden. Isabelle saß mit einer Wolldecke über den Beinen in der Sonne auf einer Holzbank, die an der Rückwand des Garagenhauses stand. Gretel hatte sich hier einen Garten anlegen dürfen. Ein paar Kräuter und verblühte Astern, ein Gemüsebeet, das jetzt abgeerntet und mit aufgeworfener Erde dalag, zwei Kletterrosen, die links und rechts der Bank an der Mauer hochrankten – dies war Gretels kleines Paradies. Isabelle zündete sich eine Zigarette an. Seit einer Woche hatte sie nicht mehr geraucht. Sie inhalierte tief, legte den Kopf zurück und schloß die Augen. Es war still und friedlich.

«Du rauchst?»

Isabelle öffnete die Augen, blinzelte und schaute zur Seite. Da stand Carl, braungebrannt, lachend. Mit einer dunklen Kordhose, einem Karohemd und einem pfirsichfarbenen Kaschmircardigan sah er jünger aus, als er war. Er wirkte blendend gelaunt und gut erholt, sein Golfurlaub in Portugal hatte ihm gutgetan.

«Herr Trakenberg!» Isabelle stand auf. Sie schüttelten sich stürmisch die Hände. Beide freuten sich über das Wiedersehen.

«Setz dich, komm, setz dich», sagte Carl behutsam und faßte sie fürsorglich am Ellenbogen, als wäre sie eine alte Frau oder sehr krank. Sie nahmen auf der Bank Platz.

«Was höre ich für Sachen!» sagte Carl. «Du bist zusammengebrochen?»

Sie winkte ab. «Eine verschleppte Grippe, ich war ein bißchen erschöpft. Sonst nichts.»

«Und ein bißchen am Ende auch, was? Mir mußt du nichts vormachen. Ich habe doch schon alles von unserer Burmönken gehört. Aber nun erzähl mal ...»

Es dauerte nicht lange, und Carl kannte die ganze Geschichte. Als Isabelle die Formulierung ihrer Mutter gebrauchte und davon sprach, daß sie versagt habe, lachte er laut auf: «Was für ein hausgemachter Blödsinn. Abgerechnet wird am Schluß, sage ich immer. Bist du kleinmütig geworden in Paris, oder was?»

«Ich weiß nicht.»

«Aber ich weiß. Puppe ... also: Frau Mandel ...», er schmunzelte wie ein ertappter Schuljunge, «die wartet doch nur darauf, daß du wiederkommst. Frisch aus Paris!»

Isabelle konnte das nicht glauben. Aber es stimmte. Schon eine Woche später saß sie in Puppe Mandels Büro. Im Salon hatte sich kaum etwas verändert. Noch immer standen üppig arrangierte Blumen in der Kristallvase auf dem Tisch der Empfangshalle. Noch immer gab es die Showrooms, das Atelier im ersten Stock, Puppe Mandels plüschiges Ambiente in allen Räumen, bis hinauf zu ihrer Wohnung. Noch immer perlten Mozart-Kaskaden das Treppenhaus herunter.

Nur das Personal war ein anderes. Es gab neue Lehrlinge, neue Gesellinnen, eine neue Direktrice. Alma Winter hatte sich aus dem Arbeitsleben zurückgezogen. Sie war nach München gezogen, der Stadt ihrer Jugend, weil sie fand, dort sei das Leben leichter und die Menschen seien freundlicher. Susanne, die zusammen mit Isabelle gelernt hatte, war entlassen worden. Sie hatte sogar vor dem Arbeitsgericht einen Prozeß gegen Puppe Mandel geführt, wegen ausstehenden Lohnes, den sie sich weigerte zu zahlen. Angeblich hatte Susanne Stoffe und Kleider mitgehen lassen, aber das konnte man ihr nicht beweisen. Patrizia Paslack, die andere Kollegin, mit der Isabelle eng zusammengearbeitet hatte, war ebenfalls ausgeschieden. Sie lebte in Italien, erzählte Puppe Mandel bei einer Tasse Tee und einer Zigarette.

«Und nun zu Ihnen, Kind», erklärte die Modeschöpferin. «Wir wollen nach all Ihrem Razzledazzle ...»

«Razzledazzle, ja. Das ist wahr.»

«... nun, nicht über Vergangenes reden, sondern über die Zukunft. Sehen Sie mich an: Falten hier ..., hier ...» Sie streckte ihre Hände aus, auf denen sich Altersflecken gebildet hatten, und beugte den Kopf vor, so, als könne Isabelle sie dann besser sehen. «Ich altere schneller als andere Frauen, glauben Sie mir.»

Isabelle mußte lachen.

«Ich will noch etwas von meinem Leben haben. Dieser Laden hier frißt mich auf. Mir reicht's, ich bin bald sechzig Jahre alt, na ja, offiziell einundfünfzig, also behalten Sie das für sich. Ich will mich über kurz oder lang zurückziehen, und deshalb brauche ich Sie.»

Isabelle stockte der Atem.

«Wenn wir uns vorher nicht wieder zerstreiten oder Sie plötzlich wieder Anwandlungen kriegen, der Männer wegen, oder ich Sie verklagen muß.» Gutgelaunt nahm sie den Rest ihrer glimmenden Zigarette aus der goldenen ziselierten Spitze und drückte ihn in einem Hermès-Aschenbecher aus. «Also, die Sache ist so. Wir machen einen Vertrag, Sie werden, wie schon mal angeboten, meine Assistentin. Dann, nach einer angemessenen Einarbeitungszeit, übernehmen Sie den Salon. Was sagen Sie? Begeistert?»

Das war dann doch ein bißchen schnell. Isabelle traute ihren Ohren nicht. «Ich glaube, ich habe Sie nicht richtig verstanden.»

«Nuschele ich?»

«Ich meinte ...»

«Carl Trakenberg sagte mir, Sie hätten zwei Jahre bei Yves Morny gearbeitet?»

«Ja.»

«Na, wer Yves Morny überlebt ...»

«Er hat mich entlassen.»

«Das spricht auch nur für Sie, Isabelle.»

«Es war keine einfache Zeit», sagte Isabelle leise.

«Was hatten Sie erwartet? Daß man Sie auf Seidenkissen bettet? Als Schneiderin, Näherin, was weiß ich ... Ich bin sicher, Sie haben da den letzten Schliff bekommen. Ich bin sicher, alles in allem hat Ihnen das Ausland gutgetan, und ich bin sicher, daß wir uns gut verstehen werden!» Sie streckte ihr die Hand entgegen. Isabelle schlug ein.

«Das kommt jetzt alles so völlig überraschend für mich, ich weiß überhaupt nicht, was ich sagen soll.»

«Dann sagen Sie lieber nichts. Es ist besser als das Falsche.»

«Trotzdem, darf ich noch einmal darauf zurückkommen, was Sie eben sagten: Daß ich einmal dies alles hier übernehmen soll? Wie kann das gehen? Ich habe keinen Pfennig. Selbst wenn ich dazu beruflich, fachlich, menschlich in der Lage wäre: ich kann Ihnen den Salon niemals abkaufen.»

Puppe Mandel erhob sich von ihrem Rokokostühlchen, strich sich die lange arabische Bluse glatt und lächelte fein: «Ich denke, nachdem er dieses Gespräch schon so gut auf den Weg gebracht hat, überlassen wir *das* auch Carl. Unserem Carl, nicht? Sie verstehen mich, ich weiß es!»

## Kapitel 17

Isabelle stand jetzt kurz vor ihrem fünfundzwanzigsten Geburtstag. Wie die meisten Menschen liebte auch sie die Jahreszeit besonders, in der sie geboren worden war. Ihr Geburtstag war der 21. Januar; in den Wintermonaten fühlte sie sich deshalb am wohlsten. Das allerschönste aber war für sie die Weihnachtszeit, die sie an die unbeschwerten Kindertage erinnerte. Der Adventskalender, hinter dessen Türchen sich märchenhafte bunte Bilder verbargen, zu denen man sich Geschichten ausdenken konnte. Der Adventskranz mit seinen dicken roten Kerzen, die Sonntag nachmittags angezündet wurden, während es Stollen gab, Butterbrote mit braunen Kuchen belegt oder mit Spekulatius. Das Putzen der Schuhe am Abend vor dem Nikolaustag, die Aufregung am nächsten Morgen, wenn die Schuhe prall gefüllt waren – mit Apfelsinen und Nüssen, Süßigkeiten und kleinen Geschenken. Der Heilige Abend schließlich mit all seinen Ritualen: dem Glöckchen, das bimmelnd den Zutritt ins Wohnzimmer erlaubte; der geschmückte Baum, der Geruch nach Tanne, Zimt und Kerzenwachs, der besonders intensiv am Morgen danach war, wenn man als Kind aus dem Bett gesprungen kam und nachsah, ob noch alle Geschenke dalagen; der Gang zur Kirche, die Weihnachtslieder, der Gänsebraten, der Besuch von Verwandten und Freunden, lärmende, fröhliche, lachende Menschen, in deren Kreis man sich in diesen Tagen geborgen fühlen konnte.

In der Villa Trakenberg war vor allem Gretel Burmönken damit beschäftigt, den Zauber des Weihnachtsfestes wieder lebendig werden zu lassen. Sie backte und kochte und briet und schmurgelte noch mehr als sonst; sie stellte Speisepläne auf, ließ die Lieferanten fast täglich Köstlichkeiten anfahren; in ihrer Speisekammer war kaum noch Platz, so viele Baumkuchen unter Folie, Kekse in Blechdosen, Kisten mit Zitrusfrüchten, Steigen mit Äpfeln und Körbe mit Nüssen stapelten sich dort. Mitten in der Küche, über dem Eßtisch, an dem im Dezember fast jeden Tag jemand saß – ein Laufbursche, der mit englischem Plumpudding gefüttert wurde, den er noch nie zuvor in seinem Leben gegessen hatte; Charlotte, die bei einer Tasse Tee und etwas kandiertem Ingwer die Menüfolgen für ihre Gesellschaften besprach; Vivien, die Semesterferien hatte und die freien Tage zu Hause in Hamburg verbrachte –, hing, zwei Meter im Durchmesser, dick und duftend, mit vier weißen Kerzen, Silbersternen und Glaskugeln geschmückt, ein Adventskranz. An manchen Abenden in der Woche, wenn Gretel ihre Arbeit beendet hatte («Fertig ist man nie, aber manchmal muß man sich auch ein Ruhepäuschen gönnen!»), ratschte sie ein Streichholz an, stieg auf einen Stuhl und entzündete die Kerzen. Dann schaltete sie das Licht in der Küche aus, und sie und ihre Freundin Ida saßen sich gegenüber, ganz still, ganz feierlich und hingen ihren Gedanken nach. Wenn Isabelle hereinkam, eigentlich, weil sie nach einem anstrengenden Tag im Salon Puppe Mandels hoffte, etwas zu essen zu bekommen, spürte sie sofort, daß sie diese Idylle nicht stören durfte. Sie nahm sich dann vorsichtig einen Stuhl und setzte sich dazu. Ihre Mutter schob ihr dann meist, je nachdem, was sie gerade trank, ihr Glas mit Rotweinpunsch oder ihren Becher mit Tee herüber, lächelte ihr zu und freute sich gemeinsam mit Gretel, wenn Isabelle es sich schmekken ließ.

Das waren die Momente der Entspannung.

Die Tage im Salon hingegen waren anstrengend. Sie hatten nichts von der Härte der Arbeit in Paris, aber sie verlangten Isabelles volle Aufmerksamkeit. Sie mußte zeigen, was sie konnte. Und das ging über das Handwerkliche weit hinaus. Puppe Mandel verlangte, daß sie ihr ständig zur Verfügung stand und überall dabei war. Die Modeschöpferin hatte eine despotische und launische Seite, die bis dahin wohl vor allem Alma Winter kennengelernt hatte, die aber nun ungebremst und ungefiltert über Isabelle hereinbrach. Der Ruf nach Isabelle, der ständig durch das Haus und seine Räume schallte, wurde legendär.

«Belle!» – «Isabe-helle!» – «Wo sind Sie, Isabelle? Ich brauche Sie!»

Isabelle hatte keine freie Minute mehr. Doch sie lernte auf diese Weise in kürzester Zeit mehr als andere in Jahren.

Um so intensiver genoß sie ihre freien Tage. Am Freitag vor dem zweiten Advent hatte Jon sie zum Essen zu sich nach Hause eingeladen. Der lange besprochene Plan, daß sie seine Frau und seinen Sohn kennenlernen sollte, wurde nun endlich verwirklicht. Isabelle wäre – schon weil sie vor Neugierde fast platzte – am liebsten schon viel früher hingegangen. Aber Jon hatte zuviel mit seinem Studium und seinen Jobs zu tun, so daß keine Zeit für ein Treffen blieb.

Isabelle hatte sich einen Tag freigenommen, und bevor sie sich zu der jungen Familie Rix begab, machte sie am späten Nachmittag noch einen Bummel durch die Hamburger Innenstadt. Puppe Mandel hatte ihr immer wieder geraten, sich Schaufenster und Geschäfte anzusehen: «Konkurrenzbeobachtung» nannte sie das. «Wir müssen uns angucken, was die anderen machen. Wir müssen klauen wie die Raben. Das tun alle. So was hält die Branche lebendig. Einer guckt vom andern ab. Einer wirft's dem anderen vor. Jeder leugnet. So ist das Prinzip. Werden Sie auch noch merken.»

Isabelle hatte sich über diese Äußerungen amüsiert. Sie glaubte nicht daran. Sie selbst jedenfalls würde sich immer auf ihre eigenen Ideen verlassen, dessen war sie sich ganz sicher. Außerdem sprudelte sie über vor Einfällen und hätte lieber heute als morgen eine eigene Kollektion entworfen.

«Nun mal langsam mit die jungen Pferde», sagte Puppe Mandel, als Isabelle das Thema ansprach. «Alle wollen immer entwerfen. Aber das andere muß auch gemacht werden.»

Isabelle ging durch den Neuen Wall, eine der nobelsten Einkaufsstraßen der Stadt. In den Geschäften herrschte großer Andrang, Türen gingen auf und zu, Leute, mit Taschen beladen und Hektik im Blick, gingen ein und aus. Über ihren Köpfen funkelten die Lichterketten, die von einer Straßenseite zur anderen gespannt waren und eher an Kirmes als an Weihnachten erinnerten.

Isabelle mußte an Paris denken. An einer Ecke stand ein Maronenverkäufer, kleine Rauchsäulen stiegen aus seinem Bratkessel auf, es roch süßlich verbrannt. Eine kleine Papiertüte voll davon kaufte sie. Während sie eine Frucht aus der heißen schwarzen Schale brach und aß, schaute sie sich die Auslagen in einem der führenden Modegeschäfte der Stadt an. In den vier Schaufenstern saßen und standen elegant gekleidete Schaufensterpuppen neben Weihnachtsbäumen. Hinter ihnen konnte man das Treiben in dem Laden beobachten. Kristallüster, dicke Teppiche, Stühlchen, Grünpflanzen, ein Geschäftsführer, der alle und alles in die richtigen Bahnen lenkte. Kundinnen in Pelzmänteln, begleitet von gelangweilten Männern, scheuchten die Verkäuferinnen, verlangten, bedient und umworben zu werden, zeigten kühl auf das, was sie zu sehen wünschten, griffen gierig in die Regale, schlüpften in Blazer, probierten Kleider, betrachteten sich zufrieden in Spiegeln, ließen ihre Begleiter die Brieftaschen aufklappen und die Schecks ausschreiben.

So ein Geschäft, dachte Isabelle, genau so eines und genau in dieser Lage: Das will ich eines Tages auch haben. Sie ging weiter und kaufte in einem Spielzeuggeschäft für Jons Sohn ein Puzzle, dann besorgte sie im *Alsterhaus* eine Flasche Rotwein als Mitbringsel für ihre Gastgeber und machte sich dann auf den Weg zu ihnen.

«Schön, daß du da bist!» sagte Jon, als er Isabelle an der Wohnungstür empfing. Er hatte sich offensichtlich extra umgezogen, trug eine Flanellhose, einen englischen Blazer und ein einfaches weißes Hemd ohne Krawatte, aber Isabelles inzwischen geschärftem

Auge entging nicht eine gewisse Schäbigkeit. Er schien nicht viele Kleidungsstücke zu besitzen. Auch die Wohnung zeugte von bescheidenen Mitteln. Weder hatte sie etwas von dem lässigen, bohemienhaften Charme und der Schlichtheit des Appartements, in dem Isabelle und Remo in Paris gelebt hatten, noch glich sie dem jetzigen biederen Zuhause Isabelles, das sie mit ihrer Mutter teilte. Jons «Bude», wie er es nannte – Flur, Küche, Bad und zwei Zimmer – war ein ziemlich geschmackloses, wenn auch zweckmäßiges Sammelsurium unterschiedlicher Gegenstände, die er und seine Frau besessen und nun zusammengeworfen hatten.

Jon wirkte nervös. Ein-, zweimal stotterte er. Als er die Weinflasche in Empfang nahm, war er unschlüssig, ob er sich dafür mit einem Kuß bedanken sollte, und verzichtete nach einem kurzen Zögern darauf. Im Wohnzimmer tollte Philip auf dem Fußboden in einem Chaos von Spielzeugen herum. Jon schimpfte mit seinem Sohn wegen der Unordnung und sah Isabelle entschuldigend an, während er das leinenbezogene Sofa frei machte, damit sie sich setzen konnte.

Isabelle überspielte die Situation: «Schön habt ihr's hier», sagte sie, setzte sich zu Philip und spielte mit ihm. Jon sah auf die beiden herunter, die Flasche in der Hand. Als Isabelle aufsah und lächelte, wirkte er irritiert, und sie glaubte zu bemerken, daß er rot wurde. Abrupt wandte er sich ab, murmelte «Bin gleich wieder da» und verließ das Zimmer. Isabelle schaute sich um, während Philip sich ungehemmt und fröhlich lachend in ihre Arme warf. Sie wunderte sich, was man alles in einen Raum hineinstellen konnte. Ein Schreibtisch, überladen mit Fachlektüre, Papieren, einer Reiseschreibmaschine. Ein runder Eßtisch, der bereits für das Abendessen zu dritt liebevoll gedeckt worden war, beleuchtet von einer stoffbezogenen Lampe mit Fransen. Das Sofa, dazu ein Rauchglastischchen und zwei Sessel. An den Wänden Holzregale, die überquollen von Büchern, gerahmte Fotos und ein Poster von Einstein, der dem Betrachter die Zunge herausstreckte.

Jon kam zurück. «Das ist Hellen!» sagte er und schob seine Frau ins Wohnzimmer.

«Mama, Mama!» Philip sprang auf und lief in die Arme seiner Mutter. Während Hellen ihn im Arm hielt, begrüßte sie Isabelle, die ebenfalls aufstand. Einen Augenblick lang sahen sie sich freundlich, aber stumm an. Das ist sie also, dachten beide. Hellen war von Isabelles Aussehen, Lässigkeit und Weltgewandtheit beeindruckt. Bewußt hatte sie ein schlichtes Etuikleid angezogen und dazu eine lange Kette aus Glasperlen – ein Geschenk Christins – ausgewählt, die sie sich dreimal um den Hals gewickelt hatte. Hellen hingegen trug eine Jeans und ein weites hellblaues Hemd von Jon. Isabelle fand Jons Frau gutaussehend auf eine norddeutsche, sportliche Weise, ein wenig spröde, etwas kühl, sehr blond.

«Setzen wir uns doch!» sagte Jon, den auf einmal das Gefühl beschlich, es sei keine so gute Idee gewesen, die Frauen zusammenzubringen.

«Ich bringe eben Boy zu Bett», erklärte Hellen.

«Nein!» schrie der Kleine auf.

«Aber ja», beruhigte Hellen ihren Sohn. «Du bist müde, und wir wollen außerdem in Ruhe mit Papas Freundin zu Abend essen. Sag schön gute Nacht.»

«Gute Nacht.»

«Gute Nacht, Philip, schlaf gut.»

Jon gab seinem Sohn, der noch immer im Arm der Mutter hing, einen Klaps und küßte ihn zärtlich. Dann verließen beide das Wohnzimmer. Jon und Isabelle waren allein. Er legte eine Edith-Piaf-Platte auf.

«O Gott!» stöhnte Isabelle und zündete sich eine Zigarette an. «Darf ich?»

Jon nickte und stellte ihr einen Aschenbecher mit Asbach-Uralt-Reklameaufdruck hin.

«Habe ich extra deinetwegen gekauft. Und Weihnachtsplatten habe ich auch schon bereitgelegt.»

«Alles meinetwegen.»

«Alles deinetwegen.»

Hellen kam zurück, lehnte die Tür zum Flur an. Sie setzte sich neben ihren Mann und begann, mit einem der Tannenzweige aus der Tischdekoration zu spielen. «Hat alles Jon gemacht!» Sie kraulte ihn am Ohr. «Er meinte, Sie würden so was mögen, Sie seien so romantisch!» Ein kleiner Unterton schwang bei dem Wort *romantisch* mit.

«Ich finde, wir könnten uns ruhig duzen!» sagte Isabelle und hob ihr leeres Weinglas. «Wenn's denn was zum Anstoßen gibt!»

«Oh!» Jon erhob sich hastig. «Oh, hab ich in der Aufregung vergessen, bin gleich zurück.»

Die Frauen lachten und sahen ihm nach. Hellen hob ihr leeres Glas: «Also, Isabelle ...»

Isabelle hob auch ihr leeres Glas. «Hellen?»

Sie hielten ihre Gläser wie zwei gekreuzte Schwerter gegeneinander.

«Dann stoßen wir mal an ...», erklärte Hellen gedehnt.

«Auf ihn!»

«Okay!» Hellen zog ihr Glas kurz zurück und schlug es nicht unheftig gegen das von Isabelle. «Ich liebe ihn sehr.»

«Das kann ich verstehen!»

«Und damit wir die Situation gleich von Anfang entkrampfen ...»

Isabelle streifte ihre Zigarette ab. «Sie ist doch gar nicht verkrampft. Oder?»

Hellen sprach ungerührt weiter: «Ich bin nicht eifersüchtig auf dich.»

«Das ist gut.»

In dieser Sekunde kam Jon zurück. Er hatte eine geöffnete Flasche Sekt mitgebracht und drei Sektgläser. «Du bist es ja wahrscheinlich gewöhnt, Champagner zu trinken, aber ...» Er schenkte ein.

«Das hast du ja gesehen, was ich gewöhnt war», gab Isabelle zurück und drückte ihre Zigarette aus, während die Piaf sang, daß sie nichts bereue.

«Nicht?» frotzelte Hellen. «Champagner?»

«Natürlich! Und Kaviar zum Frühstück. Und tagsüber gehe ich in den Salon und werfe Mannequins, die auch nur Champagner trinken, Bahnen von Chiffon und Seide über, und dann sage ich: Das ist eine Kreation, und alle klatschen, weil ich so einen tollen Geschmack habe und man in der Welt der Mode ja so freundlich miteinander umgeht.»

«Ich dachte mir, daß du so ein Leben führst!» sagte Hellen.

Isabelle lächelte bitter, und während sie am Sektglas nippte, erzählte sie Hellen, wie ihr Leben als Schneiderin und Assistentin von Puppe Mandel tatsächlich aussah. Jons Frau hörte ihr interessiert zu. Dann ging sie in die Küche, um das Abendessen herzurichten. Sie hatte chinesisch gekocht. Es gab einen pikanten Salat, Frühlingsrollen, danach Hühnchen mit Bambus und Reis, zum Schluß Lychee-Früchte und Tee aus papierdünnen Tassen. Jon hatte Kerzen angezündet, zu später Stunde servierte er Reiswein in blauweißen Schalen. Das Gespräch verlief angeregt, die meiste Zeit über erzählte Isabelle. Aber auch Jon sprach über seine Arbeit im Krankenhaus und darüber, daß er gedenke, in zwei Jahren sein Studium abzuschließen und seine Approbation zu erhalten.

«Klopf auf Holz!» ergänzte Isabelle und klopfte dreimal auf die Tischplatte.

Jon erklärte, er habe bereits für sein «PJ», sein «Praktisches Jahr», einen Platz in der Abteilung für Innere Medizin am Universitätskrankenhaus in Hamburg-Eppendorf, und mit seinem Doktorvater habe er auch schon über die geplante Dissertation gesprochen. Zufrieden lehnte er sich zurück. Hellen ergriff seine Hand. Sie saßen eine Weile so, ohne sich zu unterhalten, und lauschten Vivaldis «Jahreszeiten».

«‹Wie glücklich wäre die Welt›, sagte eine Freundin meiner Mutter immer ...», sprach Isabelle in die Stille, «Gretel Burmönken, weißt du, Jon?»

Er nickte.

««Wie glücklich wäre die Welt, wenn jeder am richtigen Platz säße.»»

Das Ehepaar sah sich an.

«Bei euch habe ich das Gefühl – und das geht mir bei wenigen Leuten so, glaubt's mir –, daß ihr euren Platz im Leben gefunden habt.»

Hellen nickte heftig, ihre Haare, die sie zu Korkenzieherlocken eingedreht hatte, spiegelten mit ihrem Glanz den Schein der Kerzen wider. «Ja. Da hast du recht, Isabelle.» Sie stand auf und küßte ihren Mann auf die Wange. «Ich gucke schnell mal nach Philip.» Sie schloß die Tür hinter sich.

Isabelle und Jon sahen sich schweigend an. Isabelles Augen funkelten.

«Warum sagst du so was?» fragte er.

Sie zuckte die Achseln. «Stimmt doch, oder?»

Jon schwieg und kippte noch einen Reiswein herunter.

«Oder was meinst du, Jon?»

«Du weißt genau, was ich meine.»

«Du bist doch glücklich mit ihr. Das hast du mir auch in Paris gesagt. Und ich sehe, was ich sehe.»

Jon antwortete nicht. Er schloß die Augen, senkte den Kopf ein wenig und drückte mit dem Zeigefinger und Daumen der linken Hand auf seine Nasenwurzel, so, als plagten ihn Kopfschmerzen. «Sie ist so arglos», murmelte er, «so ahnungslos.» Er öffnete die Augen wieder und sah Isabelle an.

Sie zog eine Augenbraue hoch. «Arglos? Ahnungslos?»

Er nickte.

Isabelle schüttelte den Kopf. «Ich glaube, du unterschätzt sie ganz schön.»

Jon schob seine Hand langsam über die Tischdecke und umklammerte Isabelles Handgelenk fest. «Ich sage es dir jetzt dieses eine Mal. Ich sage es dir, weil wir einen Moment allein sind, weil ich betrunken bin und weil ich es sagen muß. Ungeschützt, ganz gleich, was es für dich bedeuten mag: Ich liebe dich.»

Sie schaute ihn ruhig an. Wie gleißende Lichtstrahlen trafen sich ihre Blicke und verschmolzen miteinander.

«Ich liebe dich, Isabelle», wiederholte er noch einmal. Dann ließ er sie los, stand auf und ging an den Schrank, der in einer Ecke des Wohnzimmers stand. Er öffnete ihn, nahm ein in Glanzpapier eingeschlagenes Päckchen heraus, kam zu Isabelle an den Tisch zurück und überreichte es ihr. «Von mir für dich. Aber erst Weihnachten auspacken.»

«Danke!» Sie betrachtete das schwere, flache, rechteckige Geschenk. «Ich weiß gar nicht, was ich sagen soll, Jon.»

«Es reicht ja schon, was ich gesagt habe.»

In diesem Augenblick öffnete sich die Tür, und beschwingt und auf Zehenspitzen kam Hellen zurück, das Glück selbst. Behutsam lehnte sie die Tür wieder an, ging zum Plattenspieler und drehte die Musik ein wenig leiser. «Er schläft ganz friedlich ... Ein schlafendes Kind, das ist der Frieden ...» Sie hörte auf zu sprechen, blieb mitten im Wohnzimmer stehen und sah erst zu Jon, der sich gegen die Fensterbank gelehnt hatte, und dann zu Isabelle, die im Begriff war, aufzustehen.

«Ich wollte gerade gehen.»

«Aber morgen ist Samstag, da kannst du ausschlafen», wandte Hellen ein.

«Ich arbeite auch am Samstag», erwiderte Isabelle und fügte lachend hinzu: «Ihr kennt eben Puppe Mandel nicht.»

Jon wollte ihr ein Taxi rufen, aber Isabelle zog es vor, noch ein bißchen frische Luft zu schnappen und danach mit der letzten S-Bahn nach Hause zu fahren. Sie bedankte sich für den schönen Abend, verabschiedete sich freundlich und machte sich – nachdem alle einander ein baldiges Wiedersehen versichert hatten – auf den Weg. Draußen auf der Straße schlug ihr die Winterkälte ins Gesicht.

Sie klappte den Kragen ihres Mantels hoch, stemmte sich gegen den Wind, der um die Ecken fegte, und ging, so schnell sie konnte, in Richtung Bahnhof.

Als sie endlich in der ersten Klasse der S-Bahn saß, müde aus dem Fenster schaute, die Stadt vorbeirasen sah und über den Abend nachdachte, spürte sie plötzlich einen unbändigen Drang, das Geschenk von Jon auszupacken. Sie knotete das goldene Bändchen auf und riß das Papier auseinander. Zum Vorschein kam ein schöner, reicher Bildband, der den Garten des Malers Claude Monet zeigte und dazu die berühmtesten Gemälde dieses französischen Impressionisten: die Seerosen. Getupfte Töne, schimmerndes Licht, Schatten, die nebelgleich heranschwebten, filigrane Trauerweidenzweige, die sich wie Vorhänge vor das Wasser schoben, die Blätter der Seerosen, die zu fließen schienen, ihre Knospen und Blüten, die traumgleich schwammen und leuchteten. Es waren Bilder, die etwas von einem Märchen hatten, die einem Zauber glichen, federleicht und schön und vergänglich; waren Impressionen, Monets Eindrücke, die in Isabelle Erinnerungen wachriefen, ihr so vertraut waren. Es waren ihre Seerosen. Es war ihr geliebter Seerosenteich. Vorne in das Buch hatte Jon mit Tinte eine Widmung hineingekritzelt: «Rosen der Liebe verwelken nicht. Für Isabelle von Jon. Weihnachten 1977.» Isabelle war gerührt. Sie klappte das Buch zu und nahm sich vor, sich nicht mehr bei Jon zu melden. Sie wollte die Freundschaft einschlafen lassen, so schmerzlich es auch sein würde. Es hatte keinen Zweck, würde nur Schmerzen verursachen – für alle Beteiligten.

Jon und seine Frau lagen um diese Zeit bereits im Bett. Sie hatten noch schnell aufgeräumt, denn Jon war ein Ordnungsfanatiker und haßte es, am nächsten Morgen die Reste vom Vorabend beseitigen zu müssen.

Hellen kuschelte sich in seinen Arm. Die Nachttischlampe hatte sie bereits ausgemacht. In einer Ecke des Zimmers stand das Kinderbett. Sie hörten Philip ruhig und gleichmäßig atmen. «Ich hatte beschlossen, deine Freundin nicht zu mögen», erklärte Hellen fast flüsternd, um ihren Sohn nicht aufzuwecken, «als sie reinkam, fühlte ich mich bestätigt. Wie sie sich hier umgesehen hat! Forsch, arrogant, unsensibel, egoistisch ...»

«Also komm ...»

«... fand ich sie im ersten Moment. Mir ist ein Rätsel, was er an ihr findet ...»

«Hellen!»

«... nur, weil sie gut aussieht, dachte ich. Dachte ich. Doch dann, so im Laufe des Abends ... Sie kann amüsant erzählen, sie hat viel erlebt und kann sich und andere ganz gut einschätzen. Sie ist eine starke Frau, die genau weiß, was sie will. Sie kann zuhören. Sie kann witzig sein. Sie hat Herz.»

«Laß uns jetzt nicht länger über sie reden, hmmm?»

«Ich wollte dir ja auch nur sagen, Jon, daß ich dich verstehe.» Sie gab ihm einen zärtlichen Kuß auf den Mund und drehte sich auf die Seite. «Und jetzt schlaf schön.»

«Du auch, Liebling.»

«Gute Nacht.»

«Gute Nacht.» Doch schlafen konnte Jon noch lange nicht. Auf dem Rücken liegend, starrte er zur Decke. Alles drehte sich. Ihm war schwindelig. Er fuhr Karussell. Das schaukelnde weiße Pferd mit dem goldenen Zaumzeug, der Rappe daneben mit dem Silbersattel: das waren Isabelle und er. Bei der Kirmes in Albershude hatten sie als Kinder darauf Runden gedreht, gelacht, gejuchzt, mit fliegenden Haaren, immer gegen den Wind. Seltsam, daß einem manchmal solche Sachen einfielen. Was man erlebt hatte, schleppte man ein Leben lang mit sich herum. Plötzlich tauchten sie dann wieder auf, die schönen Erinnerungen und die schrecklichen. Es ging ihm doch gut jetzt. Alles war, wie er es sich immer erträumt hatte – perfekt. Warum konnte er es nicht so genießen, wie es sich gehört hätte? Warum war er so undankbar gegenüber seinem Schicksal? Warum war da immer noch diese unstillbare Sehnsucht? Es war verrückt gewesen, Isabelle dieses Geständnis zu machen. Es war ein Verrat an Hellen, eine Belastung für Isabelle und eine Dummheit ihm selbst gegenüber.

Jon drehte sich zur Seite und machte die Augen zu. Die Bilder ratterten weiter. Er atmetete so ruhig er konnte, nahm sich fest vor, sich vorläufig nicht mehr bei ihr zu melden. Es hatte keinen Zweck. Man mußte die Sache auf sich beruhen lassen, ehe alles nur noch schlimmer würde. Ich muß es akzeptieren, dachte Jon, sie wird immer meine Liebe bleiben. Meine unerfüllte Liebe.

Endlich schlief er ein.

## Kapitel 18

Das Weihnachtsfest verbrachte Isabelle geruhsam zu Hause mit ihrer Mutter und Gretel. Auch Silvester feierten die drei zusammen und spielten die halbe Nacht Skat. Isabelle hatte keine Lust auszugehen. Sie wollte ihre Ruhe haben und schlug sogar eine Einladung zu einer großen Fete aus, die sie von einer Kollegin im Salon bekommen hatte. Selbst um ihren Geburtstag machte sie kein großes Aufheben und ging einfach ins Kino. Ihre Mutter zerbrach sich den Kopf darüber, warum ihr Kind sich so zurückzog, und sprach sie darauf an. Doch Isabelle erklärte, es gebe dafür keinen besonderen Grund, sie wolle sich vor allem auf ihre Arbeit im Salon konzentrieren und habe nach der Pariser Zeit mit all ihrem Trubel nun einfach nur Sehnsucht nach Ruhe und Abgeschiedenheit.

Dann aber, an einem schönen Maitag, wurde die Hochzeit von Vivien Trakenberg und Peter Ansaldi gefeiert. Vivien hatte Isabelle persönlich eingeladen. Während Ida dagegen war, daß Isabelle als Tochter der Haushälterin an einem Familienfest teilnahm, zerstreute Gretel in ihrer beherzten Art alle Bedenken. Die Mädels seien mal Freundinnen gewesen, und es wäre geradezu brüskierend, wenn Isabelle diese Einladung nicht annähme.

Gretel hatte für die dreitägige Hochzeitsfeier von Charlotte Trakenberg eine kleine Kompanie zur Seite gestellt bekommen – zwei Küchenhilfen und vier Serviermädchen – und machte von ihrer neuen, zeitlich begrenzten Autorität kräftig Gebrauch. Niemand durfte sich ausruhen. Weder während der zweiwöchigen Vorbereitungszeit, in der die Lieferanten in der Villa umherschwirrten wie Wespen um ein Stück Apfelkuchen in der Sommersonne, noch während der Feierlichkeiten selbst, die aus einem Polterabend, der kirchlichen Trauung mit anschließendem Empfang und einer Soiree für hundert Personen bestanden.

*Carl Trakenberg und Charlotte Trakenberg, geborene Kranz, freuen sich, die bevorstehende Vermählung ihrer Tochter Vivien Trakenberg mit Herrn Peter Ansaldi, Sohn des verstorbenen Werner Ansaldi und dessen Gemahlin Hannelore Ansaldi, geborene Meyer, bekanntzugeben*, stand links oben auf der Bütten-Einladung. Nur Eingeweihte wußten, daß Peter Ansaldis Vater keineswegs verstorben, sondern nur vorübergehend verschwunden und dann in einem bayerischen Gefängnis wieder aufgetaucht war, wo er fünfzehn Jahre wegen Totschlag, Raub und Erpressung einsitzen mußte.

Charlotte hatte anfangs Bedenken wegen der Verbindung gehabt. Doch Peter Ansaldi hatte hart an sich gearbeitet, es verstanden, seine Herkunft vergessen zu machen, Carls Geschäften zu neuer Blüte zu verhelfen und darüber hinaus Vivien zu zähmen und zu umsorgen, kurz, es gab für Charlotte nach all den Jahren keinen vernünftigen Grund mehr, Einwände gegen diese Ehe zu erheben. Im Gegenteil: Peter Ansaldi war ein geschickter Spieler und Karrierist, er hatte aus der Chance, die Carl ihm als Jugendlichem gegeben hatte, das Beste gemacht, war erst unentbehrlicher Mitarbeiter geworden, dann unersetzlicher Kompagnon, schließlich liebevolles Familienmitglied. Er hatte von Anfang an nach dem Prinzip «Ich hol mir vom Leben, was ich brauche» gelebt, und sein Ziel, ein Trakenberg zu werden, nach dem alten Grundsatz «Willst du die Tochter, küsse die Mutter» erreicht. Mittlerweile schwärmte Charlotte für ihn fast noch mehr, als Vivien es tat. Wenn er seine künftige Schwiegermutter besuchte, brachte er ihr stets Blumen mit. Er nahm sich Zeit für sie, und das tat ihr gut, denn an der Seite ihres Mannes war sie mehr und mehr vereinsamt. Er hörte ihr zu, gab ihr recht, widersprach im richtigen Moment. Er besaß jene überzeugende Mischung aus Nachgiebigkeit und Härte, die ihn auch im Beruf so erfolgreich machte. Niemand hegte Zweifel an seiner Redlichkeit, seiner Integrität, seiner Loyalität. Mit Ausnahme von Isabelle.

Seit ihrer Geschichte mit Remo war sie besonders empfindlich gegenüber jungen Männern, die allzu forsch auftraten. Ihr angeborener Skeptizismus, ihre mittlerweile erworbene Lebenserfahrung, ihr Instinkt und ihr Menschenverstand gaben ihr sofort das Gefühl, daß mit Peter Ansaldi nicht gut Kirschen essen war. Bei dem Empfang nach der kirchlichen Trauung traf sie ihn in der Trakenbergschen Villa wieder. Während seine Frau mit einer alten Tante, die nicht mehr laufen konnte, im gedrängt vollen Salon saß und plauderte, näherte er sich Isabelle durch die Grüppchen eleganter Hochzeitsgäste hindurch und bot ihr das zweite Glas Champagner an, das er in der Hand hielt: «Vivien will es nicht. Sie hat Angst, betrunken zu werden. Die Aufregung, verstehst du?»

Er duzte sie. Isabelle hatte gedacht, sie sei per Sie mit ihm, entschloß sich jedoch, die Frage zu übergehen. Peter Ansaldi sah besser aus, als sie ihn in Erinnerung hatte. Er sprach mit ihr über ihre letzte Begegnung in Carls Büro, die nun schon ein paar Jahre zurücklag, damals, als Carl Isabelle überzeugt hatte, erst nach Paris zu gehen, wenn sie ihre Lehre abgeschlossen hätte. Isabelle, die kurz und höflich auf das Wohl des Bräutigams anstieß, wunderte sich darüber, daß er diese Geschichte kannte, und mehr noch darüber, daß er sich so genau daran erinnerte.

«Ich hab das Gedächtnis von einem Elefanten», erklärte er. «Bin auch so nachtragend!» fügte er hinzu und zeigte grinsend seine Zahnlücke. Seine krausen Haare hatte er etwas länger wachsen lassen und mit Gel gebändigt. Sein Cut saß perfekt, seine Haltung war kerzengerade. Er hatte etwas von einem Offizier. Isabelle fiel wieder ein, wie schrecklich er damals angezogen gewesen war, wie billig er auf sie gewirkt hatte. Nichts mehr von alledem. Er plauderte charmant und anscheinend intensiv mit ihr und registrierte doch aus den Augenwinkeln jede Bewegung um ihn herum. Während sie sich unterhielten, grüßte er nach links und rechts, machte angedeutete Verbeugungen vor älteren Herren, winkte jovial seinen Kumpels und Freunden zu, schüttelte den Damen nur die Hand, wenn sie sie ihm reichten. Vivien muß ihm eine gute Lehrerin gewesen sein, dachte Isabelle.

Es wurden Canapés gereicht. Die Serviermädchen brachten frisch gefüllte Champagnerflöten auf Silbertabletts und räumten die leeren Gläser ab. Ida half ihrer Freundin Gretel in der Küche, sie ließ sich bewußt nicht blicken. Ein Bote schleppte ein Blumenbukett in Zellophan herein und ließ sich von Charlotte, die ein elegantes helles Mantelkleid von Puppe Mandel trug und passend dazu gerötete Wangen hatte, einen Zehnmarkschein zustecken. Puppe rauschte vorbei, in einem indischen Hosenanzug aus Seide und einem Turban, in dem eine große Perle steckte. Sie und Charlotte wechselten ein paar Worte auf eine seltsam freundschaftliche und zugleich distanzierte Weise. Isabelle beobachtete die beiden Frauen und war fasziniert von ihrem Umgang miteinander – von der Würde und der Gelassenheit, mit denen jede die Präsenz der anderen in ihrem eigenen Leben duldete.

Peter Ansaldi, der keinen Schritt von ihrer Seite gewichen war, weckte sie aus ihren Gedanken: «Seltsam. Es ist meine Hochzeit. Und ich kenne hier kaum jemanden. Sind alles Viviens Leute, mehr oder weniger. Aber trotzdem: schön. Kein Problem.»

«Geht mir ebenso. Ich kenne auch niemanden.»

«Ja. Uns verbindet eine Menge. Dich und mich.»

«Ach ja?»

«Sicher.»

«Wir kennen uns doch kaum.»

«Ich weiß alles über dich. Du hast mich schon immer interessiert.»

Isabelle versuchte, so souverän wie möglich zu bleiben. Doch ihr spöttischer Blick nützte ihr nichts.

Er redete gedämpft weiter, mit leicht schnarrender, scharfer Stimme: «Du hast dich doch auch an ihn rangehängt, nicht wahr?»

«An wen? Rangehängt?»

«Carl.»

«Ich glaube nicht, daß das die richtige Formulierung ist.»

«Ich glaube schon. Wir kommen beide von unten. Und wollen nach oben. Stimmt doch, oder?»

«Vielleicht solltest du dich jetzt mal um deine anderen Gäste kümmern. Auf diese Weise lernst du vielleicht den einen oder anderen Menschen hier doch noch kennen ...» Sie verschränkte die Arme vor der Brust und sah ihn herausfordernd an.

«Wir kommen noch zusammen.» Er leerte sein Glas mit einem Zug und stellte es der vorbeihuschenden Bedienung auf das Tablett. «Das ist so sicher wie das Amen in der Kirche.» Dann machte er eine angedeutete Verbeugung, schlug dabei, kaum hörbar in dem Stimmengewirr, die Hacken seiner Schuhe mit einem Klacken zusammen und ging zu seiner Ehefrau ins Nebenzimmer.

Mehr denn je war Isabelle in letzter Zeit mit Avancen überhäuft worden. Seltsam. Gerade jetzt, wo sie am wenigsten Interesse an Männern hatte, wo sie sich auf ihre Karriere konzentrieren wollte, hätte sie an jedem Finger zehn haben können. Einerseits liebte sie es zu flirten. Sie mochte dieses Spiel. Sie wollte gut aussehen, gut ankommen, umschwärmt werden, begehrt werden, wie in der Schule eine Eins mit Sternchen kriegen. Aber sie wollte sich auch zurückziehen, sagen können, wann Schluß war. Männer hatten die Angewohnheit, ein «Nein» nicht sehr ernst zu nehmen. Sie wollten bestimmen, so waren sie erzogen. Frauen mit Selbstbewußtsein, die den Takt angaben: das war ihnen ein Greuel.

An diesem Abend während der Soiree hatte Isabelle einmal mehr Anlaß, bei ihrem Entschluß «Hände weg von den Kerlen» zu bleiben. Ihr Tischnachbar, ein dünner, schnöseliger Eins-neunzig-Mann Ende Zwanzig, belagerte sie wie ein mittelalterliches Heer eine Festung. Er gehörte zur Kategorie des Blankeneser Treppenadels, wie man hier sagte. Eine Spezies, deren Vertreter sich aufgrund von Geld und Geschäftstüchtigkeit geadelt sahen, sich durch Arroganz auszeichneten, einander wie ein Ei dem anderen glichen und auf der Hochzeitsgesellschaft reichlich vorhanden waren.

Vivien hatte Isabelle und den Schnösel miteinander bekannt gemacht. «... und das ist Isabelle Corthen. Eine alte Freundin der Familie ...» – Handkuß – «Wenn sie nicht gewesen wäre», Vivien hakte sich beschwingt bei ihrem Mann ein, «dann würden wir heute keine Hochzeit feiern. Dann gäbe es mich gar nicht mehr.» Sie lachte hell auf. «Dann wäre ich tot. Isa hat mir mal das Leben gerettet.»

Isabelle winkte ab. «Du übertreibst!»

«Ich bin als Kind auf dem Eis eingebrochen. Schrecklich!»

Vivien sah hinreißend aus. Puppe Mandel hatte ihr ein Ballkleid entworfen, das aus champagnerfarbener Spitze bestand, die sich eng an den Oberkörper schmiegte und dann in weitfallenden Chiffon überging. Kamelienblüten, die ihr der Friseur in das Haar gesteckt hatte, waren ihr einziger Schmuck. Ihr Mann hatte sich für den Abend einen Smoking angezogen. Sie gaben das perfekte Paar ab, und Vivien brachte mit ein paar amüsanten Anekdoten aus der Jugendfreundschaft zwischen ihr und Isabelle die Männer zum Lachen. Die vier waren inmitten der rauschenden Roben und der Abendanzüge, dem Lichterglanz und Blumenregen, dem Stimmengewirr, Gelächter, Gläserklingen und der leisen Musik, die eine Combo im Hintergrund spielte, ein heiteres Kleeblatt, und jeder, der sie im Vorbeigehen sah, hätte denken können, sie seien die besten Freunde. Doch Isabelle fühlte sich unwohl und hatte schlechte Laune. Ständig machte Peter Ansaldi irgendwelche eigenartigen Bemerkungen. Andauernd starrte sein Freund, der sich als begeisterten Jäger beschrieb, sie verzückt an. Bei Tisch entwickelte er sich gar zum leidenschaftlichen Schwätzer. Nicht einmal während der Tischreden – Carl rührte mit seinen liebevollen Worten die

Familie und einige Freunde zu Tränen – unterließ er es zu reden. Er kommentierte alles. Und alles abfällig. Sogar das Essen. Das regte Isabelle besonders auf, denn Gretel hatte sich selbst übertroffen. Es gab Hummersalat, eine Consommé, dann Lachs in Blätterteig, danach ein Zitronensorbet und als Fleischgang warmes Roastbeef mit Gemüsen. Zum Abschluß wurden Käse und Früchte serviert und als Dessert bayerische Creme.

Isabelles Tischherr, der auf Anfrage nach seiner beruflichen Tätigkeit nebulös geantwortet hatte, er mache «gute Geschäfte», begleitete das Essen mit schrecklichen Geschichten über die Jagd. Als Kaffee, Gebäck und Digestifs gereicht wurden, war er beim Ausweiden angekommen und drückte ihr dabei sein mageres Bein gegen den Oberschenkel. Isabelle erging sich derweil in Haßphantasien. Sie wollte den Rest des Château Petrus über sein dünnes Haar und sein bleiches Gesicht gießen. Doch sie entschied sich statt dessen, abrupt aufzustehen und sich zu verabschieden.

«Nehmen Sie's mir nicht übel», erklärte sie, als er sich – immerhin gut erzogen – mit ihr erhob. «Ich interessiere mich weder für Jagd noch für Sie. Sie langweilen mich zu Tode.» Mit diesen Worten ging sie.

Zwischen Wohn-, Eßzimmer und Bibliothek waren die Schiebetüren geöffnet worden, so daß ein großer, über Eck gehender Raum entstand, in dem ein Dutzend runder Tische aufgebaut waren. Isabelle schlenderte in ihrem schwarzen engen Samtkleid, das sie selbst entworfen hatte, an den Tischen vorbei, grüßte kurz Puppe Mandel an dem einen und Charlotte an dem anderen Tisch, nickte einem Bekannten zu, den sie schon des öfteren bei den Trakenbergs gesehen hatte, und ging dann hinaus auf die Terrasse. Sie hatte nicht bemerkt, daß Carl ihr mit seinen Blicken gefolgt war, daß Puppe Mandel es beobachtet und ihm kurz zugenickt hatte.

Es war eine herrliche Mainacht. Die Luft war, besonders nach der Hitze drinnen, angenehm kühl und frisch. Zwei ältere Herren im Frack standen einander gegenüber und sprachen über die Börse. Sie sahen aus wie zigarrenrauchende Pinguine. Kleine Wölkchen stiegen aus ihren Mündern auf. Am Himmel funkelten die Sterne. Isabelle ging langsam über den Rasen. Von drinnen drang das Lärmen der Menschen heraus und in Wellen die Musik der Combo. Sie spielten *Fly Me to the Moon*. Je weiter Isabelle vom Haus wegging, desto leiser wurden die Geräusche. Früher war sie oft am Ende des Grundstücks gewesen, das hier nur durch einen einfachen Drahtzaun vom wild bewachsenen Hang getrennt war, hatte auf die Elbe geschaut und den Schiffen nachgesehen. Doch jetzt war sie schon lange nicht mehr hier gewesen.

Links lag der Pavillon. Die Tür war weit geöffnet, und wohl wissend, daß sich bei solchen Gesellschaften immer wieder Romantiker oder Pärchen hier einfanden, hatten die Gastgeber Windlichter aufgestellt, deren Kerzen friedlich brannten. Isabelle setzte sich mit dem Rücken zur hellerleuchteten Villa auf die mit geblümten Kissen gepolsterte Holzbank, zündete sich eine Zigarette an, inhalierte tief und schaute aus den Sprossenfenstern hinaus. Auf der gegenüberliegenden Uferseite sah man noch Teile einer Werftanlage, dahinter das flache Land, das in der Dunkelheit versank.

Isabelles schlechte Laune hatte sich in eine nachdenkliche Stimmung verwandelt. Sie dachte an Paris. Wie immer, wenn wir zu unseren Erlebnissen einen langen zeitlichen Abstand bekommen haben, verblassen die Erinnerungen nicht, wandeln sich aber. Das Schlechte erscheint uns weniger schlecht, das Gute hingegen gewinnt die Oberhand, wird strahlender und besser, als es je war.

Isabelle mußte an Christin Laroche denken. Was sie jetzt wohl machte? Nie wieder hatte sie ihre frühere Freundin gesehen oder etwas gehört. Christin war intelligent genug, zu wissen, warum Isabelle ihre Briefe nicht beantwortet und sich nie mehr bei ihr gemeldet hatte. Ob sie sich schämte für das, was sie getan hatte? Vielleicht dachte sie gar nicht mehr an Isabelle. Vielleicht aber doch: Wenn sie mit Remo da drüben in New York nachts im Bett lag und beide sich an Paris erinnerten, so wie sie jetzt.

Ach, Remo. Was für eine Leidenschaft. Was für ein Irrtum. Manchmal grübelte Isabelle darüber nach, ob sie – vor dieselbe Situation gestellt – denselben Fehler noch einmal machen würde. Sie fürchtete ja. Und sie fragte sich, ob es wirklich so gut und richtig und wichtig sei, im Leben Fehler zu machen, weil man angeblich nur aus ihnen etwas lernte. Im Rückblick und bei Licht besehen hätte sie gern auf all ihre Fehler verzichtet. Sie hatten ihr nicht gutgetan. Sie waren Umwege gewesen, unnötige Umwege. Ohne sie, die Fehler und die Umwege, würde jetzt vielleicht Jon an ihrer Seite leben, und sie, Isabelle, wäre es, die mit ihm ein Kind hätte. Eine glückliche Familie. Wie kostbar, wie beneidenswert! Sie dachte an jenen Vorweihnachtstag zurück, an dem sie bei ihnen gewesen war. Die drei und ihr Zuhause. Das Heimelige, Geborgene. Aber auch: das Kleine, das Bürgerliche. *Nein*, dachte Isabelle jetzt und zog an ihrer Zigarette, ich würde ersticken. Ich würde verrückt werden, bei aller Liebe, ohne meine Freiheit. Ohne Hoffnung darauf, meine Träume verwirklichen zu können.

Sie hörte ein Räuspern und drehte sich um. In der Tür zum Pavillon stand Carl.

«Na», fragte er, «so allein, schönes Kind?»

«Herr Trakenberg!» Sie lächelte. «Wie schön!»

Er setzte sich ihr gegenüber auf einen Teakholz-Gartenstuhl. «Was sagst du?» fragte er und lehnte sich mit ausgebreiteten Armen zurück, so daß seine geraffte Bauchbinde aus weißer Seide kräftig spannte. Es klang wie: Wie findest du mein Fest? Und in der Tat wollte er gelobt werden: «Meine Rede habe ich erst kurz vorher in meinem Schlafzimmer auf dem Bett geschrieben ... also, schnell runtergekritzelt. Dafür kam sie nicht schlecht an, nicht?»

Isabelle lachte kurz und ehrlich auf. «Nein. Es waren wunderschöne Worte.» Sie mochte diesen Mann. Sie liebte seine Eitelkeit, sein einnehmendes Wesen, seine enorme Großzügigkeit, seine Fürsorglichkeit, sein Wissen, seinen Humor. Wie oft hatte sie sich gewünscht, er wäre ihr Vater. Wie oft hatte sie sich als junges Mädchen abends, wenn sie nicht einschlafen konnte, mit dieser Geschichte weggeträumt in den Schlaf: daß sie – nicht Vivien! – eine Trakenberg wäre, daß Charlotte von ihrem Mann geschieden wäre, daß sie allein mit Carl in dem großen Haus wohnen würde. Und mit Gretel.

Das tat Isabelle noch heute – sich abends im Bett etwas Schönes ausdenken. Sie hatte noch nie jemandem davon erzählt, und sie wußte nicht, ob andere Erwachsene das auch taten. Für sie hatte sich in dieser Hinsicht nichts verändert seit den Kindertagen in Luisendorf, als sie ihr kleines rotes Köfferchen gepackt hatte, von ihrem Zimmer durch die Diele in die Küche gegangen war und so getan hatte, als wäre ihre Mutter da, von der sie sich nun leider verabschieden müsse: Ich fliege nach Hollywood, ich habe eine Hauptrolle in einem Film, ich werde berühmt. Und dann hatte ein imaginäres Telefon geklingelt, ein Regisseur hatte angerufen und ihr versprochen, er werde gleich seinen Fahrer vorbeischicken und sie abholen lassen.

«Ich finde, mit dem Sie: das lassen wir mal ab heute!» erklärte Carl.

Sie verstand nicht sofort. Er hielt ihr einen Aschenbecher hin, und sie drückte ihre Zigarette aus.

«Ich bin doch nicht so ein oller Knochen, daß ich dich duze und du sagst immer noch Sie zu mir. Ich heiße Carl. Und so halten wir das ab jetzt.»

Isabelle strahlte. «Aber dann auch einen Bruderschaftskuß!» Sie stand auf und kam zu ihm.

«Seit wann denn so herzlich?»

«Wie: herzlich?»

«Du bist doch sonst immer so eine Spröde, oder?»

Sie umfaßte sein Gesicht und küßte ihn impulsiv auf den Mund. Seine Lippen waren erstaunlich weich, seine Wangen rauh und fest. Er roch nach Knize Ten.

«Soviel zum Thema spröde!» erklärte sie und sah ihm direkt in die Augen. «Carl.»

«Du hast zuviel getrunken.»
Sie nickte.
«Ich auch», gab er zu.
«Ich hatte so einen langweiligen Typen neben mir. Ich mußte mich betrinken!»
«Ich mußte neben Charlottes Tante sitzen.» Er schmunzelte. «Sie ist hundert, taub und verrückt, sie hat mir erzählt, sie sei schwanger und häkele Babysachen, es würde ein Mädchen. Ich hab versucht, es ihr auszureden. Ich habe gebrüllt, damit sie mich versteht. Na ja. Zwecklos. Die Tischordnung hat meine Frau gemacht. Sie wollte mich ärgern.»

Isabelle setzte sich wieder. «Wird man Sie nicht vermissen?» Sie zeigte zur Villa hinüber.

Carl tat, als habe er sie nicht verstanden, und legte eine Hand hinter sein Ohr.

«Sie sind ja weder hundert noch taub ...»
«Sie?»
«Du! Entschuldigung. Ich muß mich erst daran gewöhnen.»
«Und verrückt bin ich auch noch nicht. Nein. Glaubst du, man würde mich vermissen?» Er schüttelte den Kopf. «Die Regeln der Gesellschaft, mein Mädel, die muß ich dir auch noch beibringen. Du ... ich ... keiner von uns wird wirklich benötigt als Mensch, verstehst du? Wir sind nur Dekoration. Deswegen sind doch immer alle beleidigt, wenn man absagt. Weil ihre Dekoration dann nicht mehr perfekt ist. Nicht, weil sie dich vermissen würden, dich besonders mögen. Es geht nicht um dich. Bei solchen Einladungen ist man eine Figur. Ich bin heute die Figur, die zahlt, die Vaterfigur, die große Reden schwingt. Alles andere: Wurscht. Jeder Schauspieler hätte die Rolle übernehmen können.»

«Und nun sagst du gleich: Jeder ist ersetzbar.»

Carl stand auf. «Ich will dich ja heute abend nicht desillusionieren. Im Gegenteil.» Er setzte sich neben sie auf die Bank. «Mein Mädel», sagte er ernst.

«Carl!» sagte sie und mußte lachen, weil es so ungewohnt und ihr ein wenig peinlich war, ihn auf einmal zu duzen.

«Wir haben nämlich was zu feiern.»

Eine Windbö trug ein paar Fetzen Musik von der Villa herüber in den Pavillon. Die Combo spielte Stevie Wonders *You Are the Sunshine of my Life*. Isabelle summte mit.

«Wir haben nämlich zu feiern, daß Puppe dir ihr Geschäft zum Juli übergeben will.»

Isabelle hörte abrupt auf zu summen und sah ihn erstaunt an. «Das sagst du mir so ... jetzt ...»

«Ich dachte: Ist ein schönes Geschenk für dich am heutigen Tag. Vivien kriegt meinen Kompagnon und du den Modesalon ...»

«Ist das echt wahr?»

Er nickte und strahlte sie an.

«Aber ... aber, ich meine: Darfst du mir das so einfach sagen, schließlich ist es ...»

«Sie hat es mir erlaubt.» Er stupste sie an die Nase. «Mach dir keine Sorgen.»

Isabelle schlug die Hände vors Gesicht. Endlich! Endlich, endlich, endlich. Es war soweit, sie war soweit. Doch schon brach die Ernüchterung in ihre Euphorie. «Aber wie?» fragte sie. «Wie soll es gehen?»

«Puppe wird am Montag mit dir über alles reden, Isabelle. Sie und ich haben folgendes verabredet: Noch kommende Woche machen wir einen Termin beim Anwalt. Ich empfehle, alles Notwendige mit meinem Hausanwalt zu besprechen, er ist ein tüchtiger Mensch, und er kennt ein wenig die Verhältnisse. Puppe neigt dazu, Anwälte zu verschleißen, ihre Jungs sind meist Kampfhunde, trainiert darauf, Leute zu verklagen.» Er grinste. «Du weißt schon.»

Isabelle dachte in diesem Moment an etwas anderes. Ihr fiel es wie Schuppen von den Augen. Sie hatte bisher immer gedacht, als es hieß, sie würde den Salon übernehmen, es ginge darum, ihn zu führen, ihm neues Leben zu geben, ihre Seele einzuhauchen, mit ihren

Entwürfen und ihren Ideen. Doch Carl schien nun davon zu sprechen, daß sie nicht nur Geschäftsführerin werden sollte, sondern Inhaberin. «Ich glaube, jetzt verstehe ich das erst: übernehmen! Aber ich habe keinen Pfennig, Carl! Keinen Pfennig Geld. Das geht doch gar nicht.»

«Du wirst einen Kredit bekommen.»

«Ich kriege doch auch keinen Kredit! So ein Quatsch.»

«Ich werde für dich bürgen.»

Isabelle runzelte die Stirn. «Was hat das für mich zu bedeuten?»

Carl bemerkte ihr Mißtrauen. «Das fängt ja gut an. Ganz in der Tradition unserer Madame Mandel, was? Nein, ganz im Ernst: Ich finde es ja gut, wenn du alles fragst, was du wissen willst. Du mußt alles fragen. Du mußt alles wissen.»

«Also?»

«Also: nichts. Ich bürge für dich. Fertig. Ob du es glaubst oder nicht: Ich habe auf diesen Moment sehr lange hingearbeitet. Ich habe schon vor mehr als zehn Jahren etwas in dir erkannt ... gesehen ... ich weiß, in dir steckt noch viel mehr, als wir alle jetzt zu ahnen wagen.» Er streichelte ihre Wange. «Na ja, ein wenig Eigennutz ist auch dabei. Ich will halt später als dein Entdecker gelten!»

Isabelle war die Lobhudelei unangenehm. Und sie war völlig aus dem Häuschen. Sie konnte es immer noch nicht ganz glauben. Sie stellte sich ans Fenster und sah hinaus. Dann drehte sie sich um. Ihre Wangen waren gerötet, ihre Augen glänzten. Im Licht der Kerzen um sie herum sah sie wunderschön aus. «Richtig – übernehmen? Salon Isabelle Corthen?»

Auch Carl drückte sich von der Bank hoch. «Na ja, vielleicht sagen wir: Salon Isabelle Corthen, stiller Teilhaber Carl Trakenberg ... so ganz möchte ich dich natürlich nicht aus den Fittichen lassen. Aber das sind Dinge, die wir zu dritt mit dem Anwalt bereden müssen, die Modalitäten und so. Laß uns jetzt zurückgehen. Ich möchte mit meinem Schützling tanzen. Und falls Puppe nicht schon Reißaus genommen hat, sollten wir drei ein Glas zusammen trinken, was?»

Isabelle nickte, und sie verließen den Pavillon.

Carl legte die Hände auf den Rücken und guckte nach oben. «Schöne Nacht!»

«Carl?»

«Hmm?»

«Danke!» Sie stellte sich vor ihn. «Ich habe dir noch nie richtig danke gesagt, glaube ich.» Sie schlang die Arme um seinen Hals und küßte ihn zärtlich auf die linke und auf die rechte Wange.

Oben auf der Terrasse stand seit einer Weile Charlotte und schaute in den Garten hinunter. Auch sie hatte sich zum Abend umgezogen, und ihre Abendrobe, deren Rot wallte wie eine Feuersbrunst, ließ sie wie eine Rachegöttin aussehen. Sie sah, wie ihr Mann und die Tochter ihrer Haushälterin sich umarmten. Peter Ansaldi trat heraus. Die Combo spielte einen Walzer.

«Schwiegermama», sagte er fast zärtlich, «du stehst hier draußen, während ich dich suche und mit dir tanzen möchte.» Er stellte sich neben sie und grinste sie an. Unverwandt blickte sie in Richtung Pavillon. Er folgte ihrem Blick. Sein Gesichtsausdruck veränderte sich schlagartig.

«Tanzen?» murmelte Charlotte.

Er umfaßte ihren Ellenbogen, etwas zu hart für Charlottes Geschmack.

«Aber ja!» Er drehte sie langsam herum und bot ihr seinen Arm. «Drinnen spielt die Musik!»

Dem Puzzle der Abneigungen gegen Isabelle war an diesem Abend, ohne daß sie etwas ahnte, ein weiteres Teilchen hinzugefügt worden. Charlotte nahm den dargebotenen Arm ihres Schwiegersohns und ließ sich ins Haus führen. Hand in Hand und sehr langsam kam Carl Trakenberg mit Isabelle durch den Garten zurück.

«Ich bin so glücklich!» sagte Isabelle.

Noch einmal zurückschauend, blieben sie stehen.

«Du wirst noch glücklicher werden!» antwortete Carl. In diesem Augenblick fiel eine Sternschnuppe vom Himmel. «Schau, schau, schnell ...» Isabelle kreuzte die Finger, und während die Sternschnuppe über dem Fluß verlosch, schloß sie die Augen und wünschte sich etwas. Sie sagte Carl nicht, was. Denn wenn man seinen Wunsch verrät, so heißt es, geht er nicht in Erfüllung.

Was Isabelle nicht ahnte, war, daß es manchmal besser sein konnte, wenn sich Wünsche nicht erfüllten, Gebete nicht erhört wurden. Aber von solchen Vorbehalten wußte sie damals in ihrem Glück und Überschwang noch nichts.

## Kapitel 19

Wenn Isabelle später an diese Zeit zurückdachte, schienen sich die Ereignisse in den kommenden Wochen und Monaten zu überstürzen. Zunächst einmal hatte sie ihrer Mutter die Neuigkeiten beibringen müssen. Die wollte die Geschichte nicht glauben. Alles, was sie dazu sagte, war negativ. «Hast du dir das auch gut überlegt? Du wirst einen Sack voller Schulden haben und dich ruinieren», prophezeite sie. «Das kannst du doch überhaupt nicht. Woher willst du wissen, wie man so was macht? Das ist mindestens eine Schuhnummer zu groß für dich. Die treiben dich da in was rein, Kind, laß es, hör auf mich. Am Ende wirst du nur über den Tisch gezogen. Die denken sich doch auch was dabei. Kein Mensch macht was aus reiner Nächstenliebe, die wollen da auch ihren Nutzen rausziehen, du bist dem nicht gewachsen, Isa. Laß das!»

Es kam, wie es kommen mußte: Zwischen Mutter und Tochter gab es einen Riesenkrach. Das Palaver ging Isabelle unendlich auf die Nerven. Sie warf ihrer Mutter vor, sie immer nur klein zu machen, ihr niemals etwas zuzutrauen, ihr niemals Mut zu machen. Ihre Mutter reagierte darauf gekränkt. Sie redete nicht mehr mit ihrer Tochter und schleuderte eine letzte düstere Drohung aus: «Wirst schon sehen. Am Ende habe ich immer recht behalten. Aber diesmal nehme ich dich nicht wieder auf. Diesmal bist du alt genug, deine Dummheiten vorher zu überschauen.»

Bis obenhin reichte es Isabelle. Selbst Gretel konnte bei diesem Konflikt nicht schlichten – was wohl auch damit zu tun hatte, daß sie Idas Einwände und Sorgen insgeheim teilte. Daß diese jungen

Frauen heutzutage immer nach den Sternen greifen wollten! Daß man es ihnen auch so leicht machte! Ihnen solche Flöhe ins Ohr setzte. Aber das war typisch für Herrn Trakenberg. Dabei genügte es doch, daß ihre kleine Isa Assistentin bei Frau Mandel war – eine Menge lernte, gut verdiente, für eine Schneiderin doch eine tüchtige Karriere. Sie sollte lieber bei ihren Leisten bleiben, sie verstand ihr Handwerk, was wollte man mehr. Eines Tages würde ein Mann vorbeikommen, sie würde heiraten und Kinder kriegen. Hoffentlich. Das wollte Gretel unbedingt noch erleben.

Die Folge des Zerwürfnisses mit ihrer Mutter war, daß Isabelle sich eine eigene Wohnung suchte und auszog. Für Ida war es – trotz allem – ein schwerer Tag, als der Umzugswagen vor der Tür stand und Isabelles Sachen eingeladen wurden. Sie stürzte sich in den Hausputz, wollte nicht dabeisein, wenn ihr Kind abfuhr. Loslassen müssen: das war immer das schwierigste für sie gewesen.

Isabelle hingegen freute sich wie ein Stint. Ihre neue Wohnung war nicht besonders groß und lag im Universitätsviertel. Es erinnerte sie ein wenig an Paris. Auch deshalb, weil die Wohnung sich in einem alten Patrizierhaus befand und im vierten Stock unter dem Dach lag. Sie hatte zweieinhalb Zimmer, Küche, Bad, und das schönste war der Balkon, der, wie sie Puppe Mandel erklärte, «ins Dach geschnitten» war: Links und rechts von Mauern eingefaßt, die sich steil absenkten und mit rostroten Pfannen gedeckt waren, glich er eher einer Terrasse. Wenn man an dem geschwungenen schwarzlackierten Gitter stand, hatte man einen weiten Blick über die Stadt und fühlte sich frei und leicht.

Statt als erstes die Umzugskartons auszupacken, flitzte Isabelle zu ihrer Bankfiliale, plünderte ihr Sparbuch und kaufte in einem Blumenladen um die Ecke Terrakottakübel, Blumenkästen aus grün gestrichenem Holz, Erde und Pflanzen. Am Umzugstag stand sie bis in die Nacht, einer warmen, heiteren Sommernacht, auf dem Balkon und pflanzte Rosensträucher ein, die voller dicker Knospen waren, duftenden Lavendel, blauen Rittersporn, weiße und rosafarbene

Lupinen und zum Hochranken am Mauerwerk Clematis-Stauden und Efeu. Sie wünschte sich einen prächtigen Bauerngarten. So einen, wie sie ihn zu Hause in Luisendorf gehabt hatten.

Dann kamen die schwierigen Tage der Gespräche und Verhandlungen. In diesem Punkt hatte Ida natürlich recht: Isabelle hatte nicht die geringste Ahnung, wie sie einen Vertrag zu ihren Gunsten hätte beeinflussen und gestalten lassen können. Doch oft belastet Wissen nur und blockiert den Mut. Isabelle besaß einen gesunden Menschenverstand, und sie vertraute Carl. Das genügte. Es ärgerte sie zwar, daß bei allen Treffen in den hypermodernen Büros der Anwälte auch Peter Ansaldi dabei war, aber sie mußte zugeben, daß seine schnelle Art, sein analytisches Denken und seine frech vorgetragenen Argumente sehr dazu beitrugen, die Sache voranzutreiben und offene Fragen rasch zu klären.

Einmal kam es zu einer offenen Auseinandersetzung zwischen ihr und Peter. Er verlangte, in die Verträge solle die Bedingung aufgenommen werden, daß sie die Stoffe für ihre Kollektion ausschließlich bei der Firma Carl Trakenberg zu kaufen habe. Isabelle saß in der Zwickmühle. Sie empfand eine solche Forderung als Knebel, sowohl in kreativer als auch in kaufmännischer Hinsicht. Doch sie wollte auch Carl nicht vor den Kopf stoßen, schließlich hatte sie ihm alles zu verdanken. Peter Ansaldi blieb beinhart. Und auch sie wollte nicht nachgeben. Sie wußte: Hier ging es um mehr als um einen Vertragspassus. Schließlich kam ihr – wie so oft – Carl zur Hilfe und forderte seinen Schwiegersohn auf, diesen Punkt aus den Vereinbarungen zu streichen. Er sagte, so etwas entspreche nicht den guten hanseatischen Kaufmannssitten und sei einer jungen, neugegründeten Firma nicht zuzumuten. Insgeheim spürte Isabelle jedoch einen Hauch von Enttäuschung bei ihm.

Kürzlich hatte er ihr einen Vortrag darüber gehalten, wie die Geschäftswelt funktionierte. Er hatte ihr gesagt, Erfolg werde immer von Menschen gemacht, mit Menschen und niemals gegen Menschen. Von lebenslangen Freundschaften hatte er gesprochen, von Seilschaften, davon, daß eine Hand stets die andere wäscht, und dabei gebrauchte er auch das Wort *Stalltreue*.

«Es gibt so was wie Stalltreue, Isabelle. Gegenüber Familien, Freunden und, du wirst es nicht glauben, auch gegenüber Firmen. Merk dir das gut.» Es klang fast ein wenig harsch, drohend. Stalltreue. Sie hatte gegen die Stalltreue verstoßen, gleich vom ersten Moment an.

Trotzdem kam der Vertrag schließlich zustande. Es wurde vereinbart, daß Carl Trakenbergs und Peter Ansaldis Firma die Hälfte des neugegründeten Unternehmens halten würden, mit zehn Prozent wurde Puppe Mandel beteiligt, die restlichen vierzig Prozent gehörten Isabelle und wurden durch die Bank finanziert. Carl bürgte für diese Kredite, wie er es versprochen hatte. Puppe Mandel – die anfangs eine beratende Position innehaben sollte – vermietete das Haus, in dem sich der Salon befand und das als Firmensitz beibehalten werden sollte, zu einem günstigen Preis an Isabelle. Endlich war alles perfekt. Die Corthen-Mode-GmbH stand.

Unter Puppe Mandels Mitarbeiterinnen herrschte große Aufregung, wie immer, wenn Menschen aus dem gewohnten Trott herausgerissen und vor neue Situationen gestellt werden. Es gelang Isabelle, alle zu beruhigen. Niemand sollte entlassen werden. Die Direktrice kündigte sofort. Sie konnte Isabelle nicht leiden und traute ihr, so erzählte sie den Kolleginnen ganz offen, nichts zu. In Wahrheit war sie neidisch. Neid ist ein großer Motor, er bewegt Menschen zu den äußersten Handlungen, meist zerstörerischer Natur. Isabelle sollte ihm noch oft begegnen in den folgenden Jahren, und es war ihr Glück, daß die Direktrice ihre negative Energie gegen sich selbst richtete und ging. Sie hätte ihr das Leben zur Hölle machen können.

Nun galt es zu handeln. Isabelle hatte klare Vorstellungen davon, wie es weitergehen sollte. Sie wollte keine Modellkleider mehr anfertigen. Die Tradition von Puppe Mandels Salon wurde zu

Grabe getragen. Aus den Pariser Erfahrungen schöpfend, entschloß sich Isabelle, nur noch Prêt-a-porter herzustellen, Kleider von der Stange, und aus dem Salon eine Boutique zu machen. Sofort nachdem Puppe Mandel ausgezogen und in ihr reetgedecktes Anwesen auf Sylt übersiedelt war, baute Isabelle das ganze Haus um, kostenbewußt und schnell. Alles wurde entrümpelt und modernisiert. Isabelle wollte keinen Plüsch mehr, sondern kühle Klasse. Aus den altmodischen Showrooms wurden Verkaufsräume, in die Halle ließ sie einen Kassentresen einbauen. Das Atelier wurde zum Büro und verkleinert in Puppe Mandels frühere Privaträume unter das Dach verlegt.

In dieser Zeit schlief Isabelle kaum mehr als vier Stunden pro Nacht. Sie sprach mit Handwerkern, sie nahm Kontakte zu Kleiderfabrikanten auf, die ihre Entwürfe produzieren sollten, sie setzte Annoncen in die Zeitung, in denen sie neue Mitarbeiterinnen – zwei Verkäuferinnen, eine Sekretärin und eine Assistentin für sich – suchte, sie zeichnete, nachts auf immer noch nicht ausgepackten Umzugskisten sitzend, Entwürfe über Entwürfe, sie beaufsichtigte die Näherinnen, die die letzten Aufträge von Puppe Mandels Stammkundinnen ausführten.

Carl, der eigentlich Verständnis dafür hätte haben müssen, daß sie vor Arbeit kaum aus den Augen gucken konnte, traktierte sie zusätzlich. Ständig arrangierte er Termine für sie. Stolz wie ein kleiner Junge, der sein neuestes Spielzeug vorführen wollte, stellte er Isabelle seinen Geschäftsfreunden vor. «Können dir alle noch sehr nützlich sein, sei nicht so naiv, so was ist wichtig!» zischte er ihr, wenn sie widerstrebend, abgehetzt und verspätet angetrabt kam, ins Ohr, bevor sie ein Restaurant betraten und mit Kaffeehändlern, Börsenmaklern, Handelskammerpräsidenten und Zeitungsredakteuren zu Mittag aßen.

Dann gab es eine Überraschung. Eines Vormittags im Juli stand Isabelle draußen vor dem Gebäude und instruierte einen Handwerker, der auf der Leiter stand, um den alten Schriftzug über dem

Eingang zu entfernen und einen neuen anzubringen: *Boutique Belle Corthen* stand jetzt in Chrombuchstaben über der Tür. Carl hatte ihr geraten, die erste Silbe ihres Namens künftig zu streichen, weil es so «besser laufen» würde, wie er sich ausdrückte, und «etwas Internationales kriegt».

«Denken Sie daran, daß wir da drunter auch noch Licht anbringen müssen», erklärte Isabelle, «ich will, daß die Buchstaben abends von unten angeleuchtet werden.»

«Von unten, soso ...», murmelte der Handwerker und setzte die Bohrmaschine an.

«Aber auch nicht so hoch!» rief sie.

Er stellte die Bohrmaschine ab und sah herunter. «Wissen Sie, junge Frau», erwiderte er trocken, «Sie machen Ihren Job. Und ich mach meinen. Was halten Sie davon?»

«Ist schon gut.»

«Außerdem will da jemand was von Ihnen!» Er zeigte hinter sie auf den Parkplatz an der Straße und schmiß den Bohrer wieder an.

Isabelle drehte sich um. «Nein!» Hinter ihr stand Patrizia Paslack, die Gefährtin aus der Lehrzeit. «Ich sterbe! Patrizia!»

«Wollte gratulieren kommen!» Patrizia schwenkte einen Biedermeierstrauß vor ihrer Nase. Sie lachte fröhlich, und die beiden Frauen liefen aufeinander zu und umarmten sich. Menschen, die sich eine lange Zeit nicht gesehen haben, neigen dazu zu denken, nur der andere habe sich verändert, während man selbst gleichgeblieben sei. Sie kaschieren die Überraschung, ja, manchmal sogar den Schock darüber, daß das Älterwerden offenkundig sichtbar wird, indem sie das Gegenteil von dem sagen, was sie meinen.

«Du hast dich überhaupt nicht verändert!» behauptete Isabelle.

Dabei hatte sich Patrizia verändert. Und wie! Sie wog doppelt soviel wie früher, und das, obwohl Isabelle schon damals gewettet hätte, daß eine Steigerung nicht mehr möglich gewesen wäre. Ihr Leinenkostüm – mit Dekolleté für sechs Personen – war in auffälligem Tigermuster bedruckt, ebenso wie ihre High Heels. Die Brille, die sie mittlerweile tragen mußte, hatte die Form von Schmetterlingsflügeln und war mit bunten Straßsteinen besetzt. Sie schwamm in schwerem Parfüm und schwerer Begeisterung für sich selbst.

Jetzt drehte Patrizia sich mit ausgebreiteten Armen einmal herum. «Wie findest du mich?» Der Ton dieser Frage ließ nur eine Antwort zu. «Ich habe mich für schrill entschieden. Langweilige Leutchen gibt's genug, oder?»

Isabelle mußte lachen. «Wie kommst du hierher?»

«Mit der U-Bahn.» Sie knickte ihr rechtes Bein hoch, um die Strumpfnaht geradezuziehen, und stützte sich mit der linken Hand auf Isabelles Schulter. «Unsinn, ich habe deine Stellenanzeigen in der Zeitung gesehen. Und dann dies hier ...» Sie stellte sich wieder aufrecht hin und fummelte aus ihrer XXL-Handtasche aus erdbeerfarbenem Lackleder einen Zeitungsartikel hervor. Er zeigte ein Bild von Puppe Mandel und handelte davon, daß sie ihren Modesalon nach mehr als fünfundzwanzig Jahren aufgegeben und an ihre Nachfolgerin Isabelle Corthen verkauft habe, langjährige Mitarbeiterin von Yves Morny in Paris. Es war der erste Zeitungsbericht, in dem Isabelles Name erwähnt wurde, und fortan sollte er, hinter Glas gerahmt, in ihren Büros hängen, als Erinnerung an die Zeit, in der alles begonnen hatte.

«Und dann lese ich das alles und bin natürlich baff: Unsere Isa, sage ich mir, wer hätte das gedacht. Auf einmal Modeschöpferin!»

Isabelle winkte ab. «Mit Schulden bis zum Abwinken und einer ungewissen Zukunft ...»

Der Handwerker hatte seine Arbeit beendet, stieg von der Leiter herunter und klappte sie lärmend zusammen wie jemand, der auf sich aufmerksam machen will. «Ich wär dann soweit», sagte er. Keine Antwort. Die Frauen redeten, schnatterten, kicherten, lachten, schrien auf, fragten, antworteten und erzählten. Das

Atelier. Die Fürstin. Puppe Mandel. Mozart. Remo. Paris. Die Zukunft.

Er räusperte sich. «Wenn Sie denn mal schauen wollen?»

Isabelle und Patrizia sahen hoch. Da prangte der Name.

«Wow!» sagte Patrizia.

«Schön!» sagte Isabelle.

Zufrieden machte sich der Handwerker daran, das Kabel zusammenzurollen und seine Sachen zu packen.

«Laß uns reingehen», schlug Isabelle vor.

Patrizia folgte ihr, und drinnen zeigte Isabelle ihr die neuen Regale in den Verkaufsräumen, die Kleiderständer, an denen noch kein einziges Stück hing, die winzigen Umkleidekabinen, die Tresen in der Halle, auf denen später die Sachen verpackt würden und wo kassiert werden sollte, und den großen Büroraum im darüberliegenden Geschoß. Hinter einem Paravent, den Puppe ihr überlassen hatte, stand ihr Schreibtisch aus Glas und Chrom. Auch wenn alles unfertig war: ihn hatte sie schon perfekt ausgestattet, von der schwarzledernen Schreibtischunterlage bis zum Silberbecher für Bleistifte. In einer kubistisch anmutenden blauen Glasvase stand ein Lilienstengel, daneben Carls Bronzefigur, die ihr Maskottchen geworden war. In einem Silberrahmen prangte ein Foto. Patrizia nahm den Rahmen hoch und betrachtete das Bild. Es zeigte Isabelle. Sie saß in einem Pariser Café und lachte in die Kamera.

«Na ja ...» Leicht verlegen nahm sie Patrizia den Silberrahmen wieder aus der Hand und stellte ihn zurück. «Einen Kerl gibt es nicht in meinem Leben. Also stelle ich lieber ein Bild von mir selber auf.»

«Ach, Kerle ...» Patrizia setzte sich auf den mit weißem Leder bezogenen Freischwinger, der vor dem Schreibtisch stand, schlug ein Bein über das andere und setzte die Miene eines Arztes auf, der seinen Patienten ausführlich über eine bevorstehende Operation informieren will. «Hör mir auf damit. Ich habe mich ja nach Italien verliebt. Ein toller Typ, aber der hat mich so was von ausgenutzt, na, ich sage dir. Ich bin Hals über Kopf weg von ihm und nun wieder hier in Hamburg. Und ...», sie guckte Isabelle fröhlich an, «... suche einen Job.»

«Oh!»

«Ja: oh. Du schreibst hier in der Zeitung, du willst eine Assistentin *und* eine Sekretärin haben, was soll denn das? Ich mache dir beide Jobs. Zum Preis für einen. Gewichtsmäßig kommt's ja hin, oder?»

Isabelle war überrascht und froh zugleich. Patrizia kam ihr wie ein Geschenk des Himmels vor. Mit ihrer Energie, ihrer Kraft und ihrem Witz war sie die ideale Ergänzung für sie und genau das, was sie jetzt brauchte. Sie willigte ein. Schon am nächsten Tag fing Patrizia an. Sie krempelte die Ärmel hoch und packte mit an, wo es nur ging. In Windeseile waren alle Räume auf Hochglanz und die Schneiderinnen in Schwung gebracht. Es wurden Stoffe für die Musterteile bei Carl bestellt, Büromaterial geordert und Briefpapier gedruckt, mit Banken und Lieferanten geredet, Zeitpläne aufgestellt, Termine gemacht, Nacht für Nacht beugten sie sich über Skizzen, die sie überall im Büro ausgebreitet hatten, berieten sich, ergänzten, zerknüllten, entwarfen neu. Sie saßen auf dem Boden, abgekaute Bleistifte in der Hand, brennende Zigaretten im Mund, ein Glas Wein und einen Teller mit einem Rest Salat oder Sandwich neben sich, und fühlten sich noch nachts um zwölf frisch und glücklich. Es war die Zeit des Aufbruchs. Sie lernten die inspirierende Kraft von Musik kennen und begriffen auf einmal, warum Puppe Mandel immer Mozart gehört hatte, wenn sie kreativ arbeitete. Sie schafften sich eine Stereoanlage an und dudelten unablässig ihre Lieblingshits. Diana Ross mit *Upside down*, die Bee Gees mit *Staying alive*, die Gruppe Chic mit *Le freak*. Sie sangen lauthals mit, lachten viel und waren glücklich, wenn ihnen etwas gelungen schien. Manchmal, wenn Isabelle müde wurde, nahm sie eine von den Tabletten, die ihr damals Christin Laroche empfohlen hatte und die sie sich von ihrem Hausarzt verschreiben ließ. Auf diese Weise entwarf Isabelle in wenigen Wochen Kleider, Röcke, Hosen, Jacken, Anzüge und Mäntel – eine ganze Modekollektion.

Die Zeit drängte, denn es war bereits Juli, und spätestens im Oktober mußte die Kollektion für den kommenden Sommer fertig sein. Im Hause wurden nach diesen Entwürfen eilig Erstschnitte angefertigt, danach die Teile genäht, geprüft, verändert, und schließlich entstanden die Musterteile. Mit ihnen im Koffer fuhren Isabelle und Patrizia im Zug zweiter Klasse eine nicht enden wollende Strecke durch Deutschland und die Schweiz bis nach Norditalien.

In der piemontesischen Stadt Biella und den Tälern der Umgebung hatten seit Jahrzehnten unzählige Tuchweber, Stickereien und Konfektionsfabriken ihren Sitz. Patrizia kannte dort die Familie Marongiu, die in ihrem Handwerksbetrieb Auftragsarbeiten überwiegend deutscher Modefirmen ausführte. Das Ehepaar Marongiu hatte zwei Söhne, die im Unternehmen mitarbeiteten und von denen der eine – er hieß Fernando, war Ende Zwanzig und sah genauso aus, wie sich Isabelle einen *latin lover* vorstellte – sie von der ersten Minute an wild umschwärmte. Er war schlank und perfekt gekleidet, hatte einen olivdunklen Teint, schwarze Haare und Augen, die förmlich zu glühen begannen, wenn er Isabelle sah. Sie und Patrizia teilten sich ein stickiges Zimmer in einem Hotel, das mitten in der Stadt an einer Kreuzung lag und sehr einfach war. Nachmittags saßen sie lachend auf dem Bett, der stechenden Sonne wegen bei heruntergelassenen Jalousien, und stellten sich vor, daß Fernando jede Sekunde unten vor dem Haus aufkreuzen und gegen den Autolärm ansingen würde: *O sole mio*.

Am Abend gingen sie mit der Familie in eine Trattoria, aßen Risotto mit frischen Steinpilzen, Wildschweinragout und *Panna cotta* mit Sauerkirschen, tranken Unmengen von Wein und amüsierten sich wundervoll. Patrizia sprach perfekt italienisch, wie Isabelle neidisch bemerkte. Sie nahm sich vor, Unterricht zu nehmen, sobald sie wieder in Hamburg waren. Zum Glück beherrschte Fernando ein wenig die deutsche Sprache, den Rest besorgten englische Brokken, Hände, Füße und Sympathie. Am Ende des Abends war man sich handelseinig. Einen schmachtenden Fernando am Bahnhof von Biella zurücklassend, setzten sie sich am nächsten Mittag in den Zug und fuhren zurück nach Hamburg.

## Kapitel 20

Alles, was uns widerfährt, hinterläßt etwas in uns: eine Erinnerung, eine Erkenntnis, ein Stück Angst, ein wenig Glück. Oft verschließen wir Erlebnisse in unserem Inneren, bewußt oder unbewußt, vergessen sie einfach, verdrängen sie. Doch sie sind niemals verloren. Irgendwann einmal taucht alles wieder auf. Es nützt uns, es schockiert uns, es ist uns gleichgültig oder läßt uns nachträglich begreifen.

Am Vorabend ihrer ersten Modenschau wurde Isabelle auf einmal klar, daß es ihre Pariser Zeit gewesen war, die verhaßte, geliebte, schwierige Zeit in Paris, die sie am allermeisten geprägt hatte und die am stärksten alle Entscheidungen der vergangenen Monate beeinflußt hatte. Nach langen, harten Tagen und Nächten war sie zum erstenmal allein; allein, nicht einsam; allein in ihrer schönen Wohnung, die inzwischen ganz nach ihrem Geschmack eingerichtet war und ihr ein Gefühl von Zufriedenheit und Glück gab. Isabelle war nervös. Angespanntheit und Vorfreude mischten sich. Morgen würde sich erweisen, ob die Erwartungen, die man in sie gesetzt hatte, berechtigt gewesen waren. Morgen würde sich zeigen, ob die Hektik und die Mühen der letzten Wochen sich gelohnt hatten.

Um sich zu entspannen, ließ sie sich ein Bad ein. Das Telefon, das neuerdings auch zu Hause unablässig klingelte, hatte sie ausgehängt, um endlich einmal ungestört zu sein. Sie goß einen Schuß nach Zitrone und Pfeffer duftendes Badeöl in den Strahl heißen Wassers und begann sich auszuziehen. Während sie das tat, ging sie ins Wohnzimmer und machte die Flügel der Balkontür weit auf. Es war ein sanfter, fast noch warmer Spätherbstabend, und die Rosen, die wie alles, was sie gepflanzt hatte, prächtig angewachsen waren, verströmten einen süßen Duft. Isabelle zog ihn tief ein. Dann schlüpfte sie aus ihrem Hemd und warf es im Gehen aufs Sofa. Wieder im Badezimmer angekommen, entledigte sie sich ihrer Wäsche, drehte den Wasserhahn zu und setzte sich in die Wanne.

Die Wärme des parfümierten Wassers tat ihr gut. Sie machte die Augen zu und lehnte ihren Kopf gegen den gekachelten Rand. Noch einmal überdachte sie den Ablauf des morgigen Tages. Beginn der Modenschau: 16 Uhr. Dauer: eine Stunde. Anschließend Cocktail. Alle zweihundert Einladungen waren raus. Kaum eine Absage. Große Neugierde. Eine Hamburger Tageszeitung hatte im voraus über das Ereignis berichtet.

Isabelle hatte sich dagegen entschieden, eine Show in eigenen Räumen zu machen. Von allen Ritualen, die Puppe Mandel immer gepflegt hatte, wollte sie sich so weit wie möglich entfernen. Sie wollte nicht ihre Nachfolgerin sein. Sie wollte Belle Corthen sein. Das neue Wunderkind der Mode. Reichlich Überzeugungskraft hatte es sie gekostet, ihren Geschäftspartnern – Carl und Peter – und den Banken klarzumachen, daß auch der Rahmen dieses ersten Auftritts entscheidend sei und daß sie unbedingt im noblen Atlantic-Hotel an der Alster ihre erste Kollektion präsentieren wollte. Am Ende hatten die Männer ihr zugestimmt. Aber der Geldtopf war leer, die Situation mehr als angespannt. Nichts durfte schiefgehen. Alles konnte schiefgehen. Isabelle plätscherte mit der Hand im Wasser und verscheuchte ihre Sorgen.

Sie hatte den kleinen Festsaal des Hotels vollständig mit weißen Stoffbahnen ausschlagen lassen. Es sollte ein Raum wie aus einem Traum sein, dem Sommernachtstraum. Die Stühle, in Reihen entlang dem Laufsteg aufgestellt, waren mit weißen Hussen überzogen. Ein Teil des Raums war mit weißen Vorhängen abgetrennt, auf die dutzendfach und in silbernen Buchstaben ihr

Name gedruckt war; dahinter befand sich der Bereich, wo die Models sich umziehen sollten und der Discjockey seine Anlage aufgebaut hatte.

Patrizia und sie hatten nur weiche Swing-Musik ausgesucht; Melodien von Gershwin und Cole Porter; Big Bands, die Titel wie *Stormy Weather* oder *New York, New York* spielten; Frank Sinatra, der *Laura* oder das *Girl von Ipanema* besang; Al Martino gehörte ebenso zur Auswahl wie Dean Martin, Charles Aznavour oder Edith Piaf, eine Remineszenz an Paris.

Paris! Isabelle wünschte sich für die Show jene Atmosphäre von weltläufigem, lässigem Leben, die sie selbst so geliebt und genossen hatte; Charme, Eleganz, Nostalgie und Vitalität dieser Stadt sollten auch in ihrer Kollektion auftauchen. Sie mußte lächeln. Ja, offenbar war selbst ihre Zeit unter den Dächern von Paris in ihre Entwürfe eingeflossen – sogar der Stil und Geschmack von Yves Morny, den sie einst so gehaßt hatte. Die weißen Pailletten ... Isabelle lachte auf. Patrizia hatte ihr gesagt, sie müsse ihrer Kollektion ein Thema geben. Isabelle hatte sich daraufhin für das Motto «Weiß» entschieden.

Die Farbe Weiß: schlichte, weiße Sommerkleider aus fließendem Jersey, lange weiße Leinenjacken im Cardigan-Stil zu passenden engen Röcken, weiße Strickjacken, kombiniert mit weißen Hosen. Weiß waren die Strandkleider aus Frottee, weiß und weit die Blusen, glatt und gerüscht. Es gab weißen Samt, aus dem Isabelle Westen und Cocktailkleider hatte anfertigen lassen, weiße Spitze, aus denen Abendroben genäht waren; es gab Lambswool, Seide, Organza, Chiffon, Brokat, und alles war weiß. Fasziniert hatten Isabelle bei ihrer Arbeit die unterschiedlichen Töne. Blaß, fahl und winterlich kalt konnte das Weiß sein, warm, frisch oder sommerlich klar, milchig-, cremig- oder beige-weiß; die Farbe von Butterbrotpapier konnte es haben, von Kalk oder Schnee; man nannte es Ecru, Eierschale, Vanille.

Jäh wurde Isabelle aus ihren Gedanken gerissen. Es klingelte.

Die Wohnungstür. Sie wußte nicht, wer es war, sie erwartete niemanden, und sie hatte keine Lust zu öffnen. Es klingelte erneut. Isabelle tauchte unter, das Wasser gurgelte und schäumte über ihrem Kopf. Ausgerechnet! dachte sie. Ich will niemanden sehen, ich will wenigstens einen Abend für mich. Noch mal: Sturmklingeln. «Hilfe», rief Isabelle und sprang aus der Wanne. Hastig zog sie ihren Frotteemorgenmantel über, lief barfuß zur Wohnungstür und öffnete.

Es war Carl. «Tut mir leid, wenn ich dich so überfalle, aber dein Telefon ist seit Stunden besetzt und ... darf ich hereinkommen?»

«Ja ... ja.» Sie trat beiseite.

Carl sah zu Boden und stieg über die Badewasserpfütze auf den Parkettdielen hinweg. «Scheint dir gut zu passen, mein Besuch!»

Sie schloß die Tür. «Ich habe gerade gebadet.»

«Entspannungsbad?»

«Sozusagen.» Sie begleitete ihn ins Wohnzimmer. «Gib mir deinen Mantel.» Sie streckte die Hand aus, er nahm den Trench von seinem Arm und reichte ihn Isabelle.

«Ist noch richtig mild draußen, erstaunlich!» sagte er und trat auf den Balkon.

«Bin gleich zurück», rief Isabelle, schnappte sich die im Wohnzimmer verstreuten Klamotten und verschwand wieder im Bad. Carl schnupperte an den Rosen und setzte sich auf einen der Teakholzstühle, die er ihr vermacht hatte, als Charlotte neue Gartenmöbel bestellt hatte. Ein Päckchen, das er unter dem Arm getragen hatte, lehnte er gegen die Mauer, an der mittlerweile der Efeu hochgerankt war.

Carl sah an diesem Abend besonders elegant aus, so, als habe er noch etwas Besonderes vor. Sein maßgeschneiderter anthrazitfarbener Flanellanzug, dessen Weste ein wenig spannte (Carl hatte in den letzten Jahren leicht zugenommen, wie Isabelle immer wieder amüsiert bemerkte), das blaßblaue Hemd und die schwarzgepunktete gelbe Seidenkrawatte gaben ihm etwas Offizielles, Staatsmännisches.

«Was ist los?» fragte Isabelle, als sie zurückkam – Hemd und Jeans hatte sie wieder angezogen – und sich ihre kinnlangen blondgesträhnten Haare mit einem Handtuch trockenrubbelte. «Warst du im Überseeclub? Anglo-German? Handelskammer?»

«Wieso?»

«Siehst so schick aus!»

«Ich sehe immer schick aus.»

«Das ist wahr.» Sie legte ihr Handtuch über die Lehne des zweiten Stuhls. «Willst du einen Wein?»

Er nickte. Sie ging in die Küche, nahm aus dem Kühlschrank eine Flasche Soave – dem Trend der Zeit entsprechend, war sie auf italienischen Wein umgestiegen –, entkorkte sie, griff zwei Gläser aus dem Regal, schenkte ein, probierte und füllte dann auch das andere Glas. Dann zündete sie sich eine Zigarette an, schnappte sich einen Aschenbecher und ging mit allem beladen zu Carl zurück.

Er nahm sein Glas in Empfang. «Schön hast du's hier. Ein Paradies, deine Terrasse, eine richtige grüne Hölle.»

«Da kann auch kommen, was will, Belle Corthens Firma hin oder her: Meine Pflanzen kriegen Pflege. Ja ...» Sie hob eine herabgefallene Ranke des Efeus hoch, beschaute sich kurz die Unterseite der Blätter und steckte sie wieder an dem Bambusgerüst fest. «Man muß ihnen nicht nur Wasser und Dünger geben, man muß auch mit ihnen reden. Und ihnen ab und zu unter den Rock gucken.»

Carl lächelte ironisch.

«Sagt Gretel», erklärte Isabelle und setzte sich. «Prost.»

«Auf morgen.»

«Auf morgen, ja!»

Sie tranken.

«Ich hab dir was mitgebracht.» Carl nahm das Päckchen und gab es ihr.

Hastig riß sie das Packpapier auf, legte ihre Zigarette im Aschenbecher ab. Zum Vorschein kam ein Gemälde im Renaissance-Rahmen, ein Holländer, wie Carl immer pauschal zu sagen pflegte.

Zwölf Zentimeter hoch und sieben Zentimeter breit, von einem blassen goldgrünen Passepartout aus Samt eingefaßt und auf Holz gemalt, zeigte es eine Frau in rotblauem Gewand, die auf einem Hügel im Schatten von Bäumen saß und ihrem Kind die Brust gab. Über dem Haar der Mutter, das mit einem Band hochgesteckt war, schwebte ein Heiligenschein. Im Hintergrund lag, weit entfernt, ein Dorf, das von einem schäumenden Fluß umspült wurde. Ein Mann, millimetergroß getupft nur, überquerte eine Steinbrücke, die über das Wasser führte. *Pieter Lastman 1608* stand auf einem Messingschild, das mit dünnen Stiften auf den Rahmen genagelt worden war.

Carl erklärte Isabelle, der Maler sei ein Lehrer Rembrandts gewesen und das Gemälde sehr wertvoll. Er habe es von einem befreundeten Kunsthändler in Köln erworben und wolle es ihr zum Geschenk machen, einen Tag vor dem denkwürdigen Ereignis. Sie betrachtete eine Weile beglückt das Bild und auch ein wenig irritiert. Warum schenkte er ihr etwas so Kostbares? Warum ausgerechnet dieses Motiv, die Darstellung Marias mit dem Jesuskind, die eher etwas für ihre Mutter als für sie gewesen wäre? Vorsichtig legte sie das Bild auf den schmiedeeisernen Balkontisch. Dann stand sie auf und umarmte Carl. «Ich weiß nicht, was ich sagen soll.»

Er antwortete nicht. Sie spürte, daß er seltsam steif war. Sie ließ ihn los, setzte sich wieder, beguckte das Gemälde noch einmal. «Du machst mir immer so viele Geschenke, ich weiß ja nie, wie ich mich revanchieren soll.»

Er schüttelte den Kopf, als wollte er sagen: Mach dir keine Gedanken deswegen.

«Nein, wirklich, Carl. Du übertreibst immer.»

«Soll ich's wieder mitnehmen?»

«Quatsch.»

«Ach, Mädel.» Er seufzte.

Isabelle merkte nicht gleich, daß er etwas auf dem Herzen hatte. Weil ihre Zigarette ausgegangen war, ging sie in die Küche, holte die Schachtel und die Flasche Wein, schenkte noch mal nach. Dann sprach sie über ihre Modenschau. Daß außer dem Ehepaar Trakenberg, den Ansaldis und Puppe Mandel auch Isabelles Mutter und Gretel kommen würden. Daß Jon und seine Frau abgesagt hätten, worüber sie sehr enttäuscht war. Daß sie zudem Lampenfieber habe. Daß Patrizia ein wahrer Segen für sie sei. Sie rauchte eine nach der anderen, und Carl hörte ihr zu, das eine oder andere Mal mit dem Kopf nickend, nachfragend oder bestätigend. Zwischendurch bekamen sie Streit. Carl fand, daß Isabelle das Geld mit vollen Händen hinauswerfe und ihre erste Modenschau viel zu aufwendig gestalte. Sie konterte, er habe doch selbst sein Leben lang aus dem vollen geschöpft.

«Das stimmt», sagte er. «Aber ich habe immer nur mein eigenes Geld ausgegeben, nie das der anderen.»

Einen Augenblick war Isabelle pikiert. So etwas haßte sie, es erinnerte sie an die Reaktionen ihrer Mutter. Sie wollte frei sein in ihren Entscheidungen und erwartete, daß Carl ihr vertraute. Das sagte sie ihm, und er lenkte ein. Man merkte: Carl konnte es nicht ertragen, wenn sie ihm böse war.

Schließlich war die Flasche Wein leer. Isabelle hatte eine zweite gekühlt und holte sie, zusammen mit dem Öffner. Während Carl sie entkorkte, machte Isabelle die Kutscherlampen an den Seitenwänden an. Sie tauchten den Balkon in ein warmes Licht. Es war kühl geworden, und Isabelle holte aus dem Schlafzimmer zwei Plaids, legte eines davon Carl über die Knie – er lächelte dankbar –, nahm wieder Platz und kuschelte sich in ihre Decke. «Ich sollte längst im Bett liegen!» erklärte sie. «Morgen bin ich *fertig*! Aber es ist so gemütlich mit dir. Und wann haben wir schon mal Gelegenheit, so unter uns zu sein.»

«Ja.» Er senkte den Blick, nahm einen Schluck Wein, stellte das Glas zurück.

Isabelle sah ihn an. Er war wie immer sonnengebräunt. Mit den Falten, die er nach und nach bekommen hatte, sah er noch interessanter als früher aus. Sie hatte ihn von Herzen gern, stellte sie in diesem Moment fest – ja, auf meine Weise hab ich ihn lieb, dachte sie und fragte: «Hast du was auf dem Herzen?»

«Na ja ... wie soll ich sagen. Ach was. Nichts.»

«Carl! Hab ich das nicht von dir? ‹Was man begonnen hat, muß man zu Ende bringen!› Du hast einen Satz begonnen, also bring ihn zu Ende.»

Doch Carl wich aus. Sie kamen auf etwas anderes zu sprechen. Dann wurde es ihnen zu kalt. Isabelle knipste die Kutscherlampen aus. Sie räumten alles zusammen und gingen hinein. Nachdem die Gläser, die leeren Flaschen und der volle Aschenbecher in der Küche standen, erwartete Isabelle, daß Carl gehen würde. Doch das tat er nicht.

«Darf ich noch einen Moment bleiben?»

Isabelle guckte auf die Armbanduhr. Es war Mitternacht. «Carl!»

«Ich weiß, daß morgen dein Tag ist. Aber trotzdem, oder gerade deshalb ...»

«Also gut: eine Viertelstunde.» Ihr fiel etwas ein. «Oh!» Lächelnd holte sie das Gemälde herein, das sie draußen vergessen hatte, und stellte es auf das offene englische Rollbureau, das sie sich zum Einzug gegönnt hatte. Es machte sich gut auf dem Palisanderholz neben den kleinen Schubladen und Innenfächern, dem antiken Tintenfaß und der Metallschale mit Herbstäpfeln. Ein kurzer, prüfender Blick auf dieses Stilleben, dann verschloß sie die Balkon-Flügeltüren und zog schwungvoll die dicken maisgelben Chintzvorhänge zu. Sofort wirkte der Raum gemütlich und weich. Carl nahm auf dem mit dunkelblauem Leinen bezogenen Sofa Platz.

«Aber noch einen Wein mache ich nicht auf!» erklärte Isabelle kategorisch und setzte sich zu ihm. Sie schlüpfte aus ihren Schuhen und zog die Beine an, nahm die Schachtel Gauloises vom Tisch, klopfte eine Zigarette heraus und wollte sie sich anzünden. Er hinderte sie daran, indem er sie ihr wegnahm und ihre Hand auf das Sofa herunterdrückte. «Du hast genug geraucht. Den ganzen Abend bist du schon hibbelig!»

Sie maulte. «Ich bin eben nervös. Wundert dich das?»

«Es wird alles wunderbar. Du kannst ganz und gar beruhigt sein!» sagte er mit sanfter Stimme. Und dann fügte er etwas hinzu, sagte es auf seltsame Weise, indem er sie nicht anschaute, sondern von ihr wegsah, als blickte er in eine ungewisse Zukunft: «Ich habe so lange darauf gewartet.»

Erstaunt schaute sie ihn an.

Er erwiderte ihren Blick. «Daß wir einen solchen Abend verbringen. Ohne die anderen, ohne offiziellen Anlaß, ohne Grund ... ohne Probleme lösen zu müssen: nur wir beide. Nur du und ich. Allein. Ich habe so lange darauf gewartet, bis du soweit bist ...»

«Was meinst du?»

«Ich will dir etwas erzählen ...»

Carl lehnte sich zurück, nahm eines der Kissen, legte es sich auf den Bauch und ließ seine Hände darauf ruhen. Diese Geste kannte Isabelle. Schon als Mädchen, wenn sie mit Vivien zusammen im Wohnzimmer der Trakenbergs gespielt hatte und Carl zufällig dabeigewesen war, hatte er das manchmal getan. Es bedeutete, daß er etwas zu sagen hatte. Etwas von Bedeutung. Eine längere Geschichte. Und so war es auch diesmal.

Am Tage der Kapitulation hatten er und Charlotte sich «zur Feier des Tages», wie Carl erzählte, verlobt und ein paar Monate später, noch im Jahre 1945, geheiratet. Sein Vater, von dem er das Geschäft nach Kriegsende übernommen hatte, war strikt gegen diese Ehe gewesen, denn Charlotte kam aus sehr einfachen Verhältnissen, war finanziell schlecht gestellt, und die Vermutung lag nahe, daß der Grund zur Heirat ihrerseits nicht Liebe war, sondern Berechnung. Charlotte war in jenen Tagen noch nicht die gewandte, elegante Dame, sondern eine vitale, lebenslustige junge Frau. Die einen bezeichneten sie als unkonventionell, spritzig, kokett, frech. Für die anderen war sie eine starke Persönlichkeit, die den weichen Carl unterbutterte; eiskalt, berechnend, schlecht erzogen und geldgierig. Sie ging gerne aus, rauchte wie ein Schlot, trank wie ein Kerl, hatte, obwohl sie verheiratet war, Spaß daran, mit Männern zu flirten. Carl aber liebte Charlotte – die damals alle noch Lotte nannten, bis sie sich das verbat – über alles, verzieh ihr manches und hielt zu ihr, trotz aller Widerstände. Doch als es wieder bergauf ging, im Land und in der Firma, ging es bergab in der Ehe. Denn abgesehen davon, daß die beiden schon sehr schnell merkten, wie verschieden sie waren, wobei die Unterschiede sich nicht ergänzten, sondern störten, belastete sie ein großes Problem. Was niemand außer ihnen wußte und was niemand erfahren sollte: Carl konnte keine Kinder zeugen. Der Druck, der deshalb auf ihnen lastete, war enorm. Natürlich erwarteten Carls sehr konservative Eltern, daß Nachwuchs käme, natürlich sollte der Fortbestand der Familie, des Familienunternehmens und des Familienerbes gesichert sein. Und natürlich wurde es Lotte angelastet, daß sie nicht schwanger wurde. Dann passierte etwas, das für Carl eine Katastrophe war, ihn in eine tiefe Lebenskrise stürzte. Sie wurde schwanger.

Es kam heraus, daß sie fremdgegangen war. «Sie trug das Kind von einem anderen unter dem Herzen, kannst du dir vorstellen, wie mir zumute war? Sie war zu allem Überfluß mit einem Kerl ins Bett gegangen, der eigentlich weit unter meiner – unserer – Würde war und den ich kannte: mit einem Arbeiter aus unserem Lager.»

Isabelle konnte nicht fassen, was Carl ihr da erzählte. Nach all den Jahren hatte sie das Gefühl, die Menschen, mit denen sie so lange gleichsam unter einem Dach gewohnt hatte und die ihr so vertraut schienen, gar nicht richtig zu kennen. «Vivien ist nicht deine Tochter?» fragte sie.

Er schüttelte den Kopf.

«O Gott! Jetzt verstehe ich deine ... die Art von dir ...»

Er unterbrach sie und sagte in scharfem Ton: «Ich habe mich immer bemüht, es sie nicht merken zu lassen, und ich glaube ...»

«Heißt das etwa: Sie weiß es gar nicht?»

«Nein!»

«Carl! Das kann ich nicht glauben! Ihr habt es ihr nie gesagt?»

«Wir haben es niemandem gesagt.»

«Das finde ich unmöglich! Sie ist doch kein Kind mehr, sie ist eine erwachsene Frau, sie muß doch die Wahrheit über ihre Biographie kennen! Carl, ich glaube, ich spinne.» Isabelle zündete sich nun doch eine Zigarette an. «Warum hast du dich nicht einfach scheiden lassen, als du es erfahren hast?»

«Damals war alles anders, Belle. Wer so etwas und die Zeiten nicht selbst erlebt hat, kann das nicht verstehen ... ich liebte Charlotte schließlich. Außerdem wollte ich vor meinen Eltern, meinen Leuten, meinem ganzen Umfeld – wir waren eine hanseatische Kaufmannsfamilie, verstehst du ...?»

«Toll!»

«Ich wollte nicht zugeben, wahrscheinlich nicht einmal vor mir selbst, daß alles ein Irrtum war. Mein Vater sollte am Ende einfach nicht recht behalten. Das war es. Dann war Lotte auch sehr verzweifelt.» Er mußte lächeln. «Lotte. Das habe ich seit hundert Jahren nicht mehr gesagt! Sie hat mich angefleht, sie nicht fallenzulassen. Und am Ende: Was konnte das Kind dafür? Wir hatten auch keinen Ehevertrag, von der Art, wie man ihn heute schließt, nein, nein ... ich habe sie nicht verstoßen. Vielleicht war ich ein Trottel. Ich habe den Mann entlassen, ja, diese Rache habe ich mir gegönnt. Das war alles. Vivien kam zur Welt, sie war einfach unser Kind. Auch wenn ich es hier ...», er tippte sich aufs Herz, «hier nie richtig gefühlt habe. Leider. Ich glaube, ich leide noch heute darunter.»

Sie strich ihm sanft über die Hand, die noch immer auf dem Kissen ruhte. «Und Vivien? Denkst du auch an ihre Gefühle? Ihr hättet es ihr trotzdem sagen müssen.»

«Aber was hätte es ihr genützt? Daß sie erfährt, daß ihr Vater ein Lagerarbeiter war und ihre Mutter eine Schlampe? Charlotte hat sich dann auch sehr geändert, im Laufe der Jahre, sie hat sich vollkommen gewandelt, es scheint heute fast unglaublich, was seinerzeit passiert ist, wie sie mal war, niemand könnte es glauben.»

«Das ist wohl wahr!» Isabelle mußte an ihre erste Begegnung mit der damenhaft strengen, kühl-eleganten Charlotte Trakenberg denken, vor der sie sich eigentlich immer ein wenig gefürchtet hatte. Wie seltsam. Was sich doch hinter Menschen für Schicksale verbargen – alles war Fassade, nichts stimmte. Wahrheit, Offenheit und Ehrlichkeit sind nun einmal das Wichtigste im Leben: Hatte ihr Vater ihr das nicht am Ende gesagt, ihr mit auf den Weg gegeben? Es stimmt nicht, dachte Isabelle, es stimmt einfach nicht.

Carl fuhr fort: «Nicht einmal ich kann das heute noch glauben, so erfolgreich habe ich die Geschichte verdrängt. Es kommt mir vor, als wären wir – besonders Charlotte – andere Menschen gewesen. Ja und dann ... weil du fragst, warum hast du es Vivien nicht gesagt ... Es gab nie den richtigen Zeitpunkt. Und so blieb es unser Geheimnis. Fest verschlossen in uns.»

«Warum sprichst du dann jetzt darüber?»

Er wich ihrem Blick aus. «Die Geschichte ist noch nicht zu Ende. Denn dann kam ja Puppe. Sie hatte auch eine schreckliche Geschichte hinter sich, aber sie will nicht, daß man darüber redet. Vielleicht wird sie es dir eines Tages selbst erzählen. Kurz und gut: Wir trafen uns, Anfang der Fünfziger, als sie hier anfing mit ihrer Karriere, so wie du heute, ich verkaufte ihr Stoffe, und wir kamen uns näher: nicht über die Erotik, das war das Komische. Wir haben uns gegenseitig getröstet.» Er erzählte Isabelle die ganze Geschichte dieser Beziehung, die voller Höhen und Tiefen gewesen war, sich von einer Affäre in eine Art Ehe verwandelt hatte («Puppe wollte nie heiraten!») und heute Freundschaft war.

«Freundschaft?»

«Ja», antwortete er, «irgendwann haben wir aufgehört, miteinander zu schlafen, und das hat auch etwas damit zu tun, daß ...» Er stockte.

«Ich komme mir vor wie ein Beichtvater!» sagte Isabelle scherzhaft. Sie wollte die Situation etwas auflockern, denn Carl sah plötzlich todernst aus. Erschrocken nahm sie seine Hand. «Was ist denn? Irgendwas ist doch noch. Es gibt doch einen Grund, daß du mir das alles erzählst ... Was meintest du vorhin damit: Du hättest so lange darauf gewartet, bis ich soweit bin ...?»

Sie spürte, wie er ihre Hand umklammerte.

«Ich liebe dich, Isabelle.»

Sie lächelte. «Ich hab dich doch auch gern, Carl.»

«Du verstehst mich nicht richtig. Ich liebe dich. Ich habe dich vom ersten Tag an, als ich dich in unserer Küche bei der guten Burmönken sah, du erinnerst dich, als Vivien ins Eis eingebrochen war – von da an habe ich dich geliebt.»

«Carl, du bist verrückt!» Isabelle sprang auf, ging zum Rollbureau hinüber, setzte sich auf den Freischwinger, der davor stand. «Ich war ein Kind damals! Keine Lolita, Mensch!»

Er erhob sich auf, legte das Kissen mit Bedacht an seinen Platz zurück und kam dann zu Isabelle. «Du warst ein junges Mädchen. Zu jung. Natürlich, zu jung. Aber du warst stark. Stark und schön, und ich habe es geliebt, mit dir im Ehmke gesehen zu werden, auf Puppes Modenschau ...»

Sie unterbrach ihn. «Es ist spät, du bist müde, und wir haben zuviel getrunken. Du gehst jetzt besser, Carl.» Sie stand wieder auf, wollte zur Wohnungstür gehen, doch er hielt sie am Arm fest.

«Ich habe gewartet. Jahre und Jahre. Ich habe mir nichts anmerken lassen. Ich war ein väterlicher Freund für dich, du warst wie eine Tochter für mich. Nicht mehr. Nicht weniger. Aber jetzt ... jetzt ...»

Isabelle glaubte nicht, was sie da hörte. Sie war schockiert. «Jetzt willst du zurückhaben, was du mir die ganzen Jahre über gegeben hast? Ist es das?» Sie nahm das Gemälde und versuchte, es ihm zurückzugeben. «Dann nimm es und geh. Dann ziehe ich da morgen meine Show durch, und danach lassen wir die Anwälte regeln, was zu regeln ist, dann müssen wir uns eben auch beruflich trennen ...»

«Was redest du?» Er ließ sie wieder los.

«So etwas mache ich nicht. Ich bin keine Geliebte. Ich bin erst recht nicht käuflich. Das ist was von gestern, Carl, so sind wir Frauen heute nicht mehr, glaub mir. Und außerdem: Ich will keinen Mann in meinem Leben, dafür ist kein Platz ...» Einen Augenblick hing sie diesem Gedanken nach, dachte an Jon, und ihr war plötzlich klar, daß in ihrem Leben sehr wohl Platz für einen Mann wäre, für den richtigen. Aber der war vergeben. Sie faßte sich wieder. «Carl!» sagte sie flehentlich. «Du machst alles kaputt.»

Er schüttelte langsam den Kopf. «Nein», erwiderte er, «du verstehst alles falsch. Ich wollte gerne, heute in der Nacht, vor deinem ... deinem ...», er suchte nach dem richtigen Wort, «Schritt in den Ruhm ...»

«Ach ...», fauchte sie und winkte ab.

«In der Nacht vor deinem Schritt in den Ruhm», wiederholte er, «mit dir ganz und gar offen und ehrlich reden. Es dich wissen lassen. So, wie man sich unter guten Freunden alles anvertraut. Alles. Zu niemandem, außer zu Puppe, zu niemandem habe ich solches Vertrauen wie zu dir, Belle. Ich habe diese Geschichte meiner Liebe zu dir so lange mit mir rumgetragen: Ich wollte auch für mich reinen Tisch machen, verstehst du? Bevor ... bevor ... Du wirst in eine andere Welt getragen werden, ab morgen ...» Er lächelte jetzt sogar. «Dir werden bald alle Männer zu Füßen liegen, wenn sie es nicht schon tun. Nein. Ich erwarte ja gar nichts. Ich erwarte nichts von dir. Außer, vielleicht: Respekt. Respektiere mein Gefühl. Bitte.» Er schaute sie ernst an.

Isabelle war plötzlich zu Tränen gerührt. Sie kam zu ihm. «Carl, entschuldige meinen Ausbruch, ich ...»

Sie standen dicht voreinander. Er legte seine Finger auf ihre Lippen. «Sag nichts ... mein Mädel ... Belle ...» Er ging zur Tür, öffnete sie. «Schlaf schön.»

«Carl ...»

«Gute Nacht.» Sanft zog er die Tür hinter sich ins Schloß.

## Kapitel 21

«Du hast es geschafft, du hast es geschafft ...» Patrizia war noch nie in ihrem Leben so schnell eine Treppe hinaufgestürmt. Atemlos stürzte sie ins Büro, einen Stapel Tageszeitungen im Arm. Isabelle saß hinter ihrem Schreibtisch und telefonierte mit einer Journalistin, die unbedingt ein Interview machen wollte. Doch Isabelle hatte keine Lust dazu, an diesem Tag, dem Tag nach ihrem Triumph. Sie war erschöpft, müde, genervt und sie hatte anderes zu tun. Den ganzen Vormittag über klingelte das Telefon. Boten brachten Blumen vorbei. Ein Pressefotograf hatte ihr aufgelauert, als sie, blaß und mit tiefen Schatten unter den Augen, aus dem Taxi gestiegen war und ihren Laden hatte betreten wollen. Sie war ihn erst wieder losgeworden, als sie ihm versprochen hatte, sich morgen früh von ihm an der Alster fotografieren zu lassen – in einem ihrer eigenen Entwürfe, einem weißen Hosenanzug. Das hatte er dreimal erwähnt. Darauf legte er Wert. *Jaja, Wiedersehen. Laßt mich alle in Ruhe. Hilfe!* Das war also der Ruhm. *Scheiße!*

Sie klemmte den Hörer zwischen Ohr und Schulter und bedeutete Patrizia, sie möge ruhig sein und sich setzen. «Tun Sie mir einen Gefallen, lassen Sie mir etwas Zeit. Gestern nacht war die Schau, ich bin völlig überrumpelt von dem ganzen Trubel. Geben Sie mir Nummer ...», sie nahm einen Bleistift aus dem Silberbecher, der vor ihr auf dem Schreibtisch stand, und schrieb mit, «mmh, okay. Hab ich. Ich melde mich.» Ehe sie auflegte, holte sie noch einmal kurz Luft, denn sie erinnerte sich daran, daß Carl ihr gesagt hatte, die Presseleute seien am Anfang neben der Kollektion selbst das Wichtigste, und fügte freundlich hinzu: «Danke, daß Sie mich angerufen haben. Ich freue mich.» Sie knallte den Hörer auf und sah ihre Freundin und Mitarbeiterin an. Patrizia steckte in einer engen schwarzen Jeans und einem engen Tigerdruck-Pullover mit halbhohem Rollkragen. Auf ihrer Nase saß eine weiße Brille. Wie sinnfällig!

«Also? Was gibt's Neues?»

Patrizia kam zu ihr und knallte die Zeitungen auf den Schreibtisch. «Nur Begeisterung, nur tolle Kritiken. Alle haben drüber berichtet. Alle! Hier ...» Sie beugte sich vor, durchwühlte die Zeitungen, bis sie diejenige fand, die über Belles Modenschau sogar auf der Titelseite mit einem Foto und der Überschrift «Ein neuer Stern am Modehimmel» berichtet hatte, und las vor: «Die Hamburgerin Belle Corthen zeigte im Atlantic-Hotel ihre erste eigene Kollektion ... dong dong dong ... und da: internationales Format, eine Entdeckung ... und da steht: wunderbarer Stil, Riesenbeifall, große Zukunft.» Sie sah Isabelle an. Dann drückte sie ihr spontan einen Kuß auf die Wange. «Herzlichen Glückwunsch!»

Isabelle bat sie, ihr einen Kaffee zu bringen und zwei Aspirin zu organisieren, denn sie hatte Kopfschmerzen. Dann vertiefte sie sich in die Artikel. Sie war fasziniert davon, ihr Foto und ihren Namen gedruckt in der Zeitung zu sehen. Es hatte etwas Berauschendes und Beschämendes zugleich. Während sie las, spürte sie: Der Zug hatte sich in Bewegung gesetzt, er fuhr, schnell sogar, und nun würde es nie wieder in ihrem Leben ein Zurück geben. Für den Bruchteil einer Sekunde kam ihr der Gedanke: Hilfe, ich will aussteigen. Aber dann ratterte sie schon los, auf in die Zukunft, die ferne, schöne, glänzende Welt. Das war es, was sie immer gewollt hatte. Das war es, wofür sich all das Rackern der letzten Monate und die Niederlagen, Kränkungen und Kämpfe der vergangenen Jahre gelohnt hatten.

Als sie am Ende der Schau auf den Laufsteg herausgekommen war, geblendet vom Licht, und jemand ihr von unten – sie war so aufgeregt gewesen, daß sie tatsächlich nicht wußte, wer es war – einen üppigen Herbstblumenstrauß hinaufgereicht hatte, war stürmischer Beifall aufgebrandet. Bravorufe hatten sich darunter gemischt, und als sie glücklich lachend, wie ein Kind, das bei einem Spiel gewonnen hatte, winkte und in die vorderen Reihen hintersah, waren da lauter vertraute Gesichter, Menschen, von denen die meisten es gut mit ihr meinten, sie mochten und liebten. Mittendrin saß ihre Mutter und winkte zurück. Hinterher war sie zu ihr gekommen – Carl hatte einen Cocktail organisiert –, hatte sie umarmt und ihr etwas gesagt, was sie vorher noch nie gesagt hatte: «Ich bin stolz auf dich, mein Kind. Woher hast du nur dieses Talent, diese Ideen?»

Carl hatte ihr gratuliert, Vivien, Peter und auch Charlotte, und bei ihr war es Isabelle schwergefallen, weiter zu lächeln. Ein schiefes Grinsen war daraus geworden, als sie ihr für das Lob dankte. Irgendwie konnte sie ihr nicht mehr in die Augen sehen. Danach war Gretel an der Reihe gewesen, die gute, liebe Gretel. Sie hatte ihr schönstes Wollkleid angezogen und eine dicke Bernsteinkette angelegt. Sie und Ida waren vorher gemeinsam zum Friseur gegangen, und man merkte ihr an: Dies war auch ihr Tag. Mit geröteten Wangen hatte sie ihren Schützling zu sich heruntergezogen, an den Busen gedrückt und gesagt, daß sie nichts sagen könne, so aufgeregt sei sie. Dann war Puppe Mandel aufgetaucht – in einem nachtblauen Anzug im Mao-Stil mit Stehkragen und verdeckter Knopfleiste – und hatte ihr fest die Hand gedrückt. Sie verstanden sich auch ohne viele Worte, und niemand wußte so gut wie Puppe Mandel, was Isabelle geleistet hatte. «Viel Razzledazzle die letzten Wochen!» sagte Isabelle zu Puppe; sie lachten verschwörerisch und verabredeten sich für die nächsten Tage zu einem Mittagessen.

Selbst die Familie Marongiu war aus Italien angereist und sprach der neugebackenen Modeschöpferin ihre Anerkennung aus. Fernando küßte ihr etwas zu lange die Hand und bat um ein Rendezvous. Doch für einen *Amour fou* fehlten Isabelle nicht nur Feuer und Liebe, sondern auch Kraft und Zeit. Sie ließ ihn erneut abblitzen, signalisierte ihm aber charmant, daß noch nicht aller Tage Abend und in dieser Sache nicht das letzte Wort gesprochen sei.

Der Überraschungsgast des Abends war Alma Winter, Puppes frühere Direktrice, die extra aus München angereist war. Sie wirkte noch dünner als früher, aber sie strahlte vor Freude, als sie Isabelle die Hand schüttelte und sie über den grünen Klee lobte. Im stillen war sie der Meinung, es sei ihr Verdienst, daß Isabelle so weit gekommen war. Dies Empfinden für den eigenen Anteil am Erfolg der Modeschöpferin teilte sie mit vielen im Kreis um Isabelle. Der Erfolg hat viele Väter, heißt es im Volksmund, und wie so viele, stimmte auch diese Binsenweisheit. Alma, die mittlerweile ein einsames, glanzloses Leben als Pensionärin führte, fühlte sich für einen Abend herausgerissen aus dem Alltagstrott und emporgehoben in eine Welt, in die sie sich selbst auch immer gewünscht hatte. Isabelle bestärkte sie darin und gab etwas von ihrem Glück ab, als sie Alma daran erinnerte, was die ihr einst, als sie noch Lehrling gewesen war, mit auf den Weg gegeben hatte: «‹Guck dir alles mit den Augen und den Ohren ab›, haben Sie mir immer gesagt. Ich sollte mit den Augen und den Ohren stehlen. Das habe ich getan. Und sehen Sie ...» Sie machte eine ausladende Armbewegung.

«Ja, ich weiß!» Alma sah sich in dem schönen Ballsaal des Atlantic-Hotels um, in dem elegante Menschen Champagner tranken, sich von Kellnern im Frack Canapés servieren ließen und angeregt plauderten. «War mein Leben doch nicht ganz umsonst. War ich doch auch zu was nütze, nicht?»

«Aber Alma! Was reden Sie denn da?» Isabelle wurde plötzlich ganz nüchtern in all der Erfolgstrunkenheit. «So was will ich nicht hören. Ich habe Ihnen soviel zu verdanken.» Sie sah die Wehmut in Almas Augen, es war, als müsse sie bereits Abschied nehmen, inmitten des Festes. Es brach ihr fast das Herz. Deshalb versuchte sie, ein anderes Thema anzuschneiden. «Haben Sie mal wieder was von Remo gehört?»

Alma nickte. «Wollen Sie das wirklich wissen?» Ihr Blick fiel auf den Vorhang am Ende des Laufstegs, auf dem der Schriftzug der Modeschöpferin prangte, und sie fügte fast zärtlich hinzu, als wollte sie ihr nicht weh tun: «Belle?»

Isabelle nahm einen Schluck aus ihrem Glas. «Aber ja! Deshalb frage ich doch. Die Sache ist nun so lange her.» Sie guckte Alma ermutigend an. «Das tut nicht mehr weh. Keine Sorge. Ich bin drüber weg.» Das war gelogen, und beide wußten es. Wäre Remo an diesem Abend auf der Modenschau erschienen, sie hätte ihn erst rausschmeißen und dann ermorden lassen, dessen war sie sich sicher. Die Wunde war noch längst nicht verheilt.

«Es geht ihm gut. Er hat enorme Erfolge drüben in Amerika. Es ist *sein Land*, hat er mir geschrieben. Er schreibt nicht oft. Warum auch? Seine alte Tante – was ist an der schon interessant ...» Alma nippte an ihrem Wasserglas.

«Und privat?»

«Er ist immer noch ... also, ich weiß gar nicht ...»

«Nun?»

«Er hat noch seine Bekannte. Freundin. Mit der er seinerzeit rüber ist, diese Journalistin, soweit ich weiß.»

«Die bei dem Modemagazin *Linda* arbeitet!» sagte Isabelle, als wäre ihr das alles nach wie vor bestens vertraut.

«Jaja. Sie ist jetzt stellvertretende Chefredakteurin geworden. Christin war ihr Name. Sie kannten sie ja wohl auch, nicht?»

Isabelle nickte. «Christin. Ja. Christin Laroche. Wir waren auch befreundet.»

Schon wieder klingelte das Telefon. Patrizia kam mit einem Becher Kaffee und einem Päckchen Kopfschmerztabletten angelaufen. «Gehe schon!» rief sie, stellte die Sachen ihrer Chefin vor die Nase und nahm den Hörer ab. Während sie mit dem Anrufer sprach – dem Einkäufer eines Münchner Kaufhauses, der Belle Corthens Modenschau gesehen hatte und nun gern einen Termin machen wollte, um Kollektionsteile bestellen zu können –, nahm Isabelle ihre Aspirin, trank in großen Schlucken den Kaffee und faltete die Zeitungen wieder zusammen.

Patrizia legte den Hörer auf, schrieb etwas auf einen Notizblock und sah Isabelle erwartungsvoll an. «Und nun?»

«Und nun rufst du einen Lehrling, läßt ihn die Artikel ausschneiden und in einem Ordner ablegen, und wir – wir stürzen uns in die Arbeit.»

Wir stürzen uns in die Arbeit – das war Isabelles Motto für die nun folgenden Tage, Wochen und Monate. Tatsächlich schlug die junge, neue Modedesignerin ein wie eine Bombe. Ihre Kollektion lief großartig. In der Boutique, die zwei Tage nach der Modenschau mit einem Umtrunk eröffnet wurde, herrschte von nun an ein unglaubliches Gewusel. Die Kasse klingelte buchstäblich: Isabelle hatte das schöne, mit silberglänzenden Metallranken geschmückte Gerät aus den vierziger Jahren auf einem Trödelmarkt in den Gewölben der Markthalle am Hauptbahnhof entdeckt und gekauft, es erinnerte sie an den Eckladen von Bäcker Voss in Luisendorf, wo genau so eine Kasse gestanden hatte. Die Summen wurden in großen schwarzen Ziffern hinter einer Glasleiste angezeigt, wenn man eine Kurbel drehte, machte es *pling* und die Lade öffnete sich. Dies war das einzige Stück Nostalgie in dem sonst kühl und klar gestalteten Geschäft. Es gehörte zu Isabelles schönsten Vergnügungen, sich abends von der ersten Verkäuferin, die sie sogleich zur Geschäftsführerin des Ladens machte, die Umsätze geben zu lassen.

Auch die Einkäufer der Modeläden, die bei der Show gewesen waren, orderten enorme Stückzahlen. Isabelle war baff. Jeden Tag gingen schriftlich oder telefonisch Bestellungen ein.

«Auf der Richter-Skala für Erfolg ist nach oben eben keine Grenze gesetzt!» erklärte Patrizia lapidar und gab die Aufträge nach Biella weiter. Die Familie Marongiu kam kaum nach mit der Produktion, und ein-, zweimal sah es so aus, als müßte eine weitere Firma mit der Fertigung der Teile beauftragt werden. Sehr schnell stellte sich heraus, daß Isabelle bei den Vorbereitungen ihrer Selbständigkeit viel zu naiv gewesen war und daß selbst so erfahrene Kaufleute wie Carl oder Peter nicht im entferntesten geahnt hatten, was sie da in Gang setzten.

Patrizia, die zum Herz der Firma geworden war, zum Zentrum des Trubels, zu einer treuen und unentbehrlichen Kollegin und Freundin, schaffte ihre Arbeit nicht mehr. Es wurde eine Sekretärin eingestellt. Danach engagierte Isabelle zwei Vertreter – einen für Nord- und einen für Süddeutschland –, die mit Musterteilen in ihren Koffern von Boutique zu Boutique zogen, die Belle-Corthen-Mode vorstellten und Aufträge «schrieben», wie es im Jargon hieß. Schon mit ihrer ersten Kollektion machte Isabelle einen Umsatz von mehr als zwei Millionen Mark. Auf diese Weise konnte sie flott ihre Schulden abbauen, und es gelang ihr bereits nach eineinhalb Jahren, Puppe Mandel die Villa abzukaufen. Nun war es *ihr* Firmensitz, ihr erster eigener Besitz.

Isabelle war überglücklich, und auch Carl zeigte sich von der Entwicklung beeindruckt. Er ließ seinen Schützling niemals aus den Augen, rief fast jeden Tag bei ihr an, um sich den «Tagesrapport» abzuholen, gab ihr Ratschläge, traf mit ihr gemeinsam Entscheidungen, hörte sich ihre beruflichen Sorgen an und ermunterte sie, wann immer es notwendig war.

Nach jener Nacht, in der Carl ihr seine Liebe gestanden hatte, blieb bei beiden anfangs ein dumpfes, lähmendes Gefühl zurück. Seine Ehrlichkeit hatte zunächst das Gegenteil von dem bewirkt, was er hatte erreichen wollen. Isabelle fühlte sich belastet. Eine Affäre mit ihm kam für sie nicht in Frage. Kurz entschlossen lud sie ihn eines Tages zum Mittagessen in das Restaurant des Hotels Vier Jahreszeiten ein. Bei Wildpastete, Seezunge und Eisparfait brachte sie das Gespräch geschickt auf das Thema Freundschaft, und schließlich kamen sie dazu, auch über sich zu sprechen.

«Carl, ich muß mit dir über uns reden.»

«Ich weiß, ich weiß, was du sagen willst.»

«Du hast von Ehrlichkeit geredet, und diesen Grundsatz schleppe ich seit meinen Jugendjahren mit mir rum: ehrlich reden ... ich weiß nicht, was richtig und falsch ist, aber ich habe gemerkt, seitdem du mir gesagt hast, daß du mich liebst ...»

Carl war ihre Direktheit peinlich. Er sah sich in dem eleganten Restaurant um, aber niemand hörte ihnen zu.

«... jetzt hör mir zu, verdammt: Du bist ganz verändert seitdem, ich fühle mich ganz anders, wir begegnen uns wie zwei Blinde, wir tapsen durch das Dunkel unserer Gefühle ... Keiner weiß, was der andere denkt. Wir haben doch früher nicht solche taktischen Überlegungen anstellen müssen: Was denkt sie jetzt, was fühlt er jetzt! Ich hasse das. Ich fühle mich unwohl in deiner Gegenwart, seitdem ...»

«Was?» Carl war entsetzt.

«Nicht unwohl, nein. Aber eben nicht mehr wohl!»

«Aber ich verlange doch in dieser Hinsicht nichts von dir. Ich erwarte nichts. Das habe ich dir schon gesagt, Belle.»

«Ach, Quatsch. Wenn du richtig in dich reinhörst: Am liebsten hättest du, daß wir ein Paar sind, am liebsten würdest du hier jetzt ...», sie zeigte mit dem Löffel, an dem eine Spur von Eiscreme klebte, nach oben, «ein Tageszimmer mieten ...»

«Isabelle! Sei nicht so gewöhnlich. Das paßt nicht zu dir.»

«Entschuldige.» Sie aß weiter. «Ich will dich aus der Reserve locken.»

«Wozu soll das gut sein?»

«Damit ich etwas erwidern kann. Damit ich dir antworten kann. Damit ich dir sagen kann: Carl, ich mag dich, ich schätze dich, ich brauche dich. Aber alles andere schlag dir aus dem Kopf. Aus einem ganz einfachen Grund: Ich liebe dich nicht.»

Trotz dieser klaren Worte war Carl ihr Freund geblieben. Mehr noch: Das Gespräch hatte tatsächlich, wie Isabelle es sich wünschte, dazu beigetragen, die Atmosphäre zwischen ihnen zu reinigen. Ihre Freundschaft war reifer geworden. Isabelle hatte sich emanzipiert.

Sie begegneten sich fast wieder wie früher – herzlich, unbeschwert und gleichberechtigt.

Mittlerweile hatte Carl sich aus seinem Unternehmen vollständig zurückgezogen. An entscheidenden Sitzungen nahm er weiterhin teil, doch das Tagesgeschäft überließ er Peter Ansaldi. Er frönte seinen Leidenschaften, er reiste viel, war oft bei Puppe Mandel auf Sylt, und er widmete sich seinen Sammlungen – kurz, nachdem er aufbegehrt und sich ein letztes Mal gewehrt hatte, ergab er sich nun seinem Schicksal und ließ zu, was man den Lauf der Zeit nennt: Carl wurde alt.

Nichts ist erfolgreicher als der Erfolg – auch bei Menschen, das bekam Isabelle nun fast täglich zu spüren. Auf einmal meldeten sich alte Freunde, längst vergessene Bekannte, Menschen aus der Schul- und Lehrzeit, abgelegte Verehrer, Kolleginnen. Alle wollten sie sehen, mit ihr ausgehen, mit ihr gesehen werden. Sie wollten billig an Klamotten kommen, sie wollten Jobs haben, Vorteile, Geld, ein Stück vom Glanz. Zum Glück hatte Carl sie schon vor langem gewarnt: «Vampire, Blutsauger, Hofschranzen werden über dich herfallen und versuchen, dich auszusaugen. Schotte dich ab, zieh dich zurück, konzentrier dich auf dich und auf das Wesentliche. Sonst verzettelst du dich und gehst unter.»

Sie hielt sich daran. Der einzige, den sie manchmal gern an ihrer Seite gehabt hätte, war nicht da: Jon. Sie vermißte seine Gelassenheit, seine Herzlichkeit, seine Intelligenz. Ihr fehlte der vertraute Umgang, das Nicht-viele-Worte-machen-Müssen, die Wirklichkeitsnähe, die Welt, aus der sie kam und in der er nach wie vor lebte. Jon jedoch war selbst viel zu beschäftigt mit seinem Medizinstudium, das sich langsam dem Ende näherte, mit seiner Frau und seinem Sohn, der größer und größer wurde, mit seinem eigenen Leben, als daß er Isabelle hätte zur Seite stehen können.

Immerhin meldete er sich ab und zu, rief sie spontan an, fragte, wie es ihr gehe und ob er was für sie tun könne. Meistens war sie dann in Eile, kurz angebunden, und wimmelte ihn ab. Hinterher tat es ihr leid. Es war wie verhext. Wann immer sie in den letzten Jahren miteinander gesprochen, sich gesehen hatten, stand etwas zwischen ihnen, paßte es dem einen, war der andere in der falschen Stimmung. Sie begegneten sich wie zwei Satelliten, die auf unterschiedlichen Bahnen die Erde umkreisten, manchmal zur selben Zeit am selben Punkt waren, aber niemals gemeinsam ihre Reise fortsetzten.

Einmal – Isabelle bereitete sich gerade auf eine London-Reise vor – tauchte er überraschend bei ihr zu Hause auf. Er hatte einen lächerlich häßlichen Strauß mit Nizzanelken in der Hand (sie mußte an Königspudel denken, an Frauen mit Bienenkorbfrisuren und an Operettenmusik) und eine lauwarme Flasche Sekt und strahlte sie an: «Überraschung!»

«Jon! Ich hab überhaupt keine Zeit.»

«Du hast nie Zeit.»

«Stimmt. Komm rein!»

Während sie ihre Papiere zusammenraffte und überlegte, was sie für den Kurztrip zu den Modenschauen in Englands Hauptstadt benötigte, stellte er die Blumen in die Vase, goß den Sekt in Wassergläser («Ich habe auch richtige Gläser!» – «Das sind doch richtige Gläser, oder?») und erzählte ihr ein paar Geschichten aus dem Krankenhaus, in dem er gerade als Assistenzarzt arbeitete. Erst vor kurzem hatte er seine Approbation erhalten. Als sie davon erfuhr, hatte Isabelle ihm ein Paar kostbare goldene Manschettenknöpfe geschickt, sich hinterher aber dafür geschämt, weil sie fand – wie Hellen übrigens auch –, es sei keine großzügige Geste gewesen, sondern ein großkotziges Geschenk. Jon jedoch hütete die Manschettenknöpfe wie einen Schatz und trug sie, wann immer es ging. Auch an diesem Abend, wie er ihr zeigte, indem er seine Ärmel hochhielt.

«Ich hasse packen!» jammerte Isabelle und trat gegen ihren Koffer, der mitten im Wohnzimmer stand.

«Komm, dann mach ich es», erklärte er lapidar.

«Du? Quatsch!»

«Aber logisch. Ich mag das.» Er schmunzelte. «Kommt meiner Pingeligkeit entgegen. Ich bin der beste Kofferpacker in Europa.»

Als sie ihm im Schlafzimmer zusah, mußte sie ihm recht geben: Er verstaute das Doppelte von dem, was sie in den Koffer hineinbekommen hätte.

Von solchen kleinen Hilfeleistungen gab es im Laufe der Zeit eine Vielzahl. Mal brachte er ihr von einem Besuch in Luisendorf eine Schachtel braune Kuchen aus der Bäckerei Voss mit, die sie so gern mochte, mal organisierte er ihr ein Päckchen Schlaftabletten, die verschreibungspflichtig und damit normalerweise nur über einen zeitraubenden Arztbesuch erhältlich waren. Mal gab er ihr eine Adresse, die sie versust hatte, von einem alten gemeinsamen Schulfreund, bei dem sich Isabelle schriftlich für seine Gratulation bedanken wollte, mal reparierte er bei einem seiner überfälligen Besuche ihren Wasserhahn, während sie ihm Brote schmierte.

«Wir wären doch ein ideales Ehepaar geworden!» sagte sie.

Er ließ sich von ihr einen Schraubenschlüssel geben. «Tja. Du hast es ja nicht anders gewollt.»

«Wieso? Du hast geheiratet!»

«Ohne dich zu fragen!»

Sie lachte. «Ohne mich zu fragen, ja!»

«Weil mir klar war, daß ich keine Chance hatte. Du wolltest doch Karriere machen.»

Es blieb bei diesen seltenen Momenten der Zweisamkeit, den kleinen Zwischenspielen, hinter denen sich große Gefühle versteckten, den episodenhaften Auftritten Jons in Isabelles Leben. Später ließ sich das für beide nur schwer erklären und noch weniger nachvollziehen – jeder ging seiner Wege. Jon konzentrierte sich auf seine anstrengende Arbeit als Assistenzarzt, Isabelle wurde von ihrer Karriere mitgerissen.

Einen großen Anteil an der Erfolgsgeschichte hatte die Presse. Isabelle kam bei den Journalisten gut an. Patrizia hatte ihr geraten, sich eine Vita zuzulegen, eine Biographie, die, mit Modefotos ergänzt, als Pressemappe auf Anfrage an die Redaktionen verschickt wurde und die sie bei Interviews auf Knopfdruck parat hatte.

Anfänglich quälten sie Skrupel. «Ich kann denen doch nicht die Hucke vollügen!» sagte sie, als sie sich mit Patrizia eines Abends über deren Vorschläge zu diesem Thema beugte.

«Was willst du ihnen erzählen? Daß du aus der Provinz kommst, kein Abitur hast, Schneiderin bist, nicht mal auf einer Fachhochschule warst und nur dank deiner Mäzene hochgekommen bist?» Patrizia sah kiebig über den Rand ihrer Tigerbrille hinweg.

«Also bitte! Vogel, oder was?»

«Sag ich ja. Das geht nicht. Deshalb habe ich mal vorformuliert...» Sie nahm das Manuskript von Isabelles Schreibtisch hoch und las vor: «Belle Corthen, Tochter einer Deutschen und eines französischen Malers...»

Isabelle lachte laut auf.

«... eines französischen Malers, der starb, als sie dreizehn Jahre alt war, wuchs im holsteinischen Luisendorf auf, ehe sie nach Hamburg kam. Dort absolvierte sie nach dem Abitur erfolgreich eine Ausbildung zur Damenschneiderin im Modesalon Mandel, ehe sie nach Paris ging, wo sie Sprachen, Kunstgeschichte und Mode studierte.»

«Patrizia! Das glaubt uns kein Mensch.»

«Immer haarscharf an der Wahrheit entlang, aber sie niemals *wirklich* ausplaudern: du mußt immer ein Geheimnis für die Leute bleiben, dann bist du für sie interessant. Du glaubst gar nicht, wie man sich selbst durch solche kleinen Lügen, sage ich mal, in ein anderes, schöneres Licht setzen kann, was einem die Leute alles glauben, was für Schoten sie einem abnehmen. Ich habe in Italien gelebt. Ich kenne mich da aus!»

Isabelle nahm sich eine Zigarette. «Aber was soll das? Das ist

Quatsch. Das habe ich doch bisher nicht nötig gehabt, warum soll ich das in Zukunft brauchen? Solche Stories?» Sie zündete die Gauloise an.

Ihre Mitarbeiterin nahm ihr die brennende Zigarette aus der Hand und drückte sie im Aschenbecher aus. «Und das, liebe Freundin, lassen wir in Zukunft auch!»

«Patrizia!»

«Hör ruhig auf mich, damit bist du doch immer gut gefahren, oder? Das gehört alles zum selben Thema: Eine Frau, die öffentlich raucht, ist unsympathisch...»

«Das hab ich ja noch nie gehört!»

«Es paßt nicht zu dir. Du bist die blonde, saubere Modedesignerin. Du schlägst die Brücke zwischen Deutschland und Frankreich. Du bist stark und gesund. Du rauchst nicht. Du hast ab heute ein neues Image.» Nach diesem kurzen Vortrag las sie der sprachlosen Isabelle weiter aus dem Text vor. Die Arbeit bei Yves Morny wurde besonders herausgestellt und die Kooperation mit dem hanseatischen Unternehmen Trakenberg & Ansaldi, die Pläne, in ein paar Jahren nicht nur den deutschen, sondern auch den internationalen Modemarkt erobern zu wollen.

Schon ein paar Monate später zahlte sich Patrizias Konzept aus. Sie hatte Isabelle von einem erstklassigen Fotografen aus Berlin portraitieren lassen («Ab jetzt gibt's nur noch Fotos von dir, die wir selbst haben machen lassen!») und die Bilder und Texte an Zeitungen und Zeitschriften verschickt. Es gab eine Flut von Veröffentlichungen, und in zahlreichen Interviews wurde das Image noch ein bißchen weiter poliert. Ihr Vorbild sei Coco Chanel (was stimmte), sie spiele in ihrer knapp bemessenen Freizeit Golf und Tennis (was nicht stimmte, aber zu ihren neuen Entwürfen paßte), sie sei mit dem wunderbaren, legendären Yves Morny eng befreundet (gelogen) und plane, so bald wie möglich ihre Mode auch in Paris zu zeigen (wahr), sie komme aus einer wohlhabenden, kunstsinnigen Familie (alles nur geträumt), die sie allerdings kurzgehalten habe (wohl wahr), und neben der Mode und dem Sport habe sie nur ein weiteres Hobby: Sie sammle französische Impressionisten (schön wär's!).

Private Fragen wurden gern gestellt, aber nur ungern beantwortet, manchmal allerdings sogar offen und ehrlich. Es gebe keinen Mann in ihrem Leben, keine Familie, nicht einmal mehr eine Mutter. Sie lebe allein. Und nur für ihre Karriere. Ja, sie liebe Frankreich, aber Deutschland eben noch ein wenig mehr. Richtig, der Norden sei kalt, der Süden heiß, und das sei eben die Mischung, die sie persönlich und damit ihre Mode geprägt habe.

Aus dem Image wuchsen die neuen Kollektionen, eine erfolgreicher als die andere. Isabelle wurde dafür bekannt und gerühmt, daß sie unterschiedliche Stile mischte, provenzalische Farben mit Hamburger Grau und Blau; englische Stoffe mit französischem Schick, kühle Linien mit heißen Trends.

Mitte der achtziger Jahre (sie war jetzt eine Frau von Anfang Dreißig) war Belle Corthen in ganz Deutschland ein Begriff. Peter Ansaldi hatte – wirtschaftlich klug – durchgesetzt, daß Lizenzen vergeben wurden. Fremde Firmen zahlten eine Menge Geld dafür, daß sie unter ihrem Namen Produkte herstellen durften. Belle-Corthen-Schuhe wurden produziert, Gürtel, Taschen und selbst Koffer; Wäsche trug das *Label* ebenso wie Brillen, und sogar eine Gardinenfabrik brachte Stores heraus, die sich fabelhaft verkauften.

Ohne es zu wissen, hatte Isabelle dazu beigetragen, einen Boom auszulösen. Auf einmal gab es eine «Deutsche Mode», einen «Deutschen Look». Aus den Schneidern, die einst mit gekreuzten Beinen auf ihren Arbeitstischen gesessen und Kleider genäht hatten – bei funzeligem Licht, in stickigen Stuben, Wilhelm-Busch-Figuren gleich –, waren gesellschaftlich hochangesehene Künstler geworden. Ein neues Wort macht die Runde: Hieß dieser Beruf erst Couturier und dann Modedesigner, nannten sie sich plötzlich alle «Modemacher». Im Gegensatz zu den Allüren, Attitüden und kreativen Ansprüchen, die oft hinter dem Gewerbe steckten, betonte diese Bezeichnung kokett und profan das Handwerkliche des Berufsstandes. Überall sprach man plötzlich von Deutschen Modemachern, *den deutschen Modemachern*, zu denen sich ständig neue Namen gesellten. Einige ragten besonders heraus – Jil Sander, Wolfgang Joop, Reimer Claussen, Caren Pfleger, Uta Raasch und ein halbes Dutzend andere, vor allem aber Belle Corthen. Den einen oder anderen ihrer Kollegen lernte sie kennen. Es waren seltsame Vögel.

Sie kamen herangeschwirrt, hereingetobt, heraufstolziert, sie redeten unablässig, sie hauchten sich Küsse auf die Wangen, den Blick starr über die Schulter des anderen gerichtet. *Ich sehe was, was du nicht siehst.* Sie kreisten nur um sich selber, und sie hatten immer nur ein Thema – die Mode und die Menschen in der Mode. Sie waren Könige des guten Geschmacks und der üblen Nachrede, sie ließen niemanden gelten, der ihnen den Rücken zudrehte, und waren jedermanns Freund, der sich ihnen näherte. Sie warfen sich in die Fauteuils und machten mit schnellem Blick ihre Opfer aus. Sie fielen über sie her, zerrupften sie und amüsierten sich dabei. Unablässig waren sie auf der Suche nach neuem Futter, nach Ideen für ihre Kollektionen, nach neuen Trends. Sie kolportierten Geschichten über die Schwächen der anderen, um die eigene Position zu stärken. Über die Modeschöpferin, die sich nachts in einer Düsseldorfer Speditionshalle hatte einschließen lassen, um die dort gelagerten, brandneuen Kollektionsteile Giorgio Armanis abzuzeichnen und für ihre eigenen Entwürfe zu kopieren. Über den Münchner Kollegen, der nie ohne seinen Dackel reiste und das nervöse Tier abends im Hotelzimmer mit Valium so schläfrig machte, daß er unbesorgt ausgehen konnte. Über den Designer aus Berlin, der ein Verhältnis mit dem Mann seiner Tochter hatte. Es ging um nichts und ums Ganze.

Ich könnte kotzen! dachte Isabelle oft bei sich, wenn sie gemeinsam mit ihren Kollegen zu Branchenereignissen gebeten war. Sie bekam richtige Krisen, wenn Einladungen auf ihren Tisch flatterten, Anfälle, wenn es dann soweit war und sie sich aufpumpen mußte mit gutem Aussehen und Charme und Witz. Ein, zwei, drei Pillen halfen ihr dabei. Aber der Streß wurde jedesmal unerträglicher.

«Du mußt dich da sehen lassen!» befahl Patrizia, ihre Ratgeberin in allen Lebens- und Lügenlagen.

Isabelle tat, was man ihr sagte, aber sie reduzierte die Zahl der Empfänge, Galas, Parties und Events, bei denen immer dieselben Leute auftauchten, auf ein Mindestmaß. Sie merkte sehr schnell, daß es vergeudete Zeit war, sich mit ihnen abzugeben, ihr Instinkt sagte ihr, es sei besser, sich nur auf sich selbst zu verlassen und von den Kollegen, mochten sie auch noch so witzig, erfolgreich und begehrt sein, fernzuhalten. Sie konzentrierte sich fortan lieber auf ihre Arbeit.

Von den Veranstaltern der Modemessen, die zwischen Berlin, Düsseldorf und München zweimal jährlich stattfanden, um die neue Masche der «Deutschen Mode» zu fördern, wurde sie umschwärmt und umworben. Doch Isabelle zog es auch hier vor, sich aus dem ganzen Trubel rauszuhalten. Sie ging nicht auf die Messen, sondern blieb dabei, regelmäßig im Februar und Oktober ihre neuen Entwürfe in einer Schau im Atlantic-Hotel in Hamburg zu präsentieren.

Die Firma wurde größer und größer, das Nachbarhaus dazugekauft, beide Gebäude mit einem modernen Mittelteil aus Glas und Stahl verbunden. Patrizia, die treue Seele, die noch immer ungebremst von morgens bis abends gegen den Streß annaschte, erhielt Prokura. Eine Pressereferentin wurde engagiert. Mittlerweile hatte Isabelle vierzig Mitarbeiter. Sie versuchte, aus dem Vertrag mit der Firma Trakenberg herauszukommen. Daß sie über nur vierzig Prozent ihrer Modefirma verfügte, wurmte sie. Während Carl seine Zustimmung geben wollte, war Peter Ansaldi strikt dagegen. Er schaffte es, seinen Schwiegervater davon zu überzeugen, wie idiotisch es wäre, diese «Gelddruckmaschine», wie er es nannte, aufzugeben. Isabelle merkte einmal mehr: Dieser Partner war kein

Freund, er war ein Gegner. Lange überlegte sie, wie sie ihn ausschalten könnte, kam aber zu keiner Lösung.

«Von nichts kommt nichts», hatte Gretel immer gesagt, und niemand erfuhr das in diesen Jahren so sehr am eigenen Leib wie Isabelle. Sie arbeitete Tag und Nacht. Sie schöpfte aus einer nicht versiegenden Quelle von Kraft und Kreativität. Sie hatte Spaß daran, zu entwerfen, zu bestimmen, zu lenken. Sie genoß es, bewundert zu werden, Erfolge zu erzielen, Geld zu haben. Das Schuften und Schwitzen gehörte zu ihr wie eine zweite Haut, sie konnte nicht mehr darauf verzichten.

Alles andere um sich herum vergaß Isabelle. Sie vergaß, daß es ein Privatleben gab. Sie vergaß alte Freundinnen und Freunde. Sie vergaß Gretel Burmönken, sie vergaß ihre Mutter. Es fehlte ihr an der Zeit, die beiden zu besuchen, es fehlte ihr an der Kraft, es fehlte ihr an der Lust. Je erfolgreicher Isabelle wurde, desto mehr verlor sie das Gefühl dafür, woher sie kam. Sie hatte ihre Wurzeln nicht vergessen. Aber sie spürte sie nicht mehr, denn sie lebte in einer anderen Welt.

Manchmal, wenn sie nachts im Bett lag, allein, nachdachte, sich ein paar Notizen machte, die Nachttischlampe ausknipste, wenn dann von draußen die Schatten der Nacht hereinfielen und sie nicht einschlafen konnte, sich unruhig hin und her wälzte und schließlich doch zu einer Schlaftablette griff, die sie müde werden ließ und in einen Zustand des Dämmerns versenkte: dann kroch es wieder hoch, das längst verloren geglaubte Gefühl, die Erinnerung, die Sehnsucht. Sie hatte einen Namen: Jon.

*Dritter Teil*

# Jon

## Kapitel 22

«Danke, Herr Doktor!» Johanna Kröger erhob sich von ihrem Stuhl und schlurfte zur Tür.

«Hochlegen und ruhig halten!» Jon stand auch auf und begleitete sie hinaus. «Nicht radfahren, denken Sie dran.» Er beugte sich ein wenig zu Johanna Kröger hinunter. «Und Sie können ruhig weiter Jon zu mir sagen, wie früher auch!» Er grinste. «Aber erzählen Sie's nicht weiter!»

Sie lachte meckernd. Dann ging sie langsam, das entzündete Bein nachziehend, an den anderen Patienten im Wartezimmer vorbei und verließ die Praxis.

«So. Und nun der nächste, bitte!» sagte Jon freundlich lächelnd. «Ich glaube, Sie, Herr Schmidt, nicht? Kommen Sie?»

Seit zwei Jahren war Jon Rix – Dr. Jon Rix – nun schon der Arzt von Luisendorf. Er hatte die Praxis seines Vorgängers Dr. Eggers übernommen. Der alte Arzt hatte ihn eines Tages vor der Dorfschule angesprochen, als Jon gerade seinen Vater besuchte.

Richard Rix hatte sich im Laufe der Jahre sehr verändert. Er hatte auf einer Studienreise eine Frau kennengelernt und sich mit ihr angefreundet. Sie war Witwe, kam aus Bremen und lebte die meiste Zeit des Jahres auf Teneriffa. Wann immer er konnte, flog Jons Vater auf diese Insel. Die neue Liebe, die Sonne und die viele freie Zeit verwandelten ihn. Er war umgänglicher geworden, milder. Im Dorf war er mittlerweile akzeptiert, man mochte ihn, selbst seine Schüler fürchteten sich nicht mehr vor ihm und saßen gern in seinem Unterricht. Hinzu kam, daß Richard Rix in seinem Enkelsohn

Philip einen neuen Lebenssinn gefunden hatte. Er war vernarrt in ihn. Alles, was er wußte und schätzte, versuchte er ihm zu vermitteln. Seine Schmetterlingssammlung führte er ihm vor, unternahm mit ihm Touren zu Fuß und per Rad und brachte ihm, wie damals seinem Sohn, die Natur nahe. Philip durfte überall im Schulgebäude herumtoben, in seiner Bibliothek und auf dem Dachboden stöbern, er erlaubte dem Kleinen alles und sah ihm alles nach. War er Jon gegenüber unnachgiebig und streng gewesen, zeigte er nun eine vollkommen andere Seite. Er war der liebevolle, gemütliche, fröhliche Großvater, und Philip liebte ihn und war wild darauf, sooft es ging, mit den Eltern von Hamburg nach Luisendorf zu fahren und ihn zu besuchen.

Bei einem dieser Wochenendbesuche – es war ein praller Sommertag und sie tranken hinten im Garten Kaffee und aßen Kuchen – kam es zu der Begegnung zwischen Jon und Dr. Eggers. Der Arzt war mit seinem Auto auf der Hauptstraße entlanggefahren und hatte auf dem Platz vor der Schule Jon gesehen. Er fuhr heran und stieg aus. Jon war damit beschäftigt, aus dem Käfer eine Tasche mit Büchern zu holen, Bücher, die sie sich von seinem Vater ausgeliehen hatten.

«Na, min Jung?» sagte Dr. Eggers.

Jon kroch aus dem Auto heraus und begrüßte den Dorfarzt.

«Was machst du so?» fragte er den jungen Rix.

«Ich bin jetzt seit einem Jahr Assistenzarzt in Hamburg, im Marienkrankenhaus!» erklärte Jon. «Es gefällt mir gut, und ich lerne da viel.»

«Und danach? Schon Pläne?»

«Ich habe Familie, das schränkt natürlich ein, aber ... ich würde gern für einige Zeit ins Ausland gehen, Entwicklungshilfe oder so. Ich habe mich beworben. Mal sehen.»

Dr. Eggers strich sich nachdenklich über das Kinn. «Wir wollen nicht lange um den heißen Brei rumreden: Hättest du Lust, mein Nachfolger zu werden, die Praxis zu übernehmen? Ich werde langsam alt. Muß ja auch mal an mich denken.»

Jon war überrascht. Er hatte über diese Möglichkeit noch nie nachgedacht, fand sie aber interessant.

«Komm einfach vorbei, bevor ihr morgen zurückfahrt – ihr fahrt morgen zurück?»

Jon nickte.

«Komm Sonntag vormittag mit deiner Frau vorbei, dann reden wir darüber.» Er klopfte Jon auf die Schulter. «Ich will ja auch deine Frau gern kennenlernen, nicht wahr?»

Jon willigte ein, und der Arzt fuhr weiter. Als Jon abends im Bett Hellen davon erzählte, war sie genauso überrascht wie er. Doch je länger sie darüber sprachen, desto besser fanden sie die Idee. Eine eigene Praxis! Was für eine Aufgabe! Das bedeutete eine gesicherte Zukunft. Luisendorf war in den letzten Jahren gewachsen, die Zahl der Einwohner hatte sich stark vergrößert, es gab genügend Kranke, die man behandeln konnte, und genügend Gesunde, die krank wurden. Die Vorstellung, wieder in seinem Heimatdorf zu leben, hatte für Jon etwas Beruhigendes. Sosehr er sich auch bemüht hatte – die Großstadt war nicht sein Feld. Es gab ein paar Freunde in Hamburg, es gab ein hübsches Heim, es gab eine Stelle im Krankenhaus: mehr war es nicht für ihn. In Luisendorf aber war er zu Hause. Er kannte jeden Baum und jeden Stein, vor allem kannte er jeden im Dorf, und jeder kannte ihn. Er mochte die Luisendorfer. Ein Klönschnack über den Gartenzaun, ein Glas Bier in Schmidts Gasthof, ein Spaziergang über die Hauptstraße, durch die Wiesen und Felder, bis zum Seerosenteich vielleicht – das war für Jon das kleine Stück Glück auf Erden, liebens- und lebenswert. Hier war noch alles überschaubar, alles an seinem Platz, eine Idylle, nach der er sich so oft in den vergangenen Jahren gesehnt hatte.

Am nächsten Morgen gingen sie zu Dr. Eggers. Er wohnte in einem reetgedeckten weißgetünchten Steinhaus in einer holprigen Seitenstraße des Dorfes. Ein frisch gestrichener, grüner Holzzaun, ein Vorgarten, in dem Mohnblumen blühten, rot, rund und prall wie die Sonne, die morgens über Luisendorf aufging, blaublitzende

Kornblumen, Margeriten in dicken Sträußen. Die Tür des Hauses, oben mit länglichen Glasscheiben, in denen Luftblasen eingeschlossen waren wie die Fliegen und Gräser in Gretels Bernsteinkette, unten weit ausladend, barock-bauchig geschnitzt. Eine Messingglocke mit einer Kette, an deren Ende ein Griff in Form einer Ente baumelte. Drinnen eine kleine Halle, gefliest mit Solnhofener Platten, die auch als Wartezimmer diente. Von der Halle gingen die Behandlungszimmer ab, an ihrem Ende befand sich eine Tür zum Garten; eine Holztreppe, mit schwarz lackiertem Lauf und mit Sisal bespannt, führte nach oben in die Wohnung des allein lebenden Arztes.

Hellen war begeistert. In Gedanken richtete sie schon alles ein: die Bauernküche mit ihren bemalten Schranktüren, das Wohnzimmer mit den Dachschrägen, es gab zwei winzige Schlafzimmer, die durch ein Bad miteinander verbunden waren, und eine Kammer, die man als Kinderzimmer für Philip ausbauen konnte. Im pieksauberen Keller hatte der Arzt eine Sauna einbauen lassen, er war ein Gesundheitsfanatiker, und einen kühlen, dunklen Weinkeller, denn er war auch ein Liebhaber und Kenner guter Weine. Der Garten war gepflegt und überwiegend mit Rosen bepflanzt, die kräftig blühten; er grenzte an ein Waldstück, und der hintere Teil, in dem ein Schuppen stand, lag in kühlem Schatten.

Nach der Besichtigung setzten sich die drei in das Besprechungszimmer. Dr. Eggers, nun schon über siebzig, aber glatt zehn Jahre jünger aussehend, nahm hinter seinem Schreibtisch Platz und sah das Ehepaar erwartungsvoll an. «Was sagt ihr?» Charmant neigte er den Kopf ein wenig zur Seite und zwinkerte Hellen an. «Ich darf doch du sagen?»

«Er duzt alle im Dorf», erklärte Jon lachend. «Den Pastor, Fritz Schmidt, Johanna Kröger, Bäcker Voss, Bauer Fenske, meinen Vater, alle ... das war schon immer so, aber wehe, jemand bringt ihm keinen Respekt entgegen und wagt es, du zu ihm zu sagen.»

«Das wirst du noch lernen müssen, wenn du das hier übernimmst, mein Jung», meinte Dr. Eggers fröhlich, «der Arzt ist im

Dorf der König. Er entscheidet über Leben und Tod. Mehr oder weniger. Hat einen direkten Draht zum Allmächtigen sozusagen. Da kommt der Respekt schon von allein. Und den darf man nie opfern auf dem Altar der Eitelkeiten, weil man es schick findet, sich Freunde zu machen. Nur ein Arzt, den man respektiert, den man fürchtet und liebt, ist im Dorf ein guter Arzt. Ein erfolgreicher Arzt. Damit sind wir beim geschäftlichen Teil.»

Hellen schmunzelte. «Sie dürfen ruhig du zu mir sagen, ich komme ja auch vom Dorf.»

Schon zwei Monate später war der Handel perfekt. Jon übernahm von Dr. Eggers die Praxis zu einem Preis, der sich nach der Zahl der Patienten richtete. Den wahren Wert machte die Patientenkartei aus, denn sie war die Basis für die vierteljährlichen Abrechnungen mit den Krankenkassen. Gebäude und Grundstück spielten in dem Paket nur eine untergeordnete Rolle. Eine Bank, die sich darauf spezialisiert hatte, jungen Ärzten ihre Praxis und ihre Zukunft zu finanzieren, gab das Geld. Im September veranstaltete Dr. Eggers ein Gartenfest, um sich von Luisendorf zu verabschieden und seinen Nachfolger vorzustellen. Es gab gegrilltes Spanferkel und Blasmusik, Lütt und Lütt, Tanz und Klatsch, letzterer angeführt von «der Zeitung». Johanna Kröger munkelte, daß die Freunde, zu denen Dr. Eggers nach Berlin zog, keine Freunde waren, sondern nur *ein* Freund. Aber das war eine andere Geschichte.

Jon und seine Familie lebten sich schnell ein. Philip, der jetzt zehn Jahre alt war, wäre am liebsten auf die Dorfschule gegangen, denn er hätte sich wie ein Prinz gefühlt, wenn er von seinem Großvater unterrichtet worden wäre. Aber seine Eltern entschieden, daß er gleich nach Albershude gehen sollte, und ein Schulbus, der jeden Morgen mit zischenden Türen an der Straßenecke hielt, brachte Philip zusammen mit den anderen Kindern in die Gesamtschule, wo er schnell Freunde gewann.

Die Praxis lief unter dem neuen Doktor von Anfang an gut. Er genoß das Vertrauen der Dorfbewohner. Hellen, die ja ein Semester

Medizin studiert hatte, ehe sie, Jons und der Schwangerschaft wegen, das Studium abbrach, half ihrem Mann bei der Arbeit. Die Arzthelferin von Dr. Eggers hatte gekündigt und sich mit Mitte Fünfzig zur Ruhe gesetzt. Hellen empfing die Patienten, führte die Kartei, stellte Rezepte aus, verwaltete den Arzneischrank, die Apparate und das Materiallager, stand Jon, wann immer es nötig war, bei der Behandlung zur Seite, kümmerte sich um seine Korrespondenz, machte mit ihm die Quartalsabrechnungen.

Sie und Jon führten eine gute Ehe. Frei von Leidenschaften, Auseinandersetzungen oder Kämpfen, war es eine faire Partnerschaft, eine gute Freundschaft. Oft wurde Jon auch nachts zu den Kranken gerufen. Wenn er dann zurückkam, sein Auto – er hatte seinen Käfer an einen Kumpel verkauft und fuhr inzwischen einen Golf – auf der Garageneinfahrt parkte und müde das Haus betrat, stand Hellen meistens im Morgenmantel in der Halle, umarmte ihn, nahm ihm seinen Arztkoffer ab und hatte oben in der Küche einen Kräutertee für ihn gekocht oder ihm ein Glas Wein hingestellt. Dann saßen sie lange zusammen und unterhielten sich. Es gab nie Langeweile zwischen ihnen, sie hatten sich immer etwas zu erzählen. Hellen war an allem interessiert, sie nahm Anteil an der Dorfgemeinschaft und deren Geschichten, vor allem den Krankengeschichten. Nicht aus Neugierde, sondern wegen der Faszination, die das Thema Medizin nach wie vor auf sie ausübte. Sie wäre eine gute und leidenschaftliche Ärztin geworden, das war Jon klar, und er wußte auch, daß sie nur aus Liebe zu ihm diesen Beruf nicht erlernt hatte und ausübte. Um so mehr versuchte er, sie in alles mit einzubeziehen. Manchmal hatte er ein schlechtes Gewissen ihr gegenüber.

Ihr Leben in Luisendorf war beschaulich, wohlgeordnet und in seiner Schlichtheit beglückend. Jon begann Rosen zu züchten. Philip war die meiste Zeit unterwegs, bei seinem Großvater, bei seinen Freunden, spielte irgendwo draußen in der Wildnis, ganz so, wie Jon es getan hatte, damals, in seiner Kinderzeit mit seiner Freundin Isabelle. Hellen, die schon immer ein Faible für Kunst gehabt hatte, entdeckte ihr früheres Hobby neu und fing wieder an zu malen. Jon hatte ihr eine Staffelei geschenkt, Leinwand, Pinsel und Farben.

An einem leuchtenden Spätnachmittag im September stand Hellen unter der alten Eiche am Ende des Gartens vor ihrer Staffelei und malte das Wäldchen hinter dem Grundstück. Noch immer strahlte die Sonne. Ein paar verträumte Wolken schienen im Himmelsblau zu schlafen. Es war warm. Hellen trug ein weites, fließendes Blumenkleid und hatte sich einen schlichten, großen Strohhut aufgesetzt. Ein erfrischender Wind fegte über die Baumwipfel. Sie hielt mit einer Hand ihren Hut fest, während sie mit der anderen einen tannengrünen Tupfer auf ihr Bild setzte. Jon war damit beschäftigt, entlang dem Gartenweg ein Bogenspalier aufzubauen. Er hatte seinen freien Tag. Ein Kollege aus Albershude hatte heute für ihn den Dienst im Kreis übernommen. Völlig versunken in seine Arbeit, hockte er auf dem Boden und hielt mit einem Knie die Bauanleitung fest. Um diese Jahreszeit war der Garten übersät mit blühenden Rosen. Dr. Eggers hatte sie vor Jahrzehnten pflanzen lassen. Es gab Bourbonrosen, Strauch-, Kletter- und Wildrosen, Damaszener-Rosen und englische Rosen. Sie hießen Constance Spry, Fleur d'Amour, Lemon Blush oder Warwick Castle. Sie dufteten nach Himbeeren, Pfeffer, Vanille oder Zitrone, sie blühten kirschrot oder zartrosa, elfenbeinweiß, pfirsichgelb oder purpurviolett.

Jon kam hoch und versuchte, den ersten Rosenbogen aufzurichten. In diesem Augenblick fegte eine Bö durch den Garten, die Anleitung wurde hochgewirbelt, tanzte in der Luft und flog fort. Jon rannte hinterher, wie ein kleiner Junge, dem ein Luftballon davongesegelt war. Er fluchte. Hellen mußte lachen. Er blieb stehen und sah zu ihr hin. Das Papier landete direkt vor ihren Füßen. Sie hob es auf und wartete, während er zu ihr hinüberging.

«Wenn ich dich nicht hätte, Hellen ...» Er drückte ihr einen Kuß auf die Wange. Dann schaute er auf ihr Bild. Es war laienhaft gemalt, aber hatte Charakter – großformatig, wild und kraftvoll in den Farben. «Schön!» sagte er. «Weiter so.»

«Gott, bist du arrogant!» Sie nahm ihren Hut ab und schlug Jon damit kräftig auf den Rücken.

Er blieb stehen, drehte sich um. «Du schlägst mich?» fragte er und wiederholte es noch einmal, gespielt drohend, «du schlägst mich?» Er streckte beide Hände vor und wollte nach ihr greifen. Sie quietschte auf, warf ihren Pinsel zu Boden und rannte davon. Er verfolgte sie. Quer durch den ganzen Garten ging die Jagd. Neben der Regentonne an der Ecke des Hauses rutschte Hellen beinahe auf dem Kiesweg aus, aber sie konnte sich fangen und entwischte ihrem Mann in letzter Sekunde. Sie raste zu ihrer Staffelei zurück und blieb dort stehen.

Jon kam ihr nach. «Endlich hab ich dich!»

«Gnade», rief sie atemlos, «Gnade!» und hob die Arme.

Er umschlang seine Frau, küßte ihr sonst blasses Gesicht, das von der Anstrengung gerötet war, küßte ihre Stirn, ihre Wangen, ihren Mund. «Ich bin so froh, daß ich dich habe!» wiederholte er, diesmal aus ganzem Herzen.

«Ich bin auch so froh ... Jon ...»

Er erstickte die weiteren Worte mit einem Kuß.

«Das ist wirklich keine große Sache, Herr Schmidt», erklärte Jon, «wir machen nächste Woche ein EKG, und dann sehen wir weiter.» Er nahm das Stück Mull von der Einstichstelle, wo er Blut abgenommen hatte, und klebte ein Pflaster auf die Haut.

«Und im schlimmsten Fall?» Der Gastwirt ruhte sich noch einen Moment auf der Behandlungsliege aus. «Nicht, daß ich mir Sorgen mache, aber man will es ja wissen.»

Jon stellte das Glasröhrchen in eine Halterung aus Metall und setzte sich an seinen Schreibtisch. «Im schlimmsten Fall kriegen Sie einen Herzschrittmacher, das ist heute eine Routinesache, und damit können sie noch dreißig Jahre leben.»

«Gott bewahre!» Fritz Schmidt erhob sich träge. In den letzten Jahren war er kahl geworden und dick.

«Ich habe selbst seit meiner Kindheit ein schwaches Herz, und wenn ich mich eines Tages zu so einem Schritt entschließen müßte, ich würde es ohne Zögern tun.»

«Jaja, ihr Ärzte schnackt immer so!»

«Aber Sie sollten wirklich mal ein bißchen abnehmen. Auf die Ernährung achten.»

«Sacht min Fru jeden Tach ...»

«Und sie hat recht!»

«Geit nur in meinem Beruf nicht. Abend für Abend in der Kneipe stehen, hinterm Zapfhahn, ich beweg mich ja immer nur vom Tresen an den Tisch und wieder zurück.»

«Tja. Aber was nützt es, wenn Sie sich eines Tages gar nicht mehr bewegen. Merken Sie sich das: Gesundheit geht vor.» Jon schrieb für seinen Patienten ein Rezept aus, während Fritz Schmidt sich sein Hemd wieder anzog. «Sonst ist aber alles in Ordnung zu Hause? Keine besonderen Vorkommnisse, wie man so schön sagt?» Er schaute auf. Fritz Schmidt schüttelte den Kopf. «Oder Sorgen?»

«Läuft eben alles nicht mehr wie früher. Seit in Albershude das neue Hotel aufgemacht hat, mit Schwimmbad und Gedöns und neue deutsche Küche und dem ganzen Schiet ...» Er seufzte und erzählte dann ausführlich, wo ihn der Schuh drückte. Jon war für die meisten seiner Patienten mehr als ein Arzt. Er war einer der Ihren. Aber eben einer der Ihren, der es zu etwas gebracht hatte. Der helfen konnte. Der zuhörte. Jon: das war der Heiler und der Seelendoktor, ein Kind des Dorfes, der Weise aus der Großstadt, Respektsperson und Freund. Stets nahm er sich Zeit für seine Patienten. Sie hatten immer Vorrang. Tag und Nacht war er für sie erreichbar, selbst an Tagen, an denen seine Praxis geschlossen hatte, öffnete er sie, wenn jemand in Not war und ihn brauchte.

Am Abend dieses Tages kam er erschöpft um halb acht nach oben in seine Wohnung. Hellen hatte einen Salat vorbereitet und war damit beschäftigt, Philip zu Bett zu bringen.

«Liest du mir noch was vor?» rief sein Sohn, der mit Schlafanzughose und nacktem Oberkörper auf seinen Vater zugeflitzt kam, als er ihn sah.

Hellen kam aus dem Badezimmer hinter ihm her: «Du bist zehn Jahre alt, Philip ...» Sie packte ihren zappelnden Sohn an den Schultern und schob ihn in Richtung Kinderzimmer, «und du kannst inzwischen selbst lesen. Sehr gut sogar.»

«Aber ich hab's lieber, wenn Papa ...»

«Ich mach schon», erklärte Jon liebevoll und streckte sich. «Ich hole mir in der Küche was zu trinken, du putzt dir die Zähne, Mami bringt dich zu Bett, und dann lese ich dir noch was vor.»

Beglückt zog sein Sohn ab, Hellen warf ihrem Mann über die Schulter einen liebevollen Blick zu. Während sie Philip für die Nacht fertigmachte, überwachte, daß er sich wusch, seinen Schulranzen für den nächsten Morgen packte und – das hatte Jon von seinem Vater übernommen und verlangte es von seinem Sohn – die Sachen, die er am nächsten Tag anziehen wollte, auf einem Stuhl bereitlegte, dachte sie darüber nach, daß Jon noch immer ihre große Liebe war, der Mann ihres Lebens.

Wenn sie sich erinnerte, hatte es in all den Jahren, die sie sich nun schon kannten und verheiratet waren, nie einen Tag gegeben, an dem sie bereut hätte, sich für ihn, für eine Ehe mit ihm, ein Leben an seiner Seite entschieden zu haben. Nie hatte es einen großen, einen grundsätzlichen Streit zwischen ihnen gegeben. Sie waren völlig verschieden, sie waren des öfteren unterschiedlicher Meinung, aber immer hatte es dann ein Gespräch gegeben, keinen Kampf, und am Ende eine Einigung. Jon war tolerant, er war verständnisvoll, er war klug und er war gelassen. Sie kannte niemanden, der ihn nicht mochte, selbst ihre Eltern, die sehr eigen sein konnten, schätzten Jon. Hellen war stolz auf ihren Mann. Sie war zufrieden mit ihrem Leben, ja, an Abenden wie diesem, wenn sie ihre Familie ganz für sich hatte, war sie glücklich.

Ihr Wunsch, noch ein Kind zu bekommen, war bisher nicht in Erfüllung gegangen. «Wir diskutieren ständig darüber», hatte Hellen kürzlich einer gleichaltrigen Nachbarin im Dorf erzählt, mit der sie sich angefreundet hatte, «ich will unbedingt noch ein zweites. Er sagt, ein Kind reicht ... und dabei denke ich doch auch an Philip. Es wäre so schön für ihn, eine Schwester oder einen Bruder zu haben. Aber es klappt ja sowieso nicht, komisch.» Eine große Familie, so wie sie es von zu Hause gewohnt gewesen war, acht oder zehn Leute um einen Tisch, Leben in der Bude, Fröhlichkeit, Lärm, das Haus niemals still oder leer: das war immer ihr Traum geblieben. Zwischenzeitlich hatte sie auch über eine Adoption nachgedacht. In ihrem alten Bekanntenkreis in Hamburg gab es einige Ehepaare, die ein Kind adoptiert hatten, es war eine Zeitlang, wie Jon behauptete, «Mode gewesen». Doch der Weg dahin war weit und kompliziert, und Hellen hatte auch nie die Hoffnung aufgeben mögen, doch noch ein eigenes Kind zu bekommen. Inzwischen allerdings hatte sie sich fast damit abgefunden, daß es nicht klappte. «Soll wohl nicht sein» – mit diesem Gedanken beruhigte sie sich. Und vielleicht hatte Jon tatsächlich recht, vielleicht waren es wirklich nur egoistische Motive, unbedingt noch ein Kind haben zu wollen. Vielleicht war alles gut so, wie es war, rund, wie Jon immer zu sagen pflegte.

«Wo bleibt ihr?» rief Jon.

«Ich komme!» schrie Philip und stürzte in sein Zimmer. Sein Vater saß bereits auf dem Schaukelstuhl, den Hellen von ihrer Großmutter geerbt und der sie überallhin begleitet hatte. Philip warf sich seinem Vater an den Hals. Hellen erschien in der Tür. «Er ist so aufgekratzt! Er war den ganzen Tag unterwegs...», sie kam zu ihren beiden Männern und zwickte ihren Sohn, der auf Jons Schoß tobte und kreischte, in die Wade, «mit seinen Freunden.»

«So, und dein Papa war auch den ganzen Tag unterwegs», erklärte Jon ruhig, «und er liest dir jetzt ganz schnell noch was vor, und dann will er seine Ruhe haben, okay?»

«Okay.» Philip setzte sich in sein Bett.

Hellen schaltete die Deckenleuchte aus. Nun war nur noch die Nachttischlampe, deren Schirm Indianer und Cowboys schmückten, eingeschaltet. Sie strahlte heimeliges Licht aus. Philip knuffte seine Kissen, legte sich ins Bett und zog die Decke hoch bis unters Kinn. Seine Mutter machte es sich am Fußende bequem. Jon nahm das Buch vom Schreibtisch seines Sohnes. Es war das alte, abgegriffene Exemplar von Charles Dickens' Roman *Oliver Twist*, aus dem er schon damals immer seiner Schulfreundin Isabelle vorgelesen hatte. Philip hatte es vor ein paar Wochen in einer Kiste im Keller entdeckt und gefragt, ob er es haben dürfe. Der Einband, der den Helden mit Mütze, dickem kariertem Schal, gelbem Pullover und roter Hose zeigte, eingerahmt von seinen Rabaukenfreunden in einer Londoner Gasse, war eingerissen. Die Seiten hatten Eselsohren und Kakaoflecken. Der Zauber des Buches war ungebrochen.

«Wo waren wir?»

Wie aus der Pistole geschossen antwortete Philip: «Seite 218!»

Hellen mußte lachen. Sie und ihr Mann sahen sich an.

«Woher weißt du das noch so genau?» fragte Jon. «Wir haben doch vergangene Woche zuletzt ...»

«Hab's mir gemerkt!» unterbrach ihn Philip grummelnd. «Nun lies doch endlich.»

«Dein Sohn ist genauso ein Pedant und Pingel wie du.»

«Zweiter Absatz!» erklärte Philip.

Jon zog eine Augenbraue hoch. Dann schlug er das Buch auf und begann, daraus vorzulesen: «'Nach diesen Vorsichtsmaßnahmen faßte Herr Giles den Kesselflicker fest beim Arm, damit er nicht, wie er sich scherzhaft ausdrückte, davonliefe, und gab nun den Befehl zum Öffnen der Türe. Brittles gehorchte, und dabei schaute jeder dem andern ängstlich über die Schulter. Aber da war weit und breit nichts Schreckliches zu sehen, nur der arme kleine Oliver Twist lag da, erschöpft und keines Wortes fähig, und erhob die schweren Augenlider zu einer stummen Bitte um Mitleid.'»

Die Messingglocke des Hauses läutete stürmisch. Jon hielt inne.

«Und jetzt sag nicht: Erwartest du noch jemanden?» sagte

Hellen und kam hoch. «Das sind deine Patienten. Aber mach nur weiter. Ich gehe schon!»

Sie verließ den Raum und ging durch den Flur und die Treppe hinunter. Es gab Tage, da haßte sie es, Arztfrau zu sein. Die Patienten respektierten keine Privatsphäre. Selbst wenn Jon keinen Dienst hatte, kamen sie vorbei, klingelten, tauchten im Garten auf, klopften ans Fenster und verlangten voller Selbstverständlichkeit, daß man ihnen half. Dabei ging es keineswegs immer um Notfälle. Im Gegenteil. Bevorzugt an Sonntagen oder an Feiertagen, wenn sie sich langweilten oder einander zu Hause auf die Nerven gingen, kamen sie zum Arzt, um sich abzulenken, um beachtet zu werden, um ihre Zipperlein umsorgt zu wissen. Hellen, von jeher zur Ungeduld neigend, bewunderte an Jon dessen Freundlichkeit und Gelassenheit in solchen Situationen.

Sie öffnete die Tür. Sie hatte nicht einmal Licht gemacht, weder in der Halle noch vor dem Haus. Draußen im Dunkel stand ein junger Mann, verschwitzt, nervös, mit wirren Haaren, hinter ihm eine offenbar gleichaltrige Frau.

«Entschuldigen Sie», sagte er aufgeregt, «wir sind unterwegs hier in der Gegend auf dem Weg nach Kiel, mit dem Auto ...»

«Ja?» fragte Hellen kühl.

«Ist der Herr Doktor da?»

«Der Herr Doktor ist da. Aber er hat keinen Dienst. Dienst hat in Albershude Dr. ...»

In diesem Moment trat die Frau vor, schob ihren Mann beiseite.

«Es ist soweit ...», sagte sie nur und lehnte sich schwer atmend gegen den Türrahmen. Hellen sah sie an. Die krausen Haare hatte sie mit Kämmen hochgesteckt, sie trug einen Männerpullover und eine dünne, fluddrige Hose.

«Sie kriegt ein Kind!» rief der Mann aus.

Jetzt erst begriff Hellen. Daß sie es nicht gleich gemerkt hatte! Die Frau hatte einen gewaltigen Bauch.

Sie stöhnte auf. «Wir schaffen es nicht bis ins Krankenhaus, wir kennen uns nicht aus hier ...»

«Kommen Sie herein! Seien Sie ganz ruhig. Ich hole meinen Mann!» Hellen machte Licht und ließ die Fremden ins Haus. «Setzen Sie sich dahin. Augenblick.» Sie schloß die Tür, und das Paar nahm auf den Stühlen an der Wand Platz.

Hellen stellte sich an den Treppenabsatz. «Jon?» rief sie.

«Ja?» rief er zurück.

«Ich brauche dich!»

Zwei Sekunden später war Jon unten. Er verfrachtete die Schwangere in eines seiner Behandlungszimmer. Dann gab er Hellen kurz und knapp ein paar Anweisungen. Der werdende Vater mußte draußen warten. Drinnen ging Hellen Jon zur Hand. Auch in solchen Augenblicken, dachte er einmal mehr, war seine Frau einzigartig. Sie machte weder viele Worte noch viel Aufhebens. Sie paßte sich perfekt einer Situation an. Sie war schnell. Sie war klug. Jede Handreichung war richtig, jeder Handgriff saß. Er und sie waren das perfekte Team. Wenn Hellen Ärztin geworden wäre, hätten sie zusammen ein ganzes Krankenhaus schmeißen können.

Und dann war es soweit. Ein kräftiger Klaps, und das Baby tat seinen ersten Schrei. Es war ein Junge. Hellen ging hinaus in die Halle. «Gratuliere!» sagte sie strahlend. «Sie sind Vater eines gesunden Sohnes.»

Dem Mann schossen die Tränen in die Augen. «Darf ich ... rein?»

«Sie müssen!» erwiderte Hellen, ließ ihn in das Behandlungszimmer und ging die Treppe hinauf in die Küche. Sie war eine robuste Natur, aber als sie mit angesehen hatte, wie Jon der jungen Mutter das Baby in die Arme gelegt hatte und sie völlig erschöpft, aber selig lächelnd ihrem Sohn den ersten Kuß auf die klitzekleine Hand gab, hätte sie vor Rührung fast angefangen zu heulen. Sie wusch sich die Hände, trocknete sie mit einem karierten Tuch ab und setzte sich an den Küchentisch.

Barfuß kam Philip herein. «Was ist denn?» fragte er. «Was Schlimmes?»

Seine Mutter schüttelte den Kopf. «Nein, mein Süßer. Was Schönes. Dein Vater und ich, wir haben geholfen, ein Baby zur Welt zu bringen. Und nun geh schlafen. Wir lesen morgen abend weiter, ja?»

Philip nickte verständnisvoll. Was für ein wunderbarer Sohn. «Nacht.» Weg war er.

Nachdem Jon einen Krankenwagen gerufen hatte und die Familie ins Krankenhaus nach Albershude gebracht worden war, kam er zu seiner Frau in die Küche und ließ sich ihr gegenüber auf einen Stuhl sinken. Es war mittlerweile weit nach Mitternacht.

«Daß wir ausgerechnet anderer Leute Babys zur Welt bringen», sagte sie nachdenklich, «du und ich: Was wir alles erleben, hmm?» Sie streckte ihren Arm über den Tisch aus.

Er ergriff ihre Hand. «Und hoffentlich noch ganz viel davon, Liebling.»

Schweigend schauten sie sich eine Weile in die Augen.

«Noch einen Wein oder so?» fragte sie und zog ihre Hand zurück.

Er schüttelte den Kopf. «Bin todmüde.»

«Ich auch.»

Jon gähnte herzhaft.

«Ich bin nur noch müde in letzter Zeit!» ergänzte Hellen. «Ist morgen was Besonderes?»

«Morgen ist ein Tag wie jeder andere. Abflug. Hellen.»

«Zu Befehl ...» Sie stockte.

Er stand auf, wollte gehen, bemerkte, daß etwas nicht stimmte und drehte sich zu ihr um. «Ist was?»

Sie runzelte die Stirn.

«Hellen. Ich fragte: Ist was?»

Sie schüttelte den Kopf. Nicht verneinend, sondern ratlos. «Weißt du was?»

«Was?»

«Ich wollte eben sagen: Zu Befehl...» Sie machte mit der Hand eine Bewegung, als ruderte sie ins Leere. «Ich wollte deinen Namen sagen, und...»

«Wovon redest du?» Irritiert kam Jon zum Küchentisch zurück. «Ich verstehe nicht, was du meinst, Liebling.»

«Mir fällt dein Name nicht mehr ein.»

Fast hätte Jon aufgelacht, so komisch klang das in seinen Ohren. Aber er war Arzt. Der Impuls zu lachen gefror. Zu Eis. Zu eisigstem Eis. «Dir fällt mein Name nicht ein?»

Sie guckte ihn an. «Nein. Ich weiß nicht mehr, wie du heißt.»

Er kam zu ihr. Er zog sie hoch zu sich, umarmte sie fest. «Es ist spät, du bist müde...»

«Ich weiß es nicht.» Ihre Stimme klang ganz dünn. «Wie heißt du?» Sie riß die Augen auf, starrte ihn an, bekam auf einmal einen aggressiven Zug um den Mund. Noch einmal fragte sie nach, laut, und wollte sich dabei aus der Umarmung befreien: «Wie heißt du?»

Er hielt sie um so fester. «Das war wohl eben zuviel für dich, was, Frau Doktor? Jon. Ich heiße Jon. Dummerchen. Komm ... zu Bett...» Er versuchte, einen Witz zu machen. «Du Tarzan.» Er ließ sie los und tippte ihr auf die Schulter. «Ich Jon!»

Sie blieb starr und ernst. «Das ist kein Scherz. Es war weg. Völlig weg. Gott, Jon. Ich habe mich so erschrocken, was hat das zu bedeuten?»

«Nichts. Das hat nichts zu bedeuten. Das passiert jedem mal. Ein Blackout. Ganz normal.»

## Kapitel 23

Es war nicht normal. In den nächsten zwei Tagen passierte es immer wieder – Hellen fiel etwas nicht ein, sie vergaß eine Verabredung mit der Frau des Pastors, sie wußte plötzlich nicht mehr, welcher Tag war. Sie geriet in Panik. Andere hätten versucht, es zu verbergen, die Zustände der Verwirrung für sich zu behalten und mit sich selbst auszumachen. Doch Hellen in ihrer geradlinigen Art ging zu Jon und erzählte ihm davon. Er machte sich Sorgen und schlug vor, sie solle sich untersuchen lassen. Nicht von ihm, sondern in einer Klinik.

«So ernst, glaubst du? Neurologie?»

«Es ist besser, ja.»

Sie fuhren nach Kiel. Zwei Nächte und drei Tage blieb sie im Krankenhaus. Jon wollte bei ihr bleiben. Hellen aber bestand darauf, daß er nach Luisendorf zurückfahren und ganz normal, *business as usual*, wie sie sagte, weitermachen solle: «Deine Patienten brauchen dich, und Philip braucht dich auch.»

«Du kommst klar?»

«Ich kann atmen. Also komme ich auch klar!» erklärte sie fest.

Das Ergebnis, das der untersuchende Professor – ein alter Bekannter aus Hamburger Zeiten – Jon mitteilte, war niederschmetternd: Hellen hatte einen Tumor, der bereits Metastasen im Gehirn gebildet hatte. Sie war unheilbar krank.

Jon wurde bleich, als er es erfuhr. Er stand am Fenster des Besprechungszimmers seines Kollegen im ersten Stock des Krankenhauses und sah auf den Park hinaus, in dem Menschen auf Bänken in der Sonne saßen. Das Laub der Bäume war bunt verfärbt. Es war ein freundlicher Tag.

«Wie lange?» fragte Jon.

Der Professor zuckte mit den Achseln.

«Verstehe», sagte Jon.

«Du bist selbst Arzt. Was soll ich dazu sagen. Du begreifst doch, was die Diagnose bedeutet.» Er trat zu seinem alten Freund ans Fenster und legte ihm die Hand auf die Schulter. Sie war schwer wie Blei. «Ich glaube, es ist nicht einmal sinnvoll, es ihr zu sagen.»

«Du kennst Hellen nicht.»

«Soll ich es ihr sagen, Jon?»

«Nein, das mache ich. Sie ist draußen im Park. Ich gehe jetzt runter.»

Er drehte sich um und sah den Professor an. «Scheiße», murmelte er, «Scheiße ...»

«Wir werden es ihr hier so leicht wie möglich machen, wir ...»

«Hier?» Jons Stimme wurde laut. «Du denkst, ich lasse sie hier? Nein! Ich nehme sie mit. Mit nach Hause.»

Das Gespräch mit seiner Frau war leichter, als er dachte. Es schien ihm, als wisse sie längst alles. Jon brauchte nicht viele Worte zu machen. Er hatte sich auf dem Weg nach unten, hinaus in den Park unablässig Sätze überlegt, Dinge, die er ihr sagen wollte, butterweiche Erklärungen, tröstende Worte, beruhigende Gesten. Ausflüchte. Lügen. Doch als er auf sie zuging und sie ansah, wie sie dort stand, aufrecht, mit einem kämpferischen Ausdruck in den Augen, und kalt sagte: «Krebs?», da nickte er nur. Sie umarmten sich, und es kam ihm vor, als tröste sie ihn, nicht er sie.

Auf der Fahrt zurück nach Luisendorf sprachen sie kaum etwas. Sein Kollege hatte ihm diverse Instruktionen gegeben. Hellen hatte keine Schmerzen. Seltsam: Es ging ihr gut. Zu Hause angekommen, erklärten sie Philip gemeinsam, daß sie krank sei und

Ruhe brauche. Der Junge war verständnisvoll und bot an, daß er sich um das Saubermachen und Kochen kümmern könne, solange seine Mutter im Bett liege. Seine Eltern waren gerührt. Hellen zog sich ins Schlafzimmer zurück, Jon brachte ihr einen Tee. Dann machte er sich daran, alles, was jetzt notwendig war, zu arrangieren. Er rief einen Kollegen an und bat ihn, seinen Dienst zu übernehmen. An die Tür des Hauses hängte er ein Schild, auf dem stand, daß die Praxis geschlossen sei und wer die Vertretung übernehme.

Zu seinem Vater ging er als nächstes. Es war früher Nachmittag, als er ihn im Klassenzimmer aufsuchte. Auf dem Platz vor dem Schulgebäude lärmten, wie meistens um diese Zeit, ein paar Kinder, die dort spielten. Die Flügel eines Fensters waren weit geöffnet, das Lachen, Kreischen und Rufen drang in den Raum, hallte dort wider und gab ihm etwas Kaltes, Leeres, Blechernes.

Richard Rix war damit beschäftigt, Arbeiten zu korrigieren. Er saß weit vornübergebeugt, eine altmodische Brille auf der Nase, und malte mit einem roten Kugelschreiber wild in den Schulheften herum. Jon war leise hereingekommen, er hatte noch immer nicht die Angewohnheit ablegen können, sich wie ein Störenfried zu fühlen, wenn er seinen Vater bei der Arbeit sah. Die grüne Schultafel mit ihren aufklappbaren Wänden, die Kreidestummel in der Holzschale. Die Landkarte. Die beiden Schränke mit den Glastüren, in denen Bücher standen, Atlanten lagen, Schreibblöcke, Hefte, Papiere, Stifte. Die Schultische, bemalt, zerkratzt, mit Kaugummis an den Unterseiten, die Stühle dahinter, so klein wie in einer Puppenwelt. Es roch nach Holz, nach Leder, nach Schweiß, nach Äpfeln. Es roch nach Kirschenklauen, nach Kalle Blomquist und Strafarbeit, nach Negerküssen, nach Bonanza, nach erster Liebe. Es roch nach Wehmut. Noch immer übte das alles eine ungeheure Faszination auf Jon aus. Es war wie die Wiederbegegnung mit der längst verloren geglaubten Kinder- und Jugendzeit. In Wahrheit war sie noch immer da. So alt man auch wurde, man trug sie immer mit sich herum. Nicht nur als Erinnerung, sondern mehr noch als

Gefühl: dem Gefühl von kleinen Sorgen, die morgen schon vergessen waren, von Problemen, die sich lösen ließen, das Gefühl von Aufbruch und Sehnsucht, von Albernheit und Fröhlichkeit, von Strenge und Angst.

«Vater?»

Richard Rix sah auf. Er lächelte. Das war früher nicht seine Art gewesen. «Junge!»

«Darf ich dich stören?»

«Aber sicher. Ich freue mich.» Er guckte auf seine Armbanduhr mit dem mürben, schwarzen Lederband. «Keinen Dienst heute?»

Jon schüttelte den Kopf.

Auf dem Platz schrie gellend ein Mädchen, andere Stimmen fielen mit ein. Richard Rix sprang auf und rannte ans Fenster. «Jetzt ist da draußen aber Schluß!» brüllte er. «Sonst komme ich raus. Dann erlebt ihr was!» Augenblicklich wurde es ruhiger. Da war er wieder: sein Vater, der Despot. Der geliebte, gehaßte Despot. Er schloß das Fenster. «Man versteht ja sein eigenes Wort nicht! Als wenn die nicht woanders spielen könnten. Die Kinder in der Stadt würden sich über so viel Natur freuen, aber die hier, auf diesem staubigen, ollen Platz ...»

«Ach, laß sie doch.»

Richard Rix ging an seinen Schreibtisch zurück. «Ich lasse sie doch. Ich hab euch doch immer gelassen, oder?» Er nahm seine Brille ab und massierte sich die Nasenwurzel.

«Ja ...» Jon setzte sich in die erste Reihe. Einen Moment rutschte er auf dem Stuhl hin und her. Sein Vater sah ihn an. «Irgendwas ist doch.»

Jon nickte und sah auf den zerschundenen Holzdielenboden, der voller schwarzer Striemen und Löcher und Flecken war. «Ich habe dich nie groß um was gebeten, Vater», begann er. «Aber jetzt mußt du etwas für mich tun.» Er hielt inne, hoffte plötzlich, er müsse nicht aussprechen, was er zu sagen hatte, sein Vater würde ihn auch so verstehen. Aber sein Vater runzelte nur die Stirn, lehnte sich ein wenig zurück, verschränkte die Arme vor der Brust. Das hatte er auch früher getan, meistens dann, wenn Jon etwas ausgefressen hatte und zur Beichte kam.

«Ich komme gerade aus Kiel. Ich war dort mit Hellen. Sie ist krank.» Er horchte seinen eigenen Worten nach.

«Krank?» Richard setzte die Brille wieder auf.

Jon nickte. «Todkrank.»

«Todkrank? Was heißt das?» Es klang fast ein wenig unfreundlich.

Schroff antwortete Jon: «Das heißt, daß sie vielleicht noch ein, zwei Wochen hat.»

Richard war fassungslos. Er mochte Hellen sehr. Jon erzählte ihm die ganze Geschichte. Sie verharrten eine Weile so und hingen ihren Gedanken nach. Beiden kam der Selbstmord von Hanna in den Sinn, die schmerzhafte Zeit nach ihrem Tod, Jons Ängste, Richards Unfähigkeit, mit allem umzugehen. Am liebsten wäre er jetzt aufgestanden, hinübergegangen zu seinem einzigen Sohn und hätte ihn in den Arm genommen. Aber er konnte es nicht. Zärtlichkeit zu zeigen gegenüber Jon, das hatte er nie fertiggebracht. «Was kann ich tun?» fragte er statt dessen.

«Ich will nicht, daß Philip das alles mitkriegt. Ich will ... ich möchte ... ich hätte gern, daß er bei dir bleiben kann. Bis ...»

«Weiß er Bescheid?»

«Was willst du einem Zehnjährigen sagen? Wir haben ihm erklärt, sie sei krank. Mehr nicht.»

Richard stand auf. «Gut. Jaja ... Natürlich ... das mache ich ... gern.»

Jon erhob sich auch. Er kam sich auf einmal lächerlich vor auf diesem Stuhl. «Danke!»

«Wenn ich sonst noch etwas ...»

«Nein. Ich danke dir sehr, Vater.» Er ging zur Tür des Klassenzimmers und drehte sich dort kurz um. «Ich bringe ihn dir heute abend vorbei, ja?»

Richard nickte. «Grüß Hellen.»

«Ja.»

«Alles Gute, mein Sohn.»

Jon nickte noch einmal, dann verließ er die Schule.

In den folgenden Tagen kümmerte sich Richard Rix rührend um seinen Enkel. Er war glücklich, das für Jon tun zu können. Ausflüge machte er mit Philip, spielte Fußball mit ihm, paukte mit ihm für Klassenarbeiten und ließ ihm dennoch alle Freiheiten, die der Junge brauchte und die er seinem eigenen Sohn, als der in diesem Alter gewesen war, so selten hatte zugestehen wollen. Täglich telefonierte er mit Jon, einmal sogar mit Hellen. Nachdem er mit seinem Sohn Rücksprache genommen hatte, versuchte er Philip so schonend wie möglich beizubringen, was passieren würde. Er besuchte mit ihm den Friedhof. Richard war kein sehr gläubiger Mensch. Aber er versuchte, so gut es ging, sich in die Psyche eines Kindes hineinzuversetzen. Er hielt nicht viel davon, um irgend etwas herumzureden. Philip, fand er, sei intelligent und habe einen starken Charakter. Er würde die Wahrheit vertragen. Und so war es. In einer seltsamen Mischung aus Herzlichkeit und Nüchternheit stellte er sich am Grab seiner Frau hinter Philip, umfaßte die Schultern seines Enkels und fing einfach an: «Manche Menschen sterben früher, andere später.»

«In der Schule haben sie gesagt, sie hat sich das Leben genommen! Stimmt das?» Philip zeigte auf den Grabstein aus weißem Marmor.

«Ja, das stimmt. Sie war müde, weißt du, krank. Sie wollte nicht mehr. Man sagt ... die Kirche sagt, es sei eine Sünde, seinem Leben ein Ende zu setzen. Aber ich denke: Es muß jedem selbst überlassen bleiben, na ja.»

Philip drehte sich um. «Mami ist auch sehr krank, nicht?»

Sein Großvater nickte. «Sie wird sehr bald auf eine große Reise gehen.»

«Was für eine Reise?»

«Das sagt man so, wenn ein Mensch stirbt. Eine große Reise. Wir wissen nicht wohin ... irgendwohin, wo es besser ist, friedlicher, schöner, verstehst du?»

Philip nickte. «Also stirbt sie?»

«Ja.»

«Das dachte ich mir schon. Kann ich ihr auf Wiedersehen sagen?»

«Ja. Wenn du willst – ja.»

«Aber ich möchte nicht, daß sie stirbt.»

Richard hockte sich vor seinem Enkelsohn in die Knie. «Ich möchte es auch nicht, mein Philip.»

«Aber Papi ist Arzt. Er kann allen helfen.»

«Manchmal können wir es nicht bestimmen. Manchmal liegt es nicht in unserer Hand. Manchmal liegt es, nun, die Leute behaupten: in Gottes Hand.»

«Du glaubst nicht daran, stimmt's?»

Sein Großvater schüttelte langsam den Kopf.

«Papa glaubt an Gott.»

«Ich weiß.»

«Und ich glaube auch an den lieben Gott.»

«Das ist gut, Philip. Das ist gut so.»

Philips Abschied von seiner Mutter war weniger herzzerreißend, als Jon gefürchtet hatte. Hellen bekam jetzt starke Medikamente und schlief viel. In einem wachen Moment führte Jon seinen Sohn zu ihr, und sie sprachen ein wenig miteinander, wenige Sätze, denn jedes Wort fiel Hellen schwer.

«Wir gehen morgen zu den Schmetterlingen!» erklärte Philip. Zu den Schmetterlingen: Das war meistens hinten am Seerosenteich, wo Richard mit ihm stundenlang saß und die flatternden, bunten Insekten beobachtete und bestimmte.

Hellen sprach langsam. «Tu, was dein Vater dir sagt, ja? Bleib so brav.»

«Hmmm.»

Jon räusperte sich. «Wir lassen Mami jetzt schlafen.»

Philip drückte seiner Mutter einen Kuß auf den Mund. «Ich hab dich lieb.»

«Ich hab dich auch lieb.» Sie war zu schwach, ihn in den Arm zu nehmen.

«Philip!» mahnte Jon und zog ihn vom Bett weg.

«Auf Wiedersehen, Mami.»

«Auf Wiedersehen, Jon.»

Unten in der Halle ging Richard auf und ab und wartete auf Philip. Als Jon mit ihm die Treppe herunterkam, nahm er wortlos den Anorak seines Enkels vom Haken, zog ihm die Jacke über, nickte seinem Sohn zu und ging. Jon und Hellen waren wieder allein.

In der Zeit bis zum Ende schlief Jon kaum mehr als ein, zwei Stunden in der Nacht. Er versuchte, so gelassen, vernünftig und stark wie möglich zu sein, Hellen das Sterben so leicht wie möglich zu machen. Er versorgte sie mit Medikamenten, er kochte ihr Tees, er bereitete ihr etwas zu essen zu, solange es ging. Dann machte sie sich auf zu ihrer Reise. Es fing damit an, daß sie immer weniger sprach und immer mehr schlief. Schließlich hörte sie ganz auf zu reden. Hellen war stumm geworden. Jon saß stundenlang an ihrem Bett und hielt ihr die Hand. Manchmal sank er weg, dann träumte er wild, schreckte hoch, sah nach seiner Frau, fühlte ihren Puls, horchte nach dem schwachen Schlag ihres Herzens, prüfte, ob noch Leben in ihren Augen war.

Er fing an, mit ihr zu reden. «Ich hab noch soviel mit dir vor, weißt du? Wir sind doch erst am Anfang. Ich wollte, wenn hier alles bezahlt ist, mit dir noch mal los, wir sind doch bisher nie verreist ... Du hast immer von Indien gesprochen, das müssen wir uns doch noch ansehen. Und was ist mit Amerika? New York? Ich weiß, die Amerikaner magst du nicht besonders, aber es ist ein schönes Land, und es gibt viel zu sehen. Viel zu sehen, Hellen. Geh noch nicht, bitte, laß mich nicht allein, bleib bei mir, bleib bei uns ... Philip und ich, wir sind doch so blöde Jungs, wir ...» Er hielt inne. «Verrückt!» sagte er zu sich selbst. «Hör dich nur reden.»

Er ging in die Küche, goß sich ein halbes Glas mit Whiskey ein und trank es in einem Zug leer. Er trank nie viel, und eigentlich nur Wein, und der Alkohol, in Verbindung mit Jons Erschöpfung und Anspannung, wirkte schnell und stark. Er holte die Stereoanlage aus dem Wohnzimmer, schleppte sie ins Schlafzimmer, legte *ihren* Song auf und drehte die Musik so laut es ging. «Killing me softly ...», sang Roberta Flack, bei diesem Lied hatten sie sich in der Diskothek geküßt. Als einen «Sexualschleicher» hatte Hellen den Hit früher, in glücklichen Zeiten, als sie viel miteinander lachten, bezeichnet. «... killing me softly with your love ...» Die weiche Melodie, die sanfte Stimme erreichten Hellen nicht mehr. Sie lag da wie im Koma.

Jon drehte die Lautstärke herunter und spielte *World* von den Bee Gees: «Now I found that the world is round ...», Jon saß auf dem Bett und summte leise mit, «and the cause it rains every day ...»

«Hellen», flüsterte er, «mach die Augen auf, sag mir etwas, irgend etwas, gib mir ein Zeichen, was soll ich tun, schenk mir ein Lächeln, eine Geste, bitte ... Hellen ... lach noch einmal, so wie früher.»

Er tanzte durch das Schlafzimmer, zu Procol Harums *A Whiter Shade of Pale*, Otis Reddings *Sitting on the Dock of the Bay* – einen Titel nach dem anderen legte er auf, die ganzen sentimentalen Nummern, als wäre dies nicht ein Raum, in dem ein geliebter Mensch starb, sondern eine Diskothek, in der das Leben tanzte. *When a Man Loves a Woman*.

Sie wachte nicht mehr auf. Die Musik war verklungen. Es war drei Uhr morgens. Als sie noch jung gewesen waren, damals in Hamburg, waren sie um diese Zeit häufig erst nach Hause gekommen, im knatternden Käfer, und hatten sich im Auto geküßt. Sie besaßen nichts, keine Reichtümer, keine Erfolge, nicht einmal besondere Verdienste hatten sie erworben. Sie hatten nur sich und ihre

Träume. Es waren die guten Zeiten gewesen, unbeschwert, wie Vögel im Wind, süß und rein, wie Honig und Milch. Sie waren vorbei. Jon war erwachsen geworden.

Er schlug die Decke mit Rosenmuster zurück und legte sich neben seine tote Frau, hielt sie im Arm, ohne zu weinen, bis es Morgen wurde. Die Vögel sangen nicht. Es war ein trüber, kühler, unfreundlicher Herbstmorgen. Jon stand auf, duschte und rasierte sich und brachte die Dinge auf den Weg, die zu erledigen waren.

Wie ein Lauffeuer hatte es sich schon am Vormittag in Luisendorf herumgesprochen, daß die Frau vom Doktor nicht mehr lebte. Johanna Kröger, die ihrer Beingeschichte wegen nicht richtig laufen konnte, hatte in der Diele auf der Telefonbank gesessen und alle Nachbarn informiert. Als der Pfarrer zu dem reetgedeckten Häuschen kam und die ersten Luisendorfer herbeieilten, um zu kondolieren, läuteten sie vergeblich an der Tür. Jon war nicht da.

Während Richard Rix, der seinen Unterricht abgesagt und die Kinder wieder nach Hause geschickt hatte, Philip erklärte, was geschehen war, saß Jon auf den großen Steinen am Ufer des Seerosenteiches und starrte aufs Wasser.

«Wenn ich erfahren würde, daß ich früh sterben müßte», hatte Hellen einmal zu ihm gesagt, bei einem Waldspaziergang vor ein paar Jahren, «dann wäre ich nicht besonders traurig darüber.»

Jon hatte sie, während sie Hand in Hand nebeneinander hergingen, erstaunt von der Seite angesehen. «Das glaube ich nicht. Nicht traurig! Hast du keine Angst vor dem Sterben?»

«Ach, irgendwie nicht. Ich meine, mir täte der Gedanke weh, daß ich euch zurücklassen würde, dich und Philip. Aber was mich angeht ... ich habe doch alles gehabt. Alles, was ich mir gewünscht habe. Ich glaube, daß man nur so lange Angst vor dem Sterben hat, wie man noch etwas will ... unzufrieden ist, noch Pläne hat, Dinge, die man auf dieser Welt erledigen muß ...»

«Das klingt ja entsetzlich abgeklärt. Also! Du erschreckst mich.»

«Aber nein! Ich will damit nur sagen, Jon, du müßtest nicht um mich weinen, weil das, was ich mir gewünscht habe, doch alles eingetreten ist. Gut, ich wünschte mir, ginge es denn, noch ein Kind ...»

«Und noch eines, und noch eines ...» Er hatte den Arm um ihre Taille gelegt.

«Aber ansonsten ... so wie deine Freundin Isabelle da ... so ein Typ bin ich nicht. Ich wollte ein paar Sachen richtig machen. Ich glaube, das ist mir gelungen. Ich wollte einen Mann, den ich liebe und der mich liebt. Ich wollte Philip. Dich.»

«Ein Häuschen mit Garten.»

«Genau. Freunde um unseren Tisch. Anderen Menschen helfen, wenn es geht. Alles erfüllt. Du gehst an der Seite einer zufriedenen Frau!»

«Gerade deshalb verstehe ich nicht, wie du sagen kannst, es würde dir nichts ausmachen zu sterben. So ein Unsinn. Man liebt doch das Leben.»

«Ja. Man liebt das Leben. Aber Angst haben darf man nicht.»

Jon wurde es unbehaglich zumute, als er daran zurückdachte. Doch gleichzeitig hatte diese Erinnerung etwas Tröstliches. Er warf ein paar Kiesel ins Wasser. Einer landete auf dem Blatt einer Seerose, die anderen gingen mit einem kurzen, platschenden Knall unter und hinterließen Ringe im Wasser. Jon sprang hoch und machte sich auf den Weg zurück. Er hatte einen Sohn, den er sehr liebte und der ihn jetzt mehr denn je brauchte. Er hatte einen Vater, mit dem er reden wollte. Und er hatte Patienten, die auf ihren Arzt nicht verzichten konnten. Das Leben, das schreckliche, schöne, verwirrende, das Leben, so grausam es klang, es ging weiter. Auch wenn er sich im Moment nicht vorstellen konnte, wie.

## Kapitel 24

Man hätte glauben können, die ganze Stadt wäre unterwegs zu einer Beerdigung. Schon am Flughafen von Paris, als Isabelle und Patrizia am Laufband standen und auf ihr Gepäck warteten, fielen ihnen die Schwärme schwarzer Vögel auf. Mit finsteren Mienen, verschanzt hinter Sonnenbrillen, trugen sie schwarze Anzüge, weite, schwarze Kleider, schwarze Hosen mit schwarzen Blazern; lässig hatten sie schwarze Mäntel über ihre Arme geworfen, schwarze Pullover um ihre Schultern geknotet: Sie waren eine verschworene Gemeinschaft, die sich einem Kult unterworfen hatte, sie waren angeflogen gekommen, weil sie einem Ruf gefolgt waren, sie hatten sich einem Trend untergeordnet, weil jeder von ihnen dazugehören wollte, zur Kaste der Modemenschen.

Isabelle, die einen beige Herrenanzug aus Wolle trug, mit einem schlichten weißen Hemd, guckte Patrizia an, die mit ihren mittlerweile weißblond gefärbten ondulierten Haaren, dem grellroten Lippenstift und im Schalkragenkostüm mit falschem Leopardenbesatz zu High Heels aussah wie eine amerikanische Country-Sängerin auf Europa-Trip. «Haben wir was falsch gemacht?»

Patrizia wuchtete ihre Koffer auf den Gepäckwagen. «Ich muß hier raus», erklärte sie, «sonst kriege ich einen Schreikrampf!»

Ein deutscher Kollege, blond, braungebrannt und seine Umwelt peinigend, weil er niemals die Klappe halten konnte, hatte die beiden entdeckt und drängelte sich durch das Gewusel: «Belle...», rief er, «Schätzchen, Liebes...» Er hatte sie erreicht und strahlte sie an, «... grüß dich!» Kurzes Nicken Richtung Patrizia. «Hi!»

«Hi!» antwortete sie knapp und donnerte den Wagen einer Gruppe von aufgeregten japanischen Modejournalistinnen gegen die Beine, die stur stehenblieben, weil ihre feinmotorischen Fähigkeiten nicht besonders ausgeprägt waren. «Pardon!»

Der deutsche Modeschöpfer hauchte Isabelle einen Kuß auf beide Wangen. Isabelle lächelte. Sie mochte ihn. Er hatte ein freches Schandmaul, er hatte Geschmack und Talent, und er hatte Witz. «Wow! So hell angezogen? Alle schwarzen Klamotten in der Reinigung? Oder setzt du einen neuen Trend? Das totale Beige? Eigener Entwurf? Mutig.»

«Dich kann man auch nur in einen Sack stecken und draufschlagen», konterte sie.

«Nützt nichts, ich quatsche weiter! Was machst du denn hier?»

Wenn sich der Grund bis zu ihm nicht herumgesprochen hatte – sie wollte ihn nicht nennen. Isabelle schmunzelte: «Rate.»

«Ideen klauen?»

«Und du?»

«Ich bin nur auf Zwischenstopp hier, ehrlich gesagt, ich tu mir das nicht an ...» Er zeigte zu einem Mitarbeiter, der etwas entfernt an eine Säule gelehnt stand und den gelangweilten Beau gab. «Wir sind auf dem Weg nach Saudi-Arabien.» Dann erzählte er, seine neue Kosmetiklinie sei ein großer internationaler Erfolg, besonders das Damenparfüm laufe «wie nix, damit mache ich mehr Geld als mit meinen Klamotten. Warum machst du so was noch nicht?»

«Kommt noch.»

«Wie lange willst du denn noch warten? Du bist doch auch schon fast zehn Jahre im Geschäft. Irgendwann ist es zu spät, dann ist der Kuchen verteilt.»

«Zerbrich dir mal nicht meinen Kopf.»

«Bist ja nicht mehr die Jüngste.»

«Danke.»

«Ich meine, ich gehe jetzt mal nach deinem Aussehen, nicht?»

«Verspritz dein Gift woanders.»

Er tätschelte ihre Wange. «Nicht bös sein. Ich bin halt ehrlich.»

«Kommst du?» rief Patrizia aus gebührendem Abstand.

«Also dann, guten Weiterflug», sagte Isabelle und küßte ihren Konkurrenten. «Warum überhaupt Saudi-Arabien?»

«Das ist unser größter Markt, Süßi, wir verklappen mein Parfüm im Golf», erklärte er lachend.

«Ich hoffe, alles. Auch das, was man hier noch kaufen kann. Damit wir diese Plage endlich los sind ...» Sie winkte ihm kurz zu und ging.

Als sie im Taxi saßen, tadelte Patrizia sie. «Daß du dich mit solchen Typen überhaupt noch unterhältst.»

«Ach ... Ich kenne ihn schon so lange. Er ist auch jemand wie ich, hat ganz unten angefangen ...» Sie sah aus dem Fenster, dachte zurück an die Anfänge, an die ersten Erfolge. Unglaublich viel war in den vergangenen Jahren passiert, jetzt stand sie im Zenit ihres Ruhmes. Über hundert Menschen arbeiteten für Isabelle Corthen, sie besaß in Deutschland ein Dutzend Geschäfte, sie hatte eine zweite, junge Modelinie unter dem Namen «Isa» herausgebracht, die sich glänzend verkaufte, und nun war sie auf dem Weg in die Metropole der Mode, sie war zurückgekehrt in die Stadt, die sie einst so unglücklich und klein verlassen hatte, um nun endlich groß herauszukommen: Isabelle zeigte zum erstenmal eine Kollektion in Paris.

Das Taxi fuhr vor dem Hotel Intercontinental in der Rue Castiglione vor. Patrizia zahlte, der Doorman kam angetrabt, begrüßte sie und nahm das Gepäck aus dem Wagen. Isabelle blieb vor dem imposanten Portal stehen und sah an der alten, wuchtigen Fassade des Hotels hoch.

Patrizia trieb zur Eile an. «Wir haben um eins das Essen im Ritz, mit ...»

«Laß mich doch einmal durchatmen. Das ist schließlich meine alte Heimat hier!» Sie drehte sich um und zeigte in die andere Richtung. «Da um die Ecke, in der Rue de Rivoli, war das Atelier von

Morny, da habe ich geschuftet ...» Sie seufzte. «Wie oft habe ich hier vor diesem Hotel gestanden und geträumt, eines Tages ...»

«Ich heule gleich.»

«Sei doch nicht so herzlos, Patrizia.»

«Sei doch nicht so kitschig, Isabelle!»

«Das sind halt Erinnerungen. Das verstehst du nicht.»

«Du bist 'ne sentimentale Kuh. Beschäftige dich nicht mit gestern. Kümmer dich ums Morgen.»

«Tu ich, keine Sorge.»

Sie betraten durch gläserne Türen das Hotel. Auf weichen Teppichen schritten sie durch die mit Antiquitäten vollgestopften Gänge, bis sie an die Rezeption gelangten. Isabelles Sekretärin hatte eine Junior-Suite reserviert. (Zum Sonderpreis – Isabelle achtete nach wie vor sehr darauf, zu sparen, wo immer es ging.) Die Suite lag im vierten Stock, und die Fenster des Wohn- und Schlafzimmers, die bis zum Boden reichten und vor denen sich kleine, halbhohe Balkongitter befanden, gingen auf den Innenhof hinaus, in dem friedlich ein Brunnen plätscherte. Es war ein warmer, sonnenüberfluteter Oktobertag. Ein paar Gäste hatten es sich auf den weißen Stühlen inmitten von Blumenrabatten und Pflanzenkübeln mit Lorbeer- und Buchsbäumen gemütlich gemacht, lasen *Le Monde* oder ließen sich von Kellnern einen Mittagsimbiß servieren. Isabelle zog einen der Fauteuils ans geöffnete Fenster, setzte sich hinein, legte die Füße auf das verschnörkelte Gitter und schloß die Augen. Sie versuchte sich zu entspannen. Sie war aufgeregt. Morgen war der große Tag. Sie hatte es geschafft, sie durfte in Paris zeigen. Nicht in einem der Zelte hinter dem *Louvre*, wo die großen Franzosen, die legendären Häuser, die berühmten Japaner ihre Schau abzogen, sondern hier in diesem Hotel.

Eine von Patrizia organisierte Crew hatte in wochenlanger Kleinarbeit sämtliche Hindernisse beiseite geschafft und alles vorbereitet. Heute nachmittag sollte ein Probelauf sein. Sie betete, daß nichts schiefgehen würde. Belle Corthen in Paris. Sie stand auf, ging ins Bad und erfrischte sich. Im Schlafzimmer räumte Patrizia herum. Der Page hatte das Gepäck gebracht, sie gab ihm ein Trinkgeld. Im Laufe der Zeit waren die Hotels, in denen sie wohnten, immer besser, aus den Zimmern Suiten geworden, doch seit ihrer ersten gemeinsamen Reise in das norditalienische Biella hatte sich eines nicht geändert: die beiden Frauen teilten sich noch immer ein Bett. Es gab Gemunkel deswegen. Aber, wie so oft, ohne Grund. Nichts lag ihnen ferner, als ein Verhältnis zu haben. Es war eine liebenswerte Tradition, eine kleine Marotte – Isabelle, die von ihrer Dachwohnung in Hamburg längst in ein Penthouse an der Alster gezogen war, schlief nicht gerne allein. Schon gar nicht bei Anlässen wie diesem, wo Lampenfieber sie quälte und Versagensangst. Auch da war Patrizia der Fels in der Brandung, der Wind unter Isabelles Schwingen, die Eiche im Sturm.

Isabelle ging durch den Salon. Auf dem Tisch stand ein Blumenbukett mit einer Begrüßungskarte des Hoteldirektors. Von der Obstschale nahm sie ein paar Trauben, rieb sie kurz an ihrem Ärmel ab und aß sie. Auf dem Tisch lag bereits ein Stapel Post. Weil sie längere Zeit unterwegs gewesen war, hatte sie angeordnet, man solle ihr alles vom Hamburger Büro hierher nachschicken. Sie blätterte die Post durch. Es waren überwiegend Einladungen, ein paar Faxe, einige Telegramme. Ein Brief war darunter, der ihr auffiel. Er hatte einen schwarzen Rand. Sie besah ihn näher. Er hatte eine deutsche Briefmarke, abgestempelt in Albershude. Isabelle erschrak. Mit dem Obstmesser schlitzte sie ihn auf. Es war eine Todesanzeige, die Jon ihr geschickt hatte.

«O Gott ...»

Patrizia kam herein. «Wir müssen ...»

Isabelle ließ die Karte sinken. «Ich komme ...», sagte sie ernst.

«Alles okay?» fragte Patrizia und legte freundschaftlich den Arm um ihre Chefin.

«Ja», antwortete Isabelle, «alles okay.»

Der Saal war doppelt so groß wie der im Atlantic-Hotel in Hamburg, in dem Isabelle in den vergangenen Jahren immer gezeigt hatte. Es gab eine Bühne, einen langen, breiten Laufsteg, und vor allem gab es eine Sitzordnung. Patrizia ging sie mit dem jungen Franzosen, der extra dafür engagiert worden war, genau durch. Sie schritten die Reihen links und rechts des Laufstegs ab und verglichen die seitenlange Liste der geladenen Gäste. Es gab eine strenge Hierarchie. Links saßen die Einkäufer, rechts die Journalisten. Die ersten Reihen waren reserviert für die VIPs, die *very important persons* – Chefredakteurinnen, Chefeinkäufer großer internationaler Läden und Kaufhäuser, Prominente. Die Namensschilder, die an den Rückenlehnen der Stühle angebracht waren, lasen sich wie ein Who's who der Modeszene. Mittendrin, erste Reihe Mitte, standen zwei Namen, die dem Franzosen nichts bedeuteten, vor denen Patrizia aber nun kurz stehenblieb und mild lächelte: Ida Corthen, Gretel Burmönken. Stets erhielten die alten Damen einen Ehrenplatz bei den Modenschauen, und das war auch diesmal nicht anders. Isabelle hatte sie einfliegen lassen. Staunend und eingeschüchtert saßen sie in der Halle des Interconti, beide in schlichten Belle-Corthen-Kleidern aus Seide, eines in Flieder, das andere in Taubengrau, hatten ihren schönsten Schmuck angelegt, Bernstein, Koralle, Perlmutt und Topas. Am Vortag waren sie beim Friseur in Blankenese gewesen, durften erster Klasse anreisen und im Hotel wohnen. Sie waren Fremde in einer fremden Welt. Die schwarzen Vögel flogen an ihnen vorbei, piepsten, flöteten, flatterten; Geschäftsleute marschierten mit wichtigen Mienen heran; Fotografen schleppten ihre wuchtigen Ausrüstungen herbei; Ida und Gretel waren wie bei einem Tennismatch nur damit beschäftigt, ihre Köpfe von links nach rechts zu drehen und von rechts nach links, sie dachten *Ah!* und *Oh!* und sie sagten «Nu guck dir das an!» und «Das gibt's doch nicht!»

Die großen, weißen, goldverzierten Türen öffneten sich. Die Horden begehrten Einlaß. Es war ein unfaßbares Gedränge. Kontrolleure ließen sich Eintrittskarten und Presseausweise zeigen; wie Verkehrspolizisten lenkten sie den Strom in diese und in jene Richtung, erlaubten, untersagten, blieben streng, ließen sich erweichen, fühlten sich, fünfzehn Minuten lang, mächtig und prächtig, als Könige eines wunderbaren Reiches.

Es wurde geschubst und geschimpft, gebeten und gebettelt, das kühle, distanzierte Gehabe verwandelte sich in offenen Kampf, als ginge es nicht mehr um eine Modenschau, sondern ums nackte Überleben. «Was glauben Sie, wer ich bin!» schrie eine Dame auf französisch und schlug mit einer Modezeitschrift auf einen Ordner ein. «Meine Kollegin hat meine Karte, sie ist drinnen, lassen Sie mich doch rein», rief eine andere auf englisch und in höchster Verzweiflung.

Gegenüber der Bühne war eine Tribüne aufgebaut. Wie in dem Mastkorb eines schaukelnden Schiffes auf hoher See hatten sich dort die Fotografen versammelt, ihre Kameras in Position gebracht, die Objektive der gläsernen Linsen im Licht der Scheinwerfer im Saal fluoreszierten. Alle zusammen glichen sie einem großen, fürchterlichen, gierigen Auge.

Es war heiß im Saal. Schwitzende Männer wischten sich mit Taschentüchern ihre Nacken trocken, Damen, die selbst hier ihre Sonnenbrillen nicht abgenommen hatten, zeigten ihre Erschöpfung nur, indem sie sich mit den Pressemappen leicht und beiläufig Luft zufächelten. Im Raum herrschte unablässige Bewegung, die Atmosphäre war gespannt. Ein Fotograf, dem es gelungen war, sich unrechtmäßig Zutritt zu verschaffen, wurde, eben im Begriff, eine prominente deutsche Filmschauspielerin abzulichten, von den Ordnern am Schlafittchen gepackt und hinausgeworfen. Er wehrte sich aus Leibeskräften, doch die Ordner waren geübter als er. Sie rissen ihm die Kamera aus der Hand, öffneten sie, zogen brutal den Film heraus und setzten den Mann vor die Tür.

Hinter der Bühne ging es nicht weniger aufregend zu. Ein Dutzend Models – Isabelle hatte nur die besten ausgewählt – waren geschminkt, frisiert und angezogen worden, standen nun parat und warteten, giggelnd, lästernd, tief durchatmend, auf den Befehl des Maître de plaisir, endlich auf den Laufsteg zu dürfen. Sie hatten nichts von der Eleganz der Mannequins, die einst auf Puppe Mandels Präsentationen wie Schwäne über einen Silberteich durch den Raum geglitten waren. Sie waren wie Katzen im Käfig, kurz vor dem Sprung. Riesengroße, schlanke, schöne Frauen, wild und diszipliniert zugleich, professionell und kindisch in einem. Es gab einen minuziösen Laufplan. Es gab Kleiderständer, mit Nummern und Namen versehen. Es gab Friseure, die mit Rundbürsten und Kämmen letzte Hand anlegten. Es gab Visagisten, die, mit Puderquasten bewaffnet, Schweißperlen und Unebenheiten den Garaus machten. Es gab Anziehhilfen, die kniend ein vorwitziges Stück Saum absteckten, ein Kleid rafften, eine Kette überwarfen. Es gab Walkietalkies, in die unablässig Befehle gebellt wurden.

Eine Fanfare. Nebel stieg vor der Bühne auf. Atemlose Stille. Die Musik von *Art of Noise*. In Reih und Glied standen jetzt die Mädchen, der Maître de plaisir schubste die eine nach vorn, zog die andere nach hinten.

Isabelle stand, dank einer wundervollen Pille vollkommen ruhig, direkt hinter dem Vorhang und beobachtete den Trubel. Sie hatte ihre Arbeit getan. Jetzt konnte sie nur noch hoffen. Alles war von ihr abgefallen: der Streß der letzten Wochen, die Aggressivität, die Hysterie. Noch vor einer Stunde hatte sie hier im leeren Saal auf Knien gehockt und den Laufsteg Zentimeter für Zentimeter nach krummen Nägeln abgesucht – es war ihr alter Aberglaube, den Ida ihr anerzogen hatte, die alte Angst, denn ein solcher Nagel auf der Bühne bedeutete Unglück, wie verstreutes Salz, wie ein Regenschirm, der in Innenräumen aufgespannt wird, wie eine schwarze Katze, die den Weg von rechts nach links kreuzt.

«Und los!» rief der Maître de plaisir. Die Musik setzte ein.

«I wish you luck!» sagte Isabelle zum ersten Model, einer schwarzen Amerikanerin, und es klang, als würde sie sich selbst meinen. Das Mädchen marschierte hinaus. Das zweite Model war dran. «Du siehst wunderbar aus!» sagte Isabelle und zupfte ihr einen imaginären Fussel vom Blazer. Isabelle verströmte Liebe. Denn in diesem Moment wollte sie geliebt werden. Sie fühlte sich, inmitten all dieser aufgeregten, präzisen, schönen, konzentrierten, verwirrten Menschen völlig allein und verlassen. «Beautiful», flüsterte sie und bekam wieder keine Antwort, «you are so beautiful!»

Auf einem kleinen Monitor, der hier, hinter dem Vorhang, über den Köpfen der Menschen angebracht war, verfolgte sie draußen das Geschehen. *Catwalk:* Die Models liefen mit kühlen Blicken über den Laufsteg, drehten sich ein-, zweimal, kamen wieder bis zur Mitte, blieben kurz stehen, trafen einander, sahen sich an, ungerührt, kamen zurück. Es war eine ausgeklügelte Choreografie. Die Musik dröhnte. Blitzlichter flammten auf. Weiter, weiter, weiter. Next, next, next.

Endlich dann, als würde sich die Hitze und Spannung eines schwülen Sommertags in einem Gewitter lösen, brandete Beifall auf. Beifall! Mehr Beifall! Isabelle fühlte sich, als habe sie eine Wüste durchquert und eine Quelle erreicht. Es kam ihr vor, als habe sie nach langen, harten Nächten der Arbeit endlich schlafen können und sei erfrischt erwacht. Als käme sie nach langer Reise endlich an, am ersehnten Ziel. Die Leute jubelten. Das Hochzeitskleid, das stets als letztes einer Schau gezeigt wird, aus mauvefarbenem Organza, üppig geschnitten und doch federleicht, besetzt mit Dutzenden weißer Seerosen, brachte den Saal zum Toben. Das Licht ging an. Die Leute sprangen auf.

Die Models lachten und klatschten in die Hände. Isabelle wurde von ihnen mitgerissen, nach draußen gezogen, auf den Laufsteg, wo die Mädchen sie in ihren Kreis aufnahmen, ihr Beifall spendeten, sie küßten, ihr Blumen überreichten. *Bravo!* scholl es zu ihr hoch. *Bravo, Belle, bravo!* Schnell lief Isabelle nach vorn, verbeugte sich, kam zurück, verneigte sich noch einmal kurz nach links und rechts, winkte und sah eben noch, als sie fast schon wieder hinter den Vorhang gerannt war, aus dem Augenwinkel ganz dicht an der Bühne, in der ersten Reihe – Christin Laroche.

Christin, die alte Freundin, die alte Feindin. Irritiert blieb Belle einen Moment stehen. Dann schüttelte sie sich wie ein nasser Hund. Patrizia kam zu ihr, umarmte sie, sagte ihr ein paar liebevolle, bestärkende Worte. Isabelle fühlte sich wie im Rausch. Hände streckten sich ihr entgegen. Jemand reichte ihr ein Glas kalten Champagner. Die Leute verließen den Saal. Gäste, Verehrer, Freunde kamen hinter die Bühne, um ihr zu gratulieren. Ida und Gretel, von Patrizia durch das Gewühl gelenkt, standen plötzlich vor ihr.

«Mama!»

«Kind! Du hast mir eine große Freude gemacht.»

«Danke.»

Gretel zwickte sie, wie so oft, in die Wange, strich sich die Hände am Kleid ab, ehe sie Isabelles Gesicht umfaßte, sich auf die Zehenspitzen stellte und sie platsch! auf den Mund küßte. «Davon träumst du nicht!» sagte sie nur. «Das war einmalig.» Dann tauchte schon der Einkaufschef eines New Yorker Kaufhauses auf und wollte sich mit Isabelle für den darauffolgenden Morgen verabreden. Patrizia nahm ihn beiseite und machte einen Termin aus.

Am Abend gingen sie im kleinen Kreis essen. Gretel und Ida hatten nicht mitkommen wollen, vorgeblich, weil sie müde waren. In Wahrheit aber trauten sie sich nicht. Isabelle ließ ihnen ein Abendessen im Restaurant des Interconti servieren, wo man sie respektvoll und herzlich umsorgte, und war ganz froh, daß sie sich nicht um die beiden kümmern mußte. Patrizia hatte einen Tisch bei «André» reserviert, einem chinesischen Restaurant, das sehr angesagt war und wo sich die Modeszene allabendlich geradezu um einen Tisch prügelte. Am liebsten wäre Isabelle zu Bett gegangen, aber sie wußte, sie war es ihrem Ruf und auch ihrem Team schuldig, mitzukommen. Das Hotel hatte ihr für die Zeit ihres Aufenthaltes eine Limousine bereitgestellt, doch sie zog es vor zu laufen.

«Ist doch bloß um die Ecke!» erklärte sie Patrizia, und so gingen sie zu Fuß durch die hellerleuchteten Straßen.

«Wie fühlst du dich?» fragte Patrizia fröhlich.

Isabelle zuckte mit den Schultern.

«Also, hör mal: Du mußt dich Bombe fühlen ... das war sensationell, die ganze Stadt redet drüber ...»

«Es ist irgendwie so ... ich kann es nicht richtig erklären. So eine Mischung: Es ist eingetreten, was ich sowieso erwartet habe ...»

«Na, herzlichen Glückwunsch, durchgedreht sind wir gar nicht. Aber vorher Beruhigungspillen fressen!»

«... und Erschöpfung.»

«Das allerdings verstehe ich. Du erholst dich jetzt erst mal. Ich habe für dich eine Woche in einem *Spa* in Miami gebucht, da fliegst du nach den Besprechungen in New York hin, und da putzeln sie dich wieder auf.»

«Ob ich dazu Lust habe?»

«Danach fragt keiner.»

«Das ist es eben *auch*: Ich fühle mich irgendwie ... als rückte mir mein Leben langsam immer ferner, als wäre ich eine Fremde.»

«Hä?»

«Verstehst du nicht, was ich meine?»

«Nee!»

«Mein Leben liegt nicht mehr in meinen Händen. Ich gestalte es nicht mehr. Es gestaltet mich. Ich hab Angst.»

«Angst haben wir alle. Und nun tu mir einen Gefallen und sei nicht wieder so doof drauf, sondern feier mit uns. Es ist alles wunderbar. Der Rest der Welt beneidet dich. Du hast allen Grund, dankbar zu sein. Dankbar, okay? Wir sind da!» Sie öffnete die Tür zu dem Restaurant, das in einer sanft ansteigenden, alten Seitengasse des Quartiers lag.

André sah aus, als habe man Madame Butterfly mit Bruce Lee gekreuzt. Er tippelte in seinem winzigen Palast auf und ab, umgarnte seine prominenten Gäste, mißachtete die Laufkundschaft von der Straße, kicherte, gurrte, lästerte. Mit sehnigen Armen umschlang er seine Lieblinge, mit harter Hand scheuchte er seine Bediensteten. Er war der Liebling der Modemenschen, ein Fatzke, der so viel von Eitelkeit verstand, daß er sie bei seinen Gästen perfekt bediente. Er setzte sich ungefragt zu ihnen an die Tische, lauschte ihnen ergeben, fing Gerüchte auf wie Motten, um sie am nächsten Tisch wieder flattern zu lassen, im milchigen Licht seiner Fantasie. Das Restaurant hatte zwei Räume. Im ersten saßen die Stars, Stammkunden, Darlings und Chéries, im zweiten, dem hinteren, zu dem ein paar Stufen hinunterführten, versteckte er die schwarzen Modevögel, die in seinen Augen nichts Besonderes waren, ihn und sein Lokal aber trotzdem vergötterten. Mit gierigen Blicken hockten sie in drangvoller Enge und rauchstumpfer Zigarettenluft und unterbrachen ihr Geplauder jedesmal, wenn die Tür aufging. *Paloma*, flüsterten sie dann, oder *Yoshi*; «dahinten hockt die *Vogue*», zischten sie verschwörerisch und «Da ist reserviert für *Woman's Wear Daily*».

Als Belle mit ihrer Freundin das Lokal betrat, war sofort klar, daß sie *dazu*gehörte. Man reckte die Hälse. André kam heran, grinsend, die schmalen Augen noch schmaler ziehend, schubste eine Dim-Sum servierende Kellnerin weg, rückte lärmend ein paar Stühle beiseite und zeigte ihnen mit einem *voilà!* in gepiepster Truman-Capote-Stimmlage ihren Ecktisch im ersten Raum, dem «richtigen», wie Patrizia zufrieden bemerkte. Isabelle war einfach zu erschöpft, um sich an den Privilegien, die ihr zuteil wurden, zu erfreuen. Man schleppte ihr kostenlosen Reiswein zur Begrüßung an den Tisch, André setzte sich zu ihnen und sprach davon, daß er «Großes» gehört habe, sie sei «une grande», «Belle, la grande Allemande!» Ein paar Minuten darauf kamen die vier andern Gäste, die Patrizia dazugebeten hatte: ein italienischer Fotograf, der den nächsten Modekatalog fotografieren sollte, ein Abgesandter der Chambre de commerce, den Maître de plaisir und ein Model aus Schweden, das in Belle verknallt war.

Es ging munter zu an ihrem Tisch, es wurde laut gelacht und

pausenlos geredet. André trug vor, was für Speisen er bereit sei, ihnen zu servieren (Speisekarten waren bei ihm verpönt), sie bestellten Sancerre und Evian, Frühlingsrollen, Gemüsesuppe, gegrillte Ente in Pflaumensauce, gebackene Shrimps und gedünsteten Fisch. Isabelle hörte den ganzen Abend über nur mit halbem Ohr zu. In Gedanken war sie noch bei der Show, ging jedes Outfit und jeden Auftritt durch, ärgerte sich über Fehler, durchlebte noch einmal den Beifall, der ihr schon jetzt vorkam, als habe er jemand anderem gegolten.

Nach dem Hauptgang kehrte André an ihren Tisch zurück, mit einer eisgekühlten Flasche Champagner, sechs Gläsern und einem Couvert. Er überreichte es Isabelle. Erstaunt riß sie den Umschlag auf. Mit kleiner Schrift und in roter Tinte stand auf der Karte aus Bütten auf englisch *faboulos!* und auf französisch *Je pense à toi!*

André zeigte, während er den Korken gekonnt aus dem Flaschenhals gleiten ließ, hinter sich, auf einen Tisch in der andern Ecke, neben der winzigen Bar. Die Karte war unterschrieben mit *Christin*. Isabelle wandte sich um. Ins Gespräch vertieft, saß dort Christin Laroche zwischen zwei älteren, elegant gekleideten Herren. Sie war schlank wie eh und je, älter geworden, Ehrgeizfalten zogen sich von den Nasenflügeln zu den Mundwinkeln, sie hatte ihre Haare zu einem Pagenschnitt schneiden lassen und trug ein edles Yves-Saint-Laurent-Kleid, schwarze Nahtstrümpfe und Riemchenschuhe mit hohen, dicken Absätzen. Wäre sie in diesem Moment aufgestanden, hätte einen Schuh auf den Stuhl gestellt, ein Akkordeon genommen und angefangen zu singen, sie hätte die perfekte Chansonnette abgegeben.

«Oh!» bemerkte Patrizia. «Champagner!»

«Ja», erklärte Isabelle und fügte ironisch hinzu: «Von meiner besten Freundin!»

Patrizia sah sie an und folgte dann ihrem Blick. «Ach du Schande.»

«Was mache ich jetzt?» fragte Isabelle.

«Was willst du machen?»

André goß ein.

«Am liebsten würde ich den Champagner zurückschicken.»

«Oder ihn ihr über die schwarze Perücke kippen!» sagte Patrizia lachend.

«Oder ihr endlich die verdiente Ohrfeige geben!» ergänzte Isabelle.

«A votre santé!» flötete André und verschwand in Richtung Küche.

«Geschenkter Gaul», meinte Patrizia und griff nach ihrem Glas, «jetzt trinken wir erst mal auf dich, auf Belle Corthen, die heute Paris erobert hat!»

«Danke!»

Die Gläser klangen zart wie Glöckchen, alle lächelten freundlich und tranken. Das Gespräch wurde angeregt fortgesetzt. Isabelle nahm Christins Karte, klopfte mit ihr zweimal auf die Tischkante, stand auf und ging zu ihr hinüber. «Guten Abend!» sagte sie.

Christin erhob sich. Wie groß sie war. Sie machte die Modeschöpferin mit ihren Begleitern bekannt. Die Herren setzten ihre Unterhaltung fort. Isabelle und Christin sahen sich an.

«Ich war da», sagte Christin.

«Ja, ich hab dich gesehen.»

«Es war toll. Ich freue mich riesig für dich.»

«Danke. Und danke für den Champagner. Bist du immer noch bei der *Linda*?»

Christin nickte. «Chefredakteurin. Seit einem Jahr.»

«Dann gratuliere ich dir auch.»

Christin sah zu Boden.

«Tja, dann will ich dich nicht länger stören. Schönen Abend noch.» Sie wollte gehen.

«Isabelle?»

Sie drehte sich um.

Christin versuchte zu lächeln. «Hast du morgen zufällig Zeit? Können wir uns auf eine Tasse Kaffee sehen? Reden?»

«Nein.»

«Ich würde so gern ... ach ... da weitermachen, wo wir einmal aufgehört haben. Belle!»

Isabelle sah sie kurz an, betrachtete dann die Karte, auf der sie noch einmal den in französisch geschriebenen Satz las: *Ich denke an Dich.*

«Danke, aber ...», erwiderte sie kühl und höflich und legte die Karte auf den Tisch, «zu spät!» Sie ließ Christin stehen und ging an ihren Platz zurück.

«Alles okay?» fragte Patrizia und sah über Isabelles Schulter hinüber zu Christin Laroche, die sich wieder setzte. «Du bist so blaß.»

«Ehrlich gesagt, ich bin müde. Ich würde gern gehen.»

Patrizia nickte verständnisvoll und tätschelte ihre Hand.

«Kümmerst du dich um die Bezahlung, Patrizia?»

«Bien sûr! Willst du, daß ich mitkomme?»

Isabelle schüttelte den Kopf, nahm ihren Mantel, den sie über die Lehne des Stuhls geworfen hatte, verabschiedete sich von allen freundlich per Handschlag und ging. Das Model sah ihr sehnsüchtig nach. Der italienische Fotograf nahm Patrizias Hand. André wollte Isabelle noch auf Wiedersehen sagen, aber da war sie schon draußen auf der Straße.

Die kühle Herbstluft und die Ruhe der nächtlichen Straßen taten ihr gut. Nachdem sie im Hotel an der Rezeption ihren Schlüssel in Empfang genommen hatte und einen Stapel mit Faxen und Couverts von Leuten, die sich mit ihr treffen wollten, fuhr sie mit dem Lift nach oben. Der Liftboy, ein hübscher Südfranzose Mitte Zwanzig, brachte sie bis zur Tür ihrer Suite. Eine Sekunde dachte sie darüber nach, ihn mit aufs Zimmer zu nehmen, es wäre nicht das erste Mal gewesen, daß sie so etwas tat, sie hatte ein Faible für männliches Hotelpersonal. Er spürte das, er war geübt in solchen Dingen. Er blieb vor ihr stehen. Aber sie dachte eben nur eine Sekunde lang darüber nach. Dann überlegte sie es sich anders. Sie hatte keine Lust. Sie wollte allein sein. Rasch drückte sie ihm einen Zwanzig-Franc-Schein in die Hand, und er trollte sich.

Im Zimmer warf sie die Post auf den Schreibtisch, zog sich im Gehen aus, ging ins Badezimmer, schminkte sich ab, wusch sich und ging zu Bett. Sie sah auf ihre goldene Cartier-Armbanduhr. Es war halb eins. Sie nahm den Hörer des Telefons von der Gabel, hielt ihn eine Weile ans Ohr. Dann wählte sie eine Nummer. Es dauerte einen Moment, bis der Anruf angenommen wurde.

«Rix?»

«Jon?»

«Ja?»

«Hier ist Isabelle...»

«Isabelle...»

«Entschuldige, es ist spät, ich weiß, aber ich wollte dich so gern sprechen.»

«Das macht nichts. Ich schlafe sowieso nicht. Ich freu mich. Ich freu mich, deine Stimme zu hören.»

«Ich freu mich auch, deine Stimme zu hören, Jon.»

«Wo bist du? Es klingt so weit...»

«Paris. Ich bin in Paris. Ich habe heute hier gezeigt, meine erste Schau.»

«Oh!» Er machte eine Pause. «Das wolltest du doch immer, oder? Wenn ich es noch richtig weiß, nach all den Jahren...» Er hustete.

Sie schob ihre Kissen, die sie sich in den Rücken gelegt hatte, zurecht, während sie weiterredete: «Ich will gar nicht über mich sprechen, ich habe heute erfahren, daß... Hellen... man hat mir die Post nachgeschickt: Jon, es tut mir so leid, ich bin so traurig für dich.»

Er antwortete nicht.

«Ich habe deine Frau ja nur ein paarmal getroffen, wir kannten uns nicht sehr gut, aber ich mochte sie. Sie war eine wunderbare Frau für dich.»

«Ja, das war sie.»

«Ich wäre jetzt so gern bei dir. Ich würde so gern etwas für dich tun. Kann ich dir irgendwie helfen? Was kann ich, ich meine ...»

Er unterbrach sie: «Du kannst nichts für mich tun. Ich muß damit allein fertig werden. Aber es ist sehr lieb von dir, daß du trotz all deiner Verpflichtungen an mich gedacht hast, angerufen hast, das weiß ich sehr zu schätzen.»

«Quatsch! Das ist ja wohl selbstverständlich.»

«Wann haben wir eigentlich zuletzt miteinander geredet, uns gesehen? Ich weiß es nicht mehr!»

«Ich fürchte, es ist schon ein paar Jährchen her.»

«Ja.»

Sie schwiegen einen Moment. Beide wußten nicht, was sie sagen sollten.

Die Verbindung war nicht besonders gut. Es rauschte in der Leitung.

«Vielleicht lasse ich dich jetzt lieber schlafen, Jon.»

«Du wirst auch müde sein. Das war bestimmt ein aufregender Tag.»

«Darf ich dich wieder anrufen?»

«Ach, Isabelle ...»

Seine Stimme klang, als würde er weinen. «Jon?»

«Ja?»

«Darf ich?»

«Ich kann's dir doch nicht verbieten.»

«Wäre es dir recht?»

«Ehrlich gesagt: Ich brauche im Moment viel Zeit für mich, Ruhe. Ich glaube, es ist besser, wenn wir ...» Jon schien den Eindruck zu haben, sie riefe aus einer Laune heraus an, mehr ihret- als seinetwegen. Und vielleicht, wenn sie richtig in sich hineingehört hätte, hätte sie zugeben müssen, daß es auch so war.

«Verstehe», erklärte sie. «Dann machen wir es so: Wenn du willst, rufst du mich an, ja?»

«Gut.»

«Gute Nacht, trotz allem. Lieber Jon.»

«Danke. Für dich auch.»

Es knackte. Er hatte aufgelegt. Sie hielt den Hörer weiter in der Hand. Sie fühlte sich hundeelend. Seit langem war sie nicht mehr so einsam gewesen, und das nach so einem großen, wundervollen, reichen Tag. Sie legte den Hörer auf die Gabel zurück. «Was mache ich nur mit meinem Leben?» sagte sie zu sich selbst. «Warum bin ich nicht glücklich?»

Sie drehte sich zur Seite. Das Röhrchen mit Schlaftabletten. Sie kam hoch, setzte sich auf den Bettrand, goß sich ein Glas Wasser aus der Flasche, die auf dem Nachttisch stand, ein, schluckte zwei Rohypnol und legte sich wieder hin. Alles wurde bleischwer. Sie konnte gerade noch die Lampe ausknipsen.

Als Patrizia morgens um fünf, betrunken und zerzaust von dem Zusammensein mit dem italienischen Fotografen, zehenspitzenleise die Suite betrat, schlief Isabelle bereits. Tief und fest, wie ein glückliches Kind.

## Kapitel 25

Man weiß nicht, ob es Zufälle gibt oder alles Bestimmung ist, ob eine höhere Macht, an deren Fäden wir alle hängen, uns Menschen zusammenführt oder wir selbst die entscheidenden Schritte unternehmen. Peter Ansaldi jedenfalls war der ausdrücklichen Meinung, er selbst – und nur er – habe sich dorthin gebracht, wo er heute saß. Als Chef, als geschäftsführender Gesellschafter der blühenden Trakenbergschen Firma, bestimmte er nicht nur sein eigenes Schicksal, sondern auch das des Unternehmens. Er war es gewesen, der dem immer müder werdenden Carl im richtigen Moment geraten hatte, zu expandieren und zu diversifizieren. Stoffhändler – ein paar Meter hiervon, ein paar Ballen davon –, das war etwas Altmodisches, das waren *peanuts*, damit war kein großer Deal mehr zu machen. Industrietextilien: Dort lag ein Markt der Zukunft. Import von Duftstoffen, die die halbe Welt brauchte, für aromatisierte Getränke und Lebensmittel, für Kosmetik, für Reinigungsmittel, damit ließ sich Kohle machen, mehr als genug. Aber wie sagte er immer? «Genug ist nie genug.» Und mit den Beteiligungen an anderen Firmen, allen voran der Corthen-Mode-GmbH, hatte er abermals den richtigen Riecher gehabt. Hätte er nicht gepowert, hätte er nicht geboxt, hätte er sich nicht durchgesetzt – das alteingesessene Importhaus Carl Trakenberg wäre noch immer die Klitsche, die es gewesen war, als er hier angefangen hatte, er, der Lehrling, der zum Millionär geworden war. Schicke Frau, einen Sohn inzwischen, der, ganz der Vater, wuchs und gedieh, ein schönes Haus am Rande der Stadt, Porsche und Mercedes vor der Tür, 'n paar Clubmitgliedschaften und eine Tüte Schwarzgeld in der Schweiz – alles da. «Immer schicken», pflegte er zu sagen, ob es um Aufträge ging oder um Geld.

«Wo bleibt sie denn wieder?» Ungeduldig ging er im Sekretariat auf und ab.

Frau Gehrmann, die noch immer an ihrem Platz saß, in dem Büro in der Speicherstadt, zuckte mit den Schultern. Isabelle war eine halbe Stunde überfällig, aber ihre Sekretärin hatte auf Nachfrage erklärt, sie sei bereits unterwegs.

«Na ja, war ja noch nie eine der Pünktlichsten. Machen Sie mir 'nen Tee, nicht zu heiß, aber nicht kalt ...»

«Ja, ich weiß, Herr Ansaldi.»

«... und dann geben Sie mir zwischendurch den Winkler, danach will ich Portugal, und vergessen Sie die Buchhaltung nicht, ich muß die heute noch sprechen.»

*Ich, ich, ich:* Kein Satz ohne *ich*, dachte Frau Gehrmann und nickte nur. Er verschwand türknallend in seinem Büro. In diesem Augenblick kam Isabelle herein. Sie hatte ein schlechtes Gewissen. Heute morgen war sie zum erstenmal seit langer Zeit – seit Jahren schon stand sie, ganz gegen ihr Temperament, jeden Morgen um sechs auf – nicht aus dem Bett gekommen. Am Tag vorher hatte sie mit ihren drei Dutzend Mitarbeitern aus Büro, Designabteilung und Produktion den Pariser Erfolg gefeiert. Patrizia hatte eine Party organisiert und eine Rede gehalten. Mit kleinen Geschenken und rührenden Gesten hatten die Kollegen ihre Chefin hochleben lassen. An diesem Tag hatte Isabelle seit langer Zeit wieder einmal das Gefühl, Erfolg und Ruhm seien etwas Köstliches, Berauschendes. Eine Welle von Sympathie war ihr entgegengeschlagen – nichts von der üblen Nachrede, dem Lästern der Branche hatte sie genervt. Nur Glückwunschtelegramme, Dutzende von netten Faxen, Briefen und Anrufen erreichten sie, Berge von Blumen, Maskottchen. Sie war rundum glücklich und hatte so viel getrunken wie seit langem nicht mehr. Ja! Das Leben konnte schön sein.

«Tag, Frau Gehrmann.» Im Gehen zog sie ihren Mantel aus und gab ihn der Sekretärin, die sofort aufgestanden war, um sie zu begrüßen. «Ich bin zu spät, ich weiß, aber das Taxi ist am Hauptbahnhof steckengeblieben, schrecklicher Verkehr.» Sie zeigte auf die Tür zum Chefzimmer. «Sicher sind die Herren schon sauer.»

«Herr Trakenberg ist gar nicht da.»

«Nicht?»

«Er ist noch auf Sylt.»

«Oh.» Isabelle fuhr sich durch die Haare. «Dabei habe ich so etwas Wichtiges. Na ja, dann mal auf in den Kampf.» Ein Päckchen, das sie in ihrer Aktenmappe verstaut hatte, holte sie hervor und überreichte es Frau Gehrmann. «Hab ich Ihnen mitgebracht!» Sie brachte Frau Gehrmann fast immer etwas mit, eine Angewohnheit, die sie von Carl übernommen hatte.

«Man muß nett zu denen sein, die den ganzen Tag für einen schuften!» war einer seiner Grundsätze.

Frau Gehrmann öffnete den dunkelblauen, flachen Karton, auf dem in Silber der Name Belle Corthen aufgedruckt war. Ein federleichtes Seidenkarree kam zum Vorschein. Frau Gehrmann legte es sich um die Schultern. «Herrlich!» sagte sie. «Danke!»

«Gern! Die neue Sommerkollektion!»

«Weil Sie gerade davon reden, Frau Corthen: Wie war es in Paris? Ich habe in der Zeitung Fotos gesehen und gelesen, daß Sie...»

«Es war klasse! Wir hatten einen Supererfolg!» Isabelle klopfte an die Tür zu Peters Büro. «Kleines Wasser, ein stilles?» fragte sie höflich und öffnete die Tür. «Geht das?»

«Natürlich!»

«Ach, die Königin der Mode! Toll! Habe nicht mehr mit dir gerechnet!» Peter blieb hinter seinem Schreibtisch sitzen und prokelte sich Reste vom Frühstücksmüsli aus den Zähnen, während Isabelle sein Büro betrat.

Seit damals, als sie zum ersten Mal mit Carl hier gewesen war, hatte sich viel, eigentlich alles, in diesem Raum verändert. Der alte Charme, die hanseatische Dezenz waren hin. Peter hatte Carls Kontor erobert. Die Achtziger näherten sich ihrem Ende, die Neunziger standen bevor – *modern times*, es war eine neue Generation am Ruder, und das mußte auch optisch unter Beweis gestellt werden. Peter hatte sich für italienisches Design entschieden. Ein riesiger Kirschholzschreibtisch, eine schwarze Tizio-Leuchte, Eileen-Grey-Sessel aus Chrom und Leder, Stahlregale, Andy-Warhol-Grafik mit den Porträts von Marilyn Monroe an der Wand.

Frau Gehrmann kam herein und brachte das Wasser. Peter Ansaldi stellte sie eine Dose Cola hin, als wäre er ein kleiner, aufsässiger Bub, den man beruhigen müsse: «Tee ist in Arbeit!»

«Und dann keine Störung mehr!» bestimmte er.

Sie nickte und ging.

«Was kann ich für dich tun?» Er drückte die Metallasche der Dose hoch, sie schäumte zischend über. «Isabelle!» Er schlürfte den Schaum ab, indem er sich herunterbeugte.

«Du weißt, daß wir letzte Woche in Paris einen großen Erfolg verbuchen konnten.»

Peter war, wie immer – das mußte man ihm lassen – gut vorbereitet. Er tippte auf einen Stapel von Zeitungen, der links auf seinem Schreibtisch lag. Von der *Herald Tribune* über die *Frankfurter Allgemeine Zeitung* bis zur deutschen Boulevardpresse hatten alle über die Corthen-Modenschau berichtet, begeistert berichtet. «Hab's gelesen.»

«Schade, daß du nicht da warst.» Das war geheuchelt. Aber auch Ausdruck ihrer Eitelkeit. Sie hatte erwartet, daß er nach Paris kommen würde, und war beleidigt, daß er statt dessen andere Termine in New York wahrgenommen hatte.

Er kratzte sich. «Tja, schöner Erfolg für uns.»

Für uns: Sie hätte ihm eine kleben können. Es war *ihr* Talent gewesen, daß ihm so viel Geld brachte, es war *ihre* Arbeit, es war *ihr* Erfolg.

«Also, Frau Corthen: Was gibt es?»

Sie zögerte. «Eigentlich ... äh ... hätte ich es ganz gern gehabt, wenn Carl dabei wäre ...»

«Daß du immer noch so auf deinen Gönner fixiert bist!»

«So ein Quatsch! Ich möchte nur etwas Wichtiges besprechen, ich will ihn da mit einbeziehen ...»

«Wenn ich dich unterbrechen darf: Carl hat mit dem hier ...», er machte eine weit ausholende Armbewegung, «nix mehr zu tun. Solltest du langsam wissen.»

«Laß uns nicht darüber diskutieren. Es geht um folgendes ...» Sie berichtete ihm von ihrer Begegnung mit dem Designer-Kollegen am Pariser Flughafen und davon, daß sie über Kosmetik-Linien und eine eigene Parfümmarke gesprochen hatten. «Ich denke, Peter, es ist höchste Zeit, daß wir das auch machen.»

Peter Ansaldi war der Typ Mensch, der nie Fehler und Versäumnisse eingestehen konnte, der nicht gern anderen recht gab, er war jemand, der immer der erste sein wollte, immer siegen mußte, nie verlieren konnte. Es war nahezu unerträglich für ihn, daß Isabelle inzwischen einen großen Namen trug, daß sie Herz und Motor des Unternehmens war. Am liebsten wäre es ihm gewesen, es hätte ein Peter-Ansaldi-Label gegeben und er selbst wäre der Star der Firma gewesen. Kurz, Neid und Mißgunst nagten an ihm und waren so stark ausgeprägt, daß er lieber ein gutes Geschäft sausenließ, als zuzugeben, daß die Idee dafür nicht auf seinem Mist gewachsen war.

«Gut, daß du davon anfängst», erklärte er, stand auf und zog aus einem Regal einen Aktenordner, «weißt du, was hier drin ist?»

«Du sagst es mir.»

Er setzt sich wieder. «Genau.» Er öffnete den Ordner. «Voll mit Anfragen von Kosmetikkonzernen, internationale dabei, ja?, die mit uns einen solchen Deal machen wollen.» Er ließ die Korrespondenz durch seine Finger gleiten. «Lizenznehmer ohne Ende.»

«Wieso erfahre ich das nicht?» fragte sie in scharfem Ton.

«Warum solltest du?»

«Muß ich darauf antworten? Warum machen wir es nicht einfach? Was ... was soll diese Verzögerungstaktik?»

«Schon mal von chronologisch-harmonischer Entwicklung gehört?»

«Und so was aus deinem Munde.»

«Du warst noch nicht soweit.»

Langsam wurde Isabelle sauer. «Ich war noch nicht soweit? Das glaubst du beurteilen zu können? Hast du einen Vogel? So ein Quatsch! Ach ...» Wütend winkte sie ab. «Ich wußte, es bringt nichts, mit dir zu diskutieren. Ich will, daß es jetzt gemacht wird. Ich will, daß du mir Konzepte vorlegst.» Seit längerem schon trug sich Isabelle mit dem Gedanken, aus der Zusammenarbeit auszusteigen. Sie konnte einfach nicht mit Peter Ansaldi. Und sie wollte endlich selbst über ihre Angelegenheiten entscheiden können. Sie fühlte sich von den Verträgen, die sie einst geschlossen hatte, geknebelt.

Peter schlug den Aktenordner zu. «Damit das klar ist, Baby: Was du willst, ist die eine Sache. Aber: ohne mein *go* läuft hier nichts.»

«Tja. Dann rede ich mit Carl. Er ist immerhin noch Gesellschafter, oder?»

Peter Ansaldi senkte seine Stimme, guckte sie starr an und sprach mit einem seltsamen Unterton. «Schade, daß du mich in all den Jahren nie ernst genommen hast.»

Sie sah ihn verblüfft an.

«Guck nicht so blöd, du weißt, was ich meine.»

«Ich schlage vor, wir beenden jetzt unser – Gespräch!»

«Daß du es halt vorgezogen hast, mit dem Alten ein Verhältnis anzufangen.»

«Darauf muß ich doch eigentlich nicht antworten, oder?» Isabelle runzelte die Stirn. «Ich habe kein Verhältnis mit ihm. Ich hatte nie eins. Nur, um das deutlich zu sagen. Auch wenn es dich nichts angeht.» Sie trank einen Schluck Wasser. Auf einmal hatte sie einen trockenen Mund.

«Jaja, das reine Unschuldslamm ... weiß doch die ganze Branche ... Ohne deine Bettgeschichten wärst du doch noch immer eine ...», er zeigte mit dem Zeigefinger und Daumen der linken Hand, welche Größe er ihr zumaß, «so kleine Schneiderin. Du bist der Betthase von Carl. Und hast dir damit, bei uns in der Familie zum Beispiel, nicht nur Freunde gemacht. Das weißt du, und das weiß ich. Also laß uns Tacheles reden. Ohne ihn – und ohne meine Arbeit – wärst du nichts. Niemand. Alles bingobotscho?»

Isabelle stand auf. «Weißt du was? Das ist einfach keine Basis. So lasse ich mit mir nicht reden. Ich werde von meinen Anwälten prüfen lassen ...»

Er lachte auf. «Deine Anwälte? Was sollen die tun? Deine Anwälte sind erst mal meine Anwälte.»

Ungerührt sprach sie weiter, die Hände auf seinen Schreibtisch gestützt: «... wie ich hier rauskomme, aus dieser fruchtbaren Zusammenarbeit. Ich kann gut ohne dich. Aber ob du ohne mich kannst, werden wir sehen.»

So schnell war Peter Ansaldi nicht einzuschüchtern. «Wenn ich will, mache ich dich fertig. Du hast nicht nur deinen Körper verkauft, sondern auch deine Seele. Und vor allem: deinen Namen, deinen guten, auf den du dir so viel einbildest. Was glaubst du denn? Es ist nur ein Name ... die Jeans, die Taschen und Koffer, die Gürtel, die Brillen, die Wäsche ... von mir aus auch demnächst das Parfüm: Machen alles andere für dich, andere Designer, andere Firmen, Lizenznehmer, Konzerne. Du bist nur eine Schachfigur.» Er stand auf, hob den Stapel Zeitungen hoch. «Und was du in Paris geboten hast ... da müssen wir nur mal die drei kleinen jungen Designerinnen fragen, die bei dir an der Alster unterm Dach der Villa hocken, für dich entwerfen und sich von dir ausbeuten lassen! Das wissen wir doch beide, daß du ausgepowert bist, ausgelutscht, ohne all die andern, die für dich schuften, nichts bist. Null.»

Isabelle sagte nichts mehr, nahm ihre Aktentasche und verließ grußlos den Raum. Sie war so konsterniert, daß sie nicht einmal

Frau Gehrmann, die ihr noch «Brauchen Sie ein Taxi?» nachrief, auf Wiedersehen sagte. Draußen ging sie ein paar Schritte auf dem Kopfsteinpflaster durch die Speicherstadt, winkte dann ein vorbeifahrendes Taxi heran und ließ sich nach Hause bringen.

In ihrem Penthouse angekommen, feuerte sie die Aktentasche in einen Sessel und rief sofort bei Puppe Mandel auf Sylt an. Tatsächlich war Carl bei ihr. Sie berichtete ihm, was geschehen war. Er versprach, mit Peter zu reden und sich wieder bei ihr zu melden. Erschöpft und verärgert setzte sie sich nach dem Telefonat auf das Sofa im Wohnzimmer und dachte nach.

Seit neuestem hatte sie eine Haushälterin, Elena, eine pummelige junge Frau Mitte Zwanzig, Tochter einer Deutschen und eines Amerikaners, die als Au-pair-Mädchen vor drei Jahren aus ihrer Geburtsstadt Chicago nach Hamburg gekommen war. Elena war eine zuverlässige, freundliche Person, der Isabelle ein kleines Zimmer mit Bad in ihrem Penthouse überlassen hatte und die sie Tag und Nacht versorgte. Jetzt drehte sich der Schlüssel im Schloß, und erstaunt trat Elena ein, vier schwere Einkaufstüten in den Händen. «Sie sind da?» fragte sie.

«Ja, und ich bleibe heute auch hier.»

«Ist was passiert?»

Isabelle schüttelte den Kopf und raffte sich auf. «Ich lege mich eine Stunde hin, und danach hätte ich gern einen Salat, irgendwas Kleines, ja?»

Elena nickte und verschwand in der Küche. Isabelle ging ins Schlafzimmer, legte sich aufs Bett und grübelte. Was war das für ein Gespräch gewesen? Was für ein Haß war ihr entgegengeschlagen? Es war schrecklich: Selbst im Moment größter Triumphe, selbst in Augenblicken, wo man sich in Sicherheit wähnte, auf der sonnigen Seite des Lebens, ging man doch wieder nur über Eisschollen. Eisschollen, die bersten konnten. Je größer die Erfolge und der Ruhm, desto mehr lauerte irgendwo Gefahr, die Gefahr, unterzugehen, zu ertrinken. Nie gab es Ruhe, nie konnte sie sich entspannen, nie durfte sie genießen. Immer Druck. Immer Kampf. Ständig Arbeit, unablässig Entscheidungen treffen, diskutieren, fighten. Sie mußte immer gut drauf sein, besser als die anderen, präsent, fröhlich, wach. Tag und Nacht im Büro, jede Woche im Flugzeug, heute Paris, morgen London, übermorgen Mailand. Ihr Kalender quoll über vor Terminen, eine Konferenz jagte die nächste, sie hetzte von einem Meeting ins andere, gab Interviews, mußte sich fotografieren lassen, Unterschriften leisten, Entwürfe machen, die Arbeiten ihrer Kodesignerinnen absegnen, an strapaziösen Essen teilnehmen, die ihr zu Ehren veranstaltet wurden, es war ein nicht enden wollender Kreislauf, alles wiederholte sich, in ihrem Leben gab es nur noch zwei Jahreszeiten, deren Händlerin sie geworden war: Frühlingsommer und Herbstwinter. Wofür diese Anstrengungen? Lohnte sich dieses Leben überhaupt? Wo war sie selbst geblieben auf dieser langen Reise in den Ruhm? Sie wußte keine Antwort.

Deprimiert stand sie auf, ging an das Rollbureau, das seit dem Umzug in dieses Penthouse nun im Schlafzimmer stand, und suchte nach Tabletten, die ihr die innere Ruhe wiedergeben sollten. Als sie keine fand, wählte sie eine interne Telefonnummer. Elena kam an den Apparat, und Isabelle bat sie, ihr Tabletten zu besorgen. Die Haushälterin versprach, sich an den Arzt zu wenden, der seit längerem für diesen Teil in Isabelles Leben zuständig war. Eine Stunde später hatte sie, was sie brauchte.

Ein paar Tage darauf meldete sich Peter Ansaldi bei ihr, entschuldigte sich auf seine Art und trug ihr vor, daß er bereits einen Termin mit den Vertretern einer amerikanischen Kosmetikfirma gemacht habe, die ihren deutschen Sitz in der Nähe von Frankfurt hatte und geradezu wild darauf war, wie Peter erklärte, den Namen Belle Corthen «zu verditschen».

Isabelle redete mit ihrer engsten Vertrauten über dieses Thema. Sie und Patrizia hatten sich abends in ihrem Penthouse verabredet, um außerhalb der Geschäftszeit und in Ruhe ein paar Dinge durchsprechen zu können. Elena hatte frei. Sie hatte ihnen Hühnchen-Sandwiches zubereitet, einen Obstsalat in die Küche gestellt und Getränke gekühlt. Für Patrizia lagen ein paar ihrer Lieblingssüßigkeiten in einer Silberschale auf dem Eßtisch.

«Bei dir ist alles immer so perfekt», sagte sie, nahm sich einen Schokoladenriegel, wickelte ihn aus und biß hinein, «alles an seinem Platz, es fehlt an nichts. Wenn ich da an meine Bude denke!» Sie sah sich um. Der Parkettboden glänzte. Die Wände waren blaßgelb gewischt, im genau richtigen Ton. Die Möbel, eine Mischung aus Antiquitäten und modernen Stücken, standen am exakt richtigen Platz, nicht zu viele, nicht zu wenige; die indirekten Leuchten gaben dem Raum ein angenehmes Licht, nicht zu grell, nicht zu gedämpft. Über die Lehnen der Sessel und Sofas, vor dem Kamin gruppiert, waren Kaschmirplaids in duffen Farben geworfen, als habe sie jemand achtlos dort liegenlassen. Überall standen Vasen mit Lilien, Körbe mit weißen Orchideen. Die aktuellsten Modezeitschriften türmten sich, akkurat übereinandergelegt, auf Coffeetables, Rücken an Rücken mit Bildbänden über Architektur, Art déco und englische Gärten. Potpourris aus getrockneten Blüten verströmten einen Duft nach Sommerferien an der Côte d'Azur.

«Ja», sagte Isabelle. «Alles perfekt. Ich hätte keinen Grund zu klagen.» Sie saß gekrümmt auf dem Sofa, eine Unterschriftenmappe auf den Knien, und kritzelte ihren Namen unter die Briefe.

Patrizia setzte sich auf einen Barockstuhl. «Übrigens: habe ich dir erzählt, daß die Zeitschrift *Linda* heute angerufen hat?»

Isabelle sah auf.

«Die bringen dich aufs Cover. In der nächsten Ausgabe.»

«Ach.» Sie mußte an ihre Begegnung mit Christin Laroche in Paris denken.

Patrizia auch: «Ich dachte, ihr haßt euch, die Laroche und du.»

«Vielleicht will sie was gutmachen. Was weiß ich. Cover, sagst du?»

«Die erste deutsche Modeschöpferin auf einem *Linda*-Titel, haben sie gesagt. Und sie machen eine große Geschichte im Heft.»

Isabelle widmete sich wieder der Firmenkorrespondenz, aber sie konnte nicht verbergen, daß sie sich freute. Trotz allem: Christin bemühte sich um sie. Sie wollte ihren schrecklichen Fehler wiedergutmachen. Spät zwar, doch immerhin – der Gedanke bereitete Isabelle Genugtuung.

«Du sollst nächsten Monat nach New York fliegen, dort wollen sie dich fotografieren.»

Isabelle klappte die Mappe zu. «No way. Wenn die was wollen, sollen die hierherkommen.»

«Mensch, was fange ich nur mit dir an?» Patrizia warf das Papier des Schokoladenriegels in den Kamin, der nicht an war. «Du wirst immer schwieriger.»

«Ich sage halt nur nicht mehr zu allem ja und amen.»

Draußen fing es an zu regnen, ein stürmischer Novemberregen. Isabelle sprang auf und schloß die Fenster. «Soll ich den Kamin anmachen?» fragte sie.

Ehe Patrizia geantwortet hatte, nahm sie Holzscheite aus dem Korb und legte sie auf den Eisenrost. Sie kniete sich hin, zerknüllte Teile einer alten Zeitung, stopfte sie unter das Holz und zündete sie mit einem langen Streichholz an. Im Nu brannte das Feuer.

«Apropos schwierig: Was machen wir?» Sie rieb sich den Schmutz von den Handflächen und setzte sich zu Patrizia.

«Wie: was machen wir?»

«Na ja, mit Peter Ansaldi, mit dem Parfüm, unserem Streit, unseren Zukunftsstrategien, du weißt schon.»

«Das kann ich dir sagen: Natürlich wird es ein Parfüm geben. Natürlich wirst du es mit Ansaldi machen, natürlich bleibt alles beim alten.»

«Ich möchte lieber heute als morgen da raus.»

«Ich habe mir die Verträge noch einmal angesehen. Erstens: Da kommst du nicht raus. Zweitens: Warum solltest du raus wollen?»

Isabelle stampfte wütend mit dem Fuß auf. «Ich will meine eigene Firma. Der Mann steht mir bis hier oben. Ich hasse ihn.» Sie seufzte. «Jetzt mit dem schon wieder neue Verträge machen. Der zieht mich doch übern Tisch, das weiß ich genau. Der ist eiskalt. Eines Tages bootet der mich noch aus.»
«Quatsch. Um dein Lieblingswort zu benutzen.»
«Er hat's mir ja selber angedroht.»
Patrizia sah sie streng an und hielt ihr eine Standpauke. Sie sprach davon, daß Isabelle immer mißtrauischer und schwieriger würde, immer schlechter gelaunt. Gerade jetzt, wo sie am wenigsten Grund hätte, unzufrieden zu sein. «Du hast schwache Nerven. Du brauchst Urlaub. Ruh dich mal aus, schalte ab.»
Für einen Augenblick kam es Isabelle in den Sinn, einfach abzuhauen, nach Luisendorf zu fahren, zu Jon, ein paar Tage bei ihm zu verbringen. Aber dann verwarf sie die spontane Idee. Sie hatte seit ihrem Anruf in Paris nicht mehr mit Jon geredet. Er hatte versprochen, sich zu melden. Bisher hatte er es nicht getan. Wahrscheinlich war er viel zu sehr mit seinen eigenen Sorgen beschäftigt, als daß er Lust gehabt hätte, sich auch noch ihr zu widmen. Die Zeiten, wo sie auf ihn zählen konnte, waren längst vorbei. Und das war ihre Schuld, nicht seine.
«Also: Reiß dich zusammen», schimpfte Patrizia, «pack's an, zieh's durch.» Sie klatschte in die Hände. «Wo gibt's was zu essen?»

Und so wurde schon ein paar Wochen später die Maschinerie in Gang gesetzt. Alles lief perfekt, wie nicht anders zu erwarten. Es wurde die Entscheidung getroffen, zunächst ein Parfüm entwickeln zu lassen, das den Namen «Belle» tragen sollte. Das amerikanische Unternehmen wollte einen schweren, süßen Duft kreieren lassen, weil solche Düfte angeblich gerade im Trend lägen. Doch Isabelle setzte sich durch mit ihrem Wunsch nach einem herben, interessanten Parfüm, das Frauen ebenso mögen sollten wie Männer. Die Parfümeure präsentierten ihr verschiedene Kreationen. Doch sie war wählerisch, und erst nach dem zehnten Anlauf hatten sie eine Komposition gefunden, die ihren Gefallen fand. Es war eine Kombination aus Rose, Bergamotte, Pfeffer und Vetiver – frisch im ersten Moment, doch voller Tiefe und Charakter und mit einem langanhaltenden Haftvermögen, wie es die Fachleute formulierten. Ein Verpackungsdesigner aus Hamburg entwarf, nachdem er sich ausführlich mit Isabelle beraten hatte, einen Glasflakon in der Form eines Handschmeichlers; eine bauchige weiße Flasche, deren Verschluß die Form einer tiefroten Seerose hatte.

Kein Jahr später wurde «Belle» am Rande der Mailänder Modenschauen (zu denen Isabelle nicht die Erlaubnis erhielt, ihre Kollektion zu präsentieren) bei einem Abendessen der internationalen Presse präsentiert und sofort ein Renner auf dem Markt. Wenig später folgten Body Lotion und Seife, später eine Pflegeserie und im darauffolgenden Jahr eine Herrenserie unter dem Namen «Corthen», die sich ebenfalls blendend verkaufte.

Nachdem Carl, erfreut über diesen, wie er sagte, «neuen Dukatenschieter», in gemeinsamen Gesprächen sowohl seinem Schwiegersohn als auch Isabelle ins Gewissen geredet hatte, jovial und diplomatisch («Mensch, Kinder, macht euch das Leben nicht so schwer! Ihr habt doch den lieben Gott in der Tasche. Und mich auch!»), arrangierten sich die beiden. Sie machte gute Miene. Er verdiente gut. Beide hätten zufrieden sein müssen. Doch dann passierte ein Unglück.

## Kapitel 26

Ein Jahr lang ging alles gut. Isabelle machte ihre Arbeit und mied Peter Ansaldi wie der Teufel das Weihwasser. Das Unternehmen expandierte derart, daß sie immer mehr zur Managerin wurde und immer weniger kreativ arbeiten konnte. Eine Riege junger, begabter Designerinnen und Designer stand ihr bei den mittlerweile auf ein halbes Dutzend angewachsenen Kollektionen zur Seite. Sogar eine Belle-Corthen-Kinderkollektion wurde in Kooperation mit einem großen Versandhaus entwickelt und erfolgreich verkauft. Die neue Truppe arbeitete kaum noch mit Block und Zeichenstift, wie Isabelle es von Puppe Mandel gelernt und selbst jahrelang praktiziert hatte, sondern saß vor Bildschirmen und entwarf Mode per Computer. Sosehr Isabelle es faszinierte, daß man auf einen Knopfdruck den Schnitt eines Kleides verändern, Farben bestimmen und Details herausarbeiten konnte, so sehr schreckte es sie auch. Es kam ihr vor, als wäre nun, Anfang der Neunziger, eine neue Zeitrechnung angebrochen – das Ende des Jahrtausends, perfekt, schnell, seelenlos. In diesem Punkt stimmte, was Peter Ansaldi sagte: Sie gab nur noch ihren guten Namen. Sie hielt in der Öffentlichkeit ihr Gesicht hin. Sie traf Entscheidungen. Das war alles. Die Dinge, die sie an der Arbeit einer Modeschöpferin so geliebt hatte, waren dahin. Das Künstlerische, der Umgang mit dem Schönen, das Anfassen, das Sehen, Fühlen, Gestalten, das Schwelgen und Schwärmen, war auf der Strecke geblieben.

Trotzdem arbeitete Isabelle genausoviel wie immer. Sie hatte so gut wie kein Privatleben. Ein paar Monate lang hatte sie ein Verhältnis mit einem Filmschauspieler gehabt, einem älteren, gutaussehenden Brasilianer, der in Italien eine große Karriere gemacht hatte und in Rom lebte. Wann immer er konnte, war er freitags mit der Spätmaschine aus Frankfurt am Hamburger Flughafen gelandet, heimlich, denn die Presse sollte von der Geschichte nichts erfahren. Nur Patrizia wußte davon. Doch dann waren seine Besuche seltener geworden. Das Erstaunliche war, daß sich Isabelle nicht einmal daran erinnern konnte, wann die Sache zu Ende gegangen war. So plötzlich, wie er in ihrem Leben aufgetaucht war – sie hatten sich auf einem Fest anläßlich einer Herrenmodemesse in Florenz kennengelernt –, so plötzlich war er auch wieder verschwunden. Isabelle konnte gut auf ihn verzichten. Sie hatte Spaß mit ihm gehabt, sein altmodisches, stilvolles und charmantes Kavaliersgehabe schmeichelte ihrer Eitelkeit, die Heimlichkeit des Verhältnisses empfand sie als prickelnd. Doch bald hatte sie genug davon, und als er fortblieb, für immer, empfand sie weder Verlust noch Leere. Sie lebte nur für ihren Beruf.

Dann aber brachen Probleme über sie herein, die ihr bewußtmachten, daß sie zu einem Workaholic geworden war, der sich niemals fragt, ob es ihm eigentlich noch Freude macht, was er tut. Es gab, das wurde ihr schlagartig klar, keine Kür mehr in ihrem Leben, sondern nur noch Pflicht. Wie bei einem Rennen jagte sie einem selbstgesteckten Ziel entgegen, sie war Pferd und Jockey zugleich, und hatte sie es erreicht, mit aller Kraft und ohne Herz und Spaß, hetzte sie zum nächsten Ziel, zum übernächsten und war schon wieder auf dem Weg zu darauffolgenden. Sie jettete um die halbe Welt, sie war heute in London, um einen Modepreis überreicht zu bekommen, morgen in Hongkong, um mit Lieferanten zu verhandeln, übermorgen in New York, um Kunden zu besuchen und sich nebenher eine Wohnung zu kaufen. Einfach so, wie andere Frauen eine Handtasche zwischen Tür und Angel, wie es so schön heißt, ohne wirklichen Anlaß und Sinn. Es gab ihr einen Kick, sie hatte sich in einen Kaufrausch geworfen, einen Moment lang die längst vergessene Lust empfunden, sich etwas Gutes zu tun. Doch schon im Flugzeug zurück nach Deutschland wußte sie nicht mehr, warum sie es getan hatte, und beschloß, sie bei nächster Gelegenheit wieder zu verkaufen.

«Dreihundert Quadratmeter mit Blick auf den Central Park, im altehrwürdigen Hampshire House», erzählte sie Patrizia, als sie wieder im Büro war. «Und denk nicht, daß es einfach war, das so zu kaufen ... ich mußte meine Finanzen offenlegen und mich einem *Board* stellen ... Vertreter der Eigentümergemeinschaft, lauter alte Männer, die von mir wissen wollten, ob ich in das Haus mit seinen noblen Bewohnern überhaupt reinpasse. Seriös bin. Ich muß verrückt sein!»

«Ja, bist du!» hatte Patrizia lapidar geantwortet, ihr einen Berg voll Arbeit auf den Schreibtisch geknallt und sie ermahnt, sich wieder dem Alltagsgeschäft zu widmen.

Denn es gab ernste Probleme: Die letzten Kollektionen hatten sich miserabel verkauft, sie mußten einen Umsatzrückgang verzeichnen, der bedrohlich war, und Peter Ansaldi hatte fast täglich – vergebens – versucht, sie zu erreichen. Er hatte bereits mit ihrer Sekretärin einen Termin für den nächsten Vormittag vereinbart, und als sie ihn verschieben wollte, wurde er am Telefon so unflätig, daß Isabelle einsehen mußte, es hatte keinen Zweck, ihm länger auszuweichen.

Obwohl es noch eine Menge zu erledigen und zu besprechen gab, schickte Patrizia sie früh nach Hause, denn Isabelle war direkt vom Flughafen ins Büro gekommen. Obwohl sie dank einer Tablette im Flugzeug geschlafen hatte, war sie todmüde und litt unter Jetlag. Ihre Haushälterin hatte zu ihrer Rückkehr alles auf Hochglanz gebracht, Blumen in die Vasen gestellt, den Kühlschrank gefüllt und das Bett frisch bezogen. Sie ließ ihr ein heißes Bad ein. Während Isabelle badete, brachte Elena ihr eine Tasse Pfefferminztee, die Post der vergangenen zwei Wochen und eine Liste mit den Anrufen, die während ihrer Abwesenheit eingegangen waren.

«Und dann, Miss Corthen ...», sie hatte von Anfang an Miss Corthen zu ihr gesagt, und alle Versuche, ihr diese Anrede abzugewöhnen, die in Isabelles Ohren nach *Vom Winde verweht* und *Onkel Toms Hütte* klang, waren fehlgeschlagen, «Frau Mandel hat mehrfach angerufen und um Rückruf gebeten. Es sei dringend.»

Elena hatte in den Jahren, in denen sie bei ihr lebte und arbeitete, ihren amerikanischen Akzent nie ablegen können. Sie fühlte sich als Amerikanerin. Als Isabelle ihr erzählte, daß sie nun auch eine Wohnung in New York habe, begannen Elenas Wangen zu glühen. New York!

«Wann ziehen wir um?» fragte sie lachend und legte zwei dicke, erdbeerrote Frotteebadetücher aus der Corthen-Bath-Collection auf die beheizten Handtuchhalter.

Isabelle goß sich zwei Handvoll schäumendes Badewasser über die Haare und strich sie nach hinten. «Ich verkauf's wahrscheinlich wieder ... war nur so eine Laune.»

Elena ging zur Tür. «Wollen Sie noch essen?»

Isabelle schüttelte den Kopf. «Ich bin todmüde, ich gehe gleich zu Bett. Sie können dann auch Feierabend machen.»

«Danke, Miss Corthen.»

«Frau Mandel hat angerufen? Hat sie gesagt, was sie wollte?»

«Nein. Nur, daß es wichtig ist. Soll ich Ihnen Ihr Handy bringen?»

«Ich melde mich morgen bei ihr. Tun Sie mir einen Gefallen, Elena: Nehmen Sie den ganzen Kram hier ...» Sie zeigte über den Badewannenrand hinweg auf die Hermès-Badematte, wo die Postsachen lagen. «Tun Sie's auf meinen Schreibtisch. Für heute ist Feierabend.»

Elena nickte, bückte sich, nahm die Papiere hoch, auf die ein paar Wassertropfen gespritzt waren, und ging.

In dieser Nacht schlief Isabelle tief und traumlos. Erfrischt wachte sie am nächsten Morgen auf, nahm, nachdem sie sich angezogen und geschminkt hatte, in der Küche ein gutes, kräftiges Frühstück ein – Earl Grey, Orangensaft, Toast mit Rührei – und fuhr mit dem Taxi ins Büro.

Peter Ansaldi wartete schon im Vorzimmer. Man hatte ihm wunschgemäß eine Dose Cola gebracht, und er blätterte den Wirtschaftsteil der *Süddeutschen Zeitung* durch.

«Morgen!» sagte Isabelle und rauschte durch den Raum. «Du bist zu früh.»

Er faltete die Zeitung zusammen und stand auf. «Ich hatte solche Sehnsucht nach dir! Wir möchten die nächste Stunde nicht gestört werden!» sagte er zu ihrer Sekretärin, folgte Isabelle ins Büro und schloß die Tür hinter sich.

Isabelle setzte sich hinter ihren Schreibtisch, er nahm ihr gegenüber Platz. Seine Coladose stellte er auf die Schreibtischplatte.

«Was ist denn los, Peter? Ich höre, du machst so ein Tamtam...»

«Tamtam ist gut. Ist dir entgangen, was los ist? Daß unsere Zahlen in den Keller rutschen, daß sich die Einkäufer beschweren? Deine letzte Kollektion war oberscheiße, Darling, wir haben Ärger, und du fragst so sonnenscheinheilig: Was ist los?»

«Nun mal langsam.»

Er lehnte sich zurück, umfaßte die Armlehnen mit den Händen, so, als würde er in seinem Sessel gleich starten und abheben, und lächelte maliziös: «Langsam? Kannst du haben. Ich möchte eine Gesellschafterversammlung einberufen.»

«Mitten im Geschäftsjahr? Warum das denn? Weil eine Kollektion nicht so großartig ausgefallen ist? Bißchen übertrieben, oder?»

Betont lässig schlug er ein Bein über das andere. Er trug einen hellgrauen Flanellanzug, ein blaßblaues Hemd und eine blau-rot gestreifte Krawatte. In seinem Kleidungsstil wurde er Carl immer ähnlicher, in seinen Manieren leider nicht, fand Isabelle.

«Ich möchte nämlich, daß du die Geschäftsführung der Belle Corthen GmbH niederlegst!» erklärte er ungerührt und fuhr sich mit der Zungenspitze genießerisch über die Oberlippe. Er schien eine langgeplante Strategie in die Tat umsetzen zu wollen und wirkte wie jemand, der auf alles bestens vorbereitet war und sich durch nichts von seinem Vorhaben abbringen lassen würde.

Isabelle war so verblüfft, daß sie im ersten Moment kein Wort herausbringen konnte.

«Bist du überrascht? Tatsächlich? Kann man dich noch überraschen? Die abgeklärte Karriere-Tante Belle Corthen? So aus heiterem Himmel kann das doch nicht kommen für dich ...»

«Doch. Aus heiterem Himmel. So kann man es nennen. Ich bin wirklich etwas ... baff. Wieso? Wieso willst du mich ...», sie versuchte, heiter zu wirken, «meines Amtes entheben?»

«Weil es nicht so läuft, wie es laufen sollte. Darum. Weil du dich nicht genügend um den Laden hier kümmerst. Weil hier alle abschlaffen. Allen voran du.»

«Peter! Bitte. Ich habe dir schon häufiger gesagt, ich habe nicht die geringste Lust, mich mit dir in einem solchen Ton zu unterhalten. Wie ich meinen Laden führe, geht dich nichts an. Und das kannst du auch gar nicht beurteilen ...»

Er unterbrach sie. «Und ob ich das kann. Die Zahlen sprechen eine eigene Sprache. Hinzu kommt, das sehe nicht nur ich, das sehen alle, da muß man sich nur mal in der Branche umhören, aber das tust du ja nicht, weil du nur noch in einem Elfenbeinturm sitzt ...»

«Komm zur Sache.»

«... du setzt keine Trends mehr. Wann in den letzten Jahren ist hier, in deinem kreativen Tempel, etwas Innovatives in die Gänge gebracht worden? Wo ich hinsehe: junge, neue, erfolgreiche Designer, neue, witzige Kollektionen. Du machst immer noch deinen altbackenen Kram, Mustermix, Kaschmirkollektion, klassische Linien. Du hast dich überlebt. Du bist, das habe ich dir schon mal gesagt, ausgepowert. Du mußt gehen.»

Isabelle stand auf. Sie zitterte ein wenig. Sie trat ans Fenster und sah hinaus auf die Alster. Es regnete. Ein düsterer Frühjahrsmorgen. Das kleine Mädchen in ihrem Inneren schrie auf, es wollte losheulen. Aber die starke Frau, die sie geworden war, verbot sich jede Gefühlsregung. Sie drehte sich um.

«Wir können gern eine Gesellschaftsversammlung anberaumen. Mir recht. Dagegen wehre ich mich nicht. Im Gegenteil. Dann können wir auch mal darüber reden, ob die von dir in den letzten Jahren entwickelten Konzepte tatsächlich so gegriffen haben. Beispielsweise meinen Namen runterzuwirtschaften, indem wir jedes Jahr aus lauter Geldgier neue Kosmetiklinien auf den Markt ballern, indem wir als Duty-free-Marke verramscht werden und so weiter und so fort. Und im übrigen, mein lieber Freund: Allein kannst du nichts entscheiden, auch wenn du immer so getan hast, als ob. Da reden ja nun ein paar Leute mehr mit.»

«Wer?»

«Weißt du doch selber, wer wie viele Anteile hat. Puppe Mandel zum Beispiel ...»

Weiter kam sie nicht, er unterbrach sie scharf. «Ach, das weißt du vielleicht noch nicht. Daß mein Schwiegervater Puppe Mandel ihre zehn Prozent längst abgekauft hat?» An ihrem Blick merkte er, daß sie es tatsächlich nicht wußte. Sie hatte Carl lange Zeit nicht gesprochen. Wie immer in den vergangenen Jahren hatte sie häufiger versucht, ihn zu erreichen. Vergebens. Er war ständig auf Reisen gewesen. Umgekehrt hatte sich auch Carl des öfteren darum bemüht, mit ihr in Kontakt zu treten. Aber auch sie war unablässig unterwegs.

Peter triumphierte und goß noch ein wenig Öl in die Flamme: «Und diese zehn Prozent hat er meiner Frau Vivien und mir zur Geburt unseres Sohnes geschenkt.»

Isabelle wurde sauer. «Das hätte er mir allerdings mitteilen müssen.»

«Hat er sicher auch.» Peter zeigte auf ihren Schreibtisch, auf dem Stapel von unerledigten Papieren lagen. «Aber das wird bestimmt in deinem Kuddelmuddel untergegangen sein. Versuch das nicht auf ihn zu schieben ... gerade jetzt ...» Er trank einen Schluck Cola.

Ärgerlich kam sie an ihren Platz zurück, setzte sich wieder und griff zum Telefonhörer. «Das läßt sich ja schnell klären. Du wirst mir sicher sagen können, wo ich deinen Schwiegervater erreichen kann. Weiß er überhaupt, was du vorhast mit mir?»

«Verdammt! Um die Anteile geht es doch jetzt nicht ...»

«Also? Ich möchte ihn anrufen. Ist er auf Sylt? Zu Hause? Wo?»

«Du kannst ihn nicht anrufen», erklärte er eisig.

Sie fuchtelte mit dem Hörer. «Du willst mich ausbooten? Da hast du die Rechnung aber ohne mich gemacht! Für wie doof hältst du mich?» Isabelle wurde laut. «Ich habe mich extra zurückgehalten, mein lieber Peter, aber wenn es nicht anders geht ... Wenn du Krieg willst, kannst du ihn haben. Das ist immer noch meine Firma. Anteile hin oder her. Und Carl wird auf meiner Seite sein, da wirst du dich noch wundern.»

«Carl? Carl ist auf niemandes Seite mehr ...» Sie sahen sich an. Von nebenan hörte man das Lachen der Sekretärin, die laut mit einer Kollegin quatschte. Es war mucksmäuschenstill im Raum. Totenstill.

«Was ... meinst du damit ...?» Sie ließ den Hörer sinken.

«Carl hatte einen Schlaganfall.»

Isabelle legte den Hörer auf den Telefonapparat zurück. «Warum weiß ich das nicht?» fragte sie ernst und leise.

«Warum weißt du so vieles nicht?»

«Wo ist er?»

«Zu Hause.»

«Wie geht es ihm?»

Peter zuckte mit den Schultern. «Er ist seit ein paar Tagen aus der Klinik raus ...»

«Was bist du nur für ein Mensch? Redest von schlechten Kollektionen, bläst dich hier auf, sabbelst über meine Schlampigkeit, quasselst von Gesellschafterversammlung und ... und willst mich zwingen, meine Geschäftsführung niederzulegen ... und kein Wort davon, zuallererst, daß Carl, unser Carl ... ich fasse es nicht.»

«Gott! Er lebt ja noch. Nun spiel hier nicht die Heulsuse.»

«So, Peter. Jetzt reicht es. Du gehst sofort.»

Er grinste und blieb sitzen.

«Ich erteile dir Hausverbot. Dies hier ist mein Büro, mein Haus. Du gehst. Auf der Stelle. Oder ich rufe die Polizei und zeige dich an wegen Hausfriedensbruch.»

Zögernd kratzte sich Peter am Kopf.

«Ich meine es ernst. Ich rede kein weiteres Wort mit dir.»

An ihrer Stimme merkte Peter Ansaldi, daß er den Bogen überspannt hatte. Er stand auf und ging zur Tür. «Trotzdem bleibt es bei dem, was ich dir gesagt habe.»

Sie reagierte nicht. Kaum hatte er den Raum verlassen, schlug sie die Hände vors Gesicht. Um Himmels willen! War es ein böser Traum? Carl, ihr Carl, ihr strahlender, unverwundbarer Held, hatte einen Schlaganfall erlitten? Sie mußte sofort zu ihm. Isabelle nahm erneut den Telefonhörer hoch und wies ihre Sekretärin an, ihr ein Taxi zu bestellen. Als der Taxifahrer vor dem Salon vorgefahren war, ließ sie alles stehen und liegen, erklärte Patrizia, die im Sekretariat saß und genüßlich ein Stück Cremetorte aß, das eine der Schneiderinnen anläßlich ihres Geburtstages spendiert hatte, im Hinauslaufen, was passiert war und daß sie wahrscheinlich heute nicht mehr zurückkäme, und verließ das Haus.

Während der Fahrt durch den strömenden Regen – sie hatte einen Taxifahrer erwischt, der ihr die Hucke vollquatschen wollte, und brachte ihn mit drei kalten Sätzen zum Schweigen – dachte sie über das Gespräch mit Peter nach, über seine Unverschämtheit, seine Arroganz, seine grenzenlose Härte. Wenn es Carl wirklich so schlechtging, wie sie befürchtete, wenn sie sich künftig nur noch mit Peter Ansaldi würde auseinandersetzen müssen, wenn dies die Früchte, die bitteren Früchte ihrer jahrelangen Arbeit sein sollten, dann würde sie alles hinschmeißen. Das schwor sie.

## Kapitel 27

Eine halbe Stunde später hielt das Taxi vor der Trakenbergschen Villa. Isabelle zahlte und stieg aus. Automatisch zog sie den Kopf ein, der Regen plätscherte noch immer ununterbrochen. Sie öffnete das Tor und rannte über den Kiesweg, bis sie unter dem Portal Schutz fand. Nachdem sie geläutet hatte, drehte sie sich um und sah in den Vorgarten, der grau und ungepflegt wirkte. Die Hecke war seit langem nicht mehr geschnitten worden, der Rasen war verwildert und lag unter einer Decke von faulendem Laub des letzten Herbstes. Oben an den Erkern des einst so gepflegten Hauses blätterte die Farbe ab. Zwischen den Stufen, auf denen sie stand, wuchs Moos. Alles hatte seinen Glanz verloren. Die Villa bekam keine Liebe mehr. Sie verfiel.

Endlich hörte Isabelle von drinnen Schritte. Es wurde aufgesperrt. Gretel! Sie war noch immer so rund wie eh und je, aber es kam Isabelle vor, als wäre sie kleiner geworden, zerbrechlicher. Ein biederes Blümchenkleid gab ihr etwas Jungmädchenhaftes, Verletzliches. Wie immer hatte sie eine weiße gestärkte Spitzenschürze um. Gretel stand ein wenig gebeugt, sie war blaß, ernst, die Augen müde, der Mund zuckte. Jetzt kämpfte sie mit den Tränen. «Kind!»

Isabelle trat ein. Sie umarmten sich.

«Ach, meine Gretel, meine Gretel!»

Die Burmönken ließ die Tür ins Schloß fallen. Es war düster in der Halle.

«Wie geht es ihm?»

«Ach ... Was soll ich sagen?»

«Wo ist er?»

Gretel zeigte auf die geöffnete Tür zum Salon.

«Kann ich zu ihm?»

«Geh nur. Geh nur, Kind. Du kannst immer zu ihm, das weißt du doch.» Sie tätschelte Isabelle die Hand. «Schön, dich zu sehen. Blaß bist du.»

«Na ja ... bei der Aufregung.»

«Ich bin in der Küche.» Gretel ging in Richtung Kellertreppe. Ihr Schritt hatte alles Federnde verloren, sie schlurfte beinahe. An der Tür drehte sie sich noch einmal um, lächelte Isabelle ermutigend zu und verschwand. Obwohl sie nun schon über siebzig war, arbeitete sie noch immer. «Was soll ich sonst tun?» hatte sie Isabelle gefragt, als sie mit ihr vor einigen Wochen telefoniert hatte. «Ich hab doch sonst nix um die Ohren.»

Während Isabelles Mutter sich längst auf ihr Altenteil zurückgezogen und das Feld einer Putzfrau überlassen hatte, die einmal die Woche kam, versuchte Gretel noch immer den Glanz längst vergangener Zeiten aufrechtzuerhalten. Doch seit Carl die meiste Zeit des Jahres auf Reisen war und auch Charlotte sich kaum noch zu Hause blicken ließ, beschränkten sich ihre Kochkünste meist darauf, etwas für sich und ihre Freundin Ida zuzubereiten, kleine Mahlzeiten, denn beide aßen nicht mehr soviel. Vorbei die großen Gesellschaften und Feste, vorbei die Familienfeiern, vorbei der Trubel in Haus, Küche und Keller. Isabelle sah sich um. Keine Blumen, alles dunkel, der Geruch von Kernseife und ungelüfteten Räumen. Nach einem kurzen Blick in den Spiegel über dem Kamin – sie prüfte den Sitz ihrer Haare und strich ihr nachtblaues Business-Kostüm glatt – betrat Isabelle den Salon.

Auch dieser Raum war fast dunkel. Drei Schritte ging sie zaghaft auf den dicken Teppichen, dann blieb sie stehen. «Carl?» rief sie sanft, und noch einmal: «Carl?»

Er antwortete nicht. Dann sah sie ihn: am Ende des Raumes, in dem schönen, gobelinbezogenen Sessel mit den Löwenklauenfüßen, der im Erker zum Garten stand. Die Fensterläden waren verschlossen, durch die schrägen Schlitze zwischen den Holzlamellen fiel karges Tageslicht herein. Carl rührte sich nicht. Im ersten Augenblick hatte sie das Gefühl, er schliefe, aber während sie sich langsam näherte, bemerkte sie, daß seine Augen geöffnet waren, ja, daß er sie ansah, unverwandt.

Sie blieb vor ihm stehen. Er machte ein seltsames Geräusch, es klang wie ein Räuspern, wie der Versuch, etwas zu sagen. Doch Carl konnte nicht sprechen. Er konnte sich auch kaum bewegen: Seine linke Körperhälfte war gelähmt. Sein Gesicht war schmal geworden, die einst so kräftigen Haare wirkten dünn und glanzlos, und Isabelle wurde bewußt, wie lange sie ihn schon nicht mehr gesehen hatte. Das Lid des linken Auges und der linke Mundwinkel hingen ein wenig herunter. Carl versuchte sich aufzurichten, doch es gelang ihm nicht.

«Carl!» sagte sie leise und ihr kamen die Tränen. «Was machst du nur? Was machst du nur für Sachen?» Sie strich ihm über den Kopf, beugte sich hinunter und küßte ihn auf die Stirn. Sie war eiskalt. Dann konnte Isabelle nicht anders: Sie sank vor ihm auf die Knie und legte schluchzend ihren Kopf auf seinen Schoß. Wie ein Kind weinte sie, so, wie seit Jahren nicht mehr. «Ich hab dich so lieb, Carl, verzeih mir, daß ich mich sowenig um dich gekümmert habe...» Unter Tränen sah sie zu ihm auf. «Ich war eine schlechte Tochter, nicht? Sag es ruhig ... ich habe all die Jahre über nur an mich gedacht, an meine verdammte Karriere, aber ich wollte es ja auch gut machen, ich wollte, daß du stolz auf mich bist, weißt du?»

Mühsam hob er die rechte Hand von der hölzernen Armlehne und ließ sie auf Isabelles Schulter sinken.

«Du wirst doch wieder gesund, nicht? Versprich es mir ... Carl, ich habe gehört, daß man nach so einer Sache ...» Sie griff nach seiner Hand, knochig und kalt wie seine Stirn. «Wenn man nur wieder will und fleißig übt, nicht wahr, kann man ganz gesund werden.»

Er gab einen Laut von sich, er versuchte zu sprechen, doch es klang erbärmlich, und es brach Isabelle das Herz. Seine Hand rutschte von ihrer Schulter.

«Du mußt nicht reden, wenn es dich anstrengt, hmm...?» Liebevoll sah sie ihn an. «Ach, Carl, du bist mein ein und alles, habe ich dir das je gesagt? Du bist mein Ratgeber. Du bist mein Vater. Du bist mein bester Freund.»

Nebenan im Eßzimmer schlug die Kaminuhr. Isabelle mußte daran denken, wie es damals gewesen war, als sie von ihrem Vater hatte Abschied nehmen müssen. Wenn es einen Gott gab, wie ihre Mutter immer behauptet hatte, und ein Leben nach dem Tod und wenn die Seelen da oben jetzt auf sie und Carl in diesem einsamen Raum herunterblickten, dann müßten sie und Gott sich ihrer erbarmen, seiner erbarmen, Carl Kraft schenken, ihm seine Gesundheit zurückgeben.

Er schien ihre Gedanken zu erraten. «... eben ...», raunte er.

«Was sagst du?» flüsterte sie.

Er hob die Hand und hielt sie ihr flach vor das Gesicht. «... be...», stammelte er, «... be...»

Sie richtete sich halb auf und schaute ihn an. «Was willst du, Carl? Ich kann dich nicht verstehen. Was willst du?»

«...ten ... ich will ...»

«Du willst leben? Ach, mein Carl ... du wirst leben ... du wirst doch jetzt nicht sterben, wo ich dich so brauche ... du wirst ...»

Mit aller Kraft unterbrach er sie und brachte das Wort heraus, wie einen Stoß: «Beten.»

Nun endlich begriff sie. Er hielt ihr die Hand hin, weil sie mit ihm beten sollte. Sie nahm ihre linke Hand, legte sie gegen Carls rechte, dann glitten ihre Finger durch die seinen, und gemeinsam falteten sie ihre Hände zum Gebet. Isabelle hatte seit ihrer Kindheit nicht mehr gebetet. Sie kannte kein Gebet außer dem Vaterunser. Darum sprach sie es jetzt, umklammerte fest Carls Hand, spürte, daß sie wärmer wurde, während sie, flüsternd fast, zu sprechen begann.

Nachdem sie geendet hatte, öffnete sie die Augen und sah ihn an. Eine Träne lief über seine Wange. «Du mußt nicht weinen.» Sie strich mit dem Daumen ihrer freien Hand die Träne von seinem Gesicht. «Ein Mann weint doch nicht.» Eine Weile blieb sie vor ihm sitzen, ließ seine Hand los und küßte seine Finger, einen nach dem anderen. «Du mußt keine Angst haben, Carl. Alles wird gut. Ich verspreche es dir. Ich werde wiedergutmachen, was ich versäumt habe.»

Sie hörte ein Räuspern und drehte sich zur Tür um. Überrascht ließ sie Carl los und sprang auf. Puppe Mandel stand da, in einem ihrer wogenden afrikanischen Gewänder, in der Hand eine silberne Zigarettenspitze, in der eine brennende Zigarette steckte. Die Frauen gingen aufeinander zu und blieben in der Mitte des Salons stehen. Puppe zog an ihrer Zigarette und blies den Rauch nach oben. «Wer hat es dir gesagt, Kind?» Sie duzte Isabelle auf einmal.

«Peter. Peter Ansaldi.»

Puppe deutete mit der Zigarette zu Carl hinüber. «Er wollte nicht, daß du es erfährst. Am Anfang konnte er noch sprechen, er hat mich beschworen, dich nicht anzurufen, er wollte, daß du ungestört arbeiten kannst.»

Die Frauen setzten sich in ein paar Meter Entfernung von Carl in zwei Sessel. «Aber dann ...», fuhr Puppe fort, «hat er einen zweiten Anfall bekommen...» Sie senkte die Stimme. «Ich wußte nicht... wie es weitergeht, ob überhaupt. Ich habe ein paarmal versucht, dich zu erreichen.»

«Ich war in New York.» Isabelle seufzte. «Unterwegs, wie immer.»

Puppe drückte ihre Zigarette aus. «Er ist seit einer Woche wieder zu Hause. Es geht ihm schon viel besser als im Krankenhaus.» Sie drehte sich zu Carl um. «Nicht? Es geht dir viel besser, habe ich ihr gerade gesagt!»

Wie zum Einverständnis hob Carl die Hand, ließ sie aber sogleich wieder sinken.

«Laß uns in die Halle gehen. Es strengt ihn zu sehr an, wenn wir hier sitzen. Er merkt, daß wir über ihn reden, und er ...» Sie ging zu Carl. «Ich bin gleich zurück. Ruh dich aus.»

Sie gingen in die Halle. «Wo ist Charlotte?» fragte Isabelle, und die unausgesprochene Frage schwang mit: Warum sind Sie hier?

Puppe lehnte sich gegen den Kaminsims. Sie war noch immer eine Frau mit Grandezza, voller Ausstrahlung und Stil. Zögernd antwortete sie: «Tja. Da war nicht mehr viel mit ‹in guten und in schlechten Tagen› ... sie gehört zu der Kategorie Frauen, die alles vom Leben wollen, außer Problemen.» Puppe lächelte bitter. «Nachdem sie ihn ins Krankenhaus gebracht hatte – er war im Garten umgefallen, einfach umgefallen ... na ja ... sie hat ihm unmißverständlich gesagt, daß sie nicht die Absicht habe, ihn zu Tode zu pflegen.»

«Das glaube ich nicht.»

«Aber ja!»

«Das kann man doch nicht ... so kalt kann doch selbst Charlotte nicht sein, die beiden sind seit Jahrzehnten verheiratet ...»

Puppe lachte auf, ihr tiefes, abgründiges Lachen. «Sie ist nach Baden-Baden gefahren. Angeblich, weil sie einen Nervenzusammenbruch hatte. Die Art von Nervenzusammenbruch kenne ich: Das ist der Ich-denke-nur-an-mich-Zusammenbruch. Nein, nein, täuschen wir uns nicht ... die beiden haben eine lausige Ehe geführt, eine Ehe auf dem Papier, eine Ehe als Fassade für die Gesellschaft, in der sie leben ... lebten ... Das ist ja kein Leben mehr, das der arme Kerl da drinnen ...»

«Er kann doch wieder gesund werden, oder?» fragte Isabelle zaghaft.

Puppe sah zur Decke, dann zu Boden. Der Blick sagte alles.

«Ich kenne die besten Ärzte. Wir können die Mayo-Klinik anrufen, drüben, ich habe selber ...»

«Er hat die besten Ärzte.»

«Armer Carl.»

«Das mit Charlotte ist sicher auch seine Schuld. Er hätte sich irgendwann, schon vor Jahren, verstehst du, nach all dem Razzledazzle hier ... von ihr trennen müssen. Das wäre eine ehrliche Lösung gewesen. Ich habe es ihm oft genug gesagt, aber er wollte nicht. Dann hat sie mich angerufen, einfach so, und gesagt: Du wolltest ihn doch immer. Du kannst ihn jetzt haben. Ja, habe ich nur geantwortet, gut. Dann komme ich. Seitdem wohne ich hier. So einfach ist die Geschichte.»

«Kann ich irgendwas tun?»

«Ich glaube nicht. Ist lieb, Belle.» Sie kam zu ihr und strich ihr zart über den Ärmel. «Gut zu wissen, daß es dich gibt.»

Dann sprachen sie noch eine Weile über die Firma. Isabelle erzählte ihr von Peter Ansaldis Vorhaben. «Den Kampf nehme ich auf!» erklärte sie. «Anteile hin oder her. Ich finde allerdings, so weit hätte es nicht kommen dürfen. Ich verstehe nicht, daß Carl und Sie ...», sie schaute Puppe an, «mir nicht gesagt haben, daß Sie Ihre Anteile verkaufen. Es ist meine Firma. Und ich bin Geschäftsführerin, ich hätte gern Ihre zehn Prozent zurückgekauft. Zu einem guten Preis.»

«Er hatte ein schlechtes Gewissen gegenüber Vivien. Er hat dich immer vorgezogen, du warst sein Liebling. Das haben alle gewußt. Er wollte etwas wiedergutmachen ... vielleicht hat er sich nicht getraut. Männer sind feige.»

«Trotzdem. Ich fühle mich übergangen.»

«Ja. Das verstehe ich.» Puppe streckte die Arme aus, als wollte sie die ganze Welt beschreiben. «Aber Menschen machen eben Fehler. Tut mir leid. Wenn ich irgendwas machen kann, gib mir Bescheid.»

«Danke. Dann gehe ich jetzt mal zu Gretel.»

«Die treue Seele.»

Sie verabschiedeten sich voneinander, entschlossen, den Kontakt nicht wieder abreißen zu lassen und sich gegenseitig über alles zu informieren, was künftig geschehen würde, die guten und die schlechten Dinge. Isabelle wünschte Puppe Mandel Glück, ging kurz in den

Salon, um Carl auf Wiedersehen zu sagen, und dann in die Küche. Auf dem Weg dorthin blieb sie eine Sekunde stehen, fummelte in der Tasche ihrer Jacke und förderte eine der kleinen roten Tabletten zutage, die ihr stets halfen, wenn sie deprimiert war. Sie schluckte sie ohne Wasser herunter, darin war sie geübt.

Es war ein seltsames Gefühl, wieder durch den Kellerflur zu laufen, der so lange Zeit ein Teil ihres Lebens gewesen war, den typischen Geruch einzuatmen und dann in Gretels Reich zu stehen, das einst so lebendig, so geheimnisvoll und beglückend gewesen war. Am Tisch saßen Gretel und Ida und spielten Karten. Die Küche war so aufgeräumt, wie sie es früher nie gewesen war, nichts stand herum, keine Kanne mit Kaffee auf dem Herd, keine Schale mit Obst auf der Anrichte, kein Braten brutzelte im Ofen, keine Suppe blubberte auf der Kochplatte.

Isabelle ging zur ihrer Mutter und begrüßte sie. Gretel legte die Karten beiseite. «Ich hab eigentlich gar nichts Rechtes im Haus», erklärte sie und öffnete den Kühlschrank, «wir haben ja nicht mit dir gerechnet.»

«Ach, ich möchte auch gar nichts.»

«Du bist schmal geworden!» stellte ihre Mutter fest.

«Na ja, kein Wunder, sie arbeitet ja auch wie ein Pferd!» meinte Gretel. «Ich koche dir eine Tasse Kakao und schmiere dir ein Brot, was hältst du davon?»

Isabelle hatte tatsächlich keinen Hunger und wiederholte das auch noch einmal. Aber sie hatte nicht mit der Hartnäckigkeit der zwei alten Damen gerechnet. In Windeseile wurde Milch aufgesetzt, der Tisch gedeckt, Gretel legte sich einen halben Laib Bauernbrot vor die Brust und schnitt in einer lebensgefährlich aussehenden Aktion mit einem Messer einen Kanten ab, den sie dick mit Butter und Leberwurst bestrich. Ida holte aus der Speisekammer ein Glas mit selbsteingelegten Dillgurken und legte eine davon auf den Teller, während Gretel den Kakao kochte. Mit ihrer Energie überrumpelten sie die völlig erschöpfte Isabelle, und ehe sie sich's versah, saß sie wie in Kindertagen am Tisch und aß. Jeder Bissen und jeder Schluck wurden liebevoll beobachtet und deftig kommentiert.

«Na, der Appetit kommt doch beim Essen, was?»

«Das ist Luisendorfer Leberwurst, die schickt uns die Tochter vom alten Voss immer.»

«Ist doch wie früher, hmm? Unser hoher Besuch. Kriegt endlich was auf die Rippen.»

«Meine Tochter. Kind. Isabelle.»

Auf einmal tauchten fast vergessene Erinnerungen wieder auf, das Gefühl von Wärme und Geborgenheit, das sie in dem Leben, das sie jetzt führte, schon längst nicht mehr spürte. Sie fing an zu erzählen. Von dem Streß der letzten Monate, ihren Reisen, von den Problemen mit der neuen Kollektion, dem Ärger mit Peter Ansaldi, dem Schock über Carls Schlaganfall, von ihrer festen Absicht, sich nichts gefallen zu lassen und zu kämpfen, um den Erhalt ihres Lebenswerks. Sie wirkte dabei energisch und kraftvoll wie schon lange nicht mehr.

«Daß unsere Deern begabt ist, wußte ich!» Gretel strich sich über die Schürze und goß sich aus einer Karaffe ein Glas Apfelsaft ein. «Aber daß sie auch so hartnäckig ist...» Sie trank und schluckte den Rest des Satzes mit hinunter.

«Ich werde eben immer verkannt», erklärte Isabelle fröhlich. «Es ist alles ein Kampf. Man darf nie aufgeben. Man kann hinfallen. Aber das Geheimnis des Erfolgs besteht darin, daß man danach wieder aufsteht.» Sie trank einen letzten Schluck des köstlich warmen Kakaos, der ihr guttat und sie stärkte, und schmeckte ihren Gedanken nach. Sie gefielen ihr. «Und dann sage ich mir, wenn solche Sachen wie mit dem Ansaldi passieren...»

«Dieser Hund!» warf Gretel ein. «Den mochte ich nie! Will noch Kapital schlagen aus unserem Unglück.»

Isabelle setzte ihren Satz fort: «... man ist erst völlig sicher, wenn man drei Meter unter der Erde liegt.» Sie spürte, daß diese Äußerung in Gegenwart zweier Frauen in den Siebzigern etwas mißverständlich klingen konnte, und fügte hinzu: «Damit meine ich, er soll nicht denken, daß ich klein beigebe. Noch lebe ich nämlich. Und wie!» Sie schlug mit den Händen auf den Holztisch.

Ida, die sich wie alle Menschen, die früh alt aussehen, im Alter kaum verändert hatte, sah ihre Tochter von der Seite an. «Woher hast du nur all diese Weisheit und diese Stärke?»

Sie blickte ihrer Mutter in die Augen. Ein Gefühl von Wärme und Leidenschaft stieg in ihr hoch. Sie umfaßte das strenge Gesicht Idas mit den Händen, zog es zu sich heran und küßte sie knallend auf den Mund. Das hatte sie noch nie getan. Ida war erstaunt.

«Von dir!» antwortete Isabelle strahlend. «Von dir, Mama.»

## Kapitel 28

*E*ilig ging Isabelle durch das gläserne Treppenhaus, das die alte Villa mit dem daneben liegenden Haus verband. Per Handy telefonierte sie mit Fernando Marongiu. Italienisch beherrschte Isabelle inzwischen nahezu perfekt; Ergebnis des Privatunterrichts, den sie lange Zeit genommen hatte, und ihrer häufigen Italien-Aufenthalte. Mit Fernando, der so etwas wie ein Freund geworden war, verständigte sie sich trotzdem in einem bunten Kauderwelsch aus Deutsch, Englisch und Italienisch. Das war eine Art privaten Spiels zwischen beiden, denn auch Fernando hatte dazugelernt und sprach Deutsch.

«You know, Bello, it's wichtig. Molto importante, eh …? Si… I'll give you a call tomorrow, weil ich jetzt auf dem Weg zu einem meeting bin, wegen der linea nuova …»

Hinter ihr versuchten Patrizia und zwei Assistentinnen, mit ihr Schritt zu halten. Dann beendete sie das Telefonat abrupt, denn sie hatten den Raum betreten, in dem ihr die Musterteile von den Schneiderinnen vorgelegt werden sollten. Er war groß und hell, Sonnenlicht fiel durch die Fenster herein, auf die Ständer mit den Kleidungsstücken, den Konferenztisch aus Birkenholz, die Freischwinger aus Leder und Chrom.

«Patrizia, du sollst ihn heute nachmittag anrufen, er will alle Zahlen noch einmal mit dir durchgehen, und du sollst die Spedition in Mailand anrufen, du kennst die besser, sagt er.»

«Okay.» Patrizia stopfte den Rest eines Stücks Butterkuchen in den Mund und wischte sich die Staubzuckerreste von dem mit falschem Tigerfell besetzten Revers ihres Kostüms.

«Guten Morgen!»

«Guten Morgen, Frau Corthen!» antworteten die drei Schneiderinnen im Chor.

Das Handy klingelte. Isabelle drückte den On-Knopf: «Ja?»

Patrizia und die Assistentinnen setzten sich an den Tisch. Die Schneiderinnen schoben den ersten Kleiderständer heran. Isabelle ging ans Fenster und hörte dem Anrufer zu.

«Ich bin in einer Sitzung», schnauzte sie, «... natürlich können Sie das nicht wissen, aber ich hatte Ihnen gesagt, Sie können mich am Nachmittag anrufen. Jetzt ist es elf. Okay. Bye.» Sie gab Patrizia ihr Handy und setzte sich zu den Kolleginnen. «Den nächsten Anrufer nimmst du an. Ich habe jetzt weder Lust noch Nerven...»

Die interne Telefonanlage bimmelte. «Herrgott!» Sie schlug mit der Faust auf den Tisch. «Warum ist das Telefon hierhergestellt, ich hatte im Sekretariat gesagt, ich will nicht mehr gestört werden.»

Patrizia nahm den Anruf entgegen.

Isabelle wetterte weiter: «Wie sollen wir konzentriert arbeiten, wenn...»

Patrizia unterbrach sie. Sie hielt den Hörer der linken Hand gegen die Sprechmuschel. «Ansaldi...», zischte sie.

«Soll mich am Arsch lecken!»

Die Schneiderinnen, die Kleiderbügel quietschend auf den Metallstangen hin- und hergeschoben hatten, hörten erschrocken auf zu hantieren. Die Assistentinnen – schmucklose, dezent geschminkte junge Frauen in weiten, fast bodenlangen, japanisch anmutenden Kleidern aus grobem Leinen – kannten Isabelles gelegentliche Wutausbrüche, die in letzter Zeit häufiger geworden waren. Deshalb sahen sie sich einfach nur an, ungerührt, und vertieften sich dann in ihre mitgebrachten Unterlagen.

Isabelle fuchtelte mit einem Füllfederhalter in Richtung Patrizia: «Ja, kannst du ihm ruhig ausrichten: Er soll mich am Arsch lecken!»

Patrizia nahm die Hand weg und flötete: «Herr Ansaldi, es ist im

Moment etwas ... ungünstig. Wir würden Sie sehr gern heute gegen fünfzehn Uhr ...», Isabelle zeigte ihr einen Vogel, «zurückrufen. Gern. Für Sie auch einen schönen Tag. Auf Wiederhören.»

«Das machst du dann aber.»

«Jaja, reg dich nicht auf.»

Isabelle hatte sich geschworen, daß sie mit Peter Ansaldi nichts mehr zu tun haben wollte. Seinen Versuch, sie auszubooten, hatte sie erfolgreich abgewehrt. Tatsächlich hatte er die geplante Gesellschafterversammlung anberaumt, zwei Wochen nachdem er bei ihr gewesen war und sie ihn rausgeschmissen hatte.

Katzenfreundlich hatte er sich am Telefon gegeben. «Na, wieder beruhigt? Ich wollte auf unser Gespräch zurückkommen. Meine Schwiegermutter ist Anfang nächster Woche in Hamburg, du weißt ja inzwischen sicher alles. Von deiner Busenfreundin Puppe Mandel.»

«Komm auf den Punkt, Peter.»

«Sie wohnt zwei Nächte im Vier Jahreszeiten. Solange mein Schwiegervater handlungsunfähig ist, nennen wir es mal so, nimmt sie als seine Frau seine Gesellschafterinteressen wahr. Wir möchten dich bitten, am Montag zu uns ins Kontor zu kommen. Elf Uhr. Geht das?»

Isabelle wußte, daß sie einem solchen Gespräch auf Dauer nicht ausweichen konnte. Je eher daran, desto eher davon: Das war immer einer ihrer Grundsätze bei unangenehmen Dingen gewesen, deshalb sagte sie zu. Doch sie erinnerte sich daran, was Carl ihr immer gesagt hatte – daß man bei Auseinandersetzungen in ein Restaurant gehen sollte, weil sich dann beide Seiten gut benehmen müßten, auf jeden Fall aber niemals einem Treffen im «Feindesland», wie er es ausgedrückt hatte, zustimmen dürfe, «nur auf vertrautem Terrain, das macht es für dich leichter».

«Gut», erwiderte Isabelle, «aber wir treffen uns nicht bei euch, sondern bei mir. Schließlich geht es um meine Firma.»

Peter hatte sich einverstanden erklärt, und am darauffolgenden

Montag waren er und seine Schwiegermutter pünktlich auf die Minute in ihrem Sekretariat angetanzt. Isabelle ließ sie bewußt eine Viertelstunde warten (schlechter Ruf verpflichtet – sie feilte sich derweil die Fingernägel) und dann hereinbitten. Überaus freundlich war die Begrüßung, schließlich hatten sie und Charlotte sich lange nicht mehr gesehen. Peter reichte sie kühl die Hand und ließ ihm eine Cola servieren, während sie für Charlotte bei ihrer Sekretärin den gewünschten Tee bestellte und etwas Gebäck. Man tauschte Artigkeiten aus. Charlotte lobte Isabelles Mode. Isabelle bedauerte, daß Charlotte wegen Carl soviel Kummer hatte. Beide bestätigten einander, daß sie gut aussähen, unverändert. In der Tat sah Charlotte noch immer aus wie früher, genauer gesagt: wie sehr viel früher. Sie hatte sich liften lassen. Noch immer trug sie das Haar zum eleganten Chignon eingeschlagen, noch immer pflegte sie ihren noblen Kleidungsstil. Für diese Gelegenheit hatte sie ein Chanelkostüm aus beige-braun-grauer Bouclé-Wolle angezogen und trug dazu Perlohrstecker und eine lange Kette aus echten, zwanzig Millimeter dicken, gleichförmig plumpen Südseeperlen. Mindestens hunderttausend Mark wert, schätzte Isabelle im stillen.

Nachdem das verlogene Geplänkel beendet war, schwang sich Peter auf und hielt einen fünfzehn Minuten langen Monolog. Noch einmal wiederholte er seine Vorwürfe, insbesondere die Forderung, daß Isabelle von ihrem Posten zurücktreten solle. Neu war sein Angebot, «zu einem fairen Preis» ihre Anteile zu erwerben, neu war auch, daß er ihr eröffnete, wer künftig «natürlich gemeinsam mit dem bewährten Team, niemand wird entlassen», federführend für die kreative Seite zuständig sein sollte: Vivien.

«Entschuldige, daß ich lache! Entschuldigen Sie, Frau Trakenberg. Aber ... das ist doch wohl nicht dein Ernst, Peter. Deine Frau als Designerin? Klasse! Wild gewordene Hausfrau macht Mode. Kinderkollektionen? Oder was?»

Peter legte seiner Schwiegermutter, die neben ihm saß, beruhigend die Hand auf den Ärmel. «Ich habe dir ja gesagt, womit wir rechnen müssen», er grinste Isabelle frech an, «mit welcher unsachlichen Person wir es zu tun haben.»

«Du glaubst wirklich, ich würde solchem ... Quatsch zustimmen?»

Charlotte, die bisher schweigend an ihrer Teetasse genippt hatte, konnte ihren Haß gegen Isabelle nicht länger verbergen: «Das mußt du wohl, nicht wahr? Mit den Anteilen von Carl haben wir sechzig Prozent. Da wirst du dich fügen müssen. Sagen unsere Anwälte. Aber das lag dir ja noch nie so, dich zu fügen. Himmel. Was hören wir uns hier an!» Echauffiert tupfte sie mit einem Spitzentaschentuch einen imaginären Tropfen Schweiß von den Nasenflügeln. «Das ist ja Schiffbruch auf der ganzen Linie!»

«Ich fürchte, *lieber* Peter, *liebe* Frau Trakenberg: du, Sie werden sich noch mehr anhören müssen. Erstens: Die Anteile spielen überhaupt keine Rolle bei solchen Entscheidungen. Wenn ich meines Postens aufgrund von Mehrheiten enthoben werden sollte, dann kann ich nur warnen. Dann wehre ich mich. Ich gehe nicht über Leichen. Aber durchaus über Leichtverletzte.» Jedes Wort hatte sie sich vorher überlegt. Wie beim Schachspiel: dem Gegenüber bei jedem Zug einen Schritt voraus sein, auch das hatte sie von Carl einmal gelernt. «Der kreative Kopf bin ich. Wenn ich hier rausgehen muß, dann erfährt das als erstes die Presse, und zwar von mir, das sind nämlich meine Freunde, nicht eure. Und schon am nächsten Tag mache ich eine eigene Firma auf. Unter *meinem* Namen. Und dann verklage ich euch, falls ihr unter einem der folgenden Labels ...» Sie zählte an den Fingern ab. «Belle Corthen, Isa Jeans, BC, Corthen ... unter welchem meiner Namen ihr auch immer weitermachen wollt: Die habe ich mir nämlich schützen lassen. Ich. Okay? So dumm kannst du doch nicht sein, Peter Ansaldi, daß du tatsächlich glaubst, ich würde freiwillig gehen und für dich das Feld räumen?»

Eine Weile ging es noch hin und her. Peter warf Isabelle erneut vor, sie habe mit der letzten Kollektion versagt, kümmere sich nicht ausreichend um ihr Unternehmen, die Zahlen seien schlecht, und das Festhalten an alten Lieferanten wie der Familie Marongiu sei falsch und ruinös. Doch sie blieb hart. Charlotte ging, ohne sich zu verabschieden, Peter gab sich geschlagen. Isabelle aber wußte, daß dies nicht der letzte Angriff gewesen war. Sie würden wiederkommen. Sie waren ihre Feinde.

«Belle!» rief Patrizia und schüttelte sie am Arm. «Träumst du?»
«Nein. Ich bin ganz da.»
«Also: die Kaschmirpullover ... hier ...», sie zeigte auf einen Stapel von Pullovern, die ausgebreitet auf dem riesigen Tisch lagen, «welche Farben machen wir auf? Nur Pastelltöne? Oder auch die kräftigen Farben?»

«Was meinen Sie?» fragte Isabelle ihre Assistentinnen und tippte, ohne die Antwort abzuwarten, auf die Strickteile in Pastell.

Die eine der beiden antwortete, ohne zu zögern: «Pastelltöne sind doch schrecklich, ich denke da immer an die Ami-Rentner in Miami Beach, die den ganzen Tag in karierten Hosen Golf spielen.»

Die andere Assistentin kicherte. «Knallfarben!» fügte sie hinzu. «Das hat Wucht.»

Isabelle und Patrizia sahen sich an.

In diesem Augenblick klopfte es. Ein Mitarbeiter aus der Buchhaltung kam herein. Er entschuldigte sich, stören zu müssen, doch er benötige sofort ein paar Unterschriften. Er legte Isabelle eine Mappe mit einem halben Dutzend Briefen vor die Nase und klappte die erste Seite auf. Schon wieder klingelte ihr Handy. Einer Schneiderin rutschte ein Karton vom Sideboard, auf das sie ihn hatte stellen wollen, und krachte zu Boden. Vor Schreck stieß sie einen kurzen, spitzen Schrei aus. Die anderen liefen zu ihr, um ihr beim Einsammeln der herausgefallenen Kleidungsstücke zu helfen. Isabelle sah hektisch zu ihnen hinüber. Es bimmelte unablässig. Draußen düste heulend ein Krankenwagen vorbei.

Isabelle drückte den Aus-Knopf des Handys und schob Patrizia die Unterschriftenmappe hinüber. «Mach du», befahl sie knapp. «Du hast schließlich Prokura.» Mit diesen Worten sah sie sich langsam in der Runde um und stand dann auf. «Ich höre auf», erklärte sie leise. «Ich kann nicht mehr.» Mit gesenktem Kopf verließ sie den Raum.

Patrizia erklärte den Assistentinnen, sie sollten allein weitermachen, bis sie wiederkomme, und rannte ihrer Freundin nach. Im zweiten Stock des Glastreppenhauses erreichte sie Isabelle. «Was ist los? Geht es dir nicht gut?»

Isabelle blieb auf den Stufen stehen, lehnte sich gegen die kühle, weiße Wand, die von oben bis unten mit großformatigen Porträtfotos von ihr geschmückt war. «Doch», antwortete sie, «es ging mir noch nie so gut wie jetzt.» Kalter Schweiß trat auf ihre Stirn.

Freundschaftlich wollte Patrizia den Arm um ihre Schultern legen, doch sie wehrte ab. «Behandel mich bitte nicht wie 'ne Irre, Patrizia! Es ist alles in Ordnung.» Sie ging drei Stufen hinunter, blieb stehen, drehte sich noch einmal um. «Ich packe meine Sachen und gehe nach Hause.»

«Ja. Mach das. Ruh dich aus. Du bist völlig erschöpft. Du wirst sehen, nach ein paar Tagen ...»

«Du hast mich nicht richtig verstanden!» erklärte sie ruhig. «Ich höre auf, das heißt: *Ich höre auf.* Ganz und gar. Ich mache Schluß hier mit dem allen. Karriere, Kampf, Streß ... ich werde verkaufen. Die Hyänen haben gewonnen. Sie können die Firma haben.»

Erschrocken nahm Patrizia ihre Brille ab. «Belle ... das ... das meinst du nicht wirklich ... Du kannst doch nicht so Hals über Kopf ... Das geht so nicht.» Sie ging die Stufen zu ihrer Freundin hinunter. «Hör mir zu. Du bist überarbeitet. Da reagiert man manchmal übertrieben. Das versteht jeder. Du machst ein paar Wochen Ferien. Mach dir keine Gedanken wegen dem Laden. Ich werde dich würdig vertreten.»

«Du irrst dich. Darum geht es nicht ...»

Patrizia versuchte einen Scherz zu machen. «Ich bin dick!» sagte sie und packte Isabelle ermutigend an den Schultern. «Ich habe immer recht.»

«Diesmal nicht. Ich trage diesen Gedanken schon lange mit mir herum. Jetzt ist die Entscheidung gefallen ...» Sie wandte sich ab und ging zur Tür.

«Du spinnst!» rief ihr Patrizia nach.

«Wenn du Zeit hast, komm heute abend zu mir, okay?» Sie verschwand durch die Glastür im Erdgeschoß. Von oben kam die neue Direktrice angelaufen, die offenbar von der Szene im Konferenzraum gehört hatte. Aufgeregt stürzte sie auf Patrizia zu und fragte, was passiert sei.

«Nichts Besonderes, alles falscher Alarm», flötete Patrizia und setzte ihre Brille wieder auf. «Sie können gleich mitkommen, wir reden über die Kollektion Herbst/Winter, da können wir Sie gut gebrauchen!»

Am Abend fuhr Patrizia mit ihrem neuen roten Fiat zu Isabelles Wohnung, die nicht weit entfernt vom Büro lag. Sie hatte ein paar Tüten Obst mitgebracht und zur Aufmunterung die aktuelle Ausgabe der amerikanischen *Harper's Bazaar*, in der ein hübscher Artikel über Belle Corthen stand. Nachdem sie mit dem Lift bis nach oben gefahren war und in der Vorhalle an der Tür zum Penthouse geklingelt hatte, öffnete Elena. Sie führte Patrizia direkt ins Schlafzimmer, da Isabelle ihr zuvor gesagt hatte, daß sie ihre Freundin erwarte.

«Was Gesundes für unser krankes Huhn!» rief sie, hielt die Obsttüten hoch und warf die Modezeitschrift auf das thailändische Teakholzbett, auf dem eine Tagesdecke aus gelber Rohseide und ein Berg von Kissen lagen. Das Schlafzimmer hatte ein asiatisches Flair, das Belle besonders liebte. Hängende Schiebetüren mit rötlichen Holzrahmen, zwischen denen Pergament gespannt war, ließen sich lautlos öffnen und führten in den angrenzenden großen Ankleideraum und das Badezimmer, dessen Boden und Wände aus Travertin bestanden. Wie überall in der Wohnung gaben auch hier im

Schlafzimmer Körbe mit Orchideen der Atmosphäre etwas Exotisches und Elegantes. Die Vorhänge waren zugezogen. Auf einer alten chinesischen Kommode aus feuerrotem Lack stand eine bronzene Buddha-Figur, die Isabelle vor Jahren von einer Reise durch Vietnam und Kambodscha mitgebracht hatte. Über dem Bett hingen hinter Glas riesige farbige japanische Tuschzeichnungen. Isabelle saß in einem Herrenschlafanzug vor ihrem Rollbureau und schrieb. Als Patrizia eintrat, stand sie auf und küßte die Freundin zur Begrüßung auf die Wange.

«Seien Sie nett und waschen Sie das Obst und bringen Sie es uns dann!» wandte Patrizia sich höflich an Elena und reichte ihr die Tüten. Die Haushälterin verließ das Schlafzimmer.

Isabelle vermied es, Patrizia anzusehen. «Setz dich», sagte sie und ließ ihren Blick schweifen, «ist alles gut gelaufen? Was macht ihr auf? Pastell oder Colour?»

Patrizia schob ein paar Bildbände, die auf dem Hocker am Ende des Bettes lagen, beiseite und setzte sich. «Was war das heute? Was ist mit dir? So einen Auftritt habe ich ja noch nie erlebt, in den letzten ...», sie dachte nach, «fünfzehn Jahren nicht.»

Isabelle nahm wieder auf ihrem Stuhl vor dem Rollbureau Platz. «Das will ich dir sagen: Es ist mir ernst. Todernst. Ich habe hier ...» Sie nahm flüchtig ein paar beschriebene Briefbogen hoch.

Patrizia unterbrach sie: «Dein Testament gemacht!»

«Sozusagen ja. Ich habe aufgeschrieben, was es zu tun gibt. Ich höre auf. Aus, basta, Punktum, finito.»

«Du bist verrückt.»

«Im Gegenteil.»

Elena kam mit einer schönen italienischen Keramikschale zurück, in der sie das Obst arrangiert hatte. Sie stellte sie auf die China-Kommode und verließ leise das Zimmer. Isabelle trank aus dem Glas, das vor ihr stand, einen Schluck Wasser, so, als müsse sie eine Rede halten. Patrizia sah ihr zu, wie sie dann zwei Tabletten aus der Folie drückte und herunterschluckte.

«Und deine Tablettenfresserei immer.» Sie stand auf, zupfte ein paar Trauben aus der Schale und aß sie.

«Ich brauche sie. Ich sterbe sonst. Ist dir das nicht klar?»

Patrizia wollte nichts davon hören. Wütend fragte sie: «Ich sterbe, ich sterbe, ich sterbe – das sagst du immer. So leicht stirbt man nicht. Ist das jetzt die Stunde der Wahrheit, oder was?»

«Ja. Jetzt ist die Stunde der Wahrheit.» Isabelle ging zu ihrem Bett, schob alle Kissen an das Kopfende und legte sich darauf. «Ich bin so müde. Ich bin es so leid!» erklärte sie mit monotoner Stimme. «Ich schlafe nicht. Seit Jahren schon brauche ich Tabletten, um überhaupt ein paar Stunden Ruhe finden zu können. Ich lebe unablässig gegen mein Gefühl, gegen meinen Körper, pumpe mich morgens auf, um für den Tag Kraft zu finden. In meinem Leben gibt es nur noch Arbeit.»

«Das geht uns allen so, leider.» Patrizia setzte sich zu ihr ans Bettende.

«Ja, aber ich bin nicht erfüllt davon, es strengt mich immer nur an. Ich bin kaputt, mein Kopf ist leer, mein Körper müde, mein Herz rast, ich bin deprimiert, wenn ich nichts dagegen tue. Dazu kommt die ständige Unzufriedenheit, daß das Leben an mir vorbeigeht ... ich kriege nicht mehr mit, was um mich herum passiert. Carl krank. Ich erfahre es erst, als es fast zu spät ist ... an einer Hand kann ich abzählen, wie oft ich in den vergangenen Jahren meine Mutter und Gretel Burmönken gesehen habe; ich habe keine Freunde mehr ... außer dir, ich weiß ... aber Jon zum Beispiel. Ich habe nie mehr was von ihm gehört.»

«Dazu gehören zwei.»

«Eben. Ich habe mich bei ihm auch nie mehr gemeldet, ich weiß nicht mal mehr, ob er noch in Luisendorf lebt, was er tut, wie es ihm geht ...»

«Ein Telefonat. Das könnte sogar deine Sekretärin rauskriegen.»

Isabelle verdrehte die Augen. «Das ist doch nicht der Punkt, mein Gott. Verstehst du mich denn nicht? Ich habe keine Kraft für irgend etwas außer der Firma. Ich lebe nicht mehr.» Kleinlaut fügte sie hinzu: «Ich überlebe nur noch.»

Patrizia kraulte ihr die Füße. «Mensch ... das klingt ja alles fürchterlich. Warum hast du nicht eher mal was gesagt?»

«Weil ich gelernt habe, schmerzhaft gelernt habe, daß man die Dinge besser mit sich selbst ausmacht.»

Bestürzt merkte Patrizia, daß Isabelles Entscheidung längst gefallen war und man sie nicht mehr umstimmen konnte. Sie war geschockt darüber, wie wenig Einfluß sie in Wahrheit auf Isabelle hatte, von der sie bis dahin geglaubt hatte, sie hätte keine Geheimnisse vor ihr und sie, Patrizia, sei ihre beste Freundin, ihre Vertraute. Vor allem aber irritierte sie, mit welcher Härte und Konsequenz die Modeschöpferin plante, sich aus dem Unternehmen zu verabschieden. Larmoyanz warf sie ihr vor, und auch, daß sie immer nur an sich denke. Nicht ein einziges Mal an die anderen, an die Mitarbeiter und Mitarbeiterinnen, und an sie selbst, die ihr über Jahrzehnte treu zur Seite gestanden hatte.

Isabelle versuchte sie zu beruhigen. «Ich gehe ja nicht gleich morgen früh», erklärte sie matt, «ich werde die Sache anständig zu Ende bringen, keine Sorge. Ich bin mir klar darüber, was dieser Schritt bedeutet, und außerdem verantwortungsbewußt genug, das solltest du eigentlich wissen, um euch alle nicht hängenzulassen.»

«Du beweist mir gerade das Gegenteil.»

«Peter Ansaldi wird viel Geld zahlen müssen, das schwöre ich. Ich werde ihm die Firma in einem perfekten Zustand übergeben. Ich sorge dafür, daß ihr abgesichert sein werdet, du allen voran. Ich werde dich als meine Nachfolgerin vorschlagen, als kreativen Kopf und als Geschäftsführerin. Also mach dir keine Sorgen.»

Patrizia suchte nach weiteren Gegenargumenten, schlug ihr vor, ein paar Monate Pause zu machen und dann zurückzukehren, wandte ein, daß Isabelle unersetzlich sei, doch das alles hatte keinen Zweck mehr.

«Laß mich doch los ...», flüsterte Isabelle, die wirklich am Ende ihrer Kraft war, «wenn du meine Freundin bist, dann kannst du es jetzt zeigen. Laß mich gehen. Ich will weg ... so weit weg wie möglich ... auf einen anderen Kontinent ... raus ... aus allem. Ich werde nach New York gehen, ein neues Leben beginnen ...» Sie weinte. Patrizia konnte sie nicht trösten.

Doch es dauerte fast noch ein Jahr, bis Isabelle ihren Plan endlich in die Tat umgesetzt hatte. Ein langes, hartes Jahr, voller Kämpfe, voller Widersprüche, voller Verzweiflung, das sie nur mit Hilfe ihrer Tabletten überstand. Am Ende hatte sie, wie immer in ihrem Leben, alles erreicht, was sie erreichen wollte. Peter Ansaldi hatte bluten müssen für ihre vierzig Prozent, die sie ihm verkaufte, er hatte sich ihren Vertragsbedingungen beugen und auch Patrizia Paslack als Geschäftsführerin akzeptieren müssen. Der Riß in der Freundschaft zwischen den beiden Frauen aber blieb – Patrizia konnte und wollte nicht verstehen, was mit der großen Belle Corthen, die sich in Wahrheit immer so klein gefühlt hatte, mit dem Star der Modewelt, dem alle zu Füßen lagen und in deren Leben sich alle Wünsche und Träume erfüllt hatten, was mit der Freundin, der sie ihre ganze Bewunderung geschenkt hatte, passiert war.

Nachdem Isabelle endgültig vom alten Leben und allen Menschen, die ihr darin wichtig gewesen waren, Abschied genommen hatte, als sie, endlich, endlich, auf den gepackten Koffern saß, die Überseespedition bereits ihre gesamte Habe auf den Weg nach Amerika gebracht hatte, blieb ihr nur noch ein Mensch, der ihr zur Seite stand, bereit für die große Reise: Elena.

## Kapitel 29

Frau Kugge, die Putzfrau, die Jon in den vielen Jahren, die seit Hellens Tod vergangen waren, das Häuschen in Ordnung gehalten hatte, trat über die Treppe hinaus in den Garten, der von sommerlich warmer Abendsonne überflutet war, klimperte mit dem Schlüsselbund und sah zu ihrem Arbeitgeber hinüber. Er saß im Schatten der großen grünen Buche am wackeligen Gartentisch und las die Zeitung. «Ich gehe dann jetzt!» rief sie ihm zu. «Ihr Abendbrot steht in der Küche!»

Jon sah auf. «Danke! Schönen Feierabend.» Er vertiefte sich wieder in einen Artikel über den Iran. Vor dem Haus hörte er mit quietschenden Reifen seinen alten VW-Golf vorfahren, den er seinem Sohn Philip zu dessen achtzehntem Geburtstag vor zwei Jahren geschenkt hatte. Das Autoradio war auf volle Lautstärke gedreht.

«This is not America ... nanana ...», grölte Philip mit und schaltete den Motor aus. Dann machte er auch die Musik aus, knallte die Wagentür zu, öffnete das Gartentor, und Jon vernahm seine Schritte auf dem Kiesweg seitlich des Hauses.

«Hi, Dad!» rief Philip und raste heran.

Jon faltete die Zeitung zusammen und drehte sich nach ihm um. Philip war hochgewachsen und schlank, er hatte dieselbe Statur wie sein Vater vor zwanzig Jahren, auch sonst war er sein Abbild, wie die Leute in Luisendorf immer wieder sagten. Philip trug Jeans, ein amerikanisches Unterhemd und weiße Nike-Tennisschuhe. Er warf den Autoschlüssel auf den Tisch und baute sich grinsend vor seinem Vater auf.

«Drücken?» fragte er.

«Na, Philip?» Jon stand auf und umarmte seinen Sohn. Philip und er hatten ein besonders herzliches und zärtliches Verhältnis. Sie verstanden sich sehr gut. Es hatte nie ernsthafte Konflikte zwischen ihnen gegeben, auch nicht, als Philip in der Pubertät gewesen war. Das lag nicht nur an Philips freundlichem, «sonnigem» Wesen, sondern auch daran, daß die beiden nach Hellens Tod ganz eng zusammengerückt waren. «Einer für den anderen»: das war stets ihr Motto gewesen, ihr Grundsatz. Hinzu kam, daß Jon seinem Sohn alle Liebe geschenkt hatte, deren er fähig gewesen war, alle Aufmerksamkeit und daß er sich von Anfang an vorgenommen hatte, ihn nicht streng zu erziehen, wie Richard es mit ihm getan hatte, sondern großzügig, liberal, manchmal ein wenig zu nachsichtig sogar. Philip hatte das nie ausgenutzt. Im Gegenteil. Er war hilfsbereit, fröhlich und fleißig, ein Mustersohn, um den viele Jon beneideten. Jon hatte Philip alle wichtigen Grundwerte des Lebens vermittelt, Toleranz, Respekt, Geduld, Verständnis, Mut. Alles teilten sie: die Sorgen und Freuden, das Haus und die Pflichten des Alltags, auch die Interessen und Hobbys. Sie gingen zusammen angeln, sie arbeiteten gemeinsam im Garten (Jons Rosen waren legendär in Luisendorf und Umgebung), sie wanderten, spielten Squash und Tennis in Albershude, Schach daheim und in der Schankstube von Schmidts Gasthof, hatten viele Reisen zusammen unternommen, nach Thailand, Indien, in die Südsee. Sie waren nicht Vater und Sohn, sie waren Freunde.

«Ich habe gar nicht mit dir gerechnet!» sagte Jon.

«War nix mehr zu tun, da dachte ich, schöner Sommerabend, alles easy, ich fahre nach Hause.» Philip leistete in einem Altenheim in Albershude seinen Ersatzdienst. Jon, der einer angeborenen Herzschwäche wegen seinerzeit nicht zum Wehrdienst herangezogen worden war, hatte Philip unterstützt, als er den Kriegsdienst verweigert und sich für eine soziale Arbeit entschieden hatte. Im Herbst würde er damit fertig sein. Dann wollte er ein Jahr nach

Madrid gehen, um Spanisch zu lernen. Wohl oder übel würde er danach studieren müssen. Lust hatte er keine. Er wollte Schriftsteller werden, ganz, wie es sein Vater einmal vorgehabt hatte. Doch Schriftsteller sein, das war nicht einfach ein Beruf, und Jon hatte ihn in nächtelangen Diskussionen davon überzeugen können, zumindest Sprachen zu studieren, um sein künftiges Leben auf ein solides Fundament zu stellen.

«Ich habe brüllenden Hunger. Gibt's was zu essen?»

«Ich hoffe!»

«Ich auch!» Sie lachten und gingen ins Haus, die Treppe hinauf in die Wohnung. In der Küche hatte Frau Kugge eine Schüssel mit frischgepflückten, geputzten und gezuckerten Erdbeeren aus dem Garten bereitgestellt. Jon und Philip liebten die einfachen Genüsse. Während Philip Milch aus dem Kühlschrank nahm, holte Jon ein kräftiges Schwarzbrot aus dem Brotkasten, das er in Scheiben schnitt und butterte. Sie stellten tiefe Teller, Löffel, die Brote, die Erdbeeren und die Kanne mit Milch auf ein Tablett und gingen hinaus. Draußen deckten sie den Gartentisch, setzten sich und begannen zu essen.

Nach einem anstrengenden Tag in der Praxis, nach den zahlreichen Patientenbesuchen in Luisendorf und Umgebung, die sich nach Feierabend oft noch anschlossen und die er mit seinem neuen Volvo Kombi absolvierte, genoß Jon solche ruhigen Abende mit seinem Sohn. Manchmal führten sie tiefgründige Gespräche und philosophierten bis in die Nacht, holten Windlichter und Wein und fanden erst ein Ende, wenn von der Hauptstraße her die Kirchturmuhr zwölf schlug. Manchmal alberten sie herum wie dumme Jungs, machten Scherze, lästerten über Nachbarn, die sie nicht ausstehen konnten. Manchmal saßen sie einfach nur schweigend da, lasen ein Buch oder die Zeitung vom Tage und guckten ab und zu über den Rand hinweg zu dem anderen. Glücklich und zufrieden. Jon sah seinen Sohn an und betrachtete dabei sich selbst. In solchen Momenten war er rundum eins mit seinem Schicksal.

«Was macht deine Freundin?» fragte Jon.

Philip hatte keine Geheimnisse vor seinem Vater und antwortete ganz offen: «Streß im Augenblick. Funkstille, sag ich mal. Sie ist sauer, weil ich gesagt habe, daß ich nach Spanien will.»

«Na, das ist doch noch nicht sicher. Wartet doch erst mal ab.»

«Aber wenn ...?»

«Ich hab dir gleich gesagt, Philip: Das ist keine einfache Entscheidung.» Er goß Milch über die Erdbeeren, sie verfärbte sich rosa, während er umrührte. «Es ist auch deshalb keine einfache Entscheidung, weil sie ...»

«... weil sie älter ist als ich? Sag's doch ruhig.» Philips Freundin war mit Anfang Dreißig erheblich älter als er. Er hatte eine Vorliebe für ältere Frauen, seit er – was zu einem echten Skandal geführt hatte – mit seiner Klassenlehrerin ein Verhältnis angefangen hatte und sie deshalb die Schule verlassen mußte. Seine neue Freundin war geschieden und hatte eine Tochter. Jon hatte Philip von Anfang an auf die Probleme hingewiesen, die dabei auf ihn zukommen könnten. «Du warst ja schon immer dagegen», fuhr Philip ruhig kauend fort, «und vielleicht hast du sogar recht gehabt damit.»

«Philip, nun rede nicht so einen Blödsinn, Mensch. Ich habe dich doch immer machen lassen, was du wolltest ...»

«Stimmt.»

«Aber man wird ja als Vater wohl was dazu sagen dürfen, wenn der Sohn sich im zarten Alter von Anfang Zwanzig eine zehn Jahre ältere Frau mit Kind zulegt. Sie ist an Albershude gebunden, schon wegen ihres Jobs und ihrer Situation als alleinerziehende Mutter. Du hingegen bist flexibel, hast Pläne. Ich will halt nicht, daß du so ein verantwortungsloser Fuzzi wirst, der hinterher Leute ins Unglück stürzt – oder sich selbst –, weil er vorher nicht drüber nachdenkt, was passieren könnte.»

«Wenn man sich vor jedem Schritt immer erst über die Konsequenzen im klaren sein soll, kann man ja gleich aufhören zu leben.

Daß du immer so rational tust. Ausgerechnet du. Ausgerechnet beim Thema Liebe!»

Eine Weile redeten sie noch darüber. Jons Bedenken waren gerechtfertigt, doch Philips Argumente überzeugender: Er liebte seine Freundin, und sie liebte ihn. Wenn er tatsächlich nach Madrid ginge, müßte man eine Lösung finden.

«Wie hat Mama immer gesagt?»

«Ich ziehe mir die Schuhe erst aus, wenn ich am Fluß bin.»

Beide dachten an Hellen, jeder auf seine Art.

Nachdem sie das Abendessen beendet hatten, schlug Philip vor, einen Spaziergang zu machen. Es waren die langen, hellen Tage. Der Himmel war noch blau, kein Windhauch regte sich, Schwalben flogen hoch oben in der Luft, auch morgen versprach es ein schöner Tag zu werden. Solche Dinge hatte Philip von seinem Vater gelernt, das liebte er an ihm, Sätze wie diese hatten ihn sein ganzes bisheriges Leben begleitet, wie ein zuverlässiger Wegweiser im Dickicht des Daseins: «Wenn Schwalben hoch fliegen, gibt es gutes Wetter.» – «Hummeln sind die Fleißigsten, morgens die ersten und abends die letzten.» – «Wenn die Pappeln im Wind die silberne Unterseite ihrer Blätter zeigen, dann gibt es ein Unwetter.» – «Bäume muß man umarmen, das gibt Kraft.»

Über den Feldweg marschierten sie hinunter zum Seerosenteich. Als sie angekommen waren, zogen sie ihre Schuhe aus, balancierten über die großen Feldsteine, setzten sich ganz vorn ans Wasser und tauchten die Füße hinein. Der Teich war voller glänzender, dicker Blätter, Knospen und burgunderroter Blüten, die sich zum Abend geschlossen hatten. Das Ufer war dicht bewachsen, Schilf, Gräser, Pompesel, die wie Wachsoldaten herausragten, blaue Schwertlilien, Sauerampfer, Fingerkraut und giftgelbe Sumpfdotterblumen wucherten rund um den Teich. Eine Libelle, die aussah wie ein Miniaturhubschrauber, flog niedrig über der Wasseroberfläche, blieb in der Luft stehen, drehte ab und verschwand hinter den Trauerweiden. Mit trübem Blick blähte ein Frosch auf einem Seerosenblatt die Backen. Philip machte eine scheuchende Handbewegung, der Frosch sprang blitzartig hoch und tauchte mit einem Plumps im Wasser unter.

«Hätte ein Prinz sein können!» meinte Jon.

Philip lachte auf. «Das ist nun allerdings was, das mich überhaupt nicht interessiert, wie du weißt.» Er nahm einen Kieselstein und warf ihm den Frosch hinterher. Dann war es wieder friedlich, man hörte kein Geräusch, seltene, seltsame Stille breitete sich aus.

Nach einer Weile fragte Philip: «Denkst du noch oft an sie?»

Jon antwortete nicht sofort. Die Männer starrten unverwandt auf das Wasser. Dann sah er seinen Sohn an. «Du meinst Mama? Hellen?»

Philip schüttelte den Kopf.

Ein verirrter Zitronenfalter tanzte vor ihrer Nase herum und setzte sich dann in sicherem Abstand auf einen Stein. Die letzten Sonnenstrahlen blinzelten durch die Zweige der Bäume hindurch und setzten ein paar funkelnde Diamantenlichter auf den Seerosenteich. Jon blickte wieder aufs Wasser. «Ja», sagte er.

«Oft? Wie oft?»

«Jeden Tag.»

«Wirklich?» Philip schaute seinen Vater fragend an.

Jon nickte.

«Das könnte mir nie passieren.»

«Was?»

«Na, so eine lebenslange ... unerfüllte Liebe ... stelle ich mir völlig hart vor.»

«Es ist auch etwas sehr Schönes», erklärte Jon, «etwas, das wie ein Schatz ist, den man in sich trägt. Den einem keiner nehmen kann. Verborgen, ungehoben. Ein schöner Traum eben.»

«Trotzdem verstehe ich nicht ... nach diesen ganzen Jahren, wo du allein bist, nie eine andere Frau hattest ...», er lachte wieder sein dunkles, kräftiges Lachen, das Jons so ähnlich war, «soweit ich weiß.»

«Ich habe keine Geheimnisse vor dir.»

«... daß du nicht mal aktiv geworden bist, zu ihr gefahren bist, nach Hamburg. Wer weiß, vielleicht wartet sie auf dich. Wäre doch cool.»

«Sie lebt in einer anderen Welt. Wir passen nicht zusammen. Ein kleiner Dorfarzt, eine berühmte Modeschöpferin ... ich bin nicht so der Typ Prinzgemahl an der Seite einer Königin, verstehst du?»

«Aber eure Freundschaft, Dad! Ihr könntet Freunde sein.»

«Wir sind Freunde.»

«Stiller Funkverkehr, oder was? Du bist so ein ätzender Romantiker.»

«Ich sag dir mal was, Philip: Wenn ich wüßte, es geht ihr schlecht, sie braucht mich, wäre ich sofort bei ihr. Umgekehrt genauso...» Er hörte auf zu sprechen. Er wußte, daß es eine Lüge war. Philip auch. Und er sprach es aus: «Hmmm ... so wie damals beim Tod deiner Mutter? Oder als Mama starb? Da war sie bei dir? Belle Corthen?»

«Sie hat sich immer gemeldet bei mir in diesen Momenten. Und ich bin sicher, in Gedanken war sie da. Ja.»

«Hat dir sicher sehr geholfen.»

«Ob du's glaubst oder nicht: Hat es, ja. Und im übrigen, Philip ...», er legte den Arm um ihn, «ich möchte nicht, daß du so respektlos darüber redest, auch wenn du es nicht begreifst. Ich möchte, daß du, ein bißchen wenigstens, von meinen Gefühlen zu ihr nachempfinden kannst. Ich wünschte mir, daß du sie eines Tages mal kennenlernst, richtig kennenlernst. Und verstehst ...» Er stand auf. «Und jetzt gehen wir zurück. Es wird langsam dunkel.»

Sie machten sich auf den Heimweg. Wie damals als kleiner Junge rupfte Jon einen Grashalm aus, der zwischen den Holzlatten des Wiesenzauns hervorlugte. Er legte ihn zwischen die Innenseiten seiner Daumen und blies kräftig hinein. Philip tat es ihm gleich. Schrille Töne erfüllten die Abendluft, immer und immer wieder, bis sie ihr Zuhause erreicht hatten. Gemeinsam räumten sie noch auf, verschlossen die Tür, die vom Haus in den Garten führte, und gingen nach oben.

Philip gähnte. «Ich bin müde, Dad.»

«Ich auch.»

Sie standen im Flur. Draußen war es jetzt dunkel. Jon schaltete das Licht ein. Philip ging als erster ins Bad. Jon nahm sich die Zeitung, die auf dem Küchentisch lag und die er noch zu Ende lesen wollte, und ging in sein Schlafzimmer. Er knipste die Nachttischlampe an. Ihr Licht fiel auf das von Frau Kugge frisch bezogene Bett. Es roch nach Sommer. Jon öffnete das Fenster und ließ die kühle Nachtluft herein. Ein Käuzchen rief. Jon steckte den Kopf hinaus und lauschte.

Philip klopfte an die Tür. «Ich bin fertig!» rief er. «Darf ich reinkommen?»

«Sicher doch.»

Mit nacktem Oberkörper und nur mit einer Schlafanzughose bekleidet, kam Philip herein. Seine Haut war dunkel gebräunt, er war ein Sonnenanbeter.

«Füße gewaschen?» Jon drehte sich zu ihm um.

Philip streckte strahlend die Hände vor. «Hände auch!»

«Dann marsch zu Bett. Und beten nicht vergessen.»

Philip rollte mit den Augen. «Das trennt uns!» erklärte er und fügte dann hinzu: «Aber das ist das einzige.» Er drückte seinem Vater einen Kuß auf die Wange. «Schlaf gut, Dad. Und grübel nicht wieder die ganze Nacht.»

«Wie kommst du denn auf so was? Ich grübel doch nie.» Er grinste. «Ich kann doch über meine Sorgen reden. Ich hab doch dich!»

«Danke gleichfalls.» Philip ging zur Tür. Dort drehte er sich noch einmal um. «Du bist der tollste Vater der Welt, alle beneiden mich um dich, ich habe dir nie danke gesagt, weil ich mich blöd fühle, so was zu sagen. Aber ich weiß, was du alles für mich getan hast. Du hast mich nicht nur großgezogen und mir alles, was ich weiß, beigebracht, du hast mich auch stark gemacht. Ich bin ein glücklicher

Mensch. Und das habe ich dir zu verdanken.» Er lächelte ihn offen an. «Ich hoffe, daß ich es schaffe, dir das alles irgendwann einmal zurückgeben zu können, Dad.» Er trat in den Flur hinaus, und ehe Jon etwas antworten konnte, schloß er die Tür hinter sich.

Über die Worte seines Sohnes war Jon gerührt und dachte die ganze Zeit, während er sich zur Nacht fertigmachte, darüber nach. Oft war sein Leben hart und grau gewesen, bestimmt von Schicksalsschlägen, Verlusten, Kämpfen und Arbeit. Doch in diesem Punkt konnte er sich glücklich schätzen. Er war dankbar und er war stolz, auf Philip und auf sich, daß es ihm gelungen war, aus ihm so einen prächtigen Burschen zu machen. Gebe Gott, daß es immer so bliebe. Mit diesen Gedanken legte er sich zu Bett, nahm die Zeitung und setzte seine Lektüre fort. Als er den Wirtschaftsteil erreicht hatte, den er normalerweise überblätterte, fiel ihm eine Schlagzeile auf, an der er hängenblieb: *Belle Corthen verkauft Modeimperium*. Jon verschlang förmlich den Artikel, in dem stand, daß Isabelle das Unternehmen an ihre Mitgesellschafter zu einem Preis, über den man nur spekulieren könne, veräußert und sich aus ihrem Geschäft zurückgezogen habe. Nüchterne Wirtschaftsdaten und -fakten folgten, kein Wort stand in dem Bericht darüber, warum sie es getan hatte und was sie künftig zu tun gedachte. Jon ließ die Zeitung zu Boden sinken und richtete sich in seinem Bett auf. Wie seltsam, dachte er, daß ich ausgerechnet heute abend mit Philip über sie gesprochen habe.

Vor dem Einschlafen überlegte er noch, wie es ihr wohl ging und ob er sie morgen anrufen sollte.

Doch er tat es nicht. Jahre sollten noch vergehen, bis ein Ereignis die Entscheidung bei ihm auslöste, die alles verändern sollte, bis er den Schritt wagte, den zu tun er sich Jahrzehnte nicht getraut hatte, bis er sich auf den Weg machte zu einer langen Reise. Einer langen Reise, die seine Unruhe beenden, seinem Herzen Frieden schenken sollte.

## Kapitel 30

Von unten drang, gedämpft zwar, doch ununterbrochen, wie das Rauschen des Meeres, der New Yorker Straßenlärm in Isabelles Schlafzimmer. Sie hatte am Morgen Elena angewiesen, die Seidenvorhänge geschlossen zu lassen; Isabelle wollte nicht wissen, wie spät es war, wie hell draußen, wie dunkel, ob Tag oder Nacht.

Sie lag einfach nur da, in ihrem Bett, die Decke bis zum Hals hochgezogen, und versank in Erinnerungen. Vier Jahre lebte sie schon in New York. Alles war anders gekommen, als sie es sich erträumt hatte.

«Du kannst nicht einfach weglaufen», hatte Patrizia ihr zum Abschied gesagt, «weglaufen vor dir selbst. Wohin du auch flüchtest, du nimmst dich immer mit.»

Sie hatte recht gehabt. Nach den ersten Wochen der Euphorie, des Einrichtens der Wohnung, des Sichumschauens, der Kontaktaufnahme, des Aufsaugens und Einlebens war auch hier sehr schnell das Gefühl von Rastlosigkeit zurückgekehrt, mehr noch, es hatte sich eine Leere in ihrem Leben breitgemacht, die Isabelle in andauernder Traurigkeit versinken ließ, in Müdigkeit und Überdruß. Sie verlor das Interesse an der Vitalität New Yorks, an den In-Restaurants, den Cocktails, Broadway-Premieren, Einladungen bei den Upper-East-Side-Menschen, die sich anfangs um sie gerissen hatten. Morgens kam Isabelle nicht mehr aus dem Bett. Tagsüber, nachdem sie alle schicken Läden, alle Museen und Sehenswürdigkeiten durchhatte, tigerte sie von einem Raum ihrer Wohnung zum anderen, stöberte in ihrer Vergangenheit, träumte von einer Zukunft, die sie eigentlich schon hinter sich hatte, telefonierte stundenlang mit Patrizia, um dann erschöpft und desinteressiert aufzulegen und nicht mehr zu wissen, wie sie die Zeit totschlagen sollte. Sie aß Spatzenportionen, die ihr Elena zubereitete, zappte durch die Fernsehlandschaft, ging schon nachmittags zu Bett, grübelte und schlief, schlief und grübelte.

Isabelle drehte sich auf die Seite und dachte an Carl. An die Elbvilla der Trakenbergs und daran, wie sie und ihre Mutter angekommen waren in Hamburg, an jenem Regentag vor dreißig Jahren, durch den Dienstboteneingang direkt in die Küche, wo Gretel Burmönken ihr eine Tasse mit heißem Kakao gab, zum Aufwärmen. Die Küche mit dem Holztisch in der Mitte, an dem zu jeder Stunde des Tages irgend jemand saß; das Reich der Burmönken, wie Carl so gern gesagt hatte; dieser Hort der Geborgenheit, in dem immer etwas gebacken und gebraten wurde, in dem es unablässig blubberte, dampfte, klapperte, schmorte, zischte, in dem es so wunderbar nach selbstgebackenem Brot roch, nach Kaffee, nach Suppe oder Sandkuchen, nach geschältem Spargel im Frühling, nach Erdbeeren oder Sauerkirschen im Juli; im Herbst durchzogen vom Geruch der Steinpilze, die, auf Zeitungspapier ausgebreitet, von Gretel geputzt wurden; Weihnachten dann schließlich nicht nur hier, sondern im ganzen Haus, der Duft von Zimtplätzchen, Rotweinpunsch und Vanille. Es waren die kleinen Dinge, die am Ende die schönsten Erinnerungen waren, die kleinen Dinge, die das Leben reich machten und ihm Sinn gaben.

Isabelle seufzte. Ach, wenn Carl doch nur wieder gesund wäre und ihr helfen würde. So wie er es damals getan hatte. Sie erinnerte sich an ihren ersten Besuch in seinem Stofflager. Daran, wie er ihr, dem dreizehnjährigen Mädchen, alles erklärt und gezeigt hatte, mit welcher Liebe er Ballen befühlt und dann mit einer kräftigen Bewegung eine Bahn nachtblauen Samtes ausgeworfen hatte. Sie hörte auf einmal wieder das Geräusch des Stoffes, sah, wie er im staubigen Licht des Speichers hochflog und zu Boden sank. Sie fühlte wieder, wie in jenem kindlich frohen Augenblick, diese längst verlorene Sehnsucht nach dem Schönen, nach Erfüllung, nach Glück.

Isabelle lächelte. Sie dachte zurück an ihre Schneiderlehre im Salon Mandel, als sie allabendlich auf den Knien durch das Atelier gerutscht war, den Magneten in der Hand, und die Stecknadeln aufsammeln mußte, die die Meisterin so achtlos hatte herumfliegen lassen. Plötzlich kam ihr Remo wieder in den Sinn und ihre Flucht nach Paris, das Nähen in den Werkstätten unter den Dächern der Rue de Rivoli, wo sie mit schmerzenden, fast blutigen Fingern Perlen auf Abendroben aufsticken mußte. Tausende. Abertausende. Paris, kalte Stadt. Die schreckliche Zeit ohne Arbeit, ohne einen Sou, ohne Essen, ohne Remo, von dem sie nie wieder etwas gehört hatte, die schreckliche Zeit, an deren Ende die Rückkehr nach Hamburg stand, die Übernahme des Salons, der erste Erfolg, die erste Kollektion, und dann überstürzten sich in ihrem Kopf die Ereignisse, polterten durcheinander, schienen nicht mehr zusammenzupassen, und diese Angst stieg wieder auf, diese Panik, alles falsch angefangen zu haben, alles falsch gemacht zu haben, einer Liebe nachgehetzt zu sein, die nur im kurzen Aufbranden des Beifalls links und rechts des Laufstegs bestand, in Lobhudeleien, in Reichtum, im Gefühl von Macht.

Jon, murmelte sie, Jon. Ach, könnte sie doch weinen, so wie früher. Er war untrennbar mit ihr und dem allen verbunden. Er war die andere Seite all dessen. Er war immer ihre Sehnsucht, immer ihre Hoffnung, immer ihre Liebe; er wäre ihr Leben gewesen. Doch nun war es längst zu spät. Hätte sie ihn anrufen sollen, damals, als ihr alles entglitt? Hätte sie ihm gestehen müssen: Ich brauche dich?

Sie drehte sich wieder auf den Rücken. Er schmerzte. Fehlt nur noch, daß ich jetzt alt werde und gebrechlich, dachte sie, Patrizia würde mir ganz schön den Marsch blasen. Einen Moment lang lächelte sie. Dann blickte sie zum anderen Ende des Schlafzimmers hin, das so groß war wie andernorts eine Wohnung. Dort hing, über der chinesischen Lackkommode und im Halbdunkel kaum zu erkennen, Monets Seerosenteich. Durch einen Spalt der Gardinen drang ein Streifen Sonnenlicht herein und fügte zu den gemalten ein paar echte Lichttupfer auf die Blütenblätter. Ja, so war ihr Seerosenteich auch gewesen, damals in den Luisendorfer Kindertagen, so hatte sie ihn in Erinnerung, so flirrend, so warm, so schön. Noch einmal zurück. Noch einmal dorthin. Doch Isabelle hatte das Gefühl, nie wieder die Kraft für einen solchen Schritt zu finden.

Was für eine Anstrengung war es gewesen, vergangene Woche ihr Bett, ihr Schlafzimmer, ihre Wohnung, das Hampshire House zu verlassen, zur Park Avenue zu gehen, in dem vollbesetzten Auktionssaal bei Christie's ihren Platz einzunehmen und, geschützt durch ihre Sonnenbrille und die Eleganz ihres selbstentworfenen Kaschmir-Hosenanzugs, mitzubieten.

Sieben Millionen Dollar. Es war sehr still geworden im Publikum, als die beiden Männer das Los Nummer 148, Seerosenteich, Claude Monet, 1902, zweihundert mal einhundert Zentimeter, hereingetragen und auf die Staffelei rechts vor den Pulten der Auktionatorin aufgestellt hatten. Sie war eine sehr junge und sehr elegante Frau und hatte in den Augen jenen Ehrgeiz, den Isabelle so gut kannte. Jede ihrer Bewegungen, jeder Satz war perfekt, wie vor einem Spiegel einstudiert. Keine Reaktion der Bieter, keine Geste, keine Regung ihrer Kollegen, die links im Saal hinter Schreibtischen saßen und die telefonischen Gebote entgegennahmen, entging ihr.

Neun Millionen fünfhunderttausend. Und da: Eine Hand hob sich, ein bärtiger, fülliger, fast ungepflegt aussehender Mann, bekleidet mit kariertem Holzfällerhemd, Kordhose und Strickweste, den Isabelle auf Anfang Sechzig schätzte, bot zehn Millionen Dollar. Isabelle schaute nur einmal kurz zur Seite – sie saß links des Ganges in der zweiten Reihe, er rechts in der ersten – und wußte, so, wie sie es ihr Leben lang immer gewußt hatte: Da sitzt der Feind. Das war der Mensch, der bis zum Ende mitgehen würde.

Das war einer jener Händler, die im Auftrage boten, im Auftrage reicher Sammler, denen nichts zu teuer war. Doch Isabelle war in diesem Moment, auch dank der richtigen Tablettendosierung, wieder in ihrer alten Form. Sie wollte diesen Monet um jeden Preis.

Sie ließ die Auktionatorin den Hammer zum erstenmal heruntersausen, sie ließ den Mann sich für einen Sekundenbruchteil in Sicherheit wähnen. Dann hob sie die Hand. Sie merkte, daß er sie ansah. Sie spürte, daß der Kampf jetzt begann. Die Auktionatorin strahlte. «Zehn Millionen einhunderttausend», sagte sie.

Die Anzeigetafeln oberhalb der Pulte ratterten. Zehn Millionen einhunderttausend, umgerechnet in Yen und Mark und Pfund und Lire und Franken. Am Telefon wurde nicht mehr mitgeboten. Bei elf Millionen schien es, als würden die Menschen im Saal alle gemeinsam die Luft anhalten. Bei elfeinhalb Millionen gab sich Isabelle erneut scheinbar geschlagen, bei zwölf Millionen hob der Händler zum letztenmal die Hand – bei zwölf Millionen einhunderttausend knallte der Hammer dreimal kurz und trocken auf das Pult; und die Leute klatschten. Isabelle, die immer den Erfolg gesucht und ihn doch gefürchtet hatte, wenn er sich dann einstellte, stand erschrocken auf und verließ schnell den Saal. Als ein Reporter auf sie zukam, floh sie, konnte jedoch nicht verhindern, daß der Fotograf einer Presseagentur ein Foto von ihr schoß.

In Erinnerung an diese Episode strich sie sich mit den Händen die Haare nach hinten, als könnte sie das Geschehene aus ihrem Kopf verbannen. Sie knipste die Nachttischlampe an und sah auf den silbernen Reisewecker, den Carl ihr geschenkt hatte. Es war erst halb vier am Nachmittag. Die Teerosen in der Kristallvase wirkten blaß und müde im Schein der Lampe, fast verblüht. Sie schienen Isabelle wie ein Symbol ihrer selbst. Blaß, dachte sie, müde, fast verblüht ...

Es klopfte. Zaghaft trat Elena ein, schloß die Tür hinter sich, mit Bedacht, als müßte sie die Außenwelt vor Isabelle verschlossen halten. «Miss Corthen ...», begann sie.

Isabelle haßte es, gestört zu werden. Sie sah Elena unwirsch an. «Was ist denn schon wieder?»

«Ich würde Sie ja nicht stören, wenn nicht ...»

«Was?»

«Ich weiß ja, daß Sie sich ausruhen müssen.»

«Um Himmels willen. Seien Sie doch nicht immer so zaghaft, Elena. So umständlich. Was wollen Sie?»

«Sie haben Besuch.»

«Besuch? Ich erwarte niemanden.»

«Der Concierge hat schon zweimal angerufen, ich habe ihm gesagt, Sie wünschten niemanden zu sehen, aber nun ist der Herr doch nach oben gebracht worden, er sagt, sie kennten sich. Gut, sagt er.» Sie kam ein paar Schritte auf das Bett zu.

Isabelle wurde aggressiv. «Ich weiß nicht, warum dieses Haus einen Doorman hat und einen Concierge und Sicherheitspersonal und warum ich eine Haushälterin habe, wenn ... ach ...» Sie winkte ab. «Ich will niemanden sehen. Ganz gleich wen.»

Elena ging zur Tür zurück.

«Sie haben ihn doch wohl nicht in die Wohnung gelassen, oder?»

Ehe Elena antworten konnte, klopfte es erneut. Und bevor eine der Frauen etwas sagte, ging die Tür auf. Isabelle schlug das Herz so heftig, daß sie errötete und ihr Blut wie wild in den Schläfen pochte. Im grellen Licht des Flures, das durch die weit geöffnete Tür in das Schlafzimmer flutete, stand Jon. Groß, breit und schlank, seine Haare waren grau geworden, er hatte tiefe Falten im Gesicht, aber sie erkannte ihn sofort, er war immer noch derselbe große Junge.

«Dies ist ein Überfall!» sagte er und kam an Isabelles Bett. «Isabelle!» Er streckte die Hände aus, blieb vor ihrem Bett stehen. «Und sag jetzt nicht ‹o Gott, wie ich aussehe, Jon›. Du siehst wundervoll aus, und mir ist auch vollkommen egal, ob du im Bett liegst oder nicht, ich mußte dich sehen.»

Wortlos ergriff sie seine Hände. Sie waren kalt. Er setzte sich auf den Rand des Bettes. Elena verließ, wie immer leise, den Raum und schloß die Tür hinter sich.

«Ist es kalt draußen?» fragte sie.

«Wann warst du denn das letzte Mal draußen?»

Sie zuckte unmerklich mit den Schultern.

«Wir haben Juni, Isabelle. Es ist warm. In New York ist Sommer! Laß die Sonne rein.» Er beugte sich vor, küßte sie erst auf die linke und dann auf die rechte Wange. «Ich habe kalte Hände, weil ich so aufgeregt bin!» flüsterte er ihr ins Ohr.

«Wieso bist du hier?» fragte Isabelle.

«Ach ... ich hatte so ein Gefühl ... Ich wollte dich gern wiedersehen. Es ist soviel Zeit vergangen seit unserem letzten ...» Er brachte den Satz nicht zu Ende, sondern sah sich kurz um und stand auf. Rasch öffnete er die Vorhänge, ging von Fenster zu Fenster, bis er am Ende des Schlafzimmers angelangt war. Isabelle sah ihm zu. Er kleidete sich besser als früher. Vielleicht hatte er sich auch nur mit besonderer Sorgfalt so angezogen, um ihr zu gefallen. Er trug bordeauxfarbene Budapester, eine leichte Flanellhose, ein blauweiß gestreiftes Hemd und einen blauen Blazer.

Vor Monets Seerosenteich blieb Jon stehen. Das Gemälde hing jetzt im schönsten Nachmittagslicht. Eine Weile betrachtete er es schweigend. Was für ein wunderbarer Mann, dachte Isabelle und sah ihm dabei zu, wie er regungslos dastand, die Hände hinter dem Rücken verschränkt. Dann drehte er sich um.

«Das ist es also!» sagte er, kam zu ihr zurück und setzte sich aufs Bett. «Paßt wunderbar in diesen ... Raum. Du wohnst in einem Palast, Isabelle! Wie groß ist die Wohnung?»

«Ich glaube ... dreihundert Quadratmeter ...»

«Unfaßbar.»

«Unwichtig.»

«Schön!»

«Jon, ich bin völlig überrascht ... was machst du hier? Und wieso sagst du: Das ist es also? Woher weißt du von dem Monet?»

«Ich habe dein Foto in der Zeitung gesehen. Alle Zeitungen haben darüber berichtet, daß die Modeschöpferin Belle Corthen sich in New York einen Monet gekauft hat.»

«In der Zeitung. Ich hasse das! Mein Anwalt hat mir gleich gesagt, ich solle nicht selbst zur Auktion gehen, aber weißt du ...» Sie brach ab. «Es ist ganz seltsam», fuhr sie fort, «ich habe vorhin an dich gedacht. Ich habe gedacht: Wenn doch Jon hier wäre. In letzter Zeit ging es mir oft so.»

«Und warum hast du dich dann nicht gemeldet?»

«Ich weiß nicht. Ich weiß nicht.» Sie knuffte ihn mit der Faust gegen die Brust. «Taucht hier plötzlich auf ...»

«Verärgert?»

«Quatsch. Das war ja immer so deine Art.» Sie hielt sich die Hand vor die Augen, als blendete sie die Sonne. «Es war ja nie anders zwischen uns.» Mit einer raschen Bewegung wandte sie das Gesicht ab. Sie wollte nicht weinen. Auf keinen Fall. Beide schwiegen einen Moment.

Jon versuchte zu verhindern, daß die Situation peinlich werden könnte. «Und die nimmst du alle», konstatierte er mit einem Blick auf den Nachttisch und tippte, so beiläufig wie möglich, mit seinen Fingerspitzen auf die Tablettenschachteln, -gläser, -röhrchen und die kleine silberne Pillendose, ein Geschenk Remos, in deren Deckelinnenseite er, der treue Freund, ihren Namen hatte eingravieren lassen ... Belle.

«Ja.» Sie blickte auch zum Nachttisch. «Damit ich schlafen kann ... die da ...», zeigte sie, «zum Einschlafen, die zum Durchschlafen ... das wiederum sind welche, die munter machen ...» Isabelle hielt inne und sah ihn an. Plötzlich war ihr eingefallen, daß Jon Arzt war. Ihre Blicke trafen sich. Und tatsächlich. Er guckte nicht mehr wie ein Freund. Er guckte wie ein Mediziner.

«Na ja. Wem sage ich das.» Sie lächelte kurz. «Herr Doktor!» Sie schaute weg, wischte imaginäre Fusseln von ihrer Bettdecke und versuchte, einen Scherz zu machen. «Weißt du, ich habe mich all die

Jahre ... als kleine Modedesignerin, als ‹große› Modeschöpferin, als Chefin eines Modeimperiums ... strikt daran gehalten, ebendiese Moden unserer Branche nicht mitzumachen. Schon lange kaum noch Alkohol. Niemals Drogen. Clean. Bis auf diese kleine Schwäche ... tablettenabhängig ...»

Jons Blick wurde unruhig. Er wirkte wie ein Reisender, der nach einer langen Fahrt im Bummelzug nun plötzlich und in letzter Minute einen ICE erreichen mußte, der sich bereits in Bewegung gesetzt hatte. «Isabelle, hör mir zu ... ich hätte es dir schon längst sagen sollen. Wir beide, du und ich ... wir haben unser ganzes ... unser halbes Leben damit verbracht, uns aus dem Weg zu gehen.» Er schien den Faden verloren zu haben, begann von neuem. «Ich habe dein Foto gesehen, ich habe gespürt, da drüben in Deutschland, in unserem dummen kleinen Dorf, wie einsam du hier bist, in dieser Riesenstadt. Ich habe auf dem Bild von dir erkannt, daß es dir nicht gutgeht.»

«Es stimmt. Es geht mir nicht gut. Seit das Unternehmen verkauft ist ... ich bin am Ende, Jon.»

«Nein, das bist du nicht. Im Gegenteil. Du bist am Anfang.» Er nahm ihre linke Hand zwischen seine Hände und streichelte sie liebevoll. «Ich habe ein paar Jahrzehnte gebraucht, um den Mut zu finden, oder sagen wir, mir das selbst einzugestehen ... daß ich als Junge ... als Medizinstudent ... selbst während der langen Jahre meiner Ehe ...» Er zögerte, alles auszusprechen. «Du warst immer hier ...» Jon tippte sich mit dem Zeigefinger an die Brust.

«Jon ...», sagte sie kaum hörbar. «Hör auf ... ich kann mich nicht mehr wehren ... du darfst mir nicht auch noch weh tun ...»

Er antwortete sehr ruhig, wie ein Mann, der genau weiß, was er will, der einen langgehegten Plan endlich in die Tat umsetzen will, keinen Widerspruch duldet. «Laß hier alles zurück. Vergiß New York. Ich bin gekommen, um dich endlich nach Hause zu holen. Komm mit mir. Es ist besser so ... für uns beide.»

## Kapitel 31

Überrumpelt von Jon, überwältigt von seinem Wunsch und seiner Beharrlichkeit, faßte Isabelle neuen Lebensmut. Sie schlug Jon vor, als ihr Gast in einem der vier Master-Bedrooms zu übernachten, doch er hatte bereits im Essex House, einem direkt neben dem Hampshire House liegenden Hotel, Quartier bezogen und ließ sich auch nicht davon abbringen, dort zu schlafen. In den nächsten Tagen trafen sie sich jeden Morgen zum Frühstück bei Isabelle. Der Doorman kannte Jon schon am zweiten Tag und begrüßte ihn mit Namen, meldete ihn oben an und brachte ihn mit dem Lift hinauf bis vor die Wohnungstür. Die gleichgültige Eleganz des Zwanziger-Jahre-Hauses, das einmal als Hotel konzipiert und gebaut worden war und nun wohlhabenden Menschen als Refugium diente, irritierte Jon. Nie sah man die Bewohner. Die Lobby in schwarzem Marmor, mit einem falschen Kamin, verstaubten Seidenblumensträußen und einer Sitzgruppe, die von einem vierteiligen Paravent abgeschirmt wurde, war meist menschenleer. Hinter einer Panzerglasscheibe saß der Concierge in Anzug und Krawatte und verwaltete mit finsterer Miene Postfächer und Wohnungsschlüssel. Ein Wachmann behielt hinter einem schlichten Schreibtisch alle Besucher im Auge. Überall waren Kameras angebracht, die ihm erlaubten, über einen kleinen Bildschirm jeden öffentlichen Winkel des Hauses zu kontrollieren. Auf den Fluren – dicke Läufer, Seidentapete, englische Stiche an den Wänden – begegnete man ab und zu einem der Hausmädchen, meist ältere schwarze Frauen, die in blauen Kittelkleidern und weißen Spitzenschürzen ihre Wagen mit frischen Handtüchern und Reinigungsutensilien vor sich herschoben und höflich und knapp grüßten. Ansonsten herrschte Totenruhe. Vor den Türen zu den Wohnungen lagen Zeitungen, manchmal hing am silbernen Türknauf eine Plastiktüte mit Post. Es gab antikisierende Klingelknöpfe aus Messing, aber keine Namensschilder. Wer im Hampshire House wohnte, legte Wert auf Diskretion. Die Liste der Mieter wurde wie ein Staatsgeheimnis gehütet. Viele Prominente hatten dort ihr Zuhause, man munkelte, Greta Garbo habe einst dort gelebt; Frank Sinatra und Ava Gardner. Einmal sah Jon in der Lobby Luciano Pavarotti, der aus einer weißen Stretch-Limousine ausgestiegen war, einen Jeanshut trug und ein gewaltiges kariertes Tuch um den Hals geschlungen hatte. Hinter ihm ging eine junge Frau mit Brille und schleppte schwere Einkaufstüten von *Saks* und *Bergdorf Goodman* hinter ihm her. Sekundenkurz wehte der wuchtige, bärtige Mann durch die Halle und verschwand wieder, als gäbe es ihn gar nicht, im Lift.

Die Atmosphäre in Isabelles Wohnung war nicht sehr anders. Man konnte sich in den Räumen und Fluren verlaufen. Im Eßzimmer, hypermodern eingerichtet, stand ein Tisch aus Glas, an dem vierundzwanzig Personen Platz gefunden hätten. Doch sie saßen nur zu zweit dort. Es hätte nahezu unheimlich sein können, wären sie nicht zusammengerückt und hätten sich, bei Tee und Orangensaft, halben Grapefruits, Toast, Spiegeleiern mit Speck, Hähnchensalat, Käse und Joghurt über alte Zeiten unterhalten, die dabei so lebendig wurden, als wäre alles erst gestern gewesen.

Isabelle hatte sich einen Ruck gegeben. Sie trug sportliche Kleidung, hatte die Haare gewaschen und frisiert, sich geschminkt und parfümiert und zeigte sich lachend und plaudernd von ihrer schönsten, ihrer herzlichsten, ihrer fröhlichsten Seite. Als sie am Ende des Frühstücks nach ihrer Pillendose griff, nahm Jon sie ihr weg.

«Ich mache dir einen Vorschlag. Ich gebe ab sofort deinen Hausarzt, und du nimmst nur noch die Tabletten, die ich dir zuteile, okay?»

Sie erklärte sich einverstanden. Jon ging in ihr Bade- und Schlafzimmer, ließ sich die Berge von Medikamenten zeigen und sortierte aus. Dreiviertel aller Tabletten warf er in eine große Mülltüte. «Ich weiß es, daß es nicht einfach für dich ist. Aber laß uns diesen Weg gemeinsam gehen. Vertrau mir einfach. Und versuch nicht, mich irgendwie auszutricksen.» Er schmunzelte. «Ich brauche dir nur in die Augen zu sehen. Dann sehe ich alles.»

«Das fängt ja gut an.»

«Es wird noch besser!»

Es war phantastisches Wetter, die Sonne strahlte, aber weil von Kanada her ein frischer Wind durch die Stadt wehte, war es nicht zu warm, sondern angenehm kühl. Endloser blauer Himmel, als wäre hoch oben ein Tuch aus Seide gespannt worden, Prosecco-Luft und Bäume, größer und grüner als überall sonst auf der Welt – New York schlug einen Trommelwirbel und lockte Isabelle und Jon hinaus in den Central Park, hinein in den Trubel. Hupende Yellow Cabs, trabende Pferde, die Kutschen zogen, muskulöse Rollerblader, die auf dem Asphalt ihre Runden drehten, Verliebte, die Arm in Arm auf den Bänken saßen.

Familien picknickten auf den Rasenflächen. Junge Mädchen lagen im Gras und sonnten sich. Hinter einem meterhohen Zaun spielten Jugendliche lärmend Ball. Touristen hielten mit Fotoapparaten und Videokameras fest, was sie sich erst zu Hause ansehen wollten. Alles blühte. Hunde rasten durchs Gebüsch. Am Wegesrand standen Zauberer, Akrobaten, Hot-dog-Verkäufer. Ein Brunnen, an dessen Rand Studenten saßen und ihre Nasen in Bücher steckten, plätscherte, für immer und ewig. Über einen künstlichen See zogen gemächlich Ruderboote und Schwäne. Über allem lag Lärm. Der Lärm New Yorks: Autos, Kofferradios, Krankenwagen, Stimmengewirr, Gelächter, Gekreische. Es war ein Zirkus.

«Ich habe das Gefühl, ich war die ganze Zeit tot!» Isabelle hakte sich bei Jon unter. «Erzähl mir von Luisendorf.»

Von seinem Sohn sprach Jon zuerst. Daß Philip jetzt schon vierundzwanzig Jahre alt sei, ein wunderbarer, liebevoller Sohn, mit dem er sich bestens verstehe und der seit letztem Herbst in Madrid lebe und dort Spanisch studiere. «Schriftsteller will er werden», erklärte Jon lachend, «Schriftsteller!»

«Der Apfel ...»

«Vielleicht schreibt er ja eines Tages unsere Geschichte auf!»

«Unsere Geschichte?» fragte sie. «Haben wir denn eine?»

«Nicht?»

Statt einer Antwort umfaßte sie seinen Arm etwas fester.

Dann erzählte er von seinem Vater. Daß die Schule in Luisendorf längst geschlossen und nach einer wechselvollen Geschichte – erst Jugendclub, danach Restaurant, dann leerstehend und verfallend – jetzt Wohnhaus für eine Großfamilie sei, die von Berlin ins Dorf gezogen war und dort ein alternatives Leben führen wollte. Daß Richard Rix heute pensioniert sei und auf Teneriffa lebe, an der Seite seiner langjährigen Lebensgefährtin. Isabelle erkundigte sich nach allen alten Bekannten und Nachbarn: Fritz Schmidt hatte seinen Gasthof verkauft und lebte im Altenheim in Albershude; die Kinder vom alten Bäcker Voss führten seinen Laden weiter, hatten das Geschäft ausgebaut und backten Bio-Brote, die sie sogar bis nach Hamburg verkauften; die Familie von Lenkwitz gab es nicht mehr. Isabelles Elternhaus, in dem die letzten Nachkommen des Adelsgeschlechts gelebt hatten, war abgerissen worden. Auf dem Grundstück stand inzwischen ein Supermarkt.

«Ansonsten aber, wenn ich es mir so recht überlege ... alles beim alten, unverändert, beschaulich und, wenn man so will und wenn man es mag: idyllisch, friedlich und schön.»

«Und ‹die Zeitung›?»

Beide lachten.

«Johanna Kröger, du wirst es nicht glauben, hat sich in dem Punkt überhaupt nicht geändert. Ich breche jetzt die ärztliche Schweigepflicht, aber ...», er lächelte, «wenn jemand Verständnis dafür hätte, dann sie. Sie hatte kaputte Beine – ich erspare dir

Details –, konnte nicht mehr mit dem Rad durchs Dorf karjuckeln, sie humpelt, geht inzwischen am Stock, langsam wie eine Schildkröte, aber das hindert sie nicht, weiterzumachen mit ihrer Lieblingsbeschäftigung! Sie klatscht und tratscht, es ist nach wie vor ihr Schönstes, Neuigkeiten zu überbringen, und sie kommt auch bei mir manchmal nur auf einen Klönschnack vorbei. Du mußt wissen, der Dorfarzt ist oft auch so eine Art Seelentröster ...»

«Das kann ich bei dir gut verstehen, Jon.»

«Die Alten beschäftigen sich doch mit ihren Zipperlein nur deshalb so intensiv, und das ist in Luisendorf nicht anders als in Hamburg oder einer Großstadt wie New York, weil sie nichts anderes um die Ohren haben, weil sie Aufmerksamkeit wollen, Zuwendung. Tja. Und die Johanna Kröger ... hat ja nie geheiratet, keine Familie ...»

«Wir waren ihre Familie. Wir Leute aus dem Dorf.»

«Eben. Du glaubst gar nicht, wie sie deine Karriere verfolgt hat. Mehr noch als ich vielleicht sogar. Von ihr übrigens hatte ich auch den Artikel über deinen Monet-Kauf ...»

«Dann müssen wir ihr ja dankbar sein. Dann hat sie uns zusammengebracht.»

«Wir werden ihr eine Postkarte schicken. Was hältst du davon, Isabelle?»

«O ja!»

Er nahm ihre Hand, und sie liefen den schmalen, gewundenen Weg am Ufer des künstlichen Sees entlang, bis sie an dem großen Terrassenrestaurant angelangt waren. Sie gingen durch den Vorraum, in dem Kellnerinnen und Kellner hektisch und heiter mit Getränken beladene Tabletts an den wartenden Gästen vorbeischleppten, und suchten sich eine Ansichtskarte aus, die eine Garderobiere, die sonst nichts zu tun hatte, ihnen verkaufte. Dann drängelten sie sich frech an den Wartenden vorbei und ergatterten einen sonnigen Tisch direkt am Wasser. Nachdem Isabelle und Jon Eistee bestellt hatten, schrieben sie die Karte.

«Jetzt hat sie was Neues zum Rumerzählen!» meinte Isabelle kichernd und setzte ihre Unterschrift darunter. Der Kellner brachte die Getränke und goß ihnen zusätzlich in bereitstehende Gläser aus einer von Eiswürfeln klirrenden Kanne Wasser ein. Isabelle hatte noch mehr Fragen auf Lager. Sie war aufgekratzt und lustig, sie machte Scherze und schüttete sich aus vor Lachen über Jons «Schoten», wie sie sagte. Dann wurde sie ernst. «Du hast nie wieder geheiratet?» wollte sie wissen.

Jon schüttelte den Kopf.

«Warum nicht?»

«Sag ich nicht.»

«Ach, komm...» Er hatte die Ärmel seines Streifenhemdes hochgekrempelt, und sie zwickte ihn in den rechten Unterarm.

«Weil die Richtige nicht da war.»

«So.»

«Ja: so. Und du... nach deinem Remo-Fiasko?»

«Bei mir war der Richtige auch nicht da.» Sie schloß die Augen, lehnte sich zurück und ließ sich von der Sonne bescheinen. Isabelle war schöner denn je. Am liebsten hätte er sie jetzt geküßt. Doch er tat es nicht.

«Hast du Hunger?» murmelte sie und streckte sich wie eine satte Katze auf der warmen Ofenbank.

«Nö.»

«Ich auch nicht.»

«Was machen wir denn jetzt?»

«Das wirst du mir sicher sagen, Isabelle.»

«Was *du* willst!»

«Und so saßen die beiden Königskinder an einem herrlichen Sommertag mitten im New Yorker Central Park und standen nie mehr auf...»

«Und wenn sie nicht gestorben sind...» Sie sah ihn an. «Weißt du noch, wie du mir früher immer vorgelesen hast? Bei euch auf dem Dachboden.»

«Ich habe nichts vergessen, Isabelle, nichts.»

Am Abend fuhren sie mit einem Yellow Cab nach SoHo und gingen in ein einfaches französisches Restaurant, das Isabelle wegen seines unprätentiösen Stils und seiner guten Küche besonders schätzte. Es erinnerte sie an Paris, an die Brasserien, in denen sie mit Christin Laroche halbe Nächte durchgequatscht, gegessen und gesumpft hatte. In drangvoller Enge saßen sie zwischen Künstlern, Frauen mit Karottenhaaren und schwulen Pärchen an kleinen Tischen mit Papierdecken, ließen sich Wasser und eisgekühlten Wein bringen und wählten ihr Menü aus. Sie bestellten Salat, gegrillten Bluefish, geschmortes Hühnchen mit Auberginen und zum Nachtisch Crème brûlée. Es schmeckte köstlich, und sie amüsierten sich prächtig. Isabelle wurde überhaupt nicht müde, und auch Jon hatte seinen Jetlag gut im Griff. Beide wünschten sich insgeheim, die Nacht würde nie zu Ende gehen.

«Jetzt machen wir noch die ganze New-York-Romantik-Nummer!» bestimmte Isabelle und zückte ihre Kreditkarte. «Und wehe, du sagst jetzt: Ich zahle! Ich weiß, daß du ein Gentleman bist, aber ich habe mehr Geld als du und vor allem einen verdammten Grund, dich einzuladen.» Sie nahm seine Hand, zog sie zu sich und küßte sie mit einem knallenden Schmatzer. «Du glaubst nicht, wie froh ich bin, daß du hier bist.»

«Bestimmen kannst du ja immer noch ganz gut.»

Sie ließ seine Hand wieder los. «May I have the check please?» rief sie laut durch das Lokal.

«I'm right with you, Miss Corthen!» rief der Mann hinter dem Tresen mit Singsang zurück. Es war der Wirt, er hatte einen schweren französischen Akzent und schwärmte für Isabelle.

«Und weil du von Bestimmen redest: Morgen lädst du mich ein. Aber das wird dann richtig teuer! Okay?»

«Okay.»

Über die Park Avenue fuhren sie zurück. Von dort aus machten sie einen Spaziergang zum Empire State Building, lösten zwei Tikkets und erwischten einen letzten Lift nach oben. Von der Aussichtsplattform hatten sie einen überwältigenden Blick auf die funkelnde Stadt. Hier pfiff ein kalter Wind, und gern ließ Isabelle es sich gefallen, daß Jon ihr sein Leinenjackett um die Schultern legte. Er blieb hinter ihr stehen. Beide guckten in Richtung Hudson.

«Kennst du diesen Film mit Cary Grant und Deborah Kerr – er Playboy, sie Nachtclubsängerin –, die sich auf einem Kreuzfahrtschiff unsterblich ineinander verlieben?»

«Nee.»

«So richtig zum Abheulen, sage ich dir ... sie reisen gemeinsam von Europa nach Amerika zurück, müssen sich aber wieder trennen und verabreden sich zu einem ganz bestimmten Zeitpunkt hier oben, auf der Aussichtsplattform ...»

«Verstehe ...»

«Nein, nun warte doch mal ... viel Zeit vergeht ... und an dem besagten Tag zur verabredeten Uhrzeit ...»

«Fallen sie sich hier in die Arme.»

«Daß Männer immer so ungeschickt sind. Und so unromantisch! Nein. Ganz anders. Er ist da. Er. Cary Grant. Er wartet und wartet. Bis der Liftführer sagt: Sorry, wir schließen. Cary Grant ist todunglücklich. Sie liebt mich nicht mehr, denkt er, sie hat mich vergessen. Aber dann ... wiederum nach vielen Irrungen und Wirrungen ... erfährt er am Ende, daß sie ihn nie vergessen hat, daß sie ihn immer geliebt hat. Sie *konnte* nicht kommen. Sie konnte nicht, verstehst du, Jon? Auf dem Weg zum Empire State Building hatte sie einen Autounfall, kann seitdem nicht mehr laufen. Aus Angst, er würde eine gelähmte Frau nicht wollen, hatte sie sich nie wieder bei ihm gemeldet ... und dann kommt er zu ihr, erfährt alles und gesteht ihr, daß er sie noch immer liebt ... aber sie haben ihr halbes Leben vergeudet ...» Sie hielt inne. «‹Die große Liebe meines Lebens› heißt der Film, auf englisch *An Affair to Remember* ...» Ein wenig schämte sie sich jetzt, weil sie befürchtete, Jon könnte die Geschichte als eine gewollte Andeutung mißverstehen, die sich auf sie beide bezöge.

Isabelle drehte sich zu ihm um. «Traurig, oder? Ich könnte schon wieder heulen ...»

Er zog ein sauberes, sorgfältig zusammengefaltetes Taschentuch aus der Hosentasche und gab es ihr.

Sie schneuzte sich. «Ich hätte schwören können, daß du ein Taschentuch hast. Du hast immer ein Taschentuch gehabt ... zum Dreckabwischen und Blutstillen und Äpfelvierteln und Frösche-nach-Hause-Schleppen ...»

«Das war die gute Erziehung meiner Mutter», sagte er grinsend.

«Ach, deine Mutter, ja ...» Mit dem Zeigefinger strich sie zart und langsam über seinen Arm. «Darf ich das Taschentuch behalten?»

«Alles. Alles, was du willst.»

«Jetzt ist mir kalt.»

«Dann gehen wir.»

Sie fuhren wieder hinunter, schlenderten, Schaufenster betrachtend, über die Fifth Avenue hoch bis zum Plaza Hotel. Isabelle zeigte ihm alle Geschäfte, in denen ihre Mode verkauft wurde. Es war Mitternacht, noch immer laut und noch immer angenehm draußen. Vor dem Seiteneingang des Hotels, der zur Bar, dem *Oak Room*, führte, blieben sie stehen. Ein Afrikaner, der im Dunkeln gegen die Hauswand gelehnt stand, mit einem Kasten, der an einem Riemen vor seinem Bauch befestigt war, kam zu ihnen. Er öffnete den Kasten und zeigte ihnen seine Schätze – gefälschte Armbanduhren und Sonnenbrillen, während er in einem wilden Sprachgemisch auf sie einredete: «Where are you from? – Germany? Ich wünsche einen guten Appetit – nice watches, great names – look, sehen – honeymoon?» Als ein Polizist mit tiefsitzender Hose, an der Schlagstock, Handschellen und eine Pistole hingen, langsam den Gehweg des Central Park South herunterkam, klappte der Afrikaner wortlos und blitzartig seinen Kasten zusammen und verschwand wieder im Dunkeln. Freundlich an seine Schirmmütze tippend, ging der Officer vorbei. Es war wie eine Szene aus der West Side Story. *Cool, cool, really cool ...*

In letzter Sekunde hatte Isabelle im Kasten des Afrikaners noch eine Brille aus der Corthen-Sun-Collection erkannt, und sie mußte lachen. «Du glaubst nicht, wer mich alles kopiert hat ... manche ganz offen, meine Ideen, meine Entwürfe ... Patrizia hat dann immer gesagt, komm, wir schicken denen eine Kiste Kupferberg ...» Jon verstand nicht sofort. «Abkupfern! Davon lebt unsere Branche!»

«Du bist noch nicht durch mit dem Thema, was? Es fehlt dir, oder?»

«Ach was, Schnee von gestern.»

Am Rande des Gehweges standen noch ein paar Kutschen. Die Pferde schienen hinter ihren Scheuklappen bereits die Augen geschlossen zu haben. Manche fraßen Heu aus den Beuteln, die ihnen umgehängt worden waren. Ihr Speichel dampfte. Drei Kutscher standen zusammen und quatschten.

«Hast du Lust?» fragte Jon.

«Jetzt noch?»

«Aber ja!»

Fröhlich stiegen sie in eine der Kutschen, ein junger Mann kam angetrabt. Nachdem sie den Preis ausgehandelt hatte (Jon war überrascht, wie knallhart Isabelle die geforderte Summe halbierte), unternahmen sie eine Fahrt durch das nächtliche Manhattan. Die Hufe des Gauls klapperten auf dem Asphalt. Klack, klack, klack. Der Kutscher hatte ihnen zwei karierte, kratzige Wolldecken gegeben, die sie sich auf die Knie legten. Jon saß Isabelle gegenüber.

«Warum setzt du dich nicht neben mich?»

«Weil ich dich so besser ansehen kann.»

«Jaja, böser Wolf!» Isabelle wehrte sich dagegen, sich in das große Gefühl fallen zu lassen. Und auch er blieb, trotz aller Nähe und Offenheit, auf eine seltsame Weise distanziert, so, als fürchte er, erneut abgewiesen zu werden. Vielleicht hatte er auch einen ganz anderen Grund. Vielleicht wollte er auch einfach nicht. Vielleicht bildete sie sich bloß wieder zuviel ein.

Schweigend genossen sie die gemächliche Tour. Auf der Rückfahrt brachten sie den Kutscher dazu, sie direkt vor dem Hampshire House abzusetzen. Galant hielt Jon Isabelle seine Hand hin und half ihr aus dem Einspänner.

Der Nachtportier tippte an seinen Zylinder, als er Isabelle erkannte.

«Bonsoir, Miguel!»

Er war ein kleiner, runder Mexikaner Ende Fünfzig und liebte es, mit ihr französisch zu parlieren. «Bonsoir, Madame Corthen! Comment allez-vouz?»

«Bien!» antwortete sie. «I'm fine!»

Er setzte die Drehtür in Bewegung, aber Jon blieb auf dem Gehweg stehen.

«Ich gehe jetzt besser schlafen, hmm?»

Sie nickte.

Er griff in seine Hosentasche, nahm ein Päckchen Tabletten heraus und gab ihr eine davon. «Zum Schlafen!» erklärte er. «Aber nur diese eine hier, ja?»

Sie war baff.

«Ab jetzt wird alles von mir kontrolliert!» erklärte er unbeirrt. «Und ich hoffe, du hältst dich an meinen ärztlichen ...», er beugte sich leicht vor, «freundschaftlichen Rat!» Es klang streng.

«Spielen wir jetzt der Widerspenstigen Zähmung?» fragte sie.

«Ja. Ja, wir spielen jetzt der Widerspenstigen Zähmung. Gute Nacht. Schlaf schön. Es war ein schöner Tag, Isabelle, und ein wunderbarer Ausklang!» Er strahlte sie an, drehte sich um und ging. Verblüfft sah sie ihm nach.

# Kapitel 32

«*I*ch habe eine Überraschung für dich!» rief Isabelle, als Jon drei Tage später, wie immer morgens um neun, ihre Wohnung betrat.

Seit einer Woche war er nun schon in New York, und ein Tag war schöner als der andere. Isabelle verspürte frische Kräfte. Es war, als habe ihr jemand eine Energiespritze gegeben. Wäre sie in Hamburg gewesen, sie hätte wieder angefangen zu arbeiten. Aber sie war in New York, und dies war ein anderes Leben. Ihr neues Leben. Sie war vernarrt in Jon, geradezu süchtig nach ihm, konnte es kaum ertragen, wenn er sich allabendlich vor dem Hampshire House von ihr verabschiedete, und kaum erwarten, daß er morgens zu ihr kam. Alle Museen hatten sie abgeklappert, sich wichtige Ausstellungen angesehen, Galerien besucht, und nur mit Mühe konnte Jon Isabelle davon abbringen, sich ein großformatiges Gemälde von Erich Fischl zu kaufen, das mehr kosten sollte, als er in einem Jahr als Landarzt verdiente. Abends hatte sie ihn in die Metropolitan Opera geschleppt, in *Don Giovanni*, und ihm hinterher, bei einem Nachtessen im Restaurant *Vong*, wo sie lauwarmen, nussigen Maine-Lobster mit Ingwer-Reis naschten, von Puppe Mandel und ihrem Faible für Mozart erzählt.

«Sie sitzt jetzt da drüben, in dieser dunklen Villa, an der Seite ihres halbseitig gelähmten Mannes, der noch immer nicht sprechen kann, seit Jahren schon, und umsorgt ihn und hält seine Hand ... und das Beste ist, ob du es glaubst oder nicht: Sie sind glücklich dabei. Sie genießen jede Minute, die sie gemeinsam verbringen.

Sie sitzen da, halten Händchen, sehen sich an, streicheln sich. Und sind glücklich! Seltsam.»

«Nein», meinte Jon, «das ist nicht seltsam. Das ist Liebe.»

Sie legte die Eßstäbchen beiseite und vertraute ihm jene Geschichte an, die Carl einmal angedeutet und die Puppe Mandel ihr in einer schwachen Stunde, kurz bevor Isabelle nach Amerika umgezogen war, gestanden hatte: Puppe war ein freches Mädchen gewesen im Berlin der dreißiger Jahre, unbedarft, lebenslustig, gierig nach Anerkennung und Erfolg. Dann hatte sie sich in einen Mann verliebt, dessen Eltern eine Konfektionsfirma besaßen. Er war Jude. Sie heirateten. Dann kam der Nationalsozialismus. «Der Betrieb wurde arisiert. Hinter diesem schrecklichen Wort verbarg sich der Untergang einer ganzen Familie. Der Untergang der Zivilisation.» Puppe versteckte ihren Mann in der gemeinsamen Wohnung, gab vor, sich von ihm getrennt zu haben und nicht zu wissen, wo er sei. «All die Jahre über, Jon, hielt sie ihn versteckt – in der Speisekammer. Und kurz vor dem Ende ... der Befreiung ... hat ihn eine Nachbarin verraten. Er wurde abgeholt. Sie haben sich nie wiedergesehen.» Isabelle senkte den Kopf. Jon hatte aufgehört zu essen.

«Und weißt du, was ich bis heute nicht verstanden habe? Wie sie weitermachen konnte. So weitermachen konnte: In Hamburg einen Salon eröffnen, sich allem stellen, in dieser leichtlebigen Branche Erfolge haben, sich Tag für Tag mit Mädels wie mir abgeben ... Sie ist die Frau, die ich am meisten bewundere. Sie ist ein Vorbild. Dagegen sind meine Sorgen doch lächerlich, oder?» Sie tupfte sich mit der Serviette die Mundwinkel ab. «Entschuldige ... entschuldige, ich wollte dir mit der Geschichte nicht ...»

«Jedenfalls ist sie nicht weggelaufen.»

«Nein, das ist sie nicht.»

«So wie du immer ...»

«Manchmal frage ich mich, wieso du eigentlich hergekommen bist.»

«Das habe ich dir doch gesagt.»

«Wir verbringen eine wunderschöne Zeit zusammen, und doch habe ich das Gefühl, als läge etwas zwischen uns, als wärst du nicht einverstanden mit mir. Ich frage mich, ob du und ich ...» Sie kam nicht dazu, den Satz zu vollenden, denn der Oberkellner trat an den Tisch, um sich zu erkundigen, ob sie zufrieden seien. Nachdem er sich entfernt hatte, kamen sie auf ein anderes Thema zu sprechen. Isabelle nahm sich fest vor, nicht mehr über Probleme zu reden. Sie wollte nur noch die Zeit mit Jon genießen. Deshalb faßte sie einen Plan. Sie wollte ihn überraschen und ihm eine Freude machen.

Als er am nächsten Morgen vor ihr stand, in seiner neuen Khakihose, die sie gestern für ihn gekauft hatte, und seinem hellen Polo-Shirt, eröffnete sie ihm, was sie vorhatte: «Ich besitze ein Haus auf Long Island ... in East Hampton, also ein Häuschen, will mal sagen, eine *Salt Box*, wie die Amerikaner es nennen, in den Dünen, direkt am Meer ... Und da fahren wir heute hin!»

Jon war überrascht, wie beiläufig Isabelle darüber redete, ein Haus am Meer zu besitzen. Sie gab nicht an damit, aber daß es etwas so Selbstverständliches für sie war, irritierte ihn, machte ihn sprachlos, kleinmütig sogar. Ihr Leben schien tatsächlich weit weg zu sein von dem normaler Menschen, weit weg von dem, was er gewöhnt war und ihr bieten konnte. Eine Wohnung in New York! Ein Haus in East Hampton!

Elena kam aus der Küche und trug einen Picknickkorb in die Halle. Sie begrüßte Jon und fragte, ob die beiden jetzt ihr Frühstück einnehmen wollten. Sie bejahten und gingen ins Eßzimmer.

«Hast du Lust?» fragte sie und tat sich einen Klecks Cottage Cheese auf ihr getoastetes Muffin.

«Du lebst in einer anderen Welt», sinnierte Jon, während er Tee eingoß. Ein wenig kriegte er es mit der Angst zu tun, der alten Angst, daß ihrer beider Leben unvereinbar wären. Doch dann überwogen seine Freude und seine Neugierde. Nachdem sie fertiggefrühstückt hatten, ging Jon ins Essex House zurück und packte eine Reisetasche mit Sommersachen und Badezeug. Isabelle hatte vorgeschlagen, daß sie für eine Woche ans Meer fahren sollten.

«Jeder anständige New Yorker flieht in dieser Zeit vor der Hitze der Stadt, zumindest am Wochenende. Alle haben ein Domizil in den Hamptons, meist gemietet. Die Leute teilen sich die Miete für die Sommermonate und verbringen in ganzen Rudeln ihre Sonntage auf dem Land. Es ist wunderschön. Du wirst sehen.»

Sie hatte einen Fahrer bestellt, der sie mit einem Cadillac über die Brooklyn Bridge chauffierte, hinaus aus New York. Gemächlich glitt der Wagen über den Highway, durch Wohnsiedlungen und Industriegebiete, vorbei an gigantischen Friedhofsanlagen und nicht enden wollenden Vorstadtvierteln. Nach und nach schrumpften die Hochhäuser, verschwanden schließlich ganz, und es wurde grün und grüner. Ab und zu passierten sie Einkaufszentren, die in die Waldstücke hineingebaut worden waren, bis sie endlich das flache Land erreichten und Southampton durchquerten. Zweieinhalb Stunden später fuhr die Limousine durch die Hauptstraße von East Hampton. Mit ihren kleinen Läden und verschnörkelten Häuserfassaden, den im Wind flatternden Fahnen und den kurzgeschorenen Rasenflächen kam sie Jon vor wie aus einem Amerika-Bilderbuch. An einer Kreuzung bogen sie rechts ab. Die Straßen wurden schmaler, die Häuser prächtiger, die Grundstücke größer, sie kamen an Golfplätzen vorbei und sahen am Ende der Hügel das Meer aufblitzen. Kurz vor einem Parkplatz, der an die Dünen angrenzte, lenkte der Fahrer das Auto auf einen holprigen Privatweg und hielt dann vor einem einsamen Haus mit einem Spitzdach aus Zedernholzschindeln.

«Da sind wir!» Isabelle stieg aus, streckte sich, atmete tief durch. Es wehte ein kräftiger Wind. Sie ging durch den Vorgarten – ein weißer Zaun, hinter dem Lupinen wucherten, gepflegter Rasen, ein paar Kiefern und Büsche – zum Haus. Es hatte eine überdachte Terrasse mit Holzsäulen, die mit Efeu bewachsen waren. Jon folgte Isabelle. Der Fahrer schleppte das Gepäck und den Picknickkorb hinterher. Auf der Terrasse standen zwei gepolsterte Korbstühle, als hätten sie auf die Ankunft der beiden gewartet.

Isabelle blickte durch die Sprossenfenster hinein. «Scheint keiner dazusein», erklärte sie fröhlich und schloß auf. Auf der Fußmatte vor der Haustür lagen ein Stapel Post und vergilbte Zeitungen. «Ach, wie lange war ich nicht mehr hier ...»

Sie betraten das Haus. Im Gegensatz zu ihrer luxuriösen New Yorker Wohnung nahm es sich bescheiden aus. Es gab weder eine Halle noch einen Vorraum oder Flur, man stand sofort im Wohnzimmer. Dessen Mittelpunkt bildete ein Kamin aus rotem Backstein. Es war ländlich eingerichtet, tintenblaue Korbstühle, ein Lesesessel, mit Rosenstoffen bezogen, kleine Holztische, Stehlampen mit weißen Hütchenschirmen, Schalen mit Muscheln und Steinen. Der Boden war aus Holz, die Wände schlicht weiß gestrichen. Jon fiel auf, daß es keine Türen gab, vom Wohnzimmer gelangte man in das Eßzimmer mit seinem langen Holztisch, das wiederum direkt an die Küche grenzte. Ein schmaler Flur führte zur winzigen Bibliothek, in der ein Sofa stand und ein Fernseher. Von dort ging eine Treppe nach oben. Isabelle wies den Fahrer an, ihre Sachen hinaufzubringen, und zeigte Jon dort die drei Schlafzimmer, die alle Dachschrägen und eingebaute Schränke hatten, gemütliche, alte Messingbetten, die mit blau-weißer Bettwäsche bezogen waren, und zum Schluß noch die winzigen schneeweißen Bäder.

«Wie findest du's?» fragte sie.

«Schön. Atmosphärisch.»

Wenig später verabschiedete sich der Fahrer und fuhr nach New York zurück.

«Wir brauchen kein Auto», erklärte Isabelle kategorisch, «wir können alles zu Fuß erreichen, außerdem haben wir hinten im Garten ein Häuschen, in dem Fahrräder stehen.»

«Wieso fährst du eigentlich nicht selbst?» fragte er.

«Weil ich keinen Führerschein habe!»

«Wie bitte?»

«Nie einen gemacht. Ich hatte einfach nie Zeit dazu!»

Jon grinste. «Wer immer nur hinten rechts sitzt, verliert das Gefühl fürs Steuern.»

«Keine Sorge. Ich bin immer ganz gut durchgekommen!»

Das Gepäck war schnell ausgepackt. Sie bezogen getrennte Schlafzimmer. Anschließend verstauten sie die Lebensmittel und Getränke aus dem Picknickkorb im Kühlschrank. Danach schlug Isabelle vor, einen Spaziergang am Meer zu machen. Hinter dem Haus befand sich eine zweite, nicht überdachte Holzterrasse mit breiten Stufen zum Rasen, auf denen man sitzen konnte. Hintereinander gingen Isabelle und Jon über einen krummen, langen Steg, der hinter dem Grundstück begann und zum Meer führte. Man roch schon den Ozean und hörte das Krachen der Wellen. Dann sahen sie den Strand. Er schien unendlich zu sein. Breit, weiß und menschenleer lag er vor ihnen. Lediglich ein paar Seemöwen standen gelangweilt im Sand und machten nur ab und zu einen Satz zur Seite, wenn ihnen die Gischt zu nah kam. Isabelle zog ihre Tennisschuhe aus, knotete die Schnürsenkel zusammen und hängte sie sich über die Schulter. Jon tat es ihr gleich und krempelte die Beine seiner Hose hoch. Sie gingen schweigend durch den Sand. Das Wasser umspülte ihre Füße, kalt und erfrischend. Fasziniert blieb Jon gelegentlich stehen, beugte sich hinunter und sammelte die eine oder andere Muschel auf. Er hatte noch nie so schöne, große und ausgefallene Exemplare gesehen. Das wäre was für Philip, dachte er. Sie sprachen kaum etwas, jeder hing seinen eigenen Gedanken nach. Auf dem Rückweg nahm Isabelle plötzlich Jons Hand, ohne ein Wort zu sagen, und Hand in Hand kehrten sie ins Haus zurück.

Dort machte Isabelle als erstes den Kamin an. Es war halb fünf. Zeit für eine Tasse Tee. Jon bot an, ihn zu kochen. Als das Kaminfeuer brannte, kam Isabelle zu ihm in die Küche, zeigte ihm, wo der Kandis stand, nahm Tassen und Teller und Löffel aus dem Schrank.

Auf einmal hielt sie inne und sah ihm zu, wie er langsam das kochende Wasser aus dem Kessel in die Kanne goß. «Ich finde etwas ganz komisch, Jon ...», fing sie an.

«Was?» Liebevoll zwickte er sie in die Nase. «Belle?» Ihr Gesicht hatte Farbe bekommen, der Spaziergang hatte ihr gutgetan.

«Du kommst hierher, nach New York, du überfällst mich, ohne dich vorher anzukündigen, du trittst an mein Bett und sagst: Komm mit mir zurück nach Deutschland. Laß alles hinter dir.»

«Ja, und?» Er stellte die Kanne beiseite.

«Und dann verbringen wir anderthalb Wochen zusammen, in schönster Eintracht ... wunderbare Tage, wie wir uns gegenseitig immer wieder versichern, und du fängst überhaupt nicht wieder von dem Thema an. Du sagst kein Wort mehr darüber.»

«Weil ich alles Wichtige gesagt habe, deshalb.»

«Und du machst keinerlei Anstalten ...» Sie brach ab. «Ach ... alles Quatsch ... ich bin eine blöde Kuh.»

«Keinerlei Anstalten ...?» wiederholte er ungerührt.

«Du versuchst es nicht einmal.»

«Was?» Er legte den Deckel auf die Kanne.

«Mit mir zu schlafen.» Sie machte eine Geste mit den Armen, die sagen sollte: Ich weiß auch nicht ... was ist das mit uns? Dabei stieß sie gegen einen der Teller, die auf der Anrichte standen. Klirrend fiel er zu Boden und zerbrach in zwei Teile. «Und das auch noch!»

Im selben Moment gingen Isabelle und Jon in die Knie, um die Scherben aufzuheben. Jeder erwischte eine der zwei Hälften. Sie hockten ganz dicht voreinander, beide mit einer Tellerhälfte in der Hand, und sahen sich an, unverwandt. Isabelle wagte kaum zu atmen. Das Herz schlug ihr bis zum Hals.

Jon brach als erster das Schweigen: «Ich wollte, nachdem ich so vorgeprescht bin ... nicht noch einmal davon anfangen. Ich wollte, daß du auf mich zukommst ... wenn du soweit bist. Ich glaube, jetzt ist es soweit.» Langsam zog er ihr die zweite Tellerhälfte aus der Hand und fügte sie an seine, so daß man nicht einmal mehr den Riß sehen konnte. Als er weitersprach, leise und mit Bedacht, klang seine Stimme ein wenig tiefer als sonst. «Diese beiden Teile, die zerbrochen sind, gehören zusammen, so wie du und ich ... nicht wahr?»

Sie nickte stumm.

«Ich liebe dich, Isabelle!»

Kein Wort brachte sie heraus. Sie glaubte, einen Kloß im Hals zu haben.

«Kannst du dir denn vorstellen ...», fuhr Jon fort, «ich meine ... kannst du dir vorstellen, so wie ich es vorgeschlagen habe, alles hinter dir zu lassen, dein ganzes schönes, reiches Leben, die Wohnung in New York zu verkaufen, dies Haus zu verkaufen, alles aufzugeben: für mich? Neu anzufangen? Ganz neu? An der Seite eines Landarztes, der den ganzen Tag über nichts anderes tut, als Kranke zu versorgen, von morgens bis abends? Kannst du dir vorstellen, zurück zu den Wurzeln zu gehen ... wieder dorthin zurückzukehren, von wo du einmal wegmußtest, wegwolltest? In ein spießiges, braves Dorf in Norddeutschland? Mit ganzem Herzen und allem, was dein Verstand dir sagt: Kannst du das? Willst du es auch?»

«Ja ...», flüsterte sie. «Ja ...» Sie wollte ihn streicheln, aber er hielt ihre Hand fest.

«Liebst du mich?»

Sie schob ihren Kopf vor, seinem Gesicht entgegen, sie wollte ihn küssen. Sie wollte nichts sagen. Sie wollte auf ihre Weise antworten.

Er neigte sich ein wenig zurück. «Liebst du mich? Isabelle ... Ich muß es einmal von dir hören, verstehst du denn nicht? Ich habe dreißig Jahre auf diesen Moment gewartet, o Gott, Isabelle, ich begehre dich so, ich habe nur dafür gelebt, daß du es mir einmal gestehst, ich will es hören, ich will es wissen. Bitte!»

«Ja!» sie schrie es fast, Tränen liefen ihr über das Gesicht. «Ja, Jon. Ich liebe dich. Ich liebe dich. Ich liebe dich!»

Er ließ den Teller fallen, riß sie an sich, sie warf sich in seine Arme, beide fielen hin, lagen auf dem Küchenboden, küßten sich;

küßten sich leidenschaftlicher, als jeder von ihnen beiden je geküßt hatte. Sie zerrten sich die Kleider vom Leib, sie lachten, sie weinten, sie überschütteten sich mit Küssen und Berührungen, sie wälzten sich nackt über den Boden, Isabelle stöhnte auf, sie versanken ineinander. Es war der glücklichste und erfüllteste Moment im Leben von Isabelle und Jon, im Leben zweier Menschen, die sich liebten, die von nun an nie mehr auseinandergehen wollten, in der Gewißheit, daß alles vor ihnen lag und sie die Welt, an der sie gelitten hatten, bezwingen würden.

## Kapitel 33

Herrliche Sommertage am Meer! Nur Glück, nur Freude, keine Sorgen mehr, keine Mißverständnisse, keine Ängste.

«Ich habe das Gefühl, ich bin aus einem bösen Traum erwacht», sagte Isabelle, als sie auf der vorderen Terrasse in den Korbstühlen saßen, und fuhr mit ihrem Fuß langsam an seinem nackten braunen behaarten Bein hoch.

«Das kitzelt!» sagte er und blinzelte zu ihr hinüber.

«Ich schlafe wie ein Murmeltier. Mein Herzrasen ist weg, alles weggeflogen ... nicht einmal die blöden Tabletten brauche ich noch.»

«Die Seeluft tut dir gut.»

«Du tust mir gut, Jon. Du tust mir gut.»

Sie unternahmen viel: Radtouren wie zu Kinderzeiten in Luisendorf; Bummel durch die zahlreichen kleinen Antiquitäten- und Trödelläden; stundenlange Abendessen in Isabelles Lieblingsrestaurants, in der *Laundry* in East Hampton, *School Street* in Bridgehampton, Mittagsimbisse auf der Terrasse im *East Hampton Point* mit Blick auf den Yachthafen oder unter dem Leuchtturm von Montauk, wo sie Clam Chowder aßen oder Hummer-Sandwiches. Sie schrieben Postkarten an Ida und Gretel und an Philip, gingen viel ins Kino, spielten Spiele, sie kochten zusammen, grillten im Garten saftige Steaks, sonnten sich, saßen im warmen Sand, engumschlungen, und schauten der Sonne zu, die jeden Abend wie eine rote Apfelsine im Meer unterging. An einem Regentag zündete Jon den Kamin an, machte es sich im Sessel davor gemütlich, Isabelle hockte sich zu seinen Füßen und hörte ihm zu, während er aus der englischen Ausgabe von *Pu der Bär* vorlas, die er in einer Buchhandlung in Southampton gekauft hatte.

Pat, die irische Putzfrau, kam alle zwei Tage mit einem Auto vorgefahren, das so verrostet und verbeult aussah, als würde es jede Minute unter der Last der Staubsauger, Putzeimer und Reinigungsmittel zusammenbrechen, machte sauber, bezog die Betten frisch und räumte auf. Es war ein Leben wie im Paradies. Kein Telefon klingelte, keine unangenehme Post brachte sie aus ihrem gleichförmigen Rhythmus, sie waren nirgendwo eingeladen und baten niemanden zu sich ins Haus. Sie waren ganz und gar allein auf der Welt und rundum glücklich damit.

Isabelle konnte nicht genug kriegen von Jon, nicht genug von seinem Körper, nicht genug vom Sex. Sie schliefen an den unmöglichsten Plätzen und zu den unmöglichsten Zeiten miteinander, unter der Dusche, vor dem Kamin, selbst am Meer, und das war das Beste von allem. Ab und zu gingen sie schwimmen. Um diese Jahreszeit war das Wasser noch eiskalt, aber es machte ihnen Riesenspaß, sich jedesmal aufs neue zu überwinden und kreischend vor Vergnügen in die Wellen zu springen, sich ins Wasser zu werfen, treiben zu lassen, zu schwimmen, sich zu umarmen und zu küssen. In diesem Moment waren sie wieder wie damals, damals in Luisendorf.

«Wir müssen verrückt gewesen sein, so lange auf das alles zu warten!» fand Jon, und Isabelle stimmte ein: «Ich weiß überhaupt nicht, warum wir uns eine solche Ewigkeit aus dem Weg gegangen sind.»

«Das wichtigste ist, daß wir uns überhaupt wiedergefunden haben», meinte Jon.

Isabelle nickte. «Ab jetzt lasse ich dich nie wieder los!»

Doch die Uhren lassen sich nicht zurückdrehen. Die Zeit raste, und Isabelle und Jon, die versuchten, alles nachzuholen, was ihnen bisher entgangen war, erkannten nun doch schmerzhaft, was alle

Menschen irgendwann einmal quält: Das Schlimmste im Leben sind die versäumten Gelegenheiten.

Dreißig verschenkte Jahre kamen nicht mal eben hopplahopp zurück. Sie standen an sehr verschiedenen Punkten ihrer Existenz, es gab Unterschiede in der Lebensführung, in den Möglichkeiten, in den Vorstellungen von der Zukunft. Heftig diskutierten sie darüber, immer und immer wieder. Isabelle wünschte sich, Jon würde von nun an hierbleiben und sie könnten das sorglose, ungeplante Leben ewig so weiterführen. Jon aber wollte weder von ihrem Geld leben, noch konnte er in New York bleiben. Er hatte ein Zuhause, er hatte eine Praxis, seine Patienten, seine Pflichten. Er mußte zurück. Und er war verärgert darüber, daß sie nicht aufhörte zu betteln, er möge seinen Termin für die Rückkehr aufschieben. «Ich kann nicht, Isabelle, selbst wenn ich wollte.»

«Sei ehrlich: du willst nicht. Ich hab das doch auch geschafft, alles aufzugeben... könntest du doch auch...»

«Was willst du hier noch? Es ist ein fremdes Land, New York ist eine harte Stadt... Ich habe ja gesehen, wie es dir ging, als ich ankam.»

«Das ist doch nicht der Punkt. Natürlich komme ich zurück nach Deutschland. Natürlich werden wir zusammen in Luisendorf leben, ich kann mir gar nichts Schöneres vorstellen. Aber ich möchte eben im Moment noch nicht weg. Ich bin ganz egoistisch, und ich will dich für mich allein haben. Hier. Dies ist mein Paradies. Und du hast es dazu gemacht. Du bist schuld.» Sie lachte hell auf. «Laß uns nicht länger streiten.»

«Aber reden müssen wir darüber.» Er küßte sie auf die Stirn. «Ich will nie wieder Mißverständnisse zwischen uns aufkommen lassen.»

«Hand drauf, Baby!»

Sie reichten sich die Hände. Isabelle schlug mit der Linken dazwischen, es war ein alter Aberglaube, und auf diese Weise wurde besiegelt, wie ihre Zukunft aussehen würde. Sie beschlossen, noch ein paar Tage zu bleiben, dann nach New York zurückzufahren; dort würde Jon seine Koffer packen und allein nach Hause fliegen. Vorausfahren: das war ihr Wort. Isabelle wollte sich mit ihrem Anwalt in Verbindung setzen, mit dem Verwalter des Hampshire House, ihre Wohnung gemeinsam mit Elena auflösen und verkaufen und dann nachkommen. Ein, zwei Monate würden sie getrennt sein, danach nie mehr, auf immer und ewig.

Am Abend vor der Rückreise lag sie in seinem Arm. Sie waren nackt. Es war spät. Draußen war es zappenduster. Die Fenster des Schlafzimmers hatten sie hochgeschoben, denn es war tagsüber sehr warm geworden, und das Holzhaus, schlecht isoliert, heizte sich schnell auf. Ein milder Sommerwind blähte die kurzen gerafften Gardinen auf. Die Zikaden sangen ununterbrochen. Von ferne hörten sie das Rattern des Zuges, der New York mit der Halbinsel verband und um diese Jahreszeit jede Stunde fuhr; ein langgedehntes Tuten ließ er jedesmal ertönen, wenn er sich am Bahnhof von East Hampton in Bewegung setzte und die Schranken bimmelnd heruntergingen. Es waren wohltuende, beruhigende Geräusche.

Isabelle hörte in Jons Armbeuge den Pulsschlag pochen. «Ich wünschte, wir würden doch noch eine Woche verlängern», sagte sie mit gedämpfter Stimme. Sie wollte den Zauber der letzten Nacht nicht zerstören.

«Ich auch. Aber jetzt ist es so entschieden. Und es ist gut so.»

«Ich hoffe, daß nichts dazwischenkommt ...» Sie streckte den freien Arm aus und klopfte mit der gekrümmten Hand auf die Holzplatte des Großmutter-Nachttisches.

«Was soll denn dazwischenkommen?» Er streichelte sie. «Du und dein ewiger Aberglaube, deine Ängste ... du mußt keine Angst mehr haben!»

«Ich weiß.»

«Willst du mich heiraten?»

Sie schaute zu ihm hoch.

Er wiederholte seine Frage. «Willst du, Isabelle Corthen, mich,

Jon Rix, heiraten, drüben in Luisendorf, wenn du dort bist, und bei mir bleiben, bis daß der Tod uns scheidet?»

«Ja. Ja, das will ich!» antwortete sie und küßte ihn.


Schließlich kam der Tag der Abreise. Jon stand in seinem klimatisierten Hotelzimmer und packte. Isabelle saß ungeschminkt und schlunzig angezogen auf der Fensterbank. «Soll ich dir nicht doch helfen?»

«Ich bin doch gleich fertig.» Er war nervös. Große Reisen beunruhigten ihn. Er ging ins Badezimmer, kam mit Shampoo und Zahnpasta zurück, die er sorgfältig in einem Lederbeutel verstaute.

«So.» Er schaute sich um. «Ich glaub, das war's.»

Sie hüpfte von der Fensterbank herunter. «Das war's, das war's...» Sie umschlang ihn von hinten, schmiegte ihren Kopf an seinen Rücken. Er hatte sich im Bad mit *Givenchy Gentleman* eingesprüht, er roch verführerisch, sie liebte diesen Duft. «Ich möchte gar nicht, daß du jetzt gehst... Abschied, das ist wie ein kleiner Tod, nicht wahr?»

«Besser als ein großer, oder?»

«Ach, hör auf, Jon, so was steht dir nicht: Zynismus.»

«Was glaubst du, wie schwer es mir fällt. Ich möchte zaubern können, dich verkleinern, auf diese Größe...» Mit den Händen deutete er die Größe einer Puppe an. «Dich im Handgepäck bei mir haben, während des Fluges im Arm halten, dich streicheln...»

Innig küßten sie sich. Dann löste er sich von ihr und ging zum Bett zurück, auf dem sein Koffer aus gewelltem Aluminium lag. Er klappte ihn zu und ließ die Schlösser zuschnappen. Diese Geräusche, so leise sie auch waren, klangen für Isabelle unerträglich laut, schmerzhaft laut.

«Ich muß immer an den zerbrochenen Teller denken, Jon.»

«Wieso das denn?» Er drehte die Zahlenschlösser, um den Koffer zu sichern.

«Diese zwei Hälften...», langsam ging sie in dem Hotelzimmer auf und ab, «grade letzte Nacht, als ich nicht schlafen konnte und du so ruhig neben mir lagst, da kam mir das in den Sinn: Diese beiden Hälften sind du und ich, hast du gesagt. Aber diese beiden Hälften, das sind auch zwei Seiten meines Lebens. Ich habe immer nur die eine Hälfte gelebt. Die andere Hälfte: Das ist das Leben mit dir, das bist du, ein Mann mit einem...», sie lächelte kurz, «... anständigen Leben, ein Mann, der das Zu-Hause-Gefühl symbolisiert, ein Mann, der Familie ist. Meine Familie.»

Nebeneinander setzten sie sich auf das Bett. Sie legte ihre Hand auf seinen Oberschenkel, Jon ergriff sie, strich ihr mit der anderen liebevoll über den Handrücken.

Isabelle sprach weiter, er merkte, daß sie noch etwas auf dem Herzen hatte, das sie unbedingt loswerden wollte. «Du hast einen Sohn. Und ich beneide dich darum. Ich habe den Gedanken immer schön verdrängt. Quatsch, habe ich gedacht, was soll ich mit Kindern... Aber jetzt spüre ich, ja, jetzt weiß ich: Sie fehlen mir. Kinder. Eigene Kinder.»

«Du bist jetzt Anfang Vierzig. Es ist doch noch nicht zu spät, Isabelle!»

«Fast Mitte Vierzig!» Sie lächelte. «Zu spät ist es nicht. Aber sehr spät. Sehr spät.» Nun begann sie seine Hand zu streicheln. «Meine Firma ... die nicht mehr meine ist ..., die Wohnung nebenan im Hampshire House, diese irre riesige Wohnung, die ich ja *unbedingt* haben mußte!, das Haus in East Hampton, mein ganzer Besitz, das Geld, und es ist nicht wenig – selbst der wunderschöne Monet... unser Seerosenteich, Jon: alles, was ich im Laufe der Jahre an mich gerissen habe, um mich geschart habe, angehäuft habe, alles, alles ist nur Ersatz. Wenn ich richtig in mich reinhorche...», Isabelle ließ ihn los und legte ihre Hände auf die Brust, «hier hineinhorche, wo die Seele liegt, dann schmerzt es, weil ich weiß: Alles ist nur geliehen. Wir werden diese Welt verlassen, eines Tages, du und ich, und wir werden alles zurücklassen, alle Dinge. Andere werden von ihnen Besitz ergreifen. Und all das Sammeln, das Horten war ohne Sinn. Die Dinge sprechen nicht von uns. Sie sind tot. Kinder aber: Sie werden von uns sprechen, unser Lied singen, unsere Geschichte weitererzählen. Unsere Gefühle, unsere besten Gedanken werden so weiterleben. In ihnen. Ich beneide dich um deinen Sohn.»

Das Telefon klingelte. Jon nahm ab. Der Mann vom Empfang sagte ihm, daß die von Isabelle bestellte Limousine da sei, der Fahrer auf ihn warte. Jon legte auf und sah auf seine Armbanduhr. Zeit, zu gehen. Sie standen auf. Isabelle nahm Jons Bordkoffer, das andere Gepäck ließen sie auf dem Zimmer zurück. Unten wiesen sie den Bellman an, die Sachen herunterzuholen. Jon zahlte. Dann traten sie hinaus auf die Straße.

Es war ein heißer Tag. Geschäftsleute in Anzügen jagten vorbei. Touristen schlenderten. Autos lärmten. Elegante New Yorkerinnen, teuer gekleidet, flanierten schnatternd über den Gehsteig. Gäste verließen das Hotel, betraten es. Die Drehtür war unablässig in Bewegung. Ein zahnloser Bettler hielt die Hand auf und wurde vom Doorman davongejagt. Das Gepäck wurde auf einem Gepäckwagen aus einer Seitentür hinausgerollt und eingeladen. Ehe Jon es bemerkte, steckte Isabelle dem Kofferträger eine Zehn-Dollar-Note zu, sie war geübt in solchen Gesten. Der Fahrer stand erwartungsvoll an der Limousine und hielt die Tür auf. Jon und Isabelle verabschiedeten sich voneinander. Er stieg ein, lächelte zu ihr hoch. Der Chauffeur ließ die Tür schwer und satt zufallen. Er ging um den Wagen herum. Jon ließ die abgedunkelte Fensterscheibe heruntergleiten. «Komm bald nach», sagte er.

Isabelle beugte sich hinunter und küßte ihn. Das Auto wurde gestartet, das Geräusch des Motors war kaum zu hören. Der Fahrer setzte den Blinker, drehte das Lenkrad, und langsam rollte der Wagen aus der Parklücke heraus. Jon winkte. Isabelle winkte zurück. Dann ließ er die Fensterscheibe wieder hochgleiten. Die Limousine fuhr ab und verschwand im Verkehrsgewühl. Gedankenverloren ging Isabelle zurück zum Hampshire House.

Die Wohnung wirkte so leer wie in jenen Tagen, bevor Jon gekommen war. Doch Isabelle hatte sich vorgenommen, sich nicht der Traurigkeit hinzugeben, sich nicht gehenzulassen, im Gegenteil, sie wollte optimistisch und voller Vorfreude damit beginnen, ihren Abschied von New York vorzubereiten, alle Pläne in die Tat umzusetzen. Es war ein Gefühl, als würde sie eine neue Kollektion entwerfen. Die Lebensgeister sprangen hoch, kicherten, tobten.

Als erstes rief sie ihren Anwalt an und machte für den nächsten Tag einen Termin bei ihm. Anschließend versuchte sie – vergeblich – den Manager des Hampshire House zu erreichen. Sie bat um Rückruf. Dann schrieb sie einen langen, fröhlichen Brief an Patrizia. Anrufen wollte sie ihre alte Freundin nicht, denn sie hatte sich lange nicht mehr bei ihr gemeldet. Vom Modeimperium Belle Corthen wollte sie nichts hören, keine neuen Dramen, Geschichten, Spekulationen. Das lag alles hinter ihr. Vor ihr lag ein neues Leben. Es würde wunderbar werden.

Elena bereitete ihr einen kleinen Mittagsimbiß zu, den Isabelle in der Küche einnahm. Danach zog sie sich um, schminkte sich, schnappte in der Diele ihre Handtasche, ging in das Kaufhaus Henry Bendell in der Fifth Avenue und kaufte Kosmetik und Mitbringsel für Deutschland. Eine dreireihige Glaskette für ihre Mutter, eine Brosche für Gretel Burmönken, für Puppe Mandel mexikanischen Silberschmuck, für Carl eine große Flasche Rasierwasser, für Patrizia ein Chiffontuch mit Tigerdruck. Sie war nicht traurig, daß Jon weg war, sie freute sich auf das Wiedersehen. Als sie auf dem Rückweg bei dem Juwelier Harry Winston im Schaufenster rotgoldene Manschettenknöpfe mit Rubinen sah, ging sie spontan hinein und kaufte sie für Jon. Verlobungsgeschenk, dachte sie und mußte lächeln.

Abends gab sie Elena frei, nahm ein ausgiebiges Bad, legte sich früh ins Bett und las *Winnie-the-Pooh* zu Ende. Müde sank sie in den Schlaf. Am nächsten Morgen erwachte sie erfrischt und voller Tatendrang. Sie duschte, wählte mit Bedacht ihre Garderobe für den Anwaltstermin aus – ein schlichtes ärmelloses mauvefarbenes Leinenkleid, dazu Tennisschuhe in derselben Farbe und eine *Ferragamo*-Handtasche aus Bast –, trank im Stehen einen Tee und aß eines der Croissants, die Elena frühmorgens zusammen mit der *New York Times* gekauft hatte. Dabei überlegte sie, was sie den Tag über noch zu tun hatte.

Sie ging ins Arbeitszimmer, setzte sich an ihr Rollbureau, nahm den Hörer ab und wählte Jons Nummer. Inzwischen mußte er zu Hause sein. Sie mußte seine Stimme hören! *Jon! Ich bin so glücklich!*

Doch drüben, in der Arztpraxis in Luisendorf, lief nur der Anrufbeantworter. «Ich bin's, Belle, ruf mich an, ich hoffe, du bist gut gelandet und hattest einen guten Flug. Ich gehe jetzt zu meinem Anwalt, du kannst mich um …», sie sah auf ihre Armbanduhr, «… in, ich sage mal, drei Stunden erreichen. Dann bin ich zurück. Sonst melde ich mich noch mal. Ich liebe dich!» Sie legte auf.

Elena kam herein. Sie hatte eine Vase mit Rosen in den Händen und plazierte sie auf einem Schränkchen in der Ecke.

«Ich bin dann weg, Elena.»

«Sind Sie zum Mittagessen zurück?»

«Ich esse vielleicht im *Le Cirque*, weiß noch nicht. Sie brauchen nichts vorzubereiten oder auf mich zu warten.»

«Ich hatte an Tomaten mit Mozzarella gedacht, Miss Corthen.»

«Das kann ich ja auch heute abend essen. Heute abend bin ich bestimmt zu Hause.»

«Gut, Miss Corthen.»

«Also dann, bis später. See you.»

«Bye, Miss Corthen!»

Nie war New York schöner gewesen, freundlicher, fröhlicher, der Concierge strahlte, als er Isabelle sah, der Doorman plauderte heiter mit ihr, der Taxifahrer, der sie zu ihrem Anwalt fuhr, dessen Kanzlei in der Nähe des Metropolitan Museum lag, sang auf der Fahrt. Selbst Isabelles Anwalt, ein meist geschäftsmäßig parlierender Yuppie mit Bodybuilder-Körper in Nadelstreifen, unterhielt sich mit seiner Mandantin über Gott und die Welt. Das Gespräch dauerte eine ganze Zeit, und sie gingen anschließend noch gemeinsam auf der Terrasse eines Hotels gegenüber dem Museum Mittag essen. Am frühen Nachmittag unternahm Isabelle einen Spaziergang durch den Central Park, blieb eine Weile auf einer Parkbank sitzen und sonnte sich. Es sah gut aus: Der Anwalt hatte ihr versprochen, alles innerhalb kürzester Zeit zu regeln. In spätestens vier Wochen würde sie umziehen können.

Wieder in ihrer Wohnung angekommen, stellte sie ihre Handtasche in der Diele auf den Stuhl und ging direkt ins Arbeitszimmer, um den Anrufbeantworter abzuhören. Aber er piepste nur. Kein Anruf. Kein Anruf von Jon. Sie wählte seine Nummer. Wieder nur der Anrufbeantworter. Allmählich wurde Isabelle unruhig. Im Lufthansa-Büro in der Fifth Avenue, wo sie als nächstes anrief, gab ihr eine freundliche Dame am Telefon die Auskunft, daß die Maschine, mit der Jon am Vortag abgeflogen war, auf die Minute pünktlich angekommen sei.

In Deutschland war es sechs Stunden später als in New York, früher Abend also jetzt in Luisendorf. Isabelle probierte es noch einmal. Vergeblich. Unruhig lief sie hin und her. Sie ging in die Küche, wo Elena am Tisch über eine Klatschzeitung gebeugt saß und las, und ließ sich von ihr ein *Evian* geben. Mit dem Wasser und einem Glas setzte sie sich in den Salon, trank in großen Schlucken, versuchte in der *New York Times* zu lesen, legte die Zeitung wieder weg, weil sie sich nicht konzentrieren konnte, starrte auf den Zweitapparat, als könnte sie Jons Anruf herbeizwingen. Aber es läutete nicht.

Die ganze Nacht blieb es still. Isabelle wühlte sich unruhig im Bett hin und her, ständig versucht, noch einmal zu telefonieren, aber wenn Jon jetzt schlief, würde sie ihn nur wecken. Unablässig redete sie sich ein, es habe nichts zu bedeuten, daß er sich nicht meldete, es werde für alles eine harmlose Erklärung geben, morgen, morgen früh. Um drei schlief sie noch immer nicht. Neun Uhr morgens nach europäischer Zeit. Isabelle griff zum Hörer, wählte die Nummer. Endlich! Es klingelte. Gleich würde er abheben und sich melden, sie würde seine vertraute, liebevolle Stimme hören, mit ihm reden. Jon. Geliebter Jon.

Es wurde abgehoben. «Praxis Dr. Rix», sagte eine kühle Frauenstimme.

«Hier ist Belle Corthen.»

«Ja?»

«Belle Corthen. Ich rufe aus New York an. Ich möchte bitte Dr. Rix sprechen.» – Schweigen – «Hallo? Haben Sie mich verstanden?» Ein Knistern in der Leitung. «Dr. Rix: Ist er da?»

«Nein», entgegnete die Frauenstimme.

Isabelle wurde eiskalt, ihre Stimme zitterte, sie war vollkommen übermüdet und nervös. «Wann kann ich ihn denn, ich meine ... sprechen?»

«Es tut mir leid.» Ein Zögern am Ende der Leitung.

«Was ... was tut Ihnen leid? Um Himmels willen, so reden Sie doch!»

«Dr. Rix hatte auf dem Rückflug von New York ... in Frankfurt ... einen Herzanfall.»

Ich sterbe, dachte Isabelle, ich sterbe.

Die Frau sprach weiter, monoton: «Ein Herzinfarkt. Es tut mir leid. Sie können Dr. Rix nicht sprechen. Er ist tot.»

# Epilog

Aus. Alles aus und vorbei. Sie lag auf dem Fußboden ihres Schlafzimmers. In einem Jogginganzug, die Beine angezogen, die Arme hinter dem Kopf verschränkt, lag sie, starrte an die Decke, lag einfach da, so, wie sie es als Kinder oft getan hatten, Jon und sie am Rande des Seerosenteiches. Isabelle mußte an ihre Mutter denken, an Ida, die so früh ihren Mann verloren hatte, an Alma Winter und ihre unglückliche Liebe, an Puppe Mandel und ihren Mann, den sie hatte verstecken wollen vor der Welt, damit er bei ihr bliebe, vergebens. Das Leben führt uns an den Rand, aus heiterem Himmel stürzt es uns aus den Höhen hinab, dachte Isabelle, es gibt uns alles, es nimmt uns alles: warum?

Keinen Sinn konnte sie darin erkennen, daß ein freundliches Schicksal ihr Jon geschickt hatte, für eine kurze Zeit, eine Zeit voller Zauber und Geborgenheit, und ihn ihr dann so grausam wieder genommen hatte. So vieles war unausgesprochen geblieben. Im nachhinein aber schien es ihr, als hätten sie in die wenigen Tage, die ihnen gemeinsam vergönnt gewesen waren, alles hineingepreßt, was zwei Menschen glücklich machen kann. Fast, als hätten sie es geahnt. Wußte Jon, daß er so schnell sterben würde? Hatte er sie deshalb aufgesucht? Um alles in Ordnung zu bringen, reinen Tisch zu machen, sich und ihr die Gewißheit zu geben, daß sie es am Ende doch geschafft hatten, sich zu finden, sich zu lieben?

An Gott mußte sie denken, daran, wie Jon, irgendwann, als sie am Strand von Long Island spazierengegangen waren, gesagt hatte, daß jeder Mensch den Zeitpunkt seines Todes mitbestimmen und daß man erst dann friedlich sterben könne, wenn man die Dinge zu einem guten Ende gebracht habe. Und er hatte einen Satz aus den Aufzeichnungen des Augustinus zitiert – Jon, der gläubige Christ: «Unruhig ist unser Herz, bis es ruht in dir.» Damit war, hatte er ihr erklärt, die Suche nach Gott gemeint. «Aber weißt du, Isabelle, letzte Nacht, als ich nicht einschlafen konnte und über uns nachgedacht habe, über dich und mich, da bin ich drauf gekommen ... unruhig ist unser Herz, bis es ruht in dir – das kann man auch anders deuten, anders verstehen. Nicht als Liebe zu Gott allein. Sondern auch als Liebe der Menschen untereinander. Du und ich, wir sind mit unserer unerfüllten Liebe so lange unruhig gewesen, unruhig durchs Leben gerast, bis wir uns endlich gefunden haben. Endlich vereint sind. Wieder vereint.»

Sie konnte zu Gott nicht finden, niemals. Ein Gott, der einem so etwas antat, konnte kein guter Gott sein, er war ein grausamer Gott. In den Qualen, die sie erlitten hatte, lag kein Sinn. Ein halbes Jahr war seitdem verstrichen. Der Sommer, dieser sagenhafte Sommer, war vorbei. Draußen war es kalt, Wind fegte über die Stadt. Novemberregen peitschte lärmend gegen die Fenster. Die Bäume im Central Park waren fast kahl. Schwarzes Geäst, ein dunkler Himmel, düster glänzende Straßen, eine Stadt trug Trauer.

Am Anfang, als sie die schreckliche Nachricht erfahren hatte, wollte sie nicht mehr leben. Isabelle hatte sich in ihrem Schlafzimmer eingeschlossen, hatte nichts mehr gegessen, selbst Elena war es nicht gelungen, an sie heranzukommen. Sie war nicht nach Deutschland geflogen, zu seiner Beerdigung, das brachte sie nicht fertig. In ihrem Zimmer blieb sie, in ihrem Bett und weinte Tag und Nacht. Fast wäre sie ihrer alten Sucht verfallen, Tabletten zu nehmen, doch sie hatte ihr Versprechen gegenüber Jon im Kopf. Auch über den Tod hinaus wollte sie ihm treu sein. Sie hatte es geschafft, nichts zu nehmen. Sie war stark geblieben.

Den Plan, hier alles aufzugeben, hatte Isabelle zu den Akten gelegt. Was sollte sie noch da drüben? Sich bemitleiden lassen? In schmerzhaften Erinnerungen wühlen? Durch Luisendorf gehen, als seine Witwe? Isabelle war nach ein paar Wochen aufgestanden, hatte sich berappelt, wieder gegessen, war wieder zur Normalität zurückgekehrt. Was man so Normalität nannte. Sie hatte sich in ihrem Arbeitszimmer verkrochen, in den Schränken gestöbert und Dinge zutage gefördert, von denen sie nicht einmal mehr wußte, daß sie sie besaß. Die Bronzeplastik des Jungen, der sich gegen den Wind stemmte, ein Geschenk von Carl. Das Gemälde mit Maria und dem Jesuskind, das er ihr am Tag vor ihrer ersten Modenschau überreicht hatte. Ihr Poesiealbum. Den Brief von Jon und die getrocknete Seerose, die er ihr an jenem Morgen gegeben hatte, als sie mit ihrer Mutter Luisendorf verlassen hatte. Wie Pergament sah die Blüte aus, blaßbraun, zerbrechlich. Isabelle hatte sie in der Hand gehalten und zärtlich mit dem Zeigefinger darübergestrichen. Seine Briefe! Sie hatte nie begriffen, was für liebevolle Botschaften er ihr immer und immer wieder hatte zukommen lassen. Was für ein einzigartiger Mann war er gewesen. Einer unter Tausenden. Und wie dumm war sie gewesen, alles für ihre Gier nach Anerkennung zu opfern, für eine Karriere, an die sich morgen schon niemand mehr erinnerte. Ach, könnte man doch noch einmal von vorn anfangen! Alles würde sie anders machen. Oder?

Es klopfte. Isabelle haßte Elena manchmal. Sie wollte nicht mehr mit ihr unter einem Dach leben. Sie wollte endlich und für immer allein sein. Es klopfte wieder.

«Ja?»

Elena trat ein. «Miss Corthen ...»

Miss Corthen, Miss Corthen, Miss Corthen: Was wollte sie von ihr? Sie setzte sich auf.

«Ich weiß es ja», sagte Elena verzweifelt, «aber Sie haben Besuch!»

«Ich erwarte niemanden, das muß ich Ihnen doch wohl nicht sagen.» Ihre Augen funkelten ungehalten. «Ich erwarte niemanden mehr. Nie-man-den!»

«Bloß, es ist so, daß ...» Elena kam nicht dazu, ihren Satz zu vollenden. Ein großer, gutaussehender Mann Mitte Zwanzig betrat den Raum, schob Elena beiseite.

Isabelle erschrak und sprang auf. «Was ist? Wer sind Sie?»

«Ich ...»

«Was machen Sie hier in meiner Wohnung?»

«Er ...»

Isabelle brachte Elena mit einer Handbewegung zum Schweigen. Sie war außer sich. «Wenn Sie nicht sofort verschwinden, dann rufe ich die Security!» Sie stürmte auf den Mann zu – Elena wich erschrocken zur Seite – und schubste ihn Richtung Tür. Blitzschnell umfaßte er ihre Handgelenke, hielt sie mit starkem Griff fest. Sie schrie.

«Hören Sie auf!» befahl der Fremde.

Isabelle bekam es mit der Angst zu tun. Sie drehte sich zu Elena um, die verschüchtert in der Ecke stand. Was war das? Sie starrte in seine Augen. Er sagte nichts, sondern sah sie ganz ruhig an. Er hatte keine bösen Augen, er war nicht auf Drogen, sein Blick war klar, weich ... sie kannte diesen Blick. Sie fing an zu zittern.

«Lassen Sie mich los», bat sie.

Er tat es. Dann fing er an zu sprechen, langsam, unsicher im ersten Moment, dann immer ruhiger werdend, bestimmter: «Ich habe eine lange Reise gemacht, um Sie zu finden. Ihre Telefonnummer ist ja nicht rauszukriegen, sonst hätte ich Sie vorher angerufen ...»

«Wer sind Sie?» fragte Isabelle noch einmal und wußte es doch schon längst.

«Ich bin aus Deutschland. Ich bin sein Sohn. Ich heiße Philip Rix.»

«Philip!» Tränen traten in ihre Augen. «Philip ...», flüsterte sie, «mein Gott ...»

«Nun weinen Sie doch nicht.» Er sah sich um.

Isabelle mußte daran denken, wie Jon hier plötzlich aufgetaucht war, die Situation war fast dieselbe. Ihr liefen die Tränen über die Wangen, wie damals bei Jon, sie schämte sich dafür, aber sie konnte es nicht verhindern.

Philip sprach weiter. «Wir kennen uns doch schon so lange, ich habe auf Ihrem Schoß gesessen, da war ich ...» Er hielt seine Hand in Kniehöhe über dem Boden. «Ich weiß alles über Sie und meinen Vater. Er hat mir alles erzählt.»

Elena ging hinaus und schloß die Tür hinter sich.

Und nun sagte Philip etwas, was sie bis ins Mark erschütterte, Worte, die sie mitten ins Herz trafen: «Ich weiß, was mein Vater vorhatte. Ich weiß, daß er Sie hier ... rausholen wollte, zurück. Zurück nach Luisendorf. Sie waren die große Liebe seines Lebens. Und weil er nun nicht mehr lebt ... nicht mehr ist ...» Er senkte den Kopf. Dann hob er ihn wieder und sah sie fest an. «Ich bin gekommen, um zu Ende zu bringen, was er nicht mehr geschafft hat. Ich bin hier, an Ihrer Seite, um Sie zurückzuholen. Nach Hause.»

Es war ganz still im Raum. Keine Tropfen prasselten mehr gegen die Fensterscheiben. Es hatte aufgehört zu regnen. Der Wind zerriß die Wolkendecke. Der Himmel brach auf.

## Rosamunde Pilcher

Millionen Leser sind süchtig nach ihr: **Rosamunde Pilcher** schreibt nachdenklich und unterhaltsam, mit Liebe zu den Menschen und all ihren Schwächen. .
Rosamunde Pilcher wurde 1924 in Lelant in Cornwall geboren. 1946 heiratete sie Graham Pilcher und zog nach Dundee / Schottland, wo sie seither lebt.

**Heimkehr** *Roman*
1168 Seiten. Gebunden und als rororo Band 22148
Ein großer Roman um ein Frauenschicksal in der bewegten Epoche der dreißiger und vierziger Jahre.

**Wilder Thymian** *Roman*
368 Seiten. Gebunden und als rororo Band 12936

**Das blaue Zimmer** *Erzählungen*
336 Seiten. Gebunden und als rororo Band 13922

**Die Muschelsucher** *Roman*
704 Seiten. Gebunden und als rororo Band 13180

**September** *Roman*
624 Seiten. Gebunden und als rororo Band 13370
«Den allerschönsten Familienroman habe ich gerade verschlungen und brauchte dafür zwei freie Tage inklusive einiger Nachtstunden. Er heißt «September», spielt in London und Schottland und ist einfach *hin-rei-ßend*.»
*Brigitte*

**Blumen im Regen** *Erzählungen*
352 Seiten. Gebunden und als rororo Band 13207

Als rororo Taschenbücher sind u. a. lieferbar:

**Ende eines Sommers** *Roman*
(rororo 12971)*

**Karussell des Lebens** *Roman*
(rororo 12972)*

**Lichterspiele** *Roman*
(rororo 12973)*

**Sommer am Meer** *Roman*
(rororo 12962)*

**Stürmische Begegnung** *Roman*
(rororo 12960)*

**Wechselspiel der Liebe** *Roman*
(rororo 12999)*

**Schneesturm im Frühling**
*Roman*
(rororo 12998)*

* Auch in der Reihe *Großdruck* lieferbar.

Ein Gesamtverzeichnis aller lieferbaren Titel von **Rosamunde Pilcher** finden Sie in der *Rowohlt Revue*. Vierteljährlich neu. Kostenlos in Ihrer Buchhandlung.

*Wunderlich / rororo Unterhaltung*